AUTOMOBILE CLUB D'ÉGYPTE

DU MÊME AUTEUR

L'Immeuble Yacoubian, Actes Sud, 2006 ; Babel nº 843.
Chicago, Actes Sud, 2007 ; Babel nº 941.
J'aurais voulu être égyptien, Actes Sud, 2009 ; Babel nº 1004.
Chroniques de la révolution égyptienne, Actes Sud, 2011 ; Babel nº 1170.
Automobile Club d'Égypte, Actes Sud, 2014.
Extrémisme religieux et dictature. Les deux faces d'un malheur historique, Actes Sud, 2014.

Titre original :
Nâdî al-sayyârât
Éditeur original :
Dâr al-Shorouq, Le Caire

ISBN 978-2-330-05396-3

ALAA EL ASWANY

AUTOMOBILE CLUB D'ÉGYPTE

roman traduit de l'arabe (Égypte)
par Gilles Gauthier

BABEL

PRÉFACE

Tout comme l'immeuble Yacoubian, l'Automobile Club du Caire dresse toujours ses hautes façades classiques au cœur de la ville. Mais, pour la première fois, Alaa El Aswany abandonne le temps présent pour faire visiter à ses compatriotes un passé à la fois proche, par le souvenir des récits plus ou moins fantasmés que chacun d'entre eux a entendu raconter par ses parents et ses grands-parents, et lointain, car peu nombreux et très âgés sont ceux qui peuvent aujourd'hui directement en porter témoignage. Quant au lecteur étranger, sans doute ressent-il le besoin de rafraîchir un peu sa mémoire.

Au moment où l'intrigue se noue, l'Égypte est gouvernée par le roi Farouk, monté sur le trône à l'âge de seize ans, en 1936. Ce roi est le dernier rejeton d'une famille turque, celle de Mohamed Ali, qui s'est emparé du pouvoir en 1805 et a entrepris de bâtir sur les rives du Nil un État moderne. Des réformes radicales sont promulguées tandis que la société se transforme en profondeur. Un espoir de renouveau s'empare des élites de la nation, mais un recours excessif aux capitaux étrangers livre le pays aux ambitions des puissances européennes, alors à l'apogée de leurs entreprises coloniales. La renaissance rêvée et avortée débouche finalement sur la mise sous tutelle du pays par la Grande-Bretagne, soucieuse de s'assurer le contrôle de la route des Indes. Pragmatiques et peu préoccupés des formes apparentes, les dirigeants de Londres exercent d'abord, à partir de 1882, leur pouvoir sur un territoire encore théoriquement vassal de l'Empire ottoman par l'intermédiaire d'un consul appuyé par un corps expéditionnaire, et n'hésitent pas à remplacer un prince rétif par un autre, plus accommodant. Mais le déclenchement en 1914 de la Première Guerre mondiale met fin à la fiction d'une suzeraineté ottomane, et Londres doit désormais directement et sans artifice assumer ses responsabilités. C'est le début d'un affrontement avec le peuple égyptien, qui ne prendra fin qu'avec la prise du pouvoir par les officiers libres en 1952.

Alors que les liens avec le califat ottoman sont brisés et qu'un monde nouveau se dessine, le pays occupé entre en effervescence. Au moment où se déroulent les grandes conférences qui font suite à la victoire des Alliés – en premier lieu, celle aboutissant au traité de Versailles –, une avant-garde nationaliste décide d'envoyer en Europe une délégation (en arabe wafd) pour plaider la cause de l'Égypte. Cette délégation, conduite par Saad Zaghloul, donne naissance à son retour à un parti qui prend spontanément le nom de « parti de la délégation ». La lutte qui s'engage contre l'occupant britannique débouche d'abord en 1922 sur la reconnaissance par ce dernier de l'indépendance du pays et l'octroi d'une Constitution. Mais cette décision est entravée par tant de conditions qu'elle ne met pas fin à l'affrontement. En 1936 enfin, tout en maintenant des troupes et en conservant le contrôle du canal de Suez, la Grande-Bretagne reconnaît la pleine souveraineté internationale de l'Égypte, qui entre à la Société des Nations. Mais la Seconde Guerre mondiale, qui éclate trois ans plus tard, amène la puissance tutélaire à resserrer son emprise. Le jeune roi Farouk, au pouvoir depuis seulement trois ans, hésitant à choisir son camp, l'ambassadeur de Grande-Bretagne lui rend visite, accompagné d'un bataillon en armes, pour lui donner le choix entre la démission et la nomination d'un gouvernement ami. Le paradoxe est que c'est au parti Wafd que Londres a recours. En acceptant ce compromis, l'adversaire de toujours de la colonisation se déconsidère aux yeux de la population, tout autant que le roi, qui n'a pas eu le courage de résister.

Le roi Farouk, né en 1920, jouissait de l'affection de ses sujets lorsqu'il est monté à seize ans sur le trône. Premier souverain de sa famille à mieux parler l'égyptien que le turc et le français, il incarna pendant quelques brèves années les espoirs du peuple. Puis il sombra dans une vie de plaisirs, pour ne laisser à l'histoire que l'image caricaturale d'un despote obèse et libidineux. Au moment où Alaa El Aswany le fait apparaître, il n'a pas encore trente ans. Nous sommes donc entre 1945 et 1952, sans doute même avant 1952, aucune allusion n'étant faite aux émeutes du Caire, voire avant 1948, puisqu'il n'est jamais question d'Israël, ni de la guerre israélo-arabe de 1948. Le système politique et la société que nous décrit l'auteur n'a donc plus que quatre ou cinq ans à vivre. Mais peut-on dire pour autant que le type de rapports humains qui y prévalait ait totalement disparu ?

Au-delà d'une époque à laquelle beaucoup se réfèrent aujourd'hui soit pour l'exalter, soit pour la vilipender, ce que nous montre Alaa El Aswany, à travers ce livre comme dans ses précédents ouvrages, c'est le mécanisme subtil des rapports de pouvoir au sein d'une société : le pouvoir des maîtres sur leurs serviteurs, le pouvoir des hommes sur les femmes, le pouvoir des souverains sur leurs courtisans, le pouvoir des despotes sur leur peuple, ce pouvoir qui ne repose que sur la peur de ceux qui lui sont soumis.

Gilles Gauthier

Ma femme comprit que j'avais besoin de solitude. Je lui laissai la grande voiture et le chauffeur pour ses déplacements avec les enfants et je partis au volant de la petite voiture jusqu'à la villa que nous possédons sur la côte nord. Pendant trois heures, je fus seul avec mes pensées et la voix d'Oum Kalsoum que diffusait le lecteur de CD. Avant de passer le portail du village, le garde de sécurité vérifia minutieusement mes papiers. Pendant l'hiver, l'Administration double les mesures de précaution pour éviter les vols. La fraîcheur revigorante de l'air de la mer me cingla. Le village, complètement vide, ressemblait à une cité enchantée abandonnée par ses habitants. Les villas étaient fermées et dans les rues il n'y avait d'autre présence que celle des réverbères. Je dépassai la place principale du village puis tournai dans la rue qui conduisait à la villa quand apparut une voiture japonaise d'un modèle récent, conduite par un homme dans la cinquantaine qui avait à ses côtés une belle femme de quarante ans. Lorsque la voiture passa à côté de moi, je les regardai : c'étaient des amants venus au village pour s'isoler des regards. Cela ne faisait aucun doute. Cette sérénité, cet épanouissement, ce silence plein d'amour, il est difficile de les rencontrer chez deux époux. J'arrivai à la villa. La porte grinça. Suivant à la lettre les conseils de ma femme, je commençai par ouvrir les fenêtres, mis en marche le réfrigérateur, enfin ôtai les housses qui recouvraient les meubles. Puis je pris un bain chaud avant d'entrer dans ma chambre vider ma valise et ranger mes vêtements dans l'armoire. Je revins alors au salon m'asseoir devant la fenêtre. Je commandai avec mon téléphone portable de la nourriture au seul établissement qui travaillait pendant l'hiver. Je mangeai avec appétit, peut-être sous l'influence de l'air marin, puis ressentis une envie irrésistible de dormir. Lorsque je m'éveillai, la nuit était tombée. Je regardai par la fenêtre. Le village était plongé dans l'obscurité et vide à l'exception de la longue rangée des réverbères. Une idée angoissante s'empara soudain de moi : j'étais maintenant complètement seul, à des centaines de kilomètres du Caire. Et s'il m'arrivait soudain quelque chose ? Une crise cardiaque par exemple, ou bien une attaque à main armée… Et si j'étais le héros d'un de ces faits divers que je lisais dans les journaux ?

Cela ferait un titre accrocheur : assassinat d'un écrivain célèbre dans des circonstances obscures. Je me concentrai pour chasser cette obsession de mon esprit. À trois kilomètres se trouvait un hôpital moderne bien équipé où je serais immédiatement transporté si je tombais malade. De même, il était impossible que je sois victime d'une agression. Tous les accès du village, y compris du côté de la mer, étaient sous protection renforcée. Les gardes de sécurité étaient tous des Bédouins qui connaissaient parfaitement la région et qui patrouillaient vingt-quatre heures sur vingt-quatre. Il n'y avait pas la plus petite probabilité d'être cambriolé. Mais qu'adviendrait-il si les gardes eux-mêmes formaient des bandes pour s'attaquer aux villas ? Voilà bien une idée pour film policier. Je pris un nouveau bain. C'était ma façon d'évacuer les idées ou les sentiments dont je ne voulais pas. Une fois sous la douche, l'eau chaude qui ruisselait sur moi souleva le couvercle qui pesait sur mon esprit, qui retrouva peu à peu sa sérénité. J'en sortis revivifié et me préparai une tasse de café, puis me mis au travail. Je connectai mon ordinateur portable à l'imprimante, que j'alimentai d'une rame de papier. J'avais déjà relu le roman à plusieurs reprises mais je décidai de le relire une fois de plus, ce qui me prit trois heures, sans que j'y change rien d'autre qu'ici ou là un point ou une virgule. Je refermai le dossier sur l'écran de l'ordinateur puis me levai et allai sur le balcon. J'allumai une cigarette et me mis à contempler la rue vide. Je me rendais compte que je faisais tout cela pour retarder l'impression du texte. Je repoussais dans la mesure du possible ce moment difficile et singulier. Maintenant, d'une simple pression de mon doigt sur une touche, le roman allait naître, sortir à la lumière, passer tout à coup du statut de texte virtuel issu de mon imagination à celui d'entité accomplie, palpable, dotée d'une existence véritable et d'une vie indépendante. Le moment où j'imprimais un roman faisait toujours naître en moi un mélange de fierté, de solitude et d'anxiété. La fierté d'avoir réalisé une œuvre. La solitude, parce que j'allais me séparer des personnages du roman avec lesquels j'avais longtemps vécu comme avec des amis chers auxquels le temps était venu de dire adieu. Quant à l'anxiété, elle venait peut-être de ce que j'abandonnais aux autres une chose qui m'était précieuse. C'était comme si j'assistais aux noces de ma fille unique : à la joie de son mariage se mêlait la tristesse de savoir qu'elle ne m'appartiendrait plus. Pourtant c'était moi qui la livrais aux mains d'un autre homme !

Je me levai pour me préparer une autre tasse de café. Mais dès que j'entrai dans la cuisine survint une chose stupéfiante : j'entendis des pas. Je n'en croyais pas mes oreilles. Je fis comme si de rien n'était et me consacrai à la préparation du café. Le son se faisait de plus en plus net. Je tendis l'oreille. Cette fois, c'était certain. Je ne rêvais donc pas. Celui qui marchait n'était pas seul. Je me redressai, sidéré. Personne ne savait que j'étais ici. Qui étaient ces gens et que voulaient-ils ? Les pas se rapprochèrent peu à peu puis la sonnette retentit. Ils étaient là, devant la porte. Je devais affronter la situation. J'ouvris l'un après l'autre, rapidement, les tiroirs de la cuisine pour y trouver un grand couteau bien affûté que je posai sur l'étagère devant la porte, de façon à pouvoir m'en saisir à tout instant. J'allumai la lampe extérieure et regardai par le judas. J'aperçus un homme et une femme, mais la faible lumière ne permettait pas de distinguer leurs traits. J'ouvris lentement la porte et ne leur laissai pas le temps de dire un mot :

— De quoi s'agit-il ?

La femme me répondit d'une voix agréable :

— Bonsoir, monsieur.

Je me mis à l'observer. L'homme avait une voix avenante, comme s'il s'adressait à un vieil ami :

— Désolés de vous importuner, mais nous sommes venus vous voir pour quelque chose d'important.

— Je ne vous connais pas.

— Mais si, vous nous connaissez très bien, intervint la femme en souriant.

Son ton assuré m'irrita :

— S'il vous plaît. Il doit y avoir une erreur.

La femme se mit à rire :

— Il n'y a pas d'erreur. Vous nous connaissez très bien.

La situation était de plus en plus confuse. L'homme sourit :

— Ne vous souvenez-vous pas de nous avoir déjà vus ?

Je pris peur. J'eus l'étrange sentiment d'avoir vécu auparavant cet instant. L'homme et la femme me paraissaient vraiment familiers.

Il me semblait que je les avais vus et que je m'étais entretenu avec eux dans le passé, mais que notre rencontre précédente s'était effacée de ma mémoire, d'où elle resurgissait soudain. J'élevai le ton :

— Je n'ai pas de temps pour ces devinettes. Qui êtes-vous et que voulez-vous ?

L'homme répondit avec un calme provocateur :

— Est-ce que vous allez nous laisser comme cela, à la porte ? Entrons d'abord, puis nous parlerons.

Le plus étonnant, c'est que je ne résistai pas. Je m'écartai pour les laisser passer, comme irrésistiblement entraîné vers un lieu mystérieux. À partir de ce moment, je m'entendais parler et me voyais agir comme s'il s'agissait d'une autre personne. L'homme et la femme entrèrent tranquillement. Ils se déplaçaient avec aisance, comme s'ils étaient chez eux. Ils s'assirent côte à côte sur le canapé et je les vis pour la première fois en pleine lumière. L'homme approchait de la trentaine, il était beau avec son corps bien découplé et son teint mat. La femme, qui venait à peine d'avoir vingt ans, était belle à faire chavirer le cœur. Son corps était mince, ses traits délicats et réguliers, son teint d'un brun éclatant, et elle avait de merveilleux yeux verts. Elle était habillée avec une élégance démodée, dans le style des années quarante. L'homme portait une veste souple en tissu lisse et brillant, une chemise blanche au col montant, une cravate bleue au nœud triangulaire et des souliers anglais blanc et noir. La femme était vêtue d'un tailleur bleu avec un col, des boutons et des revers blancs et ses cheveux tressés étaient couverts d'une résille. Il y avait autour d'eux un halo de vétusté, comme s'ils venaient juste de sortir d'un vieil album de photographies ou d'un film en noir et blanc. J'étais complètement décontenancé, incapable de comprendre ce qui arrivait. Ne voulant pas croire à la réalité de l'homme et de la femme qui étaient assis devant moi, je pensais que j'étais victime d'une hallucination. L'homme sortit une cigarette d'une boîte rouge de Lucky Strike, célèbre dans les années quarante, la tapota sur le dos de sa main, la porta à sa bouche, l'alluma avec un petit briquet à essence et en tira une grande bouffée :

— Je suis Kamel Hamam, et voici ma sœur, Saliha Hamam.

— Ce n'est pas possible !

Il rit, puis dit doucement :

— Je comprends que vous ayez du mal à le concevoir, mais c'est la vérité. Je suis Kamel Abdelaziz Hamam et voici ma sœur, Saliha.

Je le regardai en face et soudain la colère s'empara de moi. Je criai :

— Écoutez. Je ne vous permets pas de me faire perdre mon temps.

— Calmez-vous, je vais vous expliquer.

— Je ne veux aucune explication de votre part. J'ai une œuvre à accomplir.

La femme sourit :

— Nous faisons partie de votre œuvre.

Et l'homme ajouta :

— Et même, c'est nous qui sommes l'œuvre.

Je ne répondis pas. J'avais la chair de poule. Les battements de mon cœur s'accéléraient, je transpirais. J'avais l'impression que j'allais perdre connaissance. Comme pris de pitié, l'homme sourit amicalement et me dit d'une voix calme :

— Monsieur, je vous prie de me croire. Je suis Kamel Hamam et voici ma sœur, Saliha. Dieu sait combien nous vous aimons. Ma sœur et moi sommes sortis de votre imagination pour entrer dans la vie réelle. Vous nous avez imaginés dans le roman. Vous vous êtes représenté notre vie dans tous ses détails puis vous avez mis cela par écrit. Lorsque la description d'un personnage parvient à un certain degré, celui-ci se met en quelque sorte à exister. Il passe de l'imagination à la réalité.

Je ne répondis pas et continuai à les regarder. La femme sourit :

— Je peux concevoir le trouble que produit sur vous cette apparition, mais c'est la vérité. Nous sommes sortis de votre imagination puis nous sommes venus vous rencontrer.

Je restai silencieux, et l'homme ajouta d'une voix aimable :

— Nous vous remercions de nous avoir donné la chance de faire partie de vos personnages. J'admire votre dévouement à votre art. Il vous faut deux ans pour écrire un seul roman. Il y a peu de romanciers qui déploient autant d'efforts.

— Merci, murmurai-je d'une voix faible.

Malgré l'étrangeté de ce qui m'arrivait, j'étais surpris de voir que je commençais à m'y habituer. Mon regard allait de l'un à l'autre. Saliha sourit et me dit de sa voix mélodieuse :

— Ne me regardez pas comme si j'étais une des Sept Merveilles du monde. Vous êtes un grand écrivain et vous savez que de nombreux phénomènes que nous sommes incapables d'expliquer échappent au contrôle de notre raison. Vous avez déployé tous vos efforts pour créer des personnages vivants et nous voilà devant vous, vivant réellement. N'est-ce pas ce que vous vouliez ?

Je haussai le ton :

— Supposons que ce que vous dites soit vrai. Même si vous étiez réellement Saliha et Hamam… qu'attendez-vous de moi ?

Le sourire s'épanouit sur les lèvres de Kamel. Il secoua la cendre de sa cigarette au-dessus du cendrier :

— Ah, nous voici aux choses sérieuses. Eh bien, voilà. Nous sommes venus vous interdire de publier le roman.

— De quel droit ?

— Franchement, le roman est excellent, mais il lui manque des éléments importants.

— Quoi, par exemple ?

On aurait dit qu'ils mettaient à exécution un plan préconçu. Saliha sourit :

— Il manque au roman nos sentiments et nos idées.

— Mais j'ai totalement exprimé les sentiments et les idées de mes personnages.

— Vous les avez exprimés de votre point de vue.

— Bien sûr, puisque c'est moi, l'auteur.

— Pourquoi ne pas nous laisser nous exprimer par nous-mêmes ?

— Personne n'a le droit de s'immiscer dans mon travail.

Kamel baissa la tête un instant comme s'il cherchait les mots appropriés, puis me répondit posément :

— Monsieur, je vous prie d'avoir confiance en nous. Nous savons toute la peine que vous avez prise, mais il ne vous est pas possible de peindre nos sentiments et nos idées à notre place.

— C'est ce que font tous les écrivains !

— Notre situation est différente. Nous sommes devenus réellement vivants. Nous avons le droit de parler de nous-mêmes. Il y a des choses importantes qu'il faut que vous ajoutiez au roman.

Je me levai en criant :

— Écoutez, c'est mon roman. Je l'ai écrit avec mon imagination et mon expérience. Je ne permettrai pas qu'on y ajoute un seul mot qui ne soit pas de ma plume.

Saliha se leva et s'approcha de moi. Les effluves du parfum *Soir de Paris* pénétrèrent ma narine.

— Je ne comprends pas la raison de votre colère. C'est votre intérêt que nous cherchons. Si vous publiez le roman avant que nous y ajoutions nos sentiments, ce sera vraiment dommage pour vous.

Tout était dit. Je me ressaisis et me levai. Je me dirigeai vers la porte que j'ouvris en disant d'un ton ferme :

— Je vous en prie.

— Vous nous chassez, s'écria Saliha en me regardant avec réprobation.

Il y avait dans ses yeux verts une grande intensité. Elle dit avec émotion :

— Nous n'avons rien fait qui justifie un comportement aussi grossier.

— Sortez immédiatement de chez moi.

Kamel se leva d'abord, puis Saliha :

— Vous êtes vraiment décidé à nous humilier. Bien. Nous allons partir. Je ne vous demande qu'une seule chose.

Elle ouvrit rapidement son sac à main et en sortit un DVD dans une pochette transparente.

— Voici une copie de votre roman sur laquelle nous avons ajouté tout ce qui s'est passé dans nos vies.

— Vos vies, c'est moi qui les ai créées.

— Vous les avez créées et nous les avons vécues.

Discuter ne servait à rien. J'étais sur le point de ne plus pouvoir contrôler mes nerfs et de faire une sottise. Saliha continuait à sourire en tendant le DVD. Quand elle comprit que je n'allais pas le prendre, elle le posa sur une petite table. Ils sortirent lentement puis fermèrent doucement la porte derrière eux. Je restai quelques instants interloqué puis m'affalai dans le fauteuil le plus proche. J'étais plongé dans la plus extrême confusion. J'allumai une cigarette… Mon Dieu, que m'était-il arrivé ? Qui étaient ces gens ? Étaient-ce des escrocs ou des fous ? Quels qu'ils fussent, comment connaissaient-ils les noms des personnages de mon nouveau roman que personne en dehors de moi n'avait lu ? Était-il vraiment possible qu'une vie réelle surgisse de personnages littéraires imaginaires ? Il existe une science – la parapsychologie – qui étudie les prodiges que nous sommes incapables d'expliquer. J'eus soudain une pensée angoissante : peut-être étais-je malade, mentalement perturbé et en proie à des hallucinations ? Si j'avais eu l'habitude de fumer du haschich, cela aurait pu s'expliquer par une dose trop forte. J'avais une seule fois essayé le haschich et cela m'avait plongé dans un tel état d'abrutissement que je m'en étais définitivement tenu éloigné. Je ne sais pas comment certains écrivains peuvent rédiger leurs ouvrages sous l'influence de la drogue. Pour moi, l'écriture nécessite une extrême concentration. J'étais en cet instant complètement éveillé. Ces deux visiteurs étaient réels, et moi, dans l'effroi que m'avait causé leur apparition, j'avais agi avec précipitation et fait preuve de brutalité à leur égard. J'avais eu tort de les chasser. J'aurais dû les retenir jusqu'à ce que j'aie compris leur secret. J'aurais dû surmonter ma stupéfaction et les écouter.

Je me levai, ouvris la porte et descendis rapidement l'escalier. J'étais décidé à les rattraper, à m'excuser et à les faire revenir. Je devais tirer cette affaire au clair. Ils ne devaient pas se trouver bien loin ! Je franchis rapidement le sentier du jardin. Une fois dans la rue, je restai perplexe : étaient-ils allés à droite ou à gauche ? Si je me trompais de direction, je les perdrais à jamais. J'aperçus un garde de sécurité, avec son uniforme bleu caractéristique. Il était sur le trottoir d'en face, assis sur un siège en tiges de palmier tressées. Je me précipitai vers lui. Il se leva respectueusement. Je lui demandai si la dame et le monsieur qui venaient de sortir de chez moi s'étaient dirigés vers la mer ou vers la route du désert. À nouveau, le désarroi fondit sur moi comme un éclair : le garde de sécurité me dit qu'il ne les avait pas vus. Je les lui décrivis avec précision mais il réaffirma qu'il était assis à cet endroit depuis des heures et qu'il n'avait vu personne entrer ou sortir de la villa. Me cramponnant à un dernier espoir, j'interrompis la controverse pour regarder autour de moi. Je courus en direction de la mer puis revins rapidement dans le sens opposé. J'espérais apercevoir Saliha et Kamel, mais ils s'étaient bel et bien évanouis. Je compris que ce que j'étais en train de faire ne servait à rien et revins, haletant, vers la maison. En montant lentement l'escalier, je fus soudain pris d'épouvante : j'étais réellement malade, j'avais des hallucinations. Des gens m'apparaissaient, que personne d'autre que moi n'avait vus. Je me sentais épuisé. La sueur coulait de mon front et j'entendais mon cœur battre la chamade. Une idée surgit dans mon esprit. C'était la seule possibilité qui me restait de démêler l'illusion et la réalité. J'ouvris la porte et appuyai sur l'interrupteur. La lumière de la lampe envahit la pièce. Je fermai les yeux et les ouvris à nouveau, puis je regardai la table : le DVD s'y trouvait, exactement là où Saliha l'avait laissé. J'étais soulagé. Je le sortis d'une main tremblante de sa pochette puis l'introduisis dans mon ordinateur. J'attendis un peu que l'écran s'allume et me mis à lire.

1

Le roman commence au moment où un homme qui s'appelait Carl Benz rencontra une femme qui s'appelait Bertha.

Dans l'unique photographie dont nous disposons de lui, Carl Benz a l'air indéchiffrable, distrait, dédaigneux des détails de la vie quotidienne au point d'oublier de boutonner son manteau au moment où il pose

devant l'appareil photographique. Il y a sur son visage une tristesse profonde, une brisure ancienne que lui a laissée une enfance cruelle. Son père, conducteur de locomotives, était mort dans un accident effroyable quand il n'avait pas encore deux ans et sa mère avait lutté d'une manière forcenée pour que, malgré sa pauvreté, il bénéficie d'un excellent enseignement. Carl avait été obligé de travailler très jeune pour l'aider à subvenir aux besoins de ses frères. Sur la photographie, son regard reflète une évidente intelligence et une forte volonté, mais il a en même temps quelque chose de vague, d'indéfini, comme s'il regardait dans le lointain quelque chose que lui seul aperçoit.

Quant à Bertha, sa photographie montre une forme de beauté particulière qui n'évoque pas tant la concupiscence ou le désir qu'une tendresse maternelle débordante. Il y a dans les traits de son visage une douceur attirante et une quiétude angélique en même temps qu'une forte résolution et un profond sens du devoir.

Le 20 juillet 1872, dans la ville allemande de Mannheim, l'église était pleine à craquer d'hommes et de femmes revêtus de leurs plus beaux atours. Le nombre des invités était si grand que certains avaient dû suivre la cérémonie debout. Malgré les réprimandes et les admonestations, les enfants n'arrêtaient pas de crier et de sauter dans tous les coins. Les murs de l'église venaient d'être repeints et l'odeur tenace de la peinture s'ajoutant à la chaleur ambiante rendait l'atmosphère étouffante. Les femmes soupiraient et agitaient énergiquement devant leurs visages des éventails de soie ciselés.

Soudain se propagea un murmure enjoué et s'élevèrent des salves d'applaudissements enthousiastes. Carl Benz, dans son élégant costume blanc, venait d'entrer au bras de sa fiancée, Bertha, qui brillait de tous ses feux dans sa robe verte de dentelle française incrustée de petits éclats de diamants industriels, largement décolletée pour mettre en valeur sa poitrine d'un blanc éclatant, resserrée sur sa taille fine et terminée par une jupe bouffante comme celle d'une danseuse de ballet. Les deux mariés marchaient lentement. Ils s'arrêtèrent devant l'autel, où ils échangèrent leurs serments de mariage devant un gros prêtre qui, tant il faisait chaud, se désaltérait avec une bouteille d'eau fraîche posée à ses côtés et épongeait la sueur de son visage avec un grand mouchoir blanc.

Carl prit la main de Bertha et prononça le serment d'une voix rauque et d'un ton sobre, avec l'air renfrogné qu'il avait habituellement, comme s'il y était contraint. Lorsque vint le tour de Bertha, le sang lui monta au visage, sa respiration se troubla et elle fit entendre une voix ardente, entrecoupée, comme celle d'un élève qui récite un texte difficile devant un maître sévère.

"Au nom de Jésus notre Seigneur, je te prends, toi, Carl, pour époux. Je m'engage à être à tes côtés dans la joie et dans le malheur, dans la richesse et dans la pauvreté, dans la santé et dans la maladie. Je resterai à jamais avec toi et t'aimerai toujours, jusqu'à ce que la mort nous sépare."

La cérémonie se termina, suivie par un dîner réunissant la famille et quelques proches amis.

Peu avant minuit, Carl ouvrit la porte du nouveau logis et Bertha s'arrêta un instant avant de franchir le seuil.

Elle se dit qu'une époque de sa vie se terminait et qu'elle franchissait une nouvelle étape. Elle invoqua le Seigneur pour qu'il bénisse leur vie commune. La chambre à coucher était à l'étage supérieur. Avant le mariage, Bertha n'avait autorisé que quelques baisers, extorqués à grand-peine. Sa conscience protestante en éveil lui interdisait de livrer son corps à quiconque en dehors d'un mariage conclu dans la maison du Seigneur. De ce fait, leur première relation physique acquit la dimension d'une célébration intime et resta à jamais gravée dans son esprit dans ses moindres détails. Bertha n'oublierait plus par la suite ces premiers moments de spontanéité, de trouble, d'anxiété, d'ardeur, mais aussi de jubilation. Ils s'étaient d'abord mis à parler de n'importe quoi avec des phrases entrecoupées, puis le silence les avait saisis. Carl s'était précipité vers elle et avait commencé à l'embrasser avec douceur. Elle avait senti son souffle brûlant, saturé de l'odeur des cigarettes et de l'alcool, le frottement piquant de sa moustache, l'odeur de neuf de son pyjama de soie blanche qui se mêlait à celle de son corps. Elle se souviendrait toujours de la manière dont elle faillit perdre connaissance tant elle avait honte. Elle lui avait chuchoté d'éteindre toutes les lumières. Ses baisers interminables avaient peu à peu détendu son corps jusqu'à ce qu'elle ait l'impression de nager dans un étrange et vaste espace. Ensuite il y avait eu cette fusion entre leurs deux corps – surprenante, soudaine, familière et attendue en même temps –, qui lui avait causé d'abord une légère douleur puis la sensation merveilleuse qu'elle était liée à cet homme pour l'éternité.

Bertha évoquerait ces moments avec un sourire de joie et de nostalgie. Les premiers moments de leur mariage furent des jours d'un bonheur sans tache. Bertha faisait tout ce qu'elle pouvait pour rendre son mari heureux. Son espoir était de fonder une saine famille chrétienne qui soit comme un arbre chargé de fruits dans le jardin du Seigneur. Malheureusement, peu à peu les nuages s'accumulèrent au point de cacher le soleil.

Bertha découvrit soudain que son mari était bizarre, différent de tous les hommes qu'elle avait connus ou dont elle avait entendu parler, différent de son père, de ses frères ou des maris de toutes ses amies. Sa bizarrerie était telle que l'on avait souvent l'impression que deux personnes contradictoires étaient réunies dans un seul corps. Carl le gentil, le sympathique, le plaisant qui l'avait aimée et avec qui elle avait souhaité se marier était soudain possédé par le diable et se transformait en quelqu'un de fuyant, d'inquiet, de nerveux, qui se querellait pour les raisons les plus futiles et la traitait avec une grossièreté à laquelle elle ne s'était pas attendue de sa part. Il devenait à ces moments-là un personnage impénétrable enveloppant tout ce qu'il faisait de mystère, au point qu'elle en était venue à se demander ce qu'elle connaissait réellement de cet homme qu'elle avait épousé.

Elle savait qu'il travaillait comme ingénieur dans une usine et qu'il avait monté avec un de ses collègues un petit projet pour augmenter ses revenus. Il était venu un jour lui demander de lui prêter une somme d'argent pour racheter la participation de son associé et elle n'avait pas hésité un seul instant. Elle lui avait accordé l'argent qu'il lui demandait sur ses biens personnels.

Carl avait alors exprimé sa satisfaction en lui baisant les mains. Il lui avait dit qu'il n'oublierait jamais son obligeance, mais au bout de quelques jours sa bizarrerie le reprit. Il l'informa qu'il avait loué un local chez les Miller dans la rue voisine pour en faire son atelier et ajouta brièvement qu'il l'utiliserait pour des travaux qu'il n'aurait pas pu faire à l'usine. Après cela, il esquiva la réponse à ses questions puis sortit en souriant mystérieusement.

Carl passait de longues heures dans la cave et refusait énergiquement que Bertha l'y accompagne. Lorsqu'elle lui avait demandé qui nettoyait le local, il avait fait semblant de ne pas entendre sa question. Plus les jours passaient, plus sa conduite devenait anormale. Il se terrait dans le coin le plus éloigné de la pièce et fumait des cigarettes en silence, complètement absent à tout ce qui l'entourait, et tout à coup il se levait d'un bond et sortait précipitamment de la maison comme s'il venait de se souvenir de quelque chose d'important qu'il lui fallait faire sans délai. Il pouvait rester des heures absent, puis il rentrait pour retrouver la même posture.

Une nuit où Bertha se trouvait avec lui dans le lit, leurs deux corps soudés l'un à l'autre au sommet de l'incandescence, elle ouvrit tout à coup les yeux et vit son visage dans un rayon de lumière qui filtrait de l'extérieur de la chambre. Carl, à leur moment le plus ardent, regardait au loin comme s'il pensait à autre chose. Son corps seulement était avec elle, tandis que son esprit vaquait dans un lieu éloigné.

Cette nuit-là, Bertha eut la conviction qu'elle l'avait perdu pour toujours. Une lourde tristesse fondit sur elle et ses obsessions reprirent de plus belle, dans une autre direction. Qu'est-ce qui pouvait bien distraire à ce point l'attention de cet homme au moment même où il faisait l'amour à sa femme ?

La réponse surgit dans son esprit comme un éclair : Carl aimait une autre femme. C'était la seule explication à tout ce qui se passait.

“Qui est la maîtresse de Carl ? Est-elle plus belle que moi ? Quand et comment fait-il l’amour avec elle ? Pourquoi ne l’a-t-il pas épousée au lieu de me tromper ? Qui peut m’assurer qu’il a accepté mon argent pour prendre seul le contrôle de la société comme il l’a prétendu ? Qui peut m’assurer qu’il ne dépense pas mon argent avec sa maîtresse ? Et même : qui peut m’assurer qu’il a loué la cave pour y travailler ? N’est-ce pas dans la cave qu’il la rencontre ? Cela ne préoccuperait absolument pas la famille Miller que l’on commette l’adultère dans leur cave, pourvu qu’on leur paie un bon loyer.”

Bertha continuait à se torturer avec ses doutes, jusqu’à ce qu’elle se réveille une nuit et qu’elle ne trouve pas Carl à ses côtés. Elle sauta hors du lit pour aller le chercher et le trouva dans son bureau en train de fumer et d’écrire sur une feuille posée devant lui. Dès qu’il l’aperçut, il tendit la main pour cacher ce qu’il écrivait. Elle l’interrogea et il grommela laconiquement :

— J’ai un travail que je dois terminer cette nuit.

Elle le regarda fixement… Elle avait bien sûr compris qu’il était en train d’écrire une lettre à l’autre femme. Comment pouvait-il pousser l’insolence jusqu’à abandonner le lit de sa femme pour écrire une lettre à sa maîtresse ? Il lui vint à l’esprit de se jeter sur lui et de lui arracher la lettre des mains, quelles que puissent en être les conséquences. Elle hésita un instant puis se retira dans sa chambre. Cette nuit, elle ne dormit pas. Elle se demandait pourquoi elle ne l’avait pas bravé, pourquoi elle ne s’était pas saisie de la lettre pour avoir en main une preuve de sa culpabilité.

Au fond d’elle-même, elle avait peur de faire face à la vérité. L’obsession de la trahison de son mari la dévorait mais en même temps il restait la possibilité, même faible, qu’il soit innocent. Qu’en serait-il si elle l’affrontait et s’il avouait ses relations avec l’autre femme ?

Que ferait-elle alors ? En informerait-elle sa famille ? Abandonnerait-elle la maison ? Elle avait besoin de temps pour se déterminer. Elle décida provisoirement de laisser subsister entre eux un voile léger, jusqu'à ce qu'elle soit prête à l'affrontement final. Mais la roue du malheur, lorsqu'elle a commencé à tourner, ne s'arrête pas. Un matin, après avoir pris son petit déjeuner, l'heure était venue pour lui de partir au travail. Comme d'habitude, elle alla le saluer à la porte, lorsqu'il lui dit tout à coup, en évitant de la regarder dans les yeux :

— Je passerai la nuit à l'extérieur.

— Puis-je savoir pourquoi ?

— J'ai un travail qui ne peut pas attendre à faire cette nuit à l'atelier.

À ce moment-là, pour la première fois, Bertha fut incapable de contrôler ses sentiments. Elle explosa. Ses hurlements se mirent à retentir à travers toute la maison :

— Ça suffit comme ça, Carl. Je ne peux plus supporter tes mensonges. Quel est ce travail qui te fait passer la nuit dehors ? Pour qui me prends-tu ? Je ne suis pas une enfant. Je ne suis pas aveugle. Je suis au courant de tout. Tu me trompes, tu me trompes, Carl. Laisse-moi et pars avec elle puisque tu l'aimes.

Elle lui faisait face, les deux mains sur les hanches, les cheveux en désordre, la fureur au visage et dans ses yeux bleus de la colère et de l'amertume. Elle ressemblait à une tigresse, prête au combat final, mais, lorsqu'elle eut prononcé sa dernière phrase : “Pars avec elle puisque tu l'aimes”, les muscles de son visage se crispèrent soudain et elle éclata en sanglots. Carl la regarda calmement, fronça les sourcils et resta un moment silencieux, comme s'il ne comprenait pas. Puis il s'approcha d'elle et tendit les bras pour essayer de l'étreindre, mais elle le repoussa violemment en criant :

— Ne me touche pas.

Alors, tout à coup, il la prit avec force par la main et l'entraîna à l'extérieur.

Elle cria :

— Que fais-tu ?

— Viens avec moi.

Il resserra sa prise et l'entraîna de force.

C'était un temps nuageux d'automne et le ciel sombre annonçait une pluie imminente. L'allure rapide de Carl était celle d'un forcené, tandis que Bertha essayait en vain de se dégager de sa poigne. Plus d'une fois, elle faillit s'étaler par terre. Le spectacle qu'ils donnaient était si insolite que certains passants s'arrêtaient pour les regarder avec curiosité. Lorsqu'ils arrivèrent chez les Miller, il lui fit faire le tour de la maison pour arriver à la porte de la cave, qu'il ouvrit avec sa clef de la main droite, tandis que sa main gauche restait agrippée à la sienne.

Il poussa du pied la porte, qui s'ouvrit en grinçant sinistrement. Il l'entraîna à l'intérieur, lui lâcha la main et alluma la lampe. Elle palpa son poignet endolori et regarda autour d'elle.

L'endroit était rempli de choses étranges. Il y avait de nombreuses machines de toutes dimensions, de nombreuses roues de tailles différentes posées à même le sol, un grand tableau noir sur lequel étaient inscrites des dizaines d'équations mathématiques, des dessins industriels de moteurs accrochés aux murs, une grande table de bois sur laquelle étaient rangées des pièces détachées, des centaines de clous, d'écrous réunis dans plusieurs récipients à proximité de la table. Carl la fit asseoir sur le seul siège existant puis, adossé au vieux mur dont la peinture s'écaillait en de nombreux endroits, il se mit à lui expliquer en détail ce qu'il faisait. Elle le suivait lentement, les yeux perdus dans le vague, comme si elle soupesait ce qu'il lui disait et l'analysait soigneusement. Peu à peu, son regard passa de l'exaspération à l'étonnement. Lorsqu'il eut fini, elle lui posa quelques questions, auxquelles il répondit de façon exhaustive et précise. À la fin, il n'y avait plus rien à dire. Un silence profond, chargé de sens, s'établit. Carl soudain s'approcha d'elle, se mit à genoux et lui baisa les mains et les genoux :

— Bertha, je t'aime. Je n'ai de toute ma vie jamais aimé d'autre femme que toi. Je te demande de m'excuser de beaucoup te négliger, mais je travaille depuis des années pour réaliser un rêve qui est le but de mon existence : réussir un jour à créer une voiture qui se déplace sans chevaux, une voiture qui s'élance grâce à la force d'un moteur.

Elle l'étreignit fortement, enfonça le visage dans ses cheveux et murmura :

— Moi aussi, je t'aime.

Ce jour-là, elle lui livra son corps comme elle ne l'avait jamais fait auparavant. Elle s'ouvrit à lui comme une fleur revivifiée par la rosée. Elle l'étreignit avec force comme s'il était revenu d'un lointain voyage. Elle couvrit son corps de baisers. Elle le berça comme s'il était son enfant. Les doutes qu'elle avait longtemps eus sur sa fidélité s'étaient en un instant métamorphosés en sentiment de culpabilité, laissant libre cours au flot de sa tendresse.

Après cela, Bertha apprit à aimer son mari comme il était. Elle n'essaya plus de le changer. Cela lui était devenu indifférent que son esprit vagabonde alors qu'il se trouvait avec elle ou bien qu'il passe toute la journée à l'extérieur. Depuis qu'elle avait écarté l'hypothèse qu'il la trompait, plus rien ne l'inquiétait.

C'était un mari fidèle et travailleur, un chrétien pratiquant. Que pouvait-elle demander de plus ? S'il avait des occupations pour employer ses moments de liberté, cela valait mieux que de boire ou de dépenser son argent au jeu ou de courir après les femmes comme font beaucoup de maris. Bertha était heureuse avec Carl, dont elle eut quatre enfants, auxquels elle consacrait la plus grande partie de son temps. Lui consacrait le sien à l'atelier, penché sur son travail.

Un soir, tandis qu'elle était en train de préparer le dîner, la porte de la cuisine donnant sur le jardin s'ouvrit et Carl apparut, les mains pleines de graisse :

— Bertha, laisse tout et viens immédiatement.

Elle ne comprenait pas, mais la joie qui submergeait son visage se communiqua soudain à elle. Elle s'essuya

les mains, enleva son tablier et le suivit. Il était si pressé qu'il avait laissé la porte de l'atelier ouverte. Dès qu'elle entra, elle vit quelque chose d'étrange : une bicyclette géante comme elle n'en avait jamais vu de semblable. Trois grandes roues, deux à l'arrière et une à l'avant, supportant un large siège fait pour deux personnes et à l'arrière un objet métallique d'où pendaient deux ceintures de cuir noir.

Carl la regarda, poussa un cri et applaudit. Il la prit dans ses bras avec force et la souleva de terre en couvrant son visage de baisers. Il ne pouvait pas contenir sa joie et cria avec enthousiasme :

— Bertha, c'est le plus beau jour de ma vie ! J'ai fabriqué la première voiture à moteur de l'histoire.

Il s'approcha de la voiture et en saisit la courroie de cuir en s'exclamant :

— Regarde. Elle n'a pas besoin de chevaux pour la tirer. C'est la poussée du moteur qui la met en mouvement.

— Ah, mais c'est merveilleux. Remercions Dieu, s'écria Bertha, qui commençait à comprendre l'importance de l'événement.

Carl dit aussitôt d'un ton de visionnaire :

— Demain, j'enregistrerai l'invention à mon nom et j'obtiendrai des financements pour monter une usine. Cette voiture portera le nom de Benz. Nous vendrons des milliers de voitures et nous gagnerons des millions.

Bertha eut l'air de réfléchir, puis elle demanda d'un ton calme :

— Carl, crois-tu que les gens accepteront d'acheter cette voiture ? Qu'ils abandonneront les chevaux pour monter dans la voiture Benz ?

— Bien sûr.

— Je ne crois pas, Carl, que ce soit aussi facile. Les gens changent difficilement leurs habitudes et ils ne vont pas dépenser leur argent pour un produit dont ils ne savent rien.

Carl la regarda en réfléchissant. Elle s'avança lentement vers lui, le visage empreint de résolution. Elle prit sa tête entre ses mains et murmura en appliquant un baiser sur son front :

— Carl. Je suis aussi heureuse que toi de ton invention et je suis fière de toi. Mais notre travail n'est pas terminé. Il ne fait que commencer.

Le lendemain, Bertha s'employa à mettre son plan en application. Elle convoqua Tom Mizenger, le photographe le plus connu de la ville, un vieillard de soixante-dix ans, grand et maigre, aux cheveux complètement blancs. Ses vêtements étaient dans un état lamentable et froissés comme s'il avait dormi dedans. Il arriva ivre comme d'habitude et insista pour toucher la totalité de ses émoluments par anticipation, puis il passa la journée entière à prendre des photographies de la voiture sous tous les angles. Bertha attendit qu'il eût fini de tirer les photos puis choisit les meilleures, qu'elle distribua elle-même aux journaux locaux. Elle demanda qu'elles soient publiées accompagnées d'une publicité payante, qui sortit dans le numéro du dimanche sous la forme suivante :

"L'ingénieur Carl Benz est heureux d'annoncer aux habitants de la ville de Mannheim qu'il est parvenu – après de longues années d'un dur labeur – à créer la voiture Benz, première voiture de l'histoire à se mouvoir de sa propre impulsion. Cette voiture n'a pas besoin d'être tirée par un cheval. C'est un petit moteur à essence qui la met en mouvement. Cet étonnant et nouveau moyen de transport rendra notre vie plus facile et plus belle. Carl Benz exposera sa voiture le dimanche 15 mai prochain, devant son domicile à une heure de l'après-midi. Tout le monde y est convié."

Cette annonce fit un bruit considérable dans la ville de Mannheim et se répandit rapidement dans les villes voisines. Il y eut des controverses enragées au sujet de la nouvelle invention : la plupart des gens étaient stupéfiés et se demandaient comment il était possible qu'une voiture bouge toute seule, sans cheval. Nombre d'entre eux hésitaient à y donner foi. Certains, enthousiasmés par la science et le progrès, crurent à l'idée et prirent sa défense, tandis que d'autres se moquaient ouvertement de Carl et de sa prétendue automobile.

Mais ceux qui s'opposaient avec le plus de force et d'acharnement étaient les chrétiens extrémistes, qui se répandaient partout en disant : "Il est impossible de faire marcher une voiture sans cheval, car Dieu n'aurait pas donné vie inutilement à cette créature. S'Il a créé le cheval, c'est précisément pour qu'il tire des voitures. C'est une loi éternelle que ni Carl Benz ni quiconque ne peut changer."

Ces extrémistes sillonnaient chaque recoin de la ville de Mannheim pour prévenir les gens d'une voix menaçante avec des regards furibonds et haineux : "Ô vous qui croyez au Christ, cette nouvelle voiture n'est pas une invention, ce n'est rien d'autre qu'une des innombrables ruses du diable qui a pour but de tenter les croyants et d'ébranler leur foi en Dieu. Carl Benz n'est ni un savant ni un inventeur. C'est un charlatan qui, avec son épouse, est en relation avec des esprits maléfiques, mais – comme l'a dit le Seigneur en personne – les rets du démon sont plus fragiles qu'une toile d'araignée et vous verrez par vous-mêmes que la fin de ces deux époux imposteurs sera épouvantable car c'est là le châtiment de tous ceux qui vendent leur âme au diable."

Le tumulte au sujet de la voiture de Benz redoubla. Ses opposants, ses partisans et ceux qui restaient dans l'expectative s'affrontèrent dans d'interminables disputes à tel point qu'il n'y avait pas d'autre sujet de conversation à Mannheim.

Le jour fixé pour la présentation, Carl et Bertha avaient tout préparé à la perfection. Ils firent sortir la voiture de l'atelier et la placèrent devant leur domicile. Carl la nettoya avec soin et la fit briller de partout. Son aspect était vraiment ravissant.

La rue se remplit d'un bout à l'autre de spectateurs qui continuaient à arriver sans interruption. Ils s'entassaient sur toutes les routes qui conduisaient à leur domicile et certains se bousculaient à son entrée, si bien que la police dut intervenir pour rétablir l'ordre. Les policiers firent un cercle autour de la voiture recouverte d'une bâche pour empêcher les gens de l'abîmer et ils se déployèrent partout dans les alentours pour contenir la foule et empêcher les échauffourées.

À une heure précise, Carl apparut, accompagné de son épouse. Il était vêtu d'un costume gris clair, d'une chemise blanche et d'un nœud papillon rouge sang.

Bertha, elle, portait une robe bleu ciel très élégante (qu'elle avait achetée spécialement pour l'occasion), avec un chapeau de la même couleur d'où pendaient des rubans blancs. L'excitation se propagea et peu à peu se transforma en clameur. Les deux époux se frayèrent un chemin parmi la foule avec difficulté pour parvenir à la voiture couverte, puis d'un geste rapide Carl arracha la bâche. La voiture apparut et les gens ne purent se contenir : des cris fusèrent, des rires nerveux éclatèrent. Carl, immobile, les regarda, comme s'il voulait leur parler.

Plusieurs voix s'élevèrent pour appeler au calme, et lorsque le silence revint, Carl leur dit d'une voix enrouée par l'émotion :

— Mesdames, messieurs, je vous remercie d'être venus et je vous confirme que vous assistez maintenant au début d'une ère nouvelle. Vous vivez un moment où le monde est en train de changer. Un jour, vous raconterez à vos enfants que vous avez vu la première voiture de la marque Benz. La voici devant vous. C'est une voiture qui n'a pas besoin de cheval, mais qui est propulsée par un moteur que j'ai monté à l'arrière. Vous allez voir maintenant à quel point sa conduite est facile.

Carl posa le pied droit sur la petite pédale suspendue à la voiture puis monta et s'assit sur le siège du conducteur. Un profond silence s'établit et les gens se pressèrent pour bien voir ce qui se passait. Ils retenaient leur souffle et tous les yeux étaient rivés sur Carl Benz, qui faisait des efforts pour parvenir à garder le sourire confiant qu'il arborait depuis le début. Il plaça sa main droite sur le volant et prit de la gauche la courroie de cuir noir du moteur, sur laquelle il tira violemment une seule fois. La voiture produisit un formidable grondement et projeta un épais nuage de fumée puis bondit en avant. La foule poussa à l'unisson un grand cri perçant et frénétique, comme si elle se trouvait à bord d'un bateau tanguant violemment avant de couler dans l'océan. Jusqu'à cet instant, au fond d'eux-mêmes, les gens n'étaient pas persuadés que ce qui se passait devant eux était réel. La voiture avança dans la rue et ils s'élancèrent derrière elle en criant, en applaudissant et en invoquant le Seigneur. Carl avait l'air de la maîtriser totalement, de la diriger avec aisance et habileté, comme un cavalier émérite soumettant sa monture à sa volonté. La voiture progressait rapidement et Carl put la diriger vers la route principale où elle continua son parcours, les gens courant derrière elle. La réussite de Carl était si totale qu'un sourire victorieux illumina le visage de Bertha, qui le suivait du regard.

Carl réussit à prendre le tournant et, lorsqu'il se trouva face au grand arbre, tira le levier métallique du frein fixé au moteur pour arrêter la voiture. Il tira plusieurs fois avec force, malheureusement le levier ne répondit pas. Carl essaya désespérément de maîtriser le volant mais la voiture, qui roulait maintenant au maximum de sa vitesse, soudain rétive, fit un violent écart et sauta sur le trottoir. Au même moment, elle perdit l'équilibre, heurta l'arbre et se renversa. Ce fut la dernière scène du spectacle : la voiture renversée, les roues qui tournaient en grinçant dans le vide tandis que le moteur vrombissait en émettant une épaisse fumée comme un énorme insecte cauchemardesque retourné sur lui-même et incapable de retrouver sa position normale. Carl, coincé au-dessous et étouffé par la fumée, se mit à tousser violemment. Au terme d'efforts désespérés, il parvint enfin à se dégager, le visage, les mains et son élégant costume complètement couverts de graisse. Un lourd silence régnait. Les gens étaient si stupéfaits qu'il leur fallut quelques instants avant de réaliser ce qui était arrivé, puis tous leurs sentiments réprimés surgirent d'un seul coup : ils se mirent à crier, à sauter, à rire aux éclats, comme s'ils étaient devenus fous. Carl abandonna sur place la voiture, et retourna chez lui la tête basse, suivi par Bertha, au milieu des commentaires ironiques et malveillants qui jaillissaient de toute part comme des flèches empoisonnées :

— Allons, monsieur Benz, je crois qu'il vaut beaucoup mieux faire tirer sa voiture par des chevaux que se livrer à ces acrobaties.

— Nous vous remercions, monsieur Benz, pour cet intermède comique. Je vous conseille de le présenter dans un cirque.

— C'est le châtiment de ceux qui défient les lois du Seigneur.

— Dis à tes démons de te faire, la prochaine fois, une voiture qui marche bien.

La présentation avait totalement échoué, et les jours suivants n'apportèrent aux époux Benz que malveillance et déception. À Mannheim, la voiture de Benz devint le premier objet de risée. Autant la presse avait au début accueilli l'invention avec intérêt, autant les journaux la tournaient maintenant cruellement en dérision. Partout les gens accueillaient Carl Benz avec des regards et des expressions ironiques, si bien que, dans la mesure du possible, il évita de paraître dans des endroits publics. Le pire, c'étaient ces arsouilles qui commençaient par se saouler dans des tavernes, puis, quand ils ne trouvaient rien à faire, décidaient d'aller chez Carl Benz contempler sa voiture. Tous se comportaient de la même manière. Ils frappaient avec effronterie à la porte puis prenaient un air sérieux pour demander à voir la voiture qui roulait sans cheval parce qu'ils pensaient en acquérir une. Carl comprenait dès le début qu'ils se moquaient, mais, considérant qu'il y avait une faible probabilité qu'ils soient réellement venus pour acheter une voiture, il les conduisait à l'atelier. Devant le véhicule, dès ses premières explications, ils l'accablaient de questions et de commentaires ironiques. Alors, convaincu qu'ils se moquaient de lui, il s'écartait en silence, s'asseyait dans un fauteuil dans un coin et restait sans mot dire jusqu'à ce que s'épuise leur énergie malveillante et qu'ils s'en aillent. Carl supporta toutes ces souffrances et Bertha le soutenait de toutes ses forces soit directement, en le consolant, soit en ignorant la question et en essayant de se comporter de façon naturelle et de le distraire par tous les moyens possibles. Mais l'échec, comme un lourd nuage noir, continuait à assombrir les deux époux, où qu'ils aillent, quoi qu'ils disent et quoi qu'ils fassent.

Une chaude journée d'août, Bertha proposa à Carl de dîner dans le jardin. Elle avait préparé un poulet rôti, son plat favori, avec lequel ils burent une bouteille de vin rosé bien rafraîchissant. Bertha essaya de rendre le dîner agréable ou, à tout le moins, normal, en abordant d'autres sujets que celui de la voiture et de l'échec de la présentation.

Tout se passa parfaitement jusqu'au moment où, tout à coup, un homme d'une cinquantaine d'années arriva près de la porte du jardin. Il était vêtu d'une chemise blanche et d'un pantalon bleu. Il regarda les deux époux, les salua et leur dit d'une voix forte :

— Pardon, monsieur, êtes-vous Carl Benz, l'inventeur de la voiture qui marche sans cheval ?

— Oui.

— Je voudrais la voir, s'il vous plaît.

Carl resta un moment silencieux, puis le regarda et lui dit d'une voix grave :

— Je n'ai rien à vous montrer. Désolé, monsieur.

— Comment ça ? Je veux voir la voiture que vous avez inventée.

Carl baissa un peu les yeux, puis releva la tête vers l'homme et lui répéta calmement sa réponse :

— Je n'ai rien à vous montrer.

— Bien, monsieur Benz. Je suis désolé de vous avoir importuné. Je vous souhaite le bonsoir.

Cette nuit, lorsque les deux époux allèrent dormir, ils restèrent allongés côte à côte dans l'obscurité, complètement silencieux. Puis Bertha passa la main sur la poitrine de Carl et lui demanda tendrement :

— Pourquoi as-tu refusé de montrer la voiture à cet homme ?

Il attendit quelques instants avant de répondre, puis soupira et dit à voix basse, comme s'il se parlait à lui-même :

— Je suis las de faire le pitre, Bertha. Je ne peux plus supporter les regards incrédules, les questions impertinentes et les rires sarcastiques.

— Ce sont des imbéciles. Ils ne connaissent pas la valeur de ce que tu as réalisé.

— Ça suffit, Bertha, j'ai échoué, ma chérie. C'est ça, la vérité que je dois affronter. Pendant de longues années, j'ai couru derrière un mirage. J'ai pourchassé une chimère.

Il se tut puis poursuivit sur le même ton :

— Bertha, je t'en conjure par le Christ, ne me parle plus jamais de cette voiture.

Il avait la tête appuyée contre sa poitrine. Ils plongèrent à nouveau dans le silence et elle se rendit compte que son corps était parcouru de frissons : Carl pleurait. Elle sentit le chagrin déchirer son cœur. Elle le serra très fort dans ses bras. Ils restèrent ainsi collés l'un à l'autre jusqu'à ce qu'elle entende sa respiration redevenir régulière. Lorsqu'elle fut convaincue qu'il dormait, elle retira doucement la main et écarta délicatement sa tête, qu'elle posa sur l'oreiller. Assise sur le lit, elle resta éveillée à réfléchir en fixant l'obscurité. Lorsque le premier filet de lumière traversa la fenêtre ouverte, elle avait pris sa décision. Elle se glissa sur la pointe des pieds, ouvrit l'armoire, prit ses vêtements dans l'obscurité, descendit l'escalier et alla s'habiller dans le salon. Elle réveilla ses deux enfants,

Eugène et Richard, qui avaient à cette époque douze et quatorze ans, leur demanda de faire leur toilette et de s'habiller le plus vite possible. Lorsqu'ils lui demandèrent où elle les emmenait, elle marmonna :

— Je vous le dirai tout à l'heure.

Elle ouvrit la porte avec précaution pour ne pas faire de bruit, puis s'arrêta et, se souvenant tout à coup, laissa ses deux fils l'attendre et revint dans la cuisine où elle prit une feuille de papier et un stylo et écrivit en majuscules :

“Carl, ne t'inquiète pas pour nous. Nous sommes allés rendre visite à ma mère et nous reviendrons demain.”

Elle plaça la feuille en évidence pour qu'il puisse la lire lorsqu'il se réveillerait, puis elle ferma la porte et, en tenant bien ses enfants par la main, partit en direction de l'atelier. Elle ouvrit la porte et, avec ses fils, poussa la voiture dans la rue puis les aida à monter. Assise entre eux, elle saisit la courroie de cuir à deux mains et la tira de toutes ses forces. Le moteur se mit à vrombir et à projeter une épaisse fumée, puis la voiture s'élança en avant.

2

Raqia ouvrit les yeux en entendant l'appel à la prière de l'aube. Elle récita à voix basse sa profession de foi puis se glissa hors du lit et ferma doucement la porte de la chambre pour ne pas réveiller Abdelaziz, son mari. Elle se dirigea vers la salle de bains, où elle alluma le réchaud. Lorsqu'elle vit que le feu avait bien pris, elle posa au-dessus un grand récipient rempli d'eau à ras bord, puis alla à la cuisine.

Elle prépara le plateau du petit déjeuner pour les invités et les sandwichs de l'école pour les enfants. Lorsqu'elle retourna à la salle de bains, l'eau bouillait. Le bain du matin était une coutume qu'elle avait acquise au début de son mariage. À cette époque, elle vivait en Haute-Égypte avec sa belle-mère, aujourd'hui décédée, qui surveillait le nombre de fois qu'elle prenait un bain pour savoir si elle avait fait l'amour avec Abdelaziz. Se baigner tous les matins était une manière judicieuse de protéger sa vie privée. Avec le temps, elle s'était habituée à commencer sa journée avec cette sensation revigorante. Ensuite, elle se séchait avec soin et revêtait une galabieh* propre, bien repassée, puis montait l'escalier avec le plateau du petit déjeuner recouvert d'un voile de gaze, qu'elle déposait devant la porte de la chambre des

* Vêtement traditionnel égyptien, en forme de longue robe. *(Toutes les notes sont du traducteur.)*

invités. Cette pièce au-dessus de la terrasse servait à loger des membres de la famille de Haute-Égypte montés au Caire pour diverses raisons comme se soigner, retirer des papiers, ou régler des affaires. La chambre sur la terrasse était vaste, munie d'un lavabo, et à côté il y avait des toilettes et un escalier indépendant. La maison d'Abdelaziz était toujours ouverte à la famille. Il considérait que c'était autant son devoir de les accueillir que d'élever sa propre progéniture.

Ensuite, Raqia réveilla ses enfants. Le plus difficile était Mahmoud. Elle devait s'y reprendre plusieurs fois car il se rendormait systématiquement. Elle était patiente avec lui. Elle lui pardonnait toutes ses bêtises. Quelques semaines après sa naissance, elle avait remarqué qu'il était lent dans ses mouvements et ses réactions. Elle l'avait emmené chez un grand médecin d'Assouan, qui lui avait dit que durant toute sa vie il serait un peu en retard par rapport à ceux de son âge. Dire que Mahmoud allait à l'école était une façon de parler, car c'était la troisième fois qu'il redoublait sa dernière année de collège. Il dépensait tout son argent de poche et tout son temps à soulever des haltères et à développer ses muscles, si bien qu'à moins de dix-sept ans il était devenu un vrai colosse.

Après sa première tentative avec Mahmoud, Raqia allait réveiller Saïd et Kamel, les deux grands. Kamel était vif comme la brise. Dès qu'elle posait la main sur sa tête, il ouvrait les yeux, se levait et lui baisait la main. Ensuite, c'était lui qui se chargeait de réveiller Saïd. Elle aimait laisser Saliha pour la fin, de manière à lui laisser plus de temps pour dormir. Une fois que les enfants avaient fait leur toilette et s'étaient habillés, ils s'asseyaient autour de la table. Raqia s'efforçait de rendre leur petit déjeuner le plus appétissant possible : des œufs, du fromage, des fèves, du pain frais avec du thé et du lait. Elle s'asseyait ensuite en tailleur sur le canapé avec, à la main, un chapelet vert de quatre-vingt-dix-neuf grains.

Les enfants se mettaient en rang devant elle, l'un derrière l'autre. Elle posait la main sur leurs têtes et, pour leur protection, elle récitait des versets du Coran. Pour écarter le mauvais œil, elle leur interdisait de descendre ensemble. Il ne fallait pas que les gens puissent dire en les regardant : "Voilà les enfants Hamam", pour qu'ensuite ils attrapent des maladies et que surviennent toutes sortes de catastrophes ! Elle insistait pour qu'ils sortent à la suite les uns des autres. Aucun ne devait franchir la porte avant que celui qui le précédait ne soit arrivé au bout de la rue. Saïd s'arrangeait toujours pour ne pas avoir à s'occuper de sa sœur, Saliha, tandis que Kamel acceptait de bon cœur de l'accompagner à l'école Al-Seniya avant de prendre un autobus pour se rendre à l'université.

Mahmoud était toujours le dernier à sortir. Sa mère lui faisait jurer solennellement sur le Coran qu'il irait vraiment en classe et qu'il ne ferait pas l'école buissonnière pour aller jouer au football dans la rue ou se rendre au cinéma, et surtout qu'il ne se bagarrerait plus jamais.

Ses enfants avaient tous hérité du beau teint brun clair de leur famille sauf Mahmoud, qui était noir comme du charbon, comme s'il venait du sud du Soudan. À l'école, lorsque les enfants se moquaient de lui à cause de ses échecs et de sa peau noire, il se jetait sur eux pour les frapper, ce que sa force physique rendait très dangereux. L'année précédente, il s'était battu deux fois et avait ouvert l'arcade sourcilière de l'un et cassé le bras de l'autre. Tant et si bien que le directeur de l'école avait prévenu ses parents qu'il allait être obligé de le renvoyer s'il continuait à se bagarrer. Cela avait été un jour sombre. Abdelaziz avait violemment frappé son fils en lui criant :

— Ça ne te suffit pas d'être un raté et un imbécile. Il faut en plus que tu fasses le voyou. Je jure par Dieu tout-puissant que si tu lèves la main sur n'importe quel élève, j'irai à l'école te frapper avec un bâton devant tous tes camarades.

Elle n'avait jamais pardonné à son époux ce qu'il avait fait. Mahmoud était un pauvre enfant, simple d'esprit. Il fallait l'éduquer avec calme. Chaque matin, avant que Mahmoud ne sorte, elle l'embrassait, le bénissait, puis lui donnait toujours les mêmes conseils :

— Si quelqu'un t'embête, Mahmoud, surtout ne le frappe pas. Éloigne-toi de lui et récite la Fatiha en silence.

Mahmoud la rassurait et la serrait dans ses bras. En sentant la force de ses muscles, elle ne pouvait s'empêcher d'éprouver de la fierté.

Après le départ des enfants, elle pouvait se consacrer à elle-même. Il lui restait du temps avant le réveil d'Abdelaziz, à neuf heures. C'était le moment où elle avait l'habitude de se faire un thé à la menthe et de s'asseoir à la fenêtre. Elle se distrayait à regarder passer les voitures, les marchands ambulants, les élèves et les employés. Mais, ce matin, elle était épuisée. Elle n'avait pas bien dormi la veille. Elle regardait à travers la vitre sans rien voir. Elle ne sentait même pas le goût du thé. Elle pensait que, le mois prochain, cela ferait cinq ans qu'elle était au Caire. Ah, comme le temps passait vite !

Leur départ de Drao pour Le Caire fut un grand événement. On raconte qu'en dehors de la visite en Haute-Égypte de Saad Zaghloul la gare de Drao n'avait jamais connu une telle affluence que lorsqu'elle était partie au Caire avec ses quatre enfants. Ce jour-là, ceux qui étaient venus la saluer s'étaient massés à l'intérieur et à l'extérieur de la gare, devant l'entrée, dans le hall et sur les quais. Toutes les grandes familles de Drao avaient envoyé leurs représentants pour lui dire adieu.

Il y avait les Mahjoub, les Abd el-Maqsoud, les Aouis, les Chiba. Même chez les Balam – malgré les relations tendues qu'ils entretenaient avec sa famille à cause d'un interminable contentieux au sujet des palmiers de la rive est –, le sens des convenances l'avait emporté sur les haines du passé. Ils avaient envoyé pour les adieux dix hommes accompagnés de leurs femmes et de leurs enfants.

Tout le monde éprouvait de la compassion à leur égard. Son époux et cousin germain Abdelaziz Hamam était un des notables de Drao, qui avait hérité de son père de la terre et de l'argent. Il était connu pour sa magnanimité et sa munificence. Jamais il n'avait refusé de venir au secours des membres de sa famille, des voisins ou de quelque autre habitant que ce soit de son village. Acculé par les dettes, il avait vendu sa terre, parcelle après parcelle, jusqu'à la faillite. À plus de quarante ans, il ne lui restait pas d'autre solution que d'émigrer au Caire pour y trouver du travail comme un quelconque journalier ou comme un banni. Ce qui renforçait la sympathie des gens de Drao, c'était que nombre d'entre eux avaient eu besoin dans le passé d'argent, qu'Abdelaziz leur avait prêté de bon cœur et dont il avait ensuite omis de leur demander le remboursement. Au fond d'eux-mêmes, ils se sentaient un peu coupables de sa faillite. Raqia avait vu, dans les regards de ceux qui étaient venus leur dire adieu, du chagrin, de l'amitié et un profond respect. Elle était à leurs yeux le modèle authentique de la femme de Haute-Égypte, qui ne se sépare pas de son mari et ne l'abandonne jamais, qui est à ses côtés dans les périodes heureuses ou les difficultés avec une même détermination.

Toutes ces pensées étaient présentes le jour de son départ, comme de grands nuages invisibles couvrant la scène de leur ombre. Raqia était descendue de la calèche, son beau visage illuminé d'un sourire qui proclamait son endurance, sa totale acceptation de son sort et sa disposition à faire face à l'imprévu. Les deux petits, Saliha et Mahmoud, étaient accrochés à sa robe noire tandis que Saïd et Kamel, les grands frères, marchaient derrière elle, chacun avec une valise et un ballot sur la tête. La grande valise, c'était son frère Bachir qui la portait sur ses épaules. Les gens affluaient vers elle de toutes parts. Elle les saluait et les remerciait un par un. Elle serrait la main des hommes et embrassait les femmes en les prenant dans ses bras. Certaines s'abandonnaient à leurs sentiments et pleuraient. D'autres donnaient à Mahmoud et à Saliha des bâtons de mélasse et des sucettes. Mahmoud les avalait goulûment, tandis que Saliha, réfléchie et bien élevée, regardait sa mère et attendait qu'elle l'autorise d'un signe. Elle prenait alors la sucrerie et disait d'une voix nette :

— Merci, ma tante.

Raqia avançait lentement. Dès qu'elle avait fini de serrer la main aux uns, d'autres l'entouraient. Des voix s'élevaient :

— Porte-toi bien, Oum Saïd.

— Reviens-nous prospère et en bonne santé.

— Ce n'est qu'un mauvais moment à passer.

— Nos salutations à Abdelaziz.

Cela lui prit beaucoup de temps pour arriver au quai devant lequel se trouvait le train. Elle traînait ses enfants et son frère trottait derrière eux, la valise sur les épaules. À nouveau, elle se retrouva entourée de toutes parts.

Elle aperçut des femmes de la famille Balam et laissa tout le monde pour aller les embrasser chaleureusement, puis, la main dans celle de Nawal, l'épouse d'Abd el-Aal (le chef de la famille Balam), elle dit à voix haute pour que tout le monde l'entende :

— C'est un grand pas que tu as fait. Je n'oublierai jamais que tu es venue.

L'épouse d'Abd el-Aal, émue par l'affabilité de Raqia, la serra à nouveau contre elle, puis la regarda dans les yeux et lui répondit d'un ton sincère :

— Dieu sait combien je t'aime, Raqia.
— Moi aussi, je t'aime, fille de bonne famille.
— Les Hamam sont les premiers dans la contrée.
— Non, c'est vous, les Balam, qui êtes les meilleurs. Vous n'avez apporté à notre village qu'honneur et prestige.
— C'est le diable, qu'il soit maudit, qui s'est immiscé dans nos affaires. Que Dieu nous guide tous ! Les frères peuvent avoir des divergences et les entrailles entrer en conflit, mais on ne doit jamais faire fi du sang.
— Que Dieu te protège, Raqia, et te récompense mille fois.

À ce moment, Bachir se pencha vers sa sœur et lui dit quelque chose à l'oreille, mais celle-ci fit un signe de la tête et poursuivit sa conversation.

Il n'aurait pas été convenable qu'elle l'interrompe soudainement. Elle savait que le moindre geste, surtout avec l'épouse d'Abd el-Aal Balam, aurait pu être commenté et interprété défavorablement et peut-être provoquer une reprise du contentieux entre les deux familles.

Elle continua pendant quelques minutes à parler avec la femme, puis elle alla serrer les mains d'une autre famille, mais cette fois-ci son frère la tira de force par sa galabieh vers le train, qui se mit à rugir en crachant une épaisse fumée, comme si tout à coup il était en colère. Les cris de ceux qui l'accompagnaient s'élevèrent comme s'ils appelaient à l'aide. Raqia prit alors Saliha et Mahmoud par la main et se mit à courir avec ses deux aînés, Saïd et Kamel, et son frère Bachir derrière elle. Ils coururent de toutes leurs forces…

Raqia sirotait son thé et un sourire lui échappa à ce souvenir. Ce jour-là, les personnes venues la saluer étaient si nombreuses qu'elle avait raté le train. Lorsqu'elle raconte cela à sa voisine Aïcha, elle rit aux éclats et se met à plaisanter sur la candeur des habitants de Haute-Égypte. Son frère Bachir avait dû lui réserver de nouveaux billets et elle avait été obligée de faire le tour des maisons de Drao pour demander aux gens de ne pas venir cette fois-ci lui faire leurs adieux. Tous ses proches se l'étaient tenu pour dit, en dehors d'Abd el-Barr, fils de son oncle Aïssa, qui avait tenu à y aller une deuxième fois. Il s'était emporté lorsque Ahmed s'y était opposé :

— Raqia est autant ma cousine qu'elle est ta sœur. Je jure de divorcer d'avec ma femme si je ne vais pas lui faire mes adieux à la gare. Tant pis si elle rate cent fois le train…

Abd el-Barr était en effet revenu, et elle lui en avait été reconnaissante. Ils avaient grandi ensemble et il avait été question qu'elle l'épouse, mais le sort en avait disposé autrement. Elle savait que son insistance à venir lui faire ses adieux n'était pas tout à fait innocente. Peut-être Abd el-Barr l'aimait-il toujours, malgré le temps qui s'était écoulé, mais elle n'osait même pas y penser, par respect pour son mari, qu'elle plaçait au-dessus de tous les hommes de la terre. Vingt-cinq ans plus tard, elle se rappelait encore son mariage. Cette nuit-là, de nombreux animaux avaient été sacrifiés et les coups de feu avaient partout retenti. La fête avait duré toute une semaine et les femmes répétaient alors avec jalousie que le chameau qui l'avait transportée à la maison de son mari gémissait presque sous le poids de l'or que le marié lui avait offert. Pas une femme n'avait connu une gloire semblable à la sienne. Elle avait à Drao une grande maison avec une vaste pièce de réception, un jardin planté de palmiers, des serviteurs, des chevaux, des chameaux, du bétail, des volailles, et en plus de cela elle avait un merveilleux mari qui n'était pas méchant avec elle, qui ne la battait pas, qui respectait sa dignité et – elle en était persuadée – qui ne la trompait pas.

Elle avait tardé à être enceinte, et sa belle-mère (que Dieu l'ait en sa sainte garde et qu'il lui pardonne) avait tenté de jeter le trouble dans l'esprit d'Abdelaziz. Elle lui avait conseillé de se remarier :

— Tu es un homme. Il faut que tu aies un fils de ton sang. Remarie-toi. C'est la volonté de Dieu.

N'importe qui d'autre l'aurait immédiatement fait et personne ne l'aurait critiqué, mais il avait refusé et avait déclaré qu'il garderait sa femme même si elle était définitivement incapable d'enfanter. Comment oublier ce geste ? Lorsque sa belle-mère avait fait venir le cheikh Machaal afin qu'il lui fabrique une amulette pour la rendre fertile, Abdelaziz avait reçu froidement ce dernier :

— Dieu n'a pas besoin d'amulettes. Je ne ferai rien que m'interdit le Prophète, prière et bénédiction de Dieu sur lui. Les enfants, la vie, la mort, les richesses, tout cela est l'affaire de Dieu. Nous ne le lui contesterons jamais.

Après s'être tu un instant, il ajouta d'un ton moqueur :

— Et puis, Cheikh Machaal, si tu es vraiment en bonnes relations avec les djinns, pourquoi ne leur demandes-tu pas de guérir les rhumatismes qui te rongent les os ?

Après deux ans de souffrances, Dieu l'avait comblée et elle avait donné naissance à six enfants dont deux s'en étaient allés et quatre lui étaient restés. Ensuite était venue la grande épreuve. Son mari avait été ruiné. Que Dieu, de toute façon, soit remercié. Notre Seigneur, qu'il soit exalté, met les hommes à l'épreuve par ses bienfaits comme il les met à l'épreuve dans l'adversité. Qui aurait pu imaginer qu'elle allait commencer une vie nouvelle au Caire ?

Abdelaziz luttait avec acharnement pour qu'ils vivent d'une façon convenable : il leur avait loué, rue Sedd el-Gaouani dans le quartier de Sayyida Zeineb, un appartement grand et agréable avec quatre chambres et un salon, avec en plus la pièce sur la terrasse. Le loyer de l'appartement était élevé et les dépenses pour les enfants n'avaient pas de fin. À cela s'ajoutaient les frais causés par les convives dont les visites étaient incessantes : il fallait leur fournir nourriture, boissons, tabac et, parfois, habillement. Que Dieu vienne à son secours. Où trouvait-il de quoi faire face à toutes ces dépenses et comment supportait-il son emploi modeste, lui qui, toute sa vie, à Drao, avait vécu comme un seigneur. La première fois qu'il lui avait donné à repasser sa tenue de travail jaune avec des boutons en cuivre, il lui avait dit d'un ton qu'il s'efforçait de rendre naturel :

— Je suis aide-magasinier. C'est ma tenue de travail.

Elle avait alors dû faire un énorme effort pour dissimuler ses sentiments. Elle s'était mise à bavarder de choses et d'autres et à rire tout en repassant avec soin son costume qu'elle avait ensuite mis dans une petite valise. Elle l'avait accompagné jusqu'à la porte pour lui dire au revoir. Mais après qu'il fut parti, elle avait éclaté en sanglots. Abdelaziz Hamam – le descendant d'une puissante famille – allait-il travailler comme domestique jusqu'à la fin des temps ? Que Dieu soit remercié pour toute chose !

Elle interrompit ses pensées et regarda l'horloge accrochée au mur du salon : il était plus de neuf heures.

Elle se précipita vers la chambre et ouvrit doucement la porte. Elle regarda le visage d'Abdelaziz en train de dormir. Combien elle aimait cet homme ! Elle était amoureuse de lui. Cette puissance, cette solidité, cette stabilité, cette fierté ! Comment pouvait-il supporter ce tourment avec impassibilité ? Beaucoup d'autres seraient morts d'accablement, mais Abdelaziz était croyant et acceptait avec sérénité la volonté de Dieu. Elle le secoua avec douceur pour le réveiller. Après sa toilette et ses ablutions, il fit la prière du matin puis s'habilla. Une fois qu'il se fut assis pour prendre son petit déjeuner, elle mit son plan à exécution. Elle soupira :

— Que Dieu nous garde ta force, Abdelaziz, qu'il te comble et qu'il nous comble tous de bienfaits.

Il y eut un silence. Abdelaziz pela soigneusement la coquille de son œuf et en mit les débris dans le plat, puis lui demanda tranquillement :

— As-tu besoin de quelque chose ?

Raqia soupira et murmura comme en s'excusant :

— La cotisation de la coopérative.

— À la fin de la semaine, si Dieu le veut. Il y a autre chose ?

— Ah, j'ai honte de te le dire. Tu sais comme Saïd peut être assommant. Il veut à tout prix acheter une nouvelle chemise.

— Nous verrons.

Il termina son repas et alluma une cigarette en sirotant une tasse de café. Raqia profita de l'occasion pour avancer vers son objectif. Elle lui sourit :

— J'ai une chose à te demander, Abdelaziz. Par le Prophète, ne me gronde pas.

— Rien de grave ?

— Je voudrais vendre deux bracelets et acheter une machine à coudre Singer. Tu sais bien que j'ai toujours voulu faire de la couture. Avec une machine, je pourrai me mettre à coudre. On verra bien ce que ça rapporte ! Je ne bougerais pas de la maison et l'honneur serait sauf. Le moindre sou est utile pour faire face aux dépenses…

Abdelaziz lui jeta un regard qu'elle connaissait bien. C'était l'air qu'il prenait quand quelque chose ne lui plaisait pas.

— Tu veux que je te trouve avec des clients quand je rentrerai du travail ?

— Le travail n'a jamais été une honte.

— Tu veux que la maison Hamam devienne jusqu'à la fin des temps un atelier de couture ?

Elle savait qu'il ne serait pas d'accord mais elle ne désespérait pas :

— D'accord, ne parlons plus de la machine. Ta fille, Saliha…

— Qu'est-ce qu'elle a ?

— Si elle abandonnait les études et restait à la maison, tu économiserais les frais de l'école.

— Tu n'as pas honte de dire ça ! Je me saigne pour cet imbécile de Mahmoud et tu voudrais que Saliha, qui est intelligente et douée, je la ramène à la maison et que je gâche son avenir.

— Son avenir, c'est de se marier et d'avoir des enfants.

— Aussi longtemps qu'elle en aura envie, elle étudiera.

— J'ai une autre idée.

— Ça fait beaucoup d'idées comme ça, Oum Saïd.

Sur ces mots, il se leva, prit son tarbouche sur le portemanteau et dit en le calant sur sa tête :

— Ne te préoccupe pas, Raqia… Je suis sûr que tout va s'arranger, si Dieu le veut.

3

C'était de la pure folie.

Il y avait plus de cent kilomètres entre Mannheim, où habitait Bertha, et Pforzheim, où vivait sa mère. Comment avait-elle pu s'imaginer un instant les franchir avec sa voiture ?

Ensuite, que connaissait-elle de l'engin qu'elle conduisait ? Deux ou trois choses qu'elle avait retenues des explications de Carl. La seule fois où elle l'avait vu conduire la voiture, celle-ci s'était renversée au bout de quelques mètres, et maintenant elle voulait parcourir cent kilomètres d'un seul coup au volant de cet engin ! Ce n'était pas la peine de réfléchir longtemps : émue par la dépression de son mari, elle s'était lancée dans une folie. Son échec était aussi certain que le soleil brille. Complètement seule avec ses enfants ébahis luttant contre le sommeil sans comprendre ce qu'elle était en train de faire, il lui fallait maîtriser ce maudit véhicule. Dès le premier instant, Bertha découvrit que le volant ne transmettait pas ses gestes avec précision. Lorsqu'elle le tournait vers la gauche ou vers la droite, cela prenait quelques instants avant que la voiture change de direction. Bertha se rendit également compte que la voiture était extrêmement légère. Elle tanguait comme un petit bateau ballotté par les vagues de l'océan. Plus d'une fois, violemment secouée, elle avait failli se renverser. Bertha avait eu très peur et avait crié à ses enfants de se cramponner au garde-fou. Rapidement, elle découvrit que le moteur s'arrêtait à la moindre dénivellation. À chaque côte, il lui fallait descendre avec ses enfants et pousser. Ensuite, le carburant s'épuisa. Elle laissa ses deux enfants dans la voiture et courut à la pharmacie la plus proche pour demander dix bouteilles d'essence. Comme à l'époque l'essence n'était utilisée que pour le nettoyage, cela éveilla la curiosité du vieux pharmacien, qui lui dit poliment, en rangeant les bouteilles dans un sac :

— Je peux deviner que madame habite dans une grande maison si elle a besoin de toute cette essence pour la nettoyer.

Bertha eut un sourire embarrassé et lui dit :

— Venez un instant avec moi.

Le pharmacien sortit en hésitant de derrière son comptoir et la suivit dans la rue en souriant d'un air perplexe. Elle s'arrêta et fit un geste de la main :

— J'utilise l'essence comme carburant pour cette voiture.

Le pharmacien avait entendu parler de l'invention et, partagé entre la curiosité et l'enthousiasme, il se mit à l'inspecter comme si c'était une créature extraterrestre qui venait de tomber sur la terre. Il insista pour l'aider. Elle ouvrit le bouchon du réservoir et le pharmacien commença à verser lentement des petites quantités d'essence jusqu'à ce que le réservoir soit complètement plein. Bertha se mit au volant et tira sur la courroie. La voiture vrombit et cracha sa fumée habituelle. Le pharmacien émerveillé applaudit, et Bertha cria pour le remercier avant de s'éloigner en cahotant.

Après cela, il y eut le problème du refroidissement : il n'y avait plus d'eau et le moteur était chauffé à blanc. Bertha l'éteignit et, abandonnant à nouveau les enfants, elle marcha longtemps avant de trouver une fontaine publique dans un jardin. Elle y remplit le réservoir d'eau en caoutchouc que Carl avait réservé à cet usage. Bertha espérait que ce serait là sa dernière épreuve, mais hélas, à peine la voiture s'était-elle remise en marche qu'elle vibra et s'arrêta à nouveau. Bertha descendit et découvrit que le carburateur était bouché. Elle réfléchit un peu puis détacha pour le nettoyer une épingle de ses cheveux, qu'elle introduisit avec une patience de fourmi dans les trous minuscules. Après cela, elle tira sur la courroie, mais le moteur ne répondit pas. Elle tira une nouvelle fois, puis à la quatrième tentative la voiture se mit finalement en marche. Au bout de dix heures au cours desquelles Bertha eut à subir toutes les avanies possibles, après avoir traversé des moments éprouvants de découragement et même de désespoir, l'automobile Benz arriva finalement à Pforzheim. Avant de se rendre chez sa mère, Bertha s'arrêta au bureau du télégraphe et, laissant le moteur tourner, elle descendit rapidement pour envoyer à son mari le télégramme suivant :

"Aujourd'hui la voiture Benz a franchi une distance de cent kilomètres de Mannheim jusqu'à Pforzheim. Nous avons gagné, Carl. Nous sommes fiers de toi."

Le lendemain, Bertha conduisit la voiture sur le chemin du retour en tirant profit de l'expérience de la veille : avant de partir, elle prépara un grand jerrican plein d'eau ainsi que nombre de bouteilles de gazoline et elle emprunta à sa mère un ensemble de fines aiguilles à couture pour les introduire dans les ouvertures du carburateur s'il se bouchait. Grâce à ces préparatifs, elle put raccourcir de deux heures la durée du voyage. Les mots manquent vraiment pour décrire la façon dont Carl Benz accueillit son épouse et ses enfants à leur retour. Il était debout devant sa maison, et dès qu'ils apparurent au loin il se mit à crier et à applaudir. Lorsque Bertha descendit, fière de sa victoire, il se précipita vers elle, la serra dans ses bras et la couvrit de baisers. Par la suite, il écrivit dans son journal :

“À un certain moment, tout le monde m’avait abandonné au point que je commençais moi-même à douter de la valeur de ce que je faisais. Un seul être n’a jamais vacillé un instant dans sa foi en moi – et c’est à cet être que revient le mérite de tout ce que j’ai réalisé. Il s’agit de ma femme, Bertha.”

*

La nouvelle se répandit depuis Mannheim et Pforzheim jusqu’aux coins les plus reculés d’Allemagne, puis d’Europe et enfin du monde. Immédiatement, les propositions affluèrent, et la fabrication d’automobiles commença, timidement d’abord, puis avec élan et résolution. Une grande partie de l’opinion était encore fondamentalement opposée à l’idée, que ce soit par fanatisme religieux, par ignorance ou par crainte du bruit et de la fumée qu’allaient causer les voitures. Il arriva souvent, spécialement à la campagne, que les premiers conducteurs d’automobile soient pourchassés. Les gens couraient derrière les véhicules en insultant leur conducteur. Ils leur jetaient des pierres ou bien plaçaient de gros troncs d’arbres sur leur route pour les empêcher de passer. C’étaient là des combats d’arrière-garde dans une bataille dont le résultat était décidé d’avance. Les voitures se répandirent à une vitesse étonnante. Le 13 septembre 1899 tomba la première victime de l’automobile : un Américain qui s’appelait Henry Bliss fut heurté, en traversant une rue de New York, par une voiture qui lui brisa le crâne. Cet accident fit craindre que se développe une controverse sur le danger que représentait la nouvelle invention, mais l’enthousiasme des gens pour la voiture n’en fut pas diminué. Puis ce fut le bond en avant avec l’Américain Henry Ford (1863-1947), qui commença à construire des automobiles sur une large échelle. Sa politique reposait sur une diminution de la marge bénéficiaire compensée par l'augmentation de la production. Son critère était simple : il fallait que le prix d'une voiture soit à la portée du pouvoir d'achat des employés et des ouvriers de ses usines. Pour la première fois, l'automobile cessa d'être un simple instrument de distraction à l'usage des riches pour devenir un moyen de transport quotidien, qui changea complètement la vie des gens et leur façon de penser. Dès lors, les distances ne constituaient plus un obstacle aux désirs et aux comportements des gens. Le conducteur d'une automobile pouvait travailler dans un endroit éloigné de son domicile et pouvait également conduire sa famille en promenade au bord de la mer et la ramener à la maison à la fin de la journée. La voiture inculqua aux gens un sentiment d'indépendance et d'individualisme et les conforta dans l'opinion qu'ils étaient maîtres de leur destin.

L'Égypte, alors sous occupation britannique, ne se trouvait pas à l'écart de ce mouvement. C'est en 1890 que les Égyptiens virent pour la première fois une automobile. C'était une voiture française, une De Dion-Bouton amenée par le petit-fils du khédive Ismaïl, le prince Aziz Hassan, d'esprit aventureux et novateur. Avec deux amis, il se lança dans une aventure périlleuse en conduisant sa voiture du Caire à Alexandrie le long de la route agricole, qui n'était bien sûr pas goudronnée à l'époque. Le voyage prit sept heures et coûta très cher, car, au cours de son périple, la voiture du prince Aziz dévasta les nombreuses cultures et écrasa sous ses roues ânes et bestiaux de toutes sortes. Le prince ordonna d'indemniser immédiatement en argent liquide les paysans pour les dégâts subis.

Les Égyptiens sans conteste prirent goût aux voitures : en 1905, il y en avait cent dix au Caire et cinquante-six à Alexandrie, et dans la seule année 1914 l'Égypte importa deux cent dix-huit voitures. Leur nombre se multiplia tellement que le besoin se fit sentir d'un Automobile Club qui se chargerait de tout ce qui les concernait : obtention des permis, pavage des rues, fixation de la vitesse maximale, fabrication des signaux routiers et contrôle du bon état des véhicules. Après vingt ans de tentatives incessantes, l'Automobile Club royal ouvrit officiellement ses portes en 1924.

La totalité des membres fondateurs étaient des étrangers et des Turcs, qui confièrent la présidence du club au prince Omar Toussoun et la présidence d'honneur à Sa Majesté le roi Fouad Ier. Ensuite eut lieu l'élection du conseil d'administration, qui nomma l'Anglais James Wright au poste de directeur. Le bâtiment, construit comme une copie conforme du célèbre Carlton de Londres, était un joyau architectural plein d'élégance et de noblesse. Lorsque le conseil d'administration se réunit pour fixer son règlement intérieur surgirent deux difficultés : la première était de savoir s'il était possible d'y accepter des membres égyptiens. La majorité, conduite par le directeur du club, l'Anglais Wright, y était hostile :

— Je veux être clair, dit-il en allumant sa pipe. Notre fonction, dans ce club, est de décider de la politique de l'automobile en Égypte. Les Égyptiens, quels qu'ils soient, même riches et éduqués, ne sont pas capables de prendre ces décisions. L'automobile est l'invention de l'homme occidental et c'est à lui seul qu'il revient de prendre les décisions la concernant. Je n'attends des Égyptiens rien d'autre que des achats de voitures pour simplement rouler.

Après toute une controverse, un membre italien qui parlait parfaitement arabe les mit en garde : s'ils annonçaient officiellement que l'adhésion au club était refusée aux Égyptiens, celui-ci allait devoir affronter une campagne de presse féroce, ce qui aurait une conséquence immédiate sur les ventes de voitures dans le pays. La voix de l'Italien, que les membres présents écoutaient dans un silence attentif, retentissait dans la salle :

— Le sentiment national contre l'occupation britannique est vif en Égypte et cela peut n'importe quand pousser à la haine des étrangers et au boycott de leurs marchandises. Ce n'est pas ce que nous voulons. Je crois qu'au contraire nous voulons tous voir les Égyptiens acheter le plus grand nombre possible de voitures.

En raison de la pertinence de la mise en garde, les personnes présentes, après avoir longuement discuté, se mirent d'accord pour inscrire dans le règlement intérieur un article faisant obligation aux Égyptiens d'obtenir au préalable le parrainage de deux membres du conseil d'administration, alors que pour les étrangers il suffisait de présenter la preuve qu'ils possédaient une automobile. Ceci permettait, dans la mesure du possible, d'interdire habilement, et d'une façon réglementaire, l'entrée des Égyptiens sans provoquer l'opinion publique.

Le second problème concernait les domestiques. Les membres du conseil d'administration souhaitaient bien sûr qu'on les fasse venir d'Europe, mais, après avoir étudié la question, il leur apparut que le coût des domestiques étrangers serait énorme et que le budget du club ne pourrait y faire face. C'était là un problème ardu, car les membres du club avaient de nombreuses objections à l'encontre de l'emploi de domestiques égyptiens.

— Ils sont sales, stupides, menteurs, voleurs, déclara un membre français qui en réalité exprimait le point de vue de la majorité des membres.

La question des domestiques constitua un véritable obstacle dont les adhérents discutèrent pendant de nombreuses semaines sans trouver de solution, jusqu'à ce que, un mercredi, jour de la réunion hebdomadaire du conseil d'administration, le directeur du club, Mr James Wright, rejoignît les participants avec à la main un grand dossier jaune. Il s'assit en tête de la table et dit d'un ton officiel :

— Messieurs les membres du conseil d'administration, j'ai préparé un dossier complet au sujet de l'emploi des domestiques du club. Je vais vous le présenter maintenant, puis j'écouterai vos remarques.

SALIHA ABDELAZIZ HAMAM

Je conserve toujours les photos de mon enfance. Lorsque je les regarde maintenant, je trouve qu'elles reflètent la sérénité. Comme je semblais souriante et détendue ! À n'en pas douter, j'ai joui d'une enfance heureuse. À l'exception des agressions habituelles de mon frère Saïd, je ne me souviens pas d'avoir eu à faire face à la moindre crise. J'étais l'unique fille et tout le monde me cajolait. Je n'étais jamais angoissée ni déprimée. Même lorsque nous quittâmes la Haute-Égypte pour aller au Caire, cela fut pour moi un départ vers un endroit meilleur.

Deux événements qui resteront dans ma mémoire ont marqué une mutation dans ma vie. Un jour, en faisant ma toilette, je fus tout à coup victime d'une hémorragie. Un flot de sang recouvrit le bas de mon corps. Je me mis à crier et ma mère accourut à mon secours, mais, à ma surprise, elle ne montra pas une grande émotion. Elle prit des mesures pratiques pour maîtriser l'hémorragie en m'expliquant à voix haute ce qu'elle faisait comme si elle voulait me l'apprendre. Lorsque je sortis de la salle de bains, elle me serra dans ses bras et m'expliqua que cette hémorragie se reproduirait tous les mois et qu'ainsi j'étais devenue une femme que Dieu préparait à avoir des enfants. Le second événement survint lorsque j'étais élève en deuxième année au collège Al-Seniya. Au cours de la dernière heure de cours, tandis que Maamoun, le professeur d'arabe, était plongé dans une explication grammaticale, la porte s'ouvrit tout à coup et Abla* Sawsan, la directrice adjointe, entra. Nous nous levâmes toutes. Elle nous salua en souriant puis nous fit signe de nous asseoir. Elle chuchota quelques mots au professeur puis s'avança vers le centre de la salle et dit à voix haute : "Les jeunes filles que je vais appeler viendront avec moi." Elle prit une petite feuille qu'elle tenait à la main et y lut trois noms : le mien et ceux de Khadija Abd el-Sattar et de Aouatef Kamel.

Nous ne connaissions pas la cause de notre convocation. Dès que nous sortîmes de la classe, saisies par la fraîcheur de l'air nous éprouvâmes un sentiment de gaieté. Nous nous mîmes en mouvement. Abla Sawsan, comme d'habitude, marchait d'un pas régulier presque militaire sans jamais regarder derrière elle. Nous la suivions d'un pas léger tandis que Khadija imitait sa démarche. Nous échangeâmes des regards avec Aouatef en nous retenant difficilement de rire. Avec Aouatef, nous nous comprenions à demi-mot, mais je ne l'aimais pas. Elle était belle, mais insupportablement prétentieuse. Les filles de la classe faisaient des comparaisons entre nous pour savoir qui était la plus belle. Cela ne me plaisait pas de prendre parti dans ces controverses, mais bien sûr j'étais persuadée d'être plus belle qu'elle. Je veillais à mon corps et j'en étais fière : des cheveux noirs comme du charbon, des yeux verts que j'avais hérités de ma grand-mère, des seins fermes qui pointaient vers le haut, des jambes minces. Même mes petits pieds, je les aimais. La directrice adjointe nous accompagna dans le bureau de l'intendante. L'endroit était sombre, n'était le faisceau de lumière descendant de l'abat-jour sur le visage de l'intendante qui consultait des papiers posés devant elle sur le bureau. Une odeur s'insinua dans ma narine : celle du vieux bois mêlée à un faible parfum dont je ne distinguais pas la source. Voir l'intendante de près

* Mot employé pour s'adresser avec un mélange d'affection et de respect à une femme de son entourage.

nous plongea dans la frayeur. Nous nous tînmes en silence devant elle jusqu'à ce qu'elle lève le regard vers nous. Elle nous salua d'un sourire puis nous dit d'emblée, comme si elle avait préparé son discours :

— Vous êtes les seules élèves de seconde année à ne pas avoir procédé au deuxième versement des frais de scolarité. Vous avez deux mois de retard. En application du règlement intérieur, nous ne pouvons pas vous permettre de vous présenter aux examens de fin d'année avant que vous n'ayez effectué votre paiement. Je suis désolée, mais ce sont les directives du ministère que je suis tenue d'appliquer.

Elle nous remit dans une enveloppe ouverte une lettre adressée à nos parents puis dit d'un ton ferme mais non dépourvu de pitié :

— Allez-vous-en maintenant. Au revoir. Ne revenez pas à l'école sans vos parents et sans la somme nécessaire.

La cloche sonna, marquant la fin de la journée. Nous devions retourner à la classe pour récupérer nos cartables, puis partir. Je perdis peu à peu conscience de la réalité. Je sentais que mon corps se mouvait automatiquement, loin du contrôle de mon esprit. Plusieurs filles nous arrêtèrent pour nous demander pourquoi nous avions été convoquées chez l'intendante. Aouatef leur dit qu'il y avait des erreurs sur nos noms que nous devions rectifier avant de remplir les dossiers des examens de fin d'année. À ce moment-là, nous sentions entre nous une sorte de solidarité, de connivence. Nous partagions toutes les trois un secret que nous cachions à nos camarades. Étonnamment, nous ne parlâmes pas de ce qui était arrivé. Nous échangeâmes des propos furtifs sur d'autres sujets jusqu'à ce que, tout à coup, Aouatef dise avec colère :

— L'école n'a pas le droit de nous interdire l'examen parce que nous n'avons pas payé les frais de scolarité. Je ne parle pas de moi. Notre famille, grâce à Dieu, est à l'aise. Nous n'avons pas de problèmes. Je paierai demain les frais. Mais, imaginons que l'une des élèves soit pauvre ou qu'elle ait des difficultés financières. Est-ce que l'on va gâcher son avenir pour quelques livres ?

Je savais qu'elle mentait mais ne fis aucun commentaire. J'étais encore sous le coup de ce qui venait d'arriver. Les mots de l'intendante résonnaient dans mon oreille : "Nous ne pouvons pas vous permettre de vous présenter aux examens de fin d'année avant que vous n'ayez effectué votre paiement." Je serrai la main de Khadija et de Aouatef. Je les embrassai mécaniquement comme si j'étais hypnotisée. Je pris mon cartable et, lorsque je franchis la porte de l'école, je trouvai mon frère Kamel qui m'attendait comme d'habitude pour m'accompagner à la maison. Il sourit et me serra la main, puis il posa la sienne sur mon épaule et me demanda :

— Comment vas-tu ?

Je ne lui répondis pas. Je contrôlais mal mes émotions. Kamel répéta sa question, l'air inquiet :

— Qu'as-tu, Saliha ? Est-il arrivé quelque chose à l'école ?

Sa gentillesse me fit fondre en larmes. Je sentais sur ma langue leur goût salé. Je lui tendis la lettre de l'intendante. Il la lut rapidement puis la plia et la mit dans sa poche en me disant :

— Ne t'inquiète pas.

Sur le chemin du retour, Kamel s'arrêta devant le marchand de jus de fruits de la place et m'acheta un grand verre de jus de goyave, que j'aimais beaucoup. Il me tapota l'épaule en souriant :

— Tu es trop sensible. La question est simple. Ton père est absorbé par son travail et il a oublié de payer les frais de scolarité. Demain matin, si Dieu le veut, j'irai avec toi faire le versement.

Je hochai la tête en essayant de sourire. Je voulais lui faire plaisir. J'étais persuadée qu'il mentait mais fis semblant de le croire. Nous retournâmes à la maison. J'enlevai mon tablier, fis ma toilette puis mis mes vêtements d'intérieur. Kamel s'isola avec ma mère dans la cuisine et, lorsque celle-ci en sortit, je vis que son visage était crispé et qu'elle évitait mon regard. Après le repas, je dis à ma mère que j'avais beaucoup de devoirs à faire et elle me dispensa de l'aider à la cuisine. J'allai dans ma chambre, fermai la porte derrière moi et me jetai sur mon lit. Je voulais être seule. J'avais pour la première fois le sentiment de ne pas comprendre ce qui se passait. Si mon père était vraiment très occupé, pourquoi n'avait-il pas fait porter les droits d'écolage par mon frère Kamel ? Mon père était-il incapable d'assumer cette dépense ? Ce que je savais, c'est que nous n'étions pas pauvres. Mon père était issu d'une grande et riche famille. J'avais toujours en mémoire de merveilleux souvenirs de mon enfance à Drao. Mon père avait vendu sa terre de Haute-Égypte et était venu au Caire pour nous assurer une meilleure éducation. C'est ce que disait ma mère. Je répétais fièrement à mes condisciples :

— Mon père est un cadre important de l'Automobile Club. Il rencontre souvent le roi et il parle avec lui.

Comment mon père pouvait-il travailler pour le roi et être incapable de payer mes frais scolaires ? Le roi devait verser des salaires importants à ceux qui travaillaient pour lui. Pourquoi cela était-il donc arrivé ? Mon père avait-il été victime d'un accident quelconque ? Quelqu'un avait-il volé son argent ou l'avait-il menacé pour s'en emparer ? Qu'allions-nous faire si une telle catastrophe était survenue ? Grâce à Dieu, j'étais une très bonne élève, je réussissais très bien à l'école et j'étais toujours en tête de la classe, à la différence de mes frères Saïd et Mahmoud, qui accumulaient les échecs. Mes notes étaient excellentes en géographie et en langues et j'avais toujours la meilleure note en mathématiques.

Tout à coup, mes pensées prirent une autre direction. Peu à peu, je me sentis coupable. Peut-être que c'était moi qui étais la cause des difficultés de mon père. Combien de fois j'avais insisté pour qu'il m'achète des vêtements neufs ou qu'il m'emmène au cinéma ! Si j'avais su qu'il passait par une période difficile, je n'aurais en aucun cas voulu être un poids pour lui. Toutes les demandes que je faisais à mon père avec insistance me semblaient à cet instant sans importance et superficielles.

Au bout d'un moment, ma mère entra dans ma chambre et me trouva plongée dans mon lit. Je lui dis d'une voix faible que j'étais malade et fatiguée. Elle mit sa main sur mon front et me dit avec inquiétude :

— Il faut que le médecin te voie.

— Non, j'ai besoin de me reposer. Demain je n'irai pas à l'école.

Ma mère me jeta un regard énigmatique avant d'ajouter :

— Tout ira bien si Dieu le veut.

Ainsi, je fis semblant d'être malade pour donner à mon père le temps de résoudre cette affaire de frais de scolarité. C'était la seule façon d'éviter de le mettre en difficulté. Jamais je n'aurais osé le lui demander ni même aborder la question avec lui. Je n'aurais pas supporté de le voir un seul instant dans une situation d'impuissance. Ma mère me prépara un verre de citron chaud puis me quitta. Peu de temps après, ce fut mon frère Kamel qui vint s'asseoir auprès de moi.

— Bonne guérison, Saliha.

Je me plaignis à nouveau auprès de lui de ma maladie. J'étais toujours surprise par sa capacité à lire dans mes pensées. Il ne prêta pas attention à mes paroles et me dit en souriant :

— Ne t'inquiète pas. D'ici deux ou trois jours, l'affaire des frais de scolarité sera réglée.

J'insistai. Je voulais le convaincre que j'étais vraiment malade, mais il se pencha et m'embrassa sur le front puis me quitta.

4

“Al-kwo”, c’est comme cela que ça se prononce. Un seul souffle du fond de la gorge en ouvrant la bouche et en arrondissant les lèvres. En nubien, ce mot veut dire “le chef” ou bien “le grand”, mais à l’Automobile Club il évoque quelque chose d’encore plus considérable. Là, El-Kwo est un être de légende, un oiseau fabuleux, proche et lointain, plausible et invraisemblable, réel et imaginaire. Les gens racontent des anecdotes à son sujet mais ne sont pas totalement convaincus de son existence, jusqu’au moment où il leur apparaît tout à coup avant de s’éclipser de la même façon, en les laissant aussi impressionnés que si la terre venait de trembler.

El-Kwo est un être réel. Son nom complet est Kassem Mohammed Kassem. C’est un Nubien du Soudan qui a dépassé les soixante ans. Il domine la langue nubienne mais prononce l’arabe avec lourdeur, en confondant le masculin et le féminin. Il parle couramment le français et l’italien, bien qu’il les écrive avec difficulté. El-Kwo présente deux aspects : celui de maître et celui de serviteur. Son premier emploi est chambellan du roi, responsable de ses vêtements. C’est lui qui aide Sa Seigneurie à s’habiller et à se dévêtir. Il est le plus important des chambellans du palais, le plus ancien et le plus proche du cœur de Sa Majesté. Ses relations avec lui dépassent largement ses fonctions. El-Kwo a assisté en personne à la naissance du roi. Il a porté dans ses bras son noble corps de nourrisson. Il l'a vu, avec une joie sincère, ramper sur le sol puis faire en hésitant ses premiers pas. Il a assisté à ses toutes premières tentatives de prononcer des sons. Lorsque Sa Seigneurie était enfant, El-Kwo l'a accompagné à ses premières parties de chasse, à ses premiers essais à bicyclette et enfin à ses premières leçons d'équitation. Il était le seul à savoir que Sa Majesté faisait semblant d'être malade pour échapper à la torture des cours que lui infligeaient des professeurs ennuyeux. C'était El-Kwo qui dérobait pour lui des sucreries dans les cuisines du palais et les faisait passer en fraude dans les appartements de Sa Seigneurie, à qui une nurse anglaise imposait un régime alimentaire sévère pour qu'il perde du poids. C'est El-Kwo qui arrangeait – en tout bien tout honneur – ses premières rencontres amoureuses avec de belles dames de la bonne société afin que Sa Majesté élimine sa surabondante énergie d'adolescent qui aurait risqué de nuire à sa concentration et à son équilibre. Lorsque Sa Seigneurie alla étudier en Grande-Bretagne, il exigea qu'El-Kwo l'accompagne. Lorsque, moins de deux ans plus tard, après le décès soudain de son père, il revint pour occuper le trône, El-Kwo acquit alors au palais une autorité absolue, sans précédent. C'est El-Kwo qui ouvrait lui-même la correspondance royale, quelle que soit son importance et sa confidentialité, puis la lisait à Sa Majesté allongé, comme chaque matin, tout nu dans son bain d'eau chaude pleine de mousse. Tandis qu'Hélène, l'esthéticienne, était occupée à lui couper les ongles, à lui raser la barbe, à tailler sa moustache et ses sourcils, El-Kwo lisait à voix haute et le roi écoutait puis commentait d'un ou deux mots tout au plus : "D'accord", "Nous refusons", "Nous verrons plus tard". Parfois, quand le roi était soucieux ou préoccupé pour une raison ou pour une autre, il se retournait dans son bain, et son énorme corps, semblable à celui d'un gros poisson, provoquait une tempête de petites vagues. Il faisait alors un geste de la main :

— Kassem, débrouille-toi.

Dans ce cas c'était El-Kwo qui se chargeait lui-même – comme il l'estimait bon, bien entendu – de la réponse au message urgent. Il écrivait en français des instructions qui n'étaient généralement pas dépourvues de fautes grammaticales. El-Kwo était donc la véritable porte qui conduisait au roi. Il était beaucoup plus proche de lui que tous les membres de son cabinet et de son secrétariat. Comme preuve circule une fameuse anecdote : un jour qu'Al-Dabbagh Pacha, le président du Conseil des ministres, avait sollicité une rencontre avec Sa Seigneurie, El-Kwo lui avait demandé quel en était l'objet. Le visage du président du Conseil s'était rembruni sous l'effet de la colère. Cela lui était difficilement supportable, à lui qui avait étudié à Oxford, de devoir expliquer à un domestique l'objet de la rencontre. Il avait répondu à El-Kwo, d'un ton aristocratique qui traduisait – mais d'une façon élégante – le plus grand mépris :

— Lorsque le président du Conseil des ministres d'Égypte demande à rencontrer le roi, quelqu'un a-t-il le droit d'en demander la raison ?

Le jour suivant, le roi le convoqua et fit exprès de ne pas l'inviter à s'asseoir, puis il lui dit en montrant El-Kwo :

— J'espère, Pacha, que vous comprenez que cet homme est notre représentant. En lui montrant du respect, c'est nous que vous respectez.

Le président du Conseil s'inclina profondément en bredouillant des excuses. La position inébranlable d'El-Kwo au palais royal était une fois de plus confirmée, ce qui amena les ministres et l'ensemble des hommes politiques à rechercher son amitié. Au fond d'eux-mêmes était enfoui un mépris qu'ils s'efforçaient de cacher. Pour eux, en fin de compte, El-Kwo n'était rien de plus qu'un serviteur noir, un humble valet de chambre ignorant, un modeste planton. Mais ils s'efforçaient de le satisfaire, car, autant il lui était aisé de rendre des services, autant sa capacité de nuisance était sans limites. Il pouvait comme il le voulait instiller dans le cœur de Sa Majesté la détestation ou l'amour. Il connaissait par cœur les clefs de la personnalité du roi et les signes de l'état d'esprit dans lequel il se trouvait. Il avait également une grande expérience de la vie, une vive intelligence instinctive et une sagacité pénétrante qui lui permettaient de jauger les gens d'un seul coup.

À vrai dire, sa façon de présenter à Sa Seigneurie les événements et les personnes aurait mérité d'être étudiée dans les instituts diplomatiques. Au premier coup d'œil, El-Kwo savait si le roi était content ou de mauvaise humeur et il décidait immédiatement ce qu'il allait lui présenter et ce qu'il allait écarter. Parfois El-Kwo gardait un silence total pendant un ou plusieurs jours. Il exécutait les ordres de Sa Seigneurie sans lui adresser un seul mot, tandis qu'à d'autres moments El-Kwo, grâce à sa grande expérience, savait qu'il y avait lieu de parler ou que le roi avait besoin de connaître son opinion.

Lorsque El-Kwo parle de quelqu'un, cela ne prend jamais la forme d'une déclaration directe. En virtuose, il tourne autour du sujet, raconte des faits concernant la personne en question ou répète l'opinion que certains ont d'elle, ce qui conduit immanquablement le roi aux conclusions souhaitées. Tous ces talents, El-Kwo les exerce avec aisance et maîtrise : comme un joueur de cartes doué, il choisit un angle d'attaque où il s'est mille fois exercé et ne rate jamais son objectif.

Ceci est un aspect de sa personnalité. L'autre caractéristique d'El-Kwo, qui n'est pas moins importante, c'est qu'il est le chef suprême des serviteurs de tous les palais royaux. Seul maître à bord après Dieu. C'est lui seul qui tient entre ses mains leurs vies, leurs gains et leurs destinées. Lorsque les palais royaux ont besoin d'un domestique, El-Kwo envoie des recruteurs en mission en Haute-Égypte, dans la région d'Assouan et en Nubie, à la recherche de jeunes gens qui remplissent plusieurs conditions : l'intelligence, la santé, la force physique et une bonne réputation. Les candidats sont amenés de Haute-Égypte jusque dans le bureau d'El-Kwo au palais Abdine. Il les examine avec soin puis les accepte ou bien les renvoie d'où ils sont venus. D'un coup d'œil scrutateur et après une courte conversation, El-Kwo est capable de déceler ceux qui sont insolents, ou vindicatifs, ou nerveux, ou entêtés, ou contestataires, ou accoutumés au vin et au haschich. Chacun de ces traits suffit à les écarter du service. Ensuite, les candidats passent plusieurs semaines à l'école, un bâtiment de deux étages au palais Abdine, où ils apprennent le métier de domestique, "l'art du service" comme le dit El-Kwo devant eux dans un français raffiné et prétentieux. Le programme scolaire repose sur quatre principes :

Premièrement : *la propreté personnelle.*

Un bain par jour est nécessaire, hiver comme été, et il faut se frotter le corps avec soin, notamment le cou et la nuque, ainsi que les aisselles. Il faut utiliser un déodorant, se raser la barbe de près tous les jours, se frotter les dents avec une brosse et du dentifrice matin et soir, se laver les cheveux et les peigner avec soin, frotter ses chevilles et couper les ongles des mains et des pieds. El-Kwo veille strictement à l'application de ces règles afin qu'elles se transforment peu à peu en habitudes indéracinables. Il surveille en permanence et peut à n'importe quel instant demander à un domestique d'ouvrir la bouche ou de lui montrer son cou, sa nuque ou bien les ongles de ses mains. Souvent il lui ordonne même d'enlever ses souliers et ses chaussettes pour inspecter ses pieds. Malheur à qui présenterait à El-Kwo des ongles longs et sales ou bien des pieds malpropres. Sa voix retentit alors comme le tonnerre :

— Comment vas-tu servir les rois avec tes pieds sales, espèce d'animal ?

Deuxièmement : *la bonne apparence.*

Tous les caftans de travail, de quelque sorte et de quelque couleur qu'ils soient, doivent être très bien lavés et repassés. Un seul bouton arraché ou un col froissé, une seule petite tache suffisent à entraîner la punition du domestique coupable. Il faut que les chaussettes soient neuves, propres et bien tendues. Quant aux souliers, ils doivent briller tous les jours comme un miroir.

Troisièmement : *les bonnes manières du service.*

C'est peut-être la leçon la plus importante. Le service est un état d'esprit qui exige une soumission aveugle, un total abandon de soi-même et un abaissement face à la supériorité du despote. Le vrai domestique jouit de son obéissance. Il est fier de sa soumission. Tout le mérite du domestique se trouve dans l'expression "à vos ordres, Monsieur". Discuter ce que dit le maître est un crime. Entre le domestique et le maître, il n'y a pas d'opinion qui vaille. Il n'y a pas de vrai ou de faux. Il y a seulement ce que le maître veut, ce qu'il ordonne et même ce qu'il souhaite ou ce à quoi il pense. Il n'y a pas de vérité en dehors de cela. Dans les palais, la maîtresse de maison n'est généralement pas gênée de faire venir son domestique dans sa chambre alors qu'elle est vêtue d'une chemise de nuit qui dévoile ses attraits. Le serviteur, pour la dame, n'est pas un homme. C'est un serviteur, bien trop bas pour que l'on prenne en compte les sentiments et les désirs qu'il peut éprouver. Le vrai domestique est un instrument silencieux. Il est là, bien sûr, mais il ne parle jamais. Il lui est interdit d'attirer l'attention. Il ne lui est pas permis par exemple de porter une belle montre ou une chaîne en or. Tout ce qui est susceptible de le distinguer est interdit. Il faut que le maître ne le remarque que lorsqu'il a besoin de lui. L'énorme fossé qui sépare le maître du serviteur reflète une vérité universelle aussi solide que le lever du soleil ou les cycles de la lune. Une vérité immuable. À certains moments, sous l'effet de la bonne humeur ou d'une nouvelle réjouissante ou d'un verre de trop, le maître peut traiter son domestique avec familiarité. Il convient alors que celui-ci réponde à cette familiarité avant de reprendre rapidement sa place. Il peut alors s'incliner, allumer la cigarette du maître, changer le cendrier, essuyer la table, enlever les plats, faire n'importe quel geste par lequel il montre qu'il est conscient que cette généreuse familiarité était exceptionnelle et ne saurait servir de précédent. El-Kwo enseigne donc aux serviteurs comment faire preuve de déférence envers leurs maîtres, quel titre il convient de leur donner, dans quels cas ils doivent leur dire Excellence ou Votre Grâce ou Votre Altesse. Il leur apprend la différence entre un prince et un nabil*, entre un pacha et un bey, leur explique qu'ils doivent s'adresser à leurs supérieurs d'un ton faible, implorant, accompagné d'un léger sourire de supplication. Il leur montre comment s'incliner et s'effacer pour laisser la place. Le domestique ne doit jamais marcher à côté de son maître. Se trouver sur le même plan serait un signe d'égalité. Il doit suivre deux pas en arrière, ni plus, ni moins, sauf dans un seul cas : lorsque le maître demande au domestique de lui montrer un endroit. Alors il le précède d'un pas, lui montre l'endroit, et dès que son maître connaît la route, il revient en arrière pour respecter la distance habituelle.

Les membres de l'Automobile Club peuvent toujours, comme dans les clubs européens, sanctionner les domestiques fautifs en demandant le cahier de réclamations,

* Un nabil est un membre de la famille royale qui lui est rattaché par les femmes et qui, à ce titre, n'a pas rang de prince ni traitement d'altesse.

"le cahier" comme on a l'habitude de l'appeler en français. Les plaintes sont immédiatement transmises à El-Kwo, qui fait passer un mauvais quart d'heure aux coupables. Dès qu'un adhérent est en colère contre l'un d'entre eux, il lui demande de lui présenter le cahier. Alors le serviteur s'excuse auprès de lui et le supplie d'abandonner sa plainte. La plupart font preuve de clémence, mais il y en a qui restent inflexibles et insistent pour donner un avertissement au fautif.

Quatrièmement : *le tamanni*.

À l'école des serviteurs, le salut du tamanni tient lieu de "projet de fin d'études". Lorsque le domestique le possède à la perfection, c'est qu'il est apte à prendre ses fonctions. Le tamanni est un salut turc qui s'effectue seulement face aux membres de la famille royale. Lorsqu'il fait le tamanni, le domestique doit quitter le lieu où il se trouve en s'inclinant à plusieurs reprises et en se dirigeant à reculons vers la porte de sortie. L'idée du tamanni est que le domestique ne doit pas tourner le dos à un détenteur de la majesté royale. Cela exige de la part du domestique de l'intelligence, de la concentration et un long entraînement. En marchant à reculons, le pied peut à tout moment glisser ou heurter les personnes présentes derrière lui ou bien briser des objets qui se trouvent sur son passage. On peut imaginer la catastrophe ! El-Kwo répète toujours à ses élèves que le tamanni exige l'œil d'un faucon, la légèreté d'une gazelle et la ruse d'un renard. Celui qui l'effectue doit graver dans sa mémoire les détails de l'endroit où il se trouve. Il faut qu'il ait avec précision présent à l'esprit le trajet qu'il va emprunter de dos en sortant. Il doit savoir éviter tel fauteuil ou contourner telle table et trouver pour son chemin de retour un espace vide, à l'écart des groupes d'invités, de façon à franchir la porte de dos. Le tamanni est une des gloires dont s'enorgueillit El-Kwo. Depuis son enfance, il est capable de l'exécuter dans les salles les plus grandes et les plus encombrées de monde avec une adresse à couper le souffle. Dès que le roi lui ordonne de se retirer, il s'en va à reculons avec une vitesse étonnante tout en s'inclinant profondément. Il franchit ainsi une grande distance en évitant les personnes, les tables, les chaises avec une adresse extraordinaire comme s'il avait des yeux derrière la tête.

Une fois que les domestiques dominent le tamanni et qu'El-Kwo a confiance en leurs capacités, il commence à leur attribuer leurs lieux de travail. Ceux qui ont une peau noir foncé travaillent au service rapproché des maîtres, comme à la table ou dans les fonctions de valet de chambre. Quant à ceux qui ont la peau d'un brun clair, ils sont affectés plus à l'écart, à la cuisine par exemple, à la garde ou aux jardins. C'est ainsi que le veut la règle. Le visage d'un domestique brun comme le charbon ajoute une note de véritable élégance à ses maîtres. Peut-être cette idée provient-elle de la tradition de l'esclavage ou peut-être aussi que la peau claire rapproche le domestique de la couleur de son maître, ce qui pourrait susciter, même de loin, le danger de l'égalité.

Une fois le serviteur entré en fonctions, El-Kwo contrôle de près tout ce qu'il fait.

Le serviteur n'a absolument pas le droit de conserver ses pourboires. Il doit les remettre à son chef, qui les place à la fin de la journée dans une caisse spéciale. Il ne doit donc pas y avoir d'argent dans son caftan. La moindre piastre qui s'y trouverait entraînerait une punition sévère. El-Kwo prend pour lui la moitié des pourboires. L'autre moitié est répartie entre les serviteurs selon leur ancienneté et leurs fonctions. Ce système, qui s'appelle le "tronc", constitue une règle sacrée et celui qui y contreviendrait s'exposerait à une punition sévère.

Le système du "tronc" ne concerne pas ceux qui ont un grade plus élevé, comme : Rekabi le cuisinier, Chaker le maître d'hôtel, Bahr le barman, et Youssef

Tarbouche le responsable de la salle de jeu. Ceux-là réalisent des gains importants grâce à leurs postes. Ils cèdent à El-Kwo une part de leurs bénéfices qu'ils appellent le "bonus".

C'est El-Kwo qui se charge de loger les serviteurs. Il leur attribue des appartements dans le quartier d'Abdine. Les célibataires les occupent à trois ou quatre, tandis que ceux qui sont mariés y vivent seuls avec leur famille. El-Kwo s'occupe des plus petits détails de leur existence. Il sait tout d'eux, même les noms de leurs enfants. El-Kwo n'oublie jamais la moindre broutille. C'est lui qui les marie et qui se charge de leur installation, et qui parfois intervient pour régler leurs disputes de ménage. Si une femme est victime de mauvais traitements de la part de son mari, elle se plaint à El-Kwo, qui écoute les deux parties et rend son jugement avec justice puis en vérifie l'exécution. Il lui arrive de faire aux deux époux la surprise d'une visite pour vérifier sur le vif comment se passent les choses entre eux. Les paroles que prononce El-Kwo sont d'exécution immédiate et définitive et son verdict n'est pas susceptible de cassation. De temps en temps, les domestiques maugréent entre eux secrètement et se plaignent en chuchotant de la dureté d'El-Kwo, mais au ton élégiaque de leurs lamentations se mêle autant de douleur que de jouissance. Ils sont comme des femmes que leur mari comble sexuellement mais qui se plaignent malgré tout de son mauvais caractère et dont on ne peut pas savoir si elles souffrent ou si elles jouissent de la dureté dont il fait preuve à leur égard.

La dureté et la tyrannie d'El-Kwo envers les serviteurs disparaissent pour faire place à leur contraire lorsqu'il est face à des étrangers. Alors qu'il trône comme un roi couronné au milieu des premiers, dès qu'il voit un étranger il s'incline, le précède pour lui ouvrir à deux battants la porte de la pièce ou de l'ascenseur. El-Kwo voue aux étrangers une véritable vénération. Il croit à la supériorité de la race blanche et répète toujours :

— L'étranger est toujours meilleur et plus intelligent que nous et son comportement est plus respectueux que le nôtre, que nous soyons arabes ou nubiens.

Le fait qu'El-Kwo soit subjugué par les étrangers ne diminue pas l'aura dont il bénéficie. C'est comme s'il disait aux domestiques qui l'entourent : "Je suis le serviteur de Sa Seigneurie le roi et le serviteur des étrangers mais je suis votre maître et votre chef suprême."

À cinq heures de l'après-midi, une Cadillac noire ralentit dans la rue Kasr el-Nil et s'arrêta devant l'Automobile Club. Le chauffeur se précipita, s'inclina, ouvrit la porte, et El-Kwo descendit lentement avec une majesté souveraine. Il était revêtu de sa livrée de chambellan en superbe drap vert avec un gilet rayé d'or, des épaulettes dorées et, le long des manches, une bande de franges du même aloi ondulant chaque fois qu'il remuait les bras. Sur la tête, il portait un élégant tarbouche, et il tenait à la main un cigare de luxe cubain dont il aspirait de temps en temps une bouffée puis soufflait un épais nuage de fumée qui recouvrait son visage et dont l'odeur se mélangeait à celle de son très bon parfum français. Derrière El-Kwo trottinait Hamid, son assistant, son bras droit et l'exécuteur des châtiments corporels qu'il infligeait aux serviteurs. Ces châtiments allaient de la gifle et de la bastonnade sur la plante des pieds jusqu'aux coups de cravache qui zébraient la peau pour les plus grands crimes. Hamid était un gros jeune homme noir d'une vingtaine d'années. Son corps replet et mou tressautait à chaque mouvement, comme s'il n'était fait que de chair et de graisse, sans os ni muscles. Il avait un visage renfrogné, congestionné, suant l'amertume. Ses regards étaient insolents, sur le qui-vive, haineux, à l'affût de la moindre faute.

Beaucoup de rumeurs couraient à son sujet. On le disait le fils illégitime d'El-Kwo, conçu avec une danseuse dont il était amoureux. Tout en refusant de reconnaître sa paternité, il l'aurait secrètement pris en charge puis, une fois grand, l'aurait fait venir auprès de lui comme son plus proche assistant. On disait aussi qu'un des serviteurs avait abusé de lui pendant toute son enfance et que maintenant il était devenu homosexuel. Selon les croyances folkloriques de la Haute-Égypte, il s'était formé dans l'anus d'Hamid un ver qui vivait dans l'obscurité et l'humidité et ne se nourrissait que du sperme des hommes qui le pénétraient. Si le ver avait faim, il lui mordait le derrière, ce qui lui faisait mal et l'obligeait à chercher un homme pour apaiser sa douleur. C'était ainsi qu'il se serait mis à languir des hommes, à désirer leurs torses poilus et leurs jambes fortes et, comme une femme, à ressentir de l'excitation devant leurs sexes dressés. Du point de vue des domestiques, c'était cette lubricité perverse qui expliquait sa jouissance à les humilier, le sadisme avec lequel il appliquait les punitions corporelles. Certains étaient prêts à jurer par Dieu tout-puissant qu'ils l'avaient vu, de leurs yeux vu, après avoir roué de coups de cravache un domestique coupable, toucher les traces du fouet sur son dos nu tout en se mordant les lèvres pour contenir les vagues de jouissance impétueuses qui envahissaient son corps.

Il est fort possible, bien sûr, que tout cela n'ait été que des élucubrations que les serviteurs se répétaient en secret pour apaiser leur rancœur contre quelqu'un qu'ils détestaient comme la mort.

Dès qu'El-Kwo eut franchi la porte du club, la nouvelle se répandit comme une traînée de poudre. Les serviteurs se mirent à murmurer :

— Où va-t-il ? Que veut-il ?

Personne ne le savait. Les tournées d'inspection d'El-Kwo étaient des coups du destin contre lesquels personne ne pouvait se prémunir, ni savoir quelle ampleur ils allaient prendre. Les serviteurs suppliaient Dieu de les protéger de cette épreuve. C'était comme le jeu de la roulette : personne, aussi doué et expérimenté fût-il, ne pouvait deviner sur quel numéro la boule allait s'arrêter. Le mal ou le bien pouvaient s'abattre par pur hasard. El-Kwo pouvait aussi bien se contenter d'inspecter un seul endroit et repartir aussitôt que passer toute la journée au club.

Il s'arrêta devant l'ascenseur, en observa avec attention la porte pour vérifier sa propreté, puis porta le regard sur l'endroit où se tenait Marei, un vieillard tremblant de frayeur. Grâce à Dieu, il n'y avait rien à redire. Il monta et se dirigea vers le bar. Bahr, le barman, se dirigea vers lui, s'inclina et lui dit en nubien :

— Bonsoir, Excellence. C'est un honneur.

El-Kwo ne répondait pas aux salutations des serviteurs. Il se contentait d'un signe de la main ou d'un hochement de tête si son humeur était bonne. Sinon, il soulevait légèrement les sourcils, de façon presque imperceptible. Souvent il les ignorait complètement. Suivi de serviteurs trottinant, El-Kwo entra dans la salle du bar, vide à cette heure-ci. Il fit un signe à Hamid, qui ouvrit un tiroir en bois et en sortit les factures de la nuit précédente. El-Kwo les prit et les parcourut rapidement, puis les jeta en l'air et cria d'une voix étranglée de colère :

— Où est le chèque tournant, Bahr ?

Bahr voulut parler, mais un regard pénétrant d'El-Kwo le fit taire et il fit machine arrière. El-Kwo se contenta d'enregistrer le crime puis se retourna et sortit du bar.

Il convient ici de donner quelques explications : le "chèque tournant" est une méthode qui permet au barman de garder pour lui la recette au lieu d'en abonder la caisse. Il s'agit de conserver une addition où se trouvent des commandes fréquentes, comme deux bières ou deux whiskies. Le barman verse une seule fois le montant de l'addition dans la caisse puis, à chaque commande identique, il la présente à nouveau au client et garde l'argent pour lui. La même addition peut ainsi passer entre les mains de nombreux clients. D'où l'expression de "chèque tournant".

El-Kwo se dirigea ensuite vers la salle du restaurant, mais au dernier moment, une fois devant la porte, il s'en détourna pour aller vers la salle de jeu, où il entra précipitamment, toujours suivi par un essaim de serviteurs. À grandes enjambées, il fonça vers l'extrémité de la pièce et passa plusieurs fois la main sous une table à côté de la fenêtre puis souleva lentement les doigts. Les employés se tenaient autour de lui, le souffle coupé. Si El-Kwo trouvait la moindre trace de poussière, ils allaient passer un mauvais quart d'heure. Grâce à Dieu, le dessous de la table était propre. Les employés de la salle poussèrent un soupir de joie. El-Kwo sortit précipitamment et traversa le vestibule en direction de l'ascenseur. Ce qui se passa ensuite est une preuve de son extrême sagacité. Tandis qu'il attendait devant la porte, il remarqua de loin Idriss, un des serveurs. Il se retourna pour l'observer : comme s'il avait senti le danger, celui-ci semblait prêt à bondir. Les muscles contractés, le dos cambré, il paraissait prêt pour la lutte. El-Kwo poussa un soupir puis cria à Hamid, en faisant un signe dans la direction du suspect :

— Amène-le.

Le serveur resta cloué sur place avec un sourire résigné. Hamid se précipita sur lui et le traîna par la manche de son caftan, si fort qu'il faillit le faire tomber par terre. El-Kwo prononça un autre mot qui retentit comme le tonnerre aux oreilles du malheureux :

— Fouille-le.

Cela signifiait qu'Hamid allait emmener l'accusé sur la terrasse et entrer avec lui dans le vestiaire – la pièce où les employés se changeaient. Ils s'arrêtèrent au milieu de la pièce, entourés de serviteurs qui s'efforçaient de dissimuler toute apparence de pitié pour leur collègue. Un sourire morbide de haine et de méchanceté se dessina sur les lèvres d'Hamid, qui demanda à Idriss d'enlever son caftan. Il le fouilla avec soin. Lorsque la main atteignit son caleçon, Idriss fit entendre un faible gémissement auquel succéda une émouvante lamentation. Hamid avait trouvé en haut de la poche droite deux billets d'un quart de livre.

— Voleur ! lui cria-t-il en courant, comme un chien de chasse bien dressé, rapporter les deux billets à El-Kwo, qui les prit et dit d'une voix suave et patiente :

— Depuis combien de temps me voles-tu, Idriss ?

La lamentation et les sanglots redoublèrent :

— Pardonnez-moi, Excellence. J'implore votre clémence, Excellence.

El-Kwo hocha la tête. Hamid comprit son geste et fit un signe à deux domestiques, qui saisirent Idriss par les bras pour prévenir tout mouvement de sa part. Les collègues du fautif devaient le maintenir immobile pendant qu'on le frappait. Le but apparent était de maîtriser son corps pour l'exposer aux coups, mais le sens véritable, c'était que personne n'avait d'amis lorsqu'il était coupable. Lorsque des serviteurs entravaient eux-mêmes un collègue, c'était une façon de dire : "Celui qui a fauté doit être puni, même si c'est un collègue que nous fréquentons depuis des années. Sa souffrance et son humiliation nous sont indifférentes car son péché l'a privé de ses droits."

Hamid s'approcha d'Idriss et commença à le gifler. Sa façon de gifler était unique en son genre. Les mains de part et d'autre du visage, il tapait de l'une puis de l'autre. De temps en temps, il donnait des deux mains en même temps une gifle très sonore. Cette façon de faire était celle qui causait à la fois le plus d'humiliation et le plus de douleur. Idriss reçut une volée de coups. Puis cela reprit de plus belle. Hamid était hagard, son visage se congestionna, ses yeux devinrent troubles et il commença à grincer des dents, mais la fatalité voulut qu'à ce moment-là Idriss se mette à crier :

— Assez, vous n'avez pas honte ?

Hamid s'arrêta et recula d'un pas, puis, haletant d'émotion, il cria :

— Honte ? Je vais t'en faire voir, de la honte !

Il se tourna vers El-Kwo, qui lui répondit d'un léger signe presque imperceptible, comme un chef d'orchestre qui autorise un des musiciens à reprendre un accord. Hamid sauta d'un pas alerte qui ne s'accordait pas avec son embonpoint et s'empara d'un bâton gros et court qu'il agita en l'air pour faire comprendre aux domestiques qui retenaient Idriss ce qu'ils devaient faire. Ils se saisirent énergiquement de lui, le jetèrent sur un canapé, lui enlevèrent ses souliers et ses chaussettes puis lui tinrent les jambes de façon que ses pieds nus se trouvent face à son bourreau. Celui-ci, les lèvres serrées, les muscles du visage contractés, leva haut la main qui tenait le bâton puis la fit violemment redescendre.

KAMEL ABDELAZIZ HAMAM

À cette époque, mes sentiments étaient en perpétuelle ébullition. Je passais d'un extrême à l'autre : un instant submergé d'allégresse et d'optimisme et plein de confiance en moi, puis, tout à coup, sans raison, en proie à la mélancolie. Je n'avais alors plus envie de rien faire et me retirais dans la solitude de ma chambre. Allongé sur mon lit, je lisais, je fumais, je m'abandonnais aux caprices de mon imagination. Je me voyais accomplissant des actes pleins de noblesse et de sacrifice. Je sauvais une jeune fille innocente des mains d'une bande de malfaiteurs, ou bien je venais en aide à un ami qui traversait des épreuves et ses yeux se remplissaient de larmes de reconnaissance. Je m'imaginais toujours en héros de tragédie submergeant ceux qui l'entouraient de sa générosité, et de son courage, mais sur lequel le sort s'acharnait et qui s'en allait vers son destin d'un pas ferme et d'un cœur intrépide. Je me représentais souvent notre maison sous la forme d'un théâtre dans lequel je regardais mes frères sortir de leur chambre et aller d'un endroit à l'autre comme des acteurs jouant leur rôle. Je les contemplais comme si je les voyais à travers un mur de verre transparent. Parfois j'avais l'impression que ce que je vivais était déjà survenu, dans ses moindres détails, dans une vie antérieure. C'était comme si ce qui était sous mes yeux avait été enfoui dans les profondeurs de ma mémoire et que je le vivais à nouveau. C'est dans un de ces moments que la poésie me rendit visite pour la première fois. J'écrivis plusieurs vers que je publiai dans la revue de l'école. Certains de mes camarades les avaient beaucoup appréciés.

Loin de toutes mes divagations et imaginations débridées, j'étais triste de ce qui se passait à la maison.

Ma mère m'avait avoué la vérité : c'est ruiné que mon père avait quitté la Haute-Égypte, et il travaillait comme aide-magasinier pour nous faire vivre. Sur son visage je lisais la préoccupation, comme s'il y avait en lui une douleur chronique qu'il essayait d'accepter et avec laquelle il tentait de vivre. Même lorsqu'il parlait avec jovialité ou qu'il riait, il y avait au fond de son regard quelque chose de sombre qui ne le quittait jamais. J'éprouvais de la sympathie pour lui dans ces épreuves. J'aurais voulu pouvoir l'aider. J'eus l'idée de chercher un travail tout en poursuivant mes études et j'en fis la proposition à ma mère, qui me répondit avec fermeté :

— Ton seul travail, c'est d'étudier et de réussir dans tes études.

Plein de sollicitude pour notre famille, je me sentais une responsabilité majeure à son égard. J'étais résolu à ne pas les abandonner. C'était moi le garant de leur futur, et tous leurs espoirs, que je ne devais pas décevoir, reposaient sur moi. Je n'oublierai jamais mon premier jour à l'université. Je portais un costume neuf. J'étais allé chez le coiffeur et je m'étais rasé et parfumé. Mon père, qui s'était levé tôt, était là pour me saluer. Il me contemplait avec un sourire de fierté :

— Au revoir, monsieur le professeur. Que Dieu t'assiste à chacun de tes pas.

J'eus un moment l'impression qu'il luttait contre ses larmes. À cause de ce sentiment de responsabilité, je me consacrai sans limites à l'étude. J'arrivais en avance aux cours et m'asseyais au premier rang pour noter avec soin tout ce que disaient les professeurs. Je mettais toute mon énergie à apprendre les cours. Je passai les épreuves de fin de première année avec une mention d'excellence. Le visage de mon père rayonnait de joie et ma mère n'eut de cesse de recourir à la magie pour me protéger du mauvais œil. Il me fallut passer sept fois sur la fumée d'un encensoir allumé.

Je commençai avec enthousiasme ma seconde année de cours. J'aspirais à terminer avec succès mes études pour partager avec mon père la charge de la famille. Mon frère Saïd, qui avait deux ans de plus, était complètement différent de moi. Nous n'étions d'accord sur presque rien. Il était égoïste, ne pensait qu'à lui et souvent se comportait avec effronterie. Un jour, il entra dans notre chambre, s'assit devant moi et me dit d'un ton moqueur :

— Jusqu'à quand ton père va-t-il se considérer comme le maire de Drao ?

— Parle de ton père avec respect.

— Donne-moi une seule explication de ce qui se passe dans cette maison.

— Quel est le problème, petit malin ?

— Nous sommes dans le besoin. Nous avons à peine de quoi payer la nourriture et les frais scolaires et, en même temps, ton père invite un tas de chômeurs de Haute-Égypte et prend leurs dépenses à sa charge.

— Ces gens font partie de notre famille et ils ne sont pas chômeurs. Ils viennent au Caire pour régler leurs affaires.

— Est-ce que tu veux me convaincre que notre père est responsable de tous les habitants de Drao ?

— Oui, bien sûr.

— C'est idiot. C'est à nous que devrait d'abord revenir tout cet argent qu'il dépense pour eux.

— La solidarité avec la famille, c'est une idée trop compliquée pour toi.

— Ce sont ces chimères qui ont conduit ton père à la ruine.

— Tais-toi.

— Je dis ce que je veux.

Nous nous querellions souvent. Saïd était crispé, il était jaloux de moi parce que, bien que son petit frère, j'étais à l'université tandis que lui était dans une école technique. Il considérait mon père comme responsable du fait qu'il ne soit pas allé à l'université. Il est toujours facile d'accuser les autres de son propre échec. Ce n'était pas la faute de notre père si Saïd avait négligé ses études, s'il avait redoublé deux fois et s'il n'avait pas obtenu les notes suffisantes pour passer au lycée. Le sentiment d'injustice dont souffrait Saïd s'était changé en une hostilité déplaisante. En dehors de mon père, personne à la maison n'était à l'abri de son animosité. Il se querellait avec moi, il était insolent avec ma mère, il frappait sans raison Mahmoud ; quant à la pauvre Saliha, il l'attaquait constamment.

La semaine dernière, Saliha avait laissé la porte de sa chambre entrebâillée et lisait un livre scolaire, allongée à plat ventre, en chemise de nuit, sur son lit. Saïd en fit toute une histoire. Il convoqua le ban et l'arrière-ban. Il l'accusa d'avoir de mauvaises manières. Il lui criait au visage et elle tremblait de peur. Il l'aurait frappée si je n'avais pas retenu son bras.

Telle était à l'époque ma vie, entre l'université et la maison, notre précarité financière et la lutte de mon père pour y faire face, mon imagination débridée, mes désirs réprimés et mes tentatives de poésie. Je ne doutais pas un seul instant que j'allais réaliser mes rêves. Je terminerais mes études avec succès, je travaillerais et j'aiderais ma famille. Ma vie s'étendait devant moi comme une route longue et difficile mais dont je pouvais voir le but.

Tout à coup, ma trajectoire prit un autre cours. Comme il est étrange que la vie d'un homme puisse être complètement modifiée par un événement mineur, par un mot fugitif. Notre destin peut changer simplement parce que nous sommes passés par une rue à une heure donnée, parce que nous nous sommes dirigés vers la droite au lieu d'aller vers la gauche, parce nous nous sommes attardés au travail et qu'à cause de cela nous avons rencontré telle personne.

Un mercredi que je n'oublierai jamais, le professeur nous annonça qu'il ne donnerait pas son cours. Je décidai alors d'aller déjeuner à la maison avant de revenir suivre les cours de l'après-midi. Au moment de quitter l'amphithéâtre, je fus arrêté par des condisciples qui m'invitèrent à aller écouter le discours qu'allait prononcer Hassan Mo'men, le responsable du parti Wafd à l'université. J'étais complètement indifférent à la politique. Je m'excusai de ne pas les accompagner et l'un d'eux m'interpella d'un ton moqueur :

— Sois courageux, Kamel. Tu as peur d'être arrêté ?

Je faillis répondre à sa provocation, mais je restai muet. Un autre compagnon me prit par le bras et je les suivis. Je me disais que j'allais rester un moment avec eux puis partir. Nous allâmes dans la cour qui se trouvait devant le grand amphithéâtre. Des milliers d'étudiants s'y étaient rassemblés et Hassan Mo'men, avec sa taille élancée, son beau visage et ses yeux couleur de miel, était sur l'escalier, devant la porte de la salle. À cet instant, il semblait avoir acquis une dimension nouvelle qui en faisait une personne différente de celle que je connaissais. Il subjuguait complètement les étudiants. Après avoir analysé la situation politique, il dénonça la complicité qui existait entre le roi et les Anglais, puis concentra son propos sur l'occupation. Sa voix souveraine résonnait dans l'air :

— Chers condisciples, généralement nous rattachons le sens du mot "viol" au viol d'un corps. Mais cela est faux. Le viol, fondamentalement, est le viol d'une volonté. L'occupation vise à assujettir l'Égypte. Les Anglais veulent briser notre volonté. L'occupation est un viol. L'Égypte est violée. L'Égypte est violée. Est-ce que vous acceptez que votre pays soit violé ?

Un rugissement s'éleva. Les étudiants se mirent à crier à pleine gorge avec un enthousiasme extrême : "Vive l'Égypte, vive l'Égypte, évacuation, évacuation, nous donnerons notre sang pour le départ de l'occupant."

Timidement au début, puis avec force, mon âme se transporta vers un lieu éthéré et mystérieux. Je n'étais plus qu'un parmi la masse et j'oubliai mon envie de partir. Au bout de quelques instants, Hassan Mo'men nous fit un signe. Les cris diminuèrent peu à peu puis se turent et sa voix s'éleva à nouveau :

— Égyptiens, étudiants de l'université. Les négociations ne servent à rien. Ce ne sont pas des mots qui feront sortir les Britanniques d'Égypte. Les Britanniques ne comprennent que le langage de la force. Ils ont occupé notre pays par la force et ils ne l'évacueront que grâce à la force. Fils de l'Égypte, vous qui êtes son espérance, l'Égypte vous regarde. Cette journée est votre journée. Les soldats anglais violent vos mères et vos sœurs. Et vous, que faites-vous ?

L'enthousiasme devint délirant. Les étudiants se précipitèrent vers l'orateur, le chargèrent sur leurs épaules et se précipitèrent en avant. Un étudiant se mit à chanter : "Pour ton salut, Égypte, ô mon pays, je donnerai mon sang", et tout à coup l'hymne jaillit de toutes les gorges rugissantes. Je vis certains étudiants pleurer comme des enfants tant ils étaient émus. Les gardes avaient fermé le portail de l'université de l'extérieur pour empêcher la manifestation de sortir dans la rue, mais la masse qui faisait pression de toutes ses forces finit par l'ouvrir et s'élança au-dehors. Je marchais en répétant avec enthousiasme les slogans. Avant que nous arrivions au pont de l'université, les policiers nous barrèrent la route. Ils nous attaquèrent par vagues successives, en nous frappant de leurs lourdes matraques. Les coups s'abattirent au hasard sur nos têtes et sur nos corps. Des cris s'élevèrent et le sang des étudiants commença à couler. Pendant ce temps, des inspecteurs en civil attendaient des deux côtés de la place pour arrêter ceux qui s'enfuyaient. Sentant l'imminence du danger, je cherchai un moyen de m'en sortir. Après plusieurs assauts et plusieurs replis, je parvins à un petit passage que je connaissais près de la faculté d'ingénierie, et courus le plus vite possible dans les petites rues proches du zoo. J'échappai par miracle à l'arrestation et parvins enfin à la maison. Cette nuit-là, je ne révisai pas un seul mot. Je fumai et me repassai en mémoire tout ce qui était arrivé. J'étais très ému. La ressemblance entre l'occupation et le viol me remplissait de colère. J'ouvris la fenêtre et me mis à regarder dehors. Une patrouille de soldats anglais traversait la rue Sedd el-Gaouani en face de la place. Je les suivis du regard comme si je voulais m'exciter moi-même. Ces Anglais blonds avec leurs yeux bleus et leur peau blanche étaient venus violer notre pays. En imaginant un soldat anglais essayant de violer ma sœur, Saliha, je ressentis une énorme colère. Cette nuit, je dormis d'un sommeil entrecoupé. Le lendemain, je me réveillai très excité. Je m'habillai rapidement et partis à l'université. Je demandai des nouvelles d'Hassan Mo'men. Je le trouvai assis à la cafétéria en train de lire des tracts avec d'autres étudiants.

Il me regarda avec un sourire engageant mais sans avoir l'air surpris, comme s'il s'était attendu à me voir. Je lui murmurai que je voulais lui parler seul à seul et il se leva immédiatement pour me suivre. J'avais préparé plusieurs phrases pour exprimer mes idées, mais tout à coup tous les mots furent balayés de mon esprit. J'avais tout oublié. Je restai debout devant lui qui me regardait avec un souvenir amical. Puis, sans savoir comment, je me trouvai en train de lui dire :

— Je voudrais faire quelque chose pour l'Égypte.

Ma voix était fervente, vibrante et elle se mit à trembler lorsque je prononçai le mot "Égypte". Hassan Mo'men était un vrai leader. Il resta silencieux et hocha la tête comme s'il comprenait parfaitement la situation. Il me posa quelques questions sur la section à laquelle j'appartenais, sur l'endroit où j'habitais, puis il m'invita le soir même à cinq heures à une réunion du comité du Wafd dans un jardin de la faculté d'agriculture. Le comité regroupait des étudiants de diverses facultés. Je fis ce jour-là connaissance de tous et devins membre du comité. Après la fin de la réunion, Hassan me prit par la main et m'entraîna à l'écart des autres étudiants pour me dire :

— Bienvenue à toi, Kamel. Sois rassuré : ceux qui aiment l'Égypte sont nombreux. Il y a un vaste front de nationalistes de toutes les orientations politiques. Nous sommes partout et nous allons gagner si Dieu le veut.

Peu à peu, Hassan me confia des missions diverses que je m'évertuai à exécuter de mon mieux. D'abord ce fut la traduction de certains articles de la presse anglaise, pour les publier dans le journal du Wafd, distribué gratuitement à l'université. Ensuite j'aidai à installer les pavillons du Wafd à Sayyida Zeineb. Jour après jour, les missions se faisaient plus nombreuses. Trois mois après mon adhésion au comité, j'eus la surprise d'apprendre qu'Hassan Mo'men demandait à me rencontrer un matin exceptionnellement tôt. J'allai le rejoindre au jardin de la faculté d'agriculture et le trouvai qui m'attendait seul, une valise noire à la main, en fumant cigarette sur cigarette. Il semblait nerveux et surmené. Son visage était blême et ses yeux congestionnés et entourés de cernes comme s'il n'avait pas dormi de la nuit. Il regarda autour de lui puis me dit d'un ton grave :

— Le ministre des Affaires étrangères anglais va se rendre en Égypte dans quelques jours. Nous avons préparé des tracts pour nous opposer à sa visite et pour dénoncer les crimes de l'occupation.

Je le regardai en silence. Il posa sa main sur mon épaule et me dit :

— Je voudrais que tu distribues ces tracts dans le quartier de Sayyida Zeineb.

Je ne répondis rien. Cela ne m'était jamais venu à l'esprit. Je baissai la tête et regardai l'herbe du jardin sous mes pieds. Les voix de quelques étudiants qui jouaient au ballon s'élevaient près de nous. Ce fut la voix d'Hassan qui me ramena à la réalité :

— Par honnêteté, il faut que je te prévienne tout de suite que ce que tu vas faire est un crime puni par la loi. Si tu es arrêté avec ces tracts, tu seras amené devant un tribunal qui pourra te condamner à des années de prison !

Mon imagination s'emplit d'images effrayantes. Je m'imaginais en prison. Je voyais ma mère pleurer avec consternation et mon père me regarder d'un visage assombri par la tristesse. Hassan poursuivit :

— Kamel, tu es patriote et tu es courageux, mais je te prie de ne pas te précipiter. Je te laisse le temps de réfléchir à la question. Si tu refuses de te charger de cette mission, je comprendrai ta position.

Un silence profond s'établit, puis je tendis calmement la main pour prendre la valise.

5

Les habitants de la rue Sedd el-Gaouani considéraient que c'était leur devoir moral et religieux de réconcilier deux époux qui se disputaient. Dès que cela arrivait et quelle que soit l'heure du jour ou de la nuit, les voisins accouraient. Ils écoutaient avec soin l'objet du différend puis conseillaient une solution juste en prenant à témoin le Coran et les hadith. Ils ne lâchaient pas les époux avant que tout soit rentré dans l'ordre. La seule exception concernait les disputes entre Ali Hamama, l'épicier, et son épouse, Aïcha. Dans ce cas, personne n'intervenait jamais, sans doute parce que, malgré la violence de leurs altercations et le bruit qu'elles faisaient, elles ne se terminaient jamais comme avec d'autres par des coups ou des tentatives de meurtre ou de suicide. Sans compter tout ce que leurs querelles offraient de festif et de distrayant. Les insultes qu'ils échangeaient étaient outrageantes mais drôles et leurs gestes obscènes avaient quelque chose d'inédit. C'était comme s'ils présentaient un spectacle à leur public. Pour les habitants de la rue, Ali Hamama et sa femme, Aïcha, n'étaient pas tout à fait réels. Sous leur apparence ordinaire se cachait une autre réalité foisonnant d'anecdotes pittoresques qui faisaient d'eux des personnages du folklore populaire plus que de simples habitants de la rue.

Sur son acte de naissance, Ali Hamama s'appelait Ali Mohamed el-Hanafi. Pourquoi donc Hamama* ? Il y avait plusieurs explications. Certains disaient que cela venait de ce que, en arrivant à l'âge de dix ans de son village d'Achmoun, dans le gouvernorat de Menoufia, pour travailler chez Younes, le marchand de brochettes de la place Sayyida Zeineb, il était devenu célèbre parmi les enfants de la rue pour sa rapidité exceptionnelle à la course. Cette version était concurrencée par une autre, qui faisait référence à un tatouage bleu en forme de colombe qu'il aurait eu sur la tempe, comme cela est fréquent chez les enfants des paysans. Devant les moqueries répétées des Cairotes, il serait allé chez un guérisseur pour l'effacer, sans que cela suffise pour faire disparaître son surnom. Quant à la troisième version – la plus répandue et la plus probable –, c'était qu'Ali Hamama, dans sa jeunesse, pratiquait la circoncision des enfants. Or, traditionnellement, c'est par ce nom d'oiseau qu'en Égypte on appelle le sexe des jeunes garçons. Il faisait des tournées en proposant ses services dans les villages proches du Caire avec sa trousse à instruments médicaux. Après avoir négocié ses honoraires, il faisait subir l'opération aux enfants des paysans pauvres. Un jour qu'il était allé circoncire un enfant de Qalioubia, il avait trop fumé de haschich, mais cela ne se voyait pas

* Le mot *hamama* veut dire "pigeon", mais il est également utilisé pour évoquer le sexe des jeunes garçons (comme le *ucello* des Italiens) et par extension, sous forme plaisante, le sexe masculin en général. Le *h* initial est une consonne sourde et n'a rien à voir avec la consonne sonore par laquelle commence le nom de la noble famille Hamam. C'est la pauvreté consonantique du français (compensée par sa richesse vocalique) qui peut créer chez le lecteur une confusion, qui ne viendrait pas à l'esprit à la lecture du texte arabe.

car il soignait avec des gouttes la rougeur de ses yeux. La maison, pour l'occasion, était pleine de lampes et de petits drapeaux. Dès qu'Ali Hamama passa la porte, il fut accueilli par une tempête de youyous. Dans l'entrée, sur la terrasse, à l'intérieur de la maison et dans la salle où Ali Hamama buvait un verre de délicieux sirop de rose avant qu'on le conduise à la chambre où l'attendait l'enfant, il y avait partout des femmes en liesse. On les fit sortir de la pièce, et le père de l'enfant aidé de l'oncle paternel se saisirent du petit corps, le jetèrent sur le lit et, malgré sa résistance opiniâtre, soulevèrent sa galabieh, enlevèrent son caleçon et lui écartèrent les cuisses. Ali Hamama, comme il le faisait toujours avant chaque opération, commença par invoquer le nom de Dieu. Il s'accroupit devant l'enfant, se saisit de son sexe avec la main gauche, tandis que son rasoir aiguisé brillait dans sa main droite. Il tira le membre vers lui, mais sous l'effet du haschich ses gestes avaient perdu leur assurance habituelle, et, au lieu d'enlever le prépuce d'un seul coup, avec virtuosité, le couteau s'enfonça dans le membre de l'enfant, qui hurla d'une manière déchirante. Le sang se mit à jaillir comme d'une fontaine en éclaboussant le lit et le sol de la pièce. Il y eut tout un remue-ménage. Rapidement, la nouvelle de l'hémorragie se répandit parmi les membres de la famille de l'enfant restés à l'extérieur, qui accoururent, tellement saisis d'épouvante que certaines femmes se mirent à pleurer et à se lamenter comme si l'enfant était mort. Ali Hamama essaya de les rassurer. Il fit un geste des deux mains pour les calmer, poussa un soupir, se fendit d'un large sourire puis hocha la tête comme si ce qui venait de se produire était tout à fait habituel. S'efforçant de prendre un ton enjoué, il leur dit :

— Votre fils a beaucoup de chance. Le prépuce descend en dessous. Savez-vous ce que cela veut dire ?

— Qu'est-ce que vous me racontez ? demanda le père de l'enfant, qui semblait fâché et dont les muscles du visage s'étaient contractés comme si quelqu'un venait juste de l'arracher à son sommeil.

Hamama éclata d'un rire complètement artificiel :

— C'est-à-dire que ce bienheureux aura un gros gland qui rendra les femmes folles. C'est bien connu.

Il secoua la tête en plaisantant, mais absolument personne ne sourit de ses pitreries. Les cris de l'enfant résonnaient de façon ininterrompue, comme une sirène d'incendie, et le sang continuait à se répandre en légers filets qui lui coulaient entre les jambes. Les visages des membres de la famille serrés autour de lui avaient un air revêche et Ali Hamama comprit que leur contrariété pouvait tout à coup se transformer en colère. Il leur demanda alors d'un ton calme et respectueux de préparer du café à la cuisine pour en mettre sur la blessure pendant que lui irait chercher un remède approprié à la pharmacie voisine. Il serait de retour en moins d'une minute. Lorsqu'ils lui proposèrent que l'un d'entre eux y aille à sa place, il refusa, prétextant qu'il y avait beaucoup de remèdes qui portaient le même nom et que lui seul était capable de choisir le meilleur. Puis, pour couper court à leurs appréhensions, il leur laissa sa trousse médicale avec tous ses instruments et se dirigea vers la pharmacie d'un pas lent et digne, pour le cas où quelqu'un l'aurait observé de la fenêtre. Mais dès qu'il fut loin de leurs regards, il prit ses jambes à son cou sans demander son reste. Il ne servait plus à rien de faire semblant. Ali Hamama courut aussi vite qu'il le put jusqu'à la station de taxis et prit une voiture pour Le Caire sans attendre d'autres passagers (ce qui représenta le sacrifice financier le plus exceptionnel de toute sa vie). Hamama rendit grâces à Dieu que la famille de la victime ne l'ait pas rattrapé. Peut-être avaient-ils essayé, mais sans succès. Pensant qu'il allait prendre le train, ils avaient dû se diriger vers la gare. De plus, ils ne connaissaient rien de lui, ni son nom complet, ni son adresse. Après cet incident regrettable, Ali

Hamama abandonna ses activités chirurgicales et prit, pour ne plus la quitter, sa place dans sa petite et sombre épicerie du début de la rue Sedd el-Gaouani, face à la station du tram. Il y restait assis toute la journée derrière un bureau défoncé avec sur la tête un vieux tarbouche un peu éventré sur le dessus et une veste kaki qui le faisait ressembler à un policier en civil. Sous sa veste, il portait toujours une galabieh rayée. Il en possédait trois de la même sorte parce qu'il était persuadé, Dieu sait pourquoi, que ce tissu était le comble de l'élégance.

Ali Hamama reste silencieux pendant des heures. Il ne parle qu'en cas de nécessité absolue. Comme tous les fumeurs de haschich, il est plus enclin à la solitude et au recueillement qu'au bruit et à l'agitation. Son visage ne reflète aucune expression. Ses deux yeux étroits clignotent en permanence et de temps en temps son regard se braque avec intensité. Il fait des efforts pour voir ce qui se passe autour de lui (on raconte qu'il a perdu ses lunettes depuis des années et qu'il est tellement avare qu'il n'a pas voulu en acheter de nouvelles, ce qui a encore plus affaibli sa vue).

En dépit de son silence, de son isolement, de son impassibilité, en dépit de sa vue basse, de son âge avancé et de son aspect miteux, Ali Hamama n'ignore rien de ce qui se passe autour de lui. Il est aux aguets, à l'affût, à l'état latent, comme une bactérie. Il économise ses forces, en cas de besoin. Dans son magasin, il surveille le mouvement des affaires : la demande et la préparation des marchandises, leur pesée, leur emballage, leur remise au client, l'encaissement de l'argent puis son dépôt dans le tiroir, les appels des femmes des maisons voisines qui font descendre un panier de leurs fenêtres, le garçon qui court prendre l'argent, exécute la commande puis met la marchandise et la monnaie dans le panier. Tous ces mouvements, Ali Hamama les suit de sa place avec une attention aiguë en mobilisant tous ses sens pour compenser la faiblesse de sa vue. Au moindre incident, il intervient sur-le-champ. Ce qui, bien sûr, le met le plus hors de lui, c'est qu'un client essaie de différer un paiement. Pour éviter tout malentendu, il a accroché à l'entrée de la boutique une grande pancarte sur laquelle est écrit : "Ici on paie comptant et on ressort content." Le client à problèmes n'explique généralement pas son intention au début. Il demande par exemple un quart de fromage roumi, ou de fromage au tonneau, ou un sandwich de halva et, une fois le paquet dans sa main, il sourit en prenant un air niais et dit :

— Je paierai demain, avec la permission de Dieu.

Alors, mettant d'un seul coup fin à son état de latence, Hamama entre en mouvement. Il bondit et crie d'une voix caverneuse qui fait sursauter les clients :

— Non, mon ami, on ne me la fait pas, à moi. Tu prendras la marchandise quand tu auras payé.

Au même moment, le commis bien entraîné enlève le paquet des mains du client. Si celui-ci est une fripouille, il argumente, il insiste. Ali Hamama dans ce cas doit intervenir pour trancher l'affaire, de gré ou de force.

Ali Hamama est célèbre pour son avarice et sa grossièreté. Il ne se préoccupe pas de faire des politesses aux gens et se moque de ce qu'ils peuvent penser. Bien qu'il veille à aller prier à la mosquée tous les vendredis, il ne rate pas une occasion de frauder sur la marchandise, que ce soit sur la qualité ou sur le poids. Sa balance est truquée et il a eu l'idée d'utiliser une sorte de papier renforcé, exceptionnellement épais, pour peser le fromage et la bastorma*, ce qui diminue d'autant la quantité livrée. Ces pratiques sordides le font détester des habitants de la rue Sedd el-Gaouani, qui lui souhaitent tous du fond de leur cœur toutes sortes de malheurs.

* Viande de bœuf séchée préparée d'une façon traditionnelle et connue par tous les peuples de la rive orientale de la Méditerranée, qu'ils y vivent encore ou qu'ils en soient issus et en aient conservé l'usage dans leur exil.

Au contraire d'Ali Hamama, sa femme, Aïcha, suscite parmi ses voisins un véritable engouement. Si l'on parle d'elle, c'est avec le sourire, avec dans les yeux une lueur qui reflète, en plus de l'admiration et de l'amitié, un peu d'amusement et d'ironie. Pour les hommes, Aïcha est un modèle de tentation, à la fois coupable et délicieuse, libertine, enjôleuse et indécente. Bien qu'ils affectent de condamner ses manières, tous, au fond de leur cœur, souhaiteraient que leurs épouses aient un peu de sa féminité. Quant aux femmes, elles aiment Aïcha parce qu'elle exprime ce qui les turlupine intérieurement et qu'elles n'osent pas s'avouer. La principale caractéristique d'Aïcha est son absence totale de timidité. De sa voix éraillée et avec son sourire réjoui, elle aime parler, avec les détails les plus intimes, de ses pratiques conjugales. Les femmes captivées l'entourent pour l'écouter et de temps en temps elles poussent un petit cri enjoué ou bien se cachent le visage de honte. Aïcha leur dit que le sexe est ce qu'il y a de plus beau dans l'existence. Elle leur décrit comment elle se baigne tous les soirs, comment elle adoucit sa peau, la parfume puis reste totalement nue sous sa chemise de nuit à attendre son mari.

Si les femmes présentes lui demandent : "Mais tu n'as pas froid, toute nue, comme ça ?", alors, toujours aussi théâtralement, Aïcha lâche un petit glapissement de désapprobation, remue rapidement de droite à gauche ses lèvres serrées en signe de désespoir, puis, en actrice expérimentée, elle attend que les rires fusent avant de déclarer crûment :

— C'est ce que lui donne son mari qui réchauffe une femme. La femme qui n'a pas cette chose-là ne connaît pas le goût du bonheur.

(Ce en quoi elle s'accorde parfaitement avec Sigmund Freud, bien qu'aucun des deux n'ait entendu parler de l'autre.)

Dire des obscénités est la distraction préférée d'Aïcha, exactement comme d'autres ont la passion de collectionner des timbres ou de jouer aux échecs. Elle ne réserve d'ailleurs pas cela aux femmes. Lorsqu'elle va étendre son linge, elle choisit la fenêtre de derrière, qui fait face à l'appartement des étudiants, et fait exprès d'ouvrir deux boutons du col de sa galabieh pour que ceux qui sont à la fenêtre puissent apercevoir ses seins lorsqu'elle se penche sur le fil. Elle fait cela à la perfection, comme si elle ne se rendait pas compte des regards de désir si chauds qu'ils pourraient presque la brûler.

Lorsqu'une fois un étudiant s'enhardit à faire des commentaires sur la beauté de sa poitrine, elle ne se mit pas en colère ni ne le réprimanda. Au contraire, elle plaisanta avec lui sur l'utilité de caresser les seins lorsqu'on fait l'amour. Elle se répandit en explications où elle nommait les choses par leur nom, ce qui eut un effet si violent sur l'adolescent que son visage se congestionna. Haletant, il interrompit rapidement la conversation pour courir à la salle de bains apaiser son désir. Aïcha, qui supposait ce qu'il avait l'intention de faire, éclata d'un rire graveleux en se penchant pour prendre la bassine vide puis se retira en se dandinant lascivement. Aïcha, à vrai dire, ne cherchait pas à avoir une relation sexuelle avec l'étudiant. Elle ne voulait rien d'autre que le plaisir d'une conversation sur le sexe, comme deux fans de football qui commentent un beau but. En résumé, la jouissance qu'éprouve Aïcha à parler de sexe n'a d'égale que celle qu'elle éprouve à le pratiquer. Mais en toute franchise on n'a jamais entendu dire qu'elle ait trompé son mari, en dehors d'une méchante rumeur selon laquelle Ali Hamama aurait au départ fait sa fortune en vendant du haschich pour le compte d'un gros bonnet, qu'on appelait El-Helou, à cause de son extrême beauté. Ceux qui font courir ce bruit disent qu'El-Helou avait l'habitude de passer toutes ses soirées chez Ali Hamama, à fumer avec lui du haschich dans une gouza* jusqu'à ce que ce dernier tombe de fatigue et s'endorme. Alors El-Helou se glissait dans le lit d'Aïcha et passait la nuit avec elle. Ceux qui, dans la rue, détestent Ali Hamama (et ils sont nombreux) disent qu'il faisait semblant de dormir et obtenait en échange des privilèges, de l'argent et de la marchandise gratuite. Dieu seul sait bien sûr si cette rumeur est fondée ou non, mais il est vrai que Faouzi et Faïqa, les deux enfants de Hamama et d'Aïcha, sont complètement différents l'un de l'autre. Faouzi a la peau sombre et le visage tordu de son père tandis que Faïqa est belle et d'un blanc éclatant comme les Turcs, ce que certains expliquent en disant que Faouzi est le fils de son père et Faïqa le fruit du péché commis par Aïcha avec El-Helou. Mais les gens de la rue n'aiment pas trop répandre cette médisance, parce qu'une atteinte à l'honneur est une chose sérieuse et pas un sujet de plaisanterie, et puis, en dépit de tout, ils aiment sincèrement Aïcha, ce qui les amène à écarter dans la mesure du possible tout ce qui pourrait lui nuire. Ils ne l'aiment pas seulement pour son côté pittoresque et pour ses bons propos obscènes, mais aussi à cause d'un aspect profond de sa personnalité qui apparaît dans les épreuves et dans les crises. Face à une affaire sérieuse, son sourire joyeux disparaît et elle met de côté son goût de l'obscénité. Son visage est alors celui d'une personne réfléchie et responsable. Elle écoute avec attention les problèmes des gens, les conseille avec sincérité et leur rend service de tout son

* La gouza est une petite pipe à eau exclusivement utilisée pour fumer du haschich, euphorisant dont la consommation traditionnelle était certes considérée comme répréhensible dans son excès, mais regardée avec autant d'indulgence qu'à la même époque l'absorption régulière d'alcools forts en Europe. Si la gouza a aujourd'hui disparu, l'herbe qui y brûlait n'a pas disparu de la vie sociale des jeunes Égyptiens.

cœur. Elle ne repousse jamais ceux qui font appel à elle et est toujours la première à aider ses voisines, que ce soit dans des moments de fête comme les naissances ou les fiançailles ou dans les épreuves comme la mort, la maladie ou le divorce.

La veille, comme d'habitude, après avoir fermé son magasin, Ali Hamama était rentré à la maison juste après minuit. Il avait avalé avec appétit le repas qu'Aïcha lui avait préparé et sirotait avec satisfaction un verre de thé à la menthe, lorsque, profitant de sa bonne humeur, Aïcha aborda une question on ne peut plus épineuse et sensible : il lui fallait de l'argent pour acheter un costume à leur fils, Faouzi.

Ali Hamama, pris au dépourvu, la regarda avec stupéfaction, puis il se ressaisit, se redressa et refusa de quelques mots concis et tranchants avant de se remettre à siroter son thé en faisant du bruit comme pour confirmer son refus. Mais Aïcha ne renonça pas. Elle poursuivit son siège de toutes les façons possibles : d'abord, elle lui souhaita gentiment une bonne santé et une longue vie, elle lui dit que si Dieu le comblait de richesses c'était parce qu'il se montrait généreux envers sa famille et ses enfants et qu'il était toujours prêt à satisfaire leurs besoins. Puis elle décrivit celui, pressant, que Faouzi avait d'un costume. Qu'allaient dire les gens s'ils voyaient le fils du fameux hadj Ali Hamama marcher avec des vêtements vieux et déchirés ? Ces arguments avaient beau être puissants et convaincants, ils n'eurent aucune influence sur Ali Hamama, qui continua à refuser catégoriquement. Il commençait à se fatiguer de l'insistance d'Aïcha, quand celle-ci décida de recourir à son arme biologique : elle se leva, se dandina, soupira avec flamme puis vint s'asseoir à côté de lui sur le canapé. Elle se colla à lui, jambe contre jambe. Son fort parfum remplissait les narines d'Ali et la chaleur de son corps le brûlait. Il savait que, comme d'habitude, elle était complètement nue sous sa galabieh. Afin que son excitation arrive à son paroxysme, elle tendit la main pour lui caresser le bas-ventre. Ali Hamama sentit le sang couler plus vite dans ses veines, les battements de son cœur se précipiter et son regard se nimber de désir. Il était sur le point de faiblir, il allait tendre la main vers la poitrine chaude de sa femme, mais, conscient que l'abandon à ses désirs allait avoir un coût financier accablant, il se leva d'un bond pour s'éloigner de la source de chaleur et alla s'asseoir à l'autre bout de la pièce. Dès qu'il eut retrouvé ses esprits, il commença sa plaidoirie :

— Il a assez de vêtements comme ça. S'ils sont vieux, il faut les repriser et les remettre à neuf. C'est comme ça qu'on élève un homme. Il faut que les enfants sachent qu'un sou est un sou. Gaspiller l'argent pour leurs caprices, c'est la meilleure façon de les dépraver. De plus, Faouzi est stupide et désespérant. C'est un raté. À dix-sept ans, il est toujours au collège. En quoi mériterait-il un nouveau costume ? Est-ce qu'il faut le récompenser pour ses échecs ?

— Alors il faut qu'il se promène avec des vêtements déchirés, comme un mendiant ? lui demanda Aïcha en le fixant droit dans les yeux.

— Aussi longtemps qu'il échouera à l'école, qu'il aille au diable, répondit calmement Hamama en évitant son regard.

Elle lui demanda sur un ton de défi :

— C'est ton dernier mot. Tu vas lui acheter un costume ou non ?

— Non, répondit-il sans hésitation.

Aïcha gronda. Elle bondit de son siège et, debout au milieu de la pièce, se mit à crier :

— Est-ce que tu n'as pas honte ? Tu veux me faire mourir ? Tu veux me faire avoir une attaque ? Ton fils, le fils de ton sang, veut s'acheter un costume, et toi, avec tout l'argent que tu as… Crains Dieu !

— Parce que Dieu nous a dit de jeter notre argent par les fenêtres ?

— Pour qui te prends-tu ? Tu n'as pas de pitié ? Tu es un mécréant, pas un musulman.

— Je suis musulman, grâce à Dieu, lui répondit Hamama d'un ton sarcastique.

Aïcha se mit alors à pousser un long ululement aigu qui équivalait – dans le langage du droit international – à une déclaration de guerre, à laquelle Hamama répondit par un grognement rauque qui pouvait être interprété comme une confirmation de son refus et de son indifférence aux conséquences que cela pouvait avoir. Puis il reprit son état de latence et se plongea dans son éternel silence, le regard dans le vide comme s'il ne se passait rien qui le concernât. Aïcha se dirigea vers lui et, lorsqu'elle fut juste en face, se gifla par deux fois violemment le visage puis cria :

— Que Dieu détruise ta maison ! Quel mariage j'ai fait ! On me l'avait bien dit depuis le début que tu étais plus avare que la chienne de Yazid*.

— Pourquoi m'as-tu épousé ? On ne t'a pas forcée ?

— J'étais une enfant, j'étais stupide. Il ne faisait pas clair le jour où je t'ai vu.

Hamama lui répondit calmement :

— Ne te mets pas dans cet état. Tu veux qu'on en finisse et que chacun parte de son côté ?

— Ah, si je pouvais ! Si tu es un homme, répudie-moi.

— Rends-moi d'abord la parure que je t'ai offerte le jour du mariage.

Aïcha s'étrangla puis poussa un cri énorme et agita les doigts d'une façon connue et pas très polie tout en regardant autour d'elle comme si elle voyait des spectateurs imaginaires :

* La chienne de Yazid était encore plus avare que son maître. Un jour que celui-ci s'était laissé aller à donner une aumône à un mendiant, la chienne avait poursuivi ce dernier jusqu'à ce qu'il rende grâce. C'est là un très vieux dicton qui s'applique à la plus extrême avarice.

— Quelle parure ? Parure toi-même ! Sur la tête de ta mère ?

— Bien sûr, ta parure. Elle valait très cher. Rapporte-la d'abord et je divorce.

— Je jure par le Prophète que je vais te la jeter sur ta sale gueule, ordure !

Aïcha se précipita dans la chambre à coucher et en revint aussitôt avec une boîte en velours qui contenait la chaîne en or, et la lui jeta dans le creux de sa galabieh en criant :

— Prends, salopard, bouffe-la !

Hamama prit la boîte, l'ouvrit et regarda à l'intérieur. Ce fut tout juste s'il ne la renifla pas comme lorsqu'il réceptionnait des marchandises pour le magasin. Ensuite il la posa avec précaution à côté de lui sur le canapé et soupira :

— Tant pis pour toi si tu ne sais pas apprécier les bonnes choses.

La colère d'Aïcha arriva à son paroxysme : elle se mit à pousser des cris ininterrompus. Tout à coup, elle enleva sa galabieh d'un seul mouvement et la jeta par terre. Elle était complètement nue. Elle se mit à se frapper les cuisses de la main en disant :

— Il faut que tu saches bien que c'est fini, fils à ta maman. Il était une fois… Mais, maintenant, c'est "entrée interdite", Ali, fils de Nazira.

— C'est-à-dire que tu veux m'interdire le paradis, vipère !

Elle se jeta sur lui à bras raccourcis. Il la repoussa et esquiva ses coups puis prit la boîte contenant la parure, ouvrit la porte et partit en courant poursuivi par la voix d'Aïcha qui résonnait derrière lui, le couvrant de malédictions et d'injures.

6

Dans la lumière tamisée, Bahr se tient tous les soirs derrière son comptoir. Autour de lui, des bouteilles d'alcool de toutes sortes et des verres propres alignés à l'envers sur les étagères. Avec son visage dans la cinquantaine, son costume noir brillant, sa chemise blanche et son nœud papillon rouge, il est debout dans son milieu naturel, comme s'il avait été créé pour lui, comme s'il n'était pas possible qu'il existe en dehors de lui. (Les rares fois où certains clients l'ont vu hors du bar, ils ont été étonnés par son apparence. Vêtu d'une manière ordinaire et marchant dans la rue, il leur semblait s'être déguisé pour une raison qui leur échappait.)

Bahr fait son travail à la perfection, avec harmonie, comme s'il jouait au piano. En prenant les commandes il s'incline en souriant, puis il prépare les boissons demandées et les présente avec élégance. S'il s'agit d'un cocktail, il offre à l'assistance un spectacle de choix. Tournant sur un seul pied, il ajoute amoureusement un à un les ingrédients du cocktail, qu'il agite d'une manière qui ressemble à un ballet. Ensuite, il le verse fièrement dans le verre qu'il sert au client en restant quelques secondes incliné, comme s'il attendait les applaudissements. Les personnes présentes le regardent avec admiration, et peut-être que certains n'ont pas pu s'empêcher de s'écrier :

— *Well done*, bravo, barman.

Chaque jour, jusqu'aux premières heures du matin, Bahr contrôle tout ce qui se passe dans le bar comme s'il le tenait dans sa main. Ses yeux, sans relâche, en parcourent tous les recoins. Il observe avec un œil de faucon ses assistants. Lorsqu'un incident survient, un frémissement rapide parcourt son visage, dont ils se rendent compte immédiatement. Il y a entre eux une compréhension tacite, comme s'il utilisait un code spécifique qui va d'une moue au froncement des sourcils, du signe de la tête au geste des mains. Les mouvements des assistants dans la salle s'accordent avec la cadence que donne Bahr derrière le comptoir. S'il accélère, ils se mettent à trotter, et s'il ralentit, ils bougent moins vite, comme s'il était le chef d'orchestre conduisant le rythme avec sa baguette. Bahr traite les clients avec prudence et délicatesse. Les buveurs d'alcool ont généralement un caractère susceptible et changeant, mais Bahr sait exactement quand ils ont besoin de conversation et quand il faut les laisser seuls, quand il peut leur raconter une anecdote amusante et quand il vaut mieux se taire et se tenir à l'écart. Avec une sagacité étonnante, Bahr sait dès le premier instant si le client est venu boire pour oublier ses malheurs, pour faire la fête, ou simplement par habitude. D'un simple coup d'œil, il devine si la femme qui est assise à côté du client est son épouse ou sa maîtresse, et il distingue immédiatement le consommateur au bon cœur que l'alcool va rendre encore plus généreux et plus affectueux de celui qui a mauvais caractère ou qui est déprimé et que l'ivresse va rendre malfaisant et agressif. Bahr ne se met jamais en colère devant les insolences des ivrognes qui ont perdu le contrôle d'eux-mêmes. Il rappelle toujours à ses assistants "qu'il ne faut jamais se formaliser avec les ivrognes et que l'ivrogne est sous la garde de celui qui est à jeun". Dans les cas d'ivresse profonde, Bahr prend les mesures appropriées : il arrête immédiatement de leur servir de l'alcool ou bien leur sert un verre d'eau glacée avec une goutte de whisky pour la colorer. Bahr aide les clients ivres à partir. Il appelle leur chauffeur ou, s'ils sont seuls, il leur interdit de conduire et appelle un taxi payé à l'avance de façon que le chauffeur ne les escroque pas.

Contrairement à ses collègues, Bahr semble fier de lui. C'est-à-dire qu'il ne se considère pas comme un serviteur. Ce qu'il fait est d'un niveau plus élevé que le nettoyage ou le simple service. Bien sûr, il est soumis aux exactions d'El-Kwo comme tous les autres, mais il a le sentiment d'avoir une compétence, d'être un artiste qui pratique un métier distingué. Cette fierté le conduit, dans la mesure du possible, à veiller à sa dignité. Il tolère les mauvais comportements des ivrognes, mais, en dehors des cas d'ivresse, il ne permet pas aux clients de l'humilier. Sinon il leur applique une liste de sanctions efficaces et sans risques. Efficaces parce qu'elles lui procurent le plaisir de la vengeance et sans risques parce qu'il ne fait rien qui puisse être considéré comme une infraction ou un abus. Bahr, par exemple, tarde à servir le coupable, tout en s'excusant d'un air peu sincère de façon que sa mauvaise volonté apparaisse mais sans pouvoir être prouvée. Une autre forme de sanction consiste à affecter un grand respect puis à se tromper sur le nom du client, ce qui est encore plus blessant s'il se trouve avec une femme qui n'est pas son épouse. Si le client ne relève pas l'erreur, Bahr la répète avec un visage innocent, et si le client corrige son nom, Bahr s'excuse abondamment, mais le message qui est passé c'est que ce personnage est de peu d'importance pour que le barman ne le reconnaisse pas. La troisième forme de sanction consiste pour Bahr à exagérer la chaleur et le respect de l'accueil, puis, lorsque le client le regarde, à faire passer le temps d'un éclair sur son visage la haine et le dégoût avant de revenir au respectueux protocole comme si rien ne s'était passé. Cela est arrivé voici deux mois quand est entré Abd el-Aal Pacha, connu pour le plaisir qu'il prend à humilier ceux qui sont à son service, même s'il s'agit de hauts fonctionnaires. Bahr essaya de toutes ses forces d'éviter un affrontement, mais en vain. Dès le début, le pacha se comporta envers lui avec une fatuité méprisante. Abd el-Aal Pacha aimait la bière et il lui prépara une bouteille de bière glacée. Lorsque le pacha l'eut vidée, il cria d'une voix que toutes les personnes présentes au bar entendirent :

— Tu aurais dû venir enlever la bière que j'avais finie et venir me demander si j'en voulais une seconde. Tu veux que je t'apprenne ton travail ? Tu es un âne.

Bahr ne se souvient pas, depuis le temps qu'il fait ce travail, avoir ressenti une humiliation et une rage aussi fortes que ce soir-là. Tout à coup, une idée lui vint à l'esprit : il prit une bouteille de bière et sortit du bar. Il traversa le couloir en vérifiant que personne ne le voyait et, la bouteille de bière à la main, il entra dans les toilettes puis revint au bar et posa la bouteille à l'écart. Lorsque le pacha lui demanda une troisième bière, Bahr la lui versa dans un verre et la lui porta, seul à jouir du spectacle d'Abd el-Aal Pacha Hafez, personnage imbu de lui-même et plein de fatuité, buvant sa bière mélangée à quelques gouttes de son urine.

Il est juste de dire qu'il s'agit là d'une conduite exceptionnelle de sa part, un simple petit point noir sur un vêtement d'un blanc immaculé. Bahr jouit habituellement de l'appréciation et de l'affection des clients et son nom a été consacré par des actions glorieuses qui l'ont peu à peu élevé au sommet de son art. L'une des plus célèbres est sans doute ce qui arriva au colonel William Coldwell, un aristocrate anglais qui était un des plus proches collaborateurs du maréchal Montgomery. Le colonel Coldwell avait la particularité de cacher une outrecuidance pleine de morgue sous ses bonnes manières factices. Dès qu'il s'assit au bar, le barman comprit que c'était une personnalité difficile et il fit impeccablement son service pour ne pas lui donner l'occasion de s'attaquer à lui ou de susciter artificiellement un problème. Le colonel Coldwell but un verre de gin tonic puis, la pipe à la bouche, posa à Bahr avec son accent britannique distingué une question qui traduisait son mépris :

— Barman, dites-moi, savez-vous faire des cocktails ?

— Bien entendu, Monsieur.

— Quelle sorte de cocktails ?

— Toutes les sortes, Monsieur.

— Êtes-vous sûr de ce que vous dites, barman ?

— Oui, Monsieur, à votre service.

Le colonel réfléchit un peu, souffla une bouffée de fumée de sa pipe parfumée, puis sourit avec une expression de joie méchante, comme un enfant qui s'apprête à faire une farce :

— Alors donnez-moi un verre d'œuf unique.

Le colonel avait prononcé lentement le nom du cocktail, comme, au tennis, on assène un coup fatal puis on se retourne sans même jeter un regard à la balle, assuré que son adversaire ne sera pas capable de l'arrêter. Bahr s'inclina d'une façon tout à fait naturelle, comme si le colonel lui avait demandé un verre d'eau. Il ouvrit une bouteille de champagne dont le bouchon fit un bruit aimable. Puis il en versa avec attention une certaine quantité dans le shaker, y ajouta les autres ingrédients puis secoua le shaker exactement le temps voulu avant de le vider dans un verre à moitié rempli de glace. Surpris, le colonel le suivait des yeux avec attention. Il lui prit le verre des mains et le renifla, le goûta, et tout à coup l'outrecuidance s'effaça de son visage et il dit d'un ton différent :

— Où avez-vous appris à faire ce cocktail ?

— En Égypte, Monsieur.

— Savez-vous pourquoi on l'appelle l'“œuf unique” ?
— C'est Adolf Hitler qui est visé.
— Pourquoi ?
— Parce qu'il est né avec un seul testicule.

Le colonel leva les sourcils, posa sa pipe sur le bar et tendit la main pour serrer celle de Bahr. Avant de partir, en réglant sa note, il lui laissa une livre de pourboire.

Une fois terminé ce panégyrique, une question reste posée : Est-ce que Bahr vole les clients ?

La réponse dépend de notre conception du vol. Bahr emploie plusieurs astuces pour augmenter ses revenus. Il utilise d'une part le chèque tournant, ce qui lui permet d'encaisser plusieurs fois une même facture. D'autre part, l'administration du club fait ses comptes avec le barman sur la base de vingt verres de whisky par bouteille dont il doit payer le prix à la caisse. Si Bahr diminue légèrement le contenu de chaque verre, il peut réussir à servir vingt-six verres par bouteille, les six restants étant bien sûr vendus à son compte. Parfois, si les conditions le permettent, c'est une bouteille de whisky complète que Bahr met de côté à son profit. Pour ces entourloupes, le barman prend soin de choisir ses clients parmi ceux qui s'enivrent rapidement et qui ne remarquent pas la diminution de la quantité de whisky dans leur verre, ou bien ceux qui sont particulièrement bienveillants et ne regardent pas avec précision leur addition ou qui ne demandent pas à voir les factures. De cette façon, avec la compréhension du comptable, Morqos, le bar rapporte à son responsable des revenus importants, mais lui ne considère absolument pas que ce qu'il fait soit du vol. Ce sont des ruses complètement légitimes dans le monde des bars, où la règle est que tout est permis aussi longtemps que le client est content. Afin de pouvoir continuer à empocher ces gains, Bahr paie à El-Kwo une somme mensuelle que l'on appelle le bonus. Ce soir, Bahr est inquiet parce qu'El-Kwo s'en est pris à lui et l'a accusé de voler devant ses collègues. El-Kwo ne fait pas cela sans intention. Que Dieu nous protège ! Bahr n'est pas un employé ordinaire. Il fait partie des quatre grands – le chef cuisinier Rekabi, le maître d'hôtel Chaker, le responsable de la salle de jeu Youssef Tarbouche et lui-même sont des chefs qui ont des employés sous leurs ordres et ils ont droit à un traitement différent. El-Kwo n'ordonne jamais de les battre. Il se contente de les invectiver, mais lorsqu'il les accuse de vol en public, cela veut dire qu'il veut plus d'argent. C'est ce que Bahr sait d'expérience.

Il restait quelques jours avant le début du mois – qui est le moment de la remise du bonus à El-Kwo –, mais Bahr n'en tint pas compte et réunit le montant habituel dans une enveloppe qu'il plaça dans un tiroir du bar. À cause de ses appréhensions, il surveillait la marche du travail avec moitié moins d'attention qu'à l'ordinaire. Au milieu de la nuit, il dit à ses assistants :

— Je vais voir El-Kwo.

Ils comprirent à l'expression de son visage que l'affaire était de la plus haute importance et l'un d'entre eux s'empressa de prendre sa place derrière le comptoir. Bahr mit l'enveloppe dans sa poche et prit un taxi pour le palais Abdine. Il était minuit. C'était le meilleur moment pour rencontrer El-Kwo, l'heure où Sa Majesté le roi était occupé à une table de jeu à l'Automobile Club, ou bien passait la soirée avec des amis et amies à l'Auberge.

Lorsque Bahr entra dans les bureaux d'El-Kwo, Hamid l'accueillit avec froideur et le regarda d'un air interrogatif. Bahr lui dit avec un sourire quémandeur :

— Monsieur Hamid, je voudrais rencontrer Son Excellence El-Kwo.

— Attendez, lui répondit Hamid en lui montrant du doigt un fauteuil dans un coin éloigné.

Une demi-heure plus tard, Hamid revint vers lui et lui dit laconiquement :

— Son Excellence El-Kwo veut vous voir.

Hamid avait fait exprès d'employer le verbe "vouloir" plutôt que celui d'"attendre" (il ne convenait pas qu'El-Kwo attende quelqu'un). Bahr se leva, jeta un coup d'œil au miroir pour vérifier sa tenue : ses souliers cirés, son pantalon ajusté, sa veste bien repassée et propre. Il passa la porte et s'inclina profondément en disant :

— Bonsoir, Excellence.

El-Kwo était assis derrière son bureau, son cigare allumé envoyant comme d'habitude une épaisse fumée. Il était dans sa tenue de chambellan, avec ses lunettes en or, et était en train de lire des papiers posés devant lui. El-Kwo fit exprès de laisser Bahr debout pendant près d'une minute avant de lever la tête et de le regarder. Un sourire courtois se dessina sur les lèvres de Bahr, qui s'inclina puis s'avança de deux pas et posa l'enveloppe au bord du bureau. Elle était ouverte et les billets étaient visibles. C'est de cette façon-là que Bahr avait l'habitude de remettre son bonus à El-Kwo qui généralement jetait un regard sur l'enveloppe puis le congédiait d'un geste de la main. Cette fois-ci, El-Kwo regarda l'enveloppe d'un air mécontent puis cria avec colère :

— Qu'est-ce que c'est ?

— Une minuscule partie de vos bienfaits, Excellence.

El-Kwo cria :

— Reprends l'enveloppe et va-t'en.

Bahr resta bouche bée. Son visage montrait son désarroi. Il tenta de parler, mais la voix d'El-Kwo retentit dans la pièce :

— Va-t'en d'ici, va-t'en !

Bahr prit l'enveloppe sur le bureau, se retourna rapidement puis sortit.

7

James Wright se réveilla à six heures du matin. Il se lavait le visage et les dents, buvait son thé avec deux biscuits au chocolat, comme il les aimait, puis prenait son sac de sport et franchissait la porte de la villa qu'il habitait, face au Nil, à Zamalek. Il marchait quelques minutes à pied pour arriver au club Gezirah, où il jouait au tennis pendant une heure avant de revenir chez lui prendre un bain chaud et son petit déjeuner. Ensuite il s'habillait et se dirigeait vers l'Automobile Club, dont il était le directeur depuis sa fondation. Il y travaillait dans son bureau de neuf heures du matin jusqu'à quatre heures de l'après-midi. Son chauffeur le conduisait alors à nouveau au club Gezirah, où il buvait un ou deux verres de whisky en lisant les journaux anglais et en jouant aux cartes avec ses amis. À sept heures, il était chez lui pour dîner avec sa femme, Victoria, et sa fille, Mitsy. C'est ainsi que se déroulait la vie de Mr James Wright, réglée comme une horloge, transparente comme un verre d'eau. À n'importe quel instant, on pouvait deviner où il se trouvait et ce qu'il faisait. Malgré cela, comme la plupart des gens, il y avait une chose qu'il avait soin de cacher : deux ou trois fois par semaine, après que le chauffeur l'avait accompagné au club, Wright entrait au bar, demandait un verre qu'il buvait debout, en vitesse, puis il prenait par les sentiers du parc comme pour faire de l'exercice et en ressortait discrètement par la porte de derrière. Il restait longtemps absent, puis il revenait au club et reprenait sa voiture pour retourner à la maison à l'heure habituelle.

Où donc allait Wright au cours de ses excursions clandestines ?

L'affaire avait commencé deux ans plus tôt, au cours de la soirée que l'Automobile Club organisait tous les ans à l'occasion de la nouvelle année. Assistaient à la réception le haut-commissaire britannique, les ambassadeurs étrangers, les ministres ainsi que de hautes personnalités et des princes de la famille royale. Tout à coup, vers une heure du matin, Sa Majesté le roi fit aux invités l'honneur et la surprise de son éminente présence. Il souhaita une bonne année à l'assistance puis prit sa place autour du tapis vert et se mit à jouer aux cartes jusqu'au matin. Comme d'habitude, tant pour les hommes que pour les femmes, la fête reflétait les dernières tendances de la mode : fourrures, robes de soirée, smokings, c'était un vrai concours d'élégance. Une des invitées attira l'attention de Mr Wright. C'était une femme dans la quarantaine, mince, claire de peau, les cheveux fins d'un brun anthracite coiffés à la garçonne. Elle fumait sans arrêt et portait une simple robe bleue qui n'était pas du tout à la hauteur de l'événement. Wright se mit à l'observer avec étonnement. Il se demandait comment cette femme osait venir à une soirée de ce niveau avec une robe qui, au plus, aurait pu convenir pour aller prendre le thé. Le plus étonnant était qu'elle parlait et riait avec les invités d'une manière naturelle, comme si elle ne se rendait pas compte de l'anomalie de son apparence. La curiosité de Mr Wright redoublait et finalement il interrogea Chaker, le maître d'hôtel :

— Qui peut bien être cette femme avec sa robe bleue ?

Le maître d'hôtel s'inclina :
— C'est Mme Odette Fattal, Monsieur.
— Est-elle une parente de M. Henri Fattal ?
— C'est sa fille, Monsieur.

Cela rendait la chose encore plus incompréhensible. Le millionnaire Henri Fattal était un des plus grands marchands de coton d'Égypte. Pourquoi sa fille apparaissait-elle sous cet aspect misérable ? N'importe quelle secrétaire de son père portait à n'en pas douter de plus beaux vêtements. Qu'est-ce que cela voulait dire, et pourquoi les personnes présentes semblaient accepter sans problème la présence parmi elles de ce lapin sauvage ? Wright ne fut pas capable de dominer plus longtemps sa curiosité. Il demanda un autre verre qu'il avala d'une seule traite, puis, mettant fin à son hésitation, s'avança vers la femme. Elle le regarda et il s'inclina :

— Bonsoir, madame. Permettez-moi de me présenter : James Wright, le directeur du club.

Il lui baisa la main, qu'il trouva tendre et qui exhalait un parfum légèrement envoûtant.

— Je suis Odette Fattal, professeur au lycée français. Enchantée.

Son sourire l'encouragea, et il lui dit, en prenant un autre verre sur le plateau que portait un sofragi* :

— Puis-je vous demander pourquoi je n'ai pas eu l'honneur de vous voir auparavant chez nous au club ?
— Je n'aime pas l'Automobile Club.
— Quel dommage !
— Si mes amis n'avaient pas insisté, je ne serais pas venue ce soir.
— Il faut que je remercie vos amis.

* Le sofragi est un domestique qui sert à table. C'est un mot d'origine turque formé du terme *sofra*, qui veut dire "table", et du suffixe *gi*, prononcé "gui" en Égypte, qui indique les noms de métier. Il est généralement nubien, comme le sont les valets de chambre, les cuisiniers et les chauffeurs.

— Je vous prie de ne pas m'en vouloir si j'exprime franchement mon opinion.

Wright se mit à contempler cet être étrange qui, de plus, ne manquait pas de piquant. Il lui demanda :

— Puis-je savoir pourquoi vous n'aimez pas l'Automobile Club ?

— Parce que c'est un endroit faux, artificiel, rempli de canailles, répondit-elle d'un ton naturel.

Wright souleva les sourcils avec irritation, mais elle n'y prêta pas attention et poursuivit :

— Ici, à l'Automobile Club, les voleurs se mettent de très beaux habits et se parfument avant de jouer leurs rôles dans une comédie dérisoire.

— Que voulez-vous dire par voleurs ?

— Tous ces invités. Ces pachas ne sont-ils pas les étoiles de la haute société égyptienne ? Mentionnez-moi n'importe quel nom parmi les personnes présentes et je vous ferai un rapport complet de ses crimes.

Au cours de ses soixante et une années d'existence, jamais James Wright n'avait eu une conversation aussi étrange. Il se rendit compte qu'il se trouvait devant une femme différente de toutes celles qu'il voyait chaque jour. En dépit de son excentricité, elle était attirante. Ils parlèrent longtemps et cela fut remarqué par l'assistance, ce qu'ils commentèrent en chuchotant gaiement. À six heures du matin, il l'accompagna chez elle, et le lendemain il prit de ses nouvelles. Ils sortirent trois fois ensemble et la quatrième il l'invita à dîner au Mena House puis la raccompagna à son appartement de Zamalek. Avant qu'elle ne descende de la voiture, ils échangèrent les adieux habituels, mais tout à coup elle se rapprocha de lui et lui donna un baiser furtif sur les lèvres, ce qui le rendit fou de désir. Il la prit fortement dans ses bras et la dévora de baisers. Cette nuit-là, il coucha avec elle pour la première fois.

Après un an de relations, le sentiment d'étrangeté ne s'était pas dissipé. Malgré tout le bonheur que lui donnait

Odette, elle restait pour lui un être mystérieux. Plus leur relation se renforçait, plus les questions sans réponse se pressaient dans son esprit. Souvent il se mettait devant un miroir et regardait son visage couvert de rides et les rares cheveux blancs qui entouraient sa large calvitie, et il se demandait ce qui attirait la séduisante Odette chez un homme qui n'était pas beau et qui avait vingt ans de plus qu'elle. Souffrait-elle du complexe d'Électre et recherchait-elle l'image d'un père qui lui manquait ? Pourquoi avait-elle quitté le palais de ce dernier à Maadi pour louer un petit appartement à Zamalek ? Pourquoi la fille du millionnaire Fattal s'obligeait-elle à enseigner dans un lycée pour subvenir à ses besoins ? Pourquoi ne travaillait-elle pas dans une des nombreuses sociétés familiales ? Quelle était l'histoire de ce mari libanais qui habitait Paris et dont elle évitait toujours de parler ? Pourquoi ne vivaient-ils pas ensemble ? Toutes ces questions, il les avait posées à Odette. Son beau visage s'était alors rembruni et elle lui avait répondu brièvement :

— J'ai quitté mon père depuis des années. Je lui rends souvent visite mais je ne lui permets pas de se mêler de ma vie.

— Pourquoi t'es-tu séparée de lui ?

— Nous ne sommes d'accord sur rien.

— Si mon père était millionnaire comme le tien, je ne serais pas parti, remarqua-t-il en riant.

Ensuite il lui demanda pourquoi elle ne vivait pas avec son mari et pourquoi elle ne demandait pas le divorce. Odette sourit et lui répondit calmement :

— James, m'aimes-tu ?

— Bien sûr.

— Eh bien, aime-moi comme je suis, sans me poser de questions sur ma vie.

Il lui obéit : Odette était une femme étrange et mystérieuse, mais il l'aimait comme il n'avait jamais aimé de sa vie. Il ne pouvait pas imaginer quelle serait son existence si elle le quittait. Il n'avait jamais été un mari fidèle pour Victoria et ne ressentait pas de remords pour ses tromperies répétées. En même temps, il était prêt à pardonner ce qu'il devinait des incartades de sa femme. Il était convaincu que le mariage était une nécessité pour avoir des enfants mais qu'en dehors de cela c'était une institution inadaptée et vouée à l'échec, et que les relations passagères en dehors du mariage aidaient à renouveler les liens entre les deux époux. Il avait l'habitude des brèves aventures après lesquelles il revenait vers sa femme en mettant plus de cœur à la satisfaire. Son sentiment à l'égard de ses maîtresses était toujours semblable. Seule Odette l'avait entraîné plus loin. Elle lui avait ouvert de nouveaux horizons de bonheur, comme s'il n'avait jamais connu de femme avant elle. Elle l'excitait d'une façon qui le fit – après tant d'années – presque douter de son orientation sexuelle. Il avait découvert que son côté garçon était ce qui l'attirait le plus chez elle. Si elle s'était laissé pousser les cheveux ou avait mis des talons hauts ou recouvert son visage de maquillage, si elle avait pris des poses et s'était dandinée d'une manière féminine, elle aurait beaucoup perdu de sa séduction. C'était sans doute cela qu'il y avait de plus beau chez elle, ce quelque chose de masculin, de farouche, de primitif, de brut comme on dit en français. Même ses conversations sérieuses et ses idées révolutionnaires avaient un certain charme. Elle avait une façon unique de parler, en articulant nettement chaque syllabe et en soulignant ses propos avec des mouvements de son admirable petite tête. Wright souriait de tendresse lorsqu'il pensait à elle. Quel être merveilleux ! Pendant toute une année, elle lui accorda son corps sans rien lui demander. Ni cadeaux, ni argent, ni privilèges. Une seule fois, elle était intervenue pour demander de recruter à l'Automobile Club le fils d'un planton du lycée. Le jour de son anniversaire, il lui offrit un collier en or. Elle se pencha sur ses lèvres et ils sombrèrent dans un long baiser, puis, tout en continuant à le serrer dans ses bras et à lui sourire, elle éloigna un peu son visage :

— Ne te mets pas en colère, je t'en prie, mais je ne porterai pas ce collier.

— Pourquoi ?

— En fait, je ne porte pas d'or.

— Tu es peut-être la seule femme au monde qui déteste l'or.

— Mes positions, dans la vie, ne se fondent pas sur le nombre de personnes qui les partagent ou qui leur sont opposées.

Les idées étranges qui lui venaient à brûle-pourpoint provoquaient toujours chez lui un mélange d'étonnement et d'admiration. Il demanda d'un ton sérieux :

— Puis-je savoir pourquoi tu détestes l'or ?

— Les gens s'essoufflent à courir derrière l'or parce qu'il est synonyme de richesse, alors qu'il n'a aucune valeur en soi. Sa valeur se résume à sa rareté et à son coût, alors que, de mon point de vue, son apparence est laide.

Wright referma la boîte du collier et dit avec un semblant de colère :

— Désolé, Odette, de t'avoir importuné avec ce cadeau.

— C'est moi qui t'importune avec mes idées non conventionnelles.

Elle observa son visage comme pour s'assurer qu'il n'était pas réellement en colère. Elle lui sourit :

— Malgré tout, je conserve mon droit à un cadeau.

Quelques jours plus tard, elle l'emmena dans une petite boutique de la rue Soliman Pacha où elle choisit une chaîne en argent avec la clef de vie, très bon marché, mais qui lui plaisait beaucoup. Quant au collier d'or, il l'offrit à sa femme, Victoria, à qui cela fit plaisir.

La veille, il était arrivé avant elle à l'appartement. Il avait ouvert avec sa clef, était entré et s'était préparé une tasse de thé avant de s'allonger sur le divan. Il commençait à être en manque de whisky. Lorsque Odette apparut, son désir était si fort qu'il se jeta sur elle sans parler. Après l'amour, ils restèrent allongés. Il aimait toujours qu'elle enfouisse sa petite tête entre sa poitrine et ses bras. Il sentait son souffle brûlant et se penchait pour baiser ses cheveux. Au bout de quelque temps, elle revint à elle, l'embrassa rapidement puis le regarda et dit :

— Aujourd'hui, tu as l'air préoccupé.

— C'est vrai.

— Que se passe-t-il ?

— Des problèmes de travail.

— Raconte-moi.

— Rien de précis. De temps en temps, je fais une inspection impromptue des employés du club, et chaque fois je découvre d'énormes manquements.

— Quel excellent directeur !

— Je ne suis pas un excellent directeur, mais les Égyptiens sont un peuple anarchique et paresseux.

— Tu dis cela sérieusement ?

— Oui, je crois vraiment que la capacité de travail des Égyptiens et leurs valeurs morales sont complètement différentes de celles des Occidentaux.

Odette éloigna la tête et le regarda avec désapprobation :

— Je ne peux pas croire que tu raisonnes de cette manière.

— Pourquoi ?

— C'est du racisme.

— Ce n'est pas du racisme. Je dis la vérité. Les Égyptiens sont paresseux, menteurs et sales.

— Puisqu'ils sont à ce point mauvais, pourquoi habites-tu parmi eux ? Pourquoi ne reviens-tu pas en Angleterre où tout est propre et diligent ?

— Je suis obligé de rester en Égypte pour des raisons professionnelles.

— Ah, c'est vrai, pauvre malheureux. Comment peux-tu supporter la villa où tu vis avec ta famille, ta voiture de luxe et le salaire miraculeux que tu touches ?

— Odette, ne te moque pas de moi. C'est vrai que je jouis de privilèges dans mon travail, et si ce n'était pas ainsi je ne supporterais pas de vivre un seul jour dans ce pays.

— Je ne comprends pas pourquoi les Européens sont venus ici pour piller le pays et sucer le sang des Égyptiens tout en les méprisant jusqu'à la dernière limite. Tu parles comme Winston Churchill, qui considère que l'occupation britannique de l'Égypte est un devoir moral.

La voix d'Odette était chargée d'agressivité.

Le visage de Wright s'empourpra sous le coup de l'émotion. Cela lui donna une drôle d'allure d'allumer ainsi sa pipe, complètement nu, le dos appuyé contre la tête de lit. Il était en colère :

— Puisque tu as décidé de gâcher la nuit, alors je vais te dire que oui, je suis d'accord avec Churchill. L'Angleterre, comme n'importe quel pays européen civilisé, fait de véritables sacrifices lorsqu'elle envoie ses soldats dans des pays arriérés comme l'Égypte ou comme l'Inde. Je ne sais pas jusqu'à quand les Britanniques considéreront qu'il est de leur devoir de répandre la civilisation parmi des peuples barbares.

— Cela me fâche vraiment qu'un homme bien comme toi se mente ainsi à lui-même. Les Britanniques volent l'Égypte. Ils pillent ses ressources. C'est ça, la vérité. Les Britanniques sont des brigands. Des coupeurs de route, ni plus ni moins.

— Nies-tu que l'occupation britannique a contribué à moderniser l'Égypte ?

— Une modernisation qui vient de l'occupation, cela sert à faciliter le pillage. Les chemins de fer ont été construits par les Britanniques pour diminuer le nombre de leurs soldats et pour transporter le coton qu'ils volent à l'Égypte. Le régime administratif qu'ils ont introduit avait pour but la domination du pays dans tous les domaines. Sais-tu à quel point Lord Cromer a combattu la fondation d'une université égyptienne ? La politique de la Grande-Bretagne dans ses colonies est toujours la même et elle se résume en un seul mot : le vol organisé. Je peux te le démontrer avec des chiffres et des documents.

Il la regarda avec indignation et répondit d'un ton acerbe :

— Je ne comprends pas l'enthousiasme que tu mets à défendre les Égyptiens. Te considères-tu toi-même comme égyptienne ?

— Je suis née en Égypte, mais j'ai la nationalité française. Mon grand-père est venu en Égypte du Liban.

— Donc tu es libanaise ?

— Est-il nécessaire qu'un homme appartienne à un pays donné ?

— Je ne parviens pas à imaginer une personne sans nationalité.

— L'idée de nationalité est une idée fasciste qui pousse les gens vers des appartenances étroites et stupides et qui les fait se sentir supérieurs les uns aux autres. Cela les mène à la haine et aux guerres.

— Mais en fin de compte, l'homme a besoin d'appartenir à un pays donné.

— Ce sont des chimères. Je ne reconnais pas les nations ni les religions. Je suis née juive, mais je suis athée. Je ne suis ni égyptienne, ni libanaise, ni française. Je suis seulement une personne.

— Tandis que moi, je suis un citoyen britannique.

— La Grande-Bretagne, à laquelle tu appartiens, a commis des massacres abominables en Égypte, en Inde et en Afrique. Ses victimes se comptent par milliers.

— Je n'en suis pas responsable.

— Regarde la contradiction. Lorsque ton gouvernement fait quelque chose de bien, tu en es fier, et lorsqu'il perpètre des crimes, tu t'en laves les mains.

— Je suis toujours fier d'être britannique.

— Hitler aussi était fier d'être allemand et il brûlait les juifs vivants.

Il était sur le point de perdre le contrôle de ses nerfs.

— J'en ai assez de tes discours. D'accord, la Grande-Bretagne a accompli des crimes abominables contre les peuples colonisés, comme Hitler a réalisé l'Holocauste contre les juifs, mais qu'ont fait les juifs avec les Arabes en Palestine ? Qu'ont fait les groupes terroristes de la Haganah aux femmes et aux enfants arabes ? Vas-tu leur envoyer des fleurs ?

— Ce que tu dis là confirme mon raisonnement. Si tu renonces à toute appartenance sauf à l'humanité, cela te permet d'adopter une position juste. Comme je considère que je suis une personne humaine, je condamne l'Holocauste avec la même force que je condamne les massacres d'Arabes par les commandos de la Haganah.

Il y eut un profond silence. Wright tira de sa pipe quelques bouffées puis la posa pour prendre la main d'Odette :

— Est-il possible de mettre fin à cette discussion ?

Il baisa plusieurs fois ses mains, son cou, mais elle s'écarta. À mi-chemin entre le refus et l'assentiment, elle chuchota :

— Je ne comprends pas comment j'ai pu me lier à un homme aussi réactionnaire que toi.

Il murmura en la serrant dans ses bras :

— Je suis peut-être réactionnaire, mais je t'aime.

Je me mis immédiatement au travail sans penser aux conséquences. J'étais comme le nageur qui ferme les yeux et se jette d'un seul coup dans la mer pour mettre fin à son hésitation. Je décidai de commencer la distribution tard dans la nuit. Jusqu'à trois heures du matin, les rues de Sayyida Zeïneb sont noires de passants et les cafés pleins de clients. Il était évident qu'il y avait parmi eux des mouchards qui m'arrêteraient avec mes tracts. Après quatre heures du matin apparaissaient ceux qui allaient faire la prière de l'aube.

Je commençai ma tournée par notre rue. J'entrais dans chaque immeuble, je montais jusqu'au dernier étage puis descendais en déposant les tracts devant les portes des appartements. Je passais à une autre rue. J'évitais d'entrer dans les maisons où je voyais des fenêtres allumées. J'étais si ému que je pénétrai dans plus de vingt immeubles sans me rendre compte du temps passé. Lorsque je regardai l'intérieur de la mallette, je vis qu'elle était presque vide. Il ne restait plus qu'une poignée de tracts que je lançai au hasard devant le cinéma Al-Chark, qui était fermé, mais j'en conservai dans ma poche un exemplaire. Ce fut là ma seule – mais catastrophique – erreur. Sur le chemin du retour à la maison, je dépassai la rue du commissariat et passai devant la mosquée de Sayyida Zeineb. Avant la fin du mur de la mosquée, la terre s'entrouvrit tout à coup : des policiers britanniques accompagnés par un policier égyptien avaient pris position sur la place ; il n'était pas possible d'éviter de passer par là. Je me troublai. J'étais certain que les policiers m'avaient vu. Si je jetais le tract maintenant, ils m'arrêteraient immédiatement, et si je continuais à marcher à leur rencontre, ils allaient remarquer mon trouble et me harceler de questions. À coup sûr, ils allaient fouiller mes vêtements et y trouver le tract.

Je ne sais comment, une idée insolite me vint à l'esprit. Je continuai à marcher et, peu de temps avant d'arriver à l'endroit où étaient les policiers, je m'arrêtai et posai mon pied droit contre le mur. Je me penchai et fis semblant de lacer mon soulier, lentement, comme si je pensais à autre chose, comme si tout était parfaitement normal. L'opération prit près d'une minute, après quoi j'avançai tranquillement vers eux. Un policier anglais me demanda :

— Comment vous appelez-vous ?

— Kamel Abdelaziz Hamam.

— Où travaillez-vous ?

— Je suis étudiant à la faculté de droit.

— Où allez-vous maintenant ?

— Chez moi.

J'affectai l'indifférence et le dédain. Je m'efforçai de prendre un ton naturel. Le policier me regarda un instant puis s'écarta en me laissant le chemin libre :

— Je vous en prie.

Mon Dieu. J'étais sauvé ! Lorsque je repasse dans mon esprit ce qui s'est passé, j'y crois à peine. L'idée de lacer mon soulier fut une inspiration salutaire qui avait complètement écarté les soupçons des policiers. Je récitai intérieurement la Fatiha. Grâces soient rendues à Dieu pour mon salut. Je rentrai dans ma chambre et y trouvai Saïd allongé sur son lit, en train de dormir. Je posai le tract dans le tiroir de mon bureau, me déshabillai, me couchai et plongeai immédiatement dans un profond sommeil. Le matin, dès que j'ouvris les yeux, je trouvai Saïd assis devant moi sur le bord de son lit, déjà habillé. Son visage laissait augurer des tracas. Il me dit d'un ton moqueur :

— Bonjour, Monsieur Kamel.

— Bonjour, lui répondis-je, sur mes gardes.

D'un ton de défi, il poursuivit :

— Où étais-tu hier jusqu'à l'aube ?

Je me redressai.

— Tu fais une enquête ?

— Je suis ton frère aîné et j'ai le droit de savoir où tu étais.

— Je ne suis pas un enfant et je n'ai pas besoin que tu veilles sur moi.

Il se leva et me mit le tract sous les yeux.

— Est-ce que ceci t'appartient ?

— Comment oses-tu fouiller dans mes affaires ?

— Je n'ai pas fouillé, je l'ai trouvé sur le bureau.

— Tu mens, la feuille était à l'intérieur du tiroir.

— Dans le tiroir ou sur le bureau, cela ne change rien à la question. Ce papier, qu'est-ce que ça veut dire ?

— Lis-le toi-même.

— Je veux que ce soit toi qui me le dises.

— C'est un manifeste de protestation contre l'occupation britannique.

— Ce n'est pas un manifeste, c'est un tract.

— Mettons que ce soit un tract. Que veux-tu ?

— Connais-tu le châtiment de ceux qui distribuent des tracts ?

— Je le connais.

— Es-tu fou ?

— Non, je suis un Égyptien dont le pays est occupé.

Saïd éclata de rire en se moquant de moi :

— C'est toi qui vas libérer l'Égypte ?

— Je fais mon devoir.

— À quoi cela sert de distribuer des tracts comme celui-ci, sinon à te mener en prison ? Est-ce que les Anglais vont quitter l'Égypte par peur de tes tracts ?

— Notre devoir est de résister à l'occupation par tous les moyens.

Il rit à nouveau. Son visage était maintenant haineux. Il persifla :

— Le professeur Kamel Hamam va vaincre la Grande-Bretagne avec des tracts.

— L'amour de la patrie, c'est une chose que tu ne peux pas comprendre.

— L'amour de la patrie ne veut pas dire gâcher son avenir et se jeter soi-même en prison.

— Si nous pensions tous comme toi, l'Égypte ne se libérerait jamais.

— Quand vas-tu te réveiller de tes rêves ?

— Ça ne te regarde pas.

Nous nous tûmes tous les deux. Puis Saïd mit sa main sur mon épaule et me dit d'un ton calme qui me fit encore plus enrager :

— Kamel, écoute-moi, mon vieux. Je suis plus âgé que toi et c'est dans ton intérêt que je m'inquiète. Ce que tu fais va nous attirer des ennuis. Je vais oublier l'affaire pour cette fois-ci, mais si tu recommences, je serai obligé d'en parler à ton père.

Haletant de colère, je lui répliquai :

— Tu as plus besoin que moi de conseils.

— Qu'est-ce que tu veux dire ?

— Tu comprends très bien.

Saïd me regarda avec fureur :

— Tu as toujours été un malappris.

— Attention à ce que tu dis !

Il me poussa. Je le pris par la chemise et nous commençâmes à nous battre. Il était plus fort que moi, mais ma colère était telle que je le repoussai avec force et le fis tomber sur le lit. Il se releva et me donna un coup de poing qui me rata en partie en m'atteignant seulement à l'épaule. Ma mère entra dans la chambre en criant. Je me rapprochai vite de lui pour lui souffler à l'oreille :

— Si tu dis un seul mot à ma mère au sujet des tracts, je lui raconterai ce que tu fais sur la terrasse.

8

Le matin, dès qu'Abdelaziz Hamam arrivait à l'Automobile Club, il montait saluer les serviteurs, qui, à cette heure-là, étaient en plein nettoyage. Tous venaient de Haute-Égypte et connaissaient l'importance de la famille Hamam dont Abdelaziz était issu. Ils éprouvaient de la sympathie pour ce fils ruiné d'une noble et puissante famille qui avait été obligé, déjà âgé, d'aller travailler comme serviteur pour subvenir aux besoins de ses enfants. Ce qui renforçait leur affection, c'était aussi qu'il était d'une catégorie à part et qu'il n'entrait pas en concurrence avec eux pour le partage des pourboires. Lorsqu'ils avaient des problèmes, ils sollicitaient son avis, et ses réponses allaient toujours dans le sens de l'honneur. Il représentait pour eux l'idéal d'un pouvoir juste et aimé qui n'utiliserait ni la répression ni la terreur. Dès qu'Abdelaziz apparaissait, tous les serviteurs accouraient pour l'accueillir avec effusion : ils lui apportaient une chaise, du thé et de l'eau glacée et conversaient avec lui tout en continuant leur travail, qu'ils ne pouvaient pas abandonner un seul instant. Abdelaziz appréciait cette rencontre matinale. Souvent, il leur apportait de la maison de la pâte feuilletée et des gâteaux. Cela lui faisait plaisir d'écouter leurs anecdotes et leurs badinages. Il riait de bon cœur avec eux. C'était comme si le temps était revenu en arrière et qu'il se retrouvait avec ses amis, après la prière du soir, devant sa grande maison, dans son village de Drao. Aujourd'hui, contrairement à son habitude, lorsque Abdelaziz arriva au club, il ne monta pas saluer les serviteurs. Il n'avait pas la force de les voir et voulait être seul. Il franchit l'entrée du club puis arriva dans la réserve. Il fit tourner la clef et poussa la porte, qui grinça. L'air était humide et lourd, imprégné d'une odeur de bois. La réserve était un lieu vaste et sombre, au plafond élevé, qui ressemblait aux coulisses d'un théâtre, un monde à l'arrière-plan, confiné dans l'ombre, oublié, derrière les lumières éblouissantes de l'Automobile Club. Une boîte aux merveilles géante où s'entassaient des dizaines de choses banales ou étranges, attendues ou inattendues. Des caisses de whisky de toutes origines, les marques de cigares les plus fameuses, des bouteilles de vin vieux des grands crus français, du savon importé, des bouteilles de parfum pour les mains des adhérents, du papier toilette, des piles de nappes, des jetons à jouer, des appareils électriques et des pièces de rechange pour les sanitaires, des plats, des assiettes, des verres de toutes les formes et de toutes les sortes. Plus important encore : des jeux de cartes de luxe avec lesquels jouaient ces messieurs les membres du club, et ceux du roi, importés spécialement pour lui, aux cartes dorées sur tranche que Sa Majesté n'utilisait que pour une seule partie, après laquelle il fallait les remplacer. Le roi en effet ne jouait absolument jamais deux fois avec les mêmes cartes. À la fin de chaque mois, on ramassait les cartes royales usagées et on les mettait dans une déchiqueteuse spéciale du palais Abdine, où elles étaient transformées en une sorte de poudre qui était jetée avec tous les déchets du palais. L'application aux cartes royales de la peine capitale était une mission sérieuse à l'exécution de laquelle El-Kwo veillait en personne. Si les cartes du jeu royal s'étaient retrouvées dans les cafés populaires, utilisées par la populace, que resterait-il alors du prestige du souverain ?

Une seule fois dans l'histoire de l'Automobile Club, un serviteur essaya de faire sortir en fraude plusieurs jeux royaux utilisés. Ce fut un tremblement de terre qui secoua violemment le club. Le serviteur fautif fut arrêté et conduit au bureau d'El-Kwo, qui se leva pour prendre la cravache suspendue au mur et fouetta lui-même le serviteur jusqu'à la dernière extrémité. L'affaire fut ensuite portée en justice et le coupable fut condamné à une peine effective de trois ans de prison. Le message était clair. Le jeu de cartes dorées du roi, de même que la couleur rouge vif "royal" dont l'usage était réservé aux voitures du souverain, ainsi que le klaxon spécifique des automobiles de Sa Majesté, que la loi interdisait à toute autre personne d'installer sur sa voiture, toutes ces choses étaient des lignes rouges à ne pas franchir sous peine de châtiments implacables.

Abdelaziz changea ses vêtements et revêtit sa tenue de travail jaune aux boutons en cuivre brillants. Il se fit un verre de thé et s'assit derrière son petit bureau au fond de la réserve, sous des châssis de voitures accrochés au plafond. Au milieu de l'obscurité et du silence, il se sentit apaisé et respira profondément. Il revint sur le passé et les images se mirent à défiler dans son esprit. Autrefois, ses visites au Caire étaient des occasions de réjouissance qu'il attendait toute l'année. Lorsqu'il avait vendu sa récolte de dattes, il s'y rendait pour se changer les idées. Il descendait à l'hôtel de l'Union, place Ataba, et passait plusieurs jours dans les plaisirs de la capitale. Au souvenir de ce temps-là, un sourire lui échappa. Il priait souvent Dieu de lui pardonner et lui rendait grâces de lui avoir permis d'accomplir le rite du pèlerinage avant d'être ruiné. Peut-être Notre Seigneur, qu'il soit exalté et glorifié, lui avait-il pardonné ses anciens péchés. Voilà maintenant cinq ans qu'il habitait au Caire, mais il n'y avait rien de commun entre les deux époques. Il était maintenant aide-magasinier.

Après sa période de grandeur, il était devenu un homme pauvre qui parvenait à peine à payer les frais scolaires de ses enfants. Mon Dieu ! Avait-il commis dans sa vie des actions qui méritaient ce châtiment ? Quand ces épreuves se dissiperaient-elles ? Il ne protestait pas contre la volonté de Dieu, mais il se demandait simplement le sens de tout cela. L'homme endure des fatigues dans la fleur de l'âge pour que Dieu lui apporte ensuite le bien-être. Mais souffrir de cette misère à cinquante ans…

Que Dieu lui pardonne, mais si son destin était de rester dans cette misère, il l'implorait sincèrement de hâter sa fin. La mort était plus honorable.

Il alluma une cigarette et en aspira une première bouffée, quand il ressentit une forte douleur et dut poser sa cigarette dans le cendrier pour prendre sa tête entre ses mains.

Des armées de fourmis partaient de son front et avançaient inexorablement vers sa nuque. Il était habitué à cette sorte de migraines dont il était parfois victime, mais maintenant c'était chaque jour qu'il devait lutter contre la douleur. Il repoussait la visite au médecin, non pas par négligence, mais par appréhension. Il avait peur de l'inconnu. C'étaient des jours de mauvais augure qui n'allaient rien lui apporter de bon. Il imaginait avec angoisse ce moment où le médecin allait ranger son stéthoscope et, d'un air sombre, le prévenir avec des mots choisis qu'il avait une maladie grave. Que ferait-il alors ? Qui allait prendre en charge ses enfants ? Le mieux était qu'il tienne encore le coup quelques mois, jusqu'à ce que son fils Saïd obtienne son diplôme technique et trouve un travail. Alors, si la maladie le rendait invalide, il serait au moins rassuré sur l'avenir de ses enfants.

Abdelaziz perçut le bruit de la porte qui s'ouvrait, puis le pas lourd de Georges Comanos parvint à son oreille. Georges était un Grec né en Égypte, à Choubra. Il était gros et sympathique. Il aimait bavarder et raconter des blagues. Les serviteurs l'aimaient parce qu'il ne faisait pas l'important et qu'il ne nuisait à personne. Il avait en charge la réserve depuis la fondation du club. Vingt ans de sa vie s'étaient écoulés dans cet endroit vaste et obscur qui était devenu une partie de lui-même. Il s'était toujours énergiquement refusé à employer plus d'un assistant pour ne pas éparpiller les responsabilités. Pendant de longues années, il avait eu Beltagui, un homme sûr et de confiance qui venait de Sohag, mais Dieu l'avait rappelé à lui et Comanos s'était mis en quête d'un nouvel assistant, jusqu'à ce que des amis lui parlent d'Abdelaziz. Celui-ci, sérieux et poli, distingué et impeccablement vêtu, lui plut immédiatement. Les deux hommes se comprirent aussitôt, et Comanos n'avait pas été déçu. Abdelaziz maîtrisa rapidement son travail, auquel il apporta des innovations. Il enregistra les stocks sur des dizaines de coupons de papier puis établit une liste de tout ce que contenait chaque emplacement de la réserve. Cette méthode qui permettait à n'importe quel moment et sans difficulté de passer en revue les stocks plut à Comanos. Progressivement, ils devinrent amis. Pendant leurs longues journées de travail, ils se parlaient d'homme à homme et se confiaient leurs secrets. C'étaient des moments chaleureux, mais, dès que quelqu'un entrait pour demander quelque chose, Abdelaziz se levait pour prendre les ordres de son chef. Comanos voyait dans cette séparation entre les relations personnelles et professionnelles un signe de civilité, ce qui le rapprocha encore plus d'Abdelaziz. Il l'invita un soir à dîner dans un restaurant grec devant le cinéma Rivoli. Cette nuit-là, Comanos fut surpris de voir qu'Abdelaziz demandait une escalope panée et qu'il utilisait le couteau et la fourchette avec habileté. Abdelaziz remarqua sa surprise, ce qui le fit rire :

— Ne t'étonne pas, Khawaga*. C'est vrai que je viens de Haute-Égypte, mais j'en ai guéri et maintenant je sais manger une escalope.

Abdelaziz lui raconta ses souvenirs du Caire lorsqu'il y allait pour se détendre. Par la suite, les invitations de Comanos se répétèrent et Abdelaziz y répondait dans la mesure de ses moyens. Une seule fois, Abdelaziz invita Comanos à manger du kebab à El-Hossein, mais ensuite il apporta de temps en temps des plats cuisinés par Oum Saïd pour les manger ensemble dans la réserve : de la mouloukhia** au lapin, du canard farci à l'oignon et du riz à la sauce rouge.

Abdelaziz se leva. Comanos le salua. Il enleva sa veste et enfila des manchons de satin noir pour protéger sa chemise blanche de la poussière pendant le travail. Il y avait beaucoup de choses à faire. Abdelaziz monta au bar des caisses de bière puis il monta à nouveau porter une caisse de bouteilles de whisky au restaurant. Lorsqu'il revint s'asseoir pour attendre les ordres de Comanos, celui-ci le regarda attentivement et lui demanda :

— Qu'as-tu, Abdou ?

— Rien.

Comanos le pria de préparer deux verres de thé et lorsqu'il les apporta il lui demanda de s'asseoir et lui

* Khawaga est un mot d'origine turque employé initialement comme marque de respect pour une personne de rang élevé. Ce sens premier a été conservé en Syrie et au Liban, tandis qu'en Égypte le mot a fini par ne plus s'appliquer qu'aux étrangers ou aux allogènes (Égyptiens venus de Turquie, de Syrie ou du Liban).

** La mouloukhia est un légume vert qui ressemble aux épinards par la couleur et par la forme mais pas par la consistance, plus onctueuse. Ce légume (que l'on peut trouver surgelé à Paris) se cuisine souvent avec du poulet (au Liban par exemple) ou avec du lapin (en Égypte), et se sert accompagné de riz.

offrit une cigarette. Abdelaziz sirota son thé et aspira une bouffée de cigarette. Comanos lui dit à nouveau :

— Tu n'as pas l'air dans ton état normal. Il faut que tu me dises ce que tu as.

Abdelaziz s'appuya contre le dossier de sa chaise et dit à voix basse, comme s'il se parlait à lui-même :

— Je n'en peux plus, Khawaga.

L'inquiétude se lisait sur le visage de Comanos :

— De quoi ?

— Les frais scolaires des enfants sont élevés et j'ai du mal à y faire face…

— Je t'ai conseillé depuis le début, mais tu ne m'as pas écouté.

— Dieu sait que j'ai fait tout ce qui était possible.

— Tu as pris un grand appartement dont le loyer coûte le quart de ton salaire. Tu aurais pu prendre un appartement plus petit, en rapport avec tes moyens. Vis selon tes moyens et tu seras tranquille.

— Notre maison à Drao avait deux étages et une surface de quatre cents mètres carrés, sans compter les palmiers. Après cela, que vais-je dire à mes enfants si je les fais vivre dans un antre ?

— C'est la vie qui est comme ça. Après la joie vient la peine.

— Je ne peux pas faire subir cette humiliation à la descendance de Hamam.

Comanos se tut et sembla réfléchir. Il avait de la sympathie pour Abdelaziz. Il le regarda et lui dit avec sa franchise habituelle :

— Écoute, je peux te faire une avance sur ton salaire que tu me paieras par mensualités, au rythme que tu voudras.

— Je te remercie, bien sûr, mais j'ai besoin d'un plus grand service.

— Si c'est entre mes mains, je te le rendrai.

— Je voudrais un travail supplémentaire. Une fois terminé mon horaire de magasinier, je pourrais travailler au bar ou au restaurant pour gagner quelques sous dont j'ai bien besoin.

Comanos se gratta la barbe et lui dit :

— Ce n'est pas une affaire facile. Il faut l'accord de Mr Wright, le directeur du club.

— Je peux aller le rencontrer.

— Mr Wright n'aime pas les Égyptiens, et même s'il accepte, il y a un problème supplémentaire : au restaurant et au bar, tu serais sous le pouvoir d'El-Kwo. C'est quelqu'un de très dur.

— Notre relation se limitera au travail.

— Tu ne connais pas El-Kwo, Abdou. Il aime humilier ceux qui travaillent sous ses ordres.

Abdelaziz baissa la tête en silence puis la releva et regarda Comanos :

— Khawaga, aide-moi, je t'en prie.

SALIHA

Le lendemain, je restai allongée sur mon lit. Ma mère me prépara plusieurs verres de menthe et de citron chaud et me donna des cachets, que j'avalai difficilement. Elle prépara pour mon déjeuner un quart de poulet bouilli et de la salade verte, et insista pour que je mange. À la fin de la journée, elle ne me demanda plus de nouvelles de ma santé. De temps en temps, elle entrait dans ma chambre pour parler de choses et d'autres. J'avais l'impression qu'elle se rendait compte que je faisais semblant d'être malade et elle jouait le jeu. Le soir, Kamel vint me voir. Il m'embrassa en souriant :

— Aujourd'hui, je suis allé moi-même payer les frais scolaires. Voici le reçu. Tu peux aller demain à l'école.

Il posa la feuille sur la table à côté de moi puis se leva pour partir, mais je le retins par la main :

— Kamel, un instant.

— Oui ?
— Qu'arrive-t-il à mon père ?
— Ton père va bien, grâce à Dieu.
— Pourquoi n'a-t-il pas payé les frais scolaires ?
— Je te l'ai déjà dit. Il avait oublié.
— Kamel, s'il te plaît, dis-moi la vérité.

J'éclatai en sanglots. Toute cette tension à laquelle j'étais exposée était au-dessus de mes forces. Kamel posa sa main sur ma tête et commença à la caresser. J'insistai à nouveau. Il baissa la tête et me dit à voix basse :

— La vérité, c'est que ton père passe par une période difficile.
— Mais n'est-il pas riche ?
— Bien sûr, mais cette année il n'a pas pu vendre la récolte des terres qu'il possède.

Je le regardai en silence. Il me dit doucement :

— Ne te tracasse pas à ce sujet. Ce genre de choses arrive à tout le monde.
— C'est dur pour lui !
— Tout va s'arranger, si Dieu le veut.
— Je voudrais l'aider d'une façon ou d'une autre.
— Si tu veux l'aider, occupe-toi de tes études. Ce qui lui fera le plus plaisir, c'est de nous voir réussir brillamment.

Je le regardai et m'efforçai de sourire, puis il se pencha et m'embrassa le front avant de s'en aller. Le lendemain, quand j'allai à l'école, plus rien pour moi n'était pareil, ni la façon dont je me voyais et dont je voyais mes amies, ni ma relation à l'école. C'était comme si je m'étais mise à cacher ma vérité à tous, comme si j'avais une vie secrète différente de celle que je laissais voir à mes camarades. Je me sentais inférieure à toutes ces élèves, même celles que je trouvais ennuyeuses, ou mal fichues, ou bêtes. Elles étaient toutes mieux que moi parce qu'elles n'avaient pas été obligées comme moi de rester à la maison jusqu'à ce que leur père paie leurs frais scolaires. Je me mis à avoir des insomnies. L'esprit en miettes, je devins incapable de suivre les cours. Au bout de deux semaines à me débattre ainsi, je commençai à m'inquiéter vraiment de mon état. Si je terminais l'année de cette façon, j'étais certaine de redoubler. Je me souvenais de ce que m'avait dit Kamel : "Ce qui fera le plus plaisir à ton père, c'est de nous voir réussir brillamment." Je décidai d'étudier de toutes mes forces. La prière m'aida à me débarrasser de mes chagrins. Dès que je faisais mes ablutions et que je priais, mon esprit se calmait et je pouvais à nouveau me concentrer. Les mathématiques, pour moi, étaient une jouissance. Depuis mon plus jeune âge, j'ai aimé les chiffres. Les nombres sont une chose concrète, bien définie. Les mots souvent ont plus d'un sens, tandis que le nombre cinq n'est rien d'autre que le nombre cinq. Son sens est le même pour tous. Lorsque, enfant, je prenais le tram, je me distrayais toute seule en recueillant tous les chiffres que je voyais par la fenêtre : les numéros des voitures, ceux des maisons... J'éprouvais du plaisir à les additionner et à les soustraire mentalement. Peu à peu, je me rendis compte que je faisais les opérations de calcul avec une facilité exceptionnelle. Je ne me souviens pas d'un seul examen de mathématiques où je n'ai eu vingt sur vingt. Ma mère me suppliait presque de ne pas laisser voir mes dons aux autres filles de peur du mauvais œil. J'étais toujours la meilleure et je m'étonnais qu'elles ne comprennent pas les relations entre les nombres qui me semblaient à moi si claires. Lorsque je me mettais à résoudre des problèmes et que je me rendais compte, en regardant ensuite les corrigés modèles, que je n'avais fait aucune faute, cela m'emplissait de joie.

Il m'arrivait maintenant de penser à ma vie en suivant un modèle mathématique : si je dessinais le graphique de mon enfance, je m'apercevais qu'elle avait suivi une ligne droite puis qu'elle s'était mise à faire des virages très raides. La ligne droite représentait les jours de pur bonheur où j'étais la fille unique que tout le monde gâtait.

J'avais vécu dans la même confiance que celle qu'on éprouve sous une douce couverture par un jour froid. J'avais le sentiment que je n'allais jamais quitter le giron de ma mère. Je m'y abritais et je respirais sa bonne odeur de propreté. Puis, tout à coup, les rêves se sont dissipés et je me suis retrouvée face à la réalité. Nous étions pauvres et mon père n'arrivait pas à faire face à nos dépenses. Je travaillai avec acharnement. Ma mère et Kamel m'encourageaient, tandis que mon frère Saïd était jaloux de moi parce que j'étais brillante tandis que lui avait été obligé de se contenter de l'enseignement technique. Il essayait de provoquer des difficultés pour que j'abandonne mes études. Il m'accusait d'avoir des allures trop libres et de ne pas être assez décente. Il trouvait tous les prétextes pour me punir. Il remuait ciel et terre parce que je prenais soin de mes ongles ou que je faisais des boucles à mes cheveux. Chaque fois, il voulait me battre, mais Kamel et ma mère intervenaient pour me délivrer de ses mains. Lorsque je pensais à Saïd, j'avais peur et j'étais triste. Pourquoi mon frère me haïssait-il à ce point ? Je souffrais plus de ses sentiments à mon égard que des malheurs qu'il me faisait subir. Après chaque dispute, lorsque je pleurais, je sentais que cela lui faisait plaisir, comme s'il était parvenu à son but. Sa présence finit par me terroriser, surtout dans les moments où Kamel était à l'université. Dès que j'entendais sa voix, je m'enfermais dans ma chambre, comme si je me cachais. J'eus l'idée de me plaindre à mon père, mais je revins sur ma décision. Il avait assez de problèmes comme ça, avec tout ce qu'il subissait pour nous.

Cette guerre que me livrait Saïd renforçait ma résolution d'avoir de bons résultats à l'école, mais un nouveau problème m'y attendait. Notre professeur d'éducation physique, Abla Soad, nous demanda un beau jour, à notre grande surprise, d'acheter des chaussures de danse blanches – des ballerines. Nous faisions jusque-là, mes camarades et moi, nos mouvements avec des chaussures en caoutchouc ordinaires qui suffisaient largement, mais Abla Soad, dans un de ses mouvements d'humeur, avait eu l'idée des ballerines et nous l'avait imposée. Quelques élèves contestèrent cette idée. Elles lui dirent que les chaussures de caoutchouc ordinaires étaient moins chères et plus solides que les ballerines, qui allaient se déchirer au bout de quelques séances. Nous tentâmes en vain de la convaincre d'abandonner son idée, mais Abla refusa la discussion et nous dit d'un ton sans appel :

— L'achat des ballerines est obligatoire. La fille qui viendra sans ballerines sera sanctionnée.

Je me trouvais face au gouffre. Après la crise des droits scolaires, je n'osais pas demander à mon père d'acheter des ballerines. Un lourd sentiment de culpabilité s'empara de moi : si j'avais économisé tout l'argent dépensé pour aller au cinéma ou acheter des choses futiles, j'aurais pu maintenant au moins participer à l'achat ! Il me restait l'espoir qu'Abla Soad oublie l'affaire. J'allai la semaine suivante avec les chaussures ordinaires. Je me plaçai au bout du rang pour qu'elle ne me voie pas. Pendant un moment, je crus que mon plan avait réussi, mais Abla Soad, quelques minutes avant la fin du cours, s'approcha de moi et me dit d'un ton irrité :

— Saliha, où sont tes ballerines ?

Je m'excusai. Je lui dis que je les avais oubliées. Elle me mit en garde :

— La semaine prochaine, il faut que tu les apportes, sinon tu seras sanctionnée. Compris ?

Je hochai la tête et le lui promis, mais la fois suivante également je vins avec des chaussures en caoutchouc. Cette fois, j'étais la seule de la classe à ne pas avoir obtempéré. Abla Soad réagit violemment. Elle me fit sortir du rang et je passai toute la leçon debout dans la cour sous le préau pendant que mes camarades faisaient leurs mouvements. Abla Soad me menaça la prochaine fois d'en référer à la surveillante générale. Je n'avais plus d'issue.

Je songeai à m'absenter de l'école le samedi suivant pour éviter la leçon de gymnastique, mais ce n'était pas possible car cela m'aurait fait rater des cours importants. Finalement, j'eus recours à ma mère, à qui je racontai tout. Elle me prit dans ses bras et me dit :

— Pourquoi ne m'en as-tu pas parlé aussitôt ?

— Je ne voulais pas faire dépenser de l'argent à mon père. Il a assez de charges comme cela.

C'était la première fois que j'abordais avec ma mère une réalité bien éloignée de l'image qu'elle m'avait peinte en rose jusqu'ici. Elle me dit d'un ton grave :

— Je vais informer ton père et il se débrouillera.

— Il faut que j'achète les ballerines avant samedi. Sinon je ne pourrai pas aller à l'école.

— Ne t'inquiète pas, Saliha, nous t'achèterons ce que tu veux, avec la permission de Dieu.

— Que ferai-je si mon père n'a pas d'argent ?

Cette question eut l'air de blesser ma mère. Elle secoua la tête et ses traits se tendirent, puis elle quitta la pièce. Le soir, dès que mon père m'aperçut, il m'annonça :

— Saliha, vendredi j'irai avec toi t'acheter des chaussures.

Je lui souris, mais mon sourire devait être un peu misérable car il ajouta :

— N'aie pas peur. Je te le promets. Vendredi, si Dieu le veut.

J'aurais voulu parler, mais je n'en fus pas capable. J'aurais voulu lui dire que sans la stupidité et l'entêtement d'Abla Soad, je n'aurais jamais eu l'idée de l'embêter. J'aurais voulu m'excuser de mon insistance dans le passé pour des choses superficielles et lui dire que je l'aimais et que je le remerciais de tout cœur pour tout ce qu'il endurait à cause de nous.

Le vendredi arriva et je mis mes plus beaux vêtements. J'ai toujours aimé sortir seule avec mon père, le tenir par la main et marcher à ses côtés dans la rue. Je me sentais en sécurité sous sa protection. J'étais fière de lui. Cette fois mon sentiment était différent. J'avais pitié de mon père, et cela me gênait de le regarder en face. En même temps, j'avais peur des sanctions dont m'avait menacée mon professeur. Ce qui m'effrayait le plus c'était l'affront que cela représenterait pour moi si les élèves de l'école se rendaient compte que mon père était pauvre au point de ne pas pouvoir m'acheter les chaussures demandées. Nous commençâmes par un tour rue Soliman Pacha. Il y avait des ballerines dans presque tous les magasins. Je scrutais le visage de mon père lorsque nous nous arrêtions devant une vitrine. Si je remarquais qu'il avait l'air hésitant, je lui disais :

— Le patron de cette boutique est un voleur. Abla Soad a dit que les ballerines étaient bien meilleur marché.

Abla Soad n'avait rien dit à ce propos, mais j'essayais de mettre mon père à l'aise. Je mentais avec aisance et sans me sentir coupable. Je ne supportais pas de le voir ainsi démuni. J'étais soulagée chaque fois qu'il m'approuvait et que nous allions voir une autre boutique, puis une autre, jusqu'au bout de la rue. Le prix était partout élevé. Je dis à mon père pour lui trouver une sortie honorable :

— Ces commerçants sont des voleurs. Ne leur achète rien. Je sais que tu pourrais les payer le double, mais c'est un péché d'exploiter les gens.

C'était une opération délicate et qui manqua son but, car mon père eut l'air touché. Je regrettai de m'être montrée impulsive. Il me prit la main et me dit :

— Allons à Sayyida Zeineb. On y trouvera la même marchandise à moitié prix.

Nous allâmes dans un magasin en face de la mosquée puis dans un autre magasin, puis dans un autre encore, sans trouver ce que nous cherchions. Ensuite mon père découvrit des souliers bleus qui ressemblaient à des ballerines. Il me demanda de les essayer. J'hésitai un peu. Ils m'allaient à la perfection. Il se leva pour payer et je n'eus pas la force de lui rappeler que ce qui était demandé, c'étaient des ballerines blanches. Il revint avec son achat et me dit en souriant :

— Je sais que ce sont des chaussures blanches qui sont demandées, mais ne t'inquiète pas, je vais me débrouiller.

Je ne pouvais pas discuter ni m'opposer. Tout ce que j'aurais pu lui dire à cet instant l'aurait gêné. Ma mère m'attendait. Elle me demanda avec une tendresse troublée d'inquiétude :

— Alors ?

Je portais le sac qui contenait les chaussures dans leur boîte de carton. Mon père lui dit à voix haute :

— Grâce à Dieu, elle est contente.

Je remerciai mon père et allai dans ma chambre. Je demeurai un long moment incapable de dormir, puis sombrai dans un sommeil anxieux, entrecoupé, et me réveillai avec une terrible migraine. Ma mère me donna mes ballerines, que je trouvai teintes en blanc.

— Ton père, que Dieu le comble de ses bienfaits, les a teintes hier soir après que tu t'es endormie. De toute façon, tu ne les utiliseras qu'une fois par semaine.

Je ne répondis pas. Je mis les ballerines et restai toute la journée nerveuse. L'allure des ballerines teintes était misérable. Elles avaient quelque chose de louche, comme si elles symbolisaient notre pauvreté. Pendant le cours de gymnastique, je revêtis la tenue sportive et j'essayai de me fondre dans la masse. Je fis des efforts pour cacher mes pieds. Je remerciai Dieu qu'aucune de mes camarades n'ait rien remarqué, mais Abla Soad fondit sur moi comme le destin en criant :

— Saliha, viens ici.

J'allai vers elle et elle me demanda de me rapprocher. Elle inspecta mes ballerines puis me dit :

— Elles sont teintes !

9

Les serviteurs arrivaient au club à dix heures du matin dans un tumulte grandissant de salutations, de cris, de chansons et de rires bruyants. Ils étaient pleins d'allégresse, peut-être parce que c'était une nouvelle journée qui commençait ou bien parce qu'ils étaient tranquilles sans personne pour les surveiller et sans clients.

Ils montaient au vestiaire, sur la terrasse, enlever leurs vêtements et se mettre en tenue pour le nettoyage : de vieilles galabiehs dont ils nouaient les extrémités à la ceinture, découvrant leur caleçon long et leur maillot de peau. Puis ils se dispersaient dans tous les recoins avec leurs balais, leurs torchons, leurs têtes-de-loup et autres ustensiles. Ils commençaient par le haut de l'immeuble puis continuaient étage par étage. Leurs mouvements rapides suivaient une cadence collective si harmonieuse qu'on aurait dit qu'ils dansaient une danse nubienne. Parfois l'un d'entre eux élevait la voix pour chanter ou bien pour raconter une blague, et c'était alors un vacarme de rires, sans que, pour autant, ils interrompent leur travail. Ils remplissaient de mégots des sacs-poubelle et enlevaient des dizaines de taches sur les fauteuils, sur les tables, par terre et sur les murs en utilisant chaque fois des procédés différents. Les tapis, par exemple, étaient nettoyés avec un liquide spécial tandis que les nappes étaient envoyées au pressing. Celles qui présentaient des brûlures de cigarettes étaient jetées à la poubelle. Parfois ils trouvaient des restes de vomissures de clients qui avaient trop bu. Ils jetaient dessus une épaisse couche de sciure de bois qu'ils balayaient ensuite puis ils nettoyaient l'endroit à l'eau, au savon et à l'ammoniaque. Les serviteurs inspectaient chaque endroit avec soin comme s'ils étaient des spécialistes du déminage. Souvent ils tombaient sur des choses précieuses oubliées par des ivrognes : un briquet en or ou un pendentif en diamant et parfois même un portefeuille. Ils les rapportaient immédiatement au bureau de Mr Wright, le directeur du club. Cette honnêteté n'était pas complètement d'ordre moral, elle était aussi due à la peur. Nombre d'entre eux, s'ils avaient pu voler en échappant au châtiment, n'auraient pas hésité un seul instant.

Le nettoyage du club prenait à peu près deux heures. Ensuite, les serviteurs montaient tous sur la terrasse se doucher l'un après l'autre puis revêtir leurs caftans de service propres et repassés avant de commencer leur service, chacun à sa place : au bar, au restaurant ou à la salle de jeu. Le club ouvrait ses portes à une heure de l'après-midi. La première équipe de serviteurs terminait à huit heures du soir et la deuxième restait jusqu'à ce que parte le dernier client, peu avant l'aube. Le travail à l'Automobile Club était dur. Les serviteurs en revenaient épuisés, mais malgré tout ils ne rentraient pas chez eux directement. Ils avaient besoin de passer un moment au café Firdaous. Le café Firdaous réunissait de nombreux avantages : il était proche, assez vaste pour leur faire à tous de la place et il était ouvert vingt-quatre heures sur vingt-quatre. Comme il était fréquenté par les serviteurs du club, il était devenu célèbre sous le nom de "café des sofragis". Son patron, Abd el-Basit, trouvant cette dénomination dégradante, avait déployé de grands efforts pour s'en débarrasser. Il réservait un meilleur accueil aux autres clients et, pour les encourager à venir, leur offrait parfois des boissons gratuites. Il avait fait imprimer au nom de son café, pour les distribuer aux habitants de son quartier, des horaires de ramadan, des agendas pour l'année nouvelle et des cartes de vœux pour l'Aïd el-Adha et l'Aïd el-Fitr, et finalement avait fait fabriquer une grande enseigne lumineuse qui lui avait coûté une somme importante. Mais tous ces efforts se révélèrent vains : le surnom de "café des sofragis" se fixa dans l'esprit de tous, à tel point que le patron du café fut finalement obligé de s'avouer vaincu.

Ce moment passé au café était une grande jouissance dont les serviteurs ne pouvaient pas se passer. Ils buvaient des boissons chaudes et froides, fumaient le narguilé et jouaient aux échecs, aux dominos et aux cartes. Ils se voyaient enfin les uns les autres en habits ordinaires et en ressentaient une sorte d'étrangeté, comme s'ils étaient des comédiens qui venaient d'enlever leurs costumes de théâtre pour reprendre leur vie quotidienne en dehors de la scène. Peu à peu, ils se réhabituaient à leur nouvel état et se mettaient à échanger les dernières nouvelles, à bavarder, à chanter et à rire aux éclats. Ils débattaient avec une ardeur excessive de sujets qui n'en valaient peut-être pas la peine. Pour se distraire, ils provoquaient entre eux des altercations artificielles qui se terminaient toutes par une réconciliation. Ils éprouvaient un désir profond d'affirmer qu'ils étaient comme tout le monde, qu'il leur était possible d'avoir une vie normale, loin des caftans de service. Assis à leurs tables, ils passaient commande au garçon. Ils appréciaient d'être passés du statut de serviteur à celui de client. Maintenant, c'était quelqu'un d'autre qui recevait des ordres et les exécutait, exactement comme eux avec les membres du club. Certains serviteurs se comportaient envers les garçons du café avec respect et faisaient semblant de ne pas voir leurs erreurs, tandis que d'autres les traitaient durement et les réprimandaient à la moindre faute. Une mystérieuse antipathie se glissait entre certains serviteurs et les garçons du café, cette antipathie entre semblables, cette tension spontanée et haineuse qui prend naissance entre deux belles femmes, ou entre deux étoiles du cinéma qui se trouvent dans le même endroit.

Même si les serviteurs avaient bien intégré leur rôle de clients, quelque chose les distinguait encore des clients ordinaires, quelque chose d'imperceptible dans leur façon de marcher, de s'asseoir, de parler, de rire. Une empreinte infime, comme le sceau de la soumission que leur travail avait gravé en eux et qui restait indélébile, quoi qu'ils fassent.

Aux environs de trois heures du matin, Bahr arriva au café. Il salua l'assistance et se dirigea vers une table isolée à l'extrémité du café, près de la fenêtre où se trouvaient les chefs d'équipe, Rekabi le cuisinier, Chaker le maître d'hôtel, et Youssef Tarbouche le responsable de la salle de jeu, qui se levèrent tous pour l'accueillir. Bahr leur serra la main l'un après l'autre puis s'assit à leurs côtés. Il les informa de ce qui s'était passé la veille chez El-Kwo. Rekabi, le cuisinier, réfléchit un peu avant de demander :

— Pourquoi El-Kwo a-t-il refusé ton bonus ?

Bahr lui répondit calmement :

— Il veut certainement une augmentation.

Ce mot tomba sur eux comme la foudre. Un silence profond s'établit. Rekabi s'écria :

— Une augmentation du bonus ? El-Kwo veut prendre le pain de nos enfants !

Rekabi a plus de cinquante ans. Il est petit et corpulent, avec un ventre énorme, et complètement chauve à l'exception de quelques cheveux dispersés à l'arrière de sa grosse tête. Il a deux épais sourcils aux poils abondants et ébouriffés qui lui cachent presque les yeux. Il est constamment sous l'effet du haschich, qui, du moins le croit-il, enlève la fatigue, aiguise les sens et active l'imagination. Il a inventé nombre de plats auxquels personne n'avait jamais pensé avant lui. Lorsqu'il met la nourriture sur le bout de sa langue de façon à saler et à épicer avec précision, il est capable grâce au haschich de goûter avec plus de nuances. Rekabi est un cuisinier accompli, mais il est égoïste. Il enseigne seulement les grandes règles de la cuisine que tout le monde connaît. Mais les recettes primordiales, les secrets qui donnent à ses plats toute leur saveur, il les cache à ses assistants. Il prépare chez lui les fonds de plats les plus importants, puis les place dans des garde-manger fermés. S'il est obligé d'officier à la cuisine, il ordonne à tous ses assistants de sortir pour qu'aucun d'entre eux ne puisse s'emparer de son secret de fabrication. Rekabi administre à ceux qui tardent à sortir une volée de coups de ses gros poings aux doigts enflés en criant :

— Sors, imbécile ! Moi, j'ai sué sang et eau depuis mon enfance pour apprendre, et toi, tu veux que je te donne ça tout mâché.

Il n'y a rien au monde qui fasse honte à Rekabi. Il est le symbole même de l'impudence. Il crie, il vous rembarre, il vous insulte, il secoue son gros corps et remue les doigts en faisant des gestes obscènes. On dirait qu'il se fait gloire de s'être débarrassé de toute dignité. Dans l'impudence de Rekabi, il y a quelque chose d'oppressant et de tendu. Sa grossièreté est un mélange d'amertume et de sadisme. Lorsqu'il prend plaisir à agresser les autres avec des mots orduriers, c'est comme s'il leur disait : "Ma vie n'a pas été facile. Personne n'a jamais été aimable avec moi. Personne n'a eu d'égard pour mes sentiments. Dans ma vie, je n'ai rencontré que dureté et mépris. Maintenant c'est mon tour de traiter les gens de la même façon."

La dureté de Rekabi est blessante, mais fragile. Il suffit que quelqu'un lui réponde violemment pour qu'il fasse machine arrière et se rétracte. Il est insolent mais lâche. Il n'attaque que s'il n'a pas de sanction à craindre, et la plus petite résistance suffit à le faire reculer. En même temps, il est mesquin et ignore l'indulgence. S'il est plus fort que ses ennemis, il les corrige sans pitié.

À la fin de la nuit, lorsque Rekabi a terminé son travail, il envoie un énorme plateau de nourriture en cadeau à Bahr, le barman, qui lui renvoie aussitôt la politesse avec un quart de bouteille de whisky récupéré sur les fonds de bouteilles. Rekabi l'enveloppe soigneusement dans plusieurs couches de papier journal puis le met dans un sac qu'il prend sous le bras et dit gaiement à ses assistants :

— La paix soit sur vous. Bonsoir. Moi, je vais grimper sur le bateau.

C'est de sa femme qu'il est question. Rekabi a pris l'habitude de parler avec ses amis et ses collègues des secrets de sa vie de couple. Il leur décrit en détail le nombre de ses copulations ainsi que les positions sexuelles qu'il apprécie, mais en revanche il ne cite pas une seule fois le nom de sa femme – par respect pour elle. Symboliquement, il l'appelle le bateau, la confrérie ou la famille.

Ce soir-là, Rekabi annonça clairement son refus d'une augmentation du bonus. Cela donna courage à Chaker, le maître d'hôtel, qui intervint dans la discussion avec ses manières onctueuses de serpent :

— Comment El-Kwo peut-il vouloir qu'on lui paie une augmentation ? C'est vraiment une chose étonnante.

Chaker a dépassé de deux ans la soixantaine. Sa fourberie et son côté manœuvrier sont devenus légendaires. Il est passé maître dans l'art de forger des mensonges. La spécialité dans laquelle il excelle, c'est la chasse à l'argent des clients. C'est un artiste dans l'ostentation de son respect et de sa déférence jusqu'à ce que la résistance des clients s'effondre et qu'ils le gratifient d'un gros pourboire. Dès qu'un adhérent du club se montre à l'horizon, Chaker se précipite vers lui, s'incline, prononce des formules de politesse cérémonieuses, s'enquiert de sa santé et de celle de ses enfants, dont il a retenu les noms par cœur. Chaker parvient toujours à convaincre le client de l'importance qu'il représente dans ce lieu. Si ce dernier est accompagné d'une femme, Chaker, après avoir récité sa litanie de formules de salutation, s'incline vers elle et lui dit à voix basse :

— Vous savez, Madame, je suis au service de tous les membres du club. C'est mon travail, mais Son Excellence le bey est celui que nous préférons ici. C'est celui qui m'est le plus cher.

Comment ce client pourrait-il ensuite ne pas laisser un gros pourboire ? La flagornerie de Chaker est d'une fausseté évidente, mais elle produit un effet magique sur les membres du club, auprès desquels il jouit d'une popularité irrésistible. Certains clients, avant de réserver leur table pour dîner au club, s'informent de la présence de Chaker ce soir-là, car de leur point de vue lui seul est garant de l'excellence du service. Chaker est l'associé en affaires et le compagnon d'armes du chef cuisinier, Rekabi. L'un ne peut pas se passer de l'autre. Ils se consultent et échangent des idées plusieurs fois par jour. Ils se comprennent et travaillent en harmonie, comme s'ils ramaient ensemble dans la même barque ou comme s'ils jouaient sur deux instruments différents un même morceau de musique. Ils se partagent les commissions qu'ils imposent aux bouchers et aux marchands de volailles ou de fruits en contrepartie de la clientèle du club. Ils trichent avec subtilité sur les factures du restaurant et, parfois, lorsque les conditions le permettent et en accord avec Morqos, le comptable, ils font pendant une heure ou deux tourner le restaurant pour leur propre compte, réalisant ainsi de grands profits. Rekabi et Chaker n'ont aucun scrupule lorsqu'il s'agit de gagner de l'argent. Ce sont de grands voleurs, mais talentueux. Il y a de la créativité dans leurs idées, et leurs solutions sont innovantes. Aucune difficulté ne leur résiste. S'il reste de la nourriture à la cuisine, ils s'en débarrassent par une opération qu'ils appellent le "nettoyage des réfrigérateurs" : le maître annonce aux adhérents un buffet ouvert, pour lequel Rekabi emploie tout son art à incorporer les restes dans de nouveaux plats appétissants. S'il se trouve un produit qui commence à être trop vieux, des crevettes par exemple, Rekabi les décortique et les fait paner. Il en informe ensuite Chaker, qui hoche la tête en signe de compréhension puis attend qu'un client lui demande :

— Chaker, que me conseillez-vous pour ce soir ?

Cette question n'a pas d'utilité pratique, mais elle confère du prestige au client. Le client qui pose cette question veut s'assurer et assurer à ceux qui sont autour de lui qu'il est une personnalité importante et que le maître d'hôtel lui est tellement attaché qu'il va lui conseiller les bons plats et le mettre en garde contre les mauvais. Chaker comprend tout cela. Il s'incline vers cette sorte de clients et leur murmure comme s'il leur confiait un secret important :

— Excellence, les crevettes panées sont un vrai délice, mais malheureusement il n'en reste pas beaucoup.

Le client lui demande alors avec une fausse inquiétude :

— Les crevettes sont terminées ! Comment cela est-il possible ?

— Elles ne peuvent pas se terminer avant que Votre Excellence le bey ne les ait goûtées.

Le client laisse voir sa gratitude. Il sent qu'il jouit d'un statut spécial. Il demande des crevettes et, alors que ce sont les serveurs qui portent habituellement les plats, c'est le maître d'hôtel lui-même qui lui sert les crevettes panées en murmurant :

— Bon appétit, mon bey. Que Dieu me pardonne. J'ai menti aux clients et je leur ai dit qu'il n'y en avait plus. Je voulais les garder pour le meilleur membre du club.

Chaker fait ainsi d'une pierre deux coups : il se débarrasse de ses crevettes et il s'assure un bon pourboire.

À côté de Chaker était assis Youssef Tarbouche, qui se rendit compte que c'était son tour de parler :

— Prions le Prophète !

Les voix de tous s'élevèrent pour prononcer la formule rituelle puis Youssef poursuivit :

— L'augmentation du bonus est une injustice. C'est un péché, car Dieu nous ordonne d'être justes.

Le hadj Youssef Tarbouche a soixante-cinq ans. C'est un homme mince, nerveux, toujours en mouvement, ce qui empêche son tarbouche de tenir sur sa tête. Lorsqu'il a commencé à travailler au club, cela a suscité l'ironie de ses collègues, qui lui ont donné le surnom de Youssef Tarbouche. Il travaille à la salle de jeu depuis son ouverture et en est progressivement devenu le plus ancien employé. Mais sa vie a changé du tout au tout lorsque Sa Majesté le roi a commencé à passer ses soirées au club. Sa Majesté a remarqué que la présence de Youssef Tarbouche à ses côtés lui porte chance au jeu. Nuit après nuit, cette idée s'est ancrée dans l'esprit de Sa Seigneurie, au point que, plongé dans le jeu, il lui crie souvent en français :

— Jo, ne t'éloigne pas de moi.

Alors Youssef Tarbouche s'incline avec déférence, le cœur bondissant de joie. Chaque fois que le roi gagne, il met de côté quelques fiches avec une longue baguette :

— Ça, c'est pour Jo.

Tarbouche se prosternerait presque devant le roi, à qui tout sacrifice est dû. Il prend les fiches et les garde à la main sans jamais les mettre dans sa poche, car mettre sa main dans la poche devant le roi serait un geste inconvenant. Le lendemain, Youssef Tarbouche va chez Morqos, le comptable, échanger ses fiches contre du vrai argent. Même les rares fois où le roi perd, Sa Majesté prend la baguette sur la table pour enlever quelques fiches à son partenaire victorieux afin de les donner à Youssef, qui, de cette façon, voit l'argent affluer, d'abord lentement, puis avec l'impétuosité d'une inondation. Sa vie a changé radicalement. Youssef Tarbouche est devenu riche. Il a gardé sa femme nubienne, la mère de ses enfants, maigre et ridée, mais il a pris une seconde épouse, une veuve blanche de Mansourah, plus jeune que lui d'un quart de siècle, qui lui a fait retrouver son appétit sexuel d'une façon religieusement licite, puis il a fait construire une grande maison dans son village en Nubie, avec un jardin, et a acheté un immeuble de trois étages à Abdine qui lui rapporte un revenu mensuel respectable. La vie lui sourit et lui accorde plus qu'il n'aurait pu souhaiter : la satisfaction céleste, les bienfaits de Dieu en abondance, la santé, l'argent, mais existe-t-il un bonheur parfait ?

Youssef Tarbouche tombe dans le piège des obsessions religieuses, et peu à peu, possédé par un profond sentiment du péché, il ne parvient plus à jouir de son bonheur. Il commet un péché mortel qui va le précipiter à coup sûr dans le feu de l'enfer. Les revenus dont il vit, avec lesquels il subvient aux dépenses de ses deux femmes et de ses enfants, sont l'argent du péché, selon le consensus de tous les docteurs de l'islam. Dieu, qu'il soit glorifié et exalté, accepte-il sa prière et son jeûne alors qu'il vit des revenus du jeu ? Il avance en âge et peut mourir à n'importe quel instant, sans préparation et sans avertissement, comme cela arrive à des millions de gens qui se couchent pour dormir et ne se réveillent pas. Le jour du grand inventaire, que dira-t-il à Notre Seigneur, qu'il soit glorifié et exalté ? Youssef Tarbouche a fait le tour des grands cheikhs mais, lorsqu'il les a interrogés sur sa situation, il en a reçu des réponses différentes : l'un lui a conseillé d'abandonner immédiatement la salle de jeu et de faire don de tous ses biens en ne conservant que ce qui est nécessaire pour nourrir ses enfants jusqu'à ce qu'il trouve un autre travail qui soit religieusement licite. Un autre lui dit qu'il devrait absolument abandonner son travail actuel, mais qu'il peut conserver ses économies et les purifier en payant la zakat*. Un troisième le rassure en lui disant que, aussi longtemps qu'il ne trouvera pas un autre travail licite lui fournissant le même revenu, il n'y a rien de répréhensible à travailler dans une salle de jeu, puisque cela se trouve légitimé par l'obligation. La contradiction entre les opinions des différents cheikhs a plongé Youssef dans la détresse. Il se sent perdu, misérable, et il est allé accomplir le pèlerinage. Il a pleuré longuement devant la Kaaba et a imploré Dieu de le mettre sur le bon chemin. Lorsqu'il est revenu, il a ressenti une paix merveilleuse. Il a été conduit sur le chemin de la vérité : il n'a pas abandonné son travail et ne s'est pas défait de ses richesses, mais il a construit une mosquée et une maison pour accueillir les orphelins dans son village. Il s'est mis également à aider un grand nombre de

* La zakat est une aumône rituellement prescrite et codifiée par la loi islamique. Elle fait partie des obligations du croyant au même titre que les cinq prières quotidiennes (qui peuvent être regroupées en fonction des circonstances), le pèlerinage à La Mecque et, en tout premier lieu, la profession de foi ("J'atteste qu'il n'y a de Dieu que Dieu et que Mohamed est son prophète"). Il s'agit là d'une obligation morale et non légale. La zakat peut s'effectuer directement ou par l'intermédiaire d'institutions pieuses ou caritatives.

familles pauvres. Au début du mois, il met de l'argent à leur nom dans des enveloppes fermées qu'il laisse chez un employé de l'accueil du club. C'est ainsi qu'il s'est débarrassé de son sentiment du péché. Dieu sait que ce n'est pas lui qui a choisi ce travail et que son âge avancé et sa santé déficiente ne lui permettent pas de trouver un autre emploi. Notre Seigneur, qu'il soit glorifié et exalté, est indulgent et généreux, et, s'il reprenait maintenant son âme, tous ces pauvres qu'il nourrit intercéderaient pour lui. Après son retour du pèlerinage, Youssef Tarbouche s'est adonné à la lecture des livres pieux et, à la suite de négociations ardues, il a arraché l'accord d'El-Kwo et de Mr Wright pour consacrer un emplacement sur la terrasse, à côté du vestiaire, à la prière des employés (en dehors des heures de travail). Grâce à sa piété, Youssef Tarbouche a gagné une position privilégiée parmi les serviteurs, même s'ils n'ont pas complètement confiance en lui, parce qu'en fin de compte il est un des chefs d'équipe qui soutiennent El-Kwo contre eux, et que, de plus, la contradiction entre sa piété et son travail à la salle de jeu ébranle dans une large mesure sa crédibilité.

Aussitôt que le hadj Youssef eut manifesté son opposition à l'augmentation du bonus s'éleva une nouvelle vague de protestations.

Chaker s'indigna :

— C'est du pillage ! Dieu n'acceptera pas cette iniquité.

Rekabi se mit en colère et fit un signe vulgaire avec ses doigts puis poussa un grand grognement qui, ajouté à son corps obèse, lui donna l'air d'un animal :

— Le pain de nos enfants que nous gagnons avec notre sueur, comment pouvons-nous l'abandonner ? Je vous jure que je ne lui paierai pas une piastre de plus.

Bahr fumait sa chicha et les écoutait en silence. Tout à coup, Rekabi cria :

— Qu'est-ce que tu as, Bahr, à rester calme et indifférent comme ça ? Ça ne te fait rien qu'on te prenne ton pain ?

Bahr sourit :

— Rekabi, mon vieux, vous en rajoutez tous. Moi, je n'aime pas qu'on parle trop.

Rekabi rétorqua :

— Bon, eh bien, puisque toi tu es un grand monsieur qui sait tout, dis-nous ce que nous devons faire.

— C'est simple : ou bien vous refusez l'augmentation, ou bien vous payez.

Ils se mirent à protester à grands cris. Bahr se redressa sur sa chaise, écarta de sa bouche le tuyau de la chicha puis les regarda :

— C'est-à-dire que vous refusez l'augmentation ?

Une cacophonie de voix confirma leur refus. Bahr se leva alors et dit d'un ton calme :

— D'accord, je vais voir El-Kwo pour le lui dire.

Rekabi intervint :

— Attends, Bahr, attends une minute.

Bahr ne lui prêta pas attention et s'apprêta à sortir du café en lui tournant le dos. Tous les trois lui crièrent de rester. Rekabi se précipita et lui prit le bras pour le retenir. Bahr connaissait bien ses collègues et savait que leur colère n'était que des mots, une façon de se soulager, une gesticulation qui n'aurait aucune incidence sur leur comportement. Au plus fort de leur colère, ils avaient mesuré le volume de leurs voix, de crainte que les autres serviteurs ne les entendent et rapportent leurs propos à El-Kwo, ce qui aurait été une catastrophe. Ce courage factice irritait Bahr et le poussait à les mépriser. Les voici tels qu'ils étaient véritablement. Ils avaient tempêté, rugi, tant et si bien que quiconque les aurait vus à ce moment-là les aurait crus prêts à rouer de coups El-Kwo s'il s'était trouvé en face d'eux. Mais dès que Bahr les eut menacés d'informer ce dernier, ils s'étaient transformés en souris paniquées. C'est tout juste s'ils ne le suppliaient pas de ne pas aller lui rapporter leurs propos. Il les regarda avec mépris :

— Si vous êtes des hommes, allez voir El-Kwo et affrontez-le.

Ils se réfugièrent dans le silence. Bahr insista :

— Vous en êtes capables ?

— Non, nous n'en sommes pas capables, bredouilla Chaker, l'air défait.

Bahr leur dit alors :

— Eh bien, il ne vous reste plus qu'à vous taire, à aller baiser la main d'El-Kwo et à lui payer l'augmentation.

Le même jour, juste avant minuit, les quatre chefs d'équipe se trouvaient alignés devant le bureau d'El-Kwo, qui, selon son habitude, fumait un cigare de luxe. Il avait à la main un papier qu'il lisait. Il les regarda, l'air interrogatif. Chaker se racla la gorge et s'inclina :

— Excellence, vous êtes pour nous le dispensateur des grâces. Vous nous avez fait venir de Haute-Égypte, vous avez apporté la lumière dans nos maisons et vous avez fait de nous des êtres humains.

El-Kwo le regarda, et l'expression implorante de son visage se transforma en quelque chose de proche de l'angoisse. Chaker avança d'un pas en avant puis, rassemblant son courage, il posa sur le bureau une grande enveloppe ouverte où l'on apercevait les billets de banque.

— Ceci est une infime partie de vos bienfaits, Excellence. Nous avons augmenté le bonus. Que Dieu vous garde et vous protège. Quoi que nous fassions, nous ne pourrons jamais vous rendre vos bienfaits.

El-Kwo tira sur son cigare, qui fit autour de son visage un épais nuage, puis il s'adossa à son siège en regardant devant lui comme s'ils n'étaient pas présents. Bahr contemplait calmement ce qui se passait. Quant à ses trois collègues, ils étaient terrorisés par la possibilité qu'El-Kwo refuse le nouveau bonus. S'il refusait cette fois-ci, ils allaient plonger dans une mer obscure. Il n'était pas possible de payer plus que cela. Peut-être que ce qui irritait El-Kwo avait une autre cause que le bonus. Le pire, pour eux, était qu'El-Kwo soit en colère sans qu'ils en connaissent la cause.

Chaker s'inclina à nouveau et poussa l'enveloppe de la main sur le verre qui recouvrait le bureau, comme s'il suppliait son maître d'accepter. De longs instants s'écoulèrent et El-Kwo détourna un peu son visage avec une moue de dégoût. Puis il leur fit signe de la main de sortir. Cela signifiait qu'il acceptait le bonus. Ils se répandirent en remerciements. La crise se terminait pour le mieux.

El-Kwo avait-il fait preuve d'injustice à leur égard en les obligeant à augmenter le bonus ? Il surveillait de près les chefs d'équipe et les informations lui parvenaient en abondance chaque jour de ses espions disséminés en tout lieu. Sur cette base, il avait fait ses comptes et évalué le montant de leurs larcins, puis leur avait imposé un nouveau bonus de façon à être pleinement leur associé dans les gains et pas seulement leur collecteur d'impôts. L'augmentation du bonus était donc calculée avec soin, et le plus important était qu'elle n'entraîne aucune exception et aucun privilège. Chaque fois qu'El-Kwo touchait son bonus, il lançait des tournées d'inspection au cours desquelles il admonestait les chefs d'équipe et frappait leurs subalternes pour la moindre vétille. Cela afin que tous comprennent que le paiement du bonus n'exemptait personne de ses obligations.

C'est ainsi que, depuis vingt ans, d'un œil éveillé, d'une main de fer, El-Kwo gouvernait les serviteurs. Sa domination était absolue.

Mais rien n'est parfait. Tout commença par une petite courbure presque imperceptible dans une ligne impeccablement droite. Un matin, Mr Wright convoqua El-Kwo à son bureau. Celui-ci annonça qu'il ne pourrait pas quitter immédiatement le palais. Il lui fallait s'occuper des affaires du roi, qui ne se réveillait pas avant l'après-midi. Wright insista. El-Kwo, inquiet, alla le voir immédiatement. Wright le salua rapidement comme il le faisait au travail. Il alluma sa pipe et en souffla un épais nuage parfumé.

— Écoutez. Demain, un garçon qui s'appelle Abdoune vous rendra visite. Prenez-le à l'école pour qu'il apprenne le métier et ensuite il travaillera avec nous au club.

C'était un ordre. Il n'y avait pas matière à discussion. El-Kwo s'inclina et lui répondit en français :

— À vos ordres.

Mr Wright ne répondit pas et reprit sa lecture, indiquant ainsi la fin de l'entretien. El-Kwo lui demanda s'il avait besoin d'un autre service, et il hocha la tête sans relever les yeux. El-Kwo s'en alla perplexe. James Wright, le directeur anglais qui se comportait avec l'ensemble des Égyptiens comme s'ils étaient des insectes répugnants, intervenait lui-même pour nommer un sofragi ! Il chargea ses espions répandus de toutes parts de suivre cette affaire, et quelques heures plus tard l'information lui parvint : Abdoune était le fils du portier du lycée où travaillait Odette Fattal, la maîtresse de Wright. El-Kwo sourit et murmura ironiquement en français pour lui-même :

— Cherchez la femme !

Le jour suivant, Abdoune alla rencontrer El-Kwo. C'était un garçon à la peau foncée, élancé de taille, bien élevé. Il avait de grands yeux couleur de miel et un beau sourire qui découvrait des dents brillantes comme des perles. Il était si beau qu'El-Kwo sentit le trouble d'Hamid, son assistant, qui se tenait à ses côtés. El-Kwo regarda Abdoune avec froideur et lui dit d'un air rébarbatif :

— L'intervention de Mr Wright est déterminante, mais des milliers de personnes rêvent de travailler à l'Automobile Club. Il faut faire des efforts pour que nous t'acceptions.

— Je déploierai tous mes efforts.

— Tu vas entrer d'abord à l'école, où nous verrons si tu es vraiment fait pour ce travail.

Abdoune répondit en souriant :

— Je prie Dieu que vous ayez une bonne opinion de moi.

Abdoune semblait poli, mais malgré cela il laissa dans l'esprit d'El-Kwo un sentiment d'insatisfaction. Après soixante ans dans ce bas monde et les centaines de serviteurs à qui il avait eu affaire, il était rare qu'El-Kwo se trompe dans son appréciation. Ce garçon était intelligent et se comportait poliment. Il semblait actif, mais il était à part ; il y avait en lui quelque chose qui clochait. El-Kwo observa Abdoune plus attentivement et découvrit qu'il était extrêmement ponctuel et qu'il ne commettait aucune infraction. Abdoune apprit rapidement et passa toutes les épreuves avec succès. Il ne tomba même pas dans les fautes habituelles des débutants et, au bout de seulement deux mois, il savait faire le tamanni avec une perfection qui rappela à El-Kwo sa propre jeunesse. Tout cela aurait dû satisfaire El-Kwo, mais il garda une appréhension. Après y avoir réfléchi, il se dit : "Je ne suis pas tranquille avec ce garçon, mais je ne vais pas me tracasser à en rechercher la cause."

El-Kwo essaya d'impliquer Abdoune dans des problèmes susceptibles de conduire à son renvoi. Il le nomma assistant du barman. Le travail au bar pour un serviteur débutant était très périlleux. Les plus hautes personnalités égyptiennes fréquentaient le bar et une seule faute avec eux était catastrophique. De plus, le travail avec des ivrognes était toujours difficile car l'alcool accentue les sautes d'humeur, qui se transforment vite en agressivité et en colère. Les semaines passèrent sans qu'El-Kwo entende parler du moindre problème au sujet d'Abdoune, et lorsqu'il interrogea Bahr, ce dernier en fit les louanges. El-Kwo fut surpris, car Bahr, qui était prétentieux, se montrait rarement satisfait de ses assistants. Il estimait toujours que leurs prestations étaient inférieures à son attente.

La présence d'Abdoune continuait à ennuyer El-Kwo comme un caillou dans une chaussure qu'on ne peut pas enlever mais dont la pression sur le pied est insupportable. Il décida de lancer une attaque préventive et alla voir Mr Wright en affectant l'hésitation et la perplexité. Wright l'interrogea et El-Kwo lui répondit en bafouillant comme s'il s'efforçait d'enjoliver la réalité :

— Mr Wright, je vous en prie, ne vous fâchez pas.

— Que veux-tu ?

— Ce garçon, Abdoune… il commet beaucoup d'erreurs.

— Peu à peu il apprendra, lui répondit Wright sans y prêter attention.

El-Kwo soupira :

— J'ai souvent essayé de le corriger, mais, malheureusement, il ne donne pas satisfaction.

— Où voulez-vous en venir avec tout ça ?

El-Kwo était devant le gardien de but. Il fit un saut en avant pour marquer. D'une voix faible, il susurra :

— Franchement, Abdoune ne fait pas l'affaire. Je peux lui trouver en dehors du club un travail où il gagnera un bon salaire.

Wright secoua la tête :

— Abdoune restera avec nous au club.

El-Kwo essaya de protester, mais Mr Wright ajouta d'un ton tranchant :

— Je ne veux plus entendre un seul mot à ce sujet.

Interloqué, El-Kwo regarda Mr Wright, puis s'inclina et sortit.

10

Certaines choses dans la vie semblent naturelles au point qu'il est difficile d'imaginer quand elles ont commencé. Ainsi de l'amitié étroite qui unissait ces deux garçons formidables : Mahmoud, le fils du hadj Abdelaziz Hamam, et Faouzi, le fils d'Ali Hamama. À vrai dire, tout était là pour qu'ils s'entendent. L'âge, puisque Mahmoud n'avait que quelques mois de plus que son ami Faouzi. Le voisinage, puisqu'ils habitaient la même maison de la rue Sedd el-Gaouani. Les études, puisqu'ils étaient tous les deux élèves en troisième année au collège Ali Abdelatif. Mais ce qui est encore plus important que tout cela, c'est qu'ils avaient la même façon de voir l'existence. Faouzi et Mahmoud étaient tous les deux convaincus de la stupidité des cours, quels qu'ils soient. Souvent ils exprimaient leur exaspération. Faouzi demandait par exemple à son ami :

— Peux-tu me dire à quoi servent toutes ces connaissances stupides dont ils remplissent de force notre cervelle ?

Mahmoud répondait :

— Ce sont des malheurs qu'ils déversent sur nos têtes.

Alors la colère de Faouzi redoublait et il s'emportait :

— J'aimerais bien que quelqu'un me dise à quoi sert le théorème de Pythagore ! Et toutes ces équations compliquées, pourquoi est-ce que nous les étudions, puisque ça ne nous sert pas à faire les comptes ?

À ces mots, Mahmoud soupirait et prenait un air de résignation :

— Pythagore, quelle que soit son abjection, est une bénédiction par rapport à la géographie : les cartes, les productions, les pluies. Protège-nous, mon Dieu. Je voudrais savoir pourquoi ils veulent que nous retenions toutes les productions de l'île de Sumatra ! Nous vivons en Égypte et nous n'irons jamais à Sumatra.

L'école pour les deux amis n'était rien d'autre qu'un centre de torture pour élèves. Ni plus ni moins. Qui avait dit que la réussite scolaire conduisait obligatoirement à La réussite ? Beaucoup de riches qui avaient réussi leur vie n'étaient jamais allés à l'école, et à l'inverse beaucoup de gens avaient passé des années à étudier et ensuite n'avaient pas réussi à obtenir un emploi.

En dehors de leur haine des études, les deux amis avaient en commun quatre hobbies. Le premier était l'école buissonnière. Ils avaient trouvé toutes les ficelles, depuis le mur que l'on sautait jusqu'à Chadli, le vieux portier, que l'on achetait avec quelques cigarettes pour qu'il ouvre la porte après le premier cours. Le deuxième était le football, auquel ils jouaient au Triangle, un terrain vague de Sayyida Zeineb, en face du moulin Ramali. Le troisième était de connaître des filles et de sortir avec elles, de parvenir à les serrer dans les bras et à les embrasser. Le quatrième, en permanence : la musculation, pour avoir une allure sportive et séduisante.

C'était ça, la vraie vie, la douce vie, loin du cauchemar et de la sottise de l'école.

Faouzi se souvenait du début de son amitié avec Mahmoud. Comme d'habitude, il avait fui l'école et se trouvait au Triangle en train de jouer au football. Il avait jeté ses livres sur le trottoir et faisait des mouvements tout seul pour s'échauffer avant le match. C'est alors que Mahmoud apparut, avec sa couleur noire comme l'ébène et son corps élancé aux muscles bien dessinés. Les deux jouèrent pour la première fois au football ensemble et, après quelques bonnes passes de Faouzi, Mahmoud marqua deux buts sur les quatre inscrits contre la partie adverse. Après le match, pour fêter la victoire, ils burent tous ensemble des boissons fraîches au compte de l'équipe vaincue. Tandis que Mahmoud sirotait avec délice une bouteille de jus d'orange Sinalco, à laquelle il jetait de temps en temps un regard où se lisait la satisfaction et presque la gratitude, en même temps que le souhait secret qu'elle ne se vide jamais et qu'il ait éternellement son goût délicieux dans la bouche, Faouzi s'approcha de lui, le salua et se présenta. Ils se serrèrent la main vigoureusement et échangèrent de longs regards scrutateurs, comme deux animaux qui se reniflent pour faire connaissance, puis Faouzi dit avec enthousiasme :

— Bravo, capitaine Mahmoud ! Tu as fait un grand match. Tu es un attaquant. Tes shoots sont mortels.

— Que Dieu te garde, capitaine Faouzi. Merci.

Faouzi se rapprocha encore plus de Mahmoud et contempla son corps sportif :

— On voit que tu fais du bodybuilding.

— Je fais de mon mieux.

Faouzi tendit la main et palpa les muscles bien dessinés de Mahmoud. Plein d'admiration, il lui dit :

— Tu as de belles épaules et de gros triceps.

— Dieu sait combien je les ai travaillés.

— Mon vieux, moi, j'ai souvent essayé de faire du bodybuilding, mais sans résultat : je me fatigue vite et j'abandonne l'exercice.

Le visage de Mahmoud prit un air sérieux et sincère et il proposa son aide à Faouzi. Le même jour, Faouzi alla pour la première fois chez Mahmoud, qui, après avoir baisé la main de sa mère, l'emmena dans sa chambre à l'extrémité du vaste appartement. Là, il lui donna sa première leçon sur la façon correcte de se muscler. Mahmoud sortit de dessous son lit des poids de deux et de cinq kilos avec lesquels il fit des mouvements qu'il demanda à Faouzi de répéter après lui. Ensuite, il se glissa complètement sous le lit puis en ressortit rapidement en tirant un objet étrange comme Faouzi n'en avait jamais vu auparavant : un épais bâton de bois (comme ceux que l'on utilise pour la lessive) aux deux extrémités duquel étaient fixées des boîtes semblables sur lesquelles était écrit "Graisse Sultan Authentique". Faouzi eut l'air surpris et Mahmoud se mit à rire :

— Les haltères coûtent cher. J'en ai fabriqué moi-même et je m'entraîne toujours avec.

— Comment as-tu fait ?

— C'est facile. Tu prends un bâton de lessive gros et long et deux boîtes de graisse vides, tu les remplis de ciment frais et tu les laisses sécher. Ça te fait des haltères solides. Regarde.

Mahmoud se mit en position. Il se couvrit les mains de talc qui se trouvait dans un récipient rond sous le lit, puis il se tint debout, les pieds joints et le dos droit. Il respira plusieurs fois profondément puis, d'un mouvement soudain, il se pencha et se saisit de son invention par le milieu. Il resta quelques instants penché pour rassembler ses forces et stimuler sa volonté puis cria : "Par la force de Dieu, je suis sous ta protection, mère des miracles" et souleva d'un seul coup les haltères, qu'il maintint élevées en l'air pendant quelques instants. Son visage se rembrunit, les muscles de ses bras et de sa nuque se contractèrent et Faouzi applaudit avec enthousiasme :

— Tu es superbe, tu es un chef, Mahmoud.

Dans la griserie de la victoire, Mahmoud laissa tomber les haltères par terre, ce qui fit un énorme bruit. Oum Saïd accourut immédiatement. Mahmoud en profita pour lui demander deux verres de thé à la menthe avec une bonne quantité de pain grillé et de vieux fromage. Il promit à son ami de l'entraîner deux fois au moins par semaine, et rapidement le résultat d'un bon entraînement régulier se fit voir : les bras de Faouzi prirent du volume et les muscles de son ventre se raffermirent. Les deux amis ne se séparaient plus. Ils faisaient tout ensemble. Ils se rencontraient le matin devant la porte de l'école. Ils s'en enfuyaient ensemble pour se diriger vers un café éloigné et sûr. Là, ils sirotaient du thé au lait et fumaient des narguilés en réfléchissant à la façon de passer la journée : iraient-ils au cinéma voir un nouveau film ou bien prendraient-ils le tram pour aller au zoo faire la connaissance de filles sortant de l'école ? Se contenteraient-ils de jouer au football au Triangle ? Les deux amis avaient demandé avec insistance à leurs familles de leur permettre de réviser ensemble. Aïcha accepta immédiatement, mais Oum Saïd refusa. Elle dit à Mahmoud :

— Mon fils, c'est avec les bons élèves qu'il faut étudier. Il faut prendre exemple sur eux. Tu veux nous amener ce vaurien de Faouzi pour étudier avec toi. Vous êtes pires l'un que l'autre.

Mais Mahmoud ne se tint pas pour vaincu. Il insista auprès de sa mère jusqu'à ce qu'elle cède. À partir de ce jour, les deux amis révisèrent ensemble tous les soirs. Ils se préparaient pour leurs séances de travail comme s'ils allaient à un bal à l'Opéra. Ils prenaient un long bain, se rasaient la barbe avec soin, se massaient le menton avec une lotion aromatisée. Ils se couvraient les cheveux de brillantine avant de se peigner, mettaient de beaux vêtements, se parfumaient. Tous ces préparatifs prenaient beaucoup de temps, bien sûr. Ensuite les deux amis se rejoignaient et se saluaient chaleureusement comme s'ils se retrouvaient après un long voyage, puis préparaient le théâtre de leurs opérations. Ils vérifiaient d'abord la propreté de la pièce. Ils l'inspectaient avec soin et, s'ils y trouvaient un grain de poussière, ils la balayaient. Ensuite ils enlevaient la couverture propre et repassée qui protégeait le bureau et vérifiaient que le verre au-dessous était exempt de toute tache.

On peut se demander quel danger pouvaient causer quelques grains de poussière sur le sol de la pièce ou une petite tache sur la vitre d'un bureau entièrement recouvert par une nappe. Quelle relation cela pouvait-il bien avoir avec les révisions ? La vérité, c'est que fermer les yeux sur ces petites choses était contraire aux principes des deux amis. Ils passaient donc une bonne heure à nettoyer la pièce et à s'assurer que tout était impeccable. Alors, ils s'asseyaient l'un en face de l'autre, ouvraient leurs livres et commençaient à réviser, pleins de résolution. Mais généralement, au bout de quelques minutes, Mahmoud criait comme s'il était à l'agonie :

— Mon Dieu, mon crayon est mal taillé.

Alors Faouzi s'arrêtait immédiatement de lire et prenait le crayon de son ami pour évaluer l'ampleur du problème. Puis il souriait :

— Ne t'en fais pas mon vieux, je vais te le tailler.

Faouzi se mettait alors à tailler le crayon. Certains peuvent s'imaginer que tailler un crayon est une chose facile et spontanée. Comme cela est loin de la vérité ! Tailler un crayon de façon que la pointe atteigne la dimension voulue est une opération qui exige concentration et expertise pour être menée à bien. La preuve, c'est que Faouzi Hamama, en dépit de ses vastes connaissances dans le domaine de la taille des mines, se trompait souvent et tournait le crayon dans le taille-crayon plus qu'il ne fallait. Un seul léger mouvement de trop et le pire pouvait arriver : on entendait un léger craquement indiquant que la pointe avait cassé et Faouzi reprenait son ouvrage, pendant que Mahmoud, de son côté, faisait de même. À la fin, les efforts des deux amis aboutissaient à la constitution d'une réserve suffisante de crayons correctement taillés. Après avoir accompli cette tâche (qui, bien sûr, leur avait pris beaucoup de temps) ils reprenaient leurs révisions, mais, qu'ils se trouvent dans la maison de Mahmoud ou dans celle de Faouzi, il fallait que l'hôte demande à son invité ce qu'il aimerait manger ou boire. C'est ce que commande la bonne éducation. Généralement les demandes étaient aussi précises qu'exigeantes : par exemple des sandwichs de fromage aux tomates dans du pain grillé, ou un plat de fèves écrasées avec de l'huile et des épices, ou bien des œufs sur le plat avec des poivrons et du cumin. Ensuite des verres de thé à la menthe ou d'un excellent sahleb* ou de helba**, mondialement connue pour son excellente valeur nutritive. L'hôte se levait pour préparer lui-même le plat ou la boisson et, par bienséance, l'invité accompagnait son hôte pour le distraire pendant qu'il était occupé à la cuisine. Et ainsi de suite. C'est de cette façon, entre la taille des crayons, le nettoyage de la vitre, la cuisine, les conseils sur les meilleurs exercices pour renforcer les muscles des épaules ou des cuisses, que le temps s'écoulait. C'est donc sans étonnement que, lorsque les résultats parurent, les deux amis apprirent qu'ils avaient échoué au brevet des collèges pour la seconde année de suite. Leur échec ne les attrista pas trop. En vérité il était juste et prévisible. Mais ils craignaient les sanctions. Leurs parents les privèrent d'argent de poche pendant plusieurs semaines. Par bonheur, ils avaient économisé en cas d'urgence une somme sur laquelle ils vécurent jusqu'à ce que le châtiment prenne fin.

L'hiver suivant, les deux amis, qui reprenaient pour la troisième fois leur dernière année de collège, mirent

* Le sahleb est une boisson assez épaisse et sucrée, et indubitablement très riche en calories, qui se consomme sous des formes légèrement différentes de la Turquie jusqu'à l'Égypte.

** La helba est une décoction de grains d'orge supposée avoir beaucoup de vertus, mais aussi un inconvénient : celui de laisser dans la transpiration de qui en abuse une odeur forte.

en application une nouvelle idée géniale : ils se rencontraient tôt le matin et buvaient à jeun deux grands verres de beurre fondu et salé puis avalaient avec voracité plusieurs assiettes de fèves, d'œufs et de foie frit pour emmagasiner de l'énergie. Ils descendaient ensuite la rue, par grand froid, vêtus de chemises à manches courtes dont ils laissaient le col déboutonné. Ils faisaient exprès de passer ainsi vêtus devant l'école secondaire de filles Hoda Chaaraoui. Leur apparition, avec leurs muscles saillants, leurs chemises ouvertes et les poils noirs abondants qui recouvraient leurs poitrines comme un buisson – une autre grâce que Dieu leur avait accordée –, attirait la curiosité des filles engoncées dans leurs blouses à cause du froid. Elles sautillaient et piaillaient comme des moineaux et s'abattaient sur eux comme des papillons attirés par la lumière.

Excitée, une des élèves leur demandait à voix haute :

— Alors, ça, avec ce froid vous portez des chemises à manches courtes ?

Faouzi se tournait vers elle.

— Ce n'est pas extraordinaire.

La fille criait alors :

— Pas extraordinaire ? Mais il fait très froid.

À ce moment-là, Faouzi intervenait avec un calme plein de superbe :

— Grâce à Dieu, notre Seigneur nous a donné une bonne santé.

Ces promenades exhibitionnistes du matin leur avaient fait connaître deux jolies filles : Nawal et Soraya. Leurs meilleurs moments étaient ceux qu'ils passaient avec elles. Ils avaient réussi à leur voler des baisers brûlants, assis au fond de la salle du cinéma L'Orient, pendant la séance de la matinée.

C'est ainsi, dans une complète harmonie, que s'écoulait la vie des deux amis. Ils étaient une preuve de l'exactitude de la philosophie ancienne selon laquelle c'est en lui-même que l'homme trouve sa joie. Ils jouissaient d'une paix intérieure exceptionnellement solide. Rien de ce à quoi les autres attachaient de l'importance ne troublait leur sérénité. Ils étaient toujours heureux, parce que leurs priorités dans la vie étaient différentes de celles des autres. Ce qu'ils prenaient très au sérieux, c'était le manque de réaction d'un muscle à un entraînement, ou bien l'absence d'une fille à son rendez-vous devant le cinéma, ou encore la défaite de leur équipe de football au Triangle, ou même l'apparition de boutons d'acné sur le visage de l'un des deux. Tous ces problèmes essentiels étaient beaucoup plus importants, de leur point de vue, que leurs résultats scolaires.

Cette semaine, Faouzi, le cerveau de la paire, dit à son ami :

— Mahmoud, tu te souviens du pari du kochari* ?

De temps en temps, ils pariaient à celui qui mangerait le plus grand nombre d'assiettes de kochari. Ils allaient dans un restaurant spécialisé de la rue du tram, et là, c'était à qui mangerait le plus vite. Ils engouffraient un plat derrière l'autre, jusqu'à ce que l'un des deux déclare forfait. Le vainqueur était alors proclamé tandis que le perdant payait la note en plus du montant du pari sur lequel ils s'étaient mis d'accord. Mahmoud sourit :

— Bien sûr que je m'en souviens ! C'était superbe.

— Tu connais un garçon qui s'appelle Sidqi Elzalbani ?

— Bien sûr que je le connais.

* Le kochari est une spécialité égyptienne à base de riz, de pâtes et de lentilles, le tout arrosé d'une sauce piquante. Ce plat agréable, nourrissant et bon marché peut être consommé dans un des innombrables petits restaurants dont c'est la spécialité unique.

Elzalbani était leur condisciple du collège Ali Abdelatif, mais il avait réussi à son examen et était maintenant au lycée Ibrahimiya.

Faouzi poursuivit :

— Je me suis entendu avec lui : vendredi, inchallah, après la prière, nous irons tous les trois dans un restaurant de kochari. Nous parierons à celui qui mangera le plus et le perdant paiera le compte et donnera une livre à chacun des deux autres. Tu ne penses pas que c'est une bonne idée ?

Une telle cascade de nouvelles dites à cette vitesse, c'était un vrai problème pour Mahmoud, qui comprenait lentement. Un sourire amical mais sans signification se figea sur son visage noir et il lança à Faouzi un regard interrogatif. Celui-ci lui expliqua lentement le plan : Sidqi était le fils de Mahmoud Elzalbani, qui possédait la célèbre usine de confiseries et qui avait plus d'argent que le cœur ne peut avoir de soucis. Les deux amis allaient le battre, ce qui leur procurerait un bon repas en plus d'une livre chacun. Mahmoud finit par comprendre, et son visage s'épanouit :

— Bravo, mon vieux Faouzi.

Le vendredi arriva. Les trois parieurs firent leur prière à la mosquée de Sayyida Zeineb puis se dirigèrent vers un restaurant dont le propriétaire – Hadj Sobhi – leur avait réservé, comme convenu avec Faouzi, un coin spécial éloigné de la masse des clients. Au dernier moment, Sidqi Elzalbani leur dit d'une voix inquiète :

— Et si on laissait tomber le pari et qu'on allait au cinéma ?

Faouzi lui répondit avec rudesse :

— Arrête tes enfantillages. Nous nous sommes mis d'accord pour parier. Il faut parier. Est-ce que tu as peur de perdre ?

La dernière phrase mit fin aux hésitations d'Elzalbani, et les trois chevaliers prirent position autour de la table. Faouzi demanda au garçon de rester debout à côté d'eux pour leur fournir de nouveaux plats chaque fois que le leur serait vide. Il lui dit avec la fierté d'un capitaine victorieux :

— Écoute, mon vieux. Les trois grands chefs qui sont assis devant toi sont des monstres, des bêtes sauvages, quand ils mangent. Toutes les fois qu'une manche est terminée, il faut que tu nous portes la suivante. Compris ? Ne nous fais pas attendre.

— À vos ordres, Monsieur Faouzi, lui répondit respectueusement le garçon.

Mais Faouzi éclata de rire et lui dit d'un ton moqueur :

— Que Dieu te protège. Tu as l'air en bonne santé, mais je te jure que j'ai peur que tu tombes de toute ta hauteur en nous servant. Allez, mon vieux, sers-nous le kochari.

— Vous voulez des plats moyens ou des grands plats ?

Faouzi eut un petit grognement de réprobation :

— Depuis quand les grands chefs mangent des plats moyens ? Tu n'as pas honte, jeune homme ?

Le garçon s'excusa de sa grave faute. Il se précipita à la cuisine et en revint avec trois grands plats de kochari, qu'il posa sur la table et qu'ils avalèrent en quelques minutes. Faouzi cria :

— Encore !

La deuxième tournée arriva, suivie de la troisième, puis de la quatrième, la cinquième… Faouzi s'attendait à ce que Sidqi Elzalbani annonce sa défaite ou qu'au moins il donne quelques signes de fatigue, mais celui-ci était toujours en pleine forme et attaqua le plat à la même vitesse que les précédents. Au sixième tour, Faouzi termina difficilement son plat et remarqua la lassitude sur le visage de Mahmoud, mais lorsqu'il regarda Sidqi Elzalbani, il le vit manger avec voracité. Il comprit que la compétition ne serait pas une partie de plaisir. Les trois chevaliers étaient silencieux. Faouzi voulut profiter d'un moment pour souffler et il demanda une carafe d'eau au garçon. Il fit exprès de boire lentement pour se reposer un peu, mais Sidqi Elzalbani avala son verre d'un seul coup puis émit un grand rot et appela le garçon :

— Alors, tu dors ?

La septième tournée arriva sans tarder. Il apparaissait clairement que Faouzi et Mahmoud étaient en train de perdre pied. Maintenant, ils mangeaient lentement et déglutissaient leur kochari avec difficulté. Sidqi, lui, avalait une cuillerée après l'autre comme si de rien n'était. Il était comme un poisson dans l'eau. Lorsque Faouzi s'en rendit compte, il perdit le moral. La tête lui tournait, le souffle lui manquait, son estomac gonflé lui faisait mal et il se mit à penser :

"Jour maudit ! Ce Sidqi est un dur à cuire. Si je perds le pari, c'est une catastrophe. Je n'ai que dix piastres en poche."

11

La voix sonore d'Aïcha s'élevait avec un tel volume que ses jurons se répercutaient dans la rue comme s'ils étaient émis par une station de radio locale clairement captée par les voisins, les passants et les clients du café qui se trouvait en face de la maison. Tous prenaient plaisir à l'altercation. Le seul que cela consternait était Saïd Hamam. Il avait mis une chemise blanche et un pantalon gris, s'était rasé la barbe et avait peigné ses cheveux avec soin. Il s'était aspergé le cou et les mains d'un parfum de lavande. Maintenant, il se tenait derrière la porte de son appartement, à écouter. On lisait sur son visage l'inquiétude et la compassion au lieu de l'expression d'indifférence d'assez mauvais aloi qu'il arborait habituellement. Saïd n'avait pas l'intelligence aiguë de Saliha et n'était pas aussi doué que Kamel, mais il n'était pas non plus lent comme Mahmoud. Il avait l'esprit éveillé, ordonné, seulement il manquait d'imagination. Il lui était extrêmement difficile d'imaginer ce qui sortait du cadre du concret. Il ne comprenait de la vie que ce qu'il pouvait traduire en nombres. Saïd voyait le monde dans la lumière du jour, sans ombres ni mystères. La vie, de son point de vue, n'était rien d'autre qu'une grande course à la fortune. Tous les slogans et les récits épiques n'étaient que des songes qui entravaient l'homme dans sa course et ne pouvaient que lui causer des malheurs. C'était ce qui s'était passé avec son père, Abdelaziz Hamam, qui s'était imaginé chef de tribu et seigneur des Arabes et avait dépensé ses richesses sans compter pour ses proches. Il avait découvert ensuite qu'ils n'étaient que des goujats, sans reconnaissance pour ses bienfaits, et qu'ils n'avaient pas la moindre intention de le secourir dans sa pauvreté. Si son père avait jugé la vie d'une façon pratique, il aurait évité les épreuves qu'ils étaient en train de vivre. Saïd lui en voulait du fond du cœur. Ce qui redoublait sa colère, c'était que, plongés dans la gêne comme ils l'étaient, il continuait à recevoir sur la terrasse tous les bras cassés de Drao et à subvenir à leurs dépenses. Comme s'il n'avait pas tiré de leçon de ce qui s'était passé ! C'était le gaspillage de son père qui l'avait privé d'études universitaires. Bien sûr, il n'avait pas eu deux fois de suite la moyenne suffisante pour être admis en secondaire, mais, si son père avait économisé les sommes dépensées pour ses rats de parents, il aurait pu lui payer une école secondaire privée et lui serait maintenant étudiant à l'université, comme son petit frère. En dépit de son sentiment d'être victime d'une injustice, il avait retenu la leçon et défini ses buts avec précision. Puisque la vie était une course, il fallait qu'il arrive avant les autres. Il s'efforçait de déterminer les causes pour parvenir aux résultats. Tout ce qu'il faisait était calculé méticuleusement. À commencer par son rasoir, qu'il s'empressait d'essuyer et de ranger dans son étui après l'avoir utilisé, de façon qu'il ne rouille pas et puisse être utilisé le plus longtemps possible. Puis ses chaussures : il ne dormait pas avant de s'assurer qu'elles étaient rangées dans leur boîte comme lorsque l'on met au lit des enfants. Enfin ses économies, qu'aucun être au monde en dehors de lui ne connaissait. Le sentiment de compétition ne l'abandonnait jamais. Il était toujours plongé dans des calculs de pertes et de profits. Souvent, lorsqu'il rencontrait une personne pour la première fois, aussitôt connaissance faite et salutations échangées, il lui lançait un regard inquisiteur et lui demandait :

— Quel est votre salaire ?

Souvent, sous l'effet de la surprise, la personne répondait. Alors Saïd lui décochait une autre question :

— Combien économisez-vous par mois ?

Cette attitude totalement étrangère aux règles de la bienséance lui permettait de comparer sa capacité à faire des économies à celle de son interlocuteur et par conséquent d'évaluer ses performances. Cela lui procurait une profonde jouissance.

Tout dans la vie de Saïd était soumis à des calculs précis, hormis sa relation avec Faïqa. Son attachement à elle était irrésistible. Il ne s'agissait pas là d'un amour romantique, mais d'une attraction physique qui le poussait à la poursuivre avec insistance, sans réfléchir, comme un papillon attiré par la flamme. Faïqa avait une féminité débordante. La féminité de sa mère, Aïcha – avec son côté grossier –, avait quelques imperfections et on aurait dit que seule sa quintessence s'était transmise à Faïqa. Si la nature a fait don à la femme de féminité pour qu'elle attire l'homme afin qu'il fonde une famille et peuple la terre, alors la féminité que renfermait Faïqa aurait, sans exagération, suffi à plusieurs femmes. Chacun de ses mouvements, chacune de ses moues, était chargé de séduction. Cette féminité effervescente, incendiaire, était souvent un fardeau pour elle, une charge sous laquelle elle ployait, une demande sans réponse. Alors, Faïqa se troublait, se sentait oppressée, mélancolique, et seul un bain chaud était capable de la soulager et de la revigorer. Un bain, pour Faïqa, ce n'était pas seulement laver son corps. C'était un rituel festif qu'elle célébrait sous l'eau avec son corps. Elle le câlinait, l'examinait, passait toutes ses parties en revue : ses ongles, qu'elle s'appliquait chaque jour à couper, à assouplir et à teindre chez la manucure et qui étaient devenus de petites œuvres d'art, sa peau délicate et souple, ses cheveux noirs comme du charbon, son visage d'un blanc teinté de rose. La beauté de Faïqa n'était pas seulement pour elle une simple grâce du ciel, c'était aussi un projet de vie. De la même façon que le footballeur se préoccupe de sa souplesse, le violoniste de ses doigts et la chanteuse de sa voix, le corps de Faïqa figurait pour elle un capital et le moyen d'assurer son avenir. En dépit de l'avarice extrême de son père, Faïqa avait pu par la ruse se constituer une réserve pour ses soins de beauté : des restes de sa mère et des choses achetées au moment des soldes, des cadeaux venant d'ici ou là, en plus de vieilles revues de mode qu'elle avait achetées très bon marché à Awad, le marchand de livres d'occasion de la rue du tram.

Un des traits les plus étonnants de Faïqa était sa capacité à se métamorphoser. Telle une actrice douée, elle s'intégrait complètement à n'importe quelle situation. Lorsqu'elle feignait un sentiment, rapidement ce sentiment la possédait vraiment. Si elle affectait la tristesse, elle fondait en larmes, et si elle affectait la joie, elle était possédée par une véritable allégresse. Faïqa se querellait en permanence avec sa mère, peut-être parce que leurs caractères se ressemblaient. Il y avait parfois entre elles des altercations violentes, comme entre deux animaux de la même espèce qui se disputent un territoire. En même temps, elles possédaient une étonnante capacité de communication. Il suffisait d'un regard de l'une pour que l'autre comprenne à quoi elle pensait et ce qu'elle voulait dire.

Saïd restait debout derrière la porte à regarder par le judas. Il avait la bouche sèche et le souffle coupé par l'émotion. Selon leur accord, à minuit et demi, Faïqa monterait à la terrasse avec un panier à lessive plein de linge de couleur. Monter à la terrasse à cette heure-là était un comportement normal qu'elle pouvait facilement justifier. Elle pourrait dire que les sèche-linge de la maison étaient pleins et que les vêtements de couleur perdaient leur éclat s'ils étaient exposés au soleil. Elle était donc obligée de les étendre de nuit sur la terrasse.

Ce soir, Saïd était déprimé. Peu de temps avant son rendez-vous avec Faïqa, une violente dispute avait éclaté entre ses parents. Cela voulait dire qu'il ne la verrait pas. Il avait le cœur lourd… Cela faisait seulement trois mois que leurs relations avaient commencé, mais elles étaient devenues un des piliers essentiels de sa vie. Il ne pouvait plus se passer d'elle. À cet instant, il ressemblait à un enfant qui vient d'être privé de sa sortie hebdomadaire. Les moments qu'il passait avec Faïqa étaient la seule chose qui le distrayait de sa tension permanente. Il n'imaginait pas sa vie sans leurs rencontres. À la fin de chaque rendez-vous, ils se mettaient d'accord sur le suivant et il ne pensait plus qu'à cela. Il n'attendait plus que ce moment.

L'aggravation de la dispute rendait sa privation certaine. Elle ne pouvait pas monter sur la terrasse pendant que ses parents se disputaient avec cette férocité. Il se disait : "Qu'attends-tu, Saïd, va dormir et que Dieu te vienne en aide."

Cela ne servait à rien de rester derrière la porte. Allait-il rentrer dans sa chambre, dormir et complètement oublier la question ? Son cœur n'y consentirait pas et il ne trouverait pas le sommeil. Il resta cloué sur place. Peu de temps après survint quelque chose d'inattendu : Ali Hamama sortit en claquant la porte tandis que les injures d'Aïcha continuaient, puis un profond silence se fit. L'espoir revint dans le cœur de Saïd. Son amoureuse dormait-elle ? Comment aurait-elle pu le faire au milieu de ces cris et de ces lamentations ? Mais certaines personnes étaient capables de dormir quel que soit le bruit alentour. Même si elle était éveillée, il n'était pas possible qu'elle monte à la terrasse. Ne pouvait-on pas supposer qu'elle allait rester auprès de sa mère pour la consoler ? D'ailleurs, sans doute pensait-elle qu'il était déjà parti. Les idées continuaient à bourdonner dans sa tête, alors qu'il se trouvait toujours derrière la porte à ne pas savoir quoi faire.

Mon Dieu, voici le miracle ! Son cœur faillit s'arrêter tant il était ému. Il entendit la porte de l'appartement de Faïqa s'ouvrir. Il s'approcha du judas. Dans la faible lumière de la lampe allumée au-dessus de la porte, il la vit, ravissante comme d'habitude avec ses sourcils bien dessinés, ses joues rosies par le froid léger, et le rouge de ses lèvres alléchantes. Elle sortit, ferma la porte doucement et commença à monter l'escalier. Il ferma les yeux d'ivresse en entendant le son de ses pas. Après quelques instants qui lui semblèrent une éternité, il ouvrit la porte et sortit. Il grimpa les marches deux à deux pour atteindre la porte de la terrasse. L'obscurité était intense mais il l'aperçut de dos en train d'étendre le linge. Il se jeta sur elle avec toute sa passion pour la serrer dans ses bras. Elle le repoussa de la main. Ce léger interdit excitait encore plus son désir. Comme si cela faisait partie de sa jouissance de la soumettre, qu'elle résiste et que toujours il la domine, qu'il s'empare d'elle avec force et sente la chaleur de sa poitrine florissante entre ses mains. Elle murmura avec une molle réprobation :

— Saïd, tu es fou. Je suis perdue !

Elle prononçait "je suis perdue" d'une façon douce qui l'excitait violemment et il se jetait sur elle de tout son poids. Il continuait ainsi jusqu'à ce qu'il parvienne au sommet de sa jouissance. Son volcan éteint, il continuait un moment à l'étreindre. Ils parlaient un peu et échangeaient des baisers légers jusqu'à ce que son désir se rallume et qu'ils recommencent une deuxième fois à faire l'amour.

Ce soir, Faïqa semblait différente, étrange, effarouchée. Elle le repoussa loin de lui. Sa résistance était inhabituelle, solide et sérieuse. Il s'éloigna légèrement et il lui fallut quelques instants avant de reprendre ses esprits. Il posa la main sur elle et lui dit d'une voix mourante :

— Qu'as-tu ?

Faïqa soupira douloureusement. L'inquiétude de Saïd redoubla et il répéta sa question. Elle lui répondit d'une voix faible :

— J'ai peur.

— Peur de quoi ?

— J'ai peur du bon Dieu parce que ce que nous faisons n'est pas bien. C'est interdit par la religion.

— Dieu ne nous punira pas parce que nous nous aimons.

— Est-ce que tu serais content, si ta sœur Saliha aimait un garçon, qu'il fasse avec elle ce que nous faisons ?

Il ne répondit pas et elle cria avec colère :

— Bien sûr, tu ne peux pas répondre. Tu protèges l'honneur de ta sœur, mais tu attaques le mien.

Sur cette belle phrase, elle éclata en sanglots. Saïd se trouvait en mauvaise posture. Il ne savait pas quoi faire. Elle s'éloigna de lui en disant :

— Je descends.

— Non, je t'en prie… lui dit-il, suppliant, en tendant le bras pour la retenir.

Mais elle le repoussa violemment :

— À partir de maintenant, Saïd, je ne reviendrai plus à la terrasse.

— Faïqa, je t'aime.

— Si tu m'aimes, respecte-moi.

— Je te respecte.

— Celui qui respecte une fille la rencontre pendant le jour.

— C'est-à-dire ?

— Tu me comprends.

— Je t'ai déjà dit que je demanderai ta main à ton père dès que les conditions le permettront.

— Très bien. Laisse-moi. Je te reverrai quand les conditions le permettront.

Saïd la vit remettre de l'ordre à ses vêtements et arranger sa coiffure puis retourner là d'où elle était venue. Il marcha derrière elle, inconscient, et la suivit du regard tandis qu'elle descendait l'escalier. Il y avait dans ses mouvements quelque chose d'agressif. On aurait dit que, par cette façon de marcher, elle voulait montrer qu'elle s'opposait à quelque chose, marquer sa position. Saïd eut l'impression de tomber dans un puits sans fond.

Pendant que Faïqa descendait les marches de l'escalier, son père, Ali Hamama, grimpait dans les nuages. Après avoir fui Aïcha, il avait parcouru sans but les rues de Sayyida Zeineb, avec sous le bras la boîte de la parure qu'il avait tenu à emporter. Que faire maintenant ? Où aller ? Ses pas le conduisirent spontanément à la forteresse du bélier et il se dirigea vers la fumerie de Khalafaoui, qui restait ouverte toute la nuit. Il pensa qu'il avait besoin de quelques bouffées pour effacer de sa tête tout le vacarme de cette bagarre. Mon Dieu ! Sa tête allait exploser. Il entra et salua l'assistance. Quelques voix étouffées lui répondirent de-ci de-là. Ali Hamama s'assit dans un coin éloigné et aussitôt apparut Sambo, garçon noir aux deux incisives cassées et aux yeux qui louchaient. Il posa à côté de lui une gouza dont il avait changé l'eau et un récipient contenant des foyers de pipe pleins du mélange de tabac qu'il aimait. Hamama appuya son dos contre le mur et étendit les jambes comme quelqu'un qui se repose après un long voyage. Il sortit de sa poche une barrette de haschich et dit d'une voix lasse :

— Tiens, Sambo, arrange-nous deux pipes, de quoi oublier les soucis.

— Sois débarrassé de tes soucis, Hadj Ali !
— Ma femme est fatigante, Sambo.
— Toutes les maisons ont leurs problèmes.

Ali Hamama prit l'embout et il était si avide de haschich qu'il tira une longue bouffée qui fit grésiller et rougir le charbon. Cela transporta de joie Sambo qui abandonna sa gouza et leva les deux mains dans un mouvement de danse en s'exclamant :

— Prions le Prophète, prions le Prophète.

Ce qu'il y avait de bien chez Sambo, c'est qu'il n'imposait pas sa conversation aux autres. Il sentait quand un client voulait parler et quand il préférait le silence. Quand il se rendit compte que celui-ci était plongé dans ses pensées, il se mit à le servir en silence. Peu à peu, le haschich s'insinua dans le cerveau de Hamama et ses idées s'éclaircirent. Il repassa dans sa mémoire ce qui venait de se passer. C'était surprenant, tout cela, la manière dont les choses en étaient venues à ce point avec Aïcha ! Comment avait-elle pu se comporter avec lui de cette façon ? Heureusement qu'il s'adonnait au haschich. Le haschich calme les nerfs et enseigne la sagesse. S'il avait été buveur, s'il s'était adonné à l'alcool, ses nerfs auraient lâché et il l'aurait égorgée. Vraiment, elle méritait d'être égorgée. Pour qui me prennent cette femme et ses enfants ? Ce raté de Faouzi, que Dieu le protège, veut un costume neuf. Mais bien sûr ! Mais qu'à cela ne tienne ! C'est un vaurien et il demande un costume ! S'il est reçu à son examen, qu'est-ce qu'il demandera ? Une Cadillac ?

Hamama eut un sourire sarcastique puis songea avec amertume : "Est-ce qu'ils croient que j'imprime les billets de banque à la boutique ? Chaque jour : Donne-moi ! Donne-moi ! Est-ce que mon argent appartient à tout le monde ? À ce point-là ? Est-ce que vous voulez, toi, Aïcha, et les enfants, hériter de moi vivant ? Fils de chien !"

Hamama fuma dix pipes bien chargées à la suite les unes des autres, puis demanda à El-Khalafaoui, le patron de la fumerie, combien il lui devait, et il paya moins de la moitié du tarif normal. Cette réduction résultait de calculs de trocs compliqués dans lesquels se mêlaient les achats à l'épicerie et le tabac des pipes à eau. Quand Ali Hamama sortit du fumoir, il se sentait léger comme un moineau, en parfaite harmonie, comme une phrase musicale bien jouée. Il se mit à marcher nonchalamment en se dandinant de droite à gauche, avec sous le bras le coffre qui contenait la parure. Peu à peu, il se mit à voir la question d'une façon différente. Aïcha était sa femme, il la connaissait très bien. Elle était entêtée comme une mule et lorsqu'elle se mettait en colère c'était la plus acharnée des créatures de Dieu. Elle pouvait lui faire un tort considérable. Il n'oublierait jamais le jour où elle avait découpé aux ciseaux sa superbe galabieh neuve.

Dieu seul est grand ! Il n'était pas raisonnable de continuer à la provoquer. Sa capacité à faire du mal était inégalable et l'entêtement engendre l'incroyance.

Il se dit : "Ça suffit. Je vais être meilleur qu'elle. C'est celui qui fait preuve de souplesse qui est le plus digne."

Pour cette fois, il se contenterait de la semoncer. À condition qu'elle comprenne sa faute et qu'elle ne recommence pas. Dans son esprit, la situation se renversa complètement : au lieu de représailles, il réfléchissait à un moyen de la satisfaire. Ce changement d'humeur d'Ali Hamama ne venait pas de la peur que lui aurait causée Aïcha, ni de sa souplesse à son égard, mais d'un désir si pressant qu'il lui faisait presque mal. Le haschich excitait fortement son imagination sexuelle et il ne songeait pas à faire l'amour avec une autre femme que la sienne. Pendant un quart de siècle, il n'avait connu qu'elle au lit et cela non par souci de chasteté, mais parce que Aïcha faisait son possible pour épuiser toute son énergie sexuelle de façon qu'il ne lui en reste plus pour une autre femme. La ferveur charnelle qui émanait d'elle et son étonnant savoir-faire renouvelaient en permanence le désir qu'il en avait. Hamama fit un détour par la pâtisserie Al-Tahira, où il passa une demi-heure, puis rentra chez lui. Il ouvrit la porte avec sa clef mais, comme il s'en doutait, il trouva la lumière allumée dans la chambre à coucher. Il essaya d'en ouvrir la porte, mais elle était fermée de l'intérieur. Il la gratta du bout des doigts d'une manière à la fois amicale et misérable, mais Aïcha ne répondit pas. Il était certain qu'elle était éveillée. Il s'approcha de la porte et dit d'une voix faible :

— Ouvre-moi, Aïcha.

Elle ne répondit pas et il reprit d'un ton badin :

— Ma petite Aïcha, ouvre-moi, ma chérie. Tu n'as pas honte ! Ces enfantillages, nous en avons fait toute une histoire !

Aïcha répondit :

— As-tu amené le notaire avec toi ?

Sa voix exprimait la colère mais elle était en même temps suave et excitante.

Ali Hamama lui demanda, l'air étonné :

— Le notaire ? Pour quoi faire, un notaire ?

— Pour le divorce.

— Ne sois pas idiote ! Est-ce que ça aurait un sens que je te répudie après tout ce temps !

— Tu ne veux pas divorcer et tu m'as pris ma parure ! Allez, on divorce et chacun part de son côté.

Il y avait dans sa voix une résignation qui l'excita violemment. Il dit d'une voix embrumée de désir :

— Ma petite Aïcha, c'était l'heure du diable, c'est passé maintenant. Chacun de nous deux s'est défoulé et c'est fini. Tu es folle si tu crois que je vais prendre ta parure après toutes ces belles années passées ensemble ! Je te porterai une autre parure. Tu mérites ton poids en or.

— Comme tu y vas ! Tu me prends pour une idiote ? Je ne suis pas comme toi, Hamama.

Elle prononça la dernière phrase avec une affèterie qui enflamma son désir. Il lui dit avec ardeur :

— Ouvre, ma petite Aïcha, ma chérie. Tu n'as pas honte ! Tu veux me laisser dans cet état ! Tu sais ce que je t'ai apporté ? Un quart de basbousa* avec de la crème de la pâtisserie Al-Tahira. Tu peux le manger toute seule. Moi, j'ai déjà mangé ma part, grâce à Dieu. Et s'il faut en passer par la veste de Faouzi, d'accord, je la lui achèterai vendredi, si Dieu le veut.

C'était ce qu'on appelle dans les négociations diplomatiques une solution de compromis avec indemnité compensatoire. Le costume demandé avait été abandonné en échange d'une simple veste, avec en compensation un quart de basbousa à la crème, qu'Aïcha aimait beaucoup. Il semblait que ce dernier coup avait atteint le but. Ali Hamama entendit un soupir puis quelques pas, puis le grincement de la serrure de la porte, qui s'entrouvrit lentement.

SALIHA

Abla Soad avait dit :

— Ces ballerines sont teintes.

Je la regardai en silence. Je m'efforçai de ne pas pleurer. Un long moment s'écoula avant que ne s'élève à nouveau la voix d'Abla Soad :

— Réponds-moi. Ces ballerines sont teintes, oui ou non ?

Ma voix était faible, étranglée par les larmes :

— Elles sont teintes, Abla.

— C'est bon. Retourne dans le rang.

* Gâteau à base de semoule imbibé de sirop parfumé.

À ce moment-là, je haïssais Abla Soad du plus profond de mon cœur. Je la détestais parce qu'elle avait insisté sur ce sujet superficiel dont elle savait qu'il était sans importance. Je la détestais parce qu'elle m'avait obligée à faire pression sur mon père, à le mettre dans la gêne et à lui faire sentir sa pauvreté et son impuissance. Et à la fin elle faisait la généreuse et me pardonnait. Si elle m'avait punie ou chassée de son cours, cela aurait été mieux, mais elle avait voulu jouer le rôle de la généreuse bienfaitrice. Elle m'avait arraché l'aveu que j'étais pauvre puis elle décidait de me pardonner. Abla Soad m'avait laissée reprendre ma place dans la file et je traînais mes pieds dans leurs pauvres ballerines teintes, trébuchant presque de colère et de honte.

À partir de ce jour, ma présence à l'école fut une blessure mal cicatrisée. J'enfouis mes soucis sous l'étude. La seule façon d'aider mon père, comme l'avait dit Kamel, c'était d'être excellente dans mes études et de lui montrer que les sacrifices qu'il faisait pour nous ne partaient pas en fumée. Je fermais la porte de ma chambre derrière moi et passais de longues heures à réviser. Il y avait dans mon enthousiasme pour l'étude le goût de l'amertume. Je me vengeais, d'une certaine façon. Je faisais des efforts pour affirmer mon existence. Oui, j'étais pauvre au point que mon père était incapable de payer mes frais scolaires ou de m'acheter des ballerines, mais j'étais plus intelligente et meilleure que toutes mes camarades. Les résultats du premier semestre furent publiés, et j'étais la première de la classe. Au moment où je remis le bulletin à mon père pour qu'il le signe, je fus prise d'une forte émotion, comme si j'étais essoufflée après une longue course. Mon père sourit, prit la plume et signa le bulletin. Il se leva en silence, me prit par les épaules et me dit :

— Saliha, je suis fier de toi. J'espère que Dieu me donnera assez de vie pour te voir professeur à l'université.

— Pourquoi as-tu choisi ce métier en particulier ?

— Je ne sais pas. Je t'ai toujours imaginée professeur en train de donner un cours à des étudiants.

Émue, je lui dis avec enthousiasme :

— Tu me verras professeur à l'université, je te le promets.

Je continuai à travailler sans modération et obtins la première place à la fin de l'année. Pendant les vacances d'été, je ne demandai pas d'argent à mon père ni de sorties comme je le faisais auparavant. Je me contentai de rester à la maison. J'aidais ma mère et j'attendais le retour de Kamel, le soir, pour parler longuement avec lui. Mon frère Kamel était la personne au monde qui me comprenait le mieux. J'aimais discuter avec lui. Il me parlait de tout : de politique, d'art, de littérature. Il me répétait avec émotion :

— L'Égypte est un pays merveilleux, Saliha, mais elle n'a pas pu saisir sa chance. L'occupation est une honte pour nous tous. Il faut que nous chassions les Anglais et que nous construisions un État démocratique moderne et fort.

Il me lisait des poésies anciennes et contemporaines. J'avais beaucoup de plaisir à l'entendre me commenter les vers d'amour. Il m'expliquait leur sens avec enthousiasme. Je n'oublierai jamais ce que j'ai ressenti quand il m'a lu ce poème andalou :

Si c'est une faute de t'aimer, alors toutes les nuits des amoureux sont des péchés
Je demande pardon à Dieu et chaque fois que mon Dieu pardonne, je reviens vers toi.

Était-il possible qu'un homme aime à ce point une femme ? Tandis que Kamel m'expliquait le vers, mon imagination s'envolait. Si un homme m'aimait à ce point, je lui offrirais mon âme et mon corps. Je vivrais et je mourrais pour lui.

J'étais facilement impressionnable. Je souffrais d'effervescence des sentiments et d'instabilité d'humeur. Je me sentais parfois pleine d'une joie dont je ne connaissais pas la cause, mais qui souvent aboutissait à des états de dépression où je m'enfermais dans ma chambre et m'abandonnais aux larmes. Ensuite je fus poursuivie par les rêves. Je rêvais chaque soir. Généralement, lorsque je me réveillais, j'avais oublié le rêve. Il était complètement effacé de ma mémoire et il n'en restait plus rien qu'un sentiment de profonde tristesse. Ensuite, le même rêve se répéta deux ou trois fois par semaine. C'était une chose étrange qu'une personne fasse le même rêve, sans aucun changement, et ce qui était encore plus étrange, c'est que, contrairement aux autres, je me souvenais de tous ses détails et les repassais avec une clarté étonnante dans ma mémoire :

Je marchais entre deux rangées d'arbres dans un beau jardin. Où que je tourne le regard, je voyais des fleurs épanouies aux couleurs merveilleuses. L'odeur du jasmin emplissait l'endroit et je ressentais du bien-être et de la joie, comme si tous mes soucis avaient à jamais pris fin.

Tout à coup apparaissait mon père. Il sortait d'une allée, vêtu d'une galabieh blanche, très propre, et son visage semblait épanoui et éclatant. Il avait retrouvé sa première jeunesse. Il souriait de toutes ses dents. Il tendait la main vers moi et m'appelait :

— Viens avec moi, Saliha.

J'étais pleine de confiance. Je prenais sa main, que je trouvais chaude. Il m'entraînait derrière lui à travers les allées. Je riais. J'aurais voulu rester éternellement avec lui. Il s'arrêtait quelque part entre deux arbres qui laissaient passer la lumière. Il me souriait et me disait :

— Regarde-moi.

Alors je remarquais que son oreille gauche était absente. Je criais d'épouvante, mais il me murmurait d'une voix calme :

— N'aie pas peur, Saliha. Je vais bien.

Je montrais du doigt son oreille coupée et j'essayais de parler. J'essayais de lui faire comprendre que son oreille avait disparu, mais je découvrais que ma voix ne sortait pas de ma gorge. Mon père me serrait dans ses bras et se penchait pour m'embrasser, mais au moment où je sentais ses lèvres effleurer mon front, je me réveillais.

12

Faouzi fit un effort sur lui-même et parvint avec peine à terminer le septième plat de kochari, tandis que Mahmoud avait les yeux écarquillés et qu'il gémissait bruyamment, sa grosse tête penchée en avant, comme un taureau épuisé. Les deux amis n'en pouvaient plus de manger et, à n'en pas douter, au plus profond d'eux-mêmes ils regrettaient cette affaire de pari, mais ce maudit Sidqi Elzalbani venait de demander la huitième tournée et commençait à la manger. Et il ne restait plus pour Faouzi et Mahmoud aucune possibilité de revenir en arrière et de souffler. Ils se mirent à pousser encore plus de nourriture dans leurs estomacs pleins à craquer. Elzalbani termina son plat et semblait se réjouir de voir ses adversaires ingurgiter le kochari avec autant de difficulté. Mahmoud jeta sa cuillère dans le plat, où elle résonna bruyamment, puis il baissa la tête, mit ses mains sur son ventre et dit à voix haute :

— Mon ventre, mon ventre, mon ventre me fait très mal.

Faouzi n'était pas en meilleur état, même si cela ne se manifestait pas de la même façon. Il respirait avec difficulté, avait la migraine et une transpiration abondante recouvrait son front.

Sidqi Elzalbani les regarda tous les deux et leur cria en riant :

— *Hard luck*, Mahmoud, toi et Faouzi. J'ai gagné.

— Qui a dit ça ? réagit Mahmoud, tout en continuant à se tenir le ventre.

Elzalbani le regarda affectueusement et dit :

— Bien, Mahmoud, nous allons prendre un neuvième plat.

— Je ne peux pas, cria Mahmoud en s'étranglant.

Faouzi restait silencieux, confirmant ainsi sa défaite. Sidqi Elzalbani dit en riant du ton du vainqueur :

— C'est à vous deux de régler l'addition et chacun de vous doit me donner une livre.

Il y eut un silence, puis Faouzi eut une quinte de toux et dit d'un ton amical :

— Bien sûr, nous devons payer, mais malheureusement, nous n'avions pas prévu…

— Qu'est-ce que ça veut dire ? demanda Elzalbani, sur la défensive.

Faouzi lui répondit d'un ton suppliant :

— S'il te plaît, Elzalbani, paie l'addition et demain, si Dieu le veut, nous te rembourserons ce que tu as payé et nous apporterons le montant du pari.

— Si toi et Mahmoud vous êtes fauchés, pourquoi est-ce que vous pariez ?

— Parle avec respect.

— Je parle comme ça me plaît.

— Tu veux que je t'apprenne la politesse ?

Faouzi tentait de transformer l'affaire en bagarre car il était certain qu'avec son ami Mahmoud, malgré leur extrême épuisement et leur sensation de lourdeur, ils seraient capables de battre Sidqi Elzalbani. Alors cette situation critique deviendrait une simple rixe qui se terminerait tôt ou tard par une réconciliation. Mais la situation se compliqua, car le garçon, qui avait entendu leur discussion au sujet du paiement de l'addition, courut porter la nouvelle à Sobhi, le patron du restaurant, qui se précipita vers eux.

— Voici l'addition, messieurs. Vous avez vingt-quatre grands plats de kochari.

Mahmoud resta silencieux, tandis que Faouzi sourit et dit :

— Sur ma tête, maître Sobhi, nous allons te payer l'addition immédiatement, avec un baiser en plus.

— Le baiser, tu peux te le garder, joli cœur. Moi, je veux que l'addition soit payée, bougonna le hadj Sobhi, qui semblait prêt à bondir.

Faouzi sourit et lui dit en affectant la jovialité :

— Ne vous inquiétez pas, le compte est payé, si Dieu le veut. Je vous le dis, patron. Vous connaissez bien sûr le hadj Sidqi Elzalbani ?

Le hadj Sobhi jeta sur eux un regard noir. Il ne semblait pas disposé à discuter de quelque sujet que ce soit en dehors de l'addition. Faouzi fit un signe de la main en direction de Sidqi :

— Hadj Sobhi, je voudrais vous faire connaître notre ami Sidqi, le fils du hadj Mahmoud Elzalbani, propriétaire de l'usine de confiseries Elzalbani. Vous avez certainement entendu parler de lui.

Le hadj Sobhi poussa un rugissement :

— Écoute, fils de famille. Je ne connais ni Zalbani ni Talbani. Je veux qu'on me paie mes vingt-quatre grands plats de kochari.

Faouzi sourit et dit sur un ton presque suppliant :

— Un peu de patience, patron. Notre frère Elzalbani va vous payer tout de suite.

Elzalbani se leva et dit en parlant fort pour que toute l'assistance l'entende :

— Écoutez, Hadj Sobhi, parlons sérieusement.

Le hadj Sobhi répondit en soupirant :

— C'est ça, parlons sérieusement.

— Est-ce que je me suis mis d'accord avec vous pour quoi que ce soit ?

— Non.

— C'est parfait. L'addition est pour celui qui s'est mis d'accord avec vous. Au revoir.

Après avoir jeté cette bombe, Elzalbani se leva pour partir. Faouzi l'interpella d'un ton de désespoir :

— Écoute, Elzalbani, reviens, écoute-moi.

Mais Elzalbani l'ignora et sortit de la salle. Le hadj Sobhi se rapprocha de Faouzi en criant :

— Il a raison. C'est toi qui t'es mis d'accord avec moi. C'est toi qui dois payer.

— Mais, patron, je vais vous payer l'addition. Soyez rassuré de ce côté-là, mais je vous demande un délai de vingt-quatre heures.

— Ce délai-là, tu vas le chercher chez ta mère.

D'un seul coup, six hommes costauds – des employés du local – entourèrent la table. Ils avaient l'habitude de traiter ce genre de situations. On aurait dit qu'ils jouaient une pièce de théâtre bien rodée. Sobhi prit Faouzi par le col de sa chemise et le secoua en criant :

— Ou bien tu vas payer l'addition, ou bien je vais te faire regretter le jour où ton père a rencontré ta mère.

Dans une dernière tentative – une pause avant de grimper la côte, comme on dit –, Faouzi demanda au hadj Sobhi d'envoyer son garçon l'accompagner à la boutique d'Ali Hamama, rue Sedd el-Gaouani, où son addition lui serait entièrement réglée. Le hadj Sobhi sembla réfléchir puis, sans rien laisser paraître sur son visage renfrogné, il fit un signe aux employés, qui sortirent en cortège du restaurant en encadrant Mahmoud et Faouzi pour les empêcher de s'enfuir. Étant donné la force physique des fautifs, chacun d'entre eux était tenu par trois employés. Les passants arrêtèrent plus d'une fois le cortège pour demander, en dissimulant leur curiosité sous une feinte contrariété :

— Les amis, qu'est-ce qui se passe ?

Alors les employés racontaient l'affaire en détail. Certains passants riaient et les autres donnaient des conseils aux deux garçons. Un homme maigre d'une cinquantaine d'années avec des sandales aux pieds et une vieille galabieh bleu délavé déchirée aux épaules écouta en fronçant les sourcils l'histoire, puis regarda les deux garçons avec appréhension et cria :

— Ce sont de sales voleurs !

Puis, tout à coup, il flanqua une gifle forte et sonore sur le visage de Faouzi, qui lui répondit, retenu comme il l'était, par une bordée d'injures virulentes. Mahmoud essaya d'échapper à la prise des employés pour le frapper, mais ceux-ci resserrèrent leur poigne et les traînèrent ainsi jusqu'à la boutique d'Ali Hamama.

Il était à peu près trois heures de l'après-midi et le hadj Ali Hamama était assis à sa place immuable derrière son vieux bureau. Lorsque le groupe passa la porte, le silence se fit et les clients s'écartèrent pour les laisser passer. Le groupe s'arrêta devant Ali Hamama, qui cilla fortement pour voir ce qui se passait. Puis il cria d'une voix caverneuse :

— Qu'est-ce qui se passe, fils ?

Faouzi était hors d'état de parler. Il baissa la tête en silence comme s'il exprimait par avance le regret de ses péchés, tandis que les employés le tenaient plus fermement encore. L'un d'entre eux prit l'initiative de raconter ce qui s'était passé à haute et intelligible voix pour que tout le monde entende. Ali Hamama écouta le récit sans laisser paraître le moindre sentiment. Son visage avait ce calme absolu qu'il arborait face au monde. Il se leva lentement de derrière le bureau et se dirigea vers le groupe d'un pas lent, tout à fait naturel, comme s'il se rendait aux toilettes. Il s'approcha de Faouzi et, une fois en face de lui, lui flanqua une forte gifle qui résonna dans l'air puis il se mit à rugir de colère :

— Ça ne te suffit pas d'être un vaurien, un bon à rien, il faut en plus que tu me forces à dépenser mon argent dès que j'ai le dos tourné. Qui aurait été imaginer ça ? Fils de chien !

Il y eut du tumulte, de la confusion, des cris, des mouvements en avant et des reculades, des interventions de clients pour calmer le jeu et aider à une conciliation. Après avoir plusieurs fois giflé Faouzi et Mahmoud, Ali Hamama se retourna vers les employés du local à kochari :

— Combien ont-ils bouffé de plats ?

— Vingt-quatre grands plats.

Ali Hamama cligna violemment des yeux et, comme s'il n'avait pas compris, posa à nouveau la question :

— Vous dites combien ?

— Vingt-quatre grands plats.

Ali Hamama leva les bras en l'air comme s'il allait danser et remua les doigts d'une façon vulgaire, puis cria de sa voix la plus puissante :

— Comment ça ? Si celui qui parle est un fou, il faut que celui qui écoute ait toute sa raison. Trois enfants qui mangent vingt-quatre plats ! Comment est-ce possible ?

Les employés essayèrent d'expliquer à Ali Hamama l'affaire du pari, mais il refusa de comprendre ou d'écouter et annonça clairement qu'il ne pourrait jamais croire qu'ils aient mangé tous ces plats. Après d'âpres négociations qui plusieurs fois achoppèrent, furent suspendues, et ne reprirent que grâce à l'intervention des clients, Ali Hamama annonça qu'il ne paierait que le prix de dix plats, pas un de plus. Les employés, indignés, refusèrent l'offre et Ali Hamama ne trouva rien de mieux à faire que de rejoindre calmement son bureau et de s'abstraire dans le silence. Il les laissa crier, réclamer, se plaindre à haute voix, et à la fin leur dit calmement :

— Ou bien vous prenez le prix de dix plats, ou bien vous prenez ces garçons, vous les amenez au commissariat et le gouvernement se chargera de leur éducation.

Puis il fit un signe de la main :

— Allez, mon vieux ! Vous deux, poussez-vous un peu et laissez-nous gagner notre pain.

Pendant une demi-heure, Ali Hamama feignit d'ignorer totalement le problème du kochari. Il donna un ordre à son garçon et le magasin recommença à vendre comme si de rien n'était. Hamama s'assit derrière son bureau et fit exprès de se comporter d'une manière ordinaire : il faisait des commentaires détaillés sur les ventes pour bien montrer qu'il avait complètement oublié le problème et qu'il ne se préoccupait pas de ce qui pourrait arriver. Cette méthode atteignit son but : les employés du restaurant de kochari se trouvaient dans l'embarras. Leurs nerfs commençaient à flancher, et l'un d'entre eux alla consulter Hadj Sobhi, le patron du restaurant, au sujet de l'offre que leur avait faite Hamama. Il revint vite avec son accord et informèrent le commerçant qu'ils acceptaient son calcul sur la base de dix plats seulement – Dieu prendrait en compte le reste. Alors Ali Hamama passa à la seconde partie de son plan. Il annonça que pour le moment il manquait de liquidités, mais que, comme il était un homme de confiance, au service de Dieu avant d'être au service des hommes, il allait leur régler leur dû en nature. Commença alors une seconde manche, plus dure que la première, avec des mouvements en avant et des reculades, des cris, et à la fin les employés quittèrent le magasin avec trois petits pots de miel et des paquets de fromage, d'olives, de bastorma et de concombres marinés dans le vinaigre.

13

Trouver un second travail pour Abdelaziz Hamam au club était une tâche difficile. Il n'avait pas l'expérience du service et il n'était pas raisonnable qu'il rejoigne l'école idoine à cinquante ans passés. De plus, El-Kwo, question de principe, évitait d'accepter un serviteur sur la base de recommandations, parce que le serviteur recommandé aurait une double allégeance et se sentirait trop protégé, ce qui pourrait causer des problèmes. Comanos savait tout cela et il chercha un biais. Il alla voir Mr Wright, qui, malgré sa morgue, se comportait correctement avec lui car, après tout, il était grec et pas égyptien. Comanos expliqua à Mr Wright que la situation d'Abdelaziz était difficile et que son salaire ne suffisait pas aux besoins de sa famille. Un léger sourire apparut sur le visage de Wright, un mélange d'ironie et de tendresse, comme s'il entendait un enfant dire une sottise. Il lui répondit calmement :

— L'Automobile Club ne peut pas venir en aide à tous ceux qui sont dans une situation financière difficile. Nous ne sommes pas une association caritative.

— Abdelaziz est un homme honnête et actif.

— Le mérite vous en revient.

— Pourquoi ?

— L'Égyptien ne travaille jamais que dans l'espoir d'une récompense ou par crainte de sanctions. Le désir personnel de bien faire n'existe pas dans la mentalité égyptienne. Lorsqu'un Égyptien fait son travail à la perfection, le mérite en revient à son directeur européen qui a su comment le dresser.

— Mister Wright, me considérez-vous comme votre ami ?

— Bien sûr.

— Ne doit-on pas rendre de temps en temps de petits services à ses amis ?

— Que voulez-vous exactement ?

— Je voudrais qu'Abdelaziz travaille comme assistant de Solimane, le portier.

— Laissez-moi y réfléchir.

— Solimane a plus de soixante-dix ans et il a besoin d'un assistant. Ce que je vous demande, c'est d'autoriser Abdelaziz à s'asseoir à la porte du club avec Solimane. Le club ne lui paiera pas de salaire supplémentaire. Il sera rétribué par les pourboires des membres.

Wright réfléchit quelques instants puis souffla une épaisse fumée de sa pipe et dit :

— Je suis d'accord à une condition.

— Laquelle ?

— Je ne veux plus entendre parler de lui. S'il cause le moindre problème, je le renverrai du club et vous ne viendrez pas alors plaider pour lui.

— Je vous le promets.

Wright hocha la tête en signe d'accord. Comanos se leva et le remercia chaleureusement. Il lui serra la main puis se dirigea vers la sortie mais, avant d'ouvrir la porte, il se retourna pour demander :

— Dois-je en informer El-Kwo ?

Mr Wright lui lança un regard réprobateur :

— Lorsque le directeur de l'Automobile Club donne son accord, je ne crois pas que vous ayez besoin de l'accord du chef des serviteurs.

C'était exactement la réponse qu'attendait Comanos. Cela voulait dire que Mr Wright se chargerait d'informer El-Kwo, qui n'oserait alors pas s'opposer. Comanos était heureux du succès de sa démarche et il retourna en informer Abdelaziz, qui le remercia chaleureusement. Le lendemain, il sortit pour la première fois s'asseoir à la porte du club. Il connaissait Solimane, le portier, qui était du village de Kom Ombo, proche de Drao, en Haute-Égypte. Malgré l'amitié qui les réunissait, Abdelaziz savait par expérience que les nécessités du gagne-pain créaient souvent des situations nouvelles, même parmi les frères. Solimane le reçut très bien et sembla se réjouir de sa présence. À la fin de la journée, Abdelaziz avait compris que le travail de portier ne requérait pas de talent particulier. On était assis sur un banc dans la rue à côté de la porte du club et, dès qu'apparaissait au loin la voiture d'un adhérent, on se précipitait pour lui ouvrir la porte et on se penchait en disant avec le plus possible de déférence :

— C'est un honneur, Excellence.

Alors, le bey* descendait de sa voiture, l'air distrait, sans regarder directement Solimane. Le bey avait toujours l'air préoccupé, au-dessus de ce qui se passait autour de lui, mais malgré tout il tendait un pourboire au serviteur, qui s'inclinait, prononçait des remerciements et des invocations et accompagnait le bey jusqu'à l'ascenseur. C'était de cette façon que Solimane honorait les membres du club au moment de leur arrivée. En fin de soirée, il devait leur dire adieu. Dès que le bey sortait de l'ascenseur, il se précipitait vers lui en

* Les titres d'origine turque de pacha et de bey, de première et de deuxième classe, étaient octroyés par les khédives, puis par les rois d'Égypte à des personnalités musulmanes, chrétiennes ou juives. Ces distinctions qui n'avaient pas de lien direct avec des fonctions officielles indiquaient le rang que l'on occupait dans la société. Le goût égyptien pour les formules de politesse a vite entraîné une généralisation de ces ornements de la conversation.

s'inclinant et trottinait devant lui pour lui ouvrir la porte de la voiture et, parce que l'alcool rendait les clients généreux, il recevait un pourboire qui était souvent le double du premier. Quant à ceux qui avaient bu exagérément, Solimane les guidait, et s'ils étaient agités, il les maîtrisait d'une manière ferme et polie et ne les abandonnait pas avant qu'ils soient parvenus sans encombre à leur voiture. Il faisait tout cela sans jamais dépasser les limites. Même si le bey ivre ne se contrôlait plus, criait des jurons et faisait des folies, même s'il titubait et si Solimane le maintenait debout à deux bras, même si Solimane le portait sur ses épaules comme un enfant, il fallait que tout cela soit fait avec un profond respect de façon que le bey ivre conserve toujours sa dignité et qu'il ne se réveille pas le lendemain en sentant qu'il avait été humilié, ce qui aurait pu l'amener à se venger.

Abdelaziz passa plusieurs journées à observer Solimane dans son travail, puis il saisit l'occasion d'un moment où ils étaient tous les deux assis sur le banc pour lui dire doucement :

— Je vais parler à Comanos pour qu'il me trouve un autre travail.

— Pourquoi, Abdelaziz, tu es fâché ? lui demanda Solimane, contrarié.

Abdelaziz sourit et lui dit d'un ton conciliant :

— Excuse-moi, tu n'es pas en cause, mais tu fais très bien ce travail tout seul. Moi, je n'ai pas ma place ici.

Solimane refusa énergiquement et insista en disant qu'il avait besoin de l'aide d'Abdelaziz. Il lui assura que les pourboires ne manqueraient pas et même qu'ils allaient doubler parce que Dieu y pourvoirait. Après avoir longuement argumenté, ils se mirent d'accord sur une méthode de travail : lorsque Solimane se précipitait pour accueillir un adhérent, Abdelaziz le suivrait quelques pas en arrière et imiterait ses gestes. Il s'inclinerait devant le bey, lui murmurerait les mêmes paroles d'accueil. Abdelaziz exécuta ce plan pendant plusieurs jours, mais aucun membre ne faisait le moins du monde attention à lui. Ils avaient affaire à Solimane et ignoraient totalement Abdelaziz. C'était comme s'il n'avait pas été là. Abdelaziz était surpris, mais Solimane lui dit que cela était naturel au début parce que les adhérents ne le connaissaient pas. Cette situation dura toute une semaine et Solimane lui proposa d'intervertir les positions. C'était Abdelaziz qui se précipitait vers la voiture, ouvrait la porte, s'inclinait pour accueillir le bey tandis que Solimane restait en arrière. Étrangement, la plupart des adhérents continuèrent à ignorer Abdelaziz. Ils détournaient le regard de lui alors qu'il s'inclinait devant eux, l'ignoraient au profit de Solimane qui se tenait à l'arrière, auquel ils donnaient un pourboire.

Pourquoi les membres du club ignoraient-ils Abdelaziz ?

Son apparence, probablement, ne leur plaisait pas, peut-être à cause de sa grande taille et de son regard droit et fort, peut-être parce qu'il ne donnait pas l'impression d'être un serviteur, parce que ne se dessinait pas sur son visage cette expression docile et suppliante par laquelle les autres allaient à la pêche au pourboire. Lorsque Abdelaziz s'inclinait devant les clients, il avait l'air de jouer un rôle, d'affecter la docilité tout en étant l'égal du client devant lequel il se courbait.

L'idée échoua. Abdelaziz renonça à accueillir lui-même les adhérents et reprit sa place derrière Solimane. À la fin de la semaine, ce dernier lui fit la surprise de lui remettre deux livres. Abdelaziz refusa, mais Solimane mit de force l'argent dans sa poche en haussant la voix :

— Par mon divorce, il faut que tu prennes ce qui te revient.

— Comment cela, ce qui me revient ? Je n'ai rien fait.

Solimane rit :

— Et moi non plus, je ne fais rien. Nous courons ouvrir des portes et les fermer.

Abdelaziz protesta mais Solimane lui dit avec détermination :

— C'est le pain de tes enfants, Abdelaziz. Un tiers pour toi et deux tiers pour moi.

Dès qu'Abdelaziz avait terminé son travail au magasin, il allait s'asseoir aux côtés de Solimane. Il bavardait avec lui, buvait du thé et, pendant l'accueil des adhérents, se tenait derrière lui. À la fin de la semaine, il touchait sa rétribution. Solimane se comportait très bien à son égard et ses gains n'étaient pas négligeables. Abdelaziz n'avait pas à se plaindre, mais quelque chose au plus profond de lui le lancinait, quelque chose de douloureux qui revenait toujours avec insistance et qu'il essayait de fuir en bavardant avec Solimane, et parfois en riant trop fort, une vérité qui remplissait son esprit de douleur : il s'abaissait, il perdait sa dignité. Chaque fois qu'il s'inclinait en s'imaginant avoir atteint la limite, il découvrait qu'il lui fallait s'incliner encore plus. Il avait quitté Drao après avoir perdu tout ce qu'il possédait et était venu au Caire où, avant de travailler à la réserve du club, il s'était persuadé que le travail, aussi humble soit-il, honorait celui qui l'exécutait. Mais maintenant, il était devenu un serviteur. Comment pouvait-il décrire ce qu'il faisait d'une façon différente ? Il était un serviteur qui ouvrait les portes, s'inclinait et restait dans la rue à mendier, comme une aumône, un pourboire des maîtres. Quelle fin pour le notable qu'il avait été, le fils d'Al-Ezz Salil al-Hamamia* ! Pendant des années, à Drao, il avait généreusement distribué ses aumônes aux nécessiteux qui se mettaient en file devant sa porte pour attendre qu'il sorte de chez lui. Maintenant il était passé de l'autre

* Al-Hamamia désigne l'ensemble de ceux qui portent le patronyme de Hamam.

côté. Il faisait partie de la file des nécessiteux et mendiait un pourboire. Il se consolait en pensant qu'il ne supporterait pas longtemps cette situation. Dans quelques mois, son fils Saïd sortirait de son école technique et dans deux ans seulement son fils Kamel obtiendrait sa licence de droit. Il pourrait alors se reposer sur ses deux fils et se contenter de son travail à la réserve. Peut-être même prendrait-il sa retraite d'une façon respectable.

Abdelaziz continua à travailler à la porte du club pendant trois semaines, au cours desquelles il rencontra plusieurs fois El-Kwo. Cela se passait toujours de la même façon : dès qu'apparaissait la Cadillac noire, Solimane, qui l'apercevait, sautait de sa place et se précipitait le plus vite qu'il pouvait pour ouvrir la porte, tandis qu'Abdelaziz se tenait derrière lui. El-Kwo descendait avec la lenteur d'un monarque, ignorait Abdelaziz et jetait un regard perçant à Solimane tout en faisant un léger geste qui tenait lieu de salutation. Un jour où son humeur était excellente, il dit un mot en descendant de sa voiture, une phrase que personne n'entendit clairement, qui pouvait être "bonsoir" ou bien "comment ça va, Solimane". Une joie débordante s'empara alors de ce dernier. El-Kwo ne parlait jamais aux serviteurs que pour leur donner des ordres ou les rabrouer. Tout autre mot sorti de sa bouche était un bienfait. L'apparition d'El-Kwo ne provoquait pas de panique chez Abdelaziz comme cela était le cas avec les autres serviteurs. Abdelaziz s'inclinait devant El-Kwo avec respect, mais avec assurance il se disait : "Pourquoi aurais-je peur de lui ? Je n'ai rien fait qui puisse entraîner sa colère."

Au plus profond de lui-même, Abdelaziz sentait qu'il n'appartenait pas à l'Automobile Club. Il était obligé d'y travailler provisoirement. Il se trouvait dans la position d'un voyageur dans un train : même si les autres voyageurs sont désagréables, il faut les supporter ; arrivé à destination, il descendra et les quittera pour toujours. De plus l'intervention de Comanos lui accordait une protection certaine car la volonté d'El-Kwo, malgré toute sa hauteur et sa dureté, se brisait aussitôt devant des étrangers.

Ce sentiment de confiance et cette absence de frayeur, El-Kwo les avait-il remarqués chez Abdelaziz ? Ressentait-il qu'Abdelaziz le saluait avec un respect dépourvu de soumission ? Avait-il vu sur son visage une expression reflétant qu'il tenait à sa dignité ? Lui en voulait-il parce que Comanos l'avait placé à l'accueil par l'intermédiaire de Mr Wright sans lui en référer ? Ou bien, tout simplement, El-Kwo était-il de mauvaise humeur ce soir-là ?

Toutes ces questions resteront sans réponse. Maintenant que l'incident a eu lieu, il y a mille façons de l'analyser. Il était minuit. La voiture d'El-Kwo arriva, provoquant le remue-ménage habituel. Solimane, suivi d'Abdelaziz, se précipita vers lui. Lorsque la porte de la voiture s'ouvrit, Abdelaziz sentit mystérieusement que l'atmosphère était lourde. Il lui vint à l'esprit que le rythme de la vie quotidienne s'était brisé pour laisser place à quelque chose d'étrange et d'oppressant. El-Kwo descendit de sa voiture, mais au lieu de traverser Solimane et Abdelaziz d'un regard rapide avant d'entrer au club, comme il le faisait toujours, il arrêta son mouvement et les regarda tous les deux, avec à ses côtés Hamid, le corps gras et flasque. Un silence tendu s'instaura. El-Kwo se mit à dévisager Abdelaziz comme s'il voyait une étrange créature pour la première fois, puis, le montrant du doigt, il cria d'un ton réprobateur :

— Qui est ce garçon ?

La question était surprenante, brutale, tranchante comme une lame. Elle brisait d'un seul coup toutes les règles et ramenait tout au point zéro. El-Kwo connaissait bien Abdelaziz. Il l'avait vu de nombreuses fois auparavant. Pourquoi le niait-il maintenant, et pourquoi avec cette voix irritée et cet accent réprobateur ? Abdelaziz eut tout à coup mal à la tête. Ses mains étaient froides et il respirait avec difficulté. Solimane, bouleversé, se réfugia dans le silence. El-Kwo répéta d'une voix tonnante :

— Qui est ce garçon ? Parle, Solimane.

C'était comme si la foudre avait frappé Solimane, qui répondit d'une voix tremblante et entrecoupée :

— Excellence, ce garçon est ton serviteur Abdelaziz Hamam. Il est assistant de M. Comanos à la réserve. Il vient m'aider à la porte pour gagner un peu d'argent parce qu'il est pauvre et qu'il a des enfants.

El-Kwo continua à observer Abdelaziz comme s'il n'avait pas entendu ce que disait Solimane. Visiblement sa colère n'avait fait que grandir, peut-être parce que Abdelaziz n'avait pas tremblé de peur et ne s'était pas précipité vers lui pour lui montrer sa soumission, ou bien peut-être parce que Solimane semblait avoir de la sympathie pour Abdelaziz et qu'El-Kwo savait que sympathie veut dire solidarité et que la solidarité est un pas vers la révolte. El-Kwo poussa un profond soupir et Hamid, comme un chien de chasse bien dressé, comprit immédiatement le signal. Il s'approcha d'Abdelaziz. Lorsqu'il lui fit face, ses yeux s'élargirent d'une façon provocante et haineuse et il lui dit d'une voix vipérine :

— Toi, le garçon, as-tu les clefs de la réserve ?

Abdelaziz sursauta parce que Hamid connaissait très bien son nom. Cela lui coupa aussi le souffle que quelqu'un ayant l'âge de ses enfants lui parle sur ce ton-là. Abdelaziz ne répondit pas. Hamid poursuivit, intentionnellement méprisant :

— Tu es sourd ? Je te demande si tu as les clefs de la réserve avec toi ?

— Oui, répondit Abdelaziz en s'efforçant de se contrôler.

Hamid le scruta à nouveau :

— Apporte une boîte de havanes à ton maître El-Kwo.

Abdelaziz ne répondit pas. Il se dirigea rapidement vers la réserve. Il connaissait l'endroit où se trouvaient les cigares et voulait en apporter pour se sortir de cette situation. Il sentait que les humiliations allaient se poursuivre s'il restait immobile. Avant qu'il ait fait un pas, Hamid cria :

— Tu sais ce que c'est que des havanes ou bien tu es un âne ?

Abdelaziz lui dit d'une voix forte :

— Je ne suis pas un âne. Je suis un homme comme toi.

Hamid soupira et eut l'air soulagé. Il avait atteint son but. Il cria en s'approchant d'Abdelaziz :

— Tu es un âne et tu es mal élevé. Je vais t'apprendre la bonne éducation.

KAMEL

J'ai su en détail ce qui s'était passé ce jour-là. Hamid appela Labib, le téléphoniste, et Idriss, le sofragi. Tous les deux se saisirent de mon père et l'immobilisèrent puis Hamid s'avança et se mit à le gifler. Mon père cria :

— Tu n'as pas le droit. Tu n'as pas le droit.

Des témoins de l'incident m'ont raconté qu'Hamid avait giflé mon père avec force plusieurs fois jusqu'à ce que son nez saigne. Après qu'El-Kwo et Hamid furent partis, les collègues s'étaient regroupés autour de lui. Ils l'avaient fait asseoir sur un siège et avaient apporté une serviette mouillée avec laquelle ils avaient essuyé le sang de son visage. Idriss et Labib, qui se sentaient coupables, tentèrent de le consoler :

— Ne t'en fais pas, Abdelaziz. Cela nous est tous arrivé. On ne compte plus les fois où il nous a frappés !

Mon père secoua la tête sans répondre. Idriss le prit dans ses bras et murmura :

— Par le Prophète, ne sois pas en colère contre moi. Je suis l'esclave du patron.

Labib dit à voix haute :

— Parfois El-Kwo se comporte durement avec nous, mais il a bon cœur et il se préoccupe de nous comme s'il était notre père.

Cette phrase était dite par mesure de précaution. Si quelqu'un rapportait à El-Kwo qu'il avait consolé mon père, Labib serait en mesure de plaider sa propre cause.

Mon père ne parla pas beaucoup. Il bredouilla quelques phrases qui signifiaient qu'il n'était pas en colère contre ses collègues. Il leur serra la main pour leur dire au revoir, l'air pressé de rentrer. Selon ce que ma mère m'a raconté, mon père arriva chez lui à près de deux heures du matin. Il se changea, fit ses ablutions, pria puis il s'assit pour dîner. Ma mère remarqua qu'il avait le visage sombre. Elle le questionna et il lui répondit qu'il était fatigué et voulait dormir. Elle alla à la cuisine lui préparer un verre de citron à la menthe. Lorsqu'elle revint dans la salle, elle le trouva assis à table devant le plateau du dîner, qu'il n'avait pas touché. Sa tête était légèrement penchée en arrière. Elle s'approcha de lui, le secoua, l'appela et il poussa un faible râle. Ses yeux étaient à moitié ouverts. Ma mère se mit à crier, elle appela les voisins à l'aide. Abla Aïcha arriva immédiatement. Elle trempa un coton dans de l'ammoniaque et le mit devant son nez. Elle prépara ensuite un verre d'eau sucrée qu'elle lui versa dans la bouche. Une demi-heure plus tard arriva l'ambulance. Le médecin ausculta mon père avec soin puis annonça qu'il était mort.

Mon père était mort avant d'avoir atteint les cinquante et un ans ! Il était tombé brutalement. Il avait lutté avec honneur et courage jusqu'à ce qu'il reçoive un coup fatal qu'il n'avait pas pu supporter. Je restai un moment avant d'y croire. La nouvelle de la mort de mon père était une invention absurde, qui tout à coup allait se révéler mensongère ! Il y avait dans cette façon de mourir quelque chose d'aberrant, de déloyal. C'était une infraction déclarée aux règles, une rupture soudaine de contrat à l'initiative d'une seule des parties. Il n'est pas juste qu'après avoir bâti toute sa vie sur l'existence d'un être on soit pris au dépourvu par sa disparition sans préavis et sans cause. Je n'ai pleuré mon père que plusieurs mois après son décès. Ma tristesse dépassait tout ce que je pouvais exprimer. J'étais saisi, comme envoûté. Il faut parfois des années avant que nous absorbions totalement les coups puissants qui nous frappent. Il faudra des années avant que je comprenne le sens de la mort de mon père. La mort de mon père, cela voulait dire que j'étais nu, à découvert, seul, faible, sans soutien, cible facile pour toutes les attaques. Tu sens que tu es assiégé de toutes parts par le destin qui te recouvre d'ombre comme l'immense oiseau de la fable. Tu comprends que ce qui est arrivé à ton père peut arriver à n'importe qui. Quoi de plus étrange que de voir ton père le matin, de parler et de rire avec lui, de le retrouver le soir en rentrant sous forme de cadavre et de l'accompagner le lendemain au cimetière ? Quelle stupéfaction que ton père – cet être solide qui a toujours été un pilier de ton existence – soit devenu tout à coup un souvenir dont tu parles maintenant en ajoutant : "Que Dieu l'ait en sa sainte garde !"

À l'enterrement de mon père, une curieuse froideur s'empara de moi, comme si j'observais ce qui se passait derrière une vitre épaisse. J'insistais pour descendre dans la tombe avec son cadavre, comme pour lancer un défi à ce qui se passait, comme si je voulais aller jusqu'au bout de l'événement, comme si je voulais appuyer fort sur la blessure pour en sentir au maximum la douleur. L'ombre du tombeau se referma sur moi et je me sentis atterré. Comme cela était étonnant : je regardai cette fosse obscure et fraîche, cette dernière station, la fin de la ligne… Toute cette lutte violente, acharnée que nous menons n'a d'autre fin que cette fosse. Ici, toutes choses sont égales : la joie et la souffrance, la pauvreté et la richesse, la beauté et la laideur. Notre capacité à vivre est étroitement liée à notre oubli de la mort. Si nous avions profondément la mort en mémoire, si nous pensions que la mort est une chose qui peut arriver à n'importe quel instant, nous ne pourrions pas vivre un seul jour.

Avec la mort de mon père se tournait une page de la vie de notre famille. En dehors de Saïd, qui suivait sa propre logique, nous avions tous changé. Nous avions été brisés. Nous étions devenus orphelins. Est-ce que le fait d'être orphelin, c'est la perte du père ou de la mère, est-ce un sentiment, est-ce une expression du visage, un comportement, ou bien tout cela à la fois ?

Les premiers jours après le décès de mon père, ma mère le pleurait sans interruption. Elle lui parlait comme si elle le voyait :

— Pourquoi nous as-tu quittés et laissés seuls, Abdou ?

Elle lui faisait des reproches et semblait en colère contre lui, comme si c'était lui qui avait décidé de la quitter. Peu à peu, ma mère sécha ses larmes et interrompit ses cris, puis se résigna. Son apparence changea. Elle se dessécha. Elle devint plus rugueuse. Elle se racornit. De femme qu'elle était, elle devint une veuve. Cet éclat lumineux et tendre qui émanait d'elle lorsqu'elle était heureuse, et qui proclamait sa féminité, s'enfuit à tout jamais et laissa à sa place une sévérité mêlée d'amertume. Son beau visage sombre avait maintenant l'air courroucé et sur le qui-vive, comme si elle avait été cruellement trahie et qu'elle ne permettrait plus jamais que cela recommence.

Un soir, alors que je rentrais de l'université, elle m'accueillit en disant :

— Tiens-toi prêt demain. Nous irons ensemble à l'Automobile Club pour réclamer les droits de ton père.

Le jour suivant, j'allai avec ma mère au bureau de Mr James Wright, le directeur du club. Notre vue provoqua un sincère sentiment de tristesse chez les employés du club. Je leur serrai à tous la main. Mon père m'avait présenté à eux lorsque j'avais visité le club. Ils vinrent tous nous exprimer leurs condoléances : les portiers, les sofragis, le khawaga Comanos, Chaker, Youssef Tarbouche. Même Rekabi, le cuisinier, courut vers nous dans sa tenue de travail blanche, sa grande toque sur la tête. Il serra la main de ma mère et me prit dans ses bras avec émotion. Derrière leur accueil et leurs condoléances il y avait quelque chose de suspendu dans l'air, une phrase tronquée qu'ils ne diraient jamais mais que laissaient paraître leurs visages. Le plus courageux fut Bahr, le barman, qui dit en me serrant la main :

— Que Dieu ait ton père en sa sainte garde. Nous déplorons une grande perte. C'était un homme dans tous les sens du terme. Dieu le récompense pour les injustices qu'il a subies.

Mr Wright nous reçut dans son bureau avec une amabilité de convenance. Il s'inclina en serrant la main de ma mère et en lui présentant ses condoléances puis nous fit signe de nous asseoir. Il parlait lentement en appuyant sur l'articulation des sons pour rendre compréhensible son arabe approximatif. Je sentis dès le premier instant qu'il était froid, lointain, insensible. Je compris qu'il avait fixé un cadre strict et immuable à sa rencontre avec nous. Je m'assis sur le fauteuil le plus éloigné et ma mère, en face de lui. Elle lui dit d'emblée d'un ton sérieux et avec concision :

— Nous sommes venus vous voir pour que vous nous indiquiez comment obtenir le règlement des droits financiers du défunt.

Comme s'il s'attendait à la question, il répondit immédiatement :

— Vous avez droit à une indemnité de fin de fonction. Je vous l'enverrai à la maison avant deux jours.

Ma mère serra les lèvres et regarda le visage de Mr Wright avec soin comme si elle essayait de deviner le sens de cette dernière phrase, puis elle demanda :

— Et qu'en est-il de la retraite du défunt ?

— Malheureusement il n'y a pas de retraite, répondit Mr Wright en fixant sans ciller ses yeux bleus sur nous comme s'il était préparé à n'importe quelle réaction.

Ma mère lui demanda :

— Le défunt a travaillé plus de cinq ans au club. Comment pouvez-vous laisser ses enfants sans retraite ?

— Nous allons leur donner une indemnité.

— L'indemnité, quel que soit son montant, sera épuisée au bout de quelques jours ou de quelques mois. Nous avons droit à une retraite.

J'étais admiratif de ma mère qui ne suppliait pas ni ne mendiait. Elle était venue demander son droit la tête haute. Le visage de Mr Wright se congestionna et il lui répondit d'un ton qui montrait qu'il était sur le point de perdre patience :

— J'aurais aimé vous aider, mais je suis tenu par le règlement de l'Automobile Club, qui ne stipule aucune retraite.

— C'est un règlement injuste.

— Peut-être est-il injuste, mais je ne peux pas aller contre.

Ma mère eut un sourire ironique :

— Est-ce que ce règlement est tombé du ciel ?

Mr Wright la regarda avec embarras :

— Je vous en prie.

Ma mère, en colère, ne tint pas compte de son avertissement et haussa la voix :

— Lorsque vous, vous mourrez, est-ce que le club ne paiera pas de retraite à vos enfants ?

Mr Wright ne s'attendait pas à cette question, mais se ressaisit vite. Son visage prit une expression dure et il dit avec impudence :

— Oui, il y aura une retraite pour ma famille lorsque je mourrai, tandis qu'il n'y a pas de retraite pour vous. Vous avez seulement droit à une indemnité.

— Pourquoi ?

— Parce que l'Automobile Club ne paie pas de retraite aux Égyptiens. Il y a une retraite pour les Européens seulement.

— Est-ce que les Égyptiens n'appartiennent pas à l'humanité comme les Européens ? Est-ce que leurs enfants n'ont pas besoin d'argent comme les enfants des khawagas ?

— Ce que vous dites est peut-être vrai, mais ce sont les Européens qui ont inventé les voitures et ce sont eux qui les ont introduites en Égypte, eux qui ont appris aux Égyptiens à les utiliser. Ce sont les Européens qui ont construit l'Automobile Club et eux qui le dirigent, tandis que le rôle des Égyptiens s'y limite au service et au gardiennage. On ne peut donc pas mettre au même niveau les droits des Européens et ceux des Égyptiens.

Quelques instants de silence s'écoulèrent, et je me sentis plein de haine contre Mr Wright. Ma mère se leva et dit d'une voix révoltée :

— Nous obtiendrons la retraite de mon mari et vous le verrez vous-même.

— Je vous souhaite bonne chance.

— Nous obtiendrons nos droits au tribunal.

À ce moment-là, Mr Wright trouva que c'en était trop. Il cria :

— Vous me menacez ?

— Je ne vous menace pas. Je vous informe seulement de ce que je vais faire.

Ma mère sortit en colère, moi derrière elle. À l'entrée du club, plusieurs employés nous attendaient. Ma mère leur raconta ce qui s'était passé et tous lui exprimèrent leur sympathie. Certains dirent que l'administration de l'Automobile Club considérait toujours les Égyptiens comme inférieurs aux étrangers. Je remarquai que, malgré leur profonde solidarité à notre égard, ils exprimaient leurs idées avec circonspection. Certains baissaient la voix et regardaient autour d'eux avec inquiétude. Malgré ma grande colère contre Mr Wright, j'étais enchanté par les paroles de ma mère. Je retrouvai le sentiment qui s'emparait de moi lorsque, petit, je l'accompagnais au marché. Effrayé par le bruit et la foule, je m'accrochais à l'extrémité de sa robe et me sentais rassuré, sous sa protection.

Pour la première fois je vis ma mère sous un autre visage, celui de la femme de Haute-Égypte qui cache sous sa tendresse débordante un être de fer, prêt à lutter jusqu'au bout avec bravoure quelles qu'en soient les conséquences.

Pendant les journées qui suivirent notre rencontre avec Mr Wright, ma mère vécut d'une façon ordinaire, mais son visage montrait qu'elle était obsédée par une pensée qui ne la quittait pas. Comme si, dans son esprit, elle mettait soigneusement en place son plan, pas à pas. Au bout de quelques jours, elle m'emmena voir un avocat qui faisait partie de notre famille, pour qu'il se charge d'ouvrir une procédure contre l'Automobile Club. Je séchai de nombreux cours pour faire avec elle le tour des bureaux gouvernementaux afin de rassembler les papiers et documents nécessaires au procès. Pour une raison que j'ignore, j'étais persuadé que ma mère allait remporter la victoire. Près d'un mois après notre rencontre avec Mr Wright, ma mère fut surprise de recevoir un appel téléphonique du khawaga Comanos. Il lui dit qu'il voulait la rencontrer pour quelque chose d'important. Elle lui fixa rendez-vous le lendemain à cinq heures de l'après-midi. Nous attendîmes tous ensemble, Saïd, ma mère, Saliha et moi. Même Mahmoud, qui avait mis ses plus beaux vêtements, attendait avec nous dans le salon. Exactement à l'heure dite, la sonnette retentit. J'ouvris la porte et trouvai M. Comanos devant moi.

14

En peu d'années, le roi d'Égypte était passé de l'état de jeune homme droit et zélé en qui ses concitoyens plaçaient leurs plus grands espoirs de renaissance de leur pays, à celui de personnage frivole, paresseux et soumis à ses appétits sensuels. Il se couchait à l'aube, se réveillait à midi et passait toute la nuit à jouer aux cartes à l'Automobile Club ou bien à faire la fête à l'Auberge, où il invitait à la table royale un groupe de danseuses et de chanteuses, puis il choisissait l'une d'elles pour passer la nuit avec lui au palais. Le roi était habité par une telle obsession sexuelle qu'il avait consacré une pièce dans le sous-sol du palais Abdine à la projection de films pornographiques importés spécialement pour lui. Sa Majesté se livrait avec toute l'impétuosité de sa jeunesse à des aventures féminines nombreuses, diverses, comme si sa soif se renouvelait en permanence et ne pouvait jamais être étanchée. Le roi avait connu des femmes de toutes sortes : des filles de la bonne société, des épouses de hauts responsables, des danseuses et des actrices. Ces foucades royales enfiévrées et désordonnées avaient souvent conduit à des scandales retentissants et parfois à des crises diplomatiques (comme cela arriva à la suite de l'aventure de Sa Majesté avec l'épouse de l'attaché militaire français). Les officiers de la garde royale adoptaient des mesures sévères pour interdire de photographier le roi dans des situations qui n'étaient pas en accord avec le prestige de sa fonction. Ils arrêtaient souvent des journalistes qui essayaient de se faufiler. Dans ce cas-là, ils détruisaient leurs appareils photographiques, les fouillaient, parfois les battaient jusqu'à ce qu'ils rendent les films qu'ils avaient cachés. Malgré toutes ces mesures, l'attitude dégradante du roi dégageait une odeur nauséabonde à l'intérieur et à l'extérieur de l'Égypte, surtout après que la reine eut demandé, et obtenu, le divorce, ce qui confirmait aux yeux des Égyptiens tout ce qui se répétait sur les perversions de leur monarque. La presse mondiale trouvait dans les scandales royaux une matière précieuse pour distraire ses lecteurs qui prenaient plaisir à suivre les aventures d'un sultan oriental noceur. Cela leur faisait revivre l'esprit des *Mille et Une Nuits*, pleines de merveilles ensorcelantes.

La question qui revenait souvent et à laquelle essayaient de répondre les rapports des ambassades occidentales était : Pourquoi le jeune roi avait-il été aussi vite vaincu par ses appétits sexuels ?

Il y a plus d'une hypothèse : Peut-être le roi hérita-t-il du pouvoir alors qu'il était trop jeune, sans expérience, son éducation pas encore terminée, et certains courtisans l'encouragèrent-ils à la déviance pour assurer leur contrôle sur lui. Peut-être le roi plongea-t-il dans les plaisirs sensuels pour oublier le coup qui l'avait ébranlé lorsqu'il avait vu sa mère, après la mort de son père, lâcher la bride à ses plaisirs et passer rapidement d'un amant à l'autre. Il l'avait lui-même surprise un soir dans le lit du grand chambellan. Peut-être cet engouement pour les femmes était-il la compensation d'une insuffisance : Sa Majesté avait été victime quelques années plus tôt d'un accident effrayant. Sa voiture royale avait heurté un véhicule de transport de troupes britannique. Le roi perdit conscience pendant deux jours complets où il oscilla entre la vie et la mort. Trois opérations furent effectuées. Un chirurgien britannique connu fut appelé de Londres et le sauva par miracle. On disait que cet accident avait laissé des traces sur les performances sexuelles du roi, qui parvenait toujours à la jouissance avant que sa partenaire soit satisfaite. Peut-être cette insuffisance fut-elle à l'origine de sa propension à se faire accompagner de belles filles dans les endroits publics, pour se prouver à lui-même et prouver aux gens que sa virilité n'avait pas subi de dommages.

Quelle que soit la cause, le résultat était le même. Le roi était devenu débauché, noceur, et sa cour rapprochée changea. La plupart des hommes respectables se retirèrent et il s'entoura d'un groupe de pachas prêts à faire tout ce qu'il voulait, même si cela était contraire à l'honneur. Ils faisaient exprès de perdre au poker pour gagner ensuite le double de ce qu'ils avaient perdu sous forme de privilèges que leur accordait le roi. Les millions fondaient sur eux. Dans le monde des femmes, les conquêtes du roi étaient généralement reliées à un nom, celui de Carlo Botticelli. C'était un Italien au milieu de la cinquantaine, né à Choubra, qui avait étudié la mécanique à l'institut Don Bosco avant d'être embauché comme mécanicien automobile par le palais Abdine. En raison de ses fonctions, Botticelli accompagnait le cortège royal pour le cas où une quelconque des voitures royales serait tombée en panne. Botticelli entra en contact avec le roi par hasard, lorsque sa Buick l'abandonna alors qu'il était en route pour une partie de chasse dans le Fayoum. La rencontre entre Botticelli et le roi fut l'étape charnière, le moment d'une métamorphose. Personne ne sait ce qui se passa entre eux, mais le simple mécanicien devint en quelques semaines un des proches du souverain. Quelques années plus tard, il était riche, possédait des milliers de feddans* de terres,

* Le feddan est une mesure de superficie qui équivaut à quarante ares, c'est-à-dire un peu moins d'un demi-hectare.

des sociétés, et le roi lui avait octroyé le titre de bey. Botticelli répudia la mécanique pour ne plus y revenir et devint célèbre par son autre métier : entremetteur du roi.

En vérité, le terme d'entremetteur ici n'est pas précis et ne suffit pas à le décrire. Il n'était pas vulgaire, abject et maître chanteur comme les entremetteurs que nous voyons dans les maisons de passe ou dans les boîtes de nuit. Botticelli était d'une certaine façon un artiste, un connaisseur, un véritable expert de la femme, un spécialiste en genres de beauté et en arts du déduit. D'un seul regard scrutateur et perspicace, il était toujours capable de choisir la maîtresse qui convenait au roi. Il savait, bien sûr, ce que le roi attendait des femmes. C'était une intuition mystérieuse mais sûre, une certaine inspiration, qui poussait Botticelli à partir en chasse d'une femme d'un certain type pour l'alcôve du roi, à la choisir, elle précisément, en négligeant des femmes plus belles. Botticelli savait que les goûts du roi n'étaient pas stables, mais qu'ils changeaient en fonction de l'âge de la femme et de son milieu social. Pour celles qui avaient vingt ans par exemple, il préférait la minceur et une sveltesse parisienne. Il fallait que la femme ait l'air d'être un jeune homme efféminé ou bien une petite fille au seuil de la féminité, sans poitrine et sans croupe saillante. Il fallait que n'apparaisse pas dans sa beauté ni dans ses vêtements ni dans ses paroles ni dans ses mouvements le moindre indice de ruse ou d'expérience. La femme dans sa vingtième année gagnait le cœur du roi dans la mesure où elle semblait naïve et immaculée. Avant la présentation, Botticelli leur conseillait d'être naturelles et les mettait en garde : elles ne devaient pas faire preuve de dextérité ni affecter une expérience qu'elles ne possédaient pas. Il leur murmurait à l'oreille avec un sourire sournois et un ton effronté :

— Abandonnez-vous au roi. Sa Majesté sait que vous êtes jeune et que vous n'avez pas d'expérience et il se comportera avec vous avec patience et respect.

Ce qui faisait jouir le roi dans ces cas-là, c'était la corruption de l'innocence. La sensation qu'il attentait à la pudeur d'une jeune fille innocente et qu'il souillait son corps redoublait son plaisir et lui faisait atteindre une jouissance impétueuse.

En ce qui concernait les femmes dans la trentaine ou la quarantaine, le goût du roi était aux antipodes : à cet âge, il était séduit par les femmes de type méditerranéen, élancées, bien en chair, avec des poitrines apparentes et des croupes élastiques. À celles-là, avant qu'elles aient l'honneur de rencontrer Sa Majesté au lit, Botticelli conseillait de montrer leur expérience et de déployer tous leurs artifices. Il leur faisait un clin d'œil et leur murmurait en souriant :

— Vous avez de la chance, Sa Majesté le roi vous fait l'honneur de le rencontrer. Ce soir, les femmes du monde entier seront jalouses de vous. Vous allez être gratifiée d'une jouissance que vous n'avez jamais connue auparavant. Vous serez stupéfaite par la puissance de Sa Majesté, qui est solide comme le roc, débordant comme une rivière. Vous allez découvrir que, quel que soit le nombre d'hommes avec lesquels vous avez couché, vous ne connaissez pas le véritable amour.

De cette façon, Botticelli soufflait aux femmes leur conduite : il fallait que, dans les bras du roi, elles expriment leur jubilation devant une virilité qu'elles n'avaient pas connue auparavant et dont elles n'imaginaient même pas qu'elle puisse exister. Dans ce cas, c'était cette jubilation de la femme expérimentée qui réjouissait le roi. Sa capacité à satisfaire sa partenaire experte en hommes signifiait qu'il était plus viril que tous ses anciens amants.

Pour ce qui était de la troisième catégorie d'objets de désir, Botticelli excellait à la découvrir et à l'apprêter :

il s'agissait de la femme populaire au goût délicieusement piquant. Il choisissait dans des boîtes de nuit des danseuses inconnues et il avait à cœur de les accommoder lui-même. Il leur envoyait une esthéticienne qui passait avec elles une journée complète avant la rencontre. Il fallait que la femme soit d'une propreté parfaite et la mieux mise possible sans perdre son caractère populaire. Avant la rencontre, Botticelli contemplait la femme et lui disait en riant :

— Sa Majesté est un fils du pays. De temps à autre, il en a assez de l'escalope panée et du saumon fumé et il a envie de purée de lentilles ou de pois chiches. Mais le plat dans lequel il mange doit être parfaitement propre.

En plus de toutes ces sortes de femmes, Botticelli, de temps en temps, présentait au roi une fleur sauvage, une femme à la beauté insolente, mais hors norme. Son attrait n'appartenait à aucune catégorie habituelle : elle tirait sa force de sa singularité. Elle pouvait être bien en chair ou mince, jeune ou d'âge moyen, mais elle avait toujours en elle quelque chose d'unique et d'attirant. Botticelli était comme un collectionneur d'œuvres d'art, expert en tableaux et en même temps imprésario et professeur de séduction.

Comment Botticelli s'y prenait-il pour convaincre les femmes d'entrer dans l'alcôve royale ? En vérité il n'avait pas besoin de déployer beaucoup d'efforts. Au contraire. Il croulait sous l'abondance de celles qui aspiraient à l'amour du monarque. Beaucoup de femmes des plus grandes familles aristocratiques étaient en compétition pour le titre de maîtresse du roi, et cela n'était pas dû à sa séduction. En plus de son problème sexuel chronique, Sa Majesté, qui était paresseux et ne faisait aucune sorte de sport, était en proie à une boulimie de sucreries qui faisait s'accumuler les graisses sur son corps, dont le poids finit par atteindre les cent vingt kilos. Il n'était ni séduisant, ni gracieux, et n'était pas capable de satisfaire sa partenaire au lit. Pourquoi donc toutes les femmes accouraient-elles ? Tout simplement parce qu'il était le roi d'Égypte et du Soudan. Il détenait les clefs du bonheur. Après une nuit d'amour tumultueuse où l'amante l'avait fait jouir, que se passait-il si elle lui déclarait – à l'improviste – qu'elle avait toujours rêvé de posséder de la terre agricole ? Le roi pouvait-il alors repousser son souhait ?

Même les pères des jeunes filles que le roi se plaisait à souiller, après quelques jours ou quelques semaines, recevaient des grâces célestes : le titre de bey ou de pacha, une pièce de terre ou des actions dans une grande société. Ce qui est étrange, c'est que la relation du roi avec une jeune fille, si la nouvelle s'en diffusait et devenait notoire, ne ternisssait pas sa réputation, mais au contraire renforçait ses chances de trouver un bon parti. Même si le roi copulait avec une femme mariée, elle n'en avait pas honte, mais au contraire se glorifiait devant ses connaissances de ce que le roi n'était satisfait que dans ses bras. Les relations du roi avec une femme quelle qu'elle soit l'élevait à un rang supérieur, car celle qu'il avait choisie pour son alcôve parmi des milliers d'autres devait posséder des qualités qui l'avaient rendue digne de cet honneur. Cela voulait dire que l'homme qui l'avait épousée avait d'abord, le premier, joui de ces qualités élevées et ensuite joui de l'honneur de partager avec le roi le corps d'une femme.

Botticelli était sérieux et persévérant. Il aimait son travail et le faisait avec plaisir et bonne humeur. Il fréquentait la bonne société pour y chercher des femmes et ensuite organisait chaque mois une soirée restreinte dans un endroit éloigné, jouissant de toute la discrétion nécessaire. Il y invitait les candidates à l'amour royal pour les présenter au roi bien-aimé. À un moment donné de la soirée, le roi surprenait par sa présence les invités, qui accouraient lui présenter leurs hommages.

Les femmes candidates aux faveurs entraient en compétition et, pour attirer le regard du roi, déployaient tous leurs charmes d'une façon qui semblait spontanée. Elles passaient devant lui sous un prétexte quelconque ou bien chuchotaient et riaient comme si elles ne remarquaient pas que le roi les observait. Toutes savaient qu'un seul regard du roi pouvait pour toujours changer le cours du destin de leurs familles. L'exhibition continuait jusqu'à ce que Sa Majesté tranche et choisisse l'élue du destin. Alors Botticelli s'inclinait devant la chanceuse, lui baisait la main puis l'accompagnait après lui avoir fait une révérence, comme si elle était la reine en personne. Autant celle-là laissait voir sa fierté lorsqu'elle recevait les cajoleries du roi, autant les autres femmes ne parvenaient généralement pas à cacher la douleur que leur causaient la jalousie et l'espoir déçu.

Tel était Carlo Botticelli. La présence de son nom sur un carton d'invitation, pour n'importe quelle soirée, révélait l'objectif pour lequel elle était donnée. De même que sa présence dans quelque lieu que ce soit ne pouvait avoir qu'une seule explication : une nouvelle femme était pressentie pour le lit royal.

Ce matin-là, sa Chevrolet blanche s'arrêta devant l'Automobile Club et Carlo Botticelli en descendit d'un pas assuré. Il avait l'air de connaître son chemin et alla directement au bureau de James Wright. C'était un événement sensationnel qui suscita tout au long de la journée les chuchotements fébriles des serviteurs.

Pourquoi Botticelli était-il allé au bureau de James Wright ? Que voulait-il ?

15

Lorsque les serviteurs apprirent la mort d'Abdelaziz, ils se sentirent extrêmement peinés. La façon dont il était mort les indignait. S'il était mort dans son sommeil ou s'il avait été frappé par une maladie mortelle ou avait été victime d'un accident de voiture, ils auraient accepté sa mort comme un décret du destin auquel on ne peut pas se soustraire. Mais la cause de sa mort était l'humiliation qu'il avait subie. Il n'avait pas supporté que l'on ait publiquement foulé aux pieds sa dignité. Il avait été abattu et en était mort. Les serviteurs murmuraient entre eux avec désapprobation : "Quelle honte ! Hamid, l'inverti, le bâtard, le fils de la danseuse, a giflé le hadj Abdelaziz Salil al-Hamamia, le fils des maîtres de la Haute-Égypte !"

Ils se répétaient une fois après l'autre les détails de la mort d'Abdelaziz comme si, pour ne pas l'oublier, ils voulaient ruminer la situation. Les gifles qu'avait reçues le visage d'Abdelaziz les mettaient face à la réalité. Souvent ils étaient accaparés par les détails de leur existence et son image complète était absente de leurs esprits. Souvent ils s'essoufflaient derrière la suite des événements et ne sentaient pas passer le temps. La mort d'Abdelaziz de cette façon soudaine et outrageante les plaçait face à la réalité. Tous, ils étaient ballottés par le vent, exposés, à n'importe quel instant, pour la plus légère des raisons, aux outrages. Ils étaient des serviteurs. De simples instruments que l'on employait pour parvenir au résultat dont on avait besoin et qu'à la fin on jetait à la poubelle. La peine qu'éprouvaient les serviteurs pour Abdelaziz se transforma en désir sincère d'accomplir leur devoir envers sa famille. Ils chargèrent le hadj Youssef Tarbouche de se rendre chez Mr Wright, le directeur du club, pour lui demander de leur permettre d'assister à l'enterrement et aux condoléances. Mr Wright leur répondit sans réfléchir :

— Allez où vous voulez en dehors des heures de travail.

Le directeur refusa de leur accorder une quelconque permission exceptionnelle. Ceux qui travaillaient dans l'équipe de la nuit allèrent à l'enterrement et ceux qui travaillaient le jour allèrent sous les tentes dressées pour les condoléances. Nombre d'entre eux se rendirent chez le défunt pour réconforter les enfants et leur offrir leur aide. Oum Saïd les remerciait en disant d'un ton ferme et résolu :

— Que Dieu vous comble. Nous n'avons besoin de rien.

Deux semaines après le décès d'Abdelaziz eut lieu un événement important : à quatre heures de l'après-midi, le café Firdaous était rempli de serviteurs et dans un coin éloigné, comme d'habitude, se trouvaient assis les quatre chefs d'équipe : Rekabi le cuisinier, Chaker le maître d'hôtel, Youssef Tarbouche le responsable de la salle de jeu, et Bahr le barman. C'était le tapage habituel : le bruit des conversations, le gargouillis des narguilés, les cris, les rires, le son des jetons posés avec force sur les trictracs, les commandes au garçon…

Tout à coup, Abdoune, l'assistant du barman, se leva et se dirigea lentement vers le milieu du café. Il était élégant à son habitude avec sa chemise blanche repassée avec soin, son pantalon noir et ses chaussures noires brillantes. Abdoune regarda les serviteurs qui se trouvaient là puis frappa plusieurs fois dans ses mains pour que le vacarme s'apaise. Lorsqu'ils se furent tus, il leur dit :

— Chers camarades, je voudrais dire un mot.

Ils le regardèrent avec intérêt et il poursuivit :

— Ce qui est arrivé au défunt Abdelaziz peut arriver à chacun de nous. Abdelaziz est mort assassiné. C'est El-Kwo qui l'a tué.

Les personnes présentes regardaient Abdoune avec un air d'incompréhesion. Abdoune respira fortement comme s'il voulait maîtriser son émotion puis dit d'une voix ferme, avec un ton de défi :

— C'est cela, la vérité. El-Kwo a tué Abdelaziz.

Certaines des personnes présentes se réfugièrent dans le silence tandis que d'autres bondirent de leur siège pour protester en agitant les bras et en claquant la langue pour signaler leur désaccord catégorique. Ils étaient excités, pleins de confusion et ne parvenaient pas à bien réaliser ce qui se passait. Ce que disait Abdoune, ils l'avaient peut-être souvent dit auparavant, mais en secret. Ils commençaient par s'assurer qu'ils étaient avec des collègues en qui ils pouvaient avoir confiance, puis regardaient autour d'eux pour vérifier que personne ne les écoutait. Alors ils maudissaient en chuchotant l'oppression que leur faisait subir El-Kwo. Ils n'auraient pas pu imaginer que ce qu'ils chuchotaient d'une voix tremblante aurait pu être discuté comme cela ouvertement. Quel sale jour ! Abdoune attaquait El-Kwo en public ! Dans quel monde vivait-on ? Ce que faisait Abdoune paraissait, d'une certaine façon, prodigieux – comme un rêve ou un miracle. Les serviteurs étaient en proie à une peur panique, comme celle qui s'empare de nous lorsque nous regardons d'un endroit élevé et que nous sommes effrayés à l'idée de la chute. Ils se disaient que la nouvelle allait se répandre à la vitesse de l'éclair, que toute parole ou tout mouvement ou même toute mimique de leur part serait intégralement rapporté à El-Kwo et qu'ils en seraient sanctionnés.

El-Kwo allait savoir ce qu'avait dit Abdoune et, à cause de cela, il allait punir tout le monde. Il les punirait durement parce qu'ils avaient laissé Abdoune prononcer ces mots. Il leur fallait donc se démarquer publiquement de ses propos et lui interdire par tous les moyens de continuer. Tout à coup il leur vint à l'esprit qu'Abdoune était peut-être un espion qu'El-Kwo avait chargé de donner ce spectacle pour vérifier leur loyauté. Cela porta leur émotion à son comble. Leur inquiétude se transforma en épouvante. Le hadj Youssef Tarbouche frappa dans ses mains et dit d'un ton de réprobation et d'une voix forte pour que tout le monde entende :

— Abdoune, mon fils, ce que tu dis est faux et tu sèmes la sédition. Que Dieu te pardonne. La durée de la vie est dans les mains de Dieu. Le défunt Abdelaziz, le délai qui lui était fixé s'est terminé à l'instant où il est mort.

— El-Kwo est le responsable de sa mort.

Chaker cria alors :

— Si notre seigneur El-Kwo a battu Abdelaziz, c'est qu'il le méritait.

À cet instant, Abdoune semblait possédé par le diable. Il regarda Chaker et lui demanda avec fermeté :

— Et tout d'abord, pourquoi El-Kwo nous frappe-t-il ?

Les cris de protestation des personnes présentes s'élevèrent et l'un d'eux cria :

— El-Kwo est comme notre père.

Abdoune baissa la tête puis les regarda :

— Et même s'il était notre père ! Nous ne battons jamais nos enfants quand ils sont adultes. Jusqu'à quand El-Kwo continuera à nous battre comme si nous étions des animaux ? Vous avez dans les quarante ou cinquante ans. Comment acceptez-vous d'être battus ? Quel serait le sentiment de n'importe lequel d'entre vous si sa femme ou ses enfants le voyaient se faire battre ?

Il y eut un profond silence, qui fut coupé par la voix rauque de Rekabi :

— Abdoune, tu veux quoi exactement ?

— Je veux qu'El-Kwo arrête de nous battre.

— Et qui es-tu pour dire à El-Kwo ce qu'il doit faire ?

— Je suis un homme, oncle Rekabi.

— Tu es un malappris.

— Parce que je veux préserver ma dignité, je suis mal élevé ?

— Ta dignité, c'est de gagner ton pain, imbécile !

Abdoune jeta à Rekabi un regard irrité et allait lui répondre lorsque Chaker lui demanda calmement :

— Donc, Abdoune, lorsque l'un d'entre vous fera une faute il faudra qu'El-Kwo vous tape sur les épaules ?

— Il doit nous donner une pénalité sans humiliation et sans coups, comme il le fait avec les employés des palais royaux.

— Mais, mon fils, comment peux-tu nous comparer à ces employés ? Eux, ils sont instruits, ils ont des diplômes.

Abdoune lui coupa sèchement la parole :

— Même si nous ne sommes pas instruits, nous sommes des êtres humains et nous avons notre dignité.

Les serviteurs se rendaient compte du danger de cette position et ils manifestèrent leur opposition. Karara, le sofragi, cria :

— Son Excellence El-Kwo connaît mieux que nous notre intérêt.

Abdoune dit alors d'une voix forte :

— Camarades, vous êtes satisfaits d'être battus comme des animaux ?

Youssef Tarbouche égrena avec nervosité son long chapelet puis cria :

— C'est à notre seigneur El-Kwo que nous devons notre bonheur. Sans lui, nous serions maintenant en Haute-Égypte derrière un chameau.

— Nous ne serions pas derrière un chameau, Hadj Youssef. Nous étions des gens respectables dans nos villages. Ce que nous gagnons ici, nous ne le devons à personne. C'est un salaire que nous recevons en échange d'un travail dur que nous accomplissons jour et nuit. Personne ne nous fait de cadeau et nous avons le droit d'être traités comme des personnes humaines.

Le visage de Youssef Tarbouche changea de couleur et il murmura une formule pieuse. L'assistance était troublée, comme si elle était sur le point d'approuver ce que disait Abdoune, mais qu'elle faisait un effort pour s'en empêcher. Rekabi cria alors :

— Ta gueule ! Salaud, ferme ta gueule avant de dire encore une mauvaise parole contre notre seigneur El-Kwo.

Tout son énorme corps frémissait de colère. Il s'approcha d'un pas ample d'Abdoune et faillit le frapper, mais les personnes présentes l'entourèrent et l'éloignèrent. Les participants perdirent le contrôle de leurs réactions et se mirent tous à parler à la fois. Les voix se recouvraient et personne ne pouvait distinguer ce qui se disait. Chacun exprimait sa réprobation avec une expression différente. Mais Bahr, le barman, ne prononça pas un mot. Il resta assis à fumer calmement son narguilé tout en observant ce qui se passait. Rekabi alla vers lui et, lorsqu'ils furent face à face, grogna puis lui cria :

— Et toi, Bahr, tu restes assis et tu ne dis rien ! Tu ne vas pas faire taire ton assistant ? Ou bien c'est que tu aimes ce qu'il dit ?

— Ne dépasse pas les limites, Rekabi.

— Je mettrais ma main au feu que c'est toi qui lui as soufflé ce qu'il vient de dire.

Bahr le toisa avec dédain :

— Si j'ai envie de dire quelque chose, je le dis moi-même.

Il tira une profonde bouffée de sa chicha qui fit violemment glouglouter l'eau. Cela augmenta la colère de Rekabi, qui hurla :

— Puisque c'est comme ça, je vais le dire à notre seigneur El-Kwo, qui te corrigera.

— Vas-y si ça te fait plaisir !

— Tu défies notre seigneur El-Kwo.

— Si tu n'es pas content, va te faire cuire un œuf, répliqua Bahr calmement en tirant une nouvelle bouffée de sa chicha.

Rekabi balaya l'assistance du regard en rougissant. Son visage ressemblait à la tête d'un taureau sauvage :

— Moi, je m'en vais. Je ne peux pas rester assis à entendre de telles insanités.

L'échappatoire allait servir d'exemple. Les serviteurs étaient atterrés par cette succession rapide d'événements et ils en pressentaient les conséquences. Aussi, dès que Rekabi sortit du café, Youssef Tarbouche et Chaker le suivirent, puis tous se précipitèrent derrière eux. Ils sortirent en hâte comme s'ils fuyaient un incendie ou un tremblement de terre. À la fin, il ne resta plus que les garçons du café et quelques clients ordinaires qui ne venaient pas du club. Abdoune tira sa chaise et s'assit près de Bahr, qui lui dit posément :

— Ne les blâme pas. Leurs situations sont difficiles.

— Mais, oncle Bahr, je voudrais comprendre : El-Kwo les frappe et ils le remercient.

Bahr réfléchit un peu :

— El-Kwo est un démon qui n'hésite devant rien et le gagne-pain des employés est entre ses mains.

Abdoune lui demanda d'un air gêné :

— El-Kwo vous a déjà battu, oncle Bahr ?

Bahr sourit avec amertume :

— Bien sûr, j'ai été frappé quand j'étais jeune, au moment où j'ai commencé à travailler au club. Lorsque j'ai vieilli et que je suis devenu barman, il a arrêté de me battre. Chaker, Tarbouche, Rekabi et moi, il ne nous frappe jamais parce que nous lui faisons gagner de l'argent.

— Mais El-Kwo nous prend aussi la moitié de nos pourboires.

— El-Kwo dit que c'est pour financer l'école.

— Oncle Bahr, vous savez bien que c'est un mensonge. C'est le palais qui la finance. El-Kwo prend le pourboire pour lui.

Bahr sourit et le regarda avec admiration :

— Bravo, Abdoune. Tu es intelligent et courageux, mais malheureusement tes efforts ne serviront à rien. Il n'est pas possible de changer la façon de penser des employés, parce que leur mentalité s'est habituée au système en vigueur. D'ailleurs, tout ce que tu as dit a déjà été rapporté à El-Kwo. Que Dieu te protège !

SALIHA

On aurait dit que l'ange de la mort planait au-dessus de notre maison. Une peur étrange au sujet de ma mère s'était emparée de moi. Je tremblais en imaginant que j'allais la perdre tout à coup comme j'avais perdu mon père. Je me réveillais la nuit pour me rassurer. Je m'approchais d'elle dans l'obscurité pendant son sommeil et je passais mon doigt devant son nez pour voir si elle respirait. Je ne la quittais jamais sauf pour aller à l'école. Même lorsque j'étudiais, j'insistais pour qu'elle reste près de moi. Je sentais qu'elle avait besoin de moi, comme moi j'avais besoin d'elle. Ma mère menait une bataille difficile pour obtenir la retraite de mon père. Le jour où M. Comanos l'appela pour lui demander de la rencontrer, j'étais avec elle, avec mon frère Kamel. Après qu'elle eut reposé le combiné, elle sembla inquiète et nous demanda :

— Quel est le but de cette visite, selon vous ?

Kamel posa sa main sur l'épaule de ma mère et lui dit :

— Rien de mauvais. M. Comanos est un homme sympathique.

— Mais il est déjà venu présenter ses condoléances. Que veut-il maintenant ?

— Peut-être qu'il est venu nous réconforter.

Ma mère soupira et dit d'une voix faible :

— Que Dieu nous protège ! Nous avons assez de problèmes comme ça.

Le lendemain, lorsque M. Comanos arriva, nous l'attendions tous ensemble, ma mère, Kamel, Saïd, Mahmoud et moi, et il nous serra tous chaleureusement la main. Il portait un élégant costume gris avec une cravate bleue sur une chemise blanche. Dès le premier instant, il me plut. J'aimais son sourire et sa façon de prononcer l'arabe. Ma mère le guida vers le salon de réception et le fit asseoir au centre tandis que j'allais à la cuisine préparer la tasse de café *mazbout** qu'il m'avait demandée. Ensuite je la lui portai avec un verre d'eau glacée sur un magnifique plateau d'argent que ma mère réservait aux invités. Comme nous en étions convenus, je me retirai avec Mahmoud pour laisser M. Comanos avec les grands. Mon frère Mahmoud, comme d'habitude indifférent à ce qui se passait, rentra dans sa chambre. Moi, je ne pouvais pas résister à la curiosité. J'éteignis les lumières de la salle à manger puis en entrebâillai la porte et m'assis derrière. De là, je pouvais entendre et voir sans être remarquée par personne. M. Comanos ouvrit la conversation :

— Je suis venu prendre de vos nouvelles.

* Comme partout à l'est de Lépante et d'Actium, on prépare le café dans des récipients spécifiques munis d'un long manche, que l'on pose sur le feu. Le café moulu très fin, mélangé à du sucre, est légèrement bouilli avant d'être versé avec son marc dans la tasse de l'hôte ou du client. Celui-ci doit préciser avant le début de l'opération la quantité de sucre qu'il désire. Le café *mazbout* (à point) est moyennement sucré.

— Que Dieu vous comble, répondit chaleureusement ma mère.

M. Comanos poursuivit :

— Le défunt Abdelaziz était comme mon frère. Je vous prie, Oum Saïd, de me dire si vous avez besoin de quelque chose. Je suis à votre service.

— Que Dieu vous protège, Khawaga.

Il y eut à nouveau un silence. M. Comanos toussa puis dit :

— Je sais ce qui est arrivé avec Mr Wright. Cela est vraiment désolant.

Ma mère avait l'air d'être sur le qui-vive. Elle se cala au fond du fauteuil et dit d'un ton résolu :

— Est-il logique que le défunt ait travaillé cinq ans au club et qu'on ne paie pas une retraite à ses enfants après sa mort ? Dans quelle loi divine ou humaine peut-on trouver ça ?

— Vous avez raison. Le règlement du club est injuste.

Ma mère répondit d'une voix forte :

— Je ne suis pas liée par le règlement du club, Khawaga. Nous défendrons notre droit au tribunal, avec la permission de Dieu.

— Madame Hamam, les procédures des tribunaux sont longues.

— Nous n'abandonnerons jamais notre droit.

— Les frais des avocats sont élevés.

— Nous en avons les moyens, grâce à Dieu.

— J'étais venu vous proposer une autre solution.

Ma mère le regarda en silence. M. Comanos sirota sa tasse de café puis dit :

— J'ai fait des efforts pour convaincre Mr Wright d'embaucher deux de vos fils au club à la place du défunt. L'un travaillera avec moi à la réserve, l'autre aux livraisons. Le salaire qu'ils toucheront sera considéré comme la retraite du défunt.

Ma mère resta silencieuse et M. Comanos ajouta d'une voix basse :

— Cette solution ne vaut-elle pas mieux que les tribunaux et leurs tracasseries ?

— Que Dieu nous aide, murmura ma mère, qui semblait perplexe.

M. Comanos sourit et dit comme en s'excusant :

— Mr Wright est d'accord à condition bien sûr que vous ne fassiez pas de procès au club.

— Bien entendu.

— Cela veut-il dire que vous êtes d'accord ?

— Inchallah, tout sera pour le mieux. Tout ce dont j'ai besoin, c'est de deux jours pour réfléchir, après quoi je vous appellerai.

— D'accord.

— Je vous remercie, monsieur Comanos, d'avoir pensé à nous aider. Nous n'oublierons jamais ce geste.

M. Comanos dit d'un ton amical et grave :

— C'est la moindre des choses que je peux faire pour le défunt Abdelaziz. L'important, Oum Saïd, c'est de me répondre rapidement. Mr Wright a été difficile à convaincre et j'ai peur qu'il ne change d'avis.

Ils parlèrent pendant un quart d'heure de choses et d'autres puis M. Comanos prit congé. Ils allèrent l'accompagner à la porte puis revinrent au salon. Ma mère s'assit dans le fauteuil à côté de la fenêtre tandis que Saïd et Kamel étaient côte à côte sur le divan. À cet instant, je sortis de la salle à manger et allai les rejoindre. Ma mère me dit :

— Viens, Saliha, j'ai besoin de toi.

Dès que je fus assise à côté d'elle, elle me dit avec enthousiasme :

— Le khawaga Comanos nous a proposé une nouvelle idée.

— J'ai tout entendu.

Kamel me demanda :

— Qu'en penses-tu ?

— Bien sûr que la possibilité de travailler au club vaut mieux qu'un procès dont le résultat n'est pas garanti.

Ma mère eut l'air satisfaite de ma position. Elle soupira et dit :

— Grâces soient rendues à Dieu. Dieu connaît notre situation.

Un silence s'instaura à nouveau. Je sentais que ma mère cherchait son chemin sur un terrain difficile. C'était comme si ce calme plein de tension était le prologue d'une tempête imminente. Ma mère se tourna vers Kamel et Saïd et dit avec un sourire crispé :

— Nous n'avons pas de temps à perdre. Il faut que nous nous mettions d'accord ce soir pour que je puisse répondre demain à M. Comanos.

Ils la regardèrent en silence et elle poursuivit en précisant :

— Mahmoud ira travailler aux livraisons. Qui d'entre vous ira travailler avec M. Comanos à la réserve ?

Saïd répondit :

— Je n'irai pas travailler à l'Automobile Club.

Ma mère réagit avec ironie :

— Et pourquoi donc, Saïd Bey ?

— J'attends d'obtenir mon diplôme et ensuite je chercherai un travail qui me convienne.

— Et ton emploi t'attend devant la porte !

— Dieu y pourvoira.

— Le pays est plein de diplômés chômeurs.

— Je préfère être chômeur que travailler à la réserve.

— Qu'est-ce qu'elle a, la réserve ?

— Je veux travailler dans ma spécialité, dans le textile.

— Comme toujours, tu ne penses qu'à toi.

— Ce n'est pas un péché de penser à soi.

— Non, mais c'est un péché que tu ne penses pas à nous. C'est honteux que tu me dises en face que tu renonces à la seule chance de nous faire sortir de nos épreuves. Tu n'as pas pensé à ta mère et à tes frères et sœur qui ont besoin de la moindre piastre ? Tu n'as pas pensé que le travail que tu refuses maintenant, ton père l'a fait pendant des années pour nous.

— Mon père, que Dieu l'ait en sa sainte grâce, a supporté cette épreuve parce qu'il se sentait fautif après avoir dépensé notre fortune pour sa parentèle.

— Tais-toi. Prends garde à ne pas parler de cette façon du défunt, lui cria ma mère, les yeux écarquillés de colère.

Mais Saïd la regarda avec défi :

— Écoute, j'ai compris ton jeu !

Kamel avertit d'un ton menaçant :

— Saïd, ne parle pas comme ça à notre mère.

Saïd l'ignora et continua à lui crier au visage :

— Tu veux me jeter à la réserve pour que ce cher Kamel puisse continuer ses études à l'université et devenir avocat pendant que moi je travaillerai comme serviteur. C'est fini, ce temps-là. Vous m'avez fait rater l'université, ça suffit.

— C'est toi qui l'as ratée tout seul. Personne ne t'a demandé d'avoir une mauvaise moyenne.

— C'est bon. Je suis un raté, un bon à rien. Laissez-moi tranquille. Dans quelques jours à peine, je travaillerai, comme ça vous serez débarrassés de moi. Au tour de ton chéri, maintenant, le professeur Kamel, l'avocat… Laisse-le travailler et se fatiguer une bonne fois dans sa vie.

— C'est ça, l'éducation que je t'ai donnée ? s'exclama ma mère d'une voix tremblante.

Mais Saïd ne s'en émut pas. Il sortit en colère de la pièce en claquant la porte.

Kamel et moi restâmes silencieux. Tout à coup, ma mère éclata en sanglots. Je me précipitai vers elle pour embrasser sa tête et ses mains.

Kamel dit alors :

— Ça ne fait rien, maman. C'est moi qui travaillerai au magasin.

Ma mère lui répondit :

— Mais tu vas gâcher tes études.

Kamel lui tapota l'épaule :

— Si Dieu le veut, non, je ne les abandonnerai pas.

16

James Wright avait abandonné sa morgue habituelle pour affecter un air enjoué. Il tendit un cigare dans une boîte luxueuse incrustée de nacre et dit d'un ton amical :

— Monsieur Botticelli, je suis heureux de votre visite.

— C'est moi qui me réjouis toujours de vous voir.

L'apparence de Botticelli contredisait cette froide politesse de routine que l'on emploie avec ses inférieurs. Il était vrai que James Wright était anglais et directeur de l'Automobile Club, mais l'Italien Botticelli, lui, était un proche du roi, ce qui le plaçait dans une position plus élevée. Wright lui dit avec un air de sollicitude :

— Rassurez-moi. Comment est la santé du roi ?

— Excellente, mais il travaille plus qu'il ne devrait.

Le visage de Wright prit un air de compassion et il dit d'un ton affligé :

— L'Égypte est un pays compliqué avec des problèmes sans fin. Je crains que le roi ne s'y épuise.

Botticelli lui jeta un coup d'œil moqueur, l'air de dire : "Espèce d'hypocrite !" Mr Wright poursuivit :

— Sa Majesté doit se reposer.

— Je fais tout mon possible pour convaincre Sa Majesté de prendre des vacances, même courtes, mais il me dit toujours que les intérêts de la nation ne souffrent pas de délai.

— Les Égyptiens sont ingrats. Ils ne se rendent pas compte des efforts que déploie leur roi.

— Je suis d'accord avec vous. Si j'étais à la place de Sa Majesté, je profiterais de la vie, mais le sens du devoir le gouverne dans tous ses actes.

Leurs propos vides sonnaient faux. Il y eut ensuite un silence. Comme pour signaler que l'introduction avait pris fin et que le moment était venu d'entrer dans le vif du sujet, Botticelli tira une bouffée de son cigare et souffla un nuage de fumée :

— Mister Wright, vous savez à quel point Sa Majesté veille à être proche de toutes les couches de son peuple.

— Bien sûr.

— Sa Majesté aime toujours être proche des jeunes.

— C'est ce qui fait redoubler mon respect pour Sa Majesté.

— Si vous aviez une occasion de satisfaire le roi, hésiteriez-vous ?

— Je suis aux ordres de Sa Majesté.

Botticelli sourit :

— C'est un excellent début.

Mr Wright le regarda avec attention et Botticelli lui dit, tout en tournant son chapeau dans ses mains :

— Il arrive parfois que Sa Majesté me demande d'organiser des petites soirées pour rencontrer des jeunes hommes et des jeunes filles de la bonne société égyptienne. N'oubliez pas que Sa Majesté n'est pas un vieil homme comme vous et moi. Il n'a pas encore trente ans.

Mr Wright hocha la tête et regarda Botticelli d'un air interrogateur. Celui-ci continua à voix basse :

— Lundi prochain, je vais faire une petite soirée. Les invités seront tous des jeunes gens et des jeunes filles de la haute société. Je serais heureux d'envoyer une invitation à votre fille, Mitsy.

— Vous connaissez Mitsy ?

— Je l'ai vue au club. Elle a attiré mon regard et j'ai pensé la présenter à Sa Majesté.

— C'est un grand honneur…

— Je lui demanderai d'abord si elle accepte l'amitié du roi.

— Elle sera d'accord, naturellement.

— Je suis heureux de vous voir compréhensif et coopératif.

— C'est moi qui vous suis redevable de votre faveur, monsieur Botticelli. Avez-vous des instructions particulières concernant la fête ? Je vous prie de considérer que Mitsy est jeune et qu'elle n'a pas encore rencontré de rois.

Wright prononça la dernière phrase sur un ton d'excuse. Botticelli fit un signe de la main :

— Ne vous inquiétez pas. Sa Majesté ne supporte pas le protocole. Il veut que ses invités soient complètement naturels.

Mr Wright sourit et secoua la tête avec entrain. Botticelli se leva, remit son chapeau et Wright le raccompagna. Avant de passer la porte, Botticelli se retourna tout à coup et fit face à James Wright. Il le regarda droit dans les yeux et lui dit :

— Je vous enverrai l'invitation demain. Si le sort est favorable, ce sera pour votre fille la chance de sa vie. Vous entrerez, votre fille et vous, au paradis.

À un certain moment, Botticelli usait intentionnellement d'une franchise allant jusqu'à l'impudence. Cette façon de se comporter avec les familles des candidates à l'amour royal avait pour but de ne pas leur laisser la possibilité de se mentir à elles-mêmes. Les illusions étaient douloureuses et leurs conséquences nocives. Il fallait que les intéressés sachent et reconnaissent qu'ils avaient poussé leur fille ou leur épouse dans le lit du roi.

Ce soir, en buvant un verre au bar du club, Wright se repassa en mémoire ce qu'avait dit Botticelli et cela lui causa une vive émotion. Le sujet était donc sérieux. Il concernait directement le roi d'Égypte et du Soudan. Les relations de James Wright avec le roi n'avaient jamais dépassé le niveau protocolaire. Le roi venait au club jouer aux cartes la nuit lorsque Wright avait quitté son bureau. Dans les soirées officielles, Mr Wright devait attendre le roi en tant que directeur du club. Au cours de ces vingt dernières années, ses relations avec le roi ainsi qu'avec son père, le roi précédent, s'étaient arrêtées là. Quelques mots, quelques sourires, des révérences deux ou trois fois par an. Maintenant la chance était arrivée. Comme le disait Botticelli, cette soirée marquerait un tournant. La vie lui avait appris que la chance n'arrivait qu'une seule fois. Elle apparaissait avec la vitesse d'un éclair puis disparaissait. Ou bien on la saisissait, ou bien on la perdait pour toujours. Si Mitsy bénéficiait de l'amitié du roi, sa vie serait transformée. Dans un pays comme l'Égypte, si votre fille était l'amie du roi, toutes les portes s'ouvraient devant vous.

James Wright avait souvent entendu parler de personnes ayant amassé des fortunes uniquement parce qu'elles jouissaient de l'affection suprême. Il devait favoriser la naissance d'une amitié entre le roi et Mitsy. Il ferait cela pour elle. Il ne voulait rien pour lui : à soixante ans passés, combien de temps lui restait-il à vivre ? Mitsy hériterait de tous ses biens car elle était fille unique. C'est à elle seulement que serait utile l'amitié du roi.

Le mot "amitié" revenait sans cesse innocemment dans son esprit. Il expliquait ce qui se passait en se contentant des apparences. Wright se disait que le jeune roi recherchait des amis de son âge, qu'il aimait être entouré de jeunes en qui il puisse avoir confiance et avec qui il soit à l'aise, loin des formalités officielles. L'affaire se résumait à cela.

Après trois verres de Black Label, son cœur débordait d'enthousiasme et d'agréables chimères se mirent à flotter dans son esprit. Il se dirigea vers sa maison, où il arriva une heure avant le dîner. Victoria, son épouse, était seule en train de lire à côté de la cheminée. La boisson l'avait rendu loquace et il l'aborda avec entrain :

— Victoria, comment vas-tu ?

Elle répondit sans lever la tête de son livre :

— Bien, merci.

— Où est Mitsy ?

— Au cinéma avec des amis.

— Peux-tu abandonner un peu ton livre ? J'ai des nouvelles sensationnelles.

Il lui raconta rapidement ce qui s'était passé. Elle l'écouta d'un air moqueur et inquiet, puis lui dit calmement :

— Est-ce que tu sais que Botticelli est un entremetteur ?

— Selon mes informations, il est mécanicien au palais royal.

— Il est mécanicien, mais en même temps, c'est l'entremetteur du roi.

— Méfie-toi, chérie, ce sont des rumeurs répandues par le parti Wafd pour nuire à l'image du souverain.

— Ce ne sont pas des rumeurs. C'est la vérité. Je connais des femmes que Botticelli a conduites dans le lit du roi.

— Les femmes qui ont des relations avec le roi ne peuvent pas prétendre qu'on les a trompées.

— Je ne dis pas qu'elles ont été trompées.

— Alors, à quoi t'opposes-tu ?

— N'es-tu pas d'accord avec moi pour dire qu'un entremetteur est une personne méprisable ?

— Ta fille a été invitée à une soirée royale. Est-ce que cela t'inquiète ?

— Lorsque c'est Botticelli, l'entremetteur, qui demande que ta fille soit présentée au roi, il n'y a qu'une seule façon de comprendre la question, cria Victoria en le regardant avec colère.

Mr Wright se leva et s'assit à côté d'elle sur le canapé puis la prit par les épaules et se mit à chuchoter, comme pour expliquer un sujet compliqué à une petite fille :

— Ma chérie, calme-toi et réfléchis un peu. Ne considères-tu pas le roi comme un jeune homme digne de l'amitié de Mitsy ? Il a peu d'années de plus qu'elle. Est-ce que cela te fâche que ta fille fasse la connaissance d'un jeune homme poli qui est en même temps le roi d'Égypte et du Soudan ?

Victoria répondit sèchement :

— Bien sûr, cela ne me fâche pas qu'elle décide elle-même de l'ami qu'elle choisira. Mais que nous la conduisions chez l'entremetteur du roi pour qu'il la prenne comme maîtresse, c'est une chose différente.

— Ta fille est adulte et c'est elle seule qui décide de ses relations avec qui que ce soit, et de toute façon nous respecterons sa décision.

Il y avait dans sa voix quelque chose de faux, mais il savait comment la convaincre. Il employait l'insistance. Il répétait inlassablement la même idée avec des termes différents. Cela réussissait à tous les coups. Victoria n'avait pas l'énergie suffisante pour poursuivre longtemps la controverse. Mr Wright insistait jusqu'à ce qu'à la fin elle soupire et dise :

— James, je t'en prie. Laisse-moi tranquille.

— Je ne te laisserai pas avant que tu sois d'accord.

— Que veux-tu que je fasse ?

— Je veux que tu informes Mitsy de l'invitation du roi.

— Je le ferai.

— Explique-lui tout ce que cela implique. Il faut qu'elle comprenne qu'elle peut vivre toute sa vie sans avoir l'occasion de voir un vrai roi au naturel.

Victoria hocha la tête et serra les lèvres avec lassitude puis se remit tranquillement à lire. Wright comprit qu'il avait gagné et, satisfait, quitta la pièce. Il avait chargé sa femme d'informer sa fille car il évitait d'avoir affaire à elle. Il ne lui parlait que s'il y était obligé. Ses relations avec sa fille s'étaient détériorées, et le plus étrange était qu'il ne connaissait à cela aucune cause précise. Pourquoi Mitsy avait-elle changé ? Elle le traitait sèchement et lui répondait avec impertinence. Alors il répliquait un ton au-dessus. Ils avaient souvent des disputes, au point qu'il évitait tout sujet de controverse. Elle ne faisait que des bêtises. Elle était si fantasque qu'il ne la comprenait pas. On aurait dit qu'elle était possédée. Toutes les fois qu'elle faisait une nouvelle folie, elle attaquait pour se défendre et sa hargne redoublait. Souvent, quand il la regardait, il se demandait comment cette fille revêche, impertinente, pouvait être la gentille Mitsy qu'il prenait dans ses bras, qu'il caressait et qu'il inondait de baisers quand elle était petite. Qu'avait-il fait pour qu'elle se conduise si mal avec lui ? Bien que ce soit une fille vaniteuse, et stupide, il n'intervenait jamais dans sa vie. Il avait dépensé de l'argent pour son éducation et elle avait été acceptée à Londres dans une faculté d'économie, mais elle avait découvert tout à coup qu'elle aimait le théâtre et avait décidé de vivre en Égypte. Il avait malgré tout accepté cette drôle de décision et, tout en étant convaincu qu'elle perdait son temps, il lui avait payé des études à l'université américaine. Pourquoi étudiait-elle le théâtre en Égypte ? Espérait-elle obtenir des rôles dans le cinéma égyptien ? N'aurait-il pas été plus utile pour elle d'étudier le théâtre à Londres ? Qu'est-ce qui lui plaisait dans ce pays sous-développé ? Lui était obligé de rester en Égypte parce qu'il avait un bon salaire et un emploi agréable et qu'il ne pourrait rien trouver de semblable à Londres, mais Mitsy restait au milieu de ces barbares dont elle ne connaissait pas la langue pour étudier le théâtre ! Mon Dieu, il ne pouvait imaginer rien de plus stupide. Et même si elle avait l'amour de l'Orient, si elle aimait les chameaux, les pyramides, l'encens, les hommes en galabieh et les femmes voilées de noir, elle aurait pu étudier à Londres et venir en Égypte pendant les vacances. Mitsy était-elle seulement stupide ou bien était-elle psychologiquement perturbée ? En fin de compte, c'était sa vie et elle la vivait comme elle voulait, mais pourquoi était-elle si dure à son égard ? Il assumait ses dépenses et sa scolarité et ne voulait qu'une seule chose : qu'elle soit polie et gentille avec lui. Était-ce trop demander ? De toute façon, il continuerait à l'éviter. Il n'aurait de rapports avec elle qu'en cas de nécessité.

Le jour suivant, en s'asseyant avec Mitsy et sa femme pour le dîner, il demanda en souriant :

— Mitsy a-t-elle choisi les vêtements qu'elle va porter pour la soirée royale ?

Mitsy resta silencieuse et Mr Wright poursuivit d'un ton sérieux :

— Il faut nous préparer dès maintenant. Mitsy va être l'hôte du roi. Il faut qu'elle porte ce qu'elle a de mieux.

Sa femme intervint :

— Ne t'inquiète pas. Elle a beaucoup de robes élégantes.

Wright regarda sa fille et lui dit :

— Achète une robe nouvelle spécialement pour cette occasion. Je te la paierai. Tu ne rencontres pas un roi tous les jours.

Mitsy le regarda alors, prête à bondir :

— Qui t'a dit que j'allais rencontrer le roi ?

Il serra les lèvres et ne releva pas ses façons provocantes. Il lui demanda calmement :

— Ta mère ne t'a pas informée de l'invitation du roi ?

— Elle m'en a informée.

Wright sourit et lui dit avec nervosité :

— Et tu vas accepter, bien sûr ?

— Je n'ai pas encore décidé.

— Qu'est-ce que ça veut dire ?

— Lorsque je reçois n'importe quelle invitation, je l'accepte ou je la refuse.

— Vas-tu refuser une invitation à dîner du roi ?

— J'ai le droit de la refuser si je veux.

— Est-ce que tu plaisantes ?

— Au contraire, je suis très sérieuse.

Mr Wright jeta sa cuillère dans son assiette, où elle fit un bruit de ferraille, et il cria, irrité :

— Si tu refuses, tu feras la plus grosse bêtise de ta vie.

— Je suis libre.

— C'est de la folie.

Victoria observait la discussion entre son mari et sa fille. Comme le ton montait, elle dit pour détendre l'atmosphère :

— Mitsy, bien sûr, c'est ton droit de décider si tu iras ou pas. Ton père te conseille, rien de plus.

Mitsy dit avec dérision :

— Et moi, je le remercie pour ses conseils.

Le sang monta au visage de Mr Wright, qui cria :

— Je n'accepte pas que tu te moques de moi. Si tu refuses l'invitation du roi, c'est que tu es folle ou perturbée psychiquement. Je ne te permettrai pas de te faire du mal à toi-même.

— Que vas-tu faire ?

— Tu le sauras le moment venu.

Il y eut un silence. Mitsy s'essuya la bouche avec sa serviette puis se leva en repoussant son fauteuil, provoquant un bruit strident qui se répercuta dans tous les coins de la pièce. Elle avança de deux pas et fit face à son père :

— Très bien. Je refuse l'invitation. Je n'irai pas à la soirée. J'aimerais voir ce que tu vas faire.

17

Lorsque les serviteurs rentrèrent du café, ils s'absorbèrent dans leur travail comme pour se blanchir des propos d'Abdoune. On aurait dit qu'ils voulaient prouver à ceux qui les voyaient que leur loyauté envers El-Kwo était toujours aussi inébranlable. Ils étaient certains qu'El-Kwo avait déjà appris ce qui s'était passé et qu'il allait les convoquer et les interroger :

— Comment avez-vous permis à Abdoune de s'attaquer à moi ?

Ils préparaient les réponses salvatrices. Ils se les étaient plusieurs fois remémorées et maintenant ils les savaient par cœur. Ils diraient :

— Excellence, ce garçon est un voyou. C'est un fou.

— Nous avons refusé ses propos et nous lui avons appris la politesse.

— C'est vous qui êtes notre seigneur et notre père, et nous, nous sommes vos enfants et vos serviteurs.

Ils s'attendaient à voir surgir El-Kwo d'un moment à l'autre. Les heures passèrent lentement, pleines d'appréhension et de prières pour conjurer le sort. Leur émotion retenue prisonnière était toujours aussi vive et cherchait une échappatoire. Lorsque le rythme du travail s'allégeait et qu'ils se rendaient compte que personne ne les observait, ils se mettaient à l'écart pour parler à nouveau de l'événement, comme pour s'assurer qu'il avait bien eu lieu. Ils s'en prenaient à Abdoune en l'accusant de folie et d'impudence, puis ils répétaient en chuchotant ses propos en affectant la réprobation. Bahr, le barman, et quelques autres serviteurs restaient silencieux tandis que les autres faisaient surenchère de malédictions contre leur collègue et se moquaient de lui à qui mieux mieux. Même ceux qui se moquaient avaient l'esprit embrouillé. Ils étaient écartelés. Oui ou non, refusaient-ils au plus profond d'eux-mêmes les propos d'Abdoune ? La réponse se situait entre les deux. Leur colère pleine d'épouvante contre leur camarade cachait une certaine admiration, mais celle-ci était ensevelie sous d'épaisses couches de peur qui les amenaient à le maudire en public pour s'innocenter de sa faute. Ils auraient souhaité, bien sûr, qu'El-Kwo cesse de les battre, mais ils étaient persuadés que leur souhait ne se réaliserait jamais. Ils n'avaient absolument aucun espoir de voir régner la justice. Ce que disait Abdoune était vrai, mais quelle importance avait la vérité ? Quand la vérité avait-elle été capable de changer quoi que ce soit dans leur existence ? Combien de fois avaient-ils menti par crainte d'El-Kwo ou pour le satisfaire ? Combien de fois avaient-ils approuvé en apparence des choses qu'ils savaient fausses ? Combien de fois avaient-ils ri ou affecté la tristesse parce qu'ils y étaient acculés ? Combien de fois avaient-ils fait des faux témoignages de peur du châtiment ou pour le gain d'un pourboire ? Abdoune pouvait bien parler comme il le voulait, cela ne changerait rien à l'Automobile Club. Si Abdoune vivait dans les songes ou s'il était faible d'esprit ou stupide, eux étaient réalistes et connaissaient leurs limites. Ils disaient avec sarcasme :

— Les paroles d'Abdoune, c'est bon pour le cinéma !

— Qu'est-ce qu'il nous raconte avec sa dignité et son humiliation ?

Karara, le sofragi, affirmait du ton de celui qui connaît le fond des choses :

— Vous voulez savoir la vérité ? Les coups sont nécessaires. Si El-Kwo interdisait de nous battre, le club irait à vau-l'eau. Malheureusement nous sommes de la race de Nemrod. Nous ne connaissons que la peur, pas la honte. Tous autant que nous sommes, sans la peur des coups on nous trouverait à feignasser, à jouer les durs, à fanfaronner devant nos chefs.

Ils baissèrent les yeux et certains hochèrent la tête en signe d'approbation des propos de Karara à leur sujet. Ils souhaitaient qu'El-Kwo punisse rapidement Abdoune, qu'il l'écrase. Ils souhaitaient voir Abdoune recevoir des gifles et des coups de bâton et crier, appeler au secours, supplier El-Kwo de lui pardonner. Ce n'est qu'alors qu'ils se sentiraient soulagés, apaisés. Cela leur confirmerait à nouveau que leur soumission est le comportement juste et sensé. Il leur serait alors possible de secouer la tête, de se mordiller les lèvres et d'opiner, pleins de pitié :

— Pauvre Abdoune, vous avez vu le résultat de ses extravagances !

La première journée s'écoula sans que rien ne se passe. Le lendemain matin, juste avant midi, la Cadillac noire s'arrêta devant le club et El-Kwo en jaillit. Tous ceux qui le croisèrent à cet instant assurèrent qu'ils n'avaient jamais vu de colère semblable. Son visage noir était devenu gris. Il serrait ses grosses lèvres et ses yeux étaient injectés de sang comme s'il était ivre. El-Kwo franchit le seuil à grandes enjambées. Il jetait autour de lui des regards inquiets. Il avait l'air de chercher quelque chose, de vouloir expédier quelque chose d'urgent, qui ne souffrait pas de délai. Hamid trottinait derrière lui en haletant comme un chien de chasse bien dressé, tandis que les serviteurs s'écartaient de son chemin. Aucun n'aurait osé le saluer. Ils étaient convaincus qu'ils assistaient à un événement unique dans l'histoire du club, qu'ils conserveraient dans leurs mémoires et qu'ils raconteraient aux générations futures. Quelques serviteurs avaient pitié d'Abdoune pour le sombre sort qui l'attendait, tandis que la plupart suivaient l'apparition d'El-Kwo furibond avec une joie maligne.

"Ton heure est venue, Abdoune. Tu vas recevoir maintenant la leçon de ta vie. Ça t'apprendra à ne pas t'attaquer une nouvelle fois à ton maître. Voilà le tout-puissant El-Kwo qui vient d'apparaître pour confirmer encore une fois sa souveraineté absolue. Il va écraser tous ceux qui s'en prennent à lui et remettre chacun à sa vraie place."

Lorsque El-Kwo était entré dans le bureau de Mr Wright, les serviteurs s'étaient rassemblés à proximité, les yeux fixés sur la porte comme des enfants excités attendant un numéro de cirque ou comme les spectateurs d'un tournoi de boxe, sur des charbons ardents, regardent le ring avant le début du match. Ils murmuraient, en proie à une délicieuse frayeur :

— Aujourd'hui, c'est la fin d'Abdoune. Il va le mettre en pièces.

— Il va le renvoyer du club.

— Il va le jeter en prison comme il a fait avec Ishak, qui avait volé le jeu de cartes du roi.

Une demi-heure après, El-Kwo sortit du bureau de Mr Wright du même pas rapide et résolu qu'il avait en entrant. Il s'arrêta tout à coup à l'entrée du club et se retourna d'une façon inattendue. Il remarqua plusieurs serviteurs en train de l'épier.

— Qu'est-ce que vous faites là ? Foutez le camp d'ici !

Les serviteurs s'enfuirent comme des poules effarouchées. Seuls restèrent Chaker et le hadj Youssef Tarbouche, qui s'inclinèrent devant lui.

— Que me voulez-vous ?

Youssef Tarbouche lui répondit d'une voix tremblante :

— Monseigneur El-Kwo, Excellence, vous êtes notre père et la source de nos bienfaits.

Chaker avança d'un pas et dit d'un ton suppliant :

— Nous vous prions de donner une bonne punition à Abdoune.

Youssef Tarbouche hocha la tête en signe d'approbation et ajouta avec zèle :

— On ne peut pas se taire sur les paroles ignobles qu'a prononcées Abdoune.

Il y eut un silence. Ils avaient les yeux fixés sur le visage d'El-Kwo qui, d'une façon inattendue, tordit les lèvres avec dégoût, fit un signe de la main et lança :

— Occupez-vous de vos affaires, tous les deux.

Chaker, dans son désarroi, articula :

— Mais, Excellence…

El-Kwo lui coupa la parole :

— Tu as entendu ce que j'ai dit. Allez, bon vent.

Décontenancés, ils s'inclinèrent une fois de plus et partirent rapidement. El-Kwo sortit d'un pas rapide, Hamid sur ses talons, puis monta dans la voiture et dit au chauffeur d'un ton bref :

— Je rentre à Abdine.

KAMEL

Le premier jour, M. Comanos m'accompagna au bureau de Mr Wright, qui fit comme s'il me voyait pour la première fois et me dit sur un ton officiel :

— Je suis heureux que vous veniez travailler avec nous. Bonne chance.

Je murmurai quelques paroles de remerciement. Nous sortîmes de son bureau et nous dirigeâmes vers celui d'El-Kwo, au palais Abdine. Comanos me dit en chemin :

— Kamel, il faut que tu saches qu'El-Kwo est le chef du personnel à l'Automobile Club et dans tous les palais royaux. Je sais que tu ne peux pas oublier ce qui s'est passé entre lui et ton père, que Dieu l'ait en sa sainte garde. Je respecte tes sentiments, mais je te conseille de ne pas regarder en arrière. Rappelle-toi toujours que tu travailles ici pour terminer tes études et prendre en charge tes frères et ta sœur. Considère le passé comme une page tournée. Prends garde à ne pas dire de choses qui déplaisent à El-Kwo, car il a des espions partout. Rien ne lui échappe. El-Kwo a le bras long et ses châtiments sont terribles.

Je hochai la tête en signe d'approbation. Ma rencontre avec El-Kwo ne dura pas plus d'une minute. M. Comanos me présenta :

— Kamel Hamam, dont je vous ai parlé. C'est le fils du défunt Abdelaziz.

El-Kwo me regarda, hocha la tête et murmura une formule que je n'entendis pas puis se tourna vers M. Comanos et lui parla comme si je n'étais pas présent. Je me sentis humilié, et il me vint une idée folle : attaquer El-Kwo et le gifler comme il avait giflé mon père puis partir en courant pour ne plus revenir au club. Cette idée traversa mon esprit comme un éclair et me secoua tellement que je me mis à transpirer et à respirer très fort. Je fermai les yeux et repris difficilement le contrôle de moi-même jusqu'à ce que nous soyons sortis du bureau. En route pour le club, M. Comanos m'expliqua en détail en quoi consistait le travail.

Dès le premier jour, j'eus à cœur de faire de mon mieux. Tout au long du jour, j'apportais au restaurant et au bar ce dont ils avaient besoin puis je m'asseyais pour enregistrer les entrées et les sorties. Comment décrire mes sentiments à l'époque où je travaillais à la réserve ? Que ressent-on lorsque l'on porte la galabieh de son père mort, lorsque l'on coiffe son tarbouche, que l'on serre dans ses doigts son chapelet et que l'on prie sur le tapis où il se prosternait ? On est alors possédé par des sentiments divers : la tendresse pour le père, la satisfaction du devoir accompli à son égard. Il y a là de l'orgueil, le sentiment de le prolonger, de lui rendre une certaine forme d'existence. C'est comme si l'on ramenait sa voix et son odeur, comme si l'on devenait lui.

Aux moments où il n'y avait rien à faire, je demandais la permission à Comanos de sortir mes livres et mes cours et de réviser mes leçons. Au début du mois, je donnai à ma mère tout mon salaire. Elle pleura, me serra dans ses bras puis elle invoqua pour moi longuement le ciel, avec chaleur. Devant son insistance, je finis par garder une partie du salaire pour mes dépenses personnelles. Avec le temps, je finis par m'habituer à mon travail à la réserve. Je m'acclimatais à ma vie nouvelle. Je l'aimais presque. Sauf que la vision de mon père giflé par Hamid m'apparaissait de temps en temps et m'accablait. Je me sentais coupable de ne pas venger mon père de ceux qui l'avaient humilié. Revenait me hanter l'idée folle d'aller au bureau d'El-Kwo où travaillait Hamid et de les frapper tous les deux, advienne que pourra. C'était une pulsion véhémente, mais j'avais conscience que je ne lui céderais pas. La seule solution pour moi était de m'efforcer au travail et dans les études pour obtenir mon diplôme. Mon père avait toujours rêvé de me voir avocat...

Ce qui me contrariait également, c'était d'avoir interrompu ma participation aux réunions du comité du parti Wafd. Un matin, après avoir demandé la permission à Comanos, j'allai rencontrer Hassan Mo'men. Nous nous assîmes ensemble à la cafétéria et je lui racontai tout ce qui s'était passé en ajoutant :

— Je suis désolé, Hassan. Je ne peux plus assister aux réunions ni participer à aucune mission. Au moins pendant les mois à venir.

Hassan m'écouta avec attention comme d'habitude puis me dit calmement :

— Tu es maintenant employé à l'Automobile Club ?

— Oui.

— Ne t'en fais pas. Tu pourras travailler avec nous de là-bas.

— Y a-t-il un comité du Wafd à l'Automobile Club ?

— Nous travaillons maintenant dans un cadre plus large que le Wafd. Nous avons formé un front national regroupant toutes les tendances.

— Où vous réunissez-vous ?

Il me sourit tranquillement :

— Tu sauras tout cela en son temps. Ce qui est important, c'est d'avoir un moyen de communication avec toi.

Nous nous mîmes d'accord sur ce point : il m'appellerait sur le téléphone d'Ali Hamama, l'épicier, en laissant le faux nom de Yaken, et je le rappellerais à mon tour. Je me levai pour lui dire au revoir et il me serra très fort dans ses bras :

— Kamel, j'admire ton patriotisme et ton courage.

Hassan Mo'men avait une grande force de conviction. Il était capable, n'importe quand, de susciter mon enthousiasme. Je retournai dans mon esprit ce qu'il m'avait dit. Comment pourrais-je remplir ma mission, à l'Automobile Club ? Les adhérents étaient tous des étrangers, des Turcs et de grands féodaux. Je ne pensais pas que l'indépendance de l'Égypte faisait partie de leurs préoccupations. Au contraire, les intérêts de cette classe étaient liés à la poursuite de l'occupation britannique.

Des semaines passèrent. Le travail au club m'accapara et j'oubliai ce qu'Hassan Mo'men m'avait dit, lorsqu'un matin, alors que je me trouvais seul à la réserve, assis à mon petit bureau, Solimane, le portier, accourut tout à coup vers moi. Très excité, il me dit :

— Attention, Kamel ! Son Altesse le prince Chamel vient te voir.

— Qui ?

— Son Altesse le prince Chamel, le cousin germain du roi.

Je n'avais jamais entendu parler de lui. Je me levai d'un bond pour remettre un peu d'ordre à ma tenue : je corrigeai le nœud de ma cravate et remis mon tarbouche d'aplomb. Quelques serviteurs entrèrent précipitamment dans la réserve. Extrêmement agités, ils allaient et venaient sans raison dans le local. C'était leur manière de montrer leur respect au prince qui apparut rapidement à la porte. C'était un homme d'environ cinquante ans, extrêmement élégant. Un parfum subtil et pénétrant le précédait. Il était blanc de peau, beau, ses cheveux étaient châtains, peignés en arrière. D'emblée l'impression qu'il donnait était agréable. Je m'inclinai et lui dis :

— C'est un honneur, Altesse.

Il répondit dans un arabe correct :

— Monsieur Comanos est-il ici ?

— Il va arriver, Altesse.

— Comment vous appelez-vous ?

— Kamel.

— Écoutez, Kamel. Je vais donner une réception au club la semaine prochaine et je voudrais connaître les sortes de vins que vous allez proposer à mes invités.

— À vos ordres.

Par chance, je savais où se trouvait la liste des vins. Je courus la chercher et la lui présentai. Je tendis la main en m'inclinant à nouveau. Il la regarda rapidement et me dit :

— C'est bien. Ce sont tous de bons vins.

Le prince paraissait gentil et modeste. À mon étonnement, il se mit à me parler. Il me posa des questions sur ma famille et mes études. Je lui dis que je travaillais à la place de mon père décédé et que j'étudiais le droit. Ses connaissances en la matière m'étonnèrent et je lui dis avec transport :

— Votre Altesse m'éblouit par le niveau de ses connaissances.

Cela le fit rire :

— J'ai étudié le droit à la Sorbonne, il y a de longues années de cela. La discussion avec vous est une occasion de mettre ma mémoire à l'épreuve.

Il tendit la main vers les livres posés sur la table. Il y trouva un recueil de poésies de Chawki. Il me regarda d'un air interrogatif. Je lui dis, un peu gêné, que j'aimais la littérature. Il me demanda :

— Vous contentez-vous de la lire ou bien écrivez-vous ?

— J'ai fait plusieurs essais de poésie.

Le prince se mit à rire :

— Mon Dieu, nous avons un poète à la réserve.

Sa remarque me fit rire, moi aussi.

Il me tapota l'épaule et me dit amicalement :

— Vous êtes un garçon intelligent et doué. Je m'attends pour vous à un grand avenir.

Il mit la main dans sa poche et en sortit une livre en or :

— Prenez. C'est un petit cadeau.

Je réagis immédiatement :

— Merci beaucoup, Altesse, mais, grâce à Dieu, je n'ai pas besoin d'aide.

— Écoutez, si j'avais eu des enfants, ils auraient maintenant votre âge. Je prends la place de votre père défunt. N'ayez pas honte avec moi. Prenez.

Il continua à me tendre la livre en or, mais je lui dis d'une façon sans appel :

— Je remercie Votre Altesse pour cette gentillesse, mais je vous prie de m'excuser.

Le prince eut un large sourire. Il semblait ne pas être totalement surpris de mon refus. Il remit la livre dans sa poche et se dirigea vers la porte, mais il s'arrêta tout à coup comme s'il se souvenait d'autre chose :

— Êtes-vous présent ici tous les jours ?

— Oui, en dehors du mercredi, mon jour de congé hebdomadaire.

— Quand terminez-vous votre travail ?

— À six heures.

— Bien. Jeudi à sept heures, je vous enverrai chercher par mon chauffeur pour qu'il vous amène au palais. Vous ne voyez pas d'inconvénient à me rendre visite ?

— C'est un grand honneur. Je suis à vos ordres, lui répondis-je en m'inclinant profondément.

Nous l'accompagnâmes, Solimane et moi, jusqu'à l'extérieur en marchant derrière lui jusqu'à ce qu'il monte dans sa Buick noire.

Nous continuâmes à l'observer jusqu'à ce que la voiture disparaisse de notre vue.

À ma grande surprise, oncle Solimane me tira fortement par la manche. Il me dit d'un ton bourru auquel je ne m'attendais pas :

— Viens. Il faut que je te voie.

Je le suivis jusqu'à l'entrée de la réserve. Il marchait avec difficulté, mais avait l'air agité. Lorsque nous fûmes seuls, il laissa voir son irritation :

— Est-ce que tu es fou, Kamel ? Comment as-tu pu embarrasser le prince de cette façon ?

— Je ne l'ai pas embarrassé.

— Tu as refusé son cadeau.

— Je me suis excusé poliment.

— Tu as de la chance d'avoir fait ça avec le prince Chamel.

— Pourquoi ?

— Parce que c'est le plus gentil des princes de la famille royale. N'as-tu pas remarqué qu'il était venu lui-même pour s'informer au sujet du vin ? Il aurait pu nous ordonner de nous présenter tous devant lui s'il avait voulu. Mais il est modeste et bienveillant. Si tu avais refusé le cadeau d'un autre prince, celui-ci aurait donné l'ordre de te renvoyer immédiatement.

— Je ne suis pas un mendiant, oncle Solimane.

— Comprends, mon fils. Tu as plu au prince et il a voulu t'offrir quelque chose. Ça ne se fait pas de refuser.

— Si, ça se fait.

— Pour qui te prends-tu, Kamel ? Si tu te conduis de cette façon à l'Automobile Club, tu vas t'attirer beaucoup de problèmes. Nous tous, nous sommes les serviteurs des princes. Est-ce que tu comprends ?

Je voulais dire à Solimane que j'étais étudiant en droit et pas serviteur. Même si j'étais provisoirement obligé de travailler à la réserve, cela ne faisait pas de moi un serviteur, mais il me vint à l'esprit que ma réponse pouvait le blesser, et je me réfugiai dans le silence.

L'histoire fit le tour du club. La plupart des serviteurs me reprochèrent d'avoir refusé le cadeau du prince. J'essayai au début de leur expliquer ma position, mais ils s'obstinaient tous à penser que j'avais tort. Certains dirent avec reproche :

— Mon fils, c'est un péché de fermer de ta propre main la porte des bienfaits. Est-ce que tu es plus riche que les princes ?

Je compris que la discussion avec eux était inutile. Je fis semblant d'être d'accord et me réfugiai dans le silence.

J'entendis de leur bouche des points de vue contradictoires sur le prince Chamel. Certains le considéraient comme un homme remarquable et insistaient sur son courage, sa modestie et son affection pour les pauvres. D'autres disaient que c'était un homme à femmes, un détraqué, un mécréant, sans foi ni loi. Il s'était marié une seule fois, avec une Italienne, puis il avait divorcé avant d'en avoir des enfants. Ensuite il se mit à courir les femmes et à changer de maîtresse comme on change de chemise.

Ils m'apprirent également que les relations du prince Chamel avec le roi étaient mauvaises. Le roi n'aimait pas sa trop grande fierté et détestait ses idées libérales et sa trop grande fréquentation des gens du commun. Il le prenait pour un communiste et était jaloux de lui. Le prince Chamel était un artiste doué, reconnu mondialement, qui faisait des expositions de photographies en Europe. Il avait fait des études supérieures à la Sorbonne, alors que le roi était ignorant : il n'avait jamais obtenu le moindre diplôme universitaire et on ne lui connaissait aucun intérêt pour l'art. Les serviteurs évoquèrent deux incidents qui contribuèrent à la dégradation de leurs relations. Une fois, le roi offrit un cigare au prince avec qui il était assis. Ce dernier le mit à sa bouche et se pencha comme s'il attendait que le roi l'allume. C'était un mouvement spontané, pas intentionnel. Tout à coup, le prince se rendit compte de sa faute et se leva pour présenter ses excuses, mais le roi en fut extrêmement irrité. Il se tourna vers les autres convives pour leur parler en ignorant totalement le prince, qui fut obligé de prendre congé et de partir. Le second incident eut lieu un jour où toute la famille royale était invitée à déjeuner au palais de Montazah. Le prince Chamel plongea dans la piscine avant que le roi ne lui en ait donné l'autorisation. Cela constituait une grave infraction aux règles du protocole. Les responsables le signalèrent au prince, qui sortit de la piscine, puis ils lui firent comprendre avec diplomatie mais de la façon la plus claire que le roi n'agréait pas sa présence. Il quitta les lieux et ne reçut absolument plus aucune invitation depuis lors.

Cette anecdote renforça mon respect envers le prince. Je me disais que cet homme qui n'avait pas peur du roi lui-même s'était comporté avec moi avec gentillesse et respect alors que je n'étais rien qui puisse compter à ses yeux. Je me demandais quelle était la raison pour laquelle le prince voulait me voir. Il me semblait étrange qu'il m'invite chez lui alors qu'il me connaissait à peine. J'étais décidé à y aller, bien sûr, mais je souhaitais que ma visite ne se termine pas par une mauvaise surprise qui dissiperait l'excellente impression qu'il avait laissée dans mon esprit. Le jeudi, à l'heure du rendez-vous, avant que je sorte de la réserve pour aller dans la rue attendre la voiture du prince, Comanos me dit :

— Sois prudent. Dans la compagnie des princes, il faut faire attention à tout. Pense deux fois avant de prononcer un mot.

Quant à Solimane, il m'accompagna à la voiture et me chuchota à l'oreille :

— Écoute, Kamel. Tu as maintenant une occasion comme il n'en vient qu'une fois dans la vie. Fais attention à ne pas te conduire d'une façon stupide comme tu l'as fait la première fois.

J'arrivai au palais du prince Chamel, au bord du Nil à Garden City. La voiture tourna deux fois, puis s'arrêta face au porche. Je me demandais comment un homme seul pouvait vivre dans cette forteresse tandis que des milliers d'Égyptiens s'entassaient dans des trous étouffants. Le palais était luxueux et élégant avec ses plafonds élevés, ses vastes salles et ses impressionnantes colonnes de marbre. J'avais l'impression que ce qui se passait n'était pas réel. Il me vint à l'idée que j'étais en train de jouer un rôle dans un film. Un serviteur à la peau sombre m'ouvrit la porte puis je fus accueilli dans l'entrée par un homme élégant en costume blanc avec des gants de la même couleur et une cravate bleue, qui s'inclina et me dit :

— Très honoré, Monsieur Kamel. Je vous en prie. Son Altesse vous attend au studio.

Je le suivis jusqu'au bout du hall puis nous tournâmes vers la droite. Il ouvrit une grande porte par laquelle je pénétrai dans un grand studio photographique. L'éclairage était pâle. Je vis des dizaines de photographies accrochées aux murs et plusieurs appareils de prise de vue installés dans des directions diverses. Le prince était dans une tenue à laquelle je ne m'attendais pas. Il portait une chemise en coton bleue avec une cravate et un pantalon noirs. Son visage semblait fatigué et sa barbe n'était pas rasée. Il sourit et me dit d'une voix amicale :

— Soyez le bienvenu, Kamel. Excusez-moi. Je suis en plein travail et ne suis pas très présentable. Je ne peux pas vous serrer la main par égard pour la propreté de votre costume.

Il me montra ses mains en riant : elles étaient recouvertes de gants de caoutchouc tachés par le révélateur.

— Si vous voulez regarder les photographies, allez-y, je vous en prie.

Tout ce que faisait cet homme était marqué du sceau de l'élégance. Il n'aurait pas été courtois qu'il revînt s'asseoir à sa table de travail avant que je commence à regarder. Il attendit donc que je sois devant la première photographie avant de reprendre son ouvrage. Il coupait les bordures des photographies qu'il sortait du révélateur avec une cisaille fixée à l'extrémité de la table. Après avoir posé correctement les photographies, il abattait la lame et enlevait la partie en trop. Je commençai à regarder les clichés accrochés aux murs. Je remarquai que la plupart représentaient des visages de femmes : des paysannes, des Égyptiennes du peuple et des étrangères en chapeau. Je m'absorbai dans la contemplation de leurs visages, qui avaient toujours une expression singulière, forte. Je m'arrêtai pour admirer la photographie d'une femme du peuple enveloppée dans une tunique, avec un foulard couvert de paillettes sur ses cheveux. Le rire du prince me fit revenir à la réalité. Debout derrière moi, il me demanda amicalement :

— Aimez-vous cette femme ?

Je me tournai vers lui et remarquai qu'il avait enlevé ses gants.

— La photographie me plaît.

— Pourquoi vous plaît-elle ?

— Elle a de l'authenticité. Une sorte de séduction égyptienne, pleine de sincérité. Votre Altesse a-t-elle vu les travaux d'un artiste qui s'appelle Mahmoud Saïd ?

— Mahmoud Saïd est un ami. Je lui rends souvent visite à Alexandrie. Où avez-vous vu ses travaux ?

— À une exposition au Centre culturel français, l'été dernier.

— Et qu'est-ce qui vous a fait penser aux œuvres de Mahmoud Saïd ?

— Je crois que Votre Altesse exprime avec l'appareil photographique ce que Mahmoud Saïd exprime avec son pinceau.

Le prince rit et me dit :

— C'est une excellente appréciation que j'espère voir reprise par tous les critiques. C'est très bien de vous intéresser aux arts plastiques.

— J'essaie d'apprendre.

Il prit un air sérieux.

— Moi aussi, j'apprends au moyen de la photographie. Vous savez, je photographie les visages pour les comprendre. La photographie est un moyen extraordinaire d'enregistrer la vie. L'appareil arrête le temps à un instant donné. Les milliers d'expressions que prennent nos visages au cours d'une journée s'évanouissent. Elles disparaissent et nous ne pourrons jamais les faire revenir. Seul l'appareil photographique peut les enregistrer et les conserver pour l'éternité.

— Je remarque que tous les portraits sont des portraits de femmes.

— La femme est un joyau. Elle est la vie, me répliqua le prince avec chaleur.

Je remarquai pour la première fois une bouteille de whisky et un verre sur une petite table à côté du bureau. Je me rendis compte que son exaltation était imprégnée d'alcool. Il me fit signe de l'attendre et me dit :

— Je vais vous montrer quelque chose qui, je l'espère, vous plaira.

Il alla chercher deux photographies de taille semblable. Toutes deux présentaient la même belle femme aux longs cheveux noirs, dans la quarantaine, vêtue d'une veste de cuir. Il posa les deux photographies côte à côte sur le bureau puis me dit en riant :

— Kamel, vous êtes poète. Il faut que vous compreniez ce que cela veut dire. J'ai pris ces deux photographies de la même femme à un intervalle de deux heures. Voyez-vous une différence dans la forme du visage de la femme entre la première et la seconde photographie ? Prenez votre temps.

La femme apparaissait dans la même position, avec le même sourire, dans les deux photographies. Je lui dis :

— Les détails sont les mêmes.

— Je ne veux pas parler des détails. Concentrez-vous un peu. Ne remarquez-vous pas que l'expression du visage de la femme est différente ?

Je continuai à fixer les deux photographies. Le prince poursuivit d'un ton sérieux :

— Si nous supposons que l'état psychologique de la femme est différent dans ces deux photographies, dans laquelle a-t-elle l'air le plus heureuse ?

Je lui montrai l'une des deux et sa voix s'enfla :

— Bravo. C'est ça. Savez-vous pourquoi la femme semble ici plus heureuse ?

— Je ne sais pas.

— Alors, venez avec moi, me cria-t-il joyeusement en me faisant signe de le suivre.

Il sortit sur le balcon et je le suivis. Il y avait partout des plantes et des fleurs. Il s'approcha d'un pot de fleurs :

— Cette rose a soif. Regardez-la bien. Gardez son aspect en mémoire.

Je regardai la fleur tandis que le prince s'éloignait d'un pas rapide puis il revint en portant un arrosoir. Je commençai à trouver sa conduite étrange. Pourquoi son humeur passait-elle tout à coup d'un extrême à l'autre ? Souffrait-il de troubles psychiques ? Était-il dérangé ? J'écartai immédiatement cette pensée et continuai à l'observer en train d'arroser la rose.

— Je voudrais que, maintenant que je l'ai arrosée, vous examiniez cette rose. Ne remarquez-vous pas qu'elle est repue, plus souple, épanouie ?

D'accord avec lui, je hochai la tête, et il ajouta :

— Si vous en revenez aux deux photographies, vous constaterez la même différence. J'ai photographié cette femme avant et après l'amour. Je l'ai photographiée à son arrivée au studio, ensuite nous avons fait l'amour et je l'ai photographiée à nouveau.

Je me sentais gêné. Il y avait sur son visage une expression d'enfant espiègle :

— Il faut dire que je suis un très bon amant.

Il s'esclaffa et je ne pus pas, moi-même, m'empêcher de rire.

Je passai avec lui deux heures. Nous mangeâmes et nous bûmes – lui, une bouteille de vin entière. Une fois le repas fini, nous allâmes sur le balcon. Nous parlâmes de choses et d'autres, d'art, d'amour et de poésie. Je lui parlai de ma famille et de mes rêves. Il dit tout à coup, avec émotion :

— Vous savez, Kamel, d'origine, je ne suis pas égyptien. Mon père était turc et ma mère espagnole. Je suis né dans la ville italienne de San Remo et ne suis venu en Égypte qu'à l'âge de deux ans. Et pourtant je me sens égyptien autant que vous. Je me demande souvent ce qui m'a fait aimer l'Égypte à ce point. Croyez-moi, il n'y a pas de réponse précise. En Europe, tout est mieux qu'en Égypte, les rues sont plus propres, tout là-bas est élégant, tout brille. Tout est lisse. Mais la séduction de l'Égypte est toujours aussi irrésistible. La plus belle chose, en Égypte, c'est son âme, et l'âme est impossible à définir.

Je lui dis avec tristesse :

— L'Égypte que nous aimons est occupée et humiliée.

— Tout cela est contingent, transitoire. Ce pays a fait la civilisation du monde pendant des milliers d'années. L'Égypte sera victorieuse et retrouvera son indépendance.

— Comment pourrons-nous vaincre un empire sur lequel le soleil ne se couche pas ?

— L'histoire nous apprend que les empires les plus puissants sont vaincus par des peuples sans défense.

— Parfois j'ai l'impression que tout cela est théorique.

— Non, Kamel, c'est la vérité. La volonté du peuple ne peut pas être domptée. Grâce à ce que vous faites, vous et vos amis, les Anglais vont vite découvrir que l'occupation de l'Égypte a un coût qu'ils ne pourront plus supporter. Alors ils évacueront notre pays.

Cette dernière phrase me fit un choc. Comment le prince avait-il appris ce que je faisais ? Il y eut un profond silence, qu'il interrompit en me disant :

— Je serais heureux que vous me rendiez visite de temps en temps.

— C'est un grand honneur, Altesse.

C'était le signal de la fin de ma visite. Je me levai et pris congé. Le prince me serra la main à la porte du studio, puis me sourit.

— Écoutez, Kamel. À partir de maintenant, considérez-moi comme votre ami.

— L'amitié de Votre Altesse m'honore.

Au moment où je me retournai pour sortir, il me dit tout à coup :

— J'ai oublié de vous dire. Il y a une jeune fille anglaise qui a besoin de cours pour renforcer son niveau en arabe. Auriez-vous le temps de l'aider ?

— Je n'ai jamais donné de cours auparavant.

— Mais vous êtes poète et votre niveau de langue arabe est excellent. Elle n'a besoin que de quelques heures par semaine.

Je restai silencieux. Il posa sa main sur mon épaule et me dit sans cesser de sourire :

— Êtes-vous d'accord ?

— Je suis aux ordres de Votre Altesse.

— Bravo. Demain à neuf heures du matin, allez voir Mr Wright. L'élève à qui vous allez donner des cours est sa fille, Mitsy. Je me suis entendu avec lui pour tout.

18

Au moment où sortit le corps d'Abdelaziz Hamam, sa femme, Oum Saïd, et sa fille, Saliha, pleurèrent à chaudes larmes, mais leur voisine Aïcha, l'épouse d'Ali Hamama, éclata, elle, en hurlements aigus et douloureux qui résonnèrent dans tous les coins de la maison et parvinrent jusqu'aux oreilles des passants dans la rue. Puis elle se jeta sur le cercueil et, lorsque les participants aux obsèques l'eurent écartée, elle se mit à se frapper violemment les joues jusqu'à ce que les femmes se saisissent d'elle avec force pour l'empêcher de se faire mal. C'est dire à quel point Aïcha avait fait preuve de sa solidarité avec la famille du disparu. Elle avait ouvert son appartement pour recevoir les personnes venues présenter leurs condoléances, qui se déversaient par dizaines depuis Le Caire ou la Haute-Égypte. Pendant toute la période du deuil, Aïcha ne quitta pas un seul jour la maison du défunt. Tous les jours, elle faisait la cuisine chez elle et la faisait porter par sa fille, Faïqa, à qui elle avait demandé d'aider Oum Saïd dans toutes les tâches qu'elle ne pouvait assumer seule. Véritablement, Faïqa faisait tous les travaux de la maison : elle lavait le linge, l'étendait, balayait, nettoyait le sol. Elle récurait les gargoulettes puis les remplissait d'eau mêlée de fleur d'oranger avant de les ranger sur un plateau sur le bord de la fenêtre. Elle portait les oreillers, les draps et les couvertures sur la terrasse pour leur faire prendre le soleil puis elle les remettait à leur place sur les lits. Faïqa prit même l'habitude de porter de la nourriture aux poules qu'Oum Saïd élevait sur la terrasse, et de nettoyer leur cage tous les vendredis. Cette aide exceptionnelle qu'Aïcha apportait à la famille du défunt était-elle totalement désintéressée ?

Il est vraiment difficile de répondre à cette question. Aïcha était connue dans la rue pour sa générosité. Elle n'était jamais la dernière à aider ceux qui avaient besoin d'elle. Cependant, la présence quasi constante d'Aïcha aux côtés d'Oum Saïd dans ses épreuves ne pouvait que conduire les événements dans une direction inévitable. Faïqa passait l'essentiel de ses journées chez le défunt et respectait strictement les apparences du deuil : une robe noire simple sans aucun clinquant, mais en même temps étroite et faisant ressortir les courbes de son corps séduisant, courte, descendant juste au-dessous des genoux et découvrant la blancheur de ses longues jambes – surtout lorsqu'elle s'asseyait. Faïqa s'abstenait d'employer ses produits de beauté habituels. Elle se contentait du strict minimum : elle mettait du noir à ses yeux, un nuage de poudre sur ses joues et une légère couche de rouge sur ses lèvres pulpeuses, mais tout cela rendait son visage encore plus éclatant. Au lieu de se colorer les ongles en rouge vif, Faïqa mettait un vernis ordinaire, presque transparent, mais les ongles de ses mains et de ses pieds ressemblaient malgré tout plus à de petites œuvres d'art qu'aux extrémités d'une personne humaine dédiées à des usages triviaux. En résumé : toutes les apparences du deuil n'avaient pas terni la beauté de Faïqa ni diminué son attrait, bien au contraire : elles faisaient ressortir cette beauté dans un cadre différent qui redoublait sa séduction. En vêtements de deuil, Faïqa avait l'air de jouer un rôle dans une pièce de théâtre dans laquelle se mêleraient la douleur avec la beauté et la tristesse avec la tentation, une pièce aguichante à laquelle n'assisterait qu'un seul spectateur : Saïd Hamam, qui, lorsqu'il rentrait à midi de son école technique, la trouvait en train de porter le plateau de nourriture et de préparer la table. Alors, il avait beau résister, il n'était pas capable de s'empêcher de regarder sa poitrine palpitante qui lui avait si longtemps accordé une jouissance qu'il n'oublierait jamais. Saïd mangeait avec appétit puis allait dormir et, lorsqu'il se réveillait de sa sieste, il trouvait Faïqa à la cuisine en train de faire la vaisselle ou bien l'apercevait penchée à la fenêtre en train d'étendre le linge. Alors, malgré lui, son imagination s'enflammait d'images obscènes délectables. Au début, Saïd se souvenait de son père mort et se sentait gêné. Sa conscience lui faisait des reproches et il s'efforçait de détourner le regard du corps de Faïqa, mais la tempête impétueuse des sens qui continuait à souffler avec fureur finit par venir à bout de sa gêne et il fut la proie d'une excitation telle que son corps lui faisait presque mal. La simple présence de Faïqa chez lui lui faisait perdre la raison. Dès qu'il la voyait aller et venir, son visage s'assombrissait et ses yeux se voilaient sous la violence du désir. Il avait envie de lui sauter dessus. Lorsqu'elle parlait, le son de sa voix limpide, mélodieuse et folâtre enflammait ses nerfs et l'empêchait de comprendre ce qu'elle disait. Même lorsqu'elle invoquait Dieu pour son père, ses lèvres appétissantes qui s'entrouvraient et se caressaient avec douceur lui rappelaient leurs baisers enflammés.

Saïd n'avait pas touché Faïqa depuis qu'elle s'était mise en colère et l'avait abandonné sur la terrasse. Depuis, il avait de nombreuses fois essayé de la rencontrer, mais elle s'y refusait avec obstination. Un jour que la chance lui avait donné l'occasion d'être seul avec elle dans la cuisine, il avait murmuré en haletant d'émotion et de désir :

— Faïqa, je monte à la terrasse. Viens. J'ai absolument besoin de toi.

Elle l'avait fusillé du regard :

— Monter à la terrasse pour quoi faire, Saïd ? Qu'est-ce qui te prend ? Tu n'as pas honte ?

Elle l'avait vertement sermonné, mais il y avait dans sa voix comme une ouverture qui lui donna un peu d'espoir. Il insista à nouveau et trouva que son second refus était moins ferme que le premier. Alors, il se mit à la supplier avec ardeur. Elle le réprimanda, se mit en colère, se montra désemparée, hésita et, à la fin, accepta de mauvais gré, comme s'il la contraignait. Elle monta à la terrasse à sa suite, mais se tint éloignée de lui et, lorsqu'il se rapprocha d'elle, elle sursauta en criant :

— Éloigne-toi, s'il te plaît.

Comme s'il n'avait pas entendu, comme s'il était hypnotisé ou possédé, il s'approcha encore plus. Elle lui donna un coup sur la poitrine et, en écarquillant ses merveilleux yeux noirs, elle le mit en garde :

— Si tu me touches, je crie et je fais un scandale.

Alors un voile de malheur recouvrit son visage et il lui demanda d'une voix entrecoupée et pitoyable :

— Pourquoi es-tu si cruelle avec moi, Faïqa ?

— Je fais ce qui se doit.

— Je t'aime.

Faïqa se déhancha, se mordilla les lèvres, releva son sourcil gauche puis soupira :

— "Je t'aime" ! Ce mot, dans quelle banque je peux le changer ?

Ses marivaudages attisèrent sa convoitise et il soupira dans un râle :

— Laisse-moi te serrer dans mes bras une seule fois.

— Prends garde !

— Je t'en prie.

— Écoute-moi, fils de famille. J'ai fauté avec toi et je me suis repentie. Si tu penses que je vais encore une fois me laisser faire, tu te trompes.

— Faïqa !

— C'est par la porte qu'un homme respectable entre dans une maison.

Sur ses mots, elle mit fin à l'affaire. Elle se retourna pour partir, mais Saïd courut derrière elle :

— Encore une minute. Je veux te parler.

Faïqa haussa les épaules avec dédain :

— Les paroles, c'est fini, Saïd.

Il la regarda s'éloigner. La vue de Faïqa descendant l'escalier pouvait, sans exagération, être considérée comme un beau tableau vivant où convergeraient dans un même rythme les éléments acoustiques et visuels. Les sons successifs émis par ses sandales se répétaient avec harmonie, comme s'ils étaient produits par un virtuose du tabla. Lorsque Faïqa tendait son pied droit et prenait appui sur lui pour projeter le pied gauche en avant, à cet instant crucial précisément son corps vibrait dans trois directions différentes : ses deux lourdes fesses étaient tendues vers l'arrière et leur imperceptible frottement déchirait presque l'air, tandis que ses deux seins épanouis enfermés dans leur prison proclamaient en ballottant leur présence insolente et souveraine ; quant à sa croupe imposante et tendre, elle oscillait sans trêve de gauche à droite, de droite à gauche, avec la même force et la même amplitude que le balancier d'une horloge. Il est vrai que la croupe de Faïqa, unique en son genre par sa forme et sa matière, aurait mérité à elle seule une petite brochure pour en sonder les profondeurs et en décrire les spécificités. Cette croupe frémissante et frétillante, si pleine de vie, semblait souvent – par ses mouvements incessants et à travers les dizaines de positions séduisantes et joyeuses qu'elle adoptait – posséder une vie propre, indépendante de celle à qui elle appartenait.

Le corps en mouvement de Faïqa était comme un volcan en éruption qui projetait les laves ardentes du désir à la tête de Saïd jusqu'à ce que sa résistance soit entamée et que ses nerfs s'effondrent. Il passa de longues nuits plongé dans ses pensées, tandis que de violents désirs s'engouffraient et déferlaient en lui comme les vagues de l'océan. À la fin, il n'y tint plus et, un soir, il alla voir sa mère…

Elle avait fait sa prière du soir et était assise sur le divan, en train d'égrener son chapelet d'ambre vert. Saïd entra vivement dans la pièce, salua rapidement sa mère, et s'assit à ses côtés :

— Maman, je veux te parler.

Il avait l'air ému, impatient. Il parlait précipitamment, comme écrasé par une charge trop lourde dont il voulait se délester.

Sa mère lui sourit.

— Rien de grave, j'espère.

— Je veux faire une proposition à Faïqa, la fille d'Ali Hamama.

— Une proposition ? C'est-à-dire ?

— C'est-à-dire que je veux l'épouser.

Oum Saïd poussa un soupir. Elle posa son chapelet à côté d'elle et cria :

— Quel malheur ! Mais tu es fou. Nous venons juste d'enterrer ton père, et toi, tu veux te marier !

Saïd essaya de la calmer, mais sa colère ne faisait que s'amplifier :

— Tu devrais avoir honte, fils indigne, irresponsable !

Quand ils entendirent les cris de leur mère, Kamel et Saliha accoururent pour voir ce qui se passait, mais Saïd chassa sa sœur et l'obligea à retourner dans sa chambre tandis que Kamel, à qui sa mère raconta toute l'histoire, dit à son frère :

— Je ne veux pas croire que tu penses à te marier dans la situation où nous sommes. Ne peux-tu pas attendre un an ?

Saïd, en colère, le rabroua :

— Tais-toi, Kamel, ça ne te regarde pas.

— Comment ça, ça ne me regarde pas ? C'est une honte pour toi et une honte pour la famille de Faïqa. Comment Ali Hamama peut-il être d'accord que tu épouses sa fille alors que nous sommes encore en deuil de notre père ?

Saïd se rendit compte du danger et déploya tous ses efforts pour contenir sa colère :

— La famille de Faïqa ne sait rien à ce sujet.

À ce moment, sa mère s'écria :

— Mon cher, tu es idiot ou tu fais l'idiot ?

Saïd resta silencieux jusqu'à ce que sa mère ait sorti tout ce qu'elle avait sur le cœur et qu'il ne lui reste plus de force pour crier ou pour se lamenter. Alors il dit en regardant Kamel :

— Maman, je veux te parler seul à seule.

— Ton frère n'est pas un étranger, lui murmura-t-elle, le visage mouillé de larmes.

Kamel se leva :

— Je m'en vais, maman.

Saïd le suivit du regard jusqu'à ce qu'il soit sorti et qu'il ait fermé la porte derrière lui, puis il alla embrasser la tête et les mains de sa mère et s'assit à ses côtés. Il commença alors à prononcer le plaidoyer qu'il avait préparé. Il lui dit qu'il préférait la mort, si cela la satisfaisait, à la vie si elle était en colère contre lui. Il lui jura qu'il ne ferait rien qui n'ait pas son accord et qu'il serait toujours son fils fidèle, toujours à ses pieds pour attendre sa bénédiction. Mais, par Dieu tout-puissant, il n'avait pas compris ce qui l'avait mise en colère. Il n'était pas criminel et ne faisait rien en contradiction avec la loi ni avec la charia. Il voulait se marier et le mariage en soi n'était pas un péché. Il allait bientôt avoir vingt-trois ans. N'était-ce pas un âge convenable pour le mariage ? Le Prophète, la meilleure des créatures (Oum Saïd murmura : "Prière et bénédiction de Dieu sur lui"), n'avait-il pas dit dans un de ses propos confirmés : "Que celui d'entre vous qui en est capable se marie" ? Dans l'islam, il est recommandé de se marier le plus tôt possible et, grâce à Dieu, ils étaient musulmans. De plus, il allait bientôt terminer ses études techniques et obtenir son diplôme et il s'était mis d'accord pour un travail à Tanta, si Dieu le voulait, et il était donc capable de fonder un foyer sans que cela leur coûte une piastre. Sa mère chérie acceptait-elle qu'il vive seul dans une ville étrangère sans femme pour s'occuper de lui ?

Il commençait à marquer des points :

— Qui est celle que je veux épouser ? Est-ce que je vais – que Dieu ne le permette – vous amener une femme étrangère que vous ne connaissez pas ? Non, c'est Faïqa, la fille d'Aïcha et d'Ali Hamama, nos voisins bien-aimés qui sont presque devenus notre famille. Faïqa, maman, qui a pleuré le défunt exactement comme nous, ses fils. Faïqa qui ne t'a jamais laissée seule, qui t'a servie comme si elle était ta fille. Après tout ce qu'elle a fait, mérite-t-elle autre chose que du bien ? Ensuite, maman, tu es une femme de Haute-Égypte qui a été élevée dans le droit chemin et qui n'aime pas les solutions boiteuses. Est-il convenable que Faïqa entre et sorte de chez nous alors que, selon la charia, sa fréquentation nous est interdite, à Kamel, à Mahmoud et à moi ? Ne serait-ce pas mieux pour nous tous si je me mariais avec elle, en suivant les ordres de Dieu et la tradition du Prophète, pour faire taire les mauvaises langues, qui sont nombreuses dans notre rue comme tu le sais ? Maman, où est donc le problème ?

Oum Saïd était assise en tailleur sur le canapé. Elle avait cessé de pleurer. Les yeux baissés, elle restait silencieuse. Cela encouragea Saïd, qui poursuivit avec ardeur :

— Je sais où est le problème, maman. Tu considères que mon mariage moins d'un an après la mort de mon père est une grande faute parce qu'il nous fait briser le deuil. Le mariage lui-même n'implique pas la noce. La fête du mariage, c'est la noce. J'épouserai Faïqa sans faire de fête. Je n'accepterai pas, et Faïqa ni sa famille non plus, que nous brisions le deuil du défunt. Je me marierai en silence, maman. Pas de noce, pas de youyous, pas de tambourins, et pas de danseuse. Que Dieu m'éloigne de faire quoi que ce soit de cette sorte. Tout ce que je veux, maman, c'est que l'on lise la Fatiha tout de suite et que dans une ou deux semaine on écrive le contrat et qu'on entre dans l'appartement que je vais louer à Tanta.

Saïd continua à jouer sur cette corde jusqu'à ce que, finalement, sa mère devienne plus souple.

Le lendemain, au milieu de la matinée, Aïcha reçut inopinément la visite d'Oum Saïd. Après qu'elles se sont embrassées, qu'elles ont bu un café et parlé de choses et d'autres, Oum Saïd tourna un regard sérieux vers Aïcha :

— Dis-moi, ma sœur, ta fille, Faïqa, personne ne t'a parlé d'elle ?

— Elle est encore jeune, Oum Saïd.

— Bon. Je veux Faïqa pour mon fils Saïd.

Avant qu'Aïcha soit revenue de sa surprise, Oum Saïd poursuivit, comme pour corriger sa phrase :

— Mais j'ai une condition. Comme on dit, il faut mettre les points sur les *i* dès le début.

— Une condition ?

En posant sa question, Aïcha observait avec une curiosité circonspecte Oum Saïd, qui s'était calée au fond du fauteuil.

— Si la chance veut que Saïd prenne Faïqa, il faut que tu connaisses les circonstances dans lesquelles nous sommes. Notre tristesse pour la mort d'Abdelaziz ne se terminera jamais, même dans cent ans. Mais la tradition chez nous est que le deuil dure un an. Faire une fête pendant la période du deuil, chez nous, en Haute-Égypte, c'est un scandale et une infamie.

Aïcha était prise au dépourvu et, sans doute pour se donner le temps de réfléchir, elle soupira :

— Dieu t'ait en sa sainte garde, Hadj Abdelaziz, toi le meilleur des hommes.

Mais cette formule de politesse n'eut pas d'effet sur Oum Saïd. Au contraire, cela en quelque sorte l'indisposa :

— Donc, si nous avons la bonne fortune… il n'y aura pas de fête de noce, il n'y aura pas de youyous, il n'y aura pas d'invitations et il n'y aura même pas de robe blanche.

Oum Saïd était certaine qu'Aïcha allait refuser ces conditions. Toute mère au monde veut que le mariage de sa fille soit accompagné de réjouissances. Comment Aïcha pourrait-elle accepter que sa fille unique se marie sans cérémonie et sans fête ? Oum Saïd jeta à Aïcha un regard plein d'expectative, mais non dépourvu de défi :

— Que réponds-tu ?

Aïcha se passa les mains sur le visage – un geste qu'elle faisait quand elle était impatiente – puis regarda Oum Saïd et lui dit, en détachant les syllabes :

— Prions celui qui intercède pour toi, Oum Saïd.

— Prière et salut au prophète Mohammed.

— Prions encore le Prophète.

— Prière et salut sur lui.

— Écoute, Oum Saïd. Je vais te dire deux mots et tout sera dit.

19

James Wright était assis dans son bureau, où il étudiait le budget du club. Il était complètement plongé dans la lecture des chiffres du grand cahier ouvert devant lui, lorsqu'il entendit tout à coup la voix de Khalil, le planton :

— El-Kwo est ici et demande à vous rencontrer.

Wright le regarda d'un air désapprobateur :

— Pourquoi ne demande-t-il pas de rendez-vous ?

— Il dit que l'affaire ne supporte pas de délai.

Mr Wright réfléchit un instant puis fit un signe de la main. Khalil se précipita à l'extérieur et tout à coup El-Kwo se trouva debout de toute sa hauteur au milieu de la pièce. Il avait l'air sombre et prêt à bondir. Sa voix tremblait :

— Je suis désolé d'être venu sans rendez-vous. Mais l'affaire est urgente.

— Une nouvelle guerre mondiale a-t-elle éclaté ?

El-Kwo ne releva pas ce que cette question avait d'ironique et poursuivit avec la même fougue :

— Mister Wright, je ne partirai pas d'ici avant qu'une décision soit prise pour ramener l'ordre.

— Vous êtes en train de me dire ce que je dois faire ?

— Désolé. Mais ce qui est arrivé est vraiment dangereux.

— Parlez, nom de Dieu !

— Abdoune excite les serviteurs contre l'administration du club.

— Comment le savez-vous ?

— J'ai des yeux partout.

Mr Wright eut une quinte de toux et, pour se donner le temps de réfléchir, il se mit à curer sa pipe, puis la bourra et l'alluma. Finalement il dit d'une voix calme :

— Vous créez tous les jours des problèmes nouveaux pour renvoyer Abdoune du club. Il faut que vous compreniez que je ne le ferai pas.

El-Kwo dit d'un ton suppliant :

— Mister Wright, Abdoune dit des choses inacceptables.

— Que dit-il ?

— Il dit que c'est nous qui avons tué Abdelaziz Hamam, parce que nous l'avons giflé et qu'il n'a pas supporté l'humiliation. Il a dit que nous traitons les serviteurs comme des chiens, et les a incités à me rencontrer pour demander le retrait des châtiments corporels.

— Et est-ce que l'un d'entre eux l'a fait ?

— Aucun n'oserait proférer de telles choses devant moi.

— Alors, où est le problème ?

El-Kwo le regarda avec réprobation, mais il se contrôla et dit :

— Il faut punir Abdoune pour ce qu'il a dit.

— Je ne punirai personne pour ce qu'il chuchote à ses amis.

— Je peux présenter maintenant dix témoins pour confirmer ce qu'il a dit.

— Abdoune aussi pourra amener des témoins pour dire le contraire, et ainsi nous allons abandonner notre travail pour passer notre temps à enquêter sur des mouchardages. Je ne crois pas que cela soit utile à personne.

— Si nous ne punissons pas Abdoune immédiatement, les serviteurs vont se révolter contre nous.

Wright soupira, à bout de patience. Il regarda El-Kwo et lui dit :

— Écoutez, vous êtes le chef du personnel. Il faut que vous soyez au-dessus de ces détails. Ne prêtez pas attention aux paroles qui se répètent dans votre dos. Si quelqu'un dit devant vous quelque chose qui ne vous plaît pas, punissez-le sévèrement, mais ce qui se chuchote entre les serviteurs ne nous intéresse pas.

— Ce qui se dit maintenant derrière mon dos, on me le dira demain en face.

— Vous exagérez.

— Mister Wright, j'ai passé toute ma vie à m'occuper des serviteurs et je les connais très bien. Les serviteurs ne travaillent correctement que s'ils ont peur, et ils n'ont peur que s'ils sentent qu'à n'importe quel moment ils peuvent être châtiés, avec ou sans raison. Si un serviteur avait confiance en lui et en ses aptitudes, s'il était rassuré par une quelconque justice, s'il sentait qu'il a des droits, il se révolterait immédiatement. La justice pervertit les serviteurs. Celui qui a été habitué à l'oppression ne peut pas comprendre la justice. Si vous respectez un serviteur, il se comportera mal à votre égard. Pour lui, le respect est difficile à comprendre. Il le considère comme une marque de faiblesse. Même si le serviteur se plaint de la dureté de son maître, il parvient à en comprendre et à en respecter les raisons.

Mr Wright souffla un épais nuage de fumée :

— Tranquillisez-vous. Il n'y aura pas de révolte. Je vous demande seulement de suivre la question et de me tenir informé au jour le jour.

El-Kwo était sur le point de répliquer, mais Mr Wright avait repris la lecture du cahier ouvert devant lui. C'était là, suivant l'usage, l'indication de la fin de l'entretien. El-Kwo s'inclina et demanda :

— Y a-t-il quelque chose pour votre service ?

— Non.

El-Kwo quitta la pièce et Wright continua à passer en revue les feuilles posées devant lui. Quelques minutes plus tard, il n'arrivait plus à distinguer les lettres. Son esprit était préoccupé à un point qui le rendait incapable de lire. Il se leva et demanda à Khalil de ne permettre à personne de venir le déranger, puis il ferma la porte de l'intérieur.

Mr Wright ne buvait jamais pendant les heures de travail, en dehors d'un verre de vin au déjeuner, mais il conservait au bureau pour ses visiteurs une bouteille de whisky dont il n'avait consommé que quelques verres en un an. À cet instant, il ressentait le besoin pressant de boire. Dès la première gorgée de whisky, les tracas fondirent sur lui. Mon Dieu, qui avait donc libéré tous ces mauvais génies du bocal ? On aurait dit qu'il était victime d'une malédiction. Pourquoi tout allait-il à l'envers ? Ne voilà-t-il pas que sa fille refusait une invitation du roi ! À combien de filles au monde viendrait-il à l'idée de refuser une invitation à dîner d'un roi ? Les mauvaises manières de Mitsy n'avaient pas de limites. Elle avait refusé l'invitation simplement pour le provoquer, ni plus ni moins, cela ne faisait pas le moindre doute. Si c'était lui qui lui avait demandé de la refuser, elle aurait insisté pour y aller. Ce qui comptait, pour elle, c'était de le défier. Son plaisir, c'était de lui empoisonner la vie. Qu'avait-il fait pour que sa fille le déteste à ce point ?

Mais aussi, pourquoi le cortège des calamités ne s'arrêtait-il pas ? Qu'arrivait-il maintenant au club ? Cet Abdoune était un simple serviteur, un insecte sur lequel en temps ordinaire on ne pose pas le regard. C'est lui qui l'avait recruté pour faire plaisir à Odette et le voilà maintenant qui incitait ses collègues à la révolte. De serviteur il s'était transformé en leader qui parlait de dignité.

Mr Wright eut un sourire sarcastique puis se remémora son dialogue avec El-Kwo, et cela le déprima. El-Kwo avait raison : ce qu'avait dit Abdoune allait mettre de mauvaises idées dans la tête les serviteurs. Dans des circonstances ordinaires, même pour moins que ça, il l'aurait renvoyé. Mr Wright sirota son whisky en se demandant pourquoi il s'était opposé à la mesure préconisée par El-Kwo, pourquoi il avait dit le contraire de ce qu'il pensait. Était-ce pour ne pas mécontenter Odette qu'il était allé contre sa conscience et avait menti ? Comment avait-il pu tomber aussi bas ? Était-il devenu un vieillard hypocrite qui ment pour contenter sa maîtresse ?

Il se versa un autre verre puis s'assit sur le canapé, tendit ses jambes et but une grande gorgée. Il sentit la chaleur lui monter à la tête. Comment Odette l'avait-elle subjugué au point qu'il ait peur de la fâcher pour la moindre raison ? Il passait toutes ses journées à attendre le moment de leur rencontre. La vie ordinaire, les heures de travail et les heures passées en famille, même les moments de détente au club n'étaient plus que des heures d'attente, comme si la vie se résumait à la rencontre d'Odette et que tout, en dehors de cela, était factice, pâle et ennuyeux. Quelle honte ! Le désir lui avait-il fait perdre toute sa dignité ? Après avoir vidé un troisième verre, il se dit en lui-même : “Je suis vieux. Je peux mourir à n'importe quel instant. Il faut que je conserve mon honneur. Si mes relations avec Odette sont une faute, ce que je viens de faire avec El-Kwo est une erreur monumentale. Quand je trompe ma femme, je ne fais de mal qu'à elle, mais lorsque je mens et que je vais contre ma conscience à cause de mes désirs, c'est cela la totale déchéance morale.”

L'influence de l'alcool avait peu à peu fait croître son mécontentement. Il quitta l'Automobile Club pour aller au club Gezirah, où il déjeuna puis but un autre verre. Il ne se contrôlait plus. Il téléphona à Odette et lui demanda s'il était possible qu'il la voie immédiatement. Au téléphone, elle semblait circonspecte, comme si elle s'attendait à cet appel. Ils se mirent d'accord pour se retrouver une heure plus tard à l'appartement. Dès qu'il ouvrit la porte, il la trouva devant lui et la serra dans ses bras. Elle referma la porte du pied tandis qu'ils s'abandonnaient dans un long baiser. Comme son corps était incandescent ! Il sentit le sang se précipiter plus rapidement dans la partie inférieure de son corps. Il l'étreignit violemment et inonda son visage et son cou de baisers, mais elle le repoussa gentiment et lui dit avec douceur :

— À quel sujet voulais-tu me voir ?

— Je te le dirai plus tard.

— Je veux le savoir maintenant.

Il s'éloigna d'elle et réfléchit à la façon d'aborder le sujet. Il prépara lentement deux verres, lui en tendit un et s'assit avec l'autre à la main sur le fauteuil faisant face à la porte :

— Tu sais combien je t'aime.

Elle hocha la tête et sourit. Il poursuivit :

— Tu m'as demandé d'embaucher Abdoune à l'Automobile Club et je l'ai fait pour toi.

Odette sirotait son verre et alluma une cigarette.

— Je garderai ta bonne action comme un collier autour de mon cou pour l'éternité. Je te donnerai mon âme parce que tu accepté de nommer Abdoune au poste d'assistant du barman.

— Abdoune a créé un problème.

— Quel crime a-t-il perpétré ? A-t-il tué quelqu'un dans votre grand club ?

— Il dresse les serviteurs contre nous.

— Quel crime odieux ! Pourquoi ne le jettes-tu pas aux lions affamés, comme le faisaient les empereurs romains avec ceux qui leur déplaisaient ?

— S'il te plaît, arrête de te moquer.

— Que veux-tu que je fasse ?

Mr Wright hésita un peu puis dit d'un ton sec :

— Odette, il faut que tu fasses savoir à Abdoune que ce qu'il a dit n'est pas acceptable.

— Qu'a-t-il dit ?

— Il exige l'interdiction des châtiments corporels.

Odette le regarda et s'écria :

— Les châtiments corporels ! Est-ce que tu bats tes subordonnés ?

— Moi, je ne les bats pas.

— Qui les bat alors ?

— Le chef du personnel, s'ils sont en faute.

— Et tu trouves cela acceptable ?

— Ah ! Arrête de parler comme ça !

— Même si tu ne participes pas toi-même à ce crime, tu en es responsable.

— Ce n'est pas un crime.

— Si tu battais un de tes subordonnés en Grande-Bretagne, tu serais jugé et emprisonné.

Mr Wright poussa un soupir et dit d'une voix lasse :

— Nous ne sommes pas en Grande-Bretagne, Odette. Ton problème, c'est que tu vis dans les nuages. Tu n'es pas capable de voir la réalité et c'est regrettable. Je t'ai déjà dit que les Égyptiens sont différents des Européens.

— Est-ce que tu crois que le serviteur britannique mérite d'être traité avec respect tandis que le serviteur égyptien doit être battu ?

Mr Wright resta un moment silencieux. Il avala d'un trait ce qui restait dans son verre et son visage s'empourpra. Odette, en colère, lui cria :

— Réponds-moi !

— Que veux-tu ?

— Pour toi, les hommes ne sont pas égaux en droits ?

— Les hommes sont égaux en droits, mais leur conception de ces droits est différente.

— Ne joue pas avec les mots. Sois courageux et dis-moi franchement ton opinion. N'aie pas peur.

— Je n'ai pas peur de toi.

— Bien. Dis-moi ce que tu crois. Est-ce que de ton point de vue les Égyptiens sont plus faits pour supporter les humiliations que les Anglais ?

— Oui, c'est mon opinion, cria tout à coup Wright, le visage congestionné.

Il alla à la fenêtre et, lui tournant le dos, hurla :

— J'en ai assez de tes discours ! Que veux-tu savoir ? Je n'ai rien à cacher. Écoute mon opinion une bonne fois pour toutes. Les Égyptiens sont stupides, paresseux et menteurs. Si ce que je pense ne te plaît pas, ça te regarde. Je suis le directeur de l'Automobile Club et le serviteur que j'ai nommé pour te faire plaisir suscite des problèmes parmi ses collègues. Dis-lui de la fermer et de ne pas se mêler des affaires des autres. Dis-lui que les règles de l'Automobile Club ne changeront jamais. On y bat très fort les serviteurs pris en faute.

Wright parlait sous le coup de la colère. Les mots jaillissaient précipitamment pendant qu'il regardait à travers la vitre. Lorsqu'il se retourna, il ne trouva pas Odette dans son fauteuil. Elle s'était levée, avait pris son sac à main et se dirigeait vers la porte. Wright sauta vers elle et lui prit les bras, mais elle le repoussa.

— Laisse-moi.

— Odette, écoute.

— Je ne peux pas continuer à fréquenter quelqu'un de raciste comme toi. Je ne comprends d'ailleurs pas pourquoi j'ai accepté ça. Mais maintenant tu ne me verras plus.

Il voulut la retenir, mais elle se dégagea violemment et sortit aussitôt en claquant la porte derrière elle. Wright revint lentement s'asseoir dans son fauteuil. La tête lui tournait. Il avait beaucoup bu ce jour-là et les événements s'étaient succédé si vite qu'il n'avait pas pu s'en rendre compte. Odette s'était fâchée et l'avait quitté seulement parce qu'il avait critiqué le comportement d'Abdoune. Qui était donc cet Abdoune pour perturber leur liaison ? Pourquoi tout cet emportement pour un domestique ? Il lui vint une idée déplaisante qu'il avait jusqu'ici repoussée. Pourquoi Odette se préoccupait-elle à ce point d'Abdoune ? Quelle était la nature de leurs relations ? Est-ce que ce nègre copulait avec elle et la satisfaisait si bien au lit qu'elle n'avait plus besoin d'un autre amant ? D'autant plus qu'elle était beaucoup plus âgée que lui.

Mr Wright était incapable de totalement chasser ses appréhensions. Une relation entre Odette et Abdoune lui semblait improbable, mais son expérience de la vie lui avait appris qu'il n'y avait rien d'assuré dans les relations d'un homme avec une femme. Qui mieux que lui… Abdoune en fin de compte était un beau garçon et certaines femmes étaient excitées par des hommes qui leur étaient inférieurs. Elles désiraient des domestiques, des chauffeurs, des sofragis. Exactement comme certains hommes aiment les servantes et les cuisinières. Il ferma les yeux et appuya son dos contre le dossier. Il était amer. Pourquoi Odette était-elle partie et l'avait-elle laissé seul ? Il avait envie de faire l'amour avec elle, fût-ce une seule fois. Ses sentiments à son égard étaient forts, mais ambigus. Il l'aimait, et il était opposé à ce qu'elle faisait. Il l'aimait, mais il détestait sa faiblesse face à elle. Parfois il regrettait de ne pas l'avoir rencontrée quand il était plus jeune : il l'aurait épousée et aurait passé sa vie avec elle. À d'autres instants, il aurait souhaité ne l'avoir jamais rencontrée. En se remémorant leur dernière conversation, il se demandait : "Pourquoi Odette se moque-t-elle de moi ? Pourquoi me parle-t-elle avec hauteur ? Pense-t-elle que j'ai perdu tout amour-propre ? Elle est persuadée que je ne pourrai jamais me passer d'elle, quoi qu'elle me dise et quoi qu'elle fasse. Si elle a l'habitude de mener ses amants par le bout du nez, il faut qu'elle comprenne que je suis différent."

L'influence de la boisson redoublait la colère de Mr Wright. Il se disait que le moment était venu de se conduire comme un homme. Si Odette ne voulait pas de lui, il ne la supplierait pas de rester. Il ne mourrait pas de son départ. Au diable tout cela !

Il n'avait rien à se reprocher à son égard. C'est elle qui s'était mise en colère sans raison. Si elle s'imaginait qu'il allait courir après elle et mendier son affection comme autrefois, elle se faisait des illusions. Il se promit de ne plus l'appeler. En rentrant chez lui, il se sentit apaisé par la décision qu'il avait prise. Le lendemain, il effectua son travail comme à l'ordinaire, en essayant de se concentrer, mais Odette ne cessait d'apparaître dans son imagination. Il la voyait dans cent postures différentes, il entendait sa voix, il ressentait la chaleur de son corps qui le faisait fondre lorsqu'il était dans ses bras. Il se dit qu'il était naturel que cela lui prenne du temps de l'oublier.

Le soir, alors qu'il sirotait un whisky au bar du club, ses pensées prirent un cours différent : son désaccord avec Odette méritait-il tout ce qui s'est passé ? N'était-il pas allé trop loin dans sa colère ? Et même si sa position était juste, même s'il était décidé à rompre ses relations avec elle, n'était-ce pas une erreur de se dérober comme cela tout à coup ? Sa réaction n'avait-elle pas été un peu puérile ? Pourquoi ne pas l'appeler pour lui expliquer son point de vue ? Pourquoi ne pas lui annoncer qu'il la quittait, lui aussi, comme elle l'avait quitté ? Pourquoi n'aurait-il pas une conversation avec elle pour lui montrer ses torts ? S'ils discutaient un peu ensemble, il lui ferait regretter ce qu'elle avait fait. Elle comprendrait qu'elle s'était précipitée et que c'était elle qui était fautive. Il décida de l'appeler, non pas parce qu'elle lui manquait ni pour demander à la rencontrer, seulement pour l'informer de sa décision. Il allait lui donner une leçon qu'elle n'oublierait pas. Il allait en quelques mots rabattre sa morgue et lui faire regretter ce qu'elle avait fait, puis il raccrocherait et l'abandonnerait pour toujours.

Il alla au téléphone et forma le numéro. Dès qu'il entendit sa voix, il dit :

— Odette.

— Que veux-tu ?

— J'ai pensé à tes paroles. Je crois que tu as raison. Il faut que nos relations s'arrêtent.

— Ok, avait-elle répondu en raccrochant.

Il était atterré. Il s'attendait à ce qu'elle lui parle un peu, ou qu'elle se mette en colère, se dispute avec lui. Alors, il lui aurait reproché ce qu'elle avait fait et il aurait écouté son point de vue. Ils auraient discuté. Mais elle ne lui en avait pas laissé la chance. Il avait l'esprit embrouillé. Après avoir bu un autre verre, il se leva et alla au téléphone l'appeler à nouveau. Cette fois, elle ne répondit pas. Son émotion redoubla et il essaya à nouveau à plusieurs reprises, le combiné collé à son oreille jusqu'à ce que la sonnerie s'arrête. Il reprit ensuite sa place au bar, but un autre verre et demanda l'addition. Il faisait des efforts pour ne pas tituber. Il avait trop bu. Il prit sa voiture et sortit du club. Une demi-heure plus tard, il était debout devant son appartement. Il sonna plusieurs fois. Enfin, la porte s'ouvrit et Odette apparut. Elle s'effaça pour le laisser passer et referma la porte derrière lui. Alors il se surprit à lui dire, d'une voix étrange qui semblait provenir de quelqu'un d'autre :

— Odette, je m'excuse de la faute que j'ai commise à ton égard hier. Excuse-moi, je t'en prie. Ne m'abandonne pas. Je t'aime.

20

Il est vrai que Mahmoud Hamam comprenait avec difficulté et qu'il ne savait pas très bien exprimer ses idées, mais en fin de compte il éprouvait les mêmes sentiments que tout le monde. Lorsque son père était mort, cela lui avait fait un coup terrible. Il pleurait comme un enfant en l'accompagnant au tombeau. Il se souvenait avec chagrin de sa tendresse à son égard et de la patience dont il avait fait preuve face à ses échecs scolaires répétés et aux déconvenues qu'il lui infligeait en permanence. Les deux fois où sa stupidité avait fait déborder la coupe et où il l'avait giflé s'étaient complètement volatilisées de l'esprit de Mahmoud, et la seule image qu'il avait conservée, c'était celle du visage de son père le regardant avec un mélange d'affection et de découragement. Maintenant qu'il n'avait plus ce pilier solide sur lequel reposait son existence, il se sentait perdu.

La tristesse de Mahmoud pour la mort de son père était sincère et profonde, mais en même temps il profita de l'occasion pour cesser d'aller à l'école. Au début, sa mère considéra que c'était une conséquence naturelle de son chagrin, mais, après deux semaines d'absence aux cours, elle l'embrassa sur le front en lui apportant son petit déjeuner au lit et le regarda avec pitié.

— Mon fils, la mort est notre lot. Il faut que tu reviennes à l'école et que tu t'efforces de répondre aux vœux du défunt. Il aurait voulu te voir réussir ton passage en secondaire.

Mahmoud soupira en baissant tristement les yeux, puis répondit sur un ton de reproche :

— Qu'est-ce que c'est que cette histoire d'école ? Mais de quoi tu me parles ? Je n'ai pas la tête à ça.

Sa mère continua à insister et à la fin il lui dit pour mettre un terme à la discussion :

— D'accord, en fonction des circonstances.

Après cela, pour faire plaisir à sa mère et se libérer de ses conseils, Mahmoud, deux ou trois fois par semaine, sortait à l'heure des cours, puis, selon son habitude, faisait l'école buissonnière. Il allait au café ou jouait au football au Triangle jusqu'à ce que la journée se termine, puis il rentrait à la maison, ses livres à la main. Peu à peu, sa mère cessa de le réprimander pour ses absences. Elle céda. La mort soudaine de son mari avait suscité en elle une crise violente qui ne lui laissait pas suffisamment de force pour se préoccuper de Mahmoud, dont elle savait que, tôt ou tard – si ce n'était pas aujourd'hui, ce serait demain –, il allait de toute façon abandonner les études. Peut-être pensait-elle aussi que les frais scolaires qu'elle gaspillait inutilement pour l'éducation de ce paresseux de Mahmoud pourraient être mieux employés. Bientôt Oum Saïd abandonna totalement ce sujet. Une sorte de coexistence pacifique s'établit entre le fils et la mère, une acceptation mutuelle silencieuse d'une chose tacitement comprise. Lorsque Comanos demanda à deux fils du défunt de venir travailler avec lui à l'Automobile Club, Mahmoud fut enthousiaste. C'était de bon augure, parce que son travail au club allait une fois pour toutes refermer le dossier des études : était-il concevable que l'on demande à quelqu'un d'aller à l'école une fois qu'il était devenu un respectable employé ? Avant de prendre ses fonctions, Mahmoud avait écouté avec attention les conseils de sa mère et de son frère Kamel. Son visage noir semblait satisfait.

Kamel lui avait dit :

— Mahmoud, le travail est différent de l'école. Au travail, il n'y a pas d'école buissonnière. Si tu t'absentes du travail une seule fois, tu es immédiatement renvoyé.

Sa mère avait poursuivi :

— Mon fils. Tu vas commencer à travailler avec des gens qui vont te voir pour la première fois. Sois gentil et poli. Si quelqu'un te dit un mot qui ne te plaît pas, contrôle-toi. Le Seigneur t'a donné la force, et si tu frappes quelqu'un, tu peux le tuer. Tu imagines la catastrophe ! Que Dieu te protège, mon fils.

Mais il n'avait pas besoin de ces conseils, car il était bien décidé à faire de son mieux. Dès le premier jour, il éprouva une grande satisfaction. C'était pour lui comme une seconde naissance. Il commençait enfin à vivre comme il l'avait toujours désiré. Il se levait à l'aube. Sa mère lui portait son petit déjeuner au lit et pendant ce temps ils parlaient de choses et d'autres. Ensuite il buvait deux verres de thé, l'un au lait et l'autre à la menthe, et pour conclure, deux tasses de café *mazbout* bien bouilli. Une fois qu'il s'était assuré qu'il avait l'esprit bien clair et l'humeur sereine, il se levait pour commencer l'immuable série des rites matinaux à accomplir avant de descendre affronter le monde. Il prenait d'abord un bain, nettoyait soigneusement et consciencieusement chaque partie de son corps, puis il se rasait plusieurs fois la barbe jusqu'à ce que son menton soit doux comme de la soie. Il enduisait ses cheveux frisés de brillantine anglaise de marque Smart puis les peignait au carré en les divisant en deux parties – un tiers d'un côté, deux tiers de l'autre – séparées par une raie bien dessinée du côté droit. Il mettait ensuite ses vêtements les plus élégants, aspergeait son corps de plusieurs giclées de parfum Old Spice, puis, avant de sortir, il embrassait la tête et les mains de sa mère. Dès qu'il arrivait à l'Automobile Club, il montait au vestiaire sur la terrasse, se déshabillait et accrochait avec un soin extrême ses vêtements au cintre avant de revêtir son uniforme, composé d'un pantalon noir étroit ressemblant à celui d'un cavalier, avec deux larges traits rouges sur le côté qui faisaient ressortir ses cuisses puissantes, d'une veste brodée étroite qui mettait en valeur son corps élancé et sa large poitrine musclée, et d'un élégant tarbouche rouge. Il passait ainsi vêtu la porte du club et prenait la rue Kasr el-Nil d'un pas de parade jusqu'au garage, qui se trouvait dans une rue étroite à l'arrière, du côté de la place Ismaïlia. Là, il s'asseyait avec sa tenue chamarrée aux côtés de Mustapha, le vieux chauffeur. Tous les deux sur le pied de guerre, ils bavardaient en buvant d'innombrables verres de thé jusqu'à ce que la sonnerie du téléphone retentisse. Le téléphoniste les informait qu'ils devaient livrer la commande d'un des adhérents. Mahmoud passait immédiatement la prendre chez Rekabi, le cuisinier, tandis que Mustapha sortait la fourgonnette Citroën du garage, puis, avec Mahmoud à ses côtés, ils se rendaient tous les deux à l'adresse du client.

Dès le premier jour, Mustapha l'avait initié aux secrets du travail :

— Mahmoud, la façon dont tu présentes la commande est plus importante que la commande elle-même.

— Ah bon ?

— Lorsque tu présentes la commande, il faut que tu souries, que tu baisses la voix et que tu t'inclines, les yeux baissés, devant le client.

— Et tout ça, pourquoi ?

— Mon fils, écoute ce que je te dis. Ce qui compte pour les adhérents du club, c'est de sentir qu'ils sont très importants. Le prestige pour eux est plus important que de boire et de manger. Plus on leur donne de prestige, plus ils donnent de pourboires.

Les livraisons se faisaient à leur domicile à Garden City, à Zamalek ou à Maadi et parfois à Héliopolis.

Souvent les adhérents demandaient à Rekabi de leur préparer un dîner ou un gâteau ou une tarte. Parfois, c'était une bouteille de whisky avec des amuse-bouche chauds et froids. Jour après jour, lentement, Mahmoud apprenait les règles du métier. Avec sa commande, il montait à l'appartement du client, appuyait sur la sonnette et s'éloignait de deux pas en arrière. Un sofragi ou une servante ouvrait la porte et Mahmoud lui demandait à voir le bey ou son épouse. Dès que l'un des deux apparaissait, il s'avançait d'un pas ample et sportif, s'inclinait avec respect et disait d'une voix profonde et sur un ton de déférence :

— Bonsoir, Excellence, l'Automobile Club.

Et lorsqu'il s'agissait d'étrangers, il disait la seule phrase en français boiteux que Mustapha lui avait apprise, avec beaucoup d'efforts :

— Bonsoir, Monsieur, Automobile Club.

Le sofragi prenait possession de la commande tandis que le client signait la facture ou en réglait le montant en liquide. Dans la plupart des cas, Mahmoud recevait un bon pourboire, un billet que lui tendait, l'air satisfait, le bey ou son épouse. Son beau visage jeune, sa peau noire comme de l'ébène, ses dents éclatantes qui brillaient comme des perles quand il souriait, son grand corps élancé et musclé, son vêtement chamarré et brodé qui le faisait ressembler à un torero ou à un officier de cavalerie dans une parade militaire, ses inclinaisons répétées et majestueuses, dignes du palais royal, suscitaient l'admiration des clients et redoublaient le sentiment de leur importance, les portant à accroître leurs libéralités. La moitié du pourboire allait à Mustapha. Ensuite, une fois qu'il avait partagé le reste avec sa mère, il lui en restait assez pour subvenir à ses sorties avec son ami Faouzi. Mahmoud travaillait, gagnait de l'argent, contribuait aux dépenses de la maison. Il se conduisait avec sagesse, donnait avec confiance son point de vue sur de nombreux sujets, demandait à sa mère si elle avait besoin de quelque chose avant de descendre de la maison, bref, il était devenu un homme responsable de sa famille. Quand il se réveillait tard le matin et que sa mère lui portait le petit déjeuner au lit, il sentait qu'il avait droit à cette gâterie.

Le travail à l'Automobile Club ouvrit les yeux de Mahmoud sur une autre réalité : il y avait un autre monde, différent de la rue Sedd el-Gaouani, du Triangle, du moulin Ramali et du collège Ali Abdelatif, un monde de luxe, coloré, plein d'agrément dont il n'imaginait même pas l'existence auparavant. Il découvrit qu'il y avait des plaisirs beaucoup plus grands que le football et les baisers volés à ses amies lycéennes dans la pénombre des cinémas. Les membres du club vivaient dans des appartements qui ressemblaient à des palais. Ils portaient des vêtements élégants, comme ceux des stars. Mahmoud commença à se demander comment certaines personnes pouvaient être riches à ce point. D'où leur était venu tout cet argent ? Comment l'avaient-elles gagné ?

— Ces riches sont des fils de riches, Mahmoud. Ils ne connaissent pas les épreuves que nous connaissons. Leur seul problème au monde, c'est de savoir comment dépenser leur argent et comment s'amuser, lui dit Mustapha sur un ton où il y avait autant d'ironie que d'amertume.

Au fil des jours, Mahmoud commença à connaître un groupe de clients qui passaient souvent des commandes au club et à être connu d'eux : Sarouat Bey el-Gueretly, qui organisait sans cesse avec ses amis des soirées de poker, et qui souvent, lorsque le vin faisait défaut, commandait une bouteille de whisky et des amuse-bouche ; M. Babazian, un vieil Arménien veuf possédant une horlogerie célèbre place Ataba et qui, habitant seul rue du Diwan à Garden City, se faisait souvent livrer son dîner; Ahmed Fadali, le célèbre metteur en scène de cinéma, un coureur de femmes qui emmenait ses maîtresses dans sa garçonnière de la rue Chawarbi et commandait souvent un repas pour deux et une bouteille d'un grand vin français dont il allait prendre livraison lui-même à la porte – il avait renvoyé les domestiques – nu sous sa robe de chambre, tandis que sa maîtresse l'attendait à l'intérieur… La personne la plus sympathique parmi tous ces clients était Mme Khachab, une dame anglaise petite et bien en chair de plus de soixante ans. Ses cheveux étaient teints en noir, mais elle avait laissé sur le devant une grande mèche blanche. Elle avait été mariée à un propriétaire terrien qui s'appelait Samy Khachab. Ils n'avaient pas eu d'enfant et, à sa mort, elle s'était retrouvée seule dans son grand appartement de Zamalek. Dès le premier instant, Mahmoud la trouva sympathique. Il aimait son visage maternel, son perpétuel sourire et son arabe chaotique. Toutes les fois qu'il lui portait la tarte aux fruits qu'elle aimait, elle le saluait avec chaleur et bavardait amicalement avec lui, debout devant la porte. Mme Khachab lui demandait des nouvelles de sa famille et il lui en faisait un récit détaillé. Elle l'écoutait avec intérêt et, à la fin, elle soupirait et lui donnait un gros pourboire :

— Bravo, Mahmoud. Tu es un homme. Prends bien soin de ta mère et de tes frères et sœur.

Quand il lui dit que sa sœur, Saliha, avait passé avec succès l'examen de fin de semestre, elle le félicita chaleureusement et lui donna, en plus du pourboire habituel, une livre pour fêter son succès. Saliha se réjouit de recevoir une livre, mais s'en étonna, car Mme Khachab ne la connaissait pas. Alors Mahmoud lui avait parlé de la bonté de cette femme qui, bien qu'elle soit anglaise, aimait l'Égypte et les Égyptiens et était aussi généreuse que les fils du pays. Quelques jours plus tard, Mahmoud alla lui porter comme d'habitude une tarte aux fruits.

Elle prit sa commande, bavarda avec lui puis lui donna son pourboire et il la remercia comme d'habitude. Avant qu'il se retourne pour partir, elle cria comme si elle se souvenait de quelque chose :

— Un instant !

Elle entra dans l'appartement, disparut quelques minutes puis revint en traînant sur le sol une lourde valise :

— Mahmoud, tu es comme mon fils, n'est-ce pas ?

Mahmoud hocha la tête et elle poursuivit :

— Ce sont des chemises, des pantalons et des vestes très chics. Tous sont à ta taille. Prends-les. Je t'en prie, n'aie pas honte.

La situation était aussi soudaine qu'impromptue. Cela allait trop vite pour que Mahmoud comprenne ce qui se passait, mais le regard maternel de Mme Khachab et son sourire affectueux eurent raison de son hésitation. Il s'inclina, souleva la valise d'une seule main et la remercia chaleureusement. Mustapha ouvrit le coffre de la voiture et y mit la valise. Lorsque Mahmoud revint à la maison, il trouva sa mère éveillée qui l'attendait, comme d'habitude. Lorsqu'elle vit la valise, elle fut surprise et lui demanda ce que c'était. Mahmoud sourit et lui dit :

— J'ai faim. Je mange d'abord et je raconterai ensuite.

Pendant le repas, il avala une grande quantité d'œufs et de bastorma et nettoya ce qui restait dans le plat avec une grande cuillère. Puis il passa au dessert : deux grands sandwichs de pain de mie remplis de crème et de miel. Il se leva pour se laver les mains puis revint s'asseoir à côté de sa mère et, tout en sirotant un verre de thé, il lui parla de la gentillesse de Mme Khachab et de son amitié pour lui, puis il en vint à la valise. Il se leva pour l'ouvrir, encouragé par l'absence de réaction de sa mère, et passa en revue les vêtements, qu'il trouva très élégants : des chemises, des pantalons et trois costumes, tous à sa taille. Sa mère suivait ce qu'il faisait en le fusillant du regard tout en semblant ne pas y prêter attention, mais au moment où il prit une chemise bleue avec un col blanc et l'exhiba en disant : "Tu as vu comme cette chemise est belle !", Oum Saïd se mit tout à coup à hurler, d'une voix entrecoupée, et à gémir :

— Je te laisse avec ta conscience, Mahmoud.

Mahmoud jeta la chemise et se précipita vers elle :

— Qu'as-tu, maman ?

— Tu as fait de nous des mendiants jusqu'à la fin des temps.

— Des mendiants, pourquoi ? Mme Khachab est une femme très gentille.

— Une femme très gentille qui te donne ses vieux vêtements.

— Maman, ces vêtements sont mieux que les neufs. Personne ne verra jamais qu'ils ont déjà été portés.

— Même si personne ne le sait, comment pouvons-nous accepter d'être des mendiants ?

— Maman, je ne comprends pas pourquoi tu es en colère.

— Tu ne comprends jamais rien parce que tu es idiot. La plus idiote des créatures de Dieu. Un âne bâté.

Ces mots lui avaient échappé. Il y eut un profond silence, et Mahmoud baissa la tête. Il était assis à côté d'elle comme un chien fautif puni par son maître. Oum Saïd le serra fort dans ses bras et lui chuchota :

— Mon fils. Je regrette. Ne sois pas en colère contre moi.

Il hocha la tête et murmura :

— Ce n'est rien.

Cette placidité renforça son sentiment de culpabilité et elle l'embrassa sur le front. Elle lui dit comme si elle le berçait :

— Mon fils, nous appartenons à une grande famille. Des seigneurs, des nobles. Nous étions riches et nous sommes devenus pauvres. Nous souffrons, nous travaillons, mais nous ne tendons jamais la main. Nous n'avons que notre honneur. Nous ne pouvons pas le dilapider. Mahmoud, attention, n'accepte jamais d'aumône de qui que ce soit.

Cela encouragea Mahmoud, qui lui demanda avec l'innocence d'un enfant qui veut comprendre :

— Mais, cette valise n'est-elle pas comme les pourboires que je reçois des clients ?

— Non, mon fils. Le pourboire n'est pas une aumône. Le pourboire, c'est une façon d'apprécier le travail que tu as fait, mais l'aumône on la donne aux mendiants.

Il y eut un nouveau silence. Ensuite Oum Saïd se leva et se tint debout devant lui :

— Mahmoud, tu m'aimes ?

— Bien sûr, maman.

— Si tu m'aimes, il faut que tu rapportes ces choses à la dame étrangère.

Mahmoud se mit à la regarder comme s'il ne comprenait pas. Sa mère ajouta :

— Par la vie de ton défunt père, écoute ce que je te dis et tu me rendras l'esprit tranquille.

Le lendemain, Mahmoud s'entendit avec Mustapha et, après avoir fait leur première livraison, au lieu de revenir directement au club, ils firent un détour par la rue Sedd el-Gaouani pour prendre la valise et la charger dans la voiture. Ils allèrent ensuite chez Mme Khachab à Zamalek. Mahmoud posa la valise par terre à côté de lui et sonna à la porte. Au bout d'un instant, Mme Khachab apparut dans une robe de chambre en soie. Elle semblait étonnée, mais rapidement elle sourit et dit :

— Que se passe-t-il, Mahmoud ?

Il répondit immédiatement :

— Madame Khachab, merci pour votre cadeau, mais je ne peux pas le prendre.

— Pourquoi ?

— Parce que ma mère s'est mise en colère.

— Pourquoi s'est-elle mise en colère ?

— Elle dit que nous ne sommes pas des mendiants pour accepter l'aumône.

— Ah bon ! s'écria-t-elle.

Elle murmura quelques paroles en anglais, qu'il ne comprit pas. Elle se pencha et tira la valise à l'intérieur puis ferma la porte sans lui adresser la parole. Mahmoud comprit qu'elle était en colère et cela le chagrina. Il regrettait presque de lui avoir rapporté son cadeau, mais en se souvenant de la tristesse qu'il y avait sur le visage chéri de sa mère, il se rendit compte qu'il n'avait pas eu le choix. Le lendemain, son sentiment de culpabilité commençait à lui peser. Il fallait qu'il parle à Mme Khachab, qu'il lui explique ce qui était arrivé, qu'il s'excuse auprès d'elle et qu'il la supplie de ne pas être en colère contre lui. Il lui dirait qu'il l'aimait et qu'il savait qu'elle l'aimait d'un amour maternel, mais qu'il avait été obligé, malgré lui, d'exécuter la volonté de sa mère.

Les jours passèrent et Mahmoud attendait que Mme Khachab commande au club ses pâtisseries préférées pour pouvoir lui expliquer la situation, mais la semaine s'écoula sans qu'elle demande quoi que ce soit. Mahmoud raconta à Mustapha ce qui s'était passé. Celui-ci, le volant entre les mains, hocha la tête et dit :

— Bien sûr, Mme Khachab a raison d'être fâchée. Elle a été gentille avec toi et toi, tu l'as vexée.

— Comment m'en sortir, Mustapha ? Je ne sais vraiment pas quoi faire.

— Dieu sait que ta mère aussi a raison. Vous, les Hamamia, vous êtes des seigneurs de la Haute-Égypte. Comment pourriez-vous accepter l'aumône ?

— Oncle Mustapha, je m'y perds, tu es d'accord avec qui ?

Mustapha secoua la tête et réfléchit un peu :

— Écoute, Mahmoud. Tu veux te réconcilier avec Mme Khachab ?

— Bien sûr.

— Parfait. Va lui acheter un bouquet de belles fleurs et offre-les-lui.

Mahmoud eut l'air perplexe. Il bougonna :

— Comment ça, des fleurs, Mustapha ? Qu'est-ce que tu me racontes ?

— Écoute ce que je te dis, Mahmoud. Les khawagas aiment beaucoup les fleurs. La plus belle chose que tu puisses offrir à n'importe quel khawaga, c'est un bouquet de fleurs.

Mahmoud avait confiance en Mustapha et il n'était pas en état d'analyser l'idée. Il attendit le mardi, son jour de congé, et, aux environs de trois heures de l'après-midi, il était devant la porte de l'appartement de Mme Khachab, dans une belle tenue de sortie qu'il avait achetée chez Chaloun : un pantalon noir, une chemise blanche, une veste grise en velours. Il avait un bouquet d'œillets blancs et rouges à la main. Il sonna. Deux minutes s'écoulèrent sans que la porte s'ouvre. Il appuya encore, mais l'endroit semblait plongé dans le silence. Au bout de quelque temps, Mahmoud comprit que Mme Khachab n'était pas là ou qu'elle ne voulait pas ouvrir. Il se retourna pour partir, quand il entendit des pas approcher. Il serra de sa main gauche le bouquet de fleurs et, un large sourire au visage, il avança jusqu'à la porte. Il se sentait intimidé, mais était également prêt à toutes les éventualités.

KAMEL

J'étais très agité, incapable de dormir. Pourquoi le rythme de ma vie s'était-il ainsi accéléré ? Je passais tout à coup d'un état à l'autre, comme porté malgré moi sur une certaine route, sur un chemin tracé à l'avance qui me conduisait vers une fin inéluctable. Tout ce qui m'arrivait me semblait énigmatique : d'abord que je travaille au club, ensuite que j'y rencontre le prince… Celui-ci était-il venu par hasard à la réserve ? N'était-il pas étrange qu'il se soit déplacé en personne ? Ne lui était-il pas possible de demander la liste des vins, qui lui aurait été immédiatement envoyée ? Pourquoi m'avait-il invité à déjeuner dans son palais ? Ma personne l'intéressait-elle à ce point ? Qui étais-je pour que le fils de l'oncle paternel du roi recherche mon amitié ? Pourquoi était-il intervenu pour que je donne des cours à la fille de Mr Wright ? Et le plus étonnant de tout cela, c'était : Comment le prince avait-il connu mon rôle dans la résistance ? Il m'avait dit textuellement : "Grâce à ce que vous faites, vous et vos camarades, les troupes anglaises évacueront le pays."

Était-ce une phrase inopinée, innocente, qu'il avait prononcée spontanément, ou bien était-il au courant de quelque chose ?

Les questions étaient nombreuses et les réponses toujours aléatoires. Peut-être ce qui était arrivé était-il fortuit, et peut-être était-ce planifié avec soin ? Je restai allongé dans mon lit à penser et à fumer, et lorsque s'éleva l'appel à la prière de l'aube j'étais épuisé et sombrai pendant deux heures dans un profond sommeil. Je me réveillai à temps pour aller à mon rendez-vous de neuf heures avec Mr Wright. Je m'appliquai à soigner mon apparence. Je cirai mes chaussures jusqu'à ce qu'elles brillent comme un miroir, repassai moi-même ma chemise et mon costume, brossai méticuleusement mon tarbouche…

J'arrivai quelques minutes avant le rendez-vous. Khalil, le planton, me salua puis me murmura en souriant :

— Que Dieu soit avec toi, Kamel. Le khawaga Wright est la plus abjecte des créatures du Bon Dieu.

À neuf heures exactement, je frappai à la porte. La voix ferme de Mr Wright me répondit :

— Entrez.

Mr Wright souriait rarement. Le visage renfrogné, il vous lançait un regard sévère et scrutateur. Il me dit en anglais :

— Comment allez-vous ?

— Très bien, merci, Monsieur.

Il me fit signe de m'asseoir puis alluma sa pipe et souffla un nuage parfumé.

— Son Altesse le prince Chamel a proposé votre candidature pour donner à ma fille des cours de langue arabe.

— Avec plaisir, Monsieur.

— Ma fille, Mitsy, a reçu son enseignement de base à Londres. Elle a ensuite décidé – pour une raison que je ne comprends pas – de vivre en Égypte et elle étudie maintenant l'art dramatique à l'université américaine. Elle a une connaissance basique de la langue arabe, mais elle a besoin de cours pour apprendre à parler et à écrire.

— Ne vous inquiétez pas. Elle parlera et écrira couramment l'arabe, lui répondis-je jovialement.

Mr Wright me regarda avec froideur, comme pour me signifier que j'avais dépassé les limites. Il me dit d'un ton officiel :

— J'ai choisi le mardi et le vendredi parce que, ces deux jours-là, Mitsy n'a pas de cours le matin. Vous commencerez aujourd'hui.

Je fis signe de la tête que j'étais d'accord. Il regarda sa montre puis souffla une autre bouffée parfumée de sa pipe qui fit un nuage autour de son visage, avant d'ajouter :

— J'ai vécu vingt ans en Égypte et pourtant les comportements des Égyptiens me semblent incompréhensibles. Par exemple, je ne comprends pas pourquoi les Égyptiens tiennent à employer une langue compliquée et morte comme l'arabe classique.

Je lui répondis à l'emporte-pièce :

— Parce que la langue arabe porte notre histoire et unit entre eux les peuples arabes. Également parce que c'est la langue du Coran.

— Ce ne sont que des songes.

Je ne répondis pas. La conversation prenait un cours inattendu. Mr Wright sourit et me demanda d'un ton provocateur :

— Pourquoi n'écrivez-vous pas le dialecte que vous parlez ?

— Le dialecte n'est pas une langue. Il sert seulement à la conversation. Nous ne sommes pas les seuls dans ce cas-là. De nombreux peuples ont une langue écrite et un dialecte oral. Les Français et les Américains ont comme nous des dialectes différents des langues française et anglaise.

Mr Wright secoua la tête pour montrer qu'il n'était pas convaincu. Il ajouta :

— Les Égyptiens ne progresseront jamais tant qu'ils resteront attachés à leur langue stérile.

Je lui répondis spontanément :

— La langue classique n'est pas stérile. C'est une des langues vivantes les plus riches. Ce n'est pas la langue qui est la cause du retard de l'Égypte. L'Égypte est en retard parce qu'elle est occupée.

Un air de mauvais augure passa dans ses yeux verts :

— Sans ce que vous appelez l'occupation, votre pays en serait encore au Moyen Âge.

— Nous ne demandons d'aide à personne. Et je ne crois d'ailleurs pas que la Grande-Bretagne soit venue occuper l'Égypte dans un but charitable.

Il me regarda avec dédain :

— Croyez-vous que les Égyptiens soient capables de se gouverner eux-mêmes ?

— Les Égyptiens ont gouverné le monde pendant de longs siècles.

— Bien sûr. Tout ce qui vous reste, c'est de vous glorifier de l'histoire, parce que le présent, lui, n'est pas glorieux.

— C'est l'occupation qui pille systématiquement nos ressources, c'est elle qui est responsable de la dégradation des conditions de vie en Égypte.

— Il faut que les Égyptiens apprennent d'abord à penser et à travailler d'une façon correcte avant de demander l'indépendance.

Cet homme était aussi détestable qu'incompréhensible. C'était avec la même effronterie qu'il s'était comporté avec ma mère et moi. Pourquoi ces paroles ? S'il méprisait à ce point les Égyptiens, pourquoi vivait-il dans notre pays ? Il ne m'avait même pas serré la main. Il ne m'avait même pas dit merci. Même si les cours étaient payés, la bonne éducation aurait voulu qu'il le fasse. J'étais furieux. J'eus tout à coup envie de lui tenir tête, de lui dire ce que je pensais de lui, et que le club aille en enfer ! Je fis un grand effort pour ne pas agir d'une façon que je puisse ensuite regretter. Tout à coup il me vint à l'esprit que ce qu'il faisait n'était pas spontané. Il visait un but précis. Peut-être voulait-il se venger sur moi de la façon dont ma mère l'avait apostrophé lorsqu'elle l'avait rencontré. Peut-être, surtout, ne voulait-il pas que je donne des cours à sa fille. Le prince m'avait sans doute imposé à lui et cette conversation avait pour but de m'amener à mal me comporter avec lui. De cette façon, le prince ne pourrait pas lui faire de reproches s'il me chassait. Je décidai de ne pas répondre à la provocation. Je me levai et lui dis calmement :

— Mister Wright, quand commencerai-je mon cours ?

— Lorsque Mitsy sera prête.

— Et quand Mlle Mitsy sera-t-elle prête ?

Il me répondit avec morgue :

— Allez attendre à l'extérieur. Khalil vous accompagnera bientôt jusqu'à elle.

Je sortis et attendis près d'un quart d'heure, puis Khalil vint me chercher. Nous prîmes l'ascenseur jusqu'au dernier étage et nous dirigeâmes vers une petite pièce à côté de la salle de jeu. J'essayai de maîtriser mes sentiments pour me débarrasser de l'émotion que m'avait causée ma rencontre avec Wright. Je me dis que si Mitsy avait hérité l'arrogance de son père, je ne lui donnerais pas de leçons, même si on me jetait des sacs d'or au visage.

Khalil tourna la poignée et la porte s'entrouvrit lentement. Mitsy était assise derrière une petite table ronde à côté de la fenêtre. Je m'approchai d'elle et lui dis en anglais :

— Bonjour.

Elle se leva, me serra amicalement la main et me répondit en souriant :

— Hello. Je suis Mitsy Wright. Je vous remercie d'avoir accepté de m'aider à apprendre l'arabe.

21

Une semaine s'écoula sans qu'Abdoune reçoive de sanction. Il continuait à aller, venir, rire, faire son travail de la façon ordinaire. Les serviteurs répétaient nerveusement :

— Patience. El-Kwo va l'écraser comme un cafard.

— Ça sera une leçon pour ceux qui en ont besoin.

Mais une autre semaine s'écoula sans que rien n'arrive. Alors, troublés, perplexes, ils commencèrent à envisager la question d'un point de vue différent : si Abdoune était capable de critiquer publiquement El-Kwo et de conserver son travail pendant deux semaines sans dommages, cela voulait dire qu'il n'était ni fou ni écervelé comme ils se l'étaient imaginé. Il savait très bien ce qu'il faisait. Il y avait là quelque chose d'incompréhensible : pourquoi El-Kwo ne l'avait-il pas puni ? Lorsque El-Kwo était venu au club, sa colère avait montré qu'il savait ce qu'avait fait Abdoune, et malgré cela il ne lui avait fait aucun mal. Le monde ne tournait plus rond. Si quelqu'un leur avait dit ça auparavant, ils ne l'auraient pas cru. El-Kwo était-il atteint d'une soudaine faiblesse ? Ou bien Abdoune jouissait-il de la protection d'une personne plus forte que lui ? La seule explication susceptible de les tranquilliser aurait été qu'Abdoune ait été infiltré par El-Kwo, ce qui n'était pas impossible car les manœuvres de leur chef ne connaissaient pas de limites. C'était sans doute une de ses dernières ruses infernales : introduire quelqu'un qui s'oppose à lui et s'abstenir de le châtier, pour éprouver leur fidélité. Au café, c'est cette idée qu'adopta Karara le sofragi. Il dit à ses amis :

— Méfiez-vous. Cet Abdoune est un espion. Faites attention à ce qu'il ne vous arrache pas les mots de la bouche si vous ne voulez pas qu'il vous en fasse voir de toutes les couleurs.

Dans l'assistance, plusieurs l'approuvèrent :

— C'est clair.

— Bien sûr, Karara, on avait compris.

Bahr, le barman, fit du doigt un signe de dénégation. Il était comme d'habitude assis en train de fumer sa chicha. Il en aspira une grande bouffée :

— Les amis, faites travailler vos cervelles. Vous croyez qu'El-Kwo a besoin d'envoyer Abdoune ? Il sait tout sur nous. Il a des espions qui lui rapportent la moindre chiure de mouche.

Karara lui demanda, inquiet :

— Mais alors quel votre point de vue sur Abdoune ?

— Il n'a personne derrière lui.

— Comment ça ?

— Ce garçon agit de son propre chef.

Samahi, l'aide-cuisinier, approuva :

— Abdoune défend la justice. Nous sommes étonnés parce que nous sommes habitués à ignorer nos droits.

Des cris de protestation s'élevèrent :

— Toi aussi, Samahi, tu as perdu la tête.

— Arrête de dire ça, Samahi, ou tu vas le payer cher.

— Abdoune est un espion, vous allez bien voir.

La troisième semaine, ils renoncèrent à discuter au sujet d'Abdoune. Lorsqu'ils se rencontraient, ils faisaient semblant d'être préoccupés par d'autres choses. Ils parlaient, échangeaient des plaisanteries, riaient, mais quelque chose en eux avait changé. En dehors de Bahr, de Samahi et de quelques autres qui éprouvaient de la sympathie pour Abdoune, les serviteurs ressentaient de l'animosité à son égard : il les poussait vers l'inconnu. Il les défiait. Il bravait El-Kwo et échappait au châtiment. Pourquoi, alors, leur soumission à El-Kwo était-elle nécessaire et pourquoi avaient-ils subi pendant tant d'années sa tyrannie ? Leurs existences reposaient sur une vérité unique : El-Kwo était une force absolue contre laquelle ils ne pouvaient rien. Si leur croyance en cela était ébranlée, tout changeait. L'image de leur tout-puissant maître enracinée dans leurs esprits les rassurait en même temps qu'elle les terrorisait. Il était dur avec eux. Il les opprimait, mais également il était le garant des fondements de leurs existences. Il les protégeait et leur donnait un sentiment de sécurité. En cas de crise, ils se réfugiaient auprès de lui, comme l'enfant s'accroche à sa mère dans la foule. C'est auprès de lui qu'ils venaient reprendre des forces. Ils avaient confiance dans ses capacités à remettre toutes les choses en ordre. On aurait dit qu'El-Kwo était leur homme et eux ses épouses obéissantes. Lorsqu'ils étaient en danger ou en difficulté ils répétaient avec confiance et fierté : "El-Kwo ne sera pas content de ce qui est arrivé. El-Kwo n'a jamais aimé les fausses solutions. Vous allez voir vous-mêmes ce qu'il va faire."

Ce qui les angoissait maintenant, c'était que les règles changeaient. Les mêmes causes n'aboutissaient plus aux mêmes effets. Des choses incompréhensibles se passaient derrière les portes fermées : El-Kwo savait, et il ne punissait pas Abdoune qui s'en était pris à lui ! Et maintenant, Bahr et Samahi et peut-être d'autres soutenaient Abdoune en public ! Qu'allait-il leur faire ?

S'il les laissait, eux aussi, sans punition, cela serait une pantalonnade, mais il ne pouvait logiquement pas les punir sans punir Abdoune. On ne peut pas s'en prendre à la conséquence et laisser la cause indemne.

Les appréhensions des serviteurs semblaient s'être transmises à El-Kwo qui y réagit par des expéditions brutales se succédant sans relâche. Il inspectait le club tous les jours, passait les lieux au peigne fin, et ses yeux brillants lançaient des flammes au milieu de son visage noir. Il ressemblait à un fauve affamé à la recherche d'une proie. Ce n'étaient même plus des fautes ou des preuves de négligence qu'il cherchait. El-Kwo saisissait n'importe quel prétexte pour les punir. Il suffisait d'un simple regard qui ne lui plaisait pas, ou bien de lenteur dans l'exécution d'un ordre, et El-Kwo faisait un signe à Hamid qui se saisissait de la victime, la giflait violemment et la rouait de coups de pied. Habituellement, les serviteurs acceptaient la punition comme un arrêt inéluctable du destin. Ils supportaient les coups en silence ou bien suppliaient El-Kwo de leur pardonner. Maintenant commençait à apparaître un phénomène étrange. Le serviteur puni laissait transparaître sa protestation lorsque Hamid le frappait, il grognait un mot ou faisait un geste de la main qui était une forme de récrimination. Cette légère protestation, presque imperceptible, était porteuse d'un message implicite, d'une phrase qui se répéterait sans être jamais prononcée : "Vous me battez pour la raison la plus futile, alors qu'Abdoune vous a attaqué devant nous tous et que vous n'avez rien fait."

Ce message parvenait à El-Kwo et son visage se rembrunissait, ses dents crissaient, et il ordonnait que l'on redouble les coups. Cette nervosité constante se transmit d'El-Kwo à trois des chefs d'équipe : Rekabi le cuisiner, Chaker le maître d'hôtel, et Youssef Tarbouche, qui se mirent à leur tour à se comporter d'une façon implacable et violente. Ils étaient pleins de hargne, sur le qui-vive, guettant la moindre bévue de l'un de leurs subordonnés pour le réprimander, l'insulter et ponctionner ses pourboires. Youssef Tarbouche épiait les employés de la salle de jeu, et si l'un d'entre eux faisait une faute, il se dirigeait vers lui et lui disait calmement :

— Deux jours de retranchés. Je vais faire votre éducation !

Chaker, à la moindre occasion, prenait des sanctions puis s'éloignait en ignorant les supplications des sofragis coupables. Rekabi, lui, lorsqu'il punissait un des employés de la cuisine, regardait les autres en faisant un geste vulgaire avec ses doigts puis criait :

— Fils de chien, maintenant ça sera tous les jours comme ça. Vous faites les fortiches, vous suivez Abdoune. Eh bien, vous allez en baver !

Les opérations quotidiennes d'inspection se poursuivirent et leur violence arbitraire augmenta, plongeant les serviteurs dans le désespoir. Ils travaillaient en silence, pleins d'appréhension, attendant que la punition tombe à n'importe quel instant.

C'en était fini de l'allégresse qui s'emparait autrefois d'eux le matin lorsqu'ils nettoyaient le club. Une sensation d'oppression dans leurs poitrines leur faisait pressentir qu'ils se dirigeaient vers des jours sombres. Au milieu de toute cette confusion survint l'incident provoqué par Karara. Le sofragi avait saisi le moment où Abdoune passait la porte du club pour se jeter sur lui en criant :

— Qui t'a envoyé pour créer des problèmes et agiter les gens les uns contre les autres ?

Et en même temps il l'avait giflé, mais la gifle rata son visage et l'atteignit à l'épaule. Au lieu de s'enfuir, Abdoune s'avança vers son agresseur et le saisit vivement par la veste de son caftan. Il tira avec force et le gilet se déchira à hauteur de la nuque, laissant apparaître son torse. Abdoune profita de la surprise pour balancer dans le nez de Karara un fort coup de poing qui le fit tituber. Karara regarda sa veste déchirée puis posa la main à son nez et découvrit qu'il saignait. Il rugit alors comme un animal sauvage prêt au combat et cria à tue-tête :

— Par la vie de ta mère, je vais t'arracher tes vêtements, fils de pute !

Il bondit sur Abdoune, qui s'attendait à ce mouvement et sauta en arrière puis lui envoya un second coup de poing au même endroit que le premier. Karara poussa un hurlement. Ensuite Abdoune lui donna un coup de pied qui le fit tomber. Il était clair qu'Abdoune allait l'exterminer. Trois collègues intervinrent alors : Solimane le portier, Marei le liftier, et Labib le téléphoniste, qui avait quitté son standard lorsqu'il avait entendu le bruit de l'accrochage. Les trois hommes s'insinuèrent entre les deux lutteurs et déployèrent tous leurs efforts pour les séparer. Karara continua à proférer des insultes infamantes tandis qu'Abdoune tournait lentement le dos et montait par l'escalier jusqu'au vestiaire pour se changer et commencer son travail. Le lendemain, des collègues bien intentionnés intervinrent pour faciliter une réconciliation. Ils dirent à Abdoune :

— C'est vrai que Karara t'a giflé, mais toi, tu as déchiré sa veste et tu l'as frappé également.

— C'est celui qui commence qui a tort.

— Ce n'est pas bien, Abdoune. Karara est plus vieux que toi. Viens avec nous pour mettre fin à cette affaire.

Abdoune se laissa conduire et alla avec eux au restaurant, où Karara était en train de dresser les tables. Ils s'avancèrent vers lui et l'un d'entre eux dit :

– La paix de Dieu sur toi.

— Sur vous, la paix et la grâce de Dieu.

Karara comprit immédiatement le but de la visite. Ses collègues commencèrent leur médiation.

— Karara, Abdoune est ton jeune frère. On ne peut pas séparer l'ongle de la chair.

— C'était l'heure du diable, Karara, et elle est passée maintenant.

— Vous avez tort tous les deux.

— Allez, Abdoune, tends la main à ton oncle Karara.

Ils poussèrent Abdoune, qui tendit la main. Des voix s'élevèrent pour les encourager. Karara regarda Abdoune en respirant très fort comme s'il essayait de surmonter sa colère, puis il lui serra la main. Ce fut un moment de satisfaction pour les personnes présentes, qui émirent des propos enjoués. Le sourire de Karara, qui ne semblait pas convaincu par la réconciliation, manquait de chaleur. Il se retourna et recommença à disposer les fourchettes, les couteaux et les cuillères sur les tables. C'était le signe qu'il souhaitait mettre fin à la rencontre. Les serviteurs se contentèrent de ce résultat. Ils accompagnèrent Abdoune hors du restaurant avec le sentiment d'avoir rempli leur mission humanitaire. Mais ce qui s'était passé entre Karara et Abdoune était un message pour tous.

L'agression contre Abdoune n'avait pas été inutile, car elle avait montré qu'il était capable de faire mal à ceux qui l'attaquaient. Cela changea leur façon de lui parler. Désormais, ceux qui s'attaquaient à lui le firent sans se moquer et sans le prendre à la légère.

L'après-midi du jour suivant, ils le rencontrèrent au café et se remirent à le questionner agressivement :

— Alors, Abdoune, toi, tu penses que tu vas sauver le monde ?

— Ça te fait plaisir de voir les coups pleuvoir sur nous ?

Abdoune les regarda calmement :

— C'est vous qui avez tort. Au lieu de réclamer vos droits, vous avez peur et vous vous taisez, et le résultat c'est qu'El-Kwo en rajoute.

L'un d'eux lui dit :

— Tu te réjouis de notre malheur, Abdoune.

— Je vous jure que ça ne me fait pas plaisir. Je suis de tout cœur avec vous. Si vous réclamiez vos droits à El-Kwo, que pourrait-il vous faire de plus que ce qu'il vous fait actuellement ?

— Tu veux qu'on l'attaque de front ?

— Nous sommes des hommes comme lui.

— Continue à rêver.

La conversation se poursuivit ainsi, puis tous se turent. Il ne leur restait plus ni force ni envie de discuter.

Ils passaient le temps au café en affectant une bonne humeur factice, puis reprenaient leur travail avec zèle. C'était comme s'ils voulaient s'effacer derrière la routine quotidienne, se réfugier dans leur soumission, lutter contre l'angoisse en s'absorbant dans leur travail. Ils décidèrent de patienter dans l'espoir que leurs tourments s'arrêteraient et que la situation redeviendrait normale, mais les tournées d'inspection brutales d'El-Kwo ne cessaient pas. Au contraire elles redoublaient de férocité. Comme un malheur ne vient jamais seul, un matin qu'ils étaient plongés dans le nettoyage du club, Labib le téléphoniste accourut vers eux en criant :

— Au secours, les amis ! Abdelmalek est très malade.

22

La fête eut lieu dans le pavillon du Fayoum où le roi avait l'habitude de dormir pendant ses chasses au canard. Le bâtiment était blanc, complètement isolé. Il se composait de deux étages, devant une cour au milieu de laquelle s'étendait une piscine éclairée la nuit par des lampes situées sous l'eau. Autour de la piscine, des tables étaient disposées à une distance qui garantissait la confidentialité. Autour de la première table étaient assis la vieille princesse Mahitat et son mari le prince Chawket ainsi que le prince Chakib et son épouse. À la seconde table se trouvait Carlo Botticelli, au milieu de trois femmes : une jeune étrangère blanche de peau d'une vingtaine d'années, une femme brune et bien en chair de plus de trente ans, et au milieu Mitsy Wright, les cheveux châtains flottant dans son dos, en robe de soirée noire qui découvrait sa poitrine et la belle rondeur de ses épaules. Botticelli parlait aux trois femmes et en même temps les observait avec un sérieux professionnel mêlé d'inquiétude. Il passait en revue tous les détails pour s'assurer que chacune des candidates à l'amour correspondait exactement au portrait qu'il en avait fait. De temps en temps, il se levait et prenait l'une d'entre elles à l'écart. Il reculait d'un pas et la regardait comme s'il observait de près un tableau, puis lui chuchotait une remarque : "un peu moins de rouge", ou bien "remettez du khôl", ou bien "ajustez l'épaule de votre robe". Après cela, il la laissait partir à la salle de bains pour qu'elle mette en application ses conseils et lui revenait à la table. Botticelli donna ainsi ses instructions à deux jeunes filles, puis vint le tour de Mitsy, qui fut surprise de le voir la prendre par la main et lui dire en anglais :

— Je voudrais vous parler.

Elle se leva et le suivit. Elle semblait sur le qui-vive. Elle n'aurait pas supporté que Botticelli lui fasse des recommandations comme il l'avait fait avec les autres. S'il lui parlait de son rouge à lèvres ou de son khôl, elle lui donnerait une leçon qu'il n'oublierait pas. Peut-être sentit-il sa nervosité et modifia-t-il son plan ? Il la regarda en souriant amicalement :

— Vous êtes très belle.

— Merci.

— Cette nuit peut marquer un tournant dans votre vie. Je fais confiance à votre appréciation.

— Dans quel domaine ?

— Souvenez-vous que vous ne rencontrez pas des rois tous les jours.

— Que voulez-vous exactement ?

Botticelli répondit d'une voix douce :

— Sa Majesté aime la beauté et, s'il demande quelque chose, il doit l'obtenir.

Elle le regarda, l'air irrité. Il poursuivit :

— Vous verrez que Sa Majesté est un jeune homme sympathique et aimable et qu'il est extrêmement simple.

Mitsy détourna le regard et revint s'asseoir à la table. L'animosité de Mitsy n'inquiéta pas Botticelli. Il savait qu'elle répondrait favorablement à la demande du roi si celui-ci la désirait. D'abord, si elle avait dû refuser, elle n'aurait pas répondu à l'invitation. Elle était venue en sachant exactement ce que le roi attendait d'elle. Toutes ces réponses agressives et pleines d'aigreur n'étaient rien d'autre que des façons de cacher sa honte de se trouver dans cette situation. Comme les femmes sont étranges, se disait Botticelli en contemplant à nouveau les trois femmes assises devant lui. Si quelqu'un disait maintenant à n'importe laquelle des trois qu'elle était venue vendre son corps, elle se révolterait avec véhémence. Les femmes avaient une capacité merveilleuse à se cacher la vérité et à se mentir à elles-mêmes. En dépit de la longue expérience qu'il en avait (ou peut-être à cause de cette expérience), Botticelli n'avait pas un grand respect pour elles. On racontait au palais que lorsqu'il était jeune il avait été amoureux d'une jeune fille grecque d'Alexandrie dont il avait découvert par la suite qu'elle le trompait avec un de ses amis, ce qui lui fit perdre définitivement confiance. Cette anecdote était peut-être inventée, mais il était certain que Botticelli, qui, à l'instar de tous les entremetteurs, s'était mis d'accord avec des dizaines de femmes pour qu'elles offrent leur corps, qui avait vu les femmes qui se disaient les plus respectables et les plus vénérables entrer dans l'alcôve du roi, ne pouvait plus croire à la vertu d'aucune d'entre elles. Ces créatures fines et séduisantes, sous leur écorce factice, avaient une prédisposition au mensonge et étaient prêtes à tout pour faire fortune. Toute femme était à vendre : il n'y en avait pas une qui n'ait son prix. Chaque femme était susceptible de se laisser enjôler, séduire, le tout était d'utiliser la bonne méthode au bon moment. Le peu de confiance de Botticelli (ou en réalité son absence totale de confiance) l'avait amené à refuser le mariage : à plus de cinquante ans, il était célibataire. Quand il se saoulait avec ses amis qui l'incitaient au mariage, il leur disait :

— Pourquoi me marier ? Je vis toujours avec une maîtresse. Le mariage, cela veut dire qu'un jour ou l'autre on portera des cornes.

Face aux protestations qui s'élevaient, il disait en souriant avec une amertume résignée :

— Que ta femme te trompe, ce n'est pas un événement. Ce qui le serait, c'est qu'elle ne te trompe pas.

Les protestations reprenaient de plus belle et Botticelli agitait la main et poursuivait d'une voix forte :

— Messieurs, défendez l'image romantique de la femme si vous voulez, mais personne ne connaît les femmes mieux que moi. Ce sont des créatures extraordinaires, mais sans dignité. Cette vérité est regrettable, mais il ne sert à rien de faire semblant de l'ignorer. Vous êtes comme des clients qui attendent le dîner dans un restaurant, et moi je travaille à la cuisine et je sais très bien comment sont préparés les plats qui vous semblent délicieux.

Dans l'attente du roi, Botticelli était assis à sa table avec ses trois femmes. Quant à la table des princes, elle était hors contexte. Elle n'avait pas de rôle précis. Ceux qui y étaient assis savaient qu'ils n'étaient que des éléments de décor pour la scène principale. Il n'aurait pas été convenable que le roi d'Égypte et du Soudan vienne choisir une maîtresse parmi les jeunes filles qui lui étaient présentées comme s'il était dans une maison close. À cause de cela, Botticelli veillait à inviter ces princes, pour montrer que la chose était naturelle. Ils jouaient leur rôle et étaient fiers de jouir de la confiance du roi au point d'assister à ces moments intimes. Ils se tenaient loin du cours des événements, auxquels ils ne s'associaient qu'à travers la nourriture et la boisson. Ils bavardaient en français et leurs rires bourrus et leurs accès de toux se mêlaient aux doux rires des femmes à la grâce éthérée. De temps en temps, ils jetaient des regards à la dérobée vers la table du roi pour savoir s'ils allaient devoir continuer à faire semblant d'ignorer ce qui se tramait derrière leur dos ou si le moment crucial était venu où ils allaient devoir prendre congé de Sa Majesté.

Il était plus d'une heure du matin et le roi n'était toujours pas arrivé. Mitsy restait silencieuse alors que ses comparses bavardaient avec Botticelli. Elles parlaient et riaient d'une façon qui ne sonnait pas juste tout en lançant des coups d'œil vers la porte. Elles étaient inquiètes du retard du roi, mais n'osaient pas évoquer ce sujet. Bien qu'assise au milieu d'elles, Mitsy s'isolait dans son monde à part. Elle affectait un sourire neutre et avait le regard absent. Elle n'était ni dépitée, ni inquiète, et n'avait pas peur. Elle était simplement étonnée. Elle observait le spectacle comme si elle assistait à une pièce de théâtre. À nouveau, elle ressentait qu'elle ne se comprenait pas elle-même, qu'elle se conduisait d'une façon inexplicable. Une force irrésistible la poussait à faire des choses étranges. Pourquoi était-elle venue ? Elle était venue s'offrir au roi, attendre la permission de coucher avec lui ! C'était cela, la vérité. Maintenant, elle allait se prostituer de son propre gré. Il lui était difficile de jouer le rôle de la victime. Elle ne pouvait pas prétendre que son père l'avait forcée. Son père était incapable de la contraindre. Elle lui avait annoncé qu'elle n'irait pas à la réception. Elle avait fait exprès de le provoquer et s'était disputée avec lui comme d'habitude. Cette fois, il s'était mis très en colère. Sa rage était comme un brasier dont elle sentait presque la brûlure lorsqu'elle passait à côté de lui. Elle l'avait évité totalement, au point de ne plus dîner avec ses parents, se contentant de sandwichs qu'elle mangeait dans la chambre. Trois jours avant la réception, elle était allée le voir dans la pièce qui lui servait de bureau. Elle avait gratté à la porte et il lui avait dit d'entrer. Dès qu'il l'avait vue était apparue sur son visage une expression de mauvais augure. Sur ses gardes, il s'était calé au fond de son fauteuil. Elle lui avait dit calmement :

— T'es-tu excusé auprès de M. Botticelli ?

— Ça ne te regarde pas, lui avait-il répondu sur un ton de défi.

Il s'attendait à une réponse impertinente de sa part, mais elle avait souri :

— Bien. Si tu ne t'es pas encore excusé, ne le fais pas. J'ai changé d'opinion. J'irai à la soirée.

L'expression de fureur sur son visage avait fait place à de l'étonnement puis peu à peu à de la joie et à ce qui ressemblait à de la gratitude. Il avait souri et lui dit d'un ton hésitant, comme s'il craignait qu'elle ne fasse machine arrière :

— Tu as finalement pris la bonne décision. J'avais confiance, je savais que tu n'allais pas laisser passer cette occasion.

Elle lui avait répondu d'une manière toute pragmatique :

— J'irai ce soir acheter une nouvelle robe comme tu me l'as conseillé.

Elle n'avait pas attendu sa réponse, avait tourné les talons et quitté la pièce. Elle ressentait une jouissance à le surprendre avec ce à quoi il s'attendait le moins. Son père se montrait toujours incapable de comprendre son attitude, mais elle non plus ne la comprenait pas.

Elle avait toujours eu une tendance à la révolte contre tout ce qui était établi. Elle exécrait ce qui était stable, convenu, réglé à l'avance. Elle veillait à briser les règles et se précipitait toujours dans les directions interdites. Cela la réjouissait de déconcerter ceux qui avaient confiance en eux et en la sagesse de leurs décisions. Cette indocilité était ancienne. Elle s'était emparée d'elle lorsqu'elle était toute petite, à l'école. Lorsque le silence régnait dans la classe et que le maître pensait bien contrôler des élèves polis, silencieux et soumis à sa volonté, alors la tentation pour elle était trop forte. Elle était prise d'un violent désir de flanquer la scène en l'air. Elle éclatait tout à coup de rire ou appelait une amie à voix haute. Combien de fois sa pétulance lui avait-elle valu des punitions ? Combien de fois avait-elle passé l'heure de cours le visage tourné contre le mur, et à combien de reprises avait-elle dû écrire cent fois la phrase :

“Il faut que je sois polie en classe” ? Les punitions des enseignants ne la dissuadaient pas. Ses foucades soudaines durèrent jusqu’à ce qu’elle soit devenue une jeune fille, et prirent alors une dimension plus profonde. Elle défiait en permanence les règles et recherchait la vérité que l’on essayait d’occulter. En affrontant tous les principes en vigueur, les sourires factices, les allures pleines de componction et les paroles enrobées de fioritures, Mitsy cherchait la vérité cachée et prenait plaisir à la proclamer tout à coup pour faire tomber les masques et mettre tout le monde mal à l’aise. Elle recherchait la sincérité. C’est pour cela qu’elle aimait l’Égypte. Elle préférait s’asseoir dans les petits cafés du Caire que dîner au Carlton de Londres. Il y avait ici des gens authentiques et une vie pauvre mais naturelle, tandis que là-bas la vie était luxueuse et élégante mais artificielle.

Ce caractère fougueux et versatile avait été utile à Mitsy au théâtre. Lorsqu’elle jouait un rôle, elle n’avait jamais l’impression d’être en représentation. Elle perdait la conscience d’elle-même et s’assimilait à son personnage. Assimiler est un mot faible. En vérité, elle se transformait, elle devenait elle-même son personnage. Une fois, pendant les répétitions, un metteur en scène lui avait dit :

— Mitsy, tu es une actrice d’un genre particulier. Il est difficile de te diriger car tu te fies à tes sentiments. Je vais t’expliquer le personnage sans t’imposer un jeu. Comprends-le puis rentre à l’intérieur à ta façon.

Elle vivait comme si elle jouait un rôle. Elle cherchait à l’intérieur d’elle-même cette vibration, elle attendait cette ivresse puis, dès qu’elle l’atteignait, s’y abandonnait comme à une vague impétueuse.

Pourquoi avait-elle accepté l’invitation du roi ? Parce que l’expérience était excitante ou bien parce que l’admiration que le roi pourrait éprouver à son égard flatterait sa vanité féminine ? Tout cela était possible, mais la motivation la plus forte venait probablement de sa relation avec ses parents. Sa mère était froide, avare de ses sentiments et solitaire. Plongée dans ses livres, peu expansive, elle ne se préoccupait pas de ce qui se passait autour d'elle, au point d'avoir parfois l'air apathique. Mitsy, malgré cela, l'aimait parce qu'elle était sincère et appelait les choses par leur nom. Son père, au contraire, était menteur et hypocrite. C'était regrettable qu'elle ait cette opinion de son père, mais il représentait véritablement tout ce qu'elle détestait dans la vie : il était hautain, arrogant, prêt à tout pour de l'argent mais recouvrait cela de paroles factices sur les valeurs. Elle ne le supportait pas parce qu'elle comprenait ses motivations : il la poussait dans le lit du roi pour son intérêt tout en essayant de la convaincre qu'il souhaitait seulement la naissance avec le monarque d'une amitié pure. Son père jouissait en Égypte d'une situation prospère, et malgré cela il n'arrêtait pas de se plaindre. Il se lamentait tous les jours de son séjour dans ce pays alors qu'il savait bien que, s'il le quittait, il ne pourrait pas espérer la moitié du salaire qu'il touchait à l'Automobile Club. Il parvenait à ce salaire élevé en tant qu'Anglais et non pas en tant que directeur du club. Peut-être la nuit était-elle arrivée où elle pourrait mettre son père face à ses mensonges. Elle voulait le planter devant un miroir. Tu veux que je devienne la concubine du roi et tu prétends qu'il s'agit de faire honnêtement connaissance ? Très bien, Mr Wright. Je vais coucher avec le roi pour te révéler à toi-même. Je serai même très facile. Je vais ouvrir mes cuisses dès que je verrai le roi. Je sais que cela te remplira de satisfaction, oh ! respectable père.

Elle se dit que dans peu de temps le roi allait copuler avec elle. Qu'allait-il lui faire ? L'embrasserait-il d'abord ? Lui demanderait-il d'enlever ses vêtements devant lui ? Elle se souvint alors de Thomas, un élève ingénieur aux cheveux roux qui n'arrêtait pas de rire.

C'était le premier qui, à Londres, lui avait appris l'amour. C'était un amour véritable qui avait duré deux années complètes et qui s'était terminé d'un coup. Y a-t-il un temps fixé pour l'amour ? Une période limitée pendant laquelle il déploie toute sa force avant de se dérober puis de s'éteindre comme une bougie se consume ? Mitsy, plongée dans ses pensées, s'aperçut de la présence de Botticelli riant aux éclats avec les deux filles, qui s'efforçaient d'en faire autant. Combien elle détestait cet entremetteur infect, cette sorte de gros insecte dégoulinant d'un liquide écœurant ! Après lui avoir serré la main, elle avait eu l'impression pendant un long moment que quelque chose était resté collé à la sienne, au point qu'elle était allée à la salle de bains pour la laver. Assise face à Botticelli, elle luttait difficilement contre ses pulsions. Comme elle avait envie de faire un éclat, de soudain jeter la vérité au visage des personnes présentes ! Comme elle aurait aimé dire en face à Botticelli qu'il était un entremetteur ou bien se tourner vers ces princes assis à l'autre table et faire apparaître l'écart qu'il y avait entre leur morgue et le rôle qu'ils jouaient ! Leurs propos artificiels et leurs rires factices lui donnaient presque la nausée. Ils étaient là pour couvrir les turpitudes de Sa Majesté, ni plus, ni moins. Ils étaient des entremetteurs comme Botticelli.

À plus de deux heures du matin, le roi n'était toujours pas apparu. Les deux jeunes filles furent obligées d'aller aux toilettes refaire deux fois leur maquillage. Mitsy les regarda et se dit en elle-même : "Pauvres petites putains, vos efforts n'ont servi à rien ! Combien de temps avez-vous passé à vous faire belles ? Le roi ne viendra pas et vous allez rentrer désespérées."

Tout à coup la jeune fille assise à sa droite fit remarquer :

— Monsieur Botticelli, Sa Majesté n'est pas encore venue.

Botticelli l'observa avec un air mécontent et froid :

— Sa Majesté n'est pas liée par des rendez-vous. Vous pouvez partir si vous voulez.

La jeune fille, inquiète, lui répondit :

— Je suis désolée. Ce n'est pas ce que je voulais dire. Je vais attendre Sa Majesté, bien sûr.

Botticelli éclata d'un rire moqueur :

— Que vous restiez ou que vous partiez, cela n'a pas beaucoup d'importance. Je ne pense pas que le roi soit triste s'il ne vous voit pas ce soir.

La fille lui dit sur un ton flagorneur :

— Bien sûr, monsieur Botticelli. Je suis simplement très excitée à l'idée de voir Sa Majesté, ni plus ni moins.

Botticelli détourna la tête comme pour la punir de son insolence et s'adressa à l'autre jeune fille.

À deux heures et demie passées, leur inquiétude redoubla. Les princes et Botticelli connaissaient très bien le roi. Une fois qu'il était assis à la table de jeu, il oubliait tout le reste. S'il perdait au poker, il restait jusqu'au matin pour rattraper ses pertes et ne voulait se souvenir d'aucun rendez-vous, quelle qu'en soit l'importance.

À trois heures, Botticelli était convaincu que le roi ne viendrait plus. Comme il n'était pas possible que les invités s'en aillent avant que le roi ne les y ait autorisés, Botticelli décida d'appeler Sa Majesté à l'Automobile Club pour lui demander la permission de les libérer. Mais, avant que Botticelli ne se soit levé pour mettre son idée en application, il y eut tout à coup un remue-ménage. Les serviteurs se mirent à courir dans tous les sens. Ensuite El-Kwo arriva en hâte dans sa tenue dorée de l'intérieur du pavillon et se dressa de toute sa hauteur devant la piscine. Il regarda à plusieurs reprises derrière lui comme s'il attendait un signe puis s'inclina et cria d'une voix redoutable :

— Sa Majesté le roi d'Égypte et du Soudan !

Les personnes présentes bondirent de leurs sièges pour accueillir le roi. Il était en smoking avec un grand nœud papillon rouge et une chemise blanche. Le costume, malgré son élégance, ne semblait pas convenir à l'esprit de la soirée et était un peu froissé à l'arrière. C'était là un des défauts connus du roi. Souvent il faisait exprès de revêtir une tenue qui ne concordait pas avec l'occasion. Par ailleurs sa corpulence, sa façon de s'asseoir et ses perpétuels mouvements finissaient toujours par froisser ses vêtements.

Les invités s'avancèrent l'un après l'autre en direction du roi. Ils s'inclinaient et le saluait. Le roi regarda Botticelli et les jeunes filles qui l'entouraient, puis rit et dit en français :

— Carlo, quel bouquet de fleurs vous avez amené !

Cette généreuse métaphore royale fit plaisir à Botticelli, qui s'inclina avec émotion :

— Je suis au service de Sa Majesté.

Puis il présenta l'une après l'autre les trois femmes, d'abord la brune, Inji, fille du nabil Hassan Tcherkesse, puis la danseuse française, Chantal, qui se produisait à ce moment-là à l'Opéra. Vint enfin le tour de Mitsy. Botticelli regarda le roi d'une façon significative et sourit avec fierté, comme pour attirer son attention sur la qualité de cette candidate :

— Je présente à Votre Majesté mademoiselle Mitsy, la fille de Mr James Wright, le directeur de l'Automobile Club.

Le roi sourit :

— Très heureux de vous voir. Je connais et apprécie votre père.

Mitsy murmura un compliment et le roi poursuivit :

— Quelles sont vos occupations ?

— J'étudie le théâtre à l'université américaine.

Le roi parut intéressé et, lorsqu'ils passèrent à table, son attention sembla se porter sur Mitsy, avec qui il se mit à discuter, sans du tout se tourner vers les deux autres jeunes filles. Celles-ci faisaient de grands efforts pour cacher la jalousie qui les dévorait. Il apparut vite que le choix de Sa Majesté était fait. Les invités de l'autre table commencèrent à prendre congé du roi, qui leur en donnait l'autorisation d'un hochement de tête. Finalement Botticelli se leva, l'air satisfait du travail accompli. Il s'inclina et dit :

— Je prie Sa Majesté de m'autoriser à partir. Je dois raccompagner ces deux charmantes jeunes filles.

Le roi lui répondit en riant :

— Quelle mission difficile !

Seuls restaient le roi et Mitsy. Les serviteurs se tenaient à un endroit situé à une distance stratégique, duquel ils se précipitaient pour répondre aux ordres que leur donnait le roi simplement en se tournant vers eux, mais d'où il leur était impossible d'entendre ce qui se disait. Mitsy, en proie à un étrange sentiment, suivait la conversation du roi avec un sourire de convenance. Elle n'était pas tout à fait sûre de ce qui arrivait. Allait-elle d'un instant à l'autre découvrir qu'elle rêvait ? La vision dorée qu'elle avait jusqu'ici du monarque s'était complètement effondrée : était-il réel, ce gros homme visqueux maintenant assis en face d'elle ? Comme il semblait ordinaire et banal ! Le roi demanda une bouteille de vin puis fit un signe à Mitsy, qui le goûta et manifesta son approbation au garçon, qui lui en versa un verre. Elle remarqua que ce dernier ne versait rien dans le verre du roi et demanda d'une voix qui résonna étrangement à ses propres oreilles :

— Votre Majesté ne boit pas ?

— En vérité, je n'aime pas le goût du vin.

Elle avala une gorgée. Elle avait besoin de boire pour faire face à la situation. Le roi sourit et dit :

— Savez-vous pourquoi vous goûtez le vin avant de le boire ?

— Non, je ne sais pas.

Le roi rit et lui dit du ton de celui qui connaît le fond des choses :

— Cette coutume a toute une histoire. Un roi de France était malade et le médecin lui avait interdit de boire du vin. Ce roi invita des nobles et des courtisans et passa toute la nuit à lever des toasts. Les nobles buvaient mais lui ne buvait pas. Le vin avait tourné, mais ils étaient obligés de le boire car personne n'aurait osé informer le roi de France que le vin qu'il faisait servir dans son château n'était pas bon. Le lendemain, tous les invités tombèrent malades. Lorsque le roi l'apprit, il lança pour la première fois cette coutume de faire goûter le vin par l'hôte pour s'assurer de sa qualité avant de le servir aux invités.

Mitsy sourit :

— Voilà une information intéressante que je ne connaissais pas, Majesté.

— Je l'ai lue dans un livre d'histoire, lui répondit fièrement le roi.

— Votre Majesté lit beaucoup ?

— Quatre heures par jour au minimum.

Elle savait qu'il mentait, mais elle souleva ses beaux sourcils et dit :

— C'est formidable.

Pourquoi flattait-elle le roi ?

Encore une fois, elle était incapable de comprendre sa conduite. Comme elle détestait le sourire qu'elle avait aux lèvres et l'accent de sa propre voix ! Le roi lui dit :

— À partir de ce soir commence notre amitié.

— L'amitié de Votre Majesté est un honneur pour tous.

Le roi hocha la tête et eut l'air de profondément réfléchir.

— Vous savez, pour moi l'amitié n'est pas une affaire de temps, mais de sentiment. Au cours de ma vie, j'ai connu des gens pendant de longues années sans éprouver d'amitié pour eux. Au contraire, parfois je rencontre une personne pour la première fois et j'ai l'impression de la connaître depuis longtemps. J'apprécie beaucoup de discuter avec vous. En vérité, je souffre d'une grande solitude.

Mitsy se dit que c'était une bien vieille et bien mauvaise ruse pour provoquer ses sentiments, mais, continuant à jouer son rôle, elle ébaucha sur son visage un sourire triste et regarda affectueusement le roi :

— Comment Votre Majesté peut-il se sentir seul, entouré de toute part, comme vous l'êtes, par des gens qui vous aiment ?

Le roi soupira et dit à voix basse :

— On peut être très entouré et ressentir la solitude lorsque l'on pense d'une façon que les autres ne comprennent pas.

Mitsy se dit que ce roi insignifiant voulait apparaître comme un grand penseur.

Il parla de sa vie difficile et ingrate et du travail qui ne lui laissait pas le temps de se reposer. Elle lui répondit :

— Je suis consciente des responsabilités de Votre Majesté, mais il faut que vous trouviez le temps de respirer.

— Comment pourrais-je me reposer alors que je suis responsable de l'Égypte, le plus important pays du Proche-Orient !

"Quelle canaille ! Qui est-ce qui veille tous les soirs à l'Automobile Club et qui joue aux cartes jusqu'au matin ? Qui est-ce qui court après les femmes sans modération ? Et moi, pourquoi suis-je venue, ô roi si respectable ? Ce que vous faites maintenant fait-il partie de vos devoirs envers la nation ?" Elle hocha la tête comme si elle était convaincue par ce qu'il disait. Le roi s'interrompit soudain et lui demanda :

— Pourquoi avez-vous cessé de boire ?

— Je bois lentement.

— Continuez à boire. J'aime voir le bord du verre caresser vos lèvres.

Le roi fit un signe au sofragi, qui se précipita et s'inclina pour verser du vin dans le verre vide. Elle en but un peu et regarda le roi, qui était sur le point de lui dire quelque chose ; mais elle sentit tout à coup une grosse main presser la sienne. Sa respiration se précipita et elle se sentit sur le point de perdre conscience. Il lui souleva la main, l'embrassa et elle lui dit :

— Merci, Majesté.

Il prit le verre sur la table en disant :

— Je ne bois généralement pas, mais ce soir je boirai pour vous.

Elle resta silencieuse. Il se rapprocha tellement d'elle qu'elle sentit son souffle sur son visage, puis il soupira d'une voix troublée par le désir :

— Je vais boire dans votre verre. Je vais poser mes lèvres là où vous avez posé les vôtres pour connaître vos secrets.

Mitsy sourit avec une totale innocence et lui répondit :

— C'est là le seul honneur que je ne souhaite pas vous voir m'accorder.

— Que voulez-vous dire ? s'enquit le roi, fâché.

Mitsy continua à sourire et poursuivit sur un ton de prière :

— Je supplie Votre Majesté de ne pas boire dans mon verre.

— Pourquoi ?

Mitsy resta silencieuse et baissa un instant les yeux, puis souleva la tête et dit :

— Je suis malade. Je souffre d'une inflammation chronique de la gorge. Le médecin dit que c'est une maladie rare et contagieuse. Elle se transmet à tous ceux qui approchent de moi ou utilisent des objets que j'ai utilisés.

Le roi écarquilla les yeux. Son sourire s'effaça et ses pupilles s'agrandirent. Il sembla ne pas encore comprendre. Mitsy s'écarta et dit sur un ton de remords :

— Je vous présente mes excuses. Mais la seule chose que je crains, c'est de contaminer Votre Majesté.

23

Aïcha avait dit :

— Écoutez, Oum Saïd. Si vous voulez Faïqa pour votre fils Saïd – que le nom du Prophète le protège –, je la lui prépare et je vais jusque chez lui la porter.

Oum Saïd murmura un remerciement, mais Aïcha poursuivit avec enthousiasme :

— C'est bien connu, par Dieu tout-puissant, que même si nous faisions le tour de la terre, nous ne pourrions pas trouver mieux que vous, pas plus honorable que votre lignée. Pour moi, c'est déjà fait, ils sont déjà mariés.

Oum Saïd sembla inquiète et fit une dernière tentative :

— Je vous le répète, Aïcha. Ce qui commence par une condition se termine sans lumière : pas de fête, pas de noce, pas de youyous.

Aïcha soupira et dit d'un ton affable :

— Oum Saïd, Faïqa est ta fille. Nous sommes d'accord avec tout ce qui te fait plaisir. Avec la bénédiction de Dieu.

Le cercle s'était refermé autour d'Oum Saïd. Elle s'était fait avoir. Elle ne s'attendait pas qu'Aïcha accepte les dures conditions qu'elle avait posées. Il n'y avait plus rien à dire. Oum Saïd se leva pour partir et Aïcha la serra dans ses bras en la congratulant puis la raccompagna à la porte. Oum Saïd se dit que ce qui s'était passé était un plan brillamment combiné par cette fine mouche d'Aïcha et par son aguicheuse de fille. Son fils Saïd était tombé dans le piège comme un âne et il l'avait entraînée derrière lui. Aïcha avait tout organisé et tout exécuté pas à pas avec virtuosité. Elle s'était généreusement tenue à ses côtés après le décès d'Abdelaziz et l'avait comblée de bienfaits, puis elle avait envoyé sa pure saleté de fille séduire cet âne de Saïd et le rendre fou d'elle, et à la fin, voilà : Aïcha acceptait toutes ses conditions pour que le mariage ait lieu. Quelle femme habile, comme elle avait bien caché son jeu ! L'affaire s'était conclue comme elle l'avait voulu. Le jeudi suivant eut lieu la lecture de la Fatiha et l'échange des alliances. La famille de la mariée s'était montrée extrêmement accommodante en matière de dot. Ils avaient déclaré que les questions d'argent étaient la dernière des choses qui les préoccupaient. Ce qui leur tenait à cœur, c'était le bonheur de leur fille. Aïcha ne fournit à Oum Saïd aucun prétexte de ne pas être d'accord avec elle, mais un fait inquiétant survint. Aïcha rendit visite à Oum Saïd et lui dit en passant que Saïd avait décidé d'entrer avec elle dans une tontine pour la moitié du salaire qu'il toucherait lorsqu'il commencerait à travailler à Tanta. Le visage d'Oum Saïd se rembrunit. Elle ne fit pas de commentaire, mais dès qu'elle fut seule à la maison avec son fils, elle ne se contrôla plus et lui cria au visage :

— Tu veux entrer en tontine avec Aïcha ?

Saïd la regarda comme si c'était une chose ordinaire et hocha la tête :

— Oui. Dès que j'aurai touché mon premier salaire.

Sa mère se jeta sur lui, en rage, et s'il n'avait pas été plus grand qu'elle, elle l'aurait giflé. Elle cria dans un râle :

— Aie un peu de dignité ! Tu as vu qu'on était dans le besoin et, plutôt que de nous aider, tu te mets en tontine avec elle dès ton premier salaire et tu commences à entasser les sous ?

Saïd sourit calmement et dit :

— Il n'y a pas de mal à ça.

C'était sa manière à lui. Il faisait ce qu'il voulait puis affrontait les réactions avec une froideur totale. Une fois qu'il était parvenu à ses fins, il ne voyait plus de raison de s'émouvoir. Comme toutes les autres fois, sa mère se fâcha, cria, pleura, puis se calma et l'affaire fut classée. Les préparatifs du mariage se firent dans les délais les plus brefs et, deux semaines plus tard, au jour prévu, après la prière du vendredi, ils allèrent tous ensemble à la mosquée de Sayyida Zeineb. Comme convenu, l'invitation se limita aux proches et il n'y eut aucune apparence de festivité. Oum Saïd, Aïcha et Saliha étaient vêtues de deuil tandis que la mariée portait une belle robe bleue brodée de paillettes aux manches et à l'encolure. Mahmoud, Faouzi, Kamel et le marié étrennaient des costumes neufs. Quant au père de la mariée, Ali Hamama, il resplendissait dans un nouveau manteau marron en laine vierge anglaise avec au-dessous une belle galabieh beige rayée de bandes marron. L'aspect décrépit d'Ali Hamama était en contradiction avec son apparence élégante. Il avait ce jour-là l'air déguisé. On aurait dit un comédien qui, une fois son rôle terminé, enlèverait son splendide costume de scène pour reprendre ses habituels vêtements déchirés. Quant au *ma'azoun**, c'était un gros homme au visage charnu

* En Islam, il n'y a pas de sacrements. Le mariage est un simple contrat entre deux familles ratifié par un *ma'azoun*, un notaire spécifique en charge des matières relevant directement de la charia, comme c'est le cas pour le mariage. Ce sont normalement les pères des deux époux qui recouvrent d'un mouchoir leurs mains serrées. Ici le futur époux prend la place de son père décédé.

et complètement rond, comme s'il avait été dessiné au compas et ensuite gonflé. Ali Hamama mit sa main dans celle de Saïd, toutes les deux recouvertes d'un mouchoir blanc, et il répéta derrière le *ma'azoun* :

— Je te donne en mariage ma fille Faïqa, vierge et douée de sa raison conformément à la tradition de Dieu et de son prophète et suivant les préceptes de l'école de l'imam Abou Hanafi al-Noaman*, et en fonction de la dot décidée entre nous.

Au lieu des youyous qui s'élèvent généralement à ce moment-là, le silence ne fut interrompu que par les timides congratulations murmurées des participants. Oum Saïd éclata en sanglots. Depuis qu'elle était entrée dans la mosquée, elle avait déployé des efforts démesurés pour rester maîtresse de ses sentiments, mais, au moment de la signature du contrat, elle s'était effondrée. Qui aurait pu supposer qu'Abdelaziz, son cousin, son ami, son mari, allait mourir à cinquante ans et ne pourrait pas assister au mariage de son fils aîné ? Comme il se serait réjoui s'il avait été ici maintenant ! Est-ce que cela aurait été trop demander ? Est-ce que l'ordre du monde aurait été détraqué si Abdelaziz avait vécu quelques années de plus pour voir le mariage de ses enfants puis la naissance de ses petits-enfants ? Que Dieu tout-puissant lui pardonne, mais c'était cela que se répétait Oum Saïd lorsque ses larmes se répandirent. Saliha pleura, influencée par les larmes de sa mère, puis ce fut Aïcha qui à son tour (sincèrement ou par souci

* Il y a dans l'islam sunnite quatre école juridiques qui diffèrent sur certains points : la malékite, très présente au Maghreb, la chaféite, la hanafite, dominante en Turquie, et la hanbalite. L'école hanafite est considérée comme la plus ouverte et l'école hanbalite, d'où est issu le courant wahhabite, comme la plus rigoureuse. C'est ce dernier courant – le plus littéraliste – qui prévaut aujourd'hui dans la lecture salafiste et djihadiste de l'islam.

des convenances) prit un mouchoir blanc pour essuyer ses larmes, tandis que les hommes présents s'efforçaient de les calmer. C'est ainsi que se terminèrent les cérémonies. Ils sortirent tous de la salle. Le spectacle des familles des deux mariés venant de conclure un mariage en silence, sans un seul youyou, sans un seul signe de fête était une chose étrange, unique en son genre. Quant à Faïqa, ce qu'on lisait sur son visage, ce n'était pas cette expression rêveuse, cet air de planer loin du réel propre aux jeunes mariées. Le jour du mariage, elle avait la mine déterminée de quelqu'un qui avait réussi, qui avait remporté la victoire. Elle était satisfaite, fière comme une élève qui a déployé de grands efforts dans ses études et qui monte sur l'estrade pour recevoir un prix d'excellence. Faïqa avait mené une longue et difficile bataille pour se procurer un mari et celui-ci était maintenant debout à côté d'elle. Tour à tour elle avait pratiqué l'attaque et la défense, s'était livrée à des manœuvres, avait donné la charge puis opéré un repli tactique. Elle avait travaillé Saïd au corps jusqu'à ce qu'il s'attache à elle, lui avait accordé sa jouissance puis était revenue en arrière et s'était interdite à lui pour mieux le soumettre à sa volonté. Combien elle avait eu pitié de lui quand elle l'avait vu devant elle, la suppliant de lui accorder son corps, au bord des larmes tant son désir était fort ! À ces moments, elle s'était sentie comme une mère aimante mais sévère qui punit son petit garçon, une mère qui, tout en souffrant pour lui au fond de son cœur, persiste à exécuter la sentence parce qu'elle lui est salutaire. Que n'avait-elle pas fait pour épouser Saïd ! Elle avait sacrifié sans hésiter tout ce dont rêvaient les filles : une robe de mariage blanche, une noce, et le trône où s'assoient les deux jeunes époux. Elle savait d'instinct, mais également grâce aux conseils de sa mère, que tout délai au mariage pouvait en faire perdre les chances pour toujours. Les propos pleins de sagesse de sa mère résonnaient dans ses oreilles : “La fille lucide plie lorsqu’elle trouve que le vent est fort. Écoute les paroles de ta belle-mère. Ne la fâche pas, jusqu’à ce que le mariage soit fait.”

Après le mariage, les deux époux passèrent une semaine à l’hôtel El-Angelo, rue Soliman Pacha. C’est Ali Hamama, le père de la mariée, qui avait pris à sa charge la note. C’était là un précédent qui devait rester unique et qui méritait d’être enregistré dans sa biographie. Il continuerait à s’en glorifier et à s’en prévaloir auprès de sa femme toutes les fois qu’il se disputerait avec elle. Après la fin de leur lune de miel, les deux mariés retournèrent habiter dans leurs familles respectives, puis Saïd partit à Tanta pour prendre ses fonctions de professeur technique. Il loua un appartement de deux chambres et un salon dans la rue de l’Armée, puis revint chercher son épouse pour s’établir avec elle. Lorsque le train siffla longuement et commença à s’ébranler, emportant les jeunes mariés, à ce moment seulement commença la vie véritable pour Saïd Hamam. Il se rendrait compte après cela que les années qu’il avait vécues jusque-là n’étaient qu’une introduction à sa vie avec Faïqa. Celle-ci démontra brillamment sa supériorité comme amante, comme amie, comme épouse et comme maîtresse de maison. Il découvrit qu’elle était une cuisinière hors pair. Elle passait inlassablement de longues heures à la cuisine, et si elle goûtait un nouveau plat ou même simplement si elle en entendait parler, elle n’avait pas de trêve avant d’en avoir obtenu la recette, qu’elle expérimentait jusqu’à ce qu’elle l’exécute à la perfection. En plus de ses dons pour la cuisine, Faïqa savait très bien gérer le modeste salaire que son mari lui remettait au début de chaque mois après en avoir retranché sa cotisation à la coopérative : elle acheta une radio, une machine à coudre Singer à crédit et, lorsque leur revint le montant de la coopérative, un bel ensemble de meubles pour la chambre des invités. Ensuite elle mit de côté une petite somme pour les besoins urgents. Elle insista pour économiser le salaire d'une femme de ménage. C'était elle qui lavait, balayait, nettoyait la poussière, après quoi elle se massait longuement les mains avec du citron et une crème apaisante pour leur conserver leur douceur. Faïqa avait fait de son appartement un petit nid bien rangé qui exhalait une odeur de propreté. Et ses dons d'excellente ménagère n'avaient aucune incidence négative sur son ardeur de femme. Après que le mariage l'eut libérée du sentiment de faute, Saïd découvrit à quel point elle était douée au lit. Faïqa possédait tous les ingrédients du sexe : la beauté, la fringance, le soin poussé de son corps, une libido débordante, l'intelligence des sens, et le souci de faire jouir son mari par tous les moyens et sans la moindre gêne. S'il n'avait pas eu la certitude qu'il était le premier homme de sa vie, il aurait été obsédé par le doute et se serait demandé où elle avait appris les secrets de l'érotisme. Il se souvenait d'une phrase qui lui avait échappé en passant, un accès de franchise. Elle lui avait dit que c'était sa mère qui lui avait expliqué les secrets des relations sexuelles, parce que, selon elle, la plupart des différends entre époux pouvaient trouver leur solution au lit si l'épouse était suffisamment douée.

Faïqa rassasiait les appétits sexuels de son mari et réalisait ses fantasmes les plus obscènes, au point qu'il ne ressentait plus d'attirance pour les autres femmes qu'il rencontrait dans la rue ou au travail. Mais cette jouissance débordante n'était pas gratuite, et Faïqa utilisait avec habileté sa virtuosité dans le domaine de la jouissance et des caresses. Elle liait la pratique sexuelle à la récompense et à la punition, afin de finir par se rendre totalement maîtresse de Saïd. Sa colère, quelle qu'en soit la cause, était devenue un mal effrayant que Saïd s'efforçait à tout prix d'éviter. Les splendides relations sexuelles qui existaient entre les deux époux avaient conduit peu à peu à une totale harmonie. Ils étaient comme deux joueurs de football habitués à marquer ensemble de bons buts ou comme un duo d'artistes chantant une chanson à tour de rôle en en redoublant ainsi le charme. Faïqa était capable de deviner d'un seul coup d'œil l'état d'esprit de son mari à l'expression de son visage, au ton de sa voix, à sa façon de marcher ou même à sa façon de s'asseoir, et elle se trompait rarement.

Un jour qu'il se plaignait à elle de la dureté du directeur de l'école où il travaillait, il termina en disant :

— Tu sais, Faïqa, tout mon avenir est dans les mains de ce directeur. Un seul rapport secret de sa part peut me faire monter au ciel ou me faire tomber par terre.

Faïqa le regarda avec intérêt. Elle réfléchit un peu puis lui proposa d'inviter à dîner le directeur avec sa femme et lui demanda d'interroger son supérieur sur ce qu'il aimerait manger. Saïd sembla hésitant :

— Mais c'est le directeur en personne ! Comment vais-je pouvoir le questionner sur sa nourriture ?

Faïqa sourit affectueusement, comme une mère pleine de compréhension pour la naïveté de son enfant. Elle prit son visage dans ses mains puis se rapprocha et appliqua lentement sur sa joue un baiser qui diffusa sa chaleur dans tout son corps :

— Écoute ce que je te dis, mon chéri.

Le lendemain, Saïd revint la mine réjouie et un peu étonnée. Il lui dit avec entrain :

— Imagine-toi que le directeur a accepté notre invitation. Il viendra vendredi avec sa femme.

— Lui as-tu demandé les plats qu'il préfère ?

Il ne put pas s'empêcher de rire :

— Il m'a dit que son plat préféré était le pigeon farci au blé concassé.

Il fallait se mettre au travail : Faïqa se fit aider par la femme du portier, et toutes les deux se mirent à réagencer les meubles et à nettoyer l'appartement pour qu'il se présente sous son meilleur aspect. Ensuite, elle retira une somme de ses économies et se retrancha pendant deux jours dans sa cuisine pour préparer un festin vraiment fastueux. Faïqa se surpassa dans la préparation des pigeons et de leur farce au blé concassé au point que le directeur, malgré les regards de reproche de sa femme, avala à lui tout seul quatre pigeons. C'était si bon que, tout en mastiquant, il poussait des soupirs et des petits cris de satisfaction dont le moins que l'on puisse dire est qu'ils n'étaient pas empreints de gravité et qu'ils ne convenaient absolument pas à ses fonctions de directeur de l'école technique de Tanta. Le succès du festin fut éblouissant. Faïqa sympathisa avec la femme du directeur, dont elle devint l'amie intime et la confidente. Plus tard, Faïqa saisit l'occasion du succès de la fille du directeur à l'examen de fin d'école primaire pour lui offrir une grande inscription du Coran en or à vingt et un carats. Après cela, il était naturel que Saïd obtienne une appréciation excellente dans tous les rapports secrets ainsi qu'une recommandation pour un changement exceptionnel d'échelon en raison de sa compétence et de son excellence.

Il est juste ici de reconnaître les bontés de Faïqa pour son mari et c'est peut-être également une occasion de revenir sur l'image répandue de la femme dominatrice. La domination de la femme sur l'homme n'est pas toujours une si mauvaise chose. Souvent, au contraire, la femme dominatrice parvient à renforcer sa famille et à garantir l'avenir des enfants. Il y a des maris qui ont besoin d'une femme énergique exactement comme un enfant dissipé a besoin d'une mère à poigne. Il y a des maris qui tournent mal si leur femme ne les domine pas. Il y a des maris qui, s'ils sont libres, perdent la tête, se montrent inconstants, se livrent à la débauche et nuisent ainsi à eux-mêmes et à leurs familles. La domination de Faïqa sur son époux allait toujours dans le sens de l'intérêt de ce dernier. Elle rassasiait sa libido débordante et lui offrait une jouissance licite, elle réglait sa vie comme une montre, elle édifiait son foyer et parvenait à ce que son directeur soit satisfait de son travail et lui accorde des indemnités et une promotion. Faïqa avait même tracé avec soin et fermeté un cadre précis aux relations de Saïd et de sa famille, de façon que tout le monde soit content.

Au cours de leur première visite à la maison familiale après leur mariage, Saïd demanda à sa mère, d'un ton joyeux et plein d'entrain, si elle avait besoin d'argent, et elle avait répondu que, grâce à Dieu, elle était à l'abri du besoin puis elle l'avait remercié et avait prié Dieu de préserver sa bonne santé. Sa voix était faible et son ton peu assuré, parce qu'elle mentait. Elle avait, au contraire, extrêmement besoin d'aide, mais avait honte de lui en demander devant sa femme. Si Saïd avait insisté, s'il avait répété une seule fois sa question, elle le lui aurait dit, mais il se contenta de cette réponse superficielle puis changea de sujet, et l'affaire s'arrêta là. Pendant le voyage de retour à Tanta, Saïd remarqua que Faïqa, assise à côté de lui dans le train, semblait de mauvaise humeur. Elle soupirait, semblait oppressée, répondait laconiquement à ses propos. Elle tournait la tête et regardait par la fenêtre du train comme si elle ne supportait plus de le voir. Saïd s'inquiéta et lui demanda avec appréhension :

— Qu'as-tu, Foufa ?

C'était le surnom qu'il lui donnait dans les moments de crise pour l'attendrir.

"Foufa" ne lui répondit pas, mais elle poussa un soupir de détresse et des larmes se mirent à briller dans ses yeux. Elle s'empressa de prendre son mouchoir pour les essuyer. Alors l'inquiétude de Saïd devint de l'angoisse. Il mit son bras autour de ses épaules, mais elle se détourna. Il lui chuchota chaleureusement :

— Foufa, ma chérie, par le Prophète, dis-moi ce que tu as.

Faïqa le laissa poser une deuxième fois la question et, tout à coup, son visage changea et elle lui lança un regard incendiaire. Sa voix tremblait de colère :

— Tu veux dépenser tout ton salaire pour ta mère et tes frères et sœur ?

Saïd fut surpris et lui répondit, d'un ton gêné :

— Non, bien sûr. Qui a dit ça ?

— Tu as proposé à ta mère de payer tout ce dont elle avait besoin.

— J'ai posé la question à ma mère par respect des convenances.

Faïqa cria :

— Comme dit le proverbe, ce dont la maison a besoin, on ne doit pas le donner à la mosquée. Ta mère, grâce à Dieu, a deux hommes avec elle : tes frères Mahmoud et Kamel. Moi, je n'ai que toi.

— Ma chérie, je lui ai demandé si elle avait besoin de quelque chose. C'était une simple question.

— Comme j'ai de la chance d'avoir quelqu'un qui a aussi bon cœur ! lui répondit-elle en se dandinant puis en lui tournant le dos et en recommençant à regarder par la fenêtre du train. Ses mouvements exprimaient la colère, mais en même temps ils avaient une souplesse enjôleuse. Tout au long du trajet, Saïd s'efforça de distraire sa femme. Il la cajolait, lui racontait des choses drôles. Faïqa riait un peu. Elle lui répondait à demi. Il restait quelque chose de maussade dans son beau visage, comme pour lui rappeler sa faute.

Cette nuit, avant que les deux époux se réfugient dans leur lit, Faïqa prit son bain chaud habituel et en sortit la peau rosie, les cheveux noirs pendants et des mèches éparpillées sur le front. Sa chemise de nuit rouge était complètement ouverte sur sa poitrine et si courte qu'elle découvrait complètement ses cuisses.

Elle se mit à se faire une beauté devant le miroir. Un silence lourd de volupté résonnait dans tous les coins de la chambre. Saïd était possédé par le désir qui voilait ses yeux. Il ne parvenait plus à distinguer ce qu'il voyait et sentait son cœur sur le point de s'arrêter sous le coup de l'émotion. Il ne laissa pas à sa femme le temps de terminer sa toilette. Il sauta sur elle par derrière et l'étreignit. Il sentit entre ses mains la douceur de ses seins et la couvrit de baisers. Faïqa faiblit, fondit, se plaignit, se refusa un peu puis s'abandonna à lui qui la poussait vers le lit, mais, au dernier moment, avant de s'allonger, elle soupira à nouveau comme si elle se souvenait de quelque chose, et se déroba fermement. Saïd, à ce moment, haletait bruyamment sous la force du désir, comme beugle un taureau déchaîné. Faïqa maintint la distance qu'elle avait mise entre leurs deux corps puis approcha sa tête et lui murmura à l'oreille :

— Saïd, mon amour. Je suis ta femme chérie. Chaque piastre, c'est à nous qu'elle revient en priorité.

Saïd était incapable de parler tant il était excité. Faïqa murmura à nouveau pour que tout soit bien clair :

— Promets-moi que tu ne dépenseras pas une piastre en dehors de la maison.

Saïd hocha fortement la tête pour confirmer sa promesse. Alors s'ouvrirent les portes de la forteresse. Faïqa lui livra son corps pour qu'il en fasse ce qu'il voulait et elle déploya tous ses efforts pour le satisfaire. Elle resplendissait, s'embrasait, le fit s'envoler très haut et ils parvinrent deux fois de suite à l'orgasme. Après cela, Saïd ne proposa plus jamais à sa mère de l'aider.

Faïqa ne se contenta pas de cet important acquis. Elle instaura également un régime précis pour les visites à la famille de son mari. Au début, elle se rendait chez eux avec Saïd toutes les semaines, puis, peu à peu, elle diminua la fréquence des déplacements et les remplaça par des appels téléphoniques pour prendre des nouvelles. Finalement les visites des deux époux cessèrent d'être une obligation pour devenir des événements exceptionnels concordant toujours avec une occasion ou une raison déterminées. Après toutes ces victoires successives, Faïqa, en éminent stratège, commença à modifier l'angle d'attaque. Elle recommandait à Saïd d'informer sa mère de leurs visites quelques jours à l'avance. Bien sûr, la raison proclamée était que si les deux époux débarquaient sans avoir prévenu, cela pourrait ennuyer Oum Saïd et lui causer des complications. Mais le but véritable était de profiter de l'occasion pour recevoir des aides en nature qu'Oum Saïd, prévenue à l'avance, aurait eu le temps de leur préparer. Faïqa, au cours de ces visites, se plaignait des difficultés de la vie à Tanta, de l'augmentation des prix et de la modicité du salaire de Saïd. Elle en rajoutait sans cesse sur ce sujet de façon qu'Oum Saïd, à la fin de leur séjour, lui donne un carton rempli de toutes sortes de provisions : du beurre de conserve du pays, du sucre, de la farine, de la viande, un poulet… Faïqa refusait bien sûr au début, mais Oum Saïd insistait en invoquant Dieu. Alors Faïqa cédait contre son gré et donnait le carton à porter à son mari puis remerciait sa belle-mère sans plus, sans exagération, pour qu'elle ne s'imagine pas qu'elle avait fait quelque chose d'exceptionnel. Oum Saïd, bien sûr, n'ignorait rien des manœuvres de Faïqa et de ses calculs, mais, au fond d'elle-même, elle admirait presque son habileté. Elle se demandait comment cette jeune fille avait appris toutes ces ruses et ces manigances. Oum Saïd savait que son fils était égoïste et qu'elle ne pouvait pas compter sur lui, mais, comme toutes les mères, elle était prête à passer sur ses défauts pour conserver son amitié et continuer à le voir même si c'était seulement de temps en temps.

Plusieurs mois après le mariage, Saïd informa sa mère que sa femme était enceinte. Oum Saïd fut alors possédée d'une joie débordante. Faïqa portait maintenant dans son ventre son premier petit-fils, et celui du défunt Abdelaziz. Oum Saïd oublia les stratagèmes de sa belle-fille et toutes ses inepties et fut envahie d'un sentiment de tendresse envers son futur petit-fils. Elle appelait plusieurs fois par semaine pour se rassurer sur l'état de santé de Faïqa. Elle lui conseillait de ne pas faire de mouvements trop brusques et de ne rien porter de lourd, parce que la première grossesse était toujours fragile et instable, au moins pendant les premiers mois. Aussi fut-elle surprise par un appel de Saïd qui l'informait de sa prochaine visite avec sa femme le vendredi suivant. Elle lui dit qu'elle était contente de sa venue, bien sûr, mais ajouta avec inquiétude :

— Comment Faïqa va-t-elle prendre le train alors qu'elle est enceinte ? C'est dangereux !

Mais Saïd dit à sa mère qu'il s'agissait d'une affaire importante qui ne souffrait pas de délai et qu'il fallait que sa femme soit présente.

Puis la communication s'interrompit. Oum Saïd était étonnée. Elle se demandait quel pouvait être le secret de cette visite. Le médecin avait pourtant mis en garde Faïqa contre les déplacements excessifs. Qu'est-ce qui poussait sa belle-fille à passer outre ces prescriptions ? Pour quelle raison allait-elle supporter d'être ballottée dans un train entre Tanta et Le Caire à l'aller puis au retour ? Quel pouvait être ce sujet important et pourquoi la présence de Faïqa était-elle indispensable ? Oum Saïd en parla longuement avec Saliha mais elles ne parvinrent pas à trouver une explication convaincante.

Le vendredi, comme d'habitude, Saïd et sa femme arrivèrent juste avant midi. Saïd alla à la mosquée Sayyida Zeineb faire la prière et revint à la maison, où la famille se retrouva tout entière réunie autour de la table. Ils mangèrent un canard farci à l'oignon que leur mère avait préparé à leur intention. Après le déjeuner, ils burent trois verres de thé. Saïd fit ses ablutions et descendit encore une fois à la mosquée pour la prière de l'après-midi. Lorsqu'il revint, il prit sa mère par la main et l'emmena dans la salle de réception en fermant la porte derrière eux. Peu à peu, la discussion s'envenima et ses échos retentirent dans tous les coins de la maison. Kamel accourut vers le salon tandis que Faïqa s'approchait d'un pas lent comme si elle savait de quoi il s'agissait et suivait l'affaire de près.

24

La porte s'ouvrit et Mme Khachab apparut. Dès qu'elle vit Mahmoud, son visage prit un air dur et elle lui dit, sur ses gardes :

— Oui, Mahmoud, tu veux quelque chose ?

Mahmoud resta bouche bée puis rassembla ses forces et répondit d'une voix balbutiante :

— Je suis désolé, Madame.

Elle détourna le regard et lui dit froidement :

— Désolé pour quoi ?

Alors, Mahmoud se lança avec ferveur :

— Désolé parce que je vous ai fâchée. Par Dieu tout-puissant, ma mère s'est mise en colère et m'a demandé de vous rapporter votre cadeau. Je vous en prie, pardonnez-moi.

Mme Khachab faillit dire quelque chose, mais se tut. Alors Mahmoud avança d'un pas et lui tendit le bouquet en disant d'un ton suppliant :

— Je vous ai apporté ces fleurs pour me réconcilier avec vous.

Un instant de silence s'écoula, et Mahmoud poursuivit d'un ton suppliant :

— Prenez ces fleurs de ma main. Par la vie du Prophète, ne me mortifiez pas.

Après avoir hésité, Mme Khachab prit le bouquet et dit en souriant :

— Merci, Mahmoud.

— Vous n'êtes plus fâchée contre moi ?

Elle ne répondit pas. Mahmoud insista :

— Vous m'avez dit un jour que vous aviez bon cœur et que vous aimiez pardonner aux gens.

Son ton était sincère et émouvant. Mme Khachab observa le bouquet, l'approcha de ses narines et le respira, puis dit d'une voix faible :

— Ce sont vraiment de belles fleurs. J'aime les œillets.

Mahmoud sourit en montrant ses dents éclatantes et baissa les yeux en silence comme pour dire "c'est la moindre des choses". Puis il lui demanda encore une fois :

— C'est fini, vous m'avez pardonné ?

Elle hocha la tête et le regarda avec tendresse :

— Mahmoud, je te considère comme mon fils. Je ne me fâcherai jamais avec toi. Lorsque tu m'as rapporté mon cadeau, j'étais triste parce que j'avais voulu t'être utile.

— Merci, Madame.

Mme Khachab eut un grand sourire puis elle poussa la porte, recula d'un pas et dit :

— Je t'en prie, entre, Mahmoud.

— Merci.

— Ce n'est pas normal que tu restes à la porte. Il faut que tu boives quelque chose.

Mahmoud la suivit et entra derrière elle. À ce moment, trois pensées firent irruption dans son esprit : d'abord, que Mustapha avait raison parce que les fleurs influencent beaucoup l'état d'esprit des étrangers. La preuve en était le changement d'humeur de Mme Khachab dès qu'elle avait vu le bouquet d'œillets. Ensuite, qu'il était en congé et que par conséquent cela ne lui importait pas de s'attarder un peu. Enfin, qu'il fallait qu'il fasse attention à ne pas mettre en colère Mme Khachab une deuxième fois.

Ces trois idées s'entrechoquèrent violemment dans la tête de Mahmoud, ce qui conduisit au blocage de son jugement. Il s'abandonna à Mme Khachab, qui lui prit la main et le fit asseoir dans un fauteuil du salon, puis sortit les fleurs du bouquet et les arrangea avec soin dans un vase avant de les poser sur une table contre la fenêtre. Elle regarda encore une fois les fleurs avec admiration puis s'assit sur le canapé. Alors Mahmoud vit sur la table une bouteille de whisky, un verre et un seau à glace. Il comprit qu'elle était en train de boire. Elle tendit la main pour prendre le verre puis se mit tout à coup à rire :

— Comment vas-tu, Mahmoud ?

— Bien, grâce à Dieu.

Il l'observa qui buvait d'un trait tout ce qui restait dans le verre avant de se pencher pour le remplir à nouveau. Mahmoud posa les mains sur ses genoux et baissa les yeux. Il ne savait pas quoi dire. Ce fut elle qui lui demanda aimablement :

— Je te sers un whisky ?

— Non, merci.

— Un seul verre ?

— Madame, l'alcool chez nous est un péché.

Mme Khachab sirota son verre en riant et lui demanda :

— Tu pries ?

— Malheureusement, je ne suis pas très régulier pour la prière. Parfois j'oublie et parfois je suis paresseux.

Elle semblait réfléchir. Elle avait l'air de chercher les mots appropriés :

— Tu as quel âge, Mahmoud ?

— Je vais sur mes dix-neuf ans.

— Dis-moi, toi, tu comprends mieux les choses maintenant ou quand tu avais dix ans ?

— Maintenant, bien sûr.

— Très bien, ça veut dire que les gens, quand ils vieillissent, comprennent mieux le monde.

— Absolument.

— Bien. Dieu qui a créé le monde entier et tous les gens, il doit comprendre mieux que nous tous.

— Bien sûr.

— Si Dieu comprend mieux que nous tous, il faut qu'il nous pardonne.

— Qu'il nous pardonne même si nous faisons de mauvaises choses ? lui demanda innocemment Mahmoud.

Mme Khachab se mit à rire :

— Dieu doit nous punir pour les péchés graves. Il doit nous punir si nous faisons du mal aux gens. Si nous mentons, si nous volons, si nous tuons. Mais si nous buvons un verre ou deux pour oublier nos chagrins, ce n'est pas possible que Dieu nous punisse pour une si petite chose.

Toute cette logique était trop compliquée pour Mahmoud. Il hocha la tête avec un sourire figé sur le visage.

Mme Khachab lui demanda encore une fois :

— Qu'en dis-tu, je te sers un verre ?

— Non merci.

— Tant pis, comme tu veux. Je t'apporte un chocolat froid ?

Il hésita un peu puis dit d'une voix faible :

— Oui, je vous remercie.

— Combien de cuillerées de sucre ?

— Quatre cuillerées.

Mme Khachab se mit à rire et le regarda comme si elle se rendait compte pour la première fois de son côté pittoresque. Elle hocha la tête et avala d'un trait ce qui restait dans son verre, puis se leva et se dirigea vers la cuisine. Mahmoud se mit à contempler l'appartement. À gauche, dans le salon, il vit un poste de radio en bois et un grand aquarium illuminé où nageaient de beaux poissons de toutes les couleurs. De l'autre côté, il aperçut la salle à manger, avec un balcon donnant sur la corniche de Zamalek. Au mur, il y avait un portrait de Mme Khachab en robe de mariée avec à ses côtés Samy Khachab, qui était beau garçon. Ensuite un grand portrait de lui (plus avancé en âge, avec les cheveux blancs) accroché au milieu du salon à côté d'un ruban noir. Quelques minutes plus tard, Mme Khachab réapparut et posa le verre de chocolat devant lui puis elle reprit sa place éloignée et se versa un nouveau verre.

— Tu sais, Mahmoud, quand ta mère a refusé le cadeau, elle avait raison et elle n'avait pas raison. Elle avait raison parce qu'il faut garder sa dignité et elle n'avait pas raison parce que je t'aime comme mon fils.

La gêne se lut sur le visage de Mahmoud, car elle revenait sur cette affaire qu'il avait crue terminée. L'alcool avait rendu Mme Khachab mélancolique. Elle appuya son dos sur le canapé moelleux et étendit ses jambes, puis elle reprit son verre et dit très bas :

— J'ai besoin d'être aimée.

Mahmoud resta silencieux. Elle le regarda et lui dit :

— J'ai besoin des gens, Mahmoud. Tu comprends ce que je veux dire. Dieu ne m'a pas donné d'enfants. J'aurais voulu avoir un garçon et une fille. Et puis le seul homme que j'ai aimé, l'homme pour lequel j'ai quitté l'Angleterre afin de venir en Égypte, est mort et m'a laissée seule.

Une conversation à ce rythme, avec un tel déferlement de paroles, plongeait Mahmoud dans la confusion. Il avait besoin de temps pour assimiler. À cet instant, Mme Khachab ressemblait un peu aux clients du club que Solimane, le portier, raccompagnait à leurs voitures à la fin de la nuit. Elle dit :

— Sais-tu, Mahmoud, ce qu'il y a de pire au monde ?

La réponse dépassait ses capacités. Il était à cet instant occupé à savourer ce qui restait de chocolat dans le fond de son verre. C'était vraiment délicieux. Mme Khachab poursuivit :

— Le pire au monde, c'est d'être seul. Regarde, moi, j'ai tout ce qu'on peut souhaiter : un bel appartement à Zamalek, un appartement à Alexandrie au bord de la mer, beaucoup d'argent, mais je suis seule, tu comprends, complètement seule.

— Vous n'avez pas d'amis ?

— J'en ai, mais je sens toujours que j'ai plus besoin d'eux qu'ils n'ont besoin de moi. Chacune de mes amies a des enfants et des petits-enfants, tandis que moi je suis seule.

Mahmoud était ému par le son de sa voix, mais il ne fit pas de commentaire. Mme Khachab murmura, comme si elle parlait à elle-même :

— Tu sais, Mahmoud, parfois j'ai peur de mourir seule dans mon appartement et que personne ne le sache.

— Qu'à Dieu ne plaise, Madame.

— Si un jour je me sens malade, je devrai dire au portier d'appeler le docteur au cas où il m'arriverait quelque chose pendant la nuit. Tu imagines, Mahmoud : être seule au point que ce soit le portier qui puisse venir à mon secours. C'est triste.

Mahmoud dit avec émotion :

— Que Dieu vous garde en bonne santé.

Mme Khachab soupira et dit :

— Je suis lasse, Mahmoud, j'ai beaucoup de problèmes. Boire me réconforte. Après avoir bu deux verres, je peux dormir et ne plus penser à rien.

Mahmoud termina son verre de chocolat et s'essuya la bouche avec le mouchoir que sa mère veillait toujours à lui mettre dans la poche droite. Il but une gorgée d'eau glacée, qui lui donna en bouche une délicieuse sensation de renouveau :

— Je vous remercie, Madame, le chocolat était délicieux.

— Tu veux que je t'en fasse un autre ?

Il hésita un instant puis sourit.

— Que les bienfaits du ciel se répandent sur vous.

Elle se leva pour aller à la cuisine et, quelques minutes plus tard, Mahmoud savourait son second verre. Elle lui demanda :

— Et toi, tu es content de ton travail à l'Automobile Club ?

— Grâce à Dieu.

— C'est-à-dire que ton salaire te suffit ?

— Je le donne à ma mère.

— Tout ?

— Elle me laisse quelques sous pour mes dépenses personnelles.

— Bravo. Tu es un homme généreux. Si j'avais un fils, je voudrais qu'il soit comme toi.

Mahmoud était en train de terminer la dernière gorgée de son second verre. Mme Khachab lui dit :

— Ça se voit que tu aimes le chocolat.

— J'aime beaucoup ça.

Elle se leva et se dirigea vers le buffet, à côté de la table de la salle à manger. Elle se pencha pour ouvrir un tiroir puis revint et tendit la main vers lui en lui disant d'une voix tendre :

— Prends, Mahmoud. C'est du chocolat suisse. Il est blanc.

— Il y a du chocolat blanc ?

Elle rit :

— Bien sûr, goûte, je suis sûre que tu vas aimer.

Mahmoud prit doucement et avec beaucoup de délicatesse le chocolat, comme si c'était un objet précieux, puis le mit dans sa poche et se leva :

— Je vais partir. Merci beaucoup, Madame.

— J'aimerais que tu me rendes souvent visite.

— Si Dieu le veut.

Elle le précéda à la porte. Il se sentait joyeux parce que tout s'était passé comme il l'avait voulu. Elle n'était plus en colère contre lui et il avait retrouvé son amitié. Et puis, il attendait avec impatience le moment où il allait ouvrir la boîte de chocolat blanc. Elle s'arrêta pour lui dire au revoir :

— Mahmoud, puis-je te demander une chose ?

— À vos ordres.

— À partir de maintenant, ne me dis plus "Madame Khachab".

— Que voulez-vous que je vous dise ?

— Mon nom est Rosa. Dis-moi "Rosa".

Il répéta lentement derrière elle :

— Rosa.

Elle rit et lui dit :

— Salue beaucoup ta mère, OK ? Dis-lui : "Rosa m'aime exactement de la même façon que toi."

Mahmoud hocha la tête et Rosa s'approcha de lui pour l'embrasser. Elle l'avait déjà embrassé sur la joue deux ou trois fois dans le passé et il connaissait son parfum apaisant, qu'il sentait maintenant mélangé à l'odeur de l'alcool. Dans sa mémoire, son odeur s'était gravée comme quelque chose de maternel, exactement comme l'odeur de savon parfumé et de vêtements propres qu'il respirait lorsqu'il serrait sa mère dans ses bras. Mahmoud attendait calmement que Rosa ait terminé de l'embrasser sur les deux joues, lorsque tout à coup… elle tendit les bras et l'étreignit. Il sentit son souffle chaud lui brûler le visage.

25

Le roi semblait décontenancé. Il regarda Mitsy et lui demanda avec inquiétude :

— Êtes-vous vraiment malade ?

Mitsy répondit calmement :

— Trois médecins sont arrivés au même diagnostic.

— Cette maladie peut-elle être soignée ?

— Je suis un traitement et mon état s'améliore lentement, mais les médecins assurent que le microbe que je porte dans ma gorge restera contagieux pendant une longue période.

Le roi la regarda avec un air de reproche, comme pour dire : "Pourquoi ne m'avez-vous pas prévenu dès le début de cette calamité ?"

Le silence dura un moment, puis le roi se leva et Mitsy fit de même. Il lui tendit la main et serra la sienne du bout des doigts, comme s'il craignait que ce soit par là que se transmette la maladie. Avant de partir, il donna l'ordre à El-Kwo de demander une voiture pour la raccompagner chez elle. Dès qu'elle arriva dans sa chambre, elle enleva ses vêtements et se glissa dans la salle de bains. Le vin l'avait grisée et, lorsque l'eau chaude recouvrit son corps nu, elle ferma les yeux et fut possédée d'une joie pure. Elle était contente d'elle-même. Elle avait créé un moment de vérité. C'était sa plus grande jouissance, de découvrir les mensonges et de démasquer les coups montés. Elle s'était moquée du roi d'Égypte et du

Soudan. Elle s'était comportée avec lui comme il le méritait. Elle avait accepté son invitation, l'avait laissé faire sa cour jusqu'à quelques pas du lit où il se pourléchait les babines à l'idée de s'y jeter sur sa proie. Le roi soufflait presque comme un taureau en rut. Elle filait à toute allure vers le dénouement lorsque, tout à coup, la surface de son esprit se mit à briller comme un miroir et elle eut une merveilleuse inspiration. Elle mentit avec spontanéité et habileté, comme si elle jouait un rôle au théâtre. Plongée dans l'eau chaude, elle ne put se retenir de rire bruyamment en se rappelant le visage décontenancé du roi.

"Ô grand roi, j'aurais voulu avoir l'honneur d'être possédée par Votre Majesté, mais j'ai eu peur de vous transmettre la mycose que j'ai dans la gorge. Qu'arrive-t-il à Votre Majesté ? Pourquoi tremblez-vous ? C'était bien moi que vous vouliez il y a un instant ? Vous aviez l'air d'une bête fauve. Pourquoi avez-vous mis ainsi votre queue entre vos jambes et vous êtes-vous enfui, effrayé comme un enfant poursuivi par le diable ?"

Mitsy sortit du bain merveilleusement détendue. Elle dormit profondément. Le lendemain, elle alla à l'université et s'absorba dans le train-train de la journée. Elle pensait que son histoire avec le roi s'arrêterait là. Le soir, à la table du dîner, son père était silencieux. Il ne prononça pas un mot. Lorsqu'elle le quitta pour aller dans sa chambre, son père la suivit dans le couloir. Elle se retourna vers lui et il lui dit :

— Mitsy, viens dans mon bureau. Il faut que nous parlions.

— Ne peut-on pas repousser à demain ?

— Je veux que tu viennes maintenant, lui dit Mr Wright d'un ton ferme.

Il s'écarta pour la laisser passer. Elle ouvrit la porte du bureau. La lumière était allumée. Elle se jeta dans un fauteuil de cuir. Mr Wright s'assit également, posa les deux coudes sur le bureau puis la regarda :

— Qu'as-tu fait avec le roi ?
— Je crois que tu le sais.
— Je veux l'entendre de ta bouche.
Mitsy se redressa :
— Le roi voulait faire l'amour avec moi et je lui ai dit que j'avais une maladie contagieuse.
— Étais-tu obligée de mentir ?
— Il n'y avait pas d'autre solution.
— Mais tu es allée chez le roi de ton plein gré.
— J'y suis allée pour te faire plaisir.
— Assez de balivernes. Es-tu idiote ou folle ?
— Si tu m'as fait venir pour m'insulter, ce n'est pas la peine.
Mr Wright respira fortement comme pour maîtriser ses sentiments :
— Comme d'habitude, tu ne songes pas aux conséquences de tes actes. Tu nous as tous mis dans le pétrin. Sais-tu que Botticelli m'a téléphoné pour se rassurer sur ta santé ? Le roi n'est pas idiot, et s'il découvre que tu as menti, nous le paierons cher, toi et moi. Sais-tu qu'il a autrefois fait la cour à des dames avec insistance et qu'elles ont été obligées de fuir l'Égypte avec leurs maris…
— Est-ce que le fait d'être roi lui donne le droit de faire ce qu'il veut ?
— N'as-tu jamais entendu parler du despotisme oriental ? Ce n'est pas un roi constitutionnel à la façon occidentale. C'est un sultan turc qui possède la terre et ceux qui y vivent. Il écrase ceux qui s'opposent à sa volonté.
— Mais tu es anglais. Le roi ne peut pas te faire de mal.
— Il peut rendre mon séjour en Égypte impossible.
Son angoisse manifeste l'incita à lui répondre :
— Que me conseilles-tu pour calmer le jeu ? Dois-je coucher avec le roi ?

— Je ne supporte plus ta grossièreté.

— Si la seule façon de satisfaire Sa Majesté est que je couche avec lui, n'est-il pas sage que je le fasse ?

— Tais-toi, cria Mr Wright, exaspéré.

Il tira une bouffée de sa pipe et souffla un nuage de fumée.

— Mitsy, ce qui est fait est fait. Il faut maintenant que nous réfléchissions calmement et agissions avec sagesse. Je suggère que tu prennes rendez-vous avec Botticelli…

Mitsy lui coupa la parole avec véhémence :

— Je n'irai pas chez ce maquereau.

— Je peux vous arranger une rencontre dans mon bureau. Je veux simplement que tu lui expliques ton histoire de maladie et que tu lui dises que ton état de santé s'améliore.

— Je ne dois d'explications à personne.

— C'est toi qui nous as fourrés dans ce bourbier. Il faut que tu fasses quelque chose pour nous en sortir.

— Ça suffit. Je ne veux plus parler de cette affaire.

Elle lui tourna le dos et alla rapidement vers la porte. Il courut derrière elle et lui saisit le bras, mais elle se libéra et lui dit :

— Si j'étais à ta place, j'aurais honte.

Il leva la main et lui asséna une gifle. Elle cria. Il essaya de la retenir mais elle se précipita à l'extérieur en refermant violemment la porte.

26

Abdelmalek, le sofragi, avait une allure très particulière : une petite taille, un corps maigre, un crâne complètement lisse, des moustaches si petites qu'elles se réduisaient à un point sous le nez. C'était une personnalité aimée, folklorique, avec qui ses camarades ne cessaient de badiner et d'engager de plaisantes joutes verbales sur des sujets variés, parmi lesquels sa religion chrétienne. Dès qu'il apparaissait, un de ses collègues lui criait de loin en riant :

— Gloire à ton Seigneur, mon garçon !

Abdelmalek répondait en riant :

— Gloire à Dieu au plus haut des cieux !

— Prie pour nous, toi, le très saint !

— Je prie Dieu qu'il vous emporte !

Ils riaient tous ensemble et Abdelmalek, redevenu sérieux, poursuivait :

— Pour votre gouverne, je suis musulman.

— Comment ça, musulman, Abdelmalek ?

Il leur répondait alors d'un ton docte :

— Vous êtes des enfants ignorants. Moi, le Copte, je vais vous expliquer votre religion. Pour toi ou pour lui, pour vous tous, l'islam, cela veut dire que vous vous soumettez à Dieu, que vous vous reposez sur lui pour toute chose. De cette manière, je suis musulman, même si je suis copte.

Toute l'assistance s'écriait alors :

— Dieu est grand !

— Qu'est-ce que tu nous racontes ?

La discussion se poursuivait dans la bonne humeur :

— Abdelmalek, pourquoi est-ce que tu ne déclares pas publiquement que tu es musulman pour pouvoir épouser une jolie fille en plus de ta femme ?

— Je ne peux pas. Ma femme me tuerait.

— Cela fait combien de temps que tu es marié ?

— Vingt ans.

— Vingt ans avec une seule femme ! Tu n'en as pas assez ?

— Bien sûr que si.

— Alors, comment tu fais ?

— Je me débrouille.

Ces conversations malicieuses avaient un aspect joyeux et créaient un esprit de bonne humeur et de tolérance. Ensuite, on répétait des paroles de concorde :

— La religion appartient au Bon Dieu. Notre Seigneur est le Seigneur des cœurs. La religion, c'est comment on se comporte.

Les serviteurs aimaient Abdelmalek. Ils étaient touchés par sa ferveur, sa franchise et sa fidélité à ses amis. En son absence, ils répétaient :

— Regarde Abdelmalek, hein, il est copte ? Mais, par Dieu tout-puissant, il vaut mieux que beaucoup de musulmans.

S'ils avaient su qu'il était malade, ils n'auraient pas tardé ce matin-là à venir à son aide, mais son état semblait tout à fait normal. Il bavarda avec ses collègues, plaisanta avec eux comme d'habitude. Il ne se doutait de rien. Il exécuta les tâches que lui avait confiées Rekabi, puis demanda la permission d'aller aux toilettes. Il revint peu de temps après et, suivant les strictes instructions d'El-Kwo, se lava les mains à l'eau chaude et au savon puis s'assit pour continuer à éplucher des pommes de terre, mais au bout d'un quart d'heure, il demanda à nouveau à sortir. Alors Rekabi se fâcha :

— Qu'est-ce qui se passe, fils à maman ? Tu y es allé il y a cinq minutes. Qu'est-ce que tu fais là-bas exactement ?

Les autres rirent, mais pas Abdelmalek, qui était pâle et semblait épuisé. Il insista d'une voix faible :

— Excusez-moi, chef. J'ai une digestion très difficile.

— Bon, vas-y. Tu ne vas pas y passer la journée ? lui dit Rekabi, occupé à surveiller un récipient posé sur le feu.

Cette fois-ci, Abdelmalek s'en alla à grands pas pressés et lorsqu'il revint, quelques minutes plus tard, ses collègues remarquèrent une transpiration abondante sur son visage pâle. Il avait l'air de marcher avec difficulté et il tituba même plusieurs fois. Les serviteurs l'entourèrent et lui répétèrent avec inquiétude :

— Qu'est-ce qu'il y a, Abdelmalek ?

— Que Dieu te donne la santé.

Abdelmalek regarda ses collègues avec gratitude en s'efforçant de sourire. Il leva la main comme s'il voulait les rassurer. Il essaya de parler, mais dès qu'il ouvrit la bouche un liquide blanc en sortit. Ses collègues reculèrent, effrayés, et l'un d'eux s'écria :

— Mon Dieu, protège-nous !

Abdelmalek vomissait d'une façon étrange qu'ils n'avaient jamais vue auparavant. Il était agenouillé, penché vers la terre, les muscles du visage contractés, et il rejetait tout ce qu'il avait à l'intérieur par saccades successives comme si une force inhumaine lui pressait les entrailles. Après qu'il se fut vidé, il continua à haleter et fut incapable de se lever. Ils l'empoignèrent et le soulevèrent à bout de bras, mais il retomba tout à coup par terre, les membres tremblants. Il fut pris de convulsions et se mit à gémir d'une voix faible entrecoupée. La nouvelle parvint à la vitesse de l'éclair à Mr Wright, le directeur du club, qui ne voyait pas dans la maladie d'un des serviteurs une raison suffisante pour sortir de son bureau. Il réfléchit un peu puis dit d'un ton tranchant à Khalil, le planton :

— Dis à Mustapha, le chauffeur, de le transporter chez lui. Le plus important, c'est de nettoyer sa place. J'irai moi-même voir la cuisine.

Effectivement, une demi-heure plus tard, Mr Wright alla lui-même à la cuisine vérifier la propreté du lieu de l'accident puis il ordonna d'aller prendre à la réserve un liquide parfumé et d'en asperger abondamment l'endroit. Une fois le déodorant répandu dans la cuisine, la question était réglée pour ce qui concernait Mr Wright : rien de plus qu'un serviteur malade qui avait vomi et qui avait été transporté chez lui. Une affaire banale qui ne méritait pas qu'on s'en préoccupe. La nouvelle parvint au palais Abdine à El-Kwo, qui envoya Hamid rendre visite le soir à Abdelmalek pour prendre de ses nouvelles.

Abdelmalek était revenu chez lui à Choubra en traînant la jambe et en s'appuyant sur le bras de son collègue Kailani, le sofragi, qui l'avait accompagné en voiture avec Mustapha. Tous deux l'aidèrent à monter l'escalier jusqu'à son appartement au troisième étage et firent leur possible pour tranquilliser sa femme, qui s'était mise à trembler quand elle l'avait vu dans cet état. Ils l'installèrent au salon dans le premier fauteuil venu. Sa femme se précipita à la cuisine pour préparer un verre de citron chaud et, quand elle revint quelques minutes plus tard, elle se mit à crier. Le verre lui tomba des mains et se cassa et le jus de citron se répandit par terre. Le corps d'Abdelmalek sursautait violemment et de l'écume sortait de sa bouche. Il hoqueta plusieurs fois, puis le secret divin se retira de lui. Les lamentations de sa femme s'élevèrent tandis que Kailani et Mustapha éclataient en sanglots comme deux enfants. Lorsque la nouvelle parvint au club, une tristesse profonde s'empara des serviteurs. Ils répétaient, consternés :

— Abdelmalek était un homme bon et pacifique. Il n'a jamais contrarié personne, ni dans sa vie ni dans sa mort.

Ses collègues allèrent à la messe pour le salut de son âme. Ils étaient impressionnés de se trouver dans une église, eux qui étaient musulmans et que rendait perplexes leur ignorance des rites. Ils ne savaient pas exactement quand ils devaient se lever et quand ils devaient s'asseoir, mais, malgré cela, ils étaient très émus et nombre d'entre eux fondaient en larmes. En plus de leur tristesse pour la disparition de leur ami Abdelmalek, ils ressentaient la frayeur de la mort qui les frappait pour la deuxième fois comme la foudre. Voilà un autre collègue qui mourait tout à coup, après le défunt Abdelaziz Hamam. La mort soudaine, fulgurante, d'Abdelmalek les choquait, mais ce qui se passa par la suite ne leur donna pas l'occasion d'apprivoiser leur tristesse. Ils auraient eu besoin de temps pour assimiler la mort d'Abdelmalek. Ils se seraient sentis apaisés. Ils auraient secoué la tête en se mordillant les lèvres et auraient soupiré en parlant d'abondance des hauts faits du disparu. Chacun, avec affection et tristesse, y serait allé de ses beaux souvenirs et, à la fin, ils auraient échangé des formules de sagesse et de condoléance : "Nous appartenons à Dieu et c'est à lui que nous retournons. Tout fils d'Adam est un mort en puissance. L'homme n'est qu'une ombre sur la terre. Nous sommes tous morts, dis à celui qui considère…"

Mais le destin ne leur accorda pas de délai. Deux jours plus tard seulement, avant qu'ils n'aient eu le temps d'encaisser le choc, ce fut au tour de Marei, le liftier, de faire des allées et venues aux toilettes. Peu de temps après – exactement comme cela s'était passé pour

Abdelmalek –, ils le virent tituber et vomir puis perdre conscience et tomber par terre. Ils se précipitèrent pour le relever et l'asseoir sur un canapé et appelèrent une ambulance, qui vint au bout de quelques minutes pour le transporter à l'hôpital de Kasr el-Aïni, mais il mourut juste après son arrivée. Lorsque la nouvelle de sa mort parvint au club, les serviteurs furent frappés d'une épouvante proche de l'hystérie. Ils jetèrent leurs instruments de ménage et se mirent à crier et à courir dans tous les sens, comme des souris affolées tombées dans un piège. Ils étaient atterrés. Ils n'avaient pas eu le temps de se faire au décès d'Abdelmalek et c'était au tour de Marei de mourir sous leurs yeux de la même façon ! Que se passait-il ? Une malédiction avait-elle frappé l'Automobile Club ? L'ange de la mort y avait-il fait son nid et avait-il décidé de cueillir leurs âmes, l'une après l'autre ? Lorsque la nouvelle parvint à Mr Wright, il prit cette fois l'affaire totalement au sérieux. Il passa des coups de fil et, une demi-heure plus tard, une voiture militaire s'arrêta devant le club. En descendirent quatre officiers britanniques, parmi lesquels une femme, tous revêtus de leur uniforme. C'étaient des médecins et une infirmière. Ils avaient apporté deux grandes valises que les serviteurs leur prirent des mains. Devant Mr Wright et El-Kwo qu'il avait fait venir d'urgence, les médecins installèrent dans la salle de jeu une sorte d'hôpital de campagne puis demandèrent aux serviteurs d'attendre devant la porte. Ceux-ci, silencieux, la tête baissée, formèrent une longue file. La stupeur que leur avait causée la succession des événements les rendait incapables de faire des commentaires ou de réagir. Les médecins les faisaient entrer un par un et auscultaient chacun d'entre eux avec soin puis leur donnaient un sac de plastique et leur demandaient de fournir un échantillon de leurs selles le lendemain matin. L'atmosphère était lugubre, sinistre, comme si une malédiction, avec tout ce que cela impliquait, était tombée sur les lieux. Certains serviteurs rapportèrent leur échantillon le jour même, comme pour en finir avec ce cauchemar. Ils se pressaient vers les seules toilettes qu'ils avaient le droit d'utiliser, sur la terrasse. C'était un spectacle singulier. Ils entraient un par un dans les toilettes et en ressortaient avec à la main un petit sac de plastique plein de leurs selles. Certains s'attardaient à l'intérieur et ceux qui attendaient criaient pour les faire presser. Personne n'était exempté de l'examen par les médecins. Après avoir vu les serviteurs et les employés dans leur totalité, ils demandèrent avec ménagement, mais fermeté, à ausculter El-Kwo et Mr Wright. À la fin, ils laissèrent l'infirmière recueillir les échantillons déjà prêts et écrire les rapports. Ils insistèrent auprès de ceux qui ne les avaient pas encore remis sur la nécessité de les apporter le lendemain. Le plus gradé des médecins alla ensuite dans le bureau de Mr Wright. Le temps n'était pas aux bavardages. Mr Wright fronça les sourcils et dit :

— Docteur Efrangaham, je vous remercie pour les efforts que vous déployez.

— Je ne fais que mon travail.

— Pouvez-vous m'expliquer ce qui se passe ici ?

Le Dr Efrangaham baissa les yeux un instant puis leva la tête et dit calmement :

— Malheureusement, je ne suis pas optimiste.

— Pourquoi ?

— Il est très probable que le travailleur décédé aujourd'hui et peut-être également celui qui est mort il y a deux jours souffraient du choléra. Nous avons des informations avérées sur plusieurs cas semblables au Caire et à Alexandrie.

— Je n'en ai jamais entendu parler.

— Le ministère de la Santé ne veut pas informer sur le sujet pour ne pas semer la panique. Nous espérions qu'il ne s'agissait que de cas isolés. Malheureusement, nous découvrons tous les jours de nouveaux cas. Je crois que demain le gouvernement va publier un communiqué.

Mr Wright fronça les sourcils.

— Une épidémie ? Cela est impossible. Nous avons des mesures d'hygiène strictes au club et j'y veille personnellement moi-même.

— Les mesures d'hygiène n'interdisent pas la maladie. Elles ne font que limiter la contagion.

Mr Wright alluma sa pipe et aspira une épaisse bouffée de fumée puis dit d'une voix caverneuse :

— Docteur Efrangaham, en êtes-vous certain ?

— Bien sûr, il faut d'abord que nous fassions les analyses, mais après trente ans de pratique de la médecine, je peux vous dire que je suis sûr des résultats.

— Je ne pourrai croire ce que vous dites que lorsque je lirai moi-même le diagnostic.

— Vous êtes libre de croire ce que vous voulez.

Il y eut un silence, puis Mr Wright soupira et dit d'une voix faible :

— Je suis désolé. Je vous prie de bien vouloir apprécier ma position. Cela va avoir des conséquences néfastes sur l'Automobile Club.

— Je comprends votre inquiétude, mais notre devoir est de faire face à la réalité. S'il est confirmé que l'employé est mort du choléra – et ceci est malheureusement presque certain –, cela veut dire que chaque instant qui passe implique un danger de mort pour toute personne du club, car la contagion dans ce cas est rapide.

— Alors, que dois-je faire ?

Le médecin hocha la tête et regarda Mr Wright :

— Nous n'avons pas le choix. Nous serons obligés de fermer le club.

Mitsy sourit et dit en anglais :

— Je dois me présenter.

Je répondis rapidement :

— Mr Wright m'a parlé de vous.

— Mon père ne me connaît pas, répondit-elle, le visage chagriné.

J'étais embarrassé. Je lui dis :

— Eh bien, dites-moi qui vous êtes.

— Mon nom est Mitsy. J'étudie le théâtre à l'université américaine. J'ai appris les règles de la langue arabe dans une école privée ici, au Caire, mais je n'ai pas aimé leur méthode. Ils enseignaient d'une manière théorique. Je voudrais étudier l'arabe, que ce soit le classique ou le dialectal, d'une façon qui me permette d'entrer en contact avec les gens.

— Pourquoi êtes-vous intéressée par l'étude de l'arabe ?

— Je veux comprendre les Égyptiens. Je ne peux les comprendre que si je parle leur langue. Maintenant, c'est votre tour. Parlez-moi de vous.

— Je m'appelle Kamel et je travaille ici au club. J'étudie en même temps le droit à l'université Fouad-Ier. Par ailleurs, j'écris de la poésie.

Ses yeux bleus s'écarquillèrent et elle s'écria :

— Ah, vous êtes poète ! C'est merveilleux. Je voudrais lire vos poèmes.

— Cela me ferait plaisir, Miss Mitsy.

— Pourquoi m'appelez-vous "Miss Mitsy" ? Je préférerais que nous n'utilisions pas de formules protocolaires.

Je fis comme elle me le demandait. J'aimais sa façon de prononcer mon nom. Elle allongeait les sons de façon amusante. Elle disait "Kaaamel". Pendant le cours, son image étonnante s'imprima dans mon esprit : elle était mince de taille, grande, ses cheveux châtains étaient souples et coiffés en queue de cheval. Elle avait une peau éclatante, des yeux bleus, des lèvres minces, de merveilleuses fossettes, un large front, des doigts minces et fins, et un délicieux petit espace par lequel la lèvre supérieure rejoignait son nez délicat. Elle était belle, mais sa plus grande séduction venait de son âme. Elle avait quelque chose de spontané, d'instinctif, plein d'une merveilleuse vitalité, quelque chose qui rendait tout ce qu'elle faisait unique, inattendu, choquant mais en même temps piquant et aimable. Elle était comme une princesse révoltée qui se serait échappée du palais pour vivre avec les gueux.

Nous nous rencontrions deux fois par semaine. À chaque leçon, nous lisions un article de journal, puis je lui expliquais un texte littéraire récent. Nous discutions de son sens puis je lui donnais un devoir pour la fois suivante. Je choisissais des textes forts qui invitaient à la réflexion et à la discussion. Nous lisions ensemble des articles d'Al-Hakim et d'Al-Mazani et des scènes de théâtre de Tewfiq Hakim. Lorsque je lui fis étudier un poème de Hafez Ibrahim dont le titre était *L'Égypte parle d'elle-même*, nous abordâmes le sujet de la gloire dans la poésie arabe et de son absence chez les poètes occidentaux. Je lui demandais d'écrire ses devoirs en langue classique et nous discutions en dialectal. Lorsqu'elle était incapable de s'exprimer en arabe, je lui demandais d'écrire ce qu'elle voulait dire en anglais, puis je le traduisais en arabe pour que nous apprenions des mots nouveaux. J'étais un professeur efficace, mais ce qui est certain c'est que Mitsy était intelligente et comprenait vite. Au bout de seulement deux mois elle avait obtenu des résultats stupéfiants. Elle écrivait en arabe classique avec quelques fautes et elle parlait le dialecte avec un accent un peu lourd mais compréhensible. J'attendais nos heures de cours avec impatience. Sa rencontre provoquait en moi des sentiments contradictoires de joie, d'admiration et d'angoisse profonde. Nous avions des discussions agréables sur divers sujets. Elle me dit une fois :

— Lorsque je vois ce que vous fait l'occupation, je me sens honteuse d'être anglaise.

— Vous n'êtes pas responsable de la politique du gouvernement britannique.

— Si, j'en suis responsable. Vous, vous n'êtes pas responsable de la tyrannie du roi d'Égypte parce que vous ne l'avez pas choisi. En revanche, nous, les Britanniques, nous élisons les gouvernements qui se glorifient d'occuper et de piller d'autres pays. C'est une chose vraiment honteuse.

La différence entre elle et son père était énorme. Je remarquai de la gêne sur son visage chaque fois que nous mentionnions son père. Chaque fois que nous parlions, je sentais que c'était un domaine qu'elle écartait, qu'elle ne voulait pas que nous abordions. Une fois, j'allai lui donner son cours comme d'habitude. Le club ouvrait ses portes après trois jours de fermeture pour cause de choléra. Mitsy avait apporté des quartiers de citron et les avait pressés dans un verre d'eau. Elle avait dit d'un ton sérieux :

— Je vous conseille de purifier l'eau. Le choléra se répand. Je crois qu'ils ont désinfecté le club, mais les opérations de désinfection n'empêchent pas complètement la contagion.

Je pris le citron dans sa main et le pressai dans l'eau :

— Nous avons perdu deux employés du club en moins d'une semaine.

— Oh, je suis désolée.

— La tragédie ne se limite pas à la mort. Le pire, c'est le dépouillement dans lequel se trouvent les familles des défunts. L'Automobile Club ne paie pas de retraite aux travailleurs égyptiens. La retraite est réservée aux étrangers seulement.

— Comment ? Je ne peux pas le croire !

— L'administration du club considère que les Égyptiens sont inférieurs aux étrangers.

Je prononçai la dernière phrase avec amertume. Je pensais que, son père étant le directeur du club, je devais faire attention à ce que je disais.

Elle répondit d'une petite voix :

— Faites parvenir mes condoléances aux familles.

— Je le ferai, je vous remercie.

Le cours commença. Nous étudiâmes *La Voisine de la vallée* d'Ahmed Chawki. Je lui enseignais des poèmes chantés dont le sens l'émouvait. Chaque fois, elle écrivait le nom de la chanson sur une petite feuille pour acheter le disque avant de revenir à la maison. Lorsque le cours se termina, Mitsy se leva pour me dire adieu comme d'habitude. Elle sembla hésiter puis déclara :

— Kamel, je vous remercie pour tous les efforts que vous déployez pour moi.

Ces propos me donnèrent un pressentiment. Pourquoi me remerciait-elle maintenant ? Avait-elle décidé d'arrêter ses cours ? Avais-je commis une faute ou dit quelque chose qui l'avait irritée ? Ce n'était pas la perte du salaire que je touchais qui m'inquiétait mais celle de son amitié. Je me ressaisis et me préparai à recevoir le coup. Pour lui faciliter les choses, je m'efforçai de sourire :

— Croyez-vous que les progrès que vous avez faits en arabe soient suffisants ?

— Pourquoi me dites-vous ça ?

— Peut-être voulez-vous continuer vos études sans mon aide.

— Bien sûr que non, j'ai toujours besoin de vos cours.

J'essayai de lui cacher combien je me sentais soulagé.

— Que souhaitez-vous donc ?

— Je voudrais me rapprocher plus des Égyptiens.

— Cela demandera un peu de temps, jusqu'à ce que vous parliez correctement arabe.

— La langue est un moyen important de connaissance, mais ce n'est pas tout.

Mitsy souriait et une expression espiègle apparut sur son visage : on aurait cru un enfant qui s'apprêtait à jouer à un jeu dangereux et excitant. Elle me dit lentement :

— Je voudrais visiter les quartiers populaires du Caire pour connaître de vrais Égyptiens

— Comment parlerez-vous avec les gens si vous ne les comprenez pas ?

Elle me regarda avec reproche, comme si elle ne s'attendait pas à cette réponse. Je corrigeai rapidement le tir :

— Il faut que je comprenne exactement ce que vous voulez pour pouvoir vous aider.

Elle serra les lèvres et réfléchit puis m'expliqua doucement, comme si elle choisissait les mots convenables :

— Je recherche la vérité, Kamel, je ne veux pas regarder de l'extérieur. Je ne veux pas être une simple jeune fille anglaise qui habite Zamalek et qui profite du soleil de l'Égypte. Je ne veux pas passer mon temps au club Gezirah et écrire des lettres à mes amies de Londres pour leur dire que le temps est excellent. Tout cela est factice, c'est de l'usurpation. Ce n'est pas pour cela que je suis venue en Égypte. Je veux vivre une vie véritable avec des gens véritables. C'est pour cela que j'ai pensé aller dans des quartiers populaires. Me comprenez-vous ?

— Je vous comprends.

— M'accompagnerez-vous ?

— Bien sûr.

— Kamel, vous êtes étudiant à la faculté de droit et en même temps vous travaillez à l'Automobile Club, sans compter les heures que vous prennent les cours que vous me donnez. Vous n'avez pas assez de temps.

— Je trouverai toujours le temps de vous accompagner.

Je mentais. Sortir avec elle serait agréable, mais cela serait pour moi une nouvelle charge. Le temps me manquait. Je devais lutter au plein sens du terme. Je révisais mes cours jusqu'à une heure tardive et parfois passais toute la nuit à étudier, et le matin je prenais un bain et allais au travail sans avoir dormi. Aujourd'hui encore, je ne sais pas comment mon corps a pu supporter ce surmenage. Je m'évertuais à faire le mieux possible mon travail et ce bon M. Comanos me permettait d'étudier à la réserve et me dispensait de présence avant les examens. Je m'entendis avec Mitsy pour que nous fassions notre promenade le mercredi, mon jour de repos hebdomadaire. La première visite fut pour le quartier d'El-Hussein. Nous nous retrouvâmes sur la place après la prière de l'après-midi. Je la visitai avec elle puis nous déambulâmes dans les rues voisines. Je lui dis :

— Maintenant, je vais vous montrer les portes du Caire de l'époque de Moez li-Din Allah*.

Mitsy contempla les portes avec un engouement enfantin. Elle me demanda :

— Ces portes se fermaient-elles toutes les nuits lorsque les habitants du Caire dormaient ?

— Bien sûr.

— Que se passait-il si un des habitants était en retard et arrivait au Caire après la fermeture des portes ?

— Je ne sais pas. Je crois que c'étaient les gardiens qui décidaient. Ils devaient parfois autoriser l'entrée, parfois la refuser.

Mitsy rit et applaudit comme une enfant :

— C'est merveilleux. J'ai toujours rêvé de vivre dans une ville dont les portes ferment la nuit. Imaginez que j'arrive trop tard et qu'il me faille attendre jusqu'au matin que le gardien ouvre les portes pour m'y glisser comme un chat !

Mitsy s'arrêta tout à coup de marcher puis poussa un miaulement. Elle riait très fort. Elle m'étonnait toujours par ses attitudes fantasques et séduisantes. Après la fin de la promenade, nous nous assîmes au café Fichaoui, où je commandai pour elle un verre de thé vert. Elle en but une gorgée puis l'approcha de ses narines, ferma les yeux et commença à en inhaler la vapeur. Elle était habillée d'un tailleur bleu avec un col blanc très élégant. Elle s'adossa au vieux canapé de bois et me regarda :

* Calife fatimide dont le nom a été donné à la principale rue du Caire islamique.

— M'accompagnerez-vous chaque semaine pour faire une promenade comme celle-ci ?

— Bien sûr.

Elle me jeta un regard hésitant et espiègle puis me dit :

— Qu'en pensez-vous si, la prochaine fois, je portais un foulard dans mes cheveux, une galabieh avec un voile par-dessus, ainsi que des sandales ?

— Vous seriez la plus belle des femmes du peuple d'Égypte.

Elle sourit et ne fit pas de commentaire. Je me sentais gêné de m'être ainsi emballé :

— Je suis désolé.

— Désolé pour quoi ?

— Pour la phrase que je viens de prononcer.

Elle éclata de rire et me dit en anglais :

— Quelle naïveté, mon cher poète ! Il semble que votre connaissance de la littérature est plus grande que votre connaissance de la femme. Il n'y a pas de femme sur la terre qui se mette en colère contre les flatteries des hommes.

Nous entrions dans une nouvelle phase de nos relations. Celle qui était assise en face de moi maintenant, qui fermait les yeux en humant la vapeur du thé, était une femme nouvelle que je n'avais pas vue auparavant. Une sensation singulière se transportait d'elle à moi, comme si je la connaissais depuis longtemps, comme si elle m'appartenait, comme si elle m'était liée. Mitsy, qui semblait avoir deviné mes pensées, me regarda et me dit en anglais :

— Je me sens bien lorsque je parle avec vous.

— Pourquoi continuez-vous à parler anglais ?

— Ne pourriez-vous pas oublier que vous êtes professeur ?

— Mais je suis professeur en effet.

Elle me regarda comme pour dire "Ne faites pas l'idiot". Nous passâmes plus de deux heures à El-Hussein puis rentrâmes en taxi. Je décidai de l'accompagner à Zamalek avant de rentrer chez moi, à Sayyida Zeineb. Elle demanda à voix basse :

— Pourquoi m'accordez-vous cette protection orientale ?

— Est-ce que je vous ennuie ?

Elle sourit et dit avec transport :

— Au contraire, je rêve d'être la concubine d'un sultan oriental vivant avec trois cents autres concubines. Chacune d'entre nous danserait devant le sultan en espérant qu'il passe la nuit avec elle.

Elle souleva les bras comme pour danser. Je ris et dis en regardant dans le rétroviseur le visage du chauffeur interloqué :

— Vous êtes vraiment une très bonne comédienne.

— Pourquoi ?

— Parce que vous êtes capable, à n'importe quel instant, de vous métamorphoser dans toutes les personnalités que vous imaginez.

Avant de descendre de la voiture, elle s'approcha si près de moi que je sentis son souffle sur mon visage. Elle murmura :

— Je vais vous avouer un secret. Si j'ai eu l'idée de me promener avec vous dans les quartiers populaires du Caire, ce n'est pas seulement pour me mêler aux Égyptiens, c'est aussi parce que je voulais parler davantage avec vous.

J'étais confus. J'eus le sentiment qu'il aurait été naturel, à ce moment-là, de tendre les bras pour l'étreindre, mais elle me serra la main pour me dire adieu, puis je demandai au chauffeur de se diriger vers la rue Sedd el-Gaouani. Lorsque je m'assis à mon bureau pour étudier, je me mis à penser à Mitsy. Je passai en revue tout ce qui s'était produit entre nous et j'eus le sentiment que j'entrais dans un champ de mines. Mon expérience avec Mitsy avait réussi parce que j'étais toujours resté maître de moi, j'avais toujours veillé à garder une distance entre nous. Je bavardais et riais avec elle, puis je revenais rapidement aux choses sérieuses. Chaque fois que je m'approchais trop d'elle, je faisais machine arrière et revenais à nos relations officielles. Si l'on se trouve dans un endroit sombre et que l'on sort d'un seul coup au soleil, on reste pendant quelques instants incapable de voir. C'était ce qui m'arrivait avec Mitsy. Sa présence aveuglante dépassait tout ce que j'avais supposé. La tyrannie de sa séduction me poussait à fuir. Si elle avait été moins belle, peut-être aurais-je eu l'idée de lui faire la cour, mais comment un va-nu-pieds oserait-il s'approcher du cortège de la princesse ? Même si la garde lui en ouvrait le chemin, il resterait toujours hésitant, il ne pourrait jamais franchir la distance qui les sépare. Après la promenade à El-Hussein, je commençai à glisser vers une zone dangereuse où il n'y avait pas de juste milieu : ou bien notre relation en sortirait victorieuse, ou bien elle échouerait. Il s'agissait soit d'avoir avec Mitsy une relation sentimentale, soit de la perdre à jamais. Étais-je prêt à cette aventure ? Je me posais cette question sans parvenir à lui trouver de réponse. Au fond, je savais que tous mes calculs étaient vains. Ce n'étaient là que des spéculations intellectuelles sans conséquence pratique. Mitsy allait m'entraîner vers ses eaux profondes, que je le veuille ou non, et c'était elle seule qui fixerait le rythme de nos relations, leur profondeur et leur destin.

Au cours de la leçon suivante, je fis exprès de me comporter d'une façon officielle. Peut-être sa familiarité avec moi avait-elle été un accident exceptionnel et je lui donnais ainsi la possibilité de revenir en arrière.

— Kamel, ça suffit comme ça !

— Je ne comprends pas.

— Sommes-nous amis ?

— Bien sûr.

— Alors pourquoi ce sourire artificiel et ce ton de voix ennuyeux ?

Elle s'approcha alors au point que je frôlais ses bras. Je m'éloignai et elle éclata de rire :

— Est-ce que tu as peur de moi ?

J'étais extrêmement embarrassé et elle eut sans doute pitié. La conversation reprit un tour normal. Nous nous mîmes d'accord pour que la visite du mercredi suivant ait lieu à Sayyida Zeineb. Elle sourit :

— Je sais que tu habites là-bas. M'inviteras-tu à boire une tasse de thé chez toi ?

— Sois la bienvenue.

— Je verrai ta mère et je me plaindrai auprès d'elle.

Lorsqu'elle riait, deux fossettes apparaissaient des deux côtés de son visage et sa beauté dépassait tout ce qu'on peut concevoir. Je savais qu'une chaude bataille m'attendait à la maison. Dès que j'informai ma mère de la visite de Mitsy, son visage s'assombrit :

— N'est-ce pas la fille du khawaga Wright ?

— Si, mais elle est différente de son père.

— Que veux-tu ?

— Je l'ai invitée à faire ta connaissance.

— Je ne veux pas la connaître.

— Maman, Mitsy est une fille gentille et elle aime beaucoup l'Égypte.

Mon exaltation eut l'air d'inquiéter encore plus ma mère qui me dit avec aigreur :

— Écoute, Kamel. Nous avons assez de problèmes comme ça. Nous n'avons pas besoin de la fille du khawaga Wright et de ses simagrées.

J'essayai une autre méthode. Je me montrai tendre, j'embrassai sa tête puis ses mains puis lui dis sur un ton plein de ferveur :

— Maman, tu m'as élevé dans l'idée de l'honneur. Tu m'as toujours honoré devant mes invités. Jamais tu ne m'as trahie. Mitsy est mon invitée et c'est moi qui l'ai invitée à la maison.

Ma mère resta silencieuse puis soupira tristement. Je lui dis d'une façon théâtrale :

— Mais ça ne fait rien. Je ne veux pas te forcer. Oublie cette affaire.

— C'est-à-dire ?

— C'est-à-dire que tout va bien. Mitsy voulait faire ta connaissance, mais tu as refusé. Je lui dirai que ma mère a tout à coup été obligée de partir. Je trouverai bien un moyen de m'excuser.

Ma mère baissa tristement la tête. Après quelques instants, comme je le supposais, elle me demanda d'un ton plus conciliant :

— Mitsy veut nous rendre visite quand ?

— Mercredi matin.

— D'accord. Je l'attendrai si Dieu le veut. Puisque tu t'es engagé, ce serait honteux de revenir sur ta parole.

Ensuite, ma mère commença à me poser des questions pratiques : Mitsy parlait-elle arabe ? Est-ce qu'il valait mieux que nous l'invitions à déjeuner ou bien que nous nous contentions de thé avec des choses légères ?

Je pris ma mère dans mes bras et lui embrassai les mains. Je savais toujours exploiter sa bonté et parfois cela me donnait mauvaise conscience, mais j'avais envie de sourire lorsque je me souvenais des ruses que j'employais avec elle.

Le mercredi à dix heures du matin, comme nous en étions convenus, j'attendais Mitsy devant la mosquée de Sayyida Zeineb. Je lui fis faire un tour dans le quartier. Je l'emmenai au moulin Ramali et dans la rue du tram. Elle contempla les marchands ambulants et me demanda d'expliquer les cris qu'ils lançaient pour vanter leurs produits. Ensuite je l'emmenai chez nous. Voir Mitsy monter les marches de l'escalier de notre maison était un spectacle évocateur : Son Altesse la princesse venue de l'empire sur lequel le soleil ne se couchait jamais était allée rue Sedd el-Gaouani rendre visite à ses sujets. Elle posait les pieds sur notre vieil escalier de bois dont chaque marche grinçait. J'eus envie de lui confier cette image, mais je me dis qu'elle n'aimerait peut-être pas. Nous arrivâmes devant la porte et je frappai du bout des doigts. Comme je m'y attendais, ma mère était seule. Saliha se trouvait à l'école et Mahmoud dormait encore. Ma mère semblait au mieux de sa forme. Elle avait revêtu une élégante robe noire et un voile neuf :

— Soyez la bienvenue, très honorée, dit-elle à Mitsy en lui serrant la main avant de l'embrasser chaleureusement et de la conduire au salon.

Je n'eus pas d'efforts à déployer pour détendre l'atmosphère entre ma mère et Mitsy. Elles se parlèrent d'une façon spontanée et tout à coup elles se mirent à rire ensemble. Ma mère lui offrit toute une série de boissons et de nourritures puis nous invita à déjeuner, mais Mitsy s'excusa et se disposa à partir. Dès que nous fûmes dans la rue, elle me dit :

— Ta mère est formidable.

— Merci.

— Elle est vraiment très belle. Ses traits ont une sorte de noblesse et elle est très gentille et généreuse.

— Mon témoignage n'est pas recevable parce que je suis son fils. Mais je crois qu'elle a vraiment une personnalité exceptionnelle.

Nous étions arrivés à la place. Je regardai autour de moi à la recherche d'un taxi, mais elle sourit et me dit tout à coup :

— Je n'ai pas envie de partir maintenant. Pourrions-nous nous asseoir un peu quelque part ?

— Bien sûr.

Je l'invitai à l'Auberge qui était vide à cette heure de la journée. Nous nous assîmes à une table dans un coin au fond du café. Le garçon se précipita vers nous. Il semblait heureux de la présence de Mitsy et répéta fièrement les quelques mots d'anglais qu'il connaissait. Mitsy lui dit :

— Je parle bien arabe.

— Dieu soit loué ! dit le garçon stupéfié.

Nous commandâmes deux thés à la menthe. Je la regardai bouger les lèvres pour siroter le thé chaud. Je ne trouvai rien à dire.

Mitsy baissa la tête et dit à voix basse, comme si elle parlait à elle-même :

— Je suis lasse de moi. J'ai une personnalité bizarre.

— Vous êtes différente et la différence est une chose positive. Ce qui est important, c'est de savoir gérer sa différence avec les autres, de manière à ne pas couper les liens avec eux.

— Je suis incapable d'être en concordance avec ceux qui m'entourent.

— Vous n'avez pas d'amis ?

— J'ai des amis, mais ils ne me comprennent pas.

— Peut-être avez-vous besoin de vous faire de nouvelles amitiés.

Mitsy soupira, et ses yeux bleus se voilèrent, puis, comme si elle recommençait à me voir, elle me dit d'une voix faible :

— Mes relations avec mon père sont très tendues.

— C'est une chose qui ne me surprend pas. Vous êtes tous les deux aux antipodes l'un de l'autre, au point que je me demande comment quelqu'un comme Mr Wright a pu engendrer une fille gentille comme vous.

Je prononçai cette dernière phrase sans réfléchir. Je me sentis aussitôt gêné :

— Je suis désolé.

Vous avez raison, me dit-elle tout bas, puis elle se tut et tenta de mettre de l'ordre dans ses idées.

— Je vis un cauchemar.

— Que s'est-il passé ?

— C'est une longue histoire. Je ne veux pas vous embêter.

— Je vous en prie. Je voudrais vous entendre.

Elle me raconta tout en détail. Suspendu à ses lèvres, je ne prononçai pas un mot. À la fin, elle me demanda :

— Qu'en pensez-vous ?

Une émotion soudaine s'empara de moi :

— J'ai besoin d'un peu de temps pour assimiler cette histoire extraordinaire. Je regrette le comportement du roi d'Égypte.

Elle sourit tristement et me dit :

— Et moi, je regrette le comportement de mon père.

— Nous devons accepter les nôtres tels qu'ils sont.

— Je ne cherche pas à changer mon père, mais tout simplement il m'empoisonne la vie.

— Moi aussi, mon frère Saïd est insupportable, mais j'essaie de coexister avec lui.

— Peut-être que je pourrais coexister avec mon père si je m'éloignais de lui. Le problème, c'est que je ne travaille pas et que c'est lui qui paie toutes mes dépenses. Je suis obligée de rester chez lui.

— Avez-vous cherché du travail ?

— J'ai cherché, et je n'en ai pas trouvé, mais maintenant je vais reprendre mes recherches.

— Comment puis-je vous aider ?

Mitsy me sourit. Elle me regarda avec gratitude et me dit avec douceur :

— Si vous voulez m'aider, restez proche de moi.

Elle posa sa main sur la mienne. Je sentis un désir irrépressible de la serrer dans mes bras, mais me maîtrisai. J'enlevai doucement ma main puis lui dis :

— Voulez-vous que nous allions dans un autre endroit ?

Elle reprit tout à coup d'un ton jovial :

— Comme vous êtes poli !

— Pourquoi ?

— Vous avez envie de partir, mais vous trouvez le moyen d'exprimer cela élégamment. Vous me demandez si je veux aller dans un autre endroit...

Je ris, parce que ce qu'elle disait était vrai. J'avais des leçons en retard à terminer. Je la raccompagnai en taxi puis revins à la maison. Je pris un bain chaud et mis mon pyjama puis m'assis à mon bureau et ouvris mes livres, mais je pensais à Mitsy. Je me repassai en mémoire ce qu'elle m'avait dit. Des sentiments violents s'emparèrent de moi. Mon imagination s'envola : je me voyais menant une bataille acharnée pour sauver Mitsy des griffes de sa canaille de père. James Wright était une crapule et un proxénète. Cette vérité-là, je ne l'avais pas dite à Mitsy. Ce qu'il avait fait était injustifiable. Bien sûr, les mœurs anglaises étaient différentes de nos habitudes orientales. Généralement une famille anglaise permettait à sa fille d'avoir une relation avec un ami avant le mariage. Tout cela est vrai, mais ce qu'avait fait Wright était différent. Il poussait sa fille dans le lit du roi par intérêt. Il ne pouvait pas avoir d'autre motivation. Si sa fille était la maîtresse du roi, il obtiendrait de nombreux privilèges et gagnerait beaucoup d'argent. Face à ce comportement sordide, Mitsy s'était comportée avec courage et noblesse. Elle était vraiment merveilleuse. Chaque fois que je me rappelais son attitude avec le roi, cela me faisait rire. Quelle bonne comédienne ! Elle était capable de transformer un drame en farce. J'essayai de me concentrer sur mes révisions, mais vers trois heures du matin je fus vaincu par la fatigue et m'endormis profondément. Le lendemain, j'allai au club et passai la journée à mon travail habituel. Aux environs de six heures du soir, M. Comanos quitta la réserve et je m'apprêtais à fermer, quand le téléphone sonna. Labib, le téléphoniste, m'appela d'une voix fébrile :

— Kamel, Son Altesse le prince Chamel te demande. Je te le passe.

Le prince me salua laconiquement et, avant que je lui aie répondu, s'empressa de me dire :

— Écoutez, Kamel. J'ai besoin de vous pour une affaire importante. Je vous prie d'exécuter ce que je vous demande sans discussion.

— À vos ordres.

— Demain matin, je vous attendrai à sept heures précises. Ne soyez pas en retard. Je vous attendrai devant l'entrée secondaire du palais, du côté de la rue Aïcha el-Taymouria.

— Puis-je connaître l'objet de ce rendez-vous ?

— Je vous expliquerai tout lorsque je vous verrai. Bonsoir.

Le prince raccrocha. Je fermai la réserve puis sortis dans la rue, décidé à marcher entre l'Automobile Club et notre maison. J'avais besoin d'assimiler toute cette suite d'événements : après l'aventure étrange entre Mitsy et le roi, voilà le prince Chamel qui me déroutait avec une de ses lubies. Même si la personnalité du prince était fascinante, je n'étais pas loin de penser qu'il était fou. Que voulait-il faire avec moi à sept heures du matin ? Pourquoi m'attendrait-il à l'entrée secondaire ? Pourquoi ne m'invitait-il pas à entrer par la porte principale ? La seule explication était qu'il voulait que personne ne me voie entrer au palais. Le but de cette visite ne pouvait pas être naturel. Je me dis à nouveau que le prince devait être mentalement dérangé, puis me vint une supposition pire : qu'il soit homosexuel. Rien dans son apparence ou ses mouvements ne révélait cela mais j'avais entendu dire que certains homosexuels avaient une apparence complètement normale. Ce qui était étrange, c'était qu'il avait une réputation de coureur de femmes. Peut-être était-ce un obsédé sexuel, ou bien avait-il des tendances bisexuelles ? Peut-être aimait-il autant les hommes que les femmes ? Mon inquiétude s'accrut et se transforma en frayeur. Je me sentais piégé. L'homosexualité du prince me parut une supposition très crédible. Est-ce pour cela qu'il souhaitait me rencontrer tôt et qu'il voulait que je passe par l'entrée secondaire ? Allait-il me faire entrer dans une pièce isolée pour me faire des propositions ? Si cela arrivait, cela serait une catastrophe. Des images déplaisantes m'assaillirent. Je vis le prince m'attaquer et moi essayer de lui échapper. Ces obsessions me poursuivirent longtemps. Parfois je les écartais, mais à d'autres moments elles me paraissaient plausibles. Il fallait que j'aille au rendez-vous. Premièrement parce que je l'avais promis au prince et deuxièmement parce qu'il s'était montré généreux à mon égard. N'était-ce pas suffisant qu'il se soit entremis pour me trouver du travail ? Je me réveillai à six heures du matin, pris un bain et m'habillai. Je dis à ma mère que je devais assister à un cours de bonne heure à l'université avant de me rendre au travail. Sur la place, je pris un taxi. Une fois arrivé à Garden City, je descendis sur la corniche pour que le chauffeur ne sache pas vers où je me dirigeais. J'allai à pied au palais du prince. Mais survint un problème auquel je ne m'attendais pas. Je m'égarai dans les rues en colimaçon et toutes semblables de Garden City. Passant auprès d'un soldat qui montait la garde, je le saluai et il me répondit d'une façon normale. Je faillis l'interroger sur le chemin du palais, mais je me souvins que le prince tenait tout particulièrement à ce que ma visite reste secrète. Je lui demandai :

— S'il vous plaît, connaissez-vous la rue Aïcha el-Taymouria ?

Il m'observa d'un air méfiant puis me montra mon chemin. Enfin j'aperçus le palais. Je me précipitai dans sa direction et trouvai le prince debout devant la porte secondaire. Il me serra la main. J'étais haletant. Il était sept heures et quart. Le prince me regarda avec un air de reproche et je lui dis aussitôt :

— Je suis désolé du retard, Altesse, mais je me suis trompé de route.

Il rit et dit en français :

— Ce n'est pas un début encourageant. Venez.

Il me fit un signe de la main et je le suivis. Il marcha parallèlement au mur extérieur du palais et entra par une petite porte de fer dans le jardin. Nous descendîmes plusieurs marches puis il sortit une clef et ouvrit une porte. J'entrai derrière lui et, à mon grand étonnement, il ferma la porte à clef de l'intérieur. L'endroit ressemblait à un petit appartement souterrain qui sans doute était destiné au séjour du chauffeur ou de quelques domestiques. Je marchais derrière le prince. Nous traversâmes le petit salon puis passâmes par un couloir étroit, long et sombre. À la fin, nous entrâmes dans une pièce vaste et éclairée. Je vis alors un spectacle plus étrange que tout ce à quoi j'aurais pu m'attendre.

SALIHA

Depuis que j'ai pris conscience du monde, je ne me souviens pas que mon frère Saïd ait été gentil avec moi, je ne me souviens pas qu'il m'ait cajolée lorsque j'étais petite, ou qu'il m'ait acheté un jouet, ou qu'il m'ait emmenée promener. Pour moi, il était toujours source d'angoisse et de difficultés. J'aime mon frère Saïd, mais franchement, je déteste sa présence à la maison et j'évite de le rencontrer. Lorsqu'il est là, je rentre dans ma chambre et ferme la porte derrière moi. Lorsqu'il se maria avec Faïqa et qu'ils allèrent s'installer à Tanta, je me sentis soulagée. Les problèmes étaient terminés et nous jouîmes pour la première fois d'une vie de famille paisible. Au cours de sa première visite après son mariage, Saïd proposa à ma mère une aide financière, qu'elle refusa. Le lendemain, je lui demandai en buvant le thé avec elle :

— Pourquoi as-tu refusé de prendre de l'argent à Saïd ?

Embarrassée, ma mère me dit en détournant le regard :

— Ton frère Saïd est responsable d'une famille. Que Dieu l'assiste.

— Saïd n'a rien d'autre qu'une femme à sa charge. C'est son devoir de participer aux frais de la maison avec une partie de son salaire, comme mes frères Kamel et Mahmoud.

— Il a proposé de m'aider et j'ai refusé.

— S'il avait vraiment voulu nous aider, il ne t'aurait pas posé la question.

— Il ne faut pas voir le mal partout !

— Tu as dit toi-même que Saïd était égoïste. Pourquoi le défends-tu maintenant ?

Ma mère sourit tristement.

— Lorsque tu te marieras et que tu auras des enfants, tu comprendras. La mère aime ses enfants d'une façon inconditionnelle. Quelles que soient leurs torts à son égard, elle continue à les aimer.

Il y avait dans son accent quelque chose qui était si émouvant que je me tus. Ma mère sirota son thé et dit calmement :

— Que Dieu lui montre le bon chemin et le rende heureux.

Faïqa, la femme de Saïd, était désagréable comme lui. Sa seule présence chez nous me rendait nerveuse. Je ne l'aimais pas et je savais qu'elle non plus ne m'aimait pas ni n'aimait ma mère. Faïqa n'aimait qu'elle-même. Le dévouement dont elle avait fait preuve après la mort de mon père n'avait pour but que de pêcher un mari, ni plus ni moins. Une fois qu'elle eut atteint son objectif et qu'elle fut mariée avec Saïd, elle fit voir son vrai visage. Elle nous considérait, ma mère et moi, comme des rivales dans l'affection de son mari. Avant chaque visite de Saïd et Faïqa, je déployais avec ma mère de grands efforts pour préparer un repas convenable, mais Faïqa, avec son impertinence habituelle, faisait toujours des remarques négatives. Son but était de montrer à son mari qu'elle cuisinait mieux que ma mère, ou bien elle voulait la provoquer pour qu'il y ait une dispute où elle puisse apparaître comme la victime. Ma mère écoutait en souriant d'un air gêné les remarques de Faïqa. Quant à moi, je parvenais difficilement à contenir ma fureur. Une fois que Faïqa dit que les cornes grecques manquaient de sel, je lui répondis :

— Si notre cuisine ne te plaît pas, ne viens pas te planter avec nous devant les fourneaux pour nous montrer tes talents.

Elle fit aussitôt machine arrière. Elle se frappa la poitrine et poussa un soupir :

— Pauvre de moi ! J'aurais mieux fait de ne pas vivre. Que ma langue soit coupée si je ne vous rends pas justice à Nina* et à toi.

* Façon familière et tendre de nommer une voisine qui a l'âge de sa mère.

Même lorsqu'elle s'excusait, elle parlait avec affectation, faisait sa mijaurée et jouait les petites filles. Elle se dandinait sans raison. Faïqa était comme sa mère. Elle n'avait pas froid aux yeux. Rien ne lui faisait honte. Elle donnait des caresses à son mari devant tout le monde, sans se préoccuper de personne. Lorsqu'elle nous parlait, elle faisait exprès de faire des allusions à ses relations intimes avec Saïd, comme si elle voulait nous provoquer, comme si elle voulait dire à ma mère que le fils à l'éducation duquel elle avait consacré sa vie ne lui appartenait plus, qu'il était maintenant sa propriété exclusive et qu'elle le faisait tourner comme une bague à son doigt. Une fois que ma mère et moi étions assises sur le balcon avec elle, la voici qui nous dit tout à coup impudemment :

— Ma tante, je voudrais me plaindre à vous.

— Rien de grave ?

Faïqa se passa la main dans les cheveux en se dandinant.

— Votre fils Saïd ne veut pas me lâcher. Je voudrais pouvoir me coiffer une fois pour toutes. Je suis obligé de me baigner deux fois par jour. Toutes les fois que je lui dis : "Laisse-moi me reposer", il me répond : "S'il te plaît, fais-moi plaisir." Franchement, il me fait de la peine et je suis obligée de consentir.

Puis elle éclata d'un rire lascif. Il y eut un silence gêné, que ma mère rompit avec irritation :

— Ma fille, ces choses-là entre toi et ton mari, il n'est pas convenable que tu en parles devant qui que ce soit, même devant quelqu'un de ta famille. Saliha, lève-toi et va préparer le thé.

Ma mère voulait m'empêcher d'écouter ces paillardises. J'allai à la cuisine, pleine de haine pour Faïqa. Après toute cette obscénité, que restait-il aux prostituées ? De toute façon, ce n'était pas étonnant. Que pouvions-nous attendre d'autre de la fille d'Aïcha ? Je sentais que Faïqa par ses attitudes m'envoyait un message précis. Elle n'avait qu'un an de plus que moi, mais nous étions différentes. Alors que sa mère l'avait élevée seulement pour le mariage, mon père m'avait encouragée à poursuivre mes études. Je sentais qu'elle était jalouse de ma supériorité : elle voulait me prouver qu'elle était heureuse dans son mariage et qu'avoir un mari était beaucoup plus important que l'éducation. C'était comme si elle me disait : "Tu fais beaucoup d'efforts pour étudier, mais cela ne sert à rien. Moi, j'ai réussi à avoir un mari qui m'aime, une maison et une famille. Je suis mieux que toi."

Les visites de Faïqa et Saïd étaient toujours l'occasion de provocations et de désagréments. Ce jour-là précisément, leur venue était suspecte. Saïd avait appelé ma mère pour lui dire qu'il allait nous rendre visite avec sa femme. Ma mère fut étonnée de l'insistance de Faïqa à se déplacer alors qu'elle était dans son premier mois de grossesse. Si Saïd voulait nous voir, pourquoi ne venait-il pas seul ?

Après qu'ils eurent mangé la mouloukhia au lapin que ma mère leur avait préparée à leur demande, Saïd s'isola au salon avec ma mère, dont, tout à coup, j'entendis la voix s'élever. Mon frère Kamel alla aussitôt les rejoindre et se mit à crier lui aussi. Faïqa était assise à côté de la pièce et écoutait en silence, les yeux baissés. J'étais habituée à ces disputes et, comme j'avais un examen le lendemain, j'avais besoin de me concentrer. Je fermai la porte de ma chambre et me plongeai dans les révisions jusqu'à ce que je me sente fatiguée. Alors je fis mes ablutions et récitai la prière du soir puis rejoignis mon lit. Lorsque je vis ma mère le lendemain matin, elle semblait tendue et à bout de forces. Je ne l'interrogeai pas sur ce qui s'était passé, afin de garder l'esprit clair pour l'examen. Lorsque je rentrai de l'école, j'annonçai à ma mère que j'avais obtenu la meilleure note. Elle me serra dans ses bras et m'embrassa puis me fit asseoir à côté d'elle. Je vis qu'elle était en plein désarroi :

— Ton frère Saïd t'a trouvé un mari.

— Un mari ?

L'impact du mot sembla étrange à mon oreille. Je lui demandai sans réfléchir :

— Qui ?

— Un marchand de chameaux de Kom Ombo qui s'appelle Abdelberr. Il a quarante ans et il est très riche. Il a déjà été marié, mais il a répudié sa femme quand il a vu qu'elle était stérile.

Je ne trouvai rien à dire. La surprise était tellement forte que je ne parvenais pas à me rendre compte. Ma mère soupira et me dit d'une voix faible :

— Qu'en penses-tu ?

— Qu'en pense mon frère Kamel ?

— Kamel insiste pour que tu termines tes études.

— Alors nous écouterons ce qu'il dit.

— Il faut bien réfléchir, Saliha. Le pire serait de se précipiter sur une question comme celle-là.

Cette nuit je suis restée allongée sur mon lit et ai fermé les yeux en attendant le sommeil, mais il n'est pas venu. Je pensais à ce qu'avait dit ma mère, et des sentiments mêlés s'emparèrent de moi. Je savais que j'étais belle. J'étais fière lorsque je regardais mon corps nu en prenant mon bain. Je trouvais exemplaires sa rondeur et sa souplesse, ainsi que les cheveux noirs et fins et les yeux verts que j'avais hérités de ma grand-mère. Malgré mon admiration pour mon corps, je n'avais encore jamais pensé au mariage. Cela ne m'était pas venu à l'esprit. Pour moi, le mariage était une idée floue et lointaine, dont parlaient toujours les autres. Bien sûr, je souhaitais avoir un mari, une maison et des enfants comme toutes les filles, mais je rêvais de choses différentes avant le mariage. J'imaginais toujours ma vie comme une course d'obstacles que je franchirais l'un après l'autre pour parvenir à la fin à enseigner à l'université de façon à réaliser le vœu de mon père. Ses paroles résonnaient dans mon esprit : "Saliha, Dieu vous a donnés à nous, toi et Kamel, pour compenser ces bons à rien de Mahmoud et de Saïd. Tiens bon. Je veux que tu sois toujours la première."

J'étais maintenant poussée dans une autre direction. Le mot "mari" résonnait dans mon oreille, "le mari de Saliha". Pour la première fois, je me sentais femme désirée d'une façon sérieuse et respectable. C'était quelque chose de différent de l'aversion que j'éprouvais lorsque les hommes regardaient mon corps avec concupiscence. En dépit de mes vêtements décents, je sentais parfois dans la rue que certains hommes transperçaient mon corps de leurs regards. Je me sentais alors humiliée. Maintenant l'idée d'un mari me satisfaisait – indépendamment du mariage lui-même. Si un homme demandait ma main, cela voulait dire qu'il m'avait choisie parmi toutes les autres filles et qu'il était prêt à dépenser des centaines de livres pour que je sois sa femme et la mère de ses enfants. En soi, cette idée me faisait plaisir. L'apparition d'un "mari" excita au plus haut point mon imagination. Je ressortis un tas de revues que j'avais empruntées à Kamel : *Le Photographe, Le Studio, Le Monde de l'art*. Je les étalai devant moi et me mis à regarder les photographies des actrices et à m'imaginer élégante et belle comme elles, habillée d'une robe de sport à manches courtes ou bien d'un tailleur de soie blanche accompagné d'un chapeau noir élégant avec une voilette descendant sur mon visage. Je m'imaginais avec tous ces vêtements puis voyais en imagination un beau jeune homme qui ressemblait à Anouar Wagdy ou Farid el-Atrache s'approcher de moi, s'incliner, me baiser la main et m'inviter à danser. Notre danse attirerait l'attention de toutes les personnes présentes et les autres danseurs s'écarteraient et formeraient un large cercle autour de nous. Puis, à la fin de la nuit, le jeune homme demanderait ma main et me proposerait de vivre avec lui dans une petite maison avec jardin située, si possible, sur une hauteur pour que personne ne nous dérange. Je me plongeai totalement dans ce rêve éveillé. À tel point que même si je refusais de me marier avec Abdelberr, je lui resterais reconnaissante de sa demande. Lorsque l'on entendit l'appel à la prière de l'aube, allongée dans mon lit, j'entendis les pas de ma mère qui allait à la salle de bains et le bruit qu'elle faisait pendant ses ablutions, puis le murmure de sa prière. Peu après, elle vint vers ma chambre et me regarda avec inquiétude.

— Tu ne dors pas ?

— Je n'ai pas réussi à trouver le sommeil.

Elle s'assit à côté de moi sur le lit, me regarda puis soupira :

— Tu as pensé à l'affaire d'Abdelberr ? Ton frère Saïd insiste, et moi je suis vraiment hésitante.

— Maman, il faut que nous écoutions Kamel, qui nous aime, alors que Saïd ne pense qu'à lui.

Ma mère eut l'air de protester, mais préféra se taire. Puis elle soupira :

— Bon, essaie de dormir, même si ce n'est qu'une heure, avant d'aller à l'école.

Après qu'elle fut sortie me vint à l'esprit une question inquiétante : pourquoi Saïd s'était-il fait accompagner par sa femme enceinte et pourquoi étaient-ils spécialement venus de Tanta pour s'entremettre au sujet du fiancé ? Pourquoi avait-il fait pression sur ma mère et lui demandait-il avec tant d'urgence de donner son accord ? Était-il soudain préoccupé par mon avenir ? Peut-être insistait-il afin que j'abandonne les études. Il ne pouvait pas supporter que sa petite sœur aille à l'université alors que lui n'avait eu qu'un diplôme technique. Lorsque je rencontrai mon frère Kamel, il me regarda et dit avec assurance :

— Saliha, la pire chose que tu pourrais faire, c'est d'abandonner tes études pour te marier. Il faut que tu termines tes études.

Je hochai la tête et il poursuivit :

— Je te fais confiance pour penser correctement.

Le vendredi suivant, Saïd et Faïqa revinrent. Cette fois-ci, Saïd avait l'air sombre et maussade, comme s'il était venu reprendre sa dispute, tandis que Faïqa, au contraire, était toute gentillesse et douceur, ce qui redoubla mes craintes. Après le déjeuner, Saïd sortit faire des courses et laissa Faïqa avec ma mère. Elles s'assirent toutes les deux seules sur le balcon pendant près d'une heure au cours de laquelle elles n'arrêtèrent pas de chuchoter. Le soir, Saïd et sa femme rentrèrent à Tanta, et ma mère vint dans ma chambre. Elle s'assit à côté de moi et me prit dans ses bras :

— Tu veux écouter une bonne nouvelle ?

— Bien sûr.

— Ton fiancé, Abdelberr, va associer ton frère Saïd à une usine textile. Abdelberr va financer l'usine et Saïd va la diriger en échange de la moitié des bénéfices.

— C'est-à-dire que Saïd m'apporte un fiancé pour devenir associé d'une entreprise. Comme d'habitude, il n'y a que son intérêt qui lui importe.

— Si Saïd n'était pas certain qu'Abdelberr est quelqu'un de bien, il ne se serait pas associé à lui.

— Quelqu'un qui a des capitaux peut en trouver dix comme Saïd, mais Saïd, c'est difficile pour lui de trouver quelqu'un qui lui offre une usine.

— Tu parles comme si tu détestais ton frère.

— Je déteste sa façon de se comporter.

— Enfin... As-tu pensé à la question du fiancé ?

— Il faut que je termine mes études.

— Saliha, tu es une fille. Tu auras beau étudier, ton destin, c'est le mariage, et Abdelberr est quelqu'un de respectable, capable de t'offrir une vie agréable.

— Apparemment, Faïqa est parvenue à te convaincre.

Ma mère sembla troublée. Elle me dit avec émotion :

— Je voudrais bien qu'elle m'ait convaincue. Je suis fatiguée à force de réfléchir. J'ai peur en acceptant de te faire du tort et j'ai peur, si je refuse, de le regretter.

— Moi, je ne le regretterai pas.

Ma mère se tut puis conclut, comme si elle ne voulait pas entrer dans une controverse avec moi :

— De toute façon, je me suis mise d'accord avec Saïd pour inviter Abdelberr à déjeuner vendredi prochain. Nous nous assoirons avec lui et nous ferons sa connaissance avant de décider.

27

Lorsque Mahmoud rentra chez lui, il ne semblait pas dans son état normal. Il baisa la main de sa mère et elle lui demanda :

— Je te prépare le dîner ?

— Merci, j'ai dîné avec mes amis. Bonne nuit.

En traversant le couloir, il se sentait dans un état étrange comme le jour où, lorsqu'il était enfant, son père l'avait emmené au cinéma pour la première fois. Il était, cette fois encore, abasourdi, ébloui par un monde magique plein de mouvements et de couleurs dont il n'aurait pas pu imaginer l'existence. Le silence de la chambre se referma sur lui. Il quitta ses souliers et ses vêtements et revêtit son pyjama puis se jeta sur le lit. Il regarda le plafond en pensant que ce qui lui était arrivé était époustouflant – c'était la dernière chose à laquelle il aurait pu s'attendre. Mon Dieu. Cela était-il arrivé réellement ou bien l'avait-il rêvé ?

Mme Khachab – qu'il appelait maintenant Rosa – s'était comportée d'une façon naturelle et maternelle. Elle l'avait embrassé sur les deux joues pour lui dire au revoir, comme elle l'avait souvent fait auparavant, mais tout à coup elle s'était collée à lui et l'avait embrassé sur la bouche. Mahmoud n'était pas totalement dépourvu d'expérience : il avait l'habitude d'embrasser ses amies dans l'ombre du cinéma Al-Shark, mais le baiser de Rosa était différent. Elle avait pressé ses lèvres et sa langue et s'était contorsionnée dans ses bras jusqu'à ce que la chaleur de son corps se transmette au sien, puis elle avait fermé la porte de l'appartement et l'avait entraîné à l'intérieur. Il avait tenté de résister, mais elle avait tendu la main et s'était mise à le tâter au-dessous de la ceinture et à le caresser avec délicatesse et dextérité, et son désir s'était manifesté d'une façon qu'il n'avait jamais connue auparavant. Elle ne lui avait laissé aucune possibilité de refuser. Elle l'avait attiré vers la chambre à coucher, l'avait lentement poussé sur le lit puis s'était mise à l'embrasser avec avidité et à palper ses bras et ses épaules, à caresser son torse recouvert de poils. Elle avait murmuré d'une voix troublée et haletante :

— Tu es beau, Mahmoud, très beau.

Au bout d'un moment, les yeux de Mahmoud s'embrumèrent. Il ne distinguait plus ce qu'il voyait. Elle le conduisit avec douceur et tendresse sur les chemins de la volupté, comme si elle lui apprenait à nager avec elle dans des eaux profondes qu'elle connaissait bien tandis que lui y entrait pour la première fois. Elle lui chuchotait à l'oreille ce qu'il devait faire et l'aidait à l'exécuter. Elle atteignit plusieurs fois la jouissance avant qu'il ne la rejoigne. Ils restèrent allongés, complètement nus, plongés dans le silence profond de ce moment cosmique, puissant et mystérieux qui suit l'amour. Mahmoud était saisi, comme ensorcelé. Il ne croyait pas que ce qu'il avait fait était réel. Comment Mme Khachab – la dame vénérable qui le traitait comme son fils – s'était-elle transformée en cette femme nue qui excitait son désir comme celles des photographies pornographiques qu'il échangeait en secret avec ses amis à l'école ? Il était également ahuri du chemin qu'il avait pris avec elle. Cette jouissance jaillissante et incendiaire qui dévaste tous les sens ne pouvait pas être comparée à celle, inquiète, furtive, qu'il dérobait aux filles dans l'ombre du cinéma.

Rosa était toujours allongée à ses côtés, les paupières fermées. Après quelques instants, elle le regarda de ses yeux bleus, reconnaissante. Son visage était rose et rayonnant. Elle murmura :

— Est-ce que je peux te serrer dans mes bras ?

— Je vous en prie.

Elle se colla à lui et posa sa tête sur sa poitrine. Mahmoud examina son corps nu et il remarqua alors que la fleur était flétrie. Son cou faisait de nombreux plis, ses gros seins pendaient, et elle avait sur sa peau avachie de nombreuses taches de rousseur. Comme si elle comprenait ses pensées, Rosa, mendiant sa pitié, lui demanda :

— Tu me trouves belle ?

— Bien sûr.

Rosa l'embrassa sur le cou puis sourit tristement en regardant le plafond.

— Non, Mahmoud. J'ai été belle autrefois. Maintenant je suis vieille. Toi, tu es un jeune homme et tu peux trouver beaucoup de femmes plus belles que moi.

Mahmoud resta plongé dans le silence et commença à se sentir mélancolique. Il avait envie de partir, mais Rose retrouva tout à coup sa bonne humeur. Elle lui prit la main et lui dit d'un ton espiègle :

Viens, nous allons prendre un bain.

— Je vous en prie, prenez un bain d'abord.

Cela la fit rire :

— Non, viens avec moi. J'ai envie que nous prenions un bain ensemble.

Elle l'entraîna joyeusement au bain, ouvrit le robinet d'eau chaude et se mit à le laver. Elle lui disait en riant, en palpant ses muscles :

— Tu es mon merveilleux étalon.

Puis elle prit une grande éponge rose et lui dit :

— Mahmoud, masse-moi le dos, s'il te plaît.

Dès qu'il commença à lui masser le dos, elle se retourna violemment comme si elle ne pouvait pas résister à la lubricité qui l'ébranlait. Elle l'étreignit et se mit à embrasser son ventre d'une façon vorace puis ses baisers montèrent jusqu'à la poitrine et enfin, elle pressa à nouveau ses lèvres pendant que sa main s'égarait entre ses cuisses. Le corps dégouttant d'eau, ils se jetèrent à nouveau sur le lit. Cette fois-ci, Rosa prit son temps. Pendant la première manche, elle avait avalé toute la jouissance d'un seul coup pour étancher sa soif. Elle pouvait maintenant en déguster lentement toutes les modalités. Ils se laissèrent emporter par une vague d'amour ample, haute, fracassante, qui les rejeta au bout de quelque temps épuisés sur la rive. Ensuite, Mahmoud prit congé. Il se baigna à nouveau, s'habilla et, en lui disant au revoir à la porte, sentit que tout entre eux avait changé. La sensation qu'il éprouvait lorsqu'elle l'étreignait, le ton de sa voix, jusqu'à son parfum qui dans le passé évoquait une chaleur maternelle, suscitaient maintenant en lui le désir.

Mahmoud, allongé sur son lit, pensa à ce qui s'était passé avec Rosa jusqu'à ce qu'il soit vaincu par le sommeil. Le lendemain, il alla au club et fit son travail comme à l'ordinaire, mais il remâchait l'aventure avec tendresse et passion. Puis de nombreuses questions vinrent l'assaillir : se pourrait-il qu'il découvre que ce qu'il avait fait avec Rosa était un rêve, une simple hallucination ? Rosa avait-elle eu envie de lui depuis le début ou bien avait-elle été troublée tout à coup ? Elle avait dépassé les soixante ans. À quel âge la femme perd-elle son désir sexuel ? Ce désir ardent ne concerne-t-il que les femmes étrangères ou toutes les femmes l'éprouvent-elles quel que soit leur âge ? Sa mère était-elle comme Rosa ? Est-ce que sa mère cachait derrière son apparence austère et grave un désir sexuel incendiaire ? Il se sentit mal à l'aise, car il n'aimait pas imaginer sa mère dans une situation inconvenante, mais tout à coup il se moqua de sa pensée : “Bien sûr que ma mère a fait avec mon père ce que je fais avec Rosa. Sinon comment serions-nous venus au monde, mes frères, ma sœur et moi ?"

Mahmoud se lança corps et âme dans son nouvel univers. Rosa faisait tout son possible pour le satisfaire au lit. Elle lui apprit les secrets de l'amour et en fit au bout de quelques semaines un véritable expert. Leurs rencontres se répétèrent au point de devenir une habitude, avec des rites qu'il aimait bien. Rosa commençait par le nourrir. Elle lui préparait chaque fois un nouveau plat appétissant : des kebabs et de la kefta* de chez Abou Chaqra, des sandwichs de poulet et de cervelle du New Kursaal, de la fetta aux kaware** de chez Hati el-Geish. Lorsqu'il exprimait sa surprise devant sa connaissance complète des plats égyptiens, cela fit rire Rosa, qui hocha la tête puis prit un air maternel :

— Mahmoud, j'ai vécu en Égypte plus longtemps qu'en Angleterre.

Elle lui apprit à boire du vin. Une fois passée la morsure initiale, il ressentit un épanouissement, un flux de vie délicieux dans sa tête. Jour après jour, ses visites se déroulaient selon un programme immuable : Mahmoud mangeait avec appétit. Il buvait une bouteille de vin, et lorsqu'elle était vide, il allait à la salle de bains se laver la bouche avec du dentifrice puis se baignait et revenait nu sous une robe de chambre en cachemire que lui avait achetée Rosa. Il s'asseyait à côté d'elle en silence,

* Les morceaux de viande entière (kebab) ou hachée (kefta) grillés sur du charbon de bois font partie du paysage de base de la cuisine rapide de l'Égypte, du Moyen-Orient, de la Turquie et des pays balkaniques.

** La fetta se mange plutôt en famille. On fait cuire du riz et des pois chiches auxquels on ajoute des morceaux de pain rassis dans une sauce à la viande ou bien aux pieds de mouton cartilagineux (kaware), qui sont servis en accompagnement.

les jambes repliées, patiemment, à l'affût comme s'il attendait l'arrivée du train dans une gare. Alors Rosa changeait de position, s'échauffait, se dandinait et se mettait à lui parler avec chaleur de sujets banals. Elle lui posait des questions sur sa famille, se plaignait du portier et de ses mensonges. C'était comme si elle voulait donner un aspect naturel à leurs relations, comme s'ils étaient mariés ou amants, montrer que leurs relations ne se limitaient pas au sexe mais qu'elles concernaient également des détails de la vie quotidienne. Mahmoud restait assis à côté d'elle. Il lui répondait laconiquement sans la regarder. Puis, à un moment donné, tout à coup, elle s'approchait de lui et il sentait son souffle chaud, ou bien elle tendait la main pour caresser sa chevelure crépue ou ses lèvres épaisses. Alors Mahmoud recevait le message et le spectacle commençait. Il l'étreignait entre ses bras puissants. Il la dominait, la maîtrisait, comme si elle était un enfant qui avait assez longtemps joué par terre et qu'il fallait maintenant mettre au lit. Il commençait par un long baiser puis la caressait lentement, palpait son corps pouce après pouce jusqu'à ce qu'il s'ouvre et, alors, il l'attaquait avec violence, sans indulgence, comme s'il voulait lui faire mal ou la punir. Mahmoud transperçait Rosa sans tendresse et sans sentiment, sans fioritures, et sans fausse douceur, sans mots enrobés de sentiments mensongers. Il traitait son corps avec une sorte d'impudeur, avec rudesse, avec une violence de plus en plus grande. On aurait dit une empoignade de rue ou un combat de boxe. Le corps de Rosa entre ses bras devenait un adversaire dont il cherchait les points faibles afin de le soumettre et, à la fin, de le jeter au sol, sans force et sans recours. La violence sexuelle de Mahmoud excitait au plus haut point Rosa. Elle ranimait une pulsion enfouie au plus profond d'elle-même, autour de laquelle elle avait longtemps tourné avec des sentiments et des mots raffinés et délicats.

Il la faisait revenir vers un passé lointain, vers des vies antérieures, vers les temps primitifs où l'homme et la femme n'avaient pas honte de leurs désirs et s'y livraient avec simplicité sans crainte révérencielle ni sentiment de pécher, exactement comme ils mangeaient lorsqu'ils sentaient qu'ils avaient faim. Une autre cause de l'excellence de Mahmoud au lit résidait dans la lenteur de son esprit, qui assimilait avec difficulté ce qui se passait autour de lui. Lorsqu'il copulait avec Rosa, son esprit mettait du temps à traduire les mouvements de son corps en spectacle compréhensible. Il s'absorbait dans des caresses à Rosa sans saisir l'image complète de ce qu'il faisait, ce qui retardait le moment où il parvenait à l'orgasme. Son corps solide se transformait en une sorte de matraque qui s'abattait sur Rosa avec un rythme régulier et violent semblant devoir se poursuivre éternellement. Rosa criait sous la brûlure du plaisir. Ses yeux s'élargissaient comme si elle ne parvenait pas à y croire tandis que son corps était submergé d'une série de furieuses tempêtes. À la fin, Mahmoud parvenait à l'orgasme après que Rosa l'avait de nombreuses fois précédé. Rosa avait alors l'air de célébrer un rite. Elle approchait de Mahmoud son visage vivifié, souriant et plein de gratitude. Elle embrassait son visage, son cou, sa poitrine, ses mains, comme une chatte qui se pelotonne dans les bras de son maître. Mahmoud était un amant fabuleux au point de faire renaître chez Rosa – avec un mélange de tristesse et d'affection – le souvenir de tous ses anciens amants (parmi lesquels son défunt mari). Mais elle devait faire face à la réalité : de toute sa vie elle n'avait jamais éprouvé une jouissance comparable à celle dont la submergeait Mahmoud.

Dans la vie de ce dernier, les nuits avec Rosa étaient un délicieux jardin secret dont il n'imaginait pas pouvoir se passer. Il attendait avec l'impatience d'un drogué ces rencontres. Si plusieurs jours s'écoulaient sans qu'il lui rende visite, le désir l'oppressait, le dévastait aussi douloureusement qu'une crampe. Mahmoud serait toujours redevable à Rosa de ces moments de pure exultation. Elle comblait le bouillonnement de ses désirs. Ensuite, il dormait calmement et n'était plus harcelé par des rêves sexuels.

Elle lui offrait une vie agréable : une nourriture appétissante, de bons vins, un lit moelleux et souple. Il était fier lorsqu'il faisait l'amour avec Rosa parce que c'était la première fois qu'il donnait libre cours à sa virilité, et de plus avec une dame anglaise qui s'était attachée à lui, un Égyptien noir. Ses sentiments à son égard étaient puissants et contradictoires. Une fois, elle tomba malade et s'était alitée, et il lui rendit visite tous les jours pendant une semaine pour prendre de ses nouvelles. Il l'aimait, sans aucun doute, mais pas dans le sens habituel de l'amour entre un homme et une femme. À travers leurs relations sexuelles il était parvenu au plus profond d'elle-même, il l'avait découverte, l'avait connue, elle lui était devenue familière et il ressentait à son égard une amitié calme comme celle qui se crée entre deux collègues de travail. En dehors des relations sexuelles, il la traitait avec gentillesse et respect et aimait sa compagnie. Parfois, lorsqu'il lui faisait l'amour, c'était comme s'il rendait un service à une amie chère, comme s'il lui rendait visite pour l'aider à faire son ménage ou à transporter un meuble lourd. C'était un effort musculaire qu'il déployait pour qu'elle soit satisfaite. Il la rendait heureuse puis reprenait la place de l'ami fidèle. Parfois, après l'amour, il sentait la mélancolie s'accumuler puis peser sur son cœur comme un lourd nuage un jour de pluie. Alors une envie pressante le prenait de partir et Rosa, tout à coup, n'était plus à ses yeux qu'une vieille avachie et laide, jouant aux petites filles, qui l'avait séduit et l'avait poussé dans le péché alors qu'il avait l'âge d'être son fils. Il avait tout à coup l'impression qu'il la détestait et qu'il aurait souhaité ne jamais la connaître. Cette aversion soudaine le conduisait à la traiter durement, mais tout à coup il regrettait, s'excusait et ne s'en allait pas avant de s'être assuré qu'elle lui avait pardonné. Ces moments de répulsion naissaient de son sentiment du péché. Mahmoud ne pratiquait pas la religion avec régularité. En dehors de la prière du vendredi à laquelle il s'astreignait, il avait abandonné les prières quotidiennes par paresse et par négligence. Souvent il était pris de regret et se demandait avec tristesse : "Comment pourrais-je me trouver entre les mains de Dieu alors que je commets ce péché capital ?"

Un jour que ce sentiment du péché pesait sur lui, il voulut s'en soulager un peu et alla voir Faouzi, son ami le plus cher, le seul à connaître tous ses secrets. Abla Aïcha lui dit qu'il était sur la terrasse. Mahmoud monta et le trouva assis dans l'obscurité, vêtu d'une galabieh blanche, devant une petite table où il roulait des cigarettes de haschich. Heureux de le voir, il l'invita à s'asseoir puis lui proposa une cigarette roulée. Mahmoud s'excusa, mais Faouzi insista, et il prit une cigarette qu'il alluma. Une forte odeur de haschich s'en exhala. Faouzi éclata de rire :

— Le haschich, c'est un remède. Que le Seigneur continue à nous combler de ses bienfaits.

Faouzi aspira une bouffée de sa cigarette boursouflée et retint la fumée pour qu'elle lui monte complètement à la tête, puis il toussa et regarda Mahmoud de ses yeux injectés de sang.

— Quoi de neuf, mon vieux ?

Ils étaient assis à côté du mur de la terrasse et devant eux s'étendait la rue du tram avec sa foule et son bruit. Mahmoud ouvrit la bouche pour parler, mais son visage noir se contracta tout à coup et, au bord des larmes, il dit d'une voix tremblante :

— Faouzi, je commets le péché de la chair avec Rosa. C'est un péché grave et j'ai peur que Dieu me punisse.

Faouzi se mordilla les lèvres et hocha la tête :

— Mahmoud, tu es con, tu sais.

— Pourquoi ?

Faouzi posa sa main sur l'épaule de Mahmoud et dit sur le ton de quelqu'un qui explique à un enfant :

— Mahmoud, tu as déjà vu quelqu'un qui donne un coup de pied aux dons du ciel ? Rosa est une dame anglaise qui t'aime et qui prend soin de toi. Est-ce que ça ne vaut pas mieux que ces salopes pour qui il faut dépenser des fortunes ?

— Faouzi, mes relations avec Rosa sont un péché.

— Te voilà devenu un cheikh de l'islam ! Est-ce que tu n'embrasses pas les filles ?

— Le péché du baiser n'est pas le péché de la fornication. Oncle Draoui, le cheikh de la mosquée, a dit dans son sermon du vendredi que la fornication était un des péchés capitaux.

Faouzi réfléchit un peu puis lui dit :

— Parfait, alors épouse Rosa.

— Que j'épouse quelqu'un qui a l'âge de ma mère ?

— Tu fais un mariage coutumier, oralement.

Mahmoud regarda son ami dans l'attente d'éclaircissements.

Faouzi soupira et reprit lentement :

— Essaie de comprendre, Mahmoud. Est-ce qu'autrefois il y avait un notaire et des papiers ?

— Non, bien sûr.

— Les gens autrefois se mariaient d'un mot avec deux témoins. Sans papiers. Eh bien, il suffit que tu te maries comme autrefois. J'irai avec toi et on prendra un troisième homme au Triangle. Tu lui diras "Je t'épouse, de moi-même", elle te répondra "Je t'épouse, de moi-même", et nous, nous dirons que nous avons été témoins du mariage. De cette façon, ce que tu fais sera cent pour cent halal.

Mahmoud secoua la tête.

— Je ne peux pas faire ça !

— C'est-à-dire : ça ne te plaît ni avec le péché, ni sans ?

— C'est la première fois que j'entends parler d'un mariage sans papiers et sans lecture du Coran. C'est n'importe quoi, ce mariage !

Faouzi tira profondément sur sa cigarette de haschich. Il toussa violemment puis dit :

— Bon, d'accord. Tu veux écouter une autre idée ?

— Vas-y.

— Voilà. Autrefois, lorsque les musulmans combattaient l'Europe, l'armée victorieuse prenait les femmes de l'armée vaincue comme concubines. Après toutes les guerres, il y avait des concubines des deux côtés, des concubines musulmanes chez les Francs et des concubines franques chez les musulmans. On a appris ça en histoire. Tu te souviens ?

— Je n'ai jamais étudié l'histoire.

— Mahmoud, réfléchis. Si tu avais vécu autrefois et si tu avais participé à la guerre, tu aurais pris une femme de l'armée des ennemis et tu aurais eu le droit d'en faire une concubine et de coucher avec elle sans mariage. Et cela aurait été licite.

— Bon, mais moi, qu'est-ce que j'ai à voir avec cette histoire ?

— Imagine que tu aies vécu il y a cinq ou six siècles et imagine que tu aies fait la guerre contre l'armée des Francs, cela aurait été ton droit légal de coucher avec elle.

— D'abord, je vis aujourd'hui et pas il y a cinq siècles, ensuite je n'ai pas fait la guerre aux Francs. Et troisièmement je n'ai pas besoin de concubine. Et même si j'avais besoin d'une concubine, je n'en aurais jamais pris une qui ait soixante ans. Qu'est-ce que c'est que cette histoire de Francs et de concubines, Faouzi, tu as trop fumé et tu dis des bêtises.

Faouzi répondit avec calme en roulant une nouvelle cigarette :

— C'est vrai que j'ai trop fumé, mais mes paroles sont bien pesées. Écoute, Mahmoud, même si ça t'angoisse, prends garde à ne pas quitter Rosa. Elle a mordu à l'hameçon. Il faut la ferrer et tu vas pêcher un trésor.

— Ce sont des devinettes ?

— C'est toi qui as la cervelle épaisse !

— Ne m'insulte pas.

Faouzi se rapprocha de lui et lui dit à voix basse, comme s'il lui confiait un important secret :

— J'ai des idées qui peuvent t'apporter la fortune. Je te les dirai à condition que tu me promettes d'exécuter ce que je dis sans discuter.

SALIHA

Le vendredi matin, Abdelberr nous fit porter en cadeau par ses employés des quantités de viandes, de fruits et de confiseries qui auraient pu nourrir plusieurs familles. Saïd fit avec lui la prière du vendredi à Sayyida Zeineb puis ils vinrent à la maison. J'étais dans ma chambre, livrée aux mains d'Abla Aïcha, qui apportait les dernières retouches à ma beauté. Pour faire mieux apparaître mes formes, elle avait rétréci ma robe et peint d'un rouge brillant les ongles de mes mains et de mes pieds. Elle avait présidé à mon maquillage puis m'avait coiffé les cheveux en petites boucles, en laissant pendre une mèche sur mon front. Je me sentis fière de moi en me regardant dans le miroir. Aïcha éclata de rire :

— Que le nom du Prophète te garde, Saliha. Le fiancé va être fou de toi.

Abla Aïcha et ma mère avec moi au milieu, accompagnées de Mahmoud qui nous attendait dans le couloir, nous nous dirigeâmes en cortège vers le salon.

Abla Aïcha mit ses doigts devant sa bouche puis releva la tête et poussa un youyou sonore, mais le regard de ma mère la fit taire. Je haletais d'émotion et faillis plus d'une fois perdre mon équilibre à cause de mes souliers à talons hauts. Le moment de mon entrée dans le salon restera marqué pour toujours dans mon esprit. La lumière resplendissait et le soleil, à travers la fenêtre, remplissait la pièce. Je vis Abdelberr, assis entre Kamel et Saïd. Je me souviens encore de mon sentiment à cet instant. La frayeur s'était transformée en surprise. Je m'étais fait une certaine image de lui. J'avais imaginé un marchand de chameaux corpulent habillé d'une galabieh avec un turban sur la tête, parlant fort et crachant par terre, avec dans sa poche un portefeuille gonflé de billets de banque. Je trouvai un homme distingué, poli et sympathique, vêtu d'un élégant costume bleu, d'une chemise blanche et d'une cravate rouge. C'était un bel homme, à la peau sombre. Abdelberr déjeuna avec nous et partit juste avant la prière du soir. Nous passâmes l'après-midi à discuter. Il nous laissa à tous une très bonne impression. Même mon frère Kamel, le principal opposant à mon mariage, fut peu à peu séduit. Si l'apparence d'Abdelberr avait été mauvaise ou ses manières grossières, il aurait été facile de refuser, mais sa visite réussie chez nous rendit la situation encore plus compliquée et transforma en guerre la controverse à son sujet. Aïcha, Faïqa et Saïd faisaient pression sur moi pour arracher mon accord. Ma mère était neutre, tandis que Kamel insistait pour que je refuse et répétait avec ardeur :

— Votre défunt père rêvait du jour où il verrait Saliha professeur à l'université.

Saïd lui répondait :

— Si notre père était vivant et s'il voyait Abdelberr, il serait le premier à l'apprécier.

— Qui te l'a dit ?

— Nies-tu qu'Abdelberr ait une personnalité remarquable ?

— Je suis opposé au mariage maintenant. Saliha est une élève excellente et qui fait beaucoup d'efforts. C'est un crime de lui faire abandonner les études pour rester à la maison.

— Mais elle pourra terminer ses études après le mariage. Beaucoup de filles se marient puis obtiennent leur licence en étudiant chez elles.

— Si Saliha se marie, elle n'aura plus le temps d'étudier.

— Dans ce cas, c'est qu'elle est stupide et pas faite pour les études, répondit Saïd en se moquant.

Je le regardai sans faire de commentaire. J'aurais voulu lui dire que j'étais excellente et que c'était lui l'idiot qui n'était pas allé à l'université à cause de ses mauvais résultats. Kamel me regarda et dit :

— Saliha, ça ne me plaît pas que nous nous disputions à propos de ton avenir pendant que toi tu restes silencieuse.

Je répondis :

— L'affaire demande réflexion.

Saïd persifla :

— Pourquoi fais-tu ta mijaurée ? Tu te prends pour l'ambassadrice Aziza ?

Ma mère, en colère, lui coupa la parole :

— Et alors, si ce n'était pas une fille de la Hamamia qui faisait la fière, qui pourrait le faire ?

— Abdelberr peut se marier avec cent fois mieux que Saliha.

— Même s'il fait le tour du monde, il ne pourra pas trouver quelqu'un comme elle.

— Les idiots gagnent leur pain sur le dos des fous.

— Surveille tes propos, Saïd.

Je m'attendais à ce que mon frère aîné relance la dispute, mais il se leva pour partir et dit d'une voix forte :

— Si vous voulez envoyer promener les dons du ciel, libre à vous. Je vous laisse deux jours et, après ça, je m'excuserai auprès d'Abdelberr. Gardez Saliha avec vous jusqu'à ce qu'elle ne soit plus bonne à rien.

Il partit en claquant la porte. Ses propos nous laissèrent abattus. Je ne compris rien aux leçons du lendemain. Lorsque je rentrai de l'école, je m'assis pour déjeuner avec ma mère (Kamel et Mahmoud ne prenaient plus leur déjeuner avec nous depuis qu'ils travaillaient à l'Automobile Club). Je m'entendis tout à coup dire :

— Maman, je vais épouser Abdelberr.

Ma mère se tut un instant comme si elle encaissait la surprise, puis me conseilla de bien réfléchir, parce que le mariage n'est pas un jeu. Je lui confirmai ma position. Elle me regarda pendant un moment puis se leva et me prit dans ses bras. Ses larmes mouillaient mon visage. Je la serrai et l'embrassai sur les deux joues. Le soir, Kamel entra dans ma chambre. Il sourit avec difficulté et me complimenta mollement :

— Félicitations, Saliha.

— Tu n'es pas content, Kamel.

— Dieu fasse que tout soit pour le mieux.

— Je sais que tu cherches mon intérêt. Rassure-toi. Je continuerai mes études après le mariage.

— Je souhaite que tu réussisses.

Puis il sortit rapidement en évitant la discussion, comme s'il avait perdu la bataille et qu'il ne voulait plus en parler. Le jour suivant, Saïd annonça à l'intéressé notre accord officiel.

Pourquoi ai-je accepté Abdelberr ? Personne ne m'avait forcée à le faire. Je n'avais pas choisi de me sacrifier pour assurer l'avenir de notre famille, comme cela arrive dans les films. Si j'avais refusé le mariage, personne n'aurait pu m'y contraindre. Pourquoi donc ai-je accepté ? Peut-être parce que j'avais senti que ma mère le souhaitait, même si elle ne l'avait pas exprimé ouvertement. Peut-être parce que j'avais confiance en ma capacité à continuer mes études après le mariage. Peut-être parce que Abdelberr était vraiment quelqu'un d'attirant. Ou peut-être à cause de toutes ces raisons à la fois !

Abdelberr, très satisfait que le mariage ait lieu, décida de nous combler de ses bienfaits. Il inonda ma mère, Mahmoud et moi-même de cadeaux coûteux. Même Kamel, malgré son opposition, reçut une élégante montre suisse. Abla Aïcha, Faïqa et Ali Hamama eurent aussi leur part de cette manne. Abdelberr dépensait avec faste et j'étais abasourdie par sa générosité. Nous décidâmes de rédiger le contrat de mariage et de fixer la date des noces après le premier anniversaire de la mort de mon père. Abdelberr loua un grand appartement place Sayyida Zeineb pour que je sois proche de ma mère et refusa avec insistance que nous payions un millime pour l'installation. Il m'acheta des meubles luxueux : une cuisine moderne entièrement équipée, une belle entrée, un salon, une salle à manger et une belle chambre à coucher. Les jours passèrent rapidement et la date arriva. Je pleurai à chaudes larmes en quittant mes camarades et mes professeurs. Mes sentiments étaient confus et contradictoires. L'idée du mariage m'angoissait autant qu'elle me réjouissait. Je pensais parfois qu'en quittant la maison de ma famille j'allais être pleine d'appréhension et aurais le cœur serré de crainte de l'avenir. À d'autres moments, je me sentais joyeuse et optimiste face à la vie nouvelle qui commençait. J'allais avoir une maison indépendante dont je serais la maîtresse, j'aurais des enfants et je leur donnerais la meilleure éducation possible. Qu'est-ce qu'une fille peut vouloir de plus ?

J'essayai d'imaginer ce qui allait se passer entre nous pendant la nuit de noces. Je ne savais rien des relations matrimoniales en dehors de ce que j'avais entendu chuchoter par les filles de l'école. Que faisait le mari avec sa femme ? Ces relations étaient-elles douloureuses ? Est-ce que la femme en avait autant besoin que l'homme ? Je ne connaissais la réponse à aucune de ces questions avant qu'Abla Aïcha ne m'explique. Maintenant, je ne peux pas m'empêcher de rire lorsque je me souviens de cela.

Abla Aïcha prépara mon corps pour la noce. Pendant une semaine, elle entra tous les jours avec moi dans la salle de bains pour mettre en œuvre pas à pas son plan. Ma mère l'observait, avec un mélange de curiosité et de gêne, passer ses mains sur mon corps nu. Lorsque Abla Aïcha prononçait des mots grossiers, cela embarrassait ma mère, qui trouvait n'importe quel prétexte pour sortir de la salle de bains. Deux jours avant la nuit de noces, Abla Aïcha m'aida à enlever mes vêtements et me mit complètement nue. Tout à coup, elle passa sa main entre mes cuisses, mais cela m'embarrassa et je la repoussai. Elle se mit à rire :

— Ma fille, n'aie pas honte. On voit bien que tu es un produit brut, comme ta mère. Moi, je vais rendre la place plus agréable pour l'autre.

Elle me fit asseoir et commença à m'arracher les poils avec habileté tout en chantant des chansons salaces. Ma mère entra et regarda d'un air sérieux ce que nous faisions. Tout en évitant mon regard, elle demanda à sa voisine, d'un ton très officiel :

— As-tu besoin de quelque chose, Aïcha ?

Abla Aïcha éclata d'un gros rire graveleux.

— Ta fille a un corps comme du loukoum. Quelle chance il a, le fiancé !

Ma mère ne fit pas de commentaire. Elle s'était assise devant moi avec une gravité qui ne correspondait pas à ce qu'était en train de faire Aïcha. Je savais qu'elle cherchait à tromper sa gêne avec cet air sérieux.

Aïcha dit d'un ton joyeux :

— Oum Saïd, il faut que nous informions ta fille avant la nuit de noces.

— L'informer comment ?

— Mon Dieu ! Mais enfin, Oum Saïd, tu crois que c'est raisonnable de la laisser comme ça, se débrouiller toute seule ? Est-ce qu'il ne faut pas qu'elle sache ce qu'elle doit faire avec son mari, la nuit de noces ?

Ma mère regarda Abla Aïcha et lui fit un signe de la tête comme pour lui dire qu'elle avait compris. Ensuite elle s'approcha de moi et murmura :

— Écoute, Saliha, il y a des choses qui se passent entre deux époux qu'il faut que tu saches. Ce n'est pas une honte pour la religion et pas une honte pour la science.

Abla Aïcha, qui m'arrachait les poils avec du sucre caramélisé, me faisait mal, mais, comme ma mère, je faisais semblant d'être indifférente pour cacher ma honte. Ma mère poursuivit, en évitant de me regarder dans les yeux :

— La sagesse de Dieu est qu'il créa la femme pour que l'homme s'y assouvisse. Les relations entre l'homme et la femme ont pour origine l'affection et pour base la miséricorde.

Abla Aïcha éclata de rire.

— Que Dieu te maudisse, Oum Saïd. Tu te crois en train de faire le prêche du vendredi. Saliha, n'écoute pas ta mère. C'est moi que tu dois écouter. Moi, je vais t'expliquer en détail ce que tu vas faire avec ton mari.

Ma mère, soulagée d'être délivrée d'une mission trop lourde pour elle, sortit et nous laissa. Aïcha avait terminé sa tâche et passait la main sur toutes les parties de mon corps pour vérifier leur souplesse. Puis son visage devint grave.

— Sais-tu, Saliha, pourquoi la nuit de noces s'appelle chez nous "nuit de l'entrée" ?

Je ne répondis pas. Elle rit.

— Les gens l'ont appelée la nuit de l'entrée parce que l'homme entre quelque chose dans la femme.

Maintenant, je ris chaque fois que je me souviens de l'explication d'Abla Aïcha. Elle n'avait vraiment honte de rien. Après qu'elle eut terminé de me donner tous les détails, elle ajouta :

— Je vais te donner un bon conseil, Saliha, et ne l'oublie jamais : n'aie pas honte avec ton mari. Porte des chemises de nuit très courtes et très décolletées, danse pour lui, fais comme si tu étais sa concubine. L'homme a beau être un costaud fort comme un lion, il est toujours faible devant le sexe. Cette chose-là, si tu sais bien la faire, Abdelberr te mangera dans la main, tu pourras le faire tourner comme une bague à ton doigt.

Il me vint à l'esprit que la domination de Faïqa sur mon frère n'était pas l'effet du hasard. Le plus étrange, c'est que, même si j'avais très honte, je ne me formalisai pas des propos d'Abla Aïcha. Elle m'expliquait la vie réelle que je ne connaissais pas parce qu'elle se passait toujours derrière des portes fermées. C'est cela que tous les hommes faisaient avec leurs femmes. Même mon père, que Dieu l'ait en sa sainte garde, faisait cela avec ma mère.

À l'approche du mariage, des sentiments troubles s'emparèrent de moi : un mélange de frayeur et de curiosité, comme chez une petite fille qui s'apprête à monter sur un manège attirant mais dangereux. Le mariage eut lieu sur la terrasse et les invités vinrent du quartier et de Haute-Égypte. Je regardais la scène avec un sentiment de neutralité, comme un spectacle derrière une vitre épaisse. La foule, la nourriture, les youyous, le martèlement des tambourins, les congratulations et les embrassades… Tout ce mouvement et ces sons me parvenaient de loin, comme si j'étais droguée ou comme si ce qui se passait autour de moi n'était pas réel. Abdelberr avait décidé que nous passerions notre lune de miel à Alexandrie parce que je lui avais dit que j'aimais cette ville depuis le jour où, petite fille, je l'avais visitée avec mon père. Nous arrivâmes à Alexandrie avant l'aube. Nous descendîmes dans un hôtel face à la mer près de Mahattat Ramleh. J'étais toujours vêtue de ma robe de mariée et les serviteurs – même s'ils avaient l'air endormi – me reçurent avec affabilité. Je répondis à leurs salutations, morte de honte. Je ne supportais pas l'idée qu'ils savaient ce que nous allions faire, Abdelberr et moi, dès que nous aurions fermé la porte de la chambre derrière nous. Malgré leurs propos polis et leurs salutations chaleureuses, je remarquai dans leurs regards quelque chose de laid et de grivois. Suivant les instructions strictes d'Abla Aïcha, il fallait que je prenne un bain et que je mette une chemise de nuit noire et courte qui découvre entièrement mes jambes et ma poitrine. J'exécutai le plan d'Aïcha, mais, malgré mes tentatives pour vaincre ma honte, je ne parvins pas à sortir ainsi vêtue devant Abdelberr. Je recouvris mon corps d'une longue robe de chambre en soie. Abdelberr était assis devant le bureau. Il sourit et me dit :

— Que Dieu te bénisse, jeune mariée !

— Que Dieu te bénisse, chuchotai-je en m'asseyant sur le bord du lit.

L'émotion me coupait le souffle. Je sentis que mes membres se figeaient et que je n'étais plus capable de bouger. Les leçons d'Abla Aïcha s'étaient tout à coup envolées de mon esprit. Abdelberr se leva et s'approcha de moi. Je devais lui faire pitié, car il me demanda tout à coup :

— Tu as honte ?

Je ne répondis pas. Il sourit.

— Je vais à la salle de bains et je reviens rapidement vers toi.

Je hochai la tête. Je remarquai que sa main gauche était refermée, comme si elle contenait quelque chose que je ne voyais pas.

Je restai plongée dans la confusion jusqu'à ce que j'entende le bruit de la porte de la salle de bains qui s'ouvrait puis sa voix qui me disait en riant :

— Es-tu prête, jeune mariée ?

Je ne répondis pas. Je l'entendais bouger derrière moi et n'avais pas la force de me retourner. La frayeur me paralysait. J'entendais mon cœur battre à tout rompre. Tout à coup je sentis Abdelberr se coller à moi.

28

Les analyses firent apparaître que Marei était mort du choléra. Les résultats des échantillons prélevés sur les employés furent négatifs en dehors de trois d'entre eux qui étaient porteurs de la bactérie : l'assistant du cuisinier et deux sofragis. Les personnes atteintes furent immédiatement transportées à l'hôpital pour recevoir des soins tandis que leurs familles furent mises en quarantaine. L'Automobile Club ferma ses portes pendant trois jours, durant lesquels il fut complètement désinfecté par les services de santé de l'armée britannique. Lorsqu'il put à nouveau ouvrir, des mesures de précaution sans précédent furent prises.

On distribua du savon désinfectant aux serviteurs et leurs caftans furent changés quotidiennement et repassés par une servante du palais Abdine. Les nappes, les serviettes et tout ce qui pouvait servir de vecteur à l'épidémie fut désinfecté dans une grande lessiveuse installée sur la terrasse. L'eau pour la cuisine était soigneusement bouillie avant d'être employée et on y pressait des citrons avant de la boire. Au restaurant, on élimina les fruits de mer qui se mangeaient froids, comme les crevettes et les crabes. Les légumes aussi étaient servis chauds après avoir trempé pendant une heure dans une solution de permanganate. Même les glaçons que l'on mettait dans les verres de whisky étaient fabriqués à partir d'eau bouillie. Les serviteurs s'appliquèrent à respecter strictement ces mesures. La vue d'Abdelmalek puis de Marei en train d'agoniser ne quittait pas leur esprit. Brisés, pleins d'appréhension, ils sentaient que la mort rôdait dans tous les recoins du club et qu'elle pouvait d'un moment à l'autre frapper n'importe lequel d'entre eux. Qui serait la prochaine victime ? Était-il possible que la vie se termine ainsi dans un éclair ? Que tout – les bons moments comme les tristes, les fatigues et les joies – s'achève soudain par un coup qui vous frappe au dépourvu ? Que s'interrompent la voix, le souffle et que le corps de l'homme devienne un cadavre froid que l'on s'empresse d'enterrer ? Les serviteurs étaient accablés, consternés. Un jour avant sa mort, Abdelmalek ne plaisantait-il, ne riait-il pas avec eux ? Marei ne fêtait-il pas le mariage de sa fille, quelques semaines avant sa mort ? Ne semblait-il pas cette nuit-là au mieux de sa forme ? Après la noce, ils avaient insisté pour qu'il les accompagne à l'appartement des célibataires et ils avaient fumé du haschich ensemble jusqu'au matin. Un seul d'entre eux s'imaginait-il que Marei, qui remplissait cette nuit-là le monde de ses cris et de ses rires, allait, quelques jours plus tard, disparaître de la surface de la terre ? Les serviteurs étaient plongés dans leurs obsessions. Ils sentaient qu'à tout instant la maladie et la mort pouvaient les désigner.

Kamel Hamam leur avait traduit ce qu'avait dit le médecin anglais :

"Il faut suivre très strictement les mesures de prévention. Malgré cela, le microbe du choléra continue à être un danger toujours présent. Si l'un d'entre vous ressent n'importe quel symptôme inhabituel, vous devez le faire immédiatement savoir afin que l'on puisse venir à votre secours."

Le sentiment de proximité de la mort changea leurs habitudes quotidiennes. Nombre d'entre eux se mirent à prier avec régularité et passèrent de longs moments à demander pardon à Dieu et à implorer sa grâce. Certains essayèrent de soulager leur état de tension nerveuse avec de l'alcool ou du haschich. Lorsque l'équipe de nuit avait fini son travail, au lieu d'aller au café Firdaous, ils se réunissaient à l'appartement des célibataires pour s'enivrer et fumer du haschich dans des gouzas, puis méditaient sur ce qui était survenu. Mais leurs tentatives insistantes pour oublier l'épreuve se terminaient généralement à l'inverse de ce qu'ils avaient souhaité : après des fous rires bruyants et vides, ils replongeaient peu à peu dans la tristesse. Le désespoir s'emparait d'eux, lié à un sentiment de l'absurdité de leur sort et de la traîtrise du destin.

Ils vivaient à peine. Ils souffraient de la tyrannie d'El-Kwo, de ses rapines, des coups de ce méprisable Hamid. Ils économisaient difficilement quelques piastres pour leurs familles. Ils supportaient toute cette misère dans un espoir obscur, tapi au plus profond d'eux-mêmes, qui ne les quittait pas, mais qu'ils n'avouaient jamais, celui que leur existence s'améliore tout à coup, que survienne un sursaut inattendu qui éloigne d'eux la pauvreté et leur apporte le bien-être, que par un coup de baguette Dieu les délivre de toutes leurs infortunes. Était-ce trop demander ? N'y avait-il rien qui résiste à la volonté de Dieu ? Est-ce que Youssef Tarbouche n'avait pas été un pauvre comme eux jusqu'à ce que Dieu lui accorde ses bienfaits et fasse que le roi tire bon augure de sa présence auprès de lui quand il jouait aux cartes ? À partir de ce moment-là, l'argent s'était mis à couler à flots et il était devenu riche. Est-ce qu'il ne suffisait pas que Dieu – qu'il soit glorifié et exalté – dise : “Sois”, pour qu'une chose soit ? Est-ce que Dieu ne répandait pas ses bienfaits sur qui il voulait sans tenir compte de rien ?

Cet espoir mystérieux était une des causes de leur opposition aux propos d'Abdoune. Ils croyaient que la sagesse, pour eux, était de plier devant l'impétuosité du vent, de supporter toutes les brimades et de cohabiter avec l'oppression tout en rêvant au salut. Cela valait mieux que de lancer contre El-Kwo des combats sans issue qui ne pouvaient que mener à leur écrasement. La raison exigeait d'eux qu'ils soient patients en attendant que Dieu les délivre.

Avec le temps, ils avaient écarté l'idée qu'Abdoune ait été infiltré par El-Kwo. Ils considéraient que c'était un simple naïf voué à l'échec. Si un petit nombre de serviteurs commençaient à le soutenir ouvertement, la majorité continuaient à s'opposer à lui. Lorsqu'il leur parlait avec enthousiasme de leur honneur et de leurs droits, ils réfutaient ses arguments et souvent ne lui prêtaient pas attention. Ils se réfugiaient dans le silence et le regardaient avec un sourire affectueux, comme on regarde un enfant qui imite les grands. Malgré tout, les escarmouches quotidiennes avec Abdoune étaient passées à l'arrière-plan, devant cette cascade d'événements affligeants : la mort de deux collègues, l'apparition du choléra, la fermeture du club, les mesures de prévention… Chaque jour apportait de nouveaux développements inquiétants. Les voilà maintenant qui devaient faire face à un problème nouveau : une fois terminée la désinfection et adopté l'ensemble des mesures de précautions sanitaires, le club rouvrit, mais il resta vide de clients. Sa Majesté le roi, qui tenait à sa santé jusqu'à la hantise, s'abstint totalement de passer ses soirées au club par crainte de la contagion, imité en cela par les princes, les grands pachas et la plupart des adhérents. Pour la première fois, le club se mit à fermer ses portes à une heure du matin. Le faible nombre de clients entraîna la diminution des pourboires, qui étaient le véritable revenu des serviteurs. Ils avaient de faibles salaires et sans les pourboires leurs enfants seraient morts de faim. Après une suite de difficiles journées de marasme, Mr Wright imagina une solution à la crise. Il demanda au Dr Efrangaham, le chef du service de santé de l'armée britannique, un certificat signé de sa main et authentifié par un cachet assurant que l'Automobile Club était un endroit sûr pour la santé et exempt de la présence de microbes du choléra. Le médecin hésita et expliqua à Mr Wright qu'il ne pouvait pas garantir scientifiquement qu'un endroit était totalement dépourvu de microbes. Après de longues discussions, ils parvinrent à un compromis : Efrangaham affirma dans son certificat que les mesures de désinfection du club avaient été accomplies de la manière la plus qualifiée. Mr Wright fit imprimer des dizaines de copies de cette attestation et les fit mettre sous enveloppe pour les envoyer à tous les membres du club. Alors seulement les adhérents commencèrent peu à peu à revenir. Chaque fois que réapparaissait au club un adhérent qui s'en était tenu à l'écart, Chaker, le maître d'hôtel, conformément aux instructions de Mr Wright, lui expliquait en détail les dispositions prises. Il se rendait avec lui à la cuisine pour qu'il puisse constater par lui-même l'application des mesures préventives puis lui montrait l'autoclave géant installé sur la terrasse. À la fin, il le reconduisait à sa place et lui disait avec un sourire confiant :

— Soyez complètement rassuré, Excellence. Tout cela, comme vous le savez, se fait sous le contrôle des médecins de l'armée britannique. Les médecins anglais sont les plus compétents du monde.

Un mois après la distribution du certificat, la plupart des clients étaient revenus, et finalement, le roi fit à l'Automobile Club l'honneur de sa première visite après la fermeture. Ce soir-là, les employés de l'Automobile Club semblaient aussi heureux que si c'était l'Aïd. Le roi semblait d'excellente humeur. Il prodigua des cajoleries à ceux qui l'accompagnaient, leur raconta des histoires drôles, auxquelles ceux-ci s'empressaient de rire. Lorsqu'il vit Youssef Tarbouche, il lui dit en français :

— Jo, reste à côté de moi. J'ai besoin de chance ce soir.

Tarbouche s'inclina profondément et murmura :

— Aux ordres de Votre Majesté.

C'est ainsi que la vie au club reprit son cours ordinaire. Les serviteurs reçurent à nouveau des pourboires et un optimisme prudent prévalut à nouveau. Leur vie allait-elle reprendre son cours ancien ou bien allaient-ils devoir faire face à de nouvelles épreuves ?

Un matin, la veuve du défunt Abdelmalek vint au club avec ses deux enfants, Michel et Raymonde, beaux comme des anges. C'était un spectacle émouvant de les voir tous les deux avec leur mère. Les serviteurs les accueillirent avec une chaleur mêlée de tristesse. Elle était venue demander une aide financière au directeur du club, qui se montra d'emblée inflexible et refusa de les recevoir. Il leur fit transmettre par Khalil, le planton, un message clair : "Je n'ai rien à discuter avec vous. Vous avez reçu l'indemnité de fin de fonction."

La veuve d'Abdelmalek écouta calmement puis demanda :

— L'as-tu interrogé au sujet de la retraite, Khalil ?

Khalil baissa la tête et bredouilla :

— Je le lui ai dit, Oum Michel, et il m'a répondu qu'il n'y avait pas de retraite pour les Égyptiens.

— Mais, Khalil, l'indemnité va nous durer un mois ou deux. Après ça, où est-ce que je vais prendre l'argent pour élever mes enfants ? S'il te plaît, parle encore une fois au khawaga ou bien laisse-moi le rencontrer.

Elle l'implorait avec tant de chaleur que cela émut Khalil, qui entreprit une démarche hasardeuse : il entra une deuxième fois dans le bureau de Mr Wright et réitéra la demande de la veuve. Mr Wright leva alors les sourcils et l'observa d'un air de reproche, l'air de dire : "Comment oses-tu ?" Mais il ne prononça pas un mot et reprit la lecture de son journal tout en faisant signe à

Khalil de sortir. Khalil revint tête basse auprès d'Oum Michel, qui comprit à sa mine l'échec de ses efforts et se mit à pleurer et à se plaindre, ce qui amena les employés à collecter tout l'argent qu'ils pouvaient pour le remettre à Solimane, le portier, le plus vieux d'entre eux. Celui-ci glissa le montant de la collecte dans les mains de la veuve en lui disant :

— Le défunt Abdelmalek était notre frère et notre ami. Sa famille et ses enfants nous sont précieux comme la prunelle de nos yeux. Je vous prie de nous téléphoner si vous avez besoin de quelque chose et nous vous l'apporterons chez vous.

Le sentiment de reconnaissance de la veuve réveilla sa douleur et elle éclata en sanglots, bredouilla des mots de remerciement puis prit ses enfants et partit. Deux jours plus tard se répéta le même spectacle avec la veuve du défunt Marei, le garçon d'ascenseur, qui tenta sa chance auprès d'El-Kwo. Elle alla à son bureau au palais Abdine pour demander de l'aide, mais El-Kwo lui confirma que le règlement du club ne prévoyait pas de retraite. La veuve de Marei ne s'effondra pas et ne supplia pas, mais elle se mit en colère et cria :

— Cela veut dire quoi : "il n'y a pas de retraite" ? Où allons-nous prendre de quoi boire et manger ? Comme si, la mort, ce n'était pas assez ! Il faut encore que la maison soit détruite !

C'était une femme de Haute-Égypte, au caractère bien trempé, que le défunt Marei avait épousée déjà vieux après le décès de sa première épouse. Il en avait eu trois enfants, qui étaient encore à l'école. Son sentiment de l'injustice fit exploser sa colère. Elle ne savait pas que ses cris contre Son Excellence El-Kwo étaient considérés comme un grand crime. Celui-ci la regarda, les yeux écarquillés, incrédule, et, accompagnant son propos du geste, lui cria d'une voix rauque :

— Sors d'ici !

Mais la veuve de Marei ne bougea pas. Elle lui hurla au visage :

— Tu me chasses ? Est-ce que je suis en train de mendier ? Je demande le droit de mes enfants.

À ce moment, El-Kwo regarda Hamid, qui reçut le message et se jeta sur la veuve, lui saisit les bras et la tira de force hors du bureau puis appela deux serviteurs du palais qui l'aidèrent à la maîtriser. Pendant qu'ils la poussaient, elle continuait à crier :

— Vous n'avez pas honte, renégats ? Comment est-ce que nous allons vivre ? Est-ce que nous allons mendier dans les rues ?

Elle se débattait et essayait d'échapper aux bras qui la retenaient. Hamid lui donna un coup de poing dans le dos et cria, hors d'haleine :

— On ne dit rien par respect pour le défunt Marei, mais si tu ne sors pas d'ici avec nous, je te jure que je vais appeler la garde pour qu'ils t'arrêtent et te jettent en prison.

La femme se rendit compte pour la première fois du danger de la situation, et ses cris se transformèrent en supplications et en larmes. Alors Hamid, convaincu que sa volonté était brisée, s'éloigna un peu et fit signe aux domestiques de la jeter à la rue, puis retourna lentement vers le bureau d'El-Kwo.

La nouvelle se répandit parmi les serviteurs et les consterna : comment avait-on pu chasser par la force la veuve de leur collègue ? Comment Hamid avait-il pu la frapper et la menacer de prison simplement parce qu'elle demandait une retraite pour pouvoir s'occuper de ses enfants ? La même chose était arrivée avec la famille du défunt Abdelmalek. Les enfants du défunt Abdelaziz Hamam avaient, eux aussi, failli être réduits à la mendicité si ce bon Comanos n'était pas parvenu à obtenir du travail pour Mahmoud et son frère au club. Les serviteurs se dirent que ce qui était arrivé aux familles de leurs collègues défunts pourrait arriver un jour à leur propre famille. Lorsqu'ils mourraient ou tomberaient malades et deviendraient incapables de travailler, leurs enfants n'auraient plus qu'à aller mendier dans les rues, puisque, s'ils allaient au club demander de l'aide, Mr Wright refuserait de les rencontrer et qu'ils seraient battus et chassés par Hamid. Les serviteurs profitaient de la moindre occasion pour échanger des propos furibonds :

— Combien cela coûterait-il à l'Automobile Club d'accorder des retraites aux familles des défunts ?

— Rien du tout. Une goutte d'eau par rapport au budget du club.

— Tous les soirs, des centaines de livres sont dépensées au jeu et ils mégotent sur les droits des misérables.

— Est-ce que c'est ça, la morale ?

Leur sentiment d'amertume grandissait. Il ne leur était plus possible de se taire. Ils décidèrent d'en parler avec un chef d'équipe. Après avoir réfléchi et s'être consultés, ils décidèrent d'aller voir Chaker, le maître d'hôtel, parce que, malgré sa malhonnêteté, il faisait preuve de politesse et n'était pas grossier comme Rekabi, le cuisinier. Chaker écoutait et parlait avec sa raison et il avait de bonnes relations aussi bien avec l'administration qu'avec les adhérents. Après les salutations d'usage, ils entrèrent directement dans le vif du sujet :

— Oncle Chaker, est-ce que vous êtes satisfait de ce qui est arrivé aux familles d'Abdelmalek et de Marei ?

Chaker resta silencieux et les regarda avec circonspection. Leurs voix s'élevèrent alors toutes ensemble :

— Il faut que nous ayons une retraite.

— Comment est-il possible que nous travaillions au club pendant des années et qu'ensuite, lorsque nous mourons, nos familles soient jetées à la rue ?

Chaker les laissa parler puis, lorsqu'ils eurent fini de protester, il soupira et leur demanda calmement :

— Comment puis-je vous aider ?
— En allant rencontrer Mr Wright pour le lui dire.
— Et il me répondra que le règlement du club ne le prévoit pas.
— Eh bien, qu'ils changent le règlement. Le règlement, ce n'est pas le Coran !
Chaker réfléchit un peu et dit :
— Je vous conseille d'oublier cette question. C'est impossible que Mr Wright change le règlement.
— C'est une injustice, c'est une honte, ils auront des comptes à rendre au Bon Dieu.
— Soyez raisonnables. Si vos paroles arrivent à El-Kwo, vous allez passer un mauvais moment.
Les serviteurs voulurent poursuivre la conversation, mais Chaker leur dit avec fermeté :
— Ça suffit ! J'ai dit ce que j'avais à dire.
Et il les quitta. Ils restèrent un moment à se consulter, puis allèrent rencontrer le hadj Youssef Tarbouche, qui venait juste de terminer sa prière de l'après-midi. Il donna à serrer à chacun d'entre eux sa main encore humide de la récente ablution. Ils lui répétèrent ce qu'ils avaient dit à maître Chaker. Youssef Tarbouche se mordilla les lèvres et hocha la tête puis dit d'une voix faible, comme s'il craignait qu'on puisse l'entendre :
— Dieu m'est témoin que si l'affaire était entre mes mains, je vous ferais une retraite, mais l'affaire n'est pas de mon ressort.
Ils eurent l'air déçus, et le hadj Tarbouche leur dit sur un ton de réconfort :
— Eh bien, pourquoi ne mettez-vous pas de côté vingt piastres tous les mois ?
Leurs voix s'élevèrent pour protester :
— Où va-t-on les prendre, oncle Tarbouche ?
— Est-ce qu'on a de quoi manger ?
Tarbouche les regarda avec irritation :
— On dirait que vous oubliez la chance que vous avez. Louez le Seigneur et prenez garde au diable.

Ne voulant pas entamer de controverse, ils le laissèrent et revinrent voir leurs amis pour les informer des résultats de leurs démarches. Ils se sentirent tous désemparés. Leur sentiment d'amertume grandit et se transforma en une indignation qui augmenta jusqu'à ce que survienne l'incident de Solimane, le portier.

Solimane était le plus vieux des employés. Il avait plus de soixante-dix ans. Toutes ses dents étaient tombées et il marchait avec difficulté à cause d'une douleur dans les articulations. Malgré cela, il fut traité d'une façon sans précédent dans l'histoire de l'Automobile Club.

Dans l'après-midi, El-Kwo était venu faire une tournée d'inspection. Il descendit comme d'habitude de sa voiture pour se diriger vers la porte du club, tandis qu'Hamid trottinait derrière lui. Solimane s'approcha de lui et s'inclina pour l'accueillir, mais, au moment où El-Kwo arriva à sa hauteur, il se saisit tout à coup de la manche de sa tunique constellée d'or. El-Kwo retira violemment sa main et regarda avec réprobation Solimane, qui lui dit d'une voix chevrotante :

— Excellence, les enfants d'Abdelmalek et ceux de Marei te supplient.

El-Kwo bredouilla de colère :

— Comment ça, ils me supplient ?

— Ils ont besoin que le club leur verse une retraite.

— Nous n'avons pas de retraites.

— De quoi vont-ils vivre, Excellence ?

— Toi, qu'est-ce que ça peut te faire, Solimane ? Occupe-toi de tes affaires.

Alors Solimane s'émut :

— Comment ça, "qu'est-ce que ça peut me faire" ? Mais c'est notre famille.

C'était plus que n'en pouvait supporter El-Kwo, qui fit un signe à Hamid, toujours prêt, à ses côtés, et qui se pourléchait les babines. Il cria pour appeler les sofragis qui se trouvaient à l'entrée :

— Prenez-le !

Ce cri avait habituellement pour conséquence que le serviteur coupable était immédiatement maîtrisé, mais cette fois-ci les sofragis restèrent à leur place, immobiles, comme s'ils refusaient d'exécuter l'ordre. Solimane était le plus vieux d'entre eux et occupait à leurs yeux une position à part. Et puis il était malade et marchait avec difficulté. Il n'était pas possible qu'Hamid le frappe comme il le faisait avec eux. Un des sofragis s'approcha d'Hamid en souriant d'un air implorant. Il voulait lui demander de pardonner à Solimane, mais avant qu'il n'ait prononcé un mot, Hamid se mit à trembler de colère – toute la graisse de son corps en frémissait – et il cria d'une voix tonitruante :

— Je vous ai dit de le prendre, vous avez entendu ?

Ils n'avaient pas le choix. Deux sofragis s'avancèrent et se saisirent de Solimane par les deux bras. Les yeux brillants, Hamid s'approcha de lui et commença à le gifler. Solimane était résigné et muet. Il y avait dans ses yeux de la stupéfaction. Les gifles claquaient sur le vieux visage et les serviteurs tentaient de cacher leur émotion. Ils détournèrent leurs regards et suspendirent leur respiration pour ne pas laisser échapper de cri qui trahisse leur réprobation ou leur sympathie. Ils attendirent la fin de la punition et qu'El-Kwo, flanqué d'Hamid, entre à l'intérieur du club. Alors ils se précipitèrent vers Solimane, qui était debout à sa place avec un sourire triste. Ils embrassèrent sa tête et tentèrent de le réconforter :

— Ce n'est rien, oncle Solimane.

— El-Kwo est impitoyable. Il se prend pour le Bon Dieu. Il aura des comptes à rendre à Dieu.

— Dieu est notre garant et notre juge.

Solimane alla s'asseoir sur le banc en traînant les pieds. Il accueillit leur réconfort avec un regard reconnaissant, mais un peu lointain. Il semblait à ce moment ne pas tout à fait comprendre ce qui lui était arrivé, comme s'il ne pouvait pas croire qu'à son âge on l'ait ainsi tenu et frappé. Cette expression de saisissement et de stupéfaction resta sur son visage toute la journée jusqu'à ce qu'il eut terminé son travail et qu'il soit retourné à la maison. Le lendemain, après la prière du coucher du soleil, le café était bondé. Lorsque Abdoune entra, il aperçut à une table proche de la fenêtre Solimane, que plusieurs serviteurs avaient entraîné au café pour tenter de le distraire avant qu'il ne reprenne son poste. Abdoune se rapprocha de Solimane et dit avec colère :

— Que soit coupée la main qui s'est levée sur toi.

Solimane baissa la tête et murmura des paroles de remerciement à Abdoune, qui promena son regard parmi les personnes présentes :

— Qui d'entre vous sera le prochain, après l'oncle Solimane ?

Ils s'agitèrent, mal à l'aise, et leurs réponses fusèrent :

— Tais-toi, Abdoune. Par le Prophète, il ne manquait plus que toi.

— Toi, ce que tu cherches, c'est à foutre la merde.

Abdoune leur répondit :

— El-Kwo a battu Abdelaziz et il en est mort de désespoir. Le défunt Abdelmalek et le défunt Marci, leurs enfants n'ont plus de quoi manger, et pour finir, l'oncle Solimane, un vieil homme, est battu comme un enfant. Avec tout ça, vous restez silencieux. Vous avez peur de quoi ? Qu'est-ce qui peut arriver de pire que tout ça ?

Le silence se fit pendant quelques instants puis Abdoune poursuivit :

— Aussi longtemps que vous serez effrayés par El-Kwo, vous vivrez dans l'abjection.

— Abdoune, nous ne sommes pas silencieux. Nous sommes allés rencontrer Chaker et Tarbouche et nous leur avons demandé de parler à El-Kwo au sujet de la retraite, mais ils ont refusé.

Abdoune sourit.

— Bien sûr qu'ils ont refusé. Chaker, Tarbouche et Rekabi se partagent le butin avec El-Kwo. Ce n'est pas possible qu'ils fassent cause commune avec nous. Vous avez oublié le système du club. Les grands se partagent le bonus avec El-Kwo. Il les laisse voler et eux le paient.

Les serviteurs savaient au plus profond d'eux-mêmes qu'Abdoune disait la vérité. Ils faillirent lui demander ce que, dans ces conditions, il fallait faire, mais ils se souvinrent que ses idées étaient toujours hérissées de périls et pouvaient conduire à de nouvelles calamités. Ils se réfugièrent dans le silence. Abdoune baissa les yeux pendant quelques instants puis les regarda et leur dit :

— Écoutez, nous devons faire respecter nos droits. Je vais rencontrer El-Kwo.

— Le rencontrer ?

— Oui, le rencontrer et lui demander d'interdire les châtiments corporels. Je lui dirai que nous ne sommes pas des animaux ni des enfants pour qu'il nous frappe.

Ils le regardèrent, incrédules, et l'un d'entre eux s'écria :

— Tu es un fou patenté.

Un autre ajouta :

— Puisque El-Kwo a frappé Solimane pour un mot qu'il a prononcé, qu'est-ce que tu penses qu'il va te faire, à toi, si tu vas le provoquer ?

Abdoune sourit :

— Qu'il fasse ce qu'il veut. J'ai décidé, ça suffit. El-Kwo est parti en Haute-Égypte et revient dans deux jours. Dès qu'il est de retour, je le rencontre.

Un murmure d'émotion se propagea. L'un d'eux dit :

— Quelqu'un ira-t-il avec toi ?

Abdoune répondit d'un ton assuré :

— Si quelqu'un veut venir avec moi, il est le bienvenu. Si personne ne vient, j'irai rencontrer El-Kwo tout seul.

KAMEL

La pièce était étroite et complètement enfumée. Une lampe basse pendait à un fil fixé au plafond. Autour de la grande table recouverte de papiers éparpillés étaient assises plusieurs personnes, parmi lesquelles j'eus la surprise de découvrir Hassan Mo'men. Je m'arrêtai éberlué, incapable de prononcer un mot. Hassan Mo'men se leva et me serra dans ses bras pour m'accueillir. Le prince Chamel dit :

— Je sais que Hassan Mo'men est votre ami. Je vais vous présenter le reste du groupe.

Tous se levèrent pour me serrer la main. Le prince me présenta une belle femme au corps mince et aux cheveux courts qui s'appelait Odette, puis Abdoune, qui travaillait au bar du club, où je l'avais croisé, même si je ne lui avais jamais parlé auparavant. Ensuite il y avait un gros homme chauve et ventru de plus de cinquante ans que le prince me présenta en disant fièrement :

— Atia Abdel Aziz, le plus important dirigeant syndical d'Égypte.

Je le saluai respectueusement. Je remarquai que sa poignée de main était énergique pour son âge. Le prince ajouta avec une pointe de fierté :

— C'est Atia qui a organisé la dernière grève de Mahalla.

Atia sembla éprouver de la gratitude et murmura quelques mots que je n'entendis pas. Il y avait aussi un autre homme, mince, aux cheveux blancs, qui ressemblait à un fonctionnaire en retraite :

— Le professeur Awny, dit le prince.

Puis il fit un signe et tous reprirent place autour de la table. Je m'assis parmi eux dans le fauteuil vide. Le prince s'adressa à moi en souriant :

— Il faut d'abord que je vous dise qui nous sommes et ce que nous faisons.

Je le regardai en silence. Il baissa un moment les yeux comme s'il cherchait les expressions appropriées.

— Nous sommes un groupe de travail commun réunissant des wafdistes et des communistes. Odette, Abdoune et Atia sont membres du parti communiste égyptien. Le professeur Awny et Hassan Mo'men sont membres du Wafd. Moi, je suis un membre indépendant.

Odette me regarda et dit avec affabilité :

— Son Altesse est très humble. Il évite de parler de lui. En réalité, il est le responsable du groupe.

Le prince sourit.

— Le Wafd est le parti du nationalisme égyptien, mais au cours de ces dernières années, c'est un groupe de féodaux qui y a pris le pouvoir et qui a orienté sa politique dans le sens d'une trêve avec le palais et les Anglais. Ils ont ignoré les droits des masses populaires en échange de la conservation de leurs intérêts de classe. C'est ce qui a entraîné la naissance de l'avant-garde wafdiste, qui considère qu'elle représente l'orientation véritable du Wafd contre l'exploitation et le féodalisme. À la suite de réflexions et de consultations, l'avant-garde wafdiste a décidé de former une cellule commune avec les communistes. Nous nous sommes réunis sur la base d'une revendication unique qui est la fin de l'occupation britannique et l'indépendance de l'Égypte. Une fois que l'indépendance sera obtenue, nos conceptions de l'État que nous voulons construire différeront. Nous poursuivons actuellement deux objectifs : premièrement, dénoncer la corruption du roi et ses trahisons ; deuxièmement, rendre très élevé le coût de l'occupation de façon à contraindre les Britanniques à évacuer l'Égypte.

Il y eut un silence et le prince ajouta :

— Kamel, êtes-vous d'accord pour vous joindre à nous ? Pour être honnête, il faut que vous sachiez que la participation à cette organisation est un crime que la loi égyptienne condamne par des peines pouvant aller jusqu'à la prison à perpétuité.

— Altesse, je suis honoré de me joindre à vous, répondis-je avec émotion.

Le prince me scruta comme s'il voulait s'assurer de ma position. Hassan Mo'men intervint alors :

— Kamel est une des personnes les plus courageuses que je connaisse. Il a distribué des tracts sous les yeux de la police. C'est un vrai nationaliste et il n'a pas peur.

Le prince sourit.

— Je sais. J'ai pris des renseignements complets sur lui.

Je dis avec enjouement :

— J'espère que ces informations sont exactes.

Le prince me regarda et me dit avec gravité :

— Avant qu'un nouvel individu intègre notre groupe, nous faisons une enquête sérieuse sur son compte, de crainte que ce ne soit une personne infiltrée par la Sécurité. Pour ce qui vous concerne, il n'y avait pas de problème puisque Hassan Mo'men est votre condisciple, mais j'ai tenu à faire votre connaissance et à parler avec vous pour mettre à l'épreuve votre personnalité et vous avez passé l'examen avec mention d'excellence.

Je répondis rapidement :

— Merci, Altesse.

Hassan Mo'men intervint à son tour :

— Nous vous remercions tous, Excellence, pour vos efforts au service de la cause nationale.

Le prince sourit et fit un geste de la main comme pour dire qu'il n'y avait rien là de notable.

— Alors que nous voyons les princes de la famille royale se jeter dans les bras de l'occupant et se transformer en serviteurs des Anglais, nul doute que le prince Chamel représente un excellent modèle de nationalisme.

Le prince éclata de rire :

— Je vous en prie. Si nous continuons ainsi, cela va tourner à la cérémonie de remise de décorations. S'il vous plaît, commençons la réunion. Nous avons beaucoup de travail devant nous.

Le prince chaussa ses lunettes et étala ses papiers puis commença à lire. Je me dis à cet instant que je découvrais le visage véritable du prince et que toutes les expressions que j'y avais vues autrefois étaient factices. Tel était donc le prince Chamel, au regard sérieux, à l'expression diligente et résolue. Sur un ton presque officiel, il passa en revue toutes les missions qui avaient été accomplies. Il parla de tracts, de grèves, d'un communiqué qu'il fallait rédiger du fait du remaniement du gouvernement. J'éprouvai de la difficulté à suivre ce qu'il disait. J'étais encore sous le coup de la surprise. Je réagis toujours à retardement. J'ai besoin de temps pour assimiler ce qui se passe autour de moi. Je ne sais pas si c'est naturel ou si cela reflète une déficience de mon esprit. Je divaguai par la pensée loin des propos qui se tenaient autour de moi. Je me demandai comment s'était formé ce groupe, comment Hassan Mo'men avait rencontré le prince. Je me rappelai ce que mon camarade m'avait dit au cours de notre dernière réunion : "Nous travaillons maintenant dans un front élargi." Je pensai également que la phrase qu'avait prononcée le prince au sujet de ma participation à la résistance ne l'avait pas été par hasard. Il savait tout depuis le début. Mon attention fut attirée par la voix d'Odette, enrouée par la fumée des cigarettes :

— Camarade Abdoune, je voudrais que vous présentiez la situation à l'Automobile Club.

Le visage d'Abdoune prit un air concentré. Il se pencha vers la table et dit, comme s'il lisait un rapport officiel :

— Le roi passe toutes ses soirées, sans exception, au club. Le jeu est pour lui une véritable addiction. Cette semaine, il a gagné une grande quantité d'argent contre le pacha Fouad Hindawi. On dit que Hindawi fait exprès de perdre contre le roi pour faire partie du prochain cabinet.

— Avez-vous entendu parler d'un changement de gouvernement ?

— Les employés de la salle de jeu ont entendu le roi dire à Hindawi : "Prépare ton costume de cérémonie."

Le prince eut l'air intéressé :

— Ce qui veut dire qu'il a l'intention de le nommer au prochain gouvernement. Comme je m'y attendais, les jours du gouvernement actuel sont comptés.

Atia dit alors :

— Il faut que nous publiions cela dans le prochain bulletin, que nous sommes en train de rédiger.

Sur ce, Odette intervint :

— Le nouveau gouvernement sera comme l'ancien. Ce sont tous des gouvernements minoritaires au service des Anglais. Notre combat n'est pas contre les Anglais, mais contre le roi corrompu qui collabore avec l'occupation britannique contre le peuple.

Le prince poursuivit :

— C'est vrai. Il faut déclarer dans le communiqué qu'aucun remaniement ministériel ne peut résoudre la crise.

Hassan Mo'men dit alors :

— J'écrirai le communiqué et je vous le proposerai à la prochaine réunion.

Le prince hocha la tête en signe d'approbation et consulta ses notes, mais Abdoune l'interrompit :

— S'il vous plaît. Il y a un sujet que je souhaite aborder.

Le prince lui répondit :

— Soyez bref. Il nous reste un long ordre du jour.

Abdoune déclara :

— Je vais rencontrer El-Kwo pour lui demander de cesser d'utiliser les châtiments corporels comme sanction.

Odette lui demanda :

— Pensez-vous qu'El-Kwo vous donnera satisfaction ?

— Non, je ne m'y attends pas.

— Alors pourquoi allez-vous le rencontrer ?

— Je veux briser le cercle de la peur et montrer à mes collègues qu'il est possible d'affronter El-Kwo.

Atia intervint :

— En effet, Abdoune, c'est ça le plus important : briser le cercle de la peur.

Le prince se mit à rire :

— Pour El-Kwo, cela va être le plus grand choc de sa vie. Il ne peut pas imaginer que l'un de ses subordonnés soit capable de s'opposer à lui.

Abdoune se tourna vers moi et dit :

— Votre défunt père, Kamel, a été le premier à se comporter courageusement face à El-Kwo.

Je me sentais gêné qu'il ait mentionné mon père. Je hochai la tête et souris en guise de remerciement. Abdoune se tourna vers le prince :

— J'irai rencontrer El-Kwo demain à minuit.

— Lorsque tu sortiras de chez lui, téléphone-moi pour me rassurer sur ton compte.

Odette l'interrompit :

— Pardon, mais j'ai un point de vue différent.

Il y eut un moment de silence et tout le monde la regarda avec attention. Elle remonta ses lunettes puis aspira une bouffée de sa cigarette :

— Il faut que nous déterminions la finalité de chacun de nos pas. Je voudrais revenir avec vous sur ce qui est notre objectif depuis le début. Nous nous sommes mis d'accord sur le fait que la passion du roi pour les jeux de cartes avait fait de l'Automobile Club l'endroit d'où l'Égypte est gouvernée. Nous nous sommes mis d'accord pour révéler les turpitudes du roi et sa collaboration avec les Anglais. Nous avons dit qu'il fallait que la révolution conduise à un changement complet, qu'il fallait détruire totalement l'ordre ancien pour pouvoir construire l'Égypte que nous voulons. Nous avons introduit Abdoune à l'Automobile Club pour qu'il nous fournisse des informations.

Vous savez que nous préparons une opération importante à l'intérieur du club. Il n'est pas dans notre intérêt d'entrer dans une bataille secondaire.

Le prince lui demanda :

— Vous opposez-vous à ce que veut faire Abdoune ?

Odette répliqua :

— Oui, je m'y oppose.

Abdoune intervint alors :

— J'encourage les travailleurs à revendiquer leurs droits. En quoi est-ce une faute ?

Odette sourit comme si elle avait pitié de sa naïveté :

— Qu'attendons-nous des travailleurs à l'Automobile Club ? Seulement qu'ils soient des canaux d'information pour nous fournir des nouvelles sur le roi, le palais et le gouvernement.

Abdoune la regarda d'un air réprobateur. Il lui dit avec ardeur :

— Il faut convaincre les employés du club qu'ils sont des travailleurs respectables ayant des droits et qu'ils ne sont pas de simples serviteurs de Sa Majesté.

— Le principe est juste, mais vous vous trompez d'agenda.

— Je ne vois pas de contradiction entre notre action et la prise de conscience de mes collègues. Je vais sans doute bientôt en recruter quelques-uns.

— Je vous ai déjà dit que le recrutement est une arme à deux tranchants. Si nous ne savons pas l'utiliser, il se retournera contre nous.

— Camarade Odette, je ne vous comprends vraiment pas. Pourquoi approuvez-vous le recrutement de membres qui travaillent dans des usines et en même temps refusez-vous de recruter qui que ce soit à l'Automobile Club ?

Odette répondit sans réfléchir :

— Parce que ceux que nous recrutons dans les usines sont des ouvriers, pas des serviteurs. Il y a une différence entre un serviteur et un ouvrier. L'ouvrier conscient sera un authentique révolutionnaire. Le serviteur a souvent été victime de déformations qui le rendent incapable de changement.

— Ce que vous dites ne s'applique pas à mes collègues du club…

— Même s'ils sont aptes pour le recrutement, le moment n'est pas opportun. Il faut que nous exécutions notre mission pendant les fêtes de fin d'année. Il ne nous reste que deux semaines. Notre opération ne pourra réussir que si les employés du club sont dans leur état normal. C'est une erreur de les pousser à une confrontation avec El-Kwo.

— L'affrontement avec El-Kwo est inévitable.

Odette rétorqua avec humeur :

— Pas maintenant. Le résultat de votre rencontre avec El-Kwo sera une punition collective des travailleurs. Ce que vous voulez entreprendre conduira à un échec de l'opération que nous avons planifiée pendant des semaines. Je suis déjà intervenue auprès de James Wright pour qu'il ne vous renvoie pas du club. Je ne pourrai pas toujours réussir.

— N'intervenez plus pour moi à partir de maintenant.

Odette cria alors d'une voix irritée :

— Pourquoi me provoquez-vous ? Mes paroles sont claires. Votre mission à l'Automobile Club est de collecter des informations, ni plus ni moins. Ce que vous faites maintenant est une faute, parce que vous placez vos collègues sous une pression qu'ils ne pourront pas supporter.

Abdoune se tourna vers le prince :

— Quel est votre point de vue ?

— Odette a raison. Votre rencontre avec El-Kwo conduira à une escalade qui peut être très nuisible à notre mission.

Le prince se tut un instant puis se tourna vers Odette :

— D'un autre côté, si Abdoune fait machine arrière, il perdra pour toujours la confiance de ses camarades.

— Alors, quelle solution ? demanda Odette.

Il y eut un silence, pendant lequel le prince parut peser toutes les données :

— Nous n'avons pas le choix. Allez, Abdoune, rencontrer El-Kwo, mais en tant que responsable de ce groupe je vous prie de ne plus vous comporter à nouveau de cette façon. Vous n'avez pas le droit de prendre de décision sans nous en référer.

Le prince se tourna ensuite vers moi et me dit gaiement :

— C'est la première réunion à laquelle vous participez et vous assistez à un affrontement. Que pensez-vous de nous maintenant ?

— Seulement du bien, répondis-je en souriant.

Le prince poursuivit :

— Les différences d'opinion sont naturelles et nous aident à prendre la bonne décision.

Ils se plongèrent ensuite dans la discussion de sujets divers. Le prince semblait être le chef et c'était lui qui avait le dernier mot. Ensuite il y avait Odette, qui possédait une forte personnalité et qui avait de l'ascendant sur tous. Un peu plus d'une heure plus tard, le prince me dit :

— Avant de terminer, je voudrais que pour la prochaine réunion vous nous présentiez votre analyse de la situation politique en deux ou trois pages, pas plus. Il faut que cette analyse reflète votre point de vue sur ce qui se passe et vos conjectures pour le nouveau gouvernement. Nous le lirons et le commenterons ensemble.

J'approuvai d'un signe de tête, me levai et serrai les mains des participants, qui commencèrent à sortir un par un. Hassan Mo'men me dit :

— Attends-moi, je t'accompagne.

Je sortis avec lui. Il était à peu près neuf heures. Le soleil brillait mais il soufflait un vent hivernal frais et revigorant.

— Que penses-tu de ce groupe ? me demanda Hassan.

— Je suis heureux d'être avec vous.

Il me regarda :

— D'ici quelques jours, nous allons accomplir une mission dont toute l'Égypte parlera.

— Est-ce que je peux la connaître ?

— Les règles de l'organisation m'interdisent de t'informer à ce sujet.

— Je suis maintenant membre de l'organisation comme toi.

— Mais tu ne participeras pas à l'opération et par conséquent tu n'as pas le droit d'en connaître les détails.

Mon visage avait dû montrer une sorte de déception. Hassan me dit comme pour me consoler :

— Le prince t'aime beaucoup et a confiance en toi. Je suis sûr qu'il t'associera prochainement à l'une des missions.

Nous arrivâmes à la gare du tram où nous devions nous séparer. Il me serra chaleureusement dans ses bras.

— Courage, frère. Je te verrai vendredi, à la prochaine réunion.

J'arrêtai un taxi et me dépêchai d'aller à l'Automobile Club, où j'arrivai avec près d'une demi-heure de retard sur l'heure de la leçon. Je me précipitai vers le dernier étage, où je donnais mes cours à Mitsy, et ne la trouvai pas dans la pièce. Je pensai que, en colère à cause de mon retard, elle était partie. Cela me déprima. Ce n'était pas ma faute si j'étais en retard. Mitsy ne pouvait-elle pas m'attendre pour en connaître la cause ? Je sortis à la recherche de Khalil, le planton, et dès que je le vis je l'entrepris :

— Oncle Khalil, j'avais à faire et je suis arrivé un peu en retard. Mlle Mitsy est partie…

— Mlle Mitsy n'est pas venue du tout.

— C'est sûr ?

— Oui.

— C'est étrange. Elle est toujours ponctuelle.

— Espérons que ce n'est rien de grave.

Nous restâmes silencieux, puis la sonnette retentit et Khalil se précipita vers le bureau de Mr Wright. Je m'assis, allumai une cigarette et me mis à réfléchir.

Pourquoi Mitsy était-elle absente ? Je ne pouvais pas en être la cause. Je n'avais absolument rien fait qui puisse la fâcher. Peu de temps après, la porte s'ouvrit et Khalil apparut. Il m'appela et me dit d'une voix inquiète :

— Mr Wright veut te voir.

— Pourquoi ?

— Je ne sais pas. Il m'a dit qu'il voulait te voir tout de suite.

Khalil me précéda de deux pas. Avant de frapper à la porte, il se pencha vers moi et me confia :

— Depuis ce matin, le khawaga a l'air de chercher la bagarre. Sois prudent avec lui, Kamel, car il est malfaisant.

29

Lorsqu'il descendit de la terrasse, Mahmoud était rasséréné. Faouzi était toujours capable de dissiper son angoisse et de le faire diamétralement changer d'opinion. Mahmoud avait beau montrer qu'il s'opposait à son ami, il finissait toujours par être convaincu par ses arguments. Il était persuadé que Faouzi en savait beaucoup plus long que lui et qu'il se trompait rarement. Le lendemain, Mahmoud commença à mettre ponctuellement en œuvre le plan de Faouzi. Il alla rendre visite à Rosa et passa plusieurs heures avec elle au cours desquelles il fit de telles prouesses que ses cris résonnèrent dans la chambre à coucher. Ensuite il la laissa allongée sur le lit et prit un bain chaud, s'habilla et s'assit au salon. Rosa le rejoignit avec sa robe de chambre en soie sur son corps nu. Elle l'entoura de ses bras et appliqua sur son visage une rafale de baisers puis murmura :

— Tu peux dormir avec moi ce soir ?

— Je suis désolé, Rosa. J'ai quelque chose à terminer.

Elle le serra avec force comme si elle voulait se rassasier de son corps avant qu'il s'en aille.

Mahmoud resta silencieux. Il se concentrait pour exécuter le plan. Elle aspira ses lèvres pour un long baiser, mais il la repoussa doucement et s'éloigna un peu d'elle. Il alluma une cigarette, l'air préoccupé. Elle lui demanda avec appréhension :

— Qu'as-tu, Mahmoud ?
— J'ai un problème.
— Dis-moi de quoi il s'agit.
— Comme si tu avais besoin, en plus, de mes problèmes !
— Je t'en prie, donne-moi l'occasion de t'aider.

Sa voix était tremblante, avec un mélange de pitié et de frayeur. Mahmoud lui dit sans la regarder, comme s'il avait peur qu'elle voie dans ses yeux qu'il répétait les propres paroles de Faouzi :

— Tu sais que je travaille et que j'entretiens ma famille. Je cours après la moindre piastre. En plus de mon travail au club, j'avais pris un travail dans une épicerie où je faisais la comptabilité. Cela me faisait un supplément. Malheureusement l'épicier est mort il y a deux jours et les héritiers veulent fermer le magasin.

Rosa sourit et lui demanda :

— C'est pour cela que tu es préoccupé ?

Mahmoud baissa la tête sans répondre. Rosa posa sa main sur sa joue et lui murmura tendrement :

— Tu touches combien au magasin ?
— Une livre par semaine.

Elle se leva et entra dans sa chambre puis revint et mit un billet dans la poche de sa chemise en murmurant :

— Chaque semaine, je te donnerai une livre, mon chéri. Ne t'en fais pas.

Suivant le plan, Mahmoud aurait dû se montrer hésitant et refuser de prendre l'argent, mais la rapidité avec laquelle Rosa avait réagi à sa demande, sa joie d'avoir une livre dans sa poche ainsi que son sentiment de reconnaissance à son égard, tout cela le poussa à l'étreindre chaleureusement. Elle lui chuchota à l'oreille :

— Bon, tu vas passer la nuit avec moi ?

Il se rappela alors les instructions de Faouzi et l'écarta avec douceur :

— Ce soir, ce n'est pas possible.

Rosa soupira puis l'accompagna à la porte et, avant qu'il sorte, lui prit le visage entre les mains et lui dit :

— Je t'en prie, si tu as besoin de quelque chose, demande-le-moi.

— Merci, Rosa.

Elle lui donna un baiser rapide sur les lèvres.

— Je t'aime, Mahmoud. Ah, si tu pouvais m'aimer comme je t'aime !

Il sourit et hocha la tête puis s'esquiva avec douceur et sortit.

À partir de ce moment, Rosa lui remit une livre tous les jeudis. Au début du mois, lorsque sa mère tendit la main pour lui donner la part qu'elle lui réservait sur son salaire, Mahmoud refusa énergiquement :

— Maman, grâce à Dieu, les pourboires me suffisent largement. Garde tout le salaire pour la maison.

Sa mère invoqua le ciel pour lui avec chaleur. Les quatre livres qu'il obtenait de Rosa chaque mois suffisaient aux dépenses de ses sorties avec Faouzi.

Ses relations avec Rosa devinrent régulières et stables. Jour après jour, elle lui était plus attachée, au point qu'elle se mit à l'appeler à l'Automobile Club pour prendre de ses nouvelles et entendre sa voix. Il se plaisait à sa compagnie. Après avoir fait l'amour avec elle, il lui parlait de sa vie et elle l'écoutait avec intérêt et lui donnait des conseils. Il se disait : "Rosa a une grande expérience de la vie et elle m'aime, elle veut mon bien. Il faut que je profite de ses conseils." Mahmoud considérait Rosa comme une personne bonne et généreuse et une amie chère et fidèle. Il l'aimait d'une certaine façon, mais pas comme elle l'aurait voulu. Il se sentait contrarié lorsqu'elle faisait pression sur lui pour qu'il exprime des sentiments qu'il ne ressentait pas. Elle le submergeait de mots d'amour et insistait pour qu'il dise qu'il l'aimait. Il s'esquivait, puis finissait par céder. Il avait alors l'air d'un enfant qui prononce pour la première fois un mot difficile. Il avait souvent pensé lui déclarer que, malgré leurs relations, il ne l'aimait pas comme maîtresse, mais seulement comme amie. Il se disait souvent cela, mais au dernier moment il avait toujours pitié d'elle et faisait machine arrière.

Au cours d'une des soirées qu'ils passaient ensemble sur la terrasse, Mahmoud dit à son ami Faouzi :

— J'ai un problème. Rosa m'aime et elle veut que je l'aime.

— Eh bien, vas-y, aime-la, lui répondit Faouzi en tirant une bouffée de son joint.

Mahmoud soupira :

— Je ne peux pas me comporter avec elle comme ça. Je l'aime vraiment parce qu'elle est bonne et généreuse, mais je ne suis pas capable de l'aimer comme elle le voudrait. Tu me comprends ?

Faouzi se mit à rire de lui :

— Par le Prophète, tu es un cas désespéré ! Tu es vraiment con ! De quel amour tu parles ? Tu crois que les femmes aiment autre chose que ce qu'elles ont en tête ? Essaie une fois d'aller la voir et ne fais rien avec elle. Tu verras ce qui t'arrivera !

Cette façon qu'avait Faouzi de prendre à la légère les obsessions de Mahmoud avait pour effet de les dissiper et de lui procurer une sensation de sérénité. La discussion entre les deux amis était une sorte de séance de psychanalyse au cours de laquelle Mahmoud se purgeait l'esprit pour repartir à neuf.

Ses relations avec Rosa durèrent ainsi trois mois, pendant lesquels Mahmoud reçut douze livres, qu'il dépensa entièrement en sorties avec Faouzi. La vie de Mahmoud était devenue très ordonnée depuis qu'il s'était débarrassé de la terreur de l'école, qu'il pratiquait avec régularité le sexe et qu'il recevait assez pour subvenir à ses distractions.

Un soir, Mahmoud parla à Rosa de ce qui se passait à l'Automobile Club entre Abdoune et El-Kwo. Le visage de Rosa devint sérieux et elle lui dit :

— Écoute, Mahmoud. Tu as une famille et des responsabilités. Tu n'as rien à voir avec cette affaire.

Mahmoud lui répondit :

— Mais est-ce normal qu'El-Kwo nous batte comme des enfants ? C'est vrai qu'il ne m'a jamais battu, mais franchement, je ne supporterais pas qu'il me batte devant les gens.

— Il ne bat que ceux qui font mal leur travail. C'est-à-dire que, aussi longtemps que tu travailleras bien, il ne te battra pas.

Mahmoud sembla en proie au désarroi. Rosa lui sourit :

— Jure sur ma tête que tu ne te mettras pas dans des problèmes.

— D'accord.

— Tu me promets ?

— Promis.

Sa tendresse maternelle était aussi impétueuse et sincère que ses désirs étaient effrénés et lubriques. Cette fracture dans son comportement plongeait Mahmoud dans la perplexité, au point qu'il avait parfois l'impression qu'il y avait en Rosa deux femmes, sous l'apparence d'une seule, aux comportements contradictoires : la maîtresse et la mère ; l'une qui ne se souciait que de rassasier ses désirs et l'autre qui se comportait avec une tendresse sincère et émouvante.

Un soir, il alla livrer un dîner commandé par une cliente allemande membre du club qui s'appelait Mme Dagmar. Le nom sembla étrange aux oreilles de Mahmoud et Mustapha lui expliqua qu'elle était arrivée il y avait trente ans en Égypte avec son mari allemand et qu'ils y avaient fondé la fameuse librairie Max dans la rue Soliman Pacha. Le mari était mort depuis deux ans, et leur garçon et leur fille avaient préféré vivre en Allemagne tandis que Mme Dagmar était restée pour diriger sa librairie. Elle vivait seule dans son appartement de Garden City. Mahmoud appuya sur la sonnette et attendit avec la commande. La porte s'ouvrit tout à coup pour laisser apparaître une femme aux fins cheveux blancs coupés à la garçonne et au corps mince et élancé à l'allure un peu militaire. Elle portait des lunettes rondes cerclées de métal qui lui donnaient une allure de grand-mère ou bien de surveillante d'école. Mahmoud avança de deux pas, s'inclina et prononça la phrase habituelle :

— Bonsoir, Madame. Automobile Club.

Elle l'inspecta du regard puis lui dit d'un ton sérieux :

— Pouvez-vous porter la commande à la cuisine ?

Elle recula pour ouvrir la porte et Mahmoud entra, les yeux baissés, puis s'arrêta dans le salon. Mme Dagmar reprit :

— La cuisine est par là. Venez avec moi.

Il la suivit et traversa le salon pour aller à la cuisine. Il déposa le paquet sur la table de marbre puis mit la main dans la poche de sa veste et en sortit la facture. La dame paya la note et lui laissa une demi-livre de pourboire. Il mit l'argent dans sa poche et la remercia d'une voix faible. Il se sentait tout à coup décontenancé, dans une drôle de situation, avec cette dame allemande, tous les deux seuls debout dans la cuisine. Pourquoi lui avait-elle demandé d'entrer avec un paquet de nourriture si léger qu'elle aurait pu le porter elle-même ? Mahmoud sourit et hocha la tête pour la saluer puis fit demi-tour pour sortir de la cuisine, mais Mme Dagmar l'interpella :

— Une minute !

Mahmoud s'arrêta. Mme Dagmar s'approcha en lui tendant une livre et lui dit en souriant :

— Prends.

Mahmoud recula et répondit :

— Non, Madame, c'est beaucoup. Vous m'avez déjà donné un pourboire.

Elle tendit la main et fourra la livre dans la poche de sa veste. Il la remercia chaleureusement, mais tout à coup elle s'approcha de lui et murmura d'une voix troublée :

— Je te veux.

La situation était difficile. Mahmoud murmura d'une voix à l'agonie :

— À vos ordres, Madame.

Elle tendit les bras, palpa ses larges épaules et son visage se voila tout à coup, puis elle dit sur un ton sérieux qui ne semblait pas adapté à la situation :

— Je veux que tu me rendes visite comme tu rends visite à Rosa Khachab.

Mahmoud sursauta. La surprise le rendait muet. Il la regarda, furieux, une question inscrite en lettres majuscules à la surface de son esprit : comment connaissait-elle ses relations avec Rosa ?

Mme Dagmar sourit et poursuivit nerveusement :

— Qu'en dis-tu ?

Il y avait dans sa poche un billet d'une livre dont il escomptait bien des distractions et des agréments. En même temps, la dame était très loin d'éveiller son désir. Son corps était celui d'un vieux soldat. Complètement sec et rabougri, sans derrière tendre et sans poitrine saillante. Il faillit refuser, mais eut peur des conséquences de sa colère. En fin de compte, il n'était qu'un employé chargé des livraisons à l'Automobile Club et elle était une dame riche, étrangère, qui avait le pouvoir de lui faire du mal. Mahmoud répondit d'une voix faible :

— À vos ordres, Madame.

Elle sourit et lui dit amicalement :

— Assieds-toi et dînons ensemble.

— Je ne peux pas, j'ai du travail.

Son visage s'assombrit d'une façon qui ressemblait à de la colère. Elle lui dit :

— Termine ton travail et reviens.

— Je termine tard.

— Je t'attendrai.

— Est-ce possible demain ?

— OK, demain tu termines ton travail et tu viens me voir.

Dès que Mahmoud fut sorti de l'appartement, il poussa un profond soupir. Il voulait être seul pour penser à cette histoire qui lui tombait dessus tout à coup. Il poursuivit son travail l'esprit absent et, quand il rentra à la maison, se remémora ce qui était arrivé. Épuisé à force de réfléchir, il plongea finalement dans un profond sommeil. Le lendemain, avant d'aller à son travail, il passa voir Faouzi. Abla Aïcha lui ouvrit la porte :

— Tu es venu au bon moment. Il est une heure de l'après-midi et ton ami ne veut pas se réveiller.

Mahmoud entra et sourit lorsqu'il vit Faouzi en pyjama en train de dormir, ronflant avec régularité. Il le réveilla et attendit qu'il aille à la salle de bains et en revienne, une serviette autour du cou et l'eau dégoulinant de ses cheveux. Ils burent du thé ensemble et Faouzi avala avec délice plusieurs sandwichs de fèves avec des œufs et des morceaux de concombre marinés dans le vinaigre, tandis que Mahmoud lui racontait ce qui s'était passé avec Mme Dagmar. Finalement Faouzi alluma une cigarette et dit :

— Ça demande réflexion, mon cher Mahmoud. Il faut que tu ailles la voir, bien sûr.

— Mais c'est une vieille toute sèche et vraiment pas attirante.

— Mon vieux, c'est du travail. Tout a un prix. Mais cette fois-ci, il faut que ça rapporte.

Le lendemain, après que Mahmoud eut terminé son travail à deux heures du matin, il enleva sa tenue et revêtit ses propres vêtements, puis appela sa mère du club pour lui dire qu'il allait dormir chez un ami. Il sortit dans la rue et, après avoir salué Solimane, prit un taxi pour aller chez Mme Dagmar. Il passa le portail et dès qu'il appuya sur la sonnerie de l'ascenseur, il trouva le portier debout devant lui, à moitié endormi, qui le regardait d'un air de reproche et lui demanda sur un ton agressif :

— Où vas-tu ?

— Je vais chez Mme Dagmar, au troisième étage.

— Pour quoi faire ?

— Elle s'est mise d'accord avec moi pour que je lui rende visite dès que j'aurais fini le travail.

Le regard du portier se transforma en un mélange de défiance et de mépris. Il ouvrit la porte de l'ascenseur et dit à Mahmoud :

— Viens avec moi.

Le silence était total jusqu'à ce que l'ascenseur s'ébranle en grinçant.

Le visage du portier prit une expression respectueuse quand il sonna. Mme Dagmar entrouvrit la porte. Le portier la salua et lui dit :

— Désolé de vous déranger, Madame. Cet homme veut vous rencontrer.

Ses traits s'épanouirent et elle s'écria :

— Oui, je t'en prie, Mahmoud.

Mahmoud toisa le portier, qui s'inclina et partit.

Mme Dagmar portait une robe de chambre rouge et s'était recouvert le visage d'un épais maquillage qui la faisait ressembler à une poupée. Dès que Mahmoud fut à l'intérieur de l'appartement, elle ferma la porte à double tour puis l'étreignit avec force. Elle se mit à l'embrasser sur le cou et la poitrine et à frotter en haletant son visage sur son torse. Elle était complètement déchaînée. Mahmoud, confus, l'éloigna doucement et lui demanda :

— Puis-je manger, s'il vous plaît ? J'ai faim.

30

“Abdoune va rencontrer El-Kwo.”

Les serviteurs, excités, se répétaient la nouvelle. Cela dépassait l’imagination. Abdoune, l’adjoint du barman, allait affronter El-Kwo et lui demander de mettre fin aux châtiments corporels. El-Kwo ne reviendrait pas sur sa décision. Il ordonnait de les battre depuis qu’ils étaient venus travailler au club et ils n’avaient pas osé une seule fois s’y opposer. Ils tremblaient lorsque El-Kwo était à leurs côtés et ils remerciaient Dieu lorsqu’il s’en allait en paix. Comment pouvaient-ils croire que l’un d’entre eux s’apprêtait à s’opposer à El-Kwo et à lui demander d’interdire qu’on les frappe ? Cette rencontre allait-elle vraiment avoir lieu ? Quel allait être le sort d’Abdoune ? La réponse de leur chef serait effrayante. Quelles que soient les raisons pour lesquelles il avait jusqu’ici ignoré les propos d’Abdoune, cette fois il allait l’écraser. Il allait le foudroyer. Aux moments de repos, les serviteurs faisaient cercle autour d’Abdoune et le contemplaient comme un être incompréhensible et extravagant. Ils lui demandaient :

— Tu as vraiment envie de rencontrer El-Kwo ?

Abdoune ne relevait pas leur ton moqueur. Il leur disait sérieusement :

— Oui, je vais le rencontrer. Je vais lui demander de cesser de nous battre.

Alors les commentaires fusaient :

— Tu te prends pour le guide de la nation ?

— Il faut qu'on te dise adieu, parce qu'on ne te reverra plus jamais.

— Abdoune, la peur est bonne conseillère. Dieu a dit : "Ne vous précipitez pas de vos propres mains dans l'abîme."

Abdoune leur répondait calmement :

— Dieu nous a demandé de résister à l'injustice et de lutter pour nos droits.

La controverse se poursuivait, mais Abdoune restait ferme sur sa position. À la fin, les serviteurs le quittaient. Provoquer El-Kwo de cette façon les plongeait dans l'épouvante. Si cette fois-ci El-Kwo lui brisait la nuque, il le mériterait. Ce qu'ils craignaient le plus, c'était que la colère d'El-Kwo s'étende à eux. Si l'événement se produisait, ils pourraient arguer de la position qu'ils avaient prise. Ils préparaient dans leur esprit les phrases qu'ils diraient : "Excellence, nous n'avons rien à voir avec cet Abdoune. C'est un fou et une fripouille. Ne nous faites pas payer sa faute. Tu es notre père et nous sommes tes fils et tes serviteurs."

Quelques jours plus tard, lorsque El-Kwo rentra de Haute-Égypte, les serviteurs s'attendaient à ce que sa rencontre avec Abdoune ait lieu d'un instant à l'autre. Mais la boîte aux merveilles n'était toujours pas vide et il en sortit encore quelque chose de nouveau : Abdoune n'irait pas seul rencontrer El-Kwo. Il irait avec Bahr, le barman, et Samahi, l'aide-cuisinier.

Certains serviteurs allaient répétant avec ironie :

— Nous avions un fou, nous en avons trois.

Nombreux furent ceux qui sentirent le danger. Ils comprenaient maintenant que ce que faisait Abdoune était une rébellion qui allait tout détruire et se répandre comme une épidémie d'un individu à l'autre. Abdoune gagnait des partisans : aujourd'hui Bahr et Samahi décidaient d'aller avec lui chez El-Kwo. Qui se joindrait à lui demain? Karara, le sofragi, alla voir Bahr avec deux de ses collègues de la première équipe. Le bar était vide de clients, en dehors d'un homme et une femme sirotant de la bière à une table lointaine. Karara serra la main de Bahr puis entra dans le vif du sujet :

— Bahr, tu es un homme mûr et sensé. Comment peux-tu marcher derrière Abdoune? Tu es son chef, tu dois le raisonner.

Les collègues bredouillèrent quelques mots pour soutenir Karara. Bahr les écouta tout en clignant d'un œil pour inspecter les verres propres avant de les placer l'un après l'autre sur l'étagère. À la fin, il répondit calmement :

— J'irai avec Abdoune. Je ne peux pas le laisser rencontrer El-Kwo tout seul.

Karara s'écria avec dépit :

— Qu'est-ce que c'est que cette histoire? Tu t'oublies. Tu veux affronter El-Kwo, ton maître?

— Qu'est-ce que ça peut te faire?

— Ce que ça peut me faire? Abdoune et toi, vous voulez nous amener des calamités. Si vous allez affronter El-Kwo, il nous punira tous.

Bahr sourit et lui dit en se moquant :

— Eh bien, Karara, va baiser les mains d'El-Kwo pour qu'il soit content de toi.

Vexés, ils se mirent à grommeler. Karara se rapprocha et posa sa main sur l'épaule de Bahr. Il allait dire quelque chose, mais Bahr ôta sa main et dit d'un ton ferme :

— Ça suffit, vous m'avez donné un conseil et je vous en remercie. S'il vous plaît, j'ai du travail.

Il les abandonna pour retourner à ses occupations derrière le bar. Désespérant de le convaincre, ses collègues, après avoir demandé la permission de Rekabi, firent signe à Samahi de sortir avec eux. Celui-ci essuya du revers de la manche ses yeux larmoyants d'avoir pelé des oignons et les interrogea :

— Que se passe-t-il ?

Ils hésitèrent un peu puis Karara se lança :

— Samahi, nous sommes venus te mettre en garde. Fais attention à ne pas te laisser entraîner par Abdoune et à ne pas défier ton maître, El-Kwo. À toi, spécialement, il va t'en faire voir de toutes les couleurs. Tu es maintenant premier assistant du chef cuisinier, tu es marié et tu as des enfants…

Ces paroles étaient sensées et avaient de l'impact. Le visage de Samahi se crispa et il eut l'air angoissé. Il murmura :

— Dieu nous protège.

Ils le regardèrent, interrogatifs. Il fuyait leur regard :

— C'est-à-dire que ça vous a fait plaisir que l'oncle Solimane ait été frappé, à son âge ?

— C'est lui qui l'a cherché.

— Solimane a demandé une retraite pour des veuves et des orphelins. C'est un crime ?

— Si tu continues à marcher derrière Abdoune, c'est ta perte.

— Abdoune revendique nos droits. Dieu le bénisse.

— Quoi ? Dieu le bénisse ! Qu'il crève !

Il semblait clair que la controverse ne conduirait à rien. Samahi soupira :

— Je lui ai donné ma parole.

Karara perdit le contrôle de ses nerfs :

— Que Dieu t'emporte, Samahi. Écoute, quand tu iras voir El-Kwo, parle en ton nom. Nous, nous n'avons rien à voir avec vous.

Samahi hocha la tête avec un sourire bonhomme et retourna tranquillement dans la cuisine.

Pendant toute la journée, les serviteurs restèrent en proie à leurs appréhensions. Ils murmuraient, échangeaient des propos irrités à voix basse et dès qu'ils en avaient l'occasion, recommençaient à parler de l'affaire. Ils répétaient ce qu'ils avaient déjà dit en reprenant les mêmes expressions, si bien qu'à la fin elles n'avaient plus aucun impact.

La nuit allait vers son milieu et, tandis que Sa Majesté le roi jouait comme d'habitude au poker avec quelques pachas, Bahr, Samahi et Abdoune changèrent de vêtements et prirent un taxi devant le club pour se rendre au bureau d'El-Kwo, au palais Abdine. Pendant le trajet, ils restèrent silencieux. Ils connaissaient le danger de leur démarche et sentaient que s'ils ouvraient la porte à la discussion, leur résolution risquerait de s'effondrer. En arrivant au palais, ils saluèrent la garde puis entrèrent dans le bureau d'El-Kwo. Celui-ci était parfaitement informé, par ses espions présents partout, de l'objet de leur visite. Hamid les regarda calmement comme s'il s'attendait à leur présence. Il ne leur jeta pas de regard réprobateur et, contrairement à son habitude, ne les houspilla pas pour être venus sans rendez-vous, mais il leur demanda d'un ton naturel :

— À quel sujet ?

Abdoune toussa et dit :

— Nous sommes venus rencontrer El-Kwo pour une question importante.

Hamid sourit et entra dans le bureau d'El-Kwo puis revint après quelques instants et dit d'un ton neutre, presque amical :

— Son Excellence vous demande d'entrer.

Ils entrèrent derrière Hamid, complètement interloqués, comme si ce qui arrivait n'était pas réel, comme s'ils rêvaient, comme s'ils traversaient un couloir ensorcelé dont ils ne savaient pas où il conduisait, comme s'ils se précipitaient à toute vitesse vers leur fin, vers un destin inéluctable. Il ne leur était plus possible maintenant de s'arrêter ou de faire machine arrière. Ils trouvèrent El-Kwo assis à son bureau, auguste et redoutable.

Ils eurent soudain très peur et, dans leur trouble, se réfugièrent dans le silence jusqu'à ce qu'El-Kwo leur dise d'une voix caverneuse :

— Hamid m'a dit que vous vouliez me voir.

Personne ne répondit. El-Kwo cria d'un ton menaçant :

— Alors, parlez !

Abdoune, luttant contre sa frayeur, répondit d'une voix hésitante :

— Excellence, nous sommes venus réclamer notre droit et nous sommes certains que vous ne nous désappointerez pas.

Son ton était net, sans supplication, presque éloquent.

El-Kwo eut l'air intéressé :

— Que voulez-vous ?

— Nous sommes venus vous demander d'interdire les châtiments corporels.

El-Kwo sourit.

— J'ordonne de battre seulement ceux d'entre vous qui sont coupables.

— Excellence, vous avez le droit, bien entendu, de punir ceux qui sont fautifs. Nous acceptons tout châtiment en dehors des coups.

El-Kwo sourit brusquement, ce qui leur sembla étrange et inquiétant, puis il regarda Bahr :

— Es-tu d'accord avec ces propos, Bahr ?

Bahr hocha la tête et dit :

— Les coups sont une humiliation pour notre dignité, Excellence.

Abdoune poursuivit d'une voix forte :

— Excellence, tous les travailleurs souhaitent que vous supprimiez les châtiments corporels.

El-Kwo baissa la tête et sembla réfléchir, puis se leva et s'approcha d'eux d'un pas lent. Lorsqu'il se trouva face à eux, il dit :

— Bon, je suis d'accord.

La surprise les frappa comme la foudre. Ils restèrent silencieux. El-Kwo secoua la tête et sourit :

— À partir d'aujourd'hui, je ne frapperai plus aucun d'entre vous. Celui qui commettra une faute aura une amende ou une sanction administrative. Comme les employés du palais.

Bahr sourit et dit :

— Merci beaucoup, Excellence.

Samahi bredouilla des propos incompréhensibles et Abdoune s'approcha d'El-Kwo et lui dit :

— Excellence, je vous assure que vous avez pris la bonne décision et que vous ne la regretterez jamais.

En temps ordinaire, ce ton magnanime pour s'adresser à El-Kwo, en dépit de son contenu positif, aurait été considéré en soi comme une hardiesse méritant punition, mais El-Kwo, fidèle au ton exceptionnel, inopiné et incompréhensible qu'il avait adopté, les regardait d'un air bienveillant et leur dit :

— Tout ce qui m'importe, c'est que vous travailliez dans de bonnes conditions psychologiques.

Leurs voix s'élevèrent pour le remercier chaleureusement. Un large sourire se dessina sur le visage d'El-Kwo, qui fit apparaître ses dents brillantes. Il leur dit aimablement en leur montrant la porte :

— Bon, allez reprendre votre travail.

KAMEL

Le visage renfrogné de Mr Wright annonçait des difficultés. Je le saluai et il me regarda froidement. Je décidai de ne pas lui permettre de m'humilier cette fois-ci.

Je m'assis de moi-même, sans qu'il m'y invite, sur le fauteuil opposé à son bureau, en ignorant son regard désapprobateur, et je lui dis :

— Khalil m'a dit que vous vouliez me voir.

Il me répondit en remplissant sa pipe de tabac :

— Je voudrais vous interroger au sujet de Mitsy.

— Elle a fait de grands progrès en arabe.

Il tira un épais nuage de fumée de sa pipe :

— J'ai entendu dire qu'elle sortait avec vous.

— C'est vrai.

— Pourquoi sortez-vous avec ma fille ?

— Parce que cela l'aide à perfectionner son arabe.

Il sourit nerveusement :

— Mitsy est une comédienne douée et, comme la plupart des artistes, elle a des lubies et des envies étranges dans lesquelles elle se jette de toutes ses forces puis elle découvre à la fin qu'elle a fait une erreur et elle le regrette.

— Que voulez-vous dire ?

— Votre mission est de lui enseigner l'arabe, pas de l'emmener en promenade.

— Je me comporte avec Mitsy comme avec une adulte.

Il cria avec colère :

— Il faut que vous compreniez que vous êtes pour Mitsy un simple professeur. Vous lui donnez des cours et vous recevez un salaire.

— C'est ainsi que cela a commencé, mais maintenant Mitsy est pour moi une amie très chère.

Je faisais exprès de le provoquer. Il s'arracha un sourire forcé :

— Ah, vraiment ?

Il baissa le regard et cala ses deux coudes sur le bureau puis tendit la tête en avant comme s'il se préparait à attaquer. Il me dit avec dédain :

— Vous êtes un Nubien, Kamel, n'est-ce pas ?

— Je suis de Haute-Égypte.

— Quelle est la différence ?

— Les habitants de la Haute-Égypte descendent de tribus arabes qui sont venues en Égypte au moment de la conquête. Quant aux Nubiens, il s'agit d'un groupe ethniquement différent qui a sa propre langue.

Il fit signe de la main que cela ne l'intéressait pas.

— De toute façon, je vous considère comme un Nubien. Avez-vous entendu parler de l'explorateur allemand Carl Hagenberg ?

— Non.

— Carl Hagenberg était le plus grand marchand d'Europe d'animaux sauvages au XIXe siècle. Il envoyait des chasseurs dans les forêts de tous les endroits du globe pour chasser des animaux puis les vendait aux zoos.

Je ne répondis pas. Il eut un petit rire.

— Peut-être que le sujet de Hagenberg ne vous dit rien, mais je vous assure que lorsque vous entendrez la suite de l'histoire, cela vous intéressera.

Je restai silencieux. Il poursuivit :

— Une fois, Carl Hagenberg voulut se renouveler. En même temps que les animaux, il se mit à chasser certains habitants primitifs, qu'il exposa dans des cages. L'idée eut un grand succès auprès de tous les zoos du monde. Imaginez-vous que des milliers de visiteurs occidentaux, hommes, femmes et enfants, purent contempler le spectacle d'Africains enfermés dans des cages.

Je répondis d'une voix forte :

— Cela est ignoble et inhumain.

— Peut-être que vous le voyez comme cela, mais des millions de fils de nos civilisations occidentales ne sont pas d'accord avec vous.

— Est-ce que les principes de la civilisation permettent que l'on chasse des êtres humains et qu'on les mette dans des cages ?

— Cette question implique que tous les hommes sont également développés.

— Je considère cela comme évident.

— Ce n'est pas du tout évident. Voulez-vous me convaincre que les capacités intellectuelles d'un génie comme Shakespeare ou Graham Bell puissent être comparées avec celles d'un Indien ou d'un Africain qui vivent encore dans la préhistoire ?

Je me levai et me rapprochai de lui. Je lui dis en essayant de contrôler mon émotion :

— Mister Wright, il faut que j'ouvre la réserve maintenant. Me permettez-vous de partir ?

— Vous ne partirez pas avant que je vous aie informé du lien qui vous unit à M. Hagenberg.

— Je vous ai dit que je n'en avais jamais entendu parler auparavant.

Il fit semblant de ne pas m'entendre et ouvrit un tiroir de son bureau d'où il sortit une photographie ancienne qu'il me tendit.

— Parmi les acquisitions humaines de Hagenberg, il y avait une famille nubienne. Est-ce que cela ne vous intéresse pas ? Hagenberg avait envoyé ses chasseurs en Nubie et ils avaient pu s'emparer d'une famille nubienne avec trois générations au complet. Ils les avaient tous mis dans une cage et le zoo de Berlin avait acquis le droit de les exposer, puis ils ont tourné dans leur cage dans tous les zoos d'Europe. J'ai trouvé une photographie de cette famille. Regardez bien, vous verrez dans la cage le grand-père, son fils, et sa femme qui porte un nourrisson. Malheureusement il semble que la grand-mère soit morte pendant la chasse.

Je détournai le visage pour ne pas voir l'image et je lui dis, suffocant de colère :

— Cette photographie ne m'intéresse pas.

Il continua à tendre la photographie et me dit d'un ton moqueur :

— Ah, j'imaginais que cela vous intéresserait de voir certains de vos ancêtres nubiens.

— Mister Wright, vous voulez m'humilier.

— Je ne vois pas où est l'humiliation !

— Vous dites que mes ancêtres étaient des animaux.

— Vous avez le droit d'interpréter mes propos de la façon qui vous plaît. Je n'ai rien inventé. Ceci est une vérité historique. Des Nubiens ont été chassés et placés dans des cages puis exposés aux foules de la plupart des zoos européens.

— Ces propos sont inacceptables. Vous entendez ? Totalement inacceptables.

Je n'entendis pas sa réponse : je me levai et sortis précipitamment. En me retournant pour fermer la porte, je l'aperçus qui consultait les feuilles qui étaient devant lui. Il souriait, satisfait, comme s'il était parvenu au résultat qu'il souhaitait. L'expression de satisfaction sur son visage dépassait tout ce que j'aurais pu imaginer. Je me dirigeai vers la réserve. Je m'assis et attendit qu'arrive M. Comanos. Je lui mentis et lui dis que ma mère était malade et qu'il fallait que je sois avec elle. Il me permit de partir et me pria de lui téléphoner dans la soirée pour le rassurer sur la santé de ma mère. Je tournai sans but dans les rues du centre-ville. La colère m'aveuglait au point que je me heurtai plusieurs fois aux passants. Le sentiment d'humiliation m'oppressait. Il fallait que je fasse quelque chose pour retrouver ma dignité bafouée. Je reviendrais chez ce salaud de raciste et le frapperais devant tout le monde quelles qu'en soient les conséquences. Je le démasquerais devant tous les travailleurs du club, ce maquereau qui déclarait en faisant le fanfaron que mes ancêtres étaient des animaux et qui, lui, offrait sa fille au roi pour qu'il couche avec elle ! Est-ce là votre sens de l'honneur, vous, le fils de la civilisation occidentale ? Si nous étions des animaux, au moins nous ne prostituions pas nos filles. Je m'arrêtai de marcher. C'était plus que je n'en pouvais supporter. Je revins au club et me dirigeai immédiatement vers le bureau de Mr Wright. Il semble que mon aspect ait inquiété Khalil, le planton, car il bondit de son siège pour se précipiter vers moi et me demander avec appréhension :

— Qu'y a-t-il, Kamel ?

— Je veux rencontrer Mr Wright.

— Tu ne l'as pas rencontré ?

Je dis haut et fort, comme si je voulais que ma voix lui parvienne :

— J'ai un compte à régler avec lui.

Khalil me prit le bras et murmura :

— Viens avec moi, je t'en prie.

Il me tira jusqu'à la rue. Nous nous éloignâmes un peu de la porte du club.

— Surtout ne crée pas de problème avec Mr Wright.

— C'est lui qui s'est comporté avec moi d'une façon méprisante.

— Ce n'est pas la première fois qu'il se conduit grossièrement. Il méprise tous les Égyptiens, mais Dieu nous a donné une cervelle pour réfléchir. Tu es un garçon qui fait des efforts et qui lutte. Tu n'as pas le droit de briser tout ce que tu as construit. Si tu affrontes Mr Wright, peut-être que ça va te soulager, mais tu seras chassé de ton travail, et ton frère avec toi.

Pour la première fois je me rappelai que ma mère dépendait de mon salaire et de celui de Mahmoud. Je me rappelai son visage brisé, ravagé, à la mort de mon père. Je revis sa satisfaction lorsqu'elle recevait mon salaire mensuel.

Khalil poursuivit :

— Kamel, fais comme moi. Ça entre par une oreille et ça sort par l'autre. Même si tu souffres d'être humilié, ton avenir te le fera oublier. Ce qui est important, c'est que tu préserves ton gagne-pain.

Je n'étais pas convaincu par sa logique, mais compris que la discussion était inutile. Je lui souris et lui serrai la main :

— Je te remercie, oncle Khalil.

Il me scruta comme s'il voulait s'assurer de ma décision. Je fis semblant d'être de bonne humeur :

— Ne t'inquiète pas. Je suivrai tes conseils.

Je retournai à la maison et m'assis à mon bureau. Je tentai de contrôler ma colère et de reprendre ma vie normale, mais mon calme n'était qu'apparent, superficiel. En profondeur, je souffrais de l'offense faite à moi-même et à ma famille. Le lendemain, j'assistai à la réunion de l'organisation. L'ordre du jour était très chargé. Nous parlâmes des événements. Les camarades nous expliquèrent le point de vue des ouvriers nationalistes et la guerre menée contre les syndicats indépendants par le palais et les Anglais, ainsi que par les partis de la minorité capitaliste et les Frères musulmans, connus pour leur opportunisme. À la fin, le prince sourit et dit :

— Avant de terminer la réunion, je voulais vous informer que j'ai décidé de confier la mission à Abdoune et à Kamel. Hier, j'ai expliqué à Abdoune ce qu'il devra faire. Aujourd'hui, il faut que je te voie, Kamel.

Après la réunion, les camarades partirent et je restai avec le prince, qui s'assit devant moi.

Tout à coup je m'entendis lui dire d'une voix forte :

— Altesse, je voudrais vous parler de ce qui m'est arrivé avec James Wright.

Le prince sembla contrarié. Je lui racontai en détail l'affront que m'avait fait le directeur du club. Je ressentais à nouveau l'humiliation en répétant ses propos sur mes ancêtres nubiens. Le prince m'écouta silencieusement puis conclut avec calme :

— James Wright croit que vous êtes la cause de son problème.

— Et quel est ce problème ?

— Le problème, c'est que Mitsy a refusé l'amitié du roi, et il est persuadé que vous êtes à l'origine de ce refus.

— Ce n'est pas vrai. Mitsy s'est débrouillée toute seule.

— Je vous crois, mais lui ne vous croit pas.

— Même si j'étais à l'origine de l'attitude de Mitsy, est-ce que cela lui donnerait le droit de m'humilier ?

— Non, bien sûr, mais n'oubliez pas que James Wright considère que l'amitié de sa fille avec un Africain est une offense faite à sa famille. Le monde aura besoin de temps pour se débarrasser de ces idées racistes. Le raciste est un être inculte, effrayé par ceux dont l'apparence est différente de la sienne.

— Il m'a humilié, Altesse.

— Je comprends votre colère, Kamel, mais il a utilisé un procédé fourbe et il ne vous a pas insulté directement. Il se défendra en disant qu'il n'a fait que vous raconter une anecdote historique connue et que c'est vous qui l'avez prise en mauvaise part.

— Mr Wright n'est pas mon ami et il n'a pas l'habitude de me raconter des histoires. Ensuite, il a beaucoup insisté sur le fait que c'étaient mes ancêtres que l'on mettait dans des cages pour animaux. Cela ne peut être compris que comme une humiliation délibérée.

Visiblement touché, le prince me sourit.

— Je l'appellerai demain pour lui faire des reproches. Au moins pour que cette affaire s'arrête là.

Je remerciai le prince et tout à coup ressentis une forte émotion et dus faire de grands efforts pour ne pas éclater en larmes. Le prince s'en rendit compte et s'écarta de moi pour aller ranger son matériel photographique. Il revint après quelques instants et me regarda pour s'assurer que j'étais parvenu à maîtriser mes sentiments. Il me dit d'un ton amical :

— Il faut que vous appreniez à transformer votre colère personnelle en préoccupation publique. Maintenant vous êtes en colère parce que Wright vous a humilié. Qui a donné à James Wright le droit de vous humilier ? Il vous a humilié parce qu'il est anglais et qu'il vit dans un pays sous occupation britannique ; par conséquent, il lui est permis d'humilier les Égyptiens sans craindre aucune récrimination.

Je restai silencieux et le prince poursuivit avec ardeur :

— Il y a deux façons de comprendre ce qu'a fait Wright : ou bien estimer qu'il s'agit d'une simple affaire personnelle, ou bien considérer cette offense comme le résultat direct de l'occupation de l'Égypte.

Je répondis avec emportement :

— Je ne peux pas me taire face aux humiliations en attendant le jour de l'évacuation.

Le prince leva la main en signe de reproche et me dit sur un ton de réprimande :

— Kamel, je vous en prie, ne nous faites pas revenir au point de départ. Je vous ai dit que j'allais le chapitrer. Je vous parle maintenant de la mission que vous allez accomplir. Je voudrais que vous y pensiez comme à la façon juste de répondre à l'humiliation que vous a fait subir Wright.

Je lui répondis immédiatement :

— Je suis prêt à accomplir toutes les missions que vous me confierez.

Le prince sourit.

— Bravo.

Il se leva et se dirigea vers une armoire en bois, à l'extrémité de la pièce, d'où il prit une boîte bleue. Il s'assit à côté de moi, ouvrit la boîte et en sortit une boule de verre de la dimension d'une orange, qu'il me tendit. Je la tournai dans mes mains en l'examinant. Le prince me dit d'un ton sérieux :

— Je vais vous expliquer exactement ce que vous allez faire.

SALIHA

Abdelberr se colla à moi de plus en plus fort en tirant sur ma chemise de nuit. Je compris ce qu'il voulait et enlevai la chemise, presque morte de honte. Il me poussa pour m'allonger sur le dos puis se coucha sur moi. Je haletais d'émotion. J'entendais les battements réguliers de mon cœur. Il m'étreignit et entra sa langue dans ma bouche. Je sentis son souffle mêlé à l'odeur des cigarettes. Je me sentais épuisée, presque sur le point de perdre conscience.

Après un moment, Abdelberr se leva du lit, me regarda en souriant et me dit :

— Mabrouk, jeune mariée !

Il alla à la salle de bains puis revint rapidement s'allonger à mes côtés. Il m'embrassa sur les joues et murmura :

— Bonne nuit.

Je continuai à fixer l'obscurité jusqu'à ce que j'entende son souffle régulier et que je comprenne qu'il dormait. J'allai à la salle de bains et revins m'allonger à ses côtés. Mes nerfs étaient à bout et mon esprit en miettes. Je fis un effort pour retrouver mes esprits.

J'étais saisie par ce qui venait de se passer. La sensation de son corps sur moi, le spectacle d'Abdelberr dormant à mes côtés, l'odeur de cigarette qu'exhalait sa bouche, tout cela me plongeait dans la stupeur et la honte. Abdelberr répéta ce qu'il avait fait avec moi chaque nuit pendant la semaine que nous passâmes à Alexandrie, puis nous revînmes au Caire, et le lendemain, ma mère et Abla Aïcha vinrent me rendre visite. Dès que j'ouvris la porte et les vis, je les serrai avec passion dans mes bras. Ma mère éclata en sanglots et me dit :

— Je n'arrive pas à croire que je te rends visite chez toi, Saliha. Que Dieu t'ait en sa sainte garde, Abdelaziz, j'aurais tant voulu que tu voies ta fille mariée !

Je l'étreignis, l'embrassai et la consolai jusqu'à ce qu'elle se calme. Ma mère et Abla Aïcha préparèrent le repas : un canard farci aux oignons et des pigeons au blé concassé, trois poulets rôtis, avec une pleine marmite de riz à la sauce rouge. Ensuite Abdelberr sortit de notre chambre et salua ma mère et Abla Aïcha. Il était aimable et poli comme d'habitude. Je me levai pour faire le thé et rejoignis ma mère et Abla Aïcha à la cuisine. Ma mère était gênée, mais Aïcha riait :

— Nous sommes venues prendre de tes nouvelles. Tout s'est bien passé ?

— Grâce à Dieu, dis-je en posant la théière sur le réchaud.

Aïcha s'approcha de moi et me demanda à voix basse :

— C'est-à-dire : la chose s'est faite ?

Je ne répondis pas. J'étais morte de honte. Ma mère eut pitié de moi et tira Aïcha par la main :

— Allez, ça suffit. Tu l'embarrasses.

Aïcha s'éloigna un peu puis me jeta un coup d'œil scrutateur :

— Tu es contente ?

— Oui, je suis contente.

— C'est formidable.

Je ris malgré moi. Elle me serra dans ses bras et murmura tendrement :

— Si tu as besoin de moi pour quelque chose…

Je sentis à ce moment que, malgré tous ses défauts, j'aimais bien Abla Aïcha, qui, à la différence de sa fille, était véritablement généreuse.

Jour après jour, je commençai à m'habituer à ma vie nouvelle. L'idée que j'étais une maîtresse de maison me réjouissait. Ma maison était ma propriété, que j'organisais comme je le voulais. Je me levais tard le matin, faisais ma toilette et me maquillais puis préparais le petit déjeuner de mon mari. Abdelberr avait besoin de plus d'heures de sommeil que moi. Il ne se réveillait jamais avant midi, quelles que soient les circonstances. Il prenait un petit déjeuner chaud : de la purée de fèves, des falafels, de l'omelette, puis il prenait un bain et allait à son travail et je ne le revoyais plus avant minuit. Quand il rentrait, il me trouvait en beauté. Je lui avais préparé ce qui était supposé être son déjeuner. Il me fallut du temps pour m'habituer à ce changement de rythme quotidien. J'étais habituée à dormir tôt. Souvent il me fallait boire une grande tasse de café pour ne pas sombrer dans le sommeil et pour pouvoir attendre mon mari. Le caractère d'Abdelberr ne changea pas après le mariage. Il était toujours généreux et bon comme à l'époque des fiançailles. Ma vie était satisfaisante. Je n'avais pas à me plaindre de lui. Les jours se succédaient, semblables les uns aux autres et calmes. J'étais presque heureuse. Une seule chose troublait ma sérénité, une chose à laquelle j'avais honte de penser, que j'essayais d'ignorer mais qui continuait à me donner des insomnies, qui me tourmentait d'une douleur lancinante. Ma rencontre nocturne avec Abdelberr se répétait de la même façon. Il s'asseyait sur le bord du lit, complètement nu, puis me demandait d'enlever ma chemise de nuit devant lui. J'avais essayé au début de m'y opposer, mais il m'avait regardée fermement et m'avait dit :

— Écoute ce que te dit ton mari. Enlève.

Je me soumettais à ses ordres en évitant son regard. Il regardait mon corps nu alors que j'étais presque morte de honte, puis, rapidement, il m'embrassait, me faisait coucher sur le dos, m'étreignait avec force et remuait au-dessus de moi jusqu'à ce que je sente son liquide sur mon corps. Alors, il se levait pour aller à la salle de bains et, en revenant, me donnait un baiser rapide sur la joue puis me tournait le dos et plongeait dans un sommeil profond. J'attendais toujours qu'il dorme pour entrer à mon tour dans la salle de bains. Sous la douche chaude, je repassais ce que nous avions fait ensemble et ressentais une étrange humiliation, comme si j'avais été victime d'une agression. Souvent je pleurais sans faire de bruit pour qu'il ne m'entende pas. Je ne connaissais pas la cause de mes larmes. Était-ce parce qu'il me forçait à enlever mes vêtements ? Parce qu'il se jetait violemment sur moi, en restant complètement silencieux ? N'aurait-il pas dû me dire "je t'aime" ou simplement prononcer un mot gentil ? J'étais certaine que ce que nous faisions dans le lit n'était pas naturel. Il ne se passait rien entre nous de ce que m'avait expliqué Abla Aïcha. Je remarquai qu'Abdelberr était tendu à son lever. Il évitait mon regard et me parlait laconiquement. Ensuite nous prenions le petit déjeuner ensemble et il retrouvait peu à peu son état normal. Au bout de quelque temps, la vérité m'apparut : j'avais à coup sûr une tare quelconque.

Ce qui se passait, c'est que j'étais incapable de satisfaire mon mari au lit. Cela ne faisait pas de doute : il ne me supportait qu'à regret. Il ne voulait pas me faire honte. Je fus prise d'un sentiment de culpabilité et essayai de me montrer plus gentille avec lui. Je fis des efforts dans la préparation des repas. Je me montrai joyeuse et essayai par tous les moyens de le faire rire, comme si je voulais compenser la malfaçon qu'il avait découverte en moi. Pendant la journée, je parvenais à oublier, mais la nuit arrivait toujours pour me rappeler l'épreuve. Après quelques semaines, cela me devint insupportable. Il fallait que je fasse quelque chose. Je demandai à Abdelberr la permission de rendre visite à ma mère. Je ressentis une forte émotion en montant les marches de l'escalier. Je découvris à quel point notre maison me manquait. Je revis tous mes beaux souvenirs. Au lieu d'entrer dans notre appartement, je frappai à la porte d'Abla Aïcha, qui me reçut avec chaleur, me prit dans ses bras, m'embrassa puis me fit asseoir à côté d'elle sur le canapé. Elle se rendit compte de mon état et me demanda avec inquiétude :

— Qu'y a-t-il, mon âme ?

Il me fut impossible de résister à sa tendresse et je me mis à pleurer. Abla Aïcha me prit dans ses bras pour m'apaiser. Elle se leva et me prépara un verre de citronnade. Lorsqu'elle m'interrogea à nouveau, je lui répondis d'une voix faible :

— J'ai un problème avec Abdelberr.

— Rien de grave ? Dieu éloigne le malheur.

Je lui racontai ce qui se passait entre nous au lit. Elle parut inquiète. Elle me demanda des détails précis. Je lui répondis la tête baissée. Je n'avais pas la force de croiser son regard. À la fin, elle soupira et me dit :

— Ma pauvre fille !

— Quel est le problème ?

— Abdelberr, ton mari, est faible.

— Faible ?

— Bien sûr. Il y a des hommes qui sont terrorisés la nuit du mariage. Ils ne peuvent pas réussir la première fois parce qu'ils ont peur, mais après un jour ou deux ils deviennent normaux. Tandis qu'Abdelberr, cela fait plus de deux mois. Il est faible.

— Ce n'est pas possible que ce soit moi la cause ?

Abla Aïcha se frappa la poitrine et soupira :

— Tu parles ! Toi, tu es belle comme la lune, tu es comme une cavale blanche. C'est lui qui est fatigué et qui ne sait pas te monter.

La trivialité de la comparaison me choqua, mais en même temps, je me sentis soulagée parce que Abla Aïcha m'avait disculpée. Je n'étais donc pas responsable de ce problème et il n'y avait là aucun handicap de ma part en tant que femme. Abla Aïcha me rappela ce qu'étaient les relations matrimoniales normales, puis soupira et me dit :

— Enfin, il faut que nous donnions à ton mari sa chance. Il est possible qu'il s'améliore. Toi, de ton côté, aide-le.

— L'aider, comment ?

Aïcha rit d'une façon grivoise. Ses yeux brillèrent. Elle se rapprocha de moi et me chuchota des conseils égrillards. Ce qui est étonnant, c'est que je l'écoutai. Je ne me sentais pas gênée, peut-être parce que je m'étais habituée à sa façon de parler, ou peut-être parce que j'avais décidé d'aider Abdelberr de toutes les manières possibles pour qu'il surmonte son problème. Je m'entendis avec Abla Aïcha pour cacher l'affaire à ma mère. Si nous l'avions informée, nous l'aurions tracassée sans que cela serve à rien. J'entrai donc ensuite chez elle en essayant d'avoir l'air complètement naturel, puis je revins à la maison dans un état d'esprit nouveau. J'étais pleine d'entrain comme quelqu'un qui connaît son devoir et s'apprête à le faire, ou comme quelqu'un qui, après avoir bien révisé ses leçons, attend le résultat de l'examen. J'étais résolue à aider mon mari comme me l'avait enseigné Abla Aïcha. Je lutterais contre ma timidité et ferais tout pour le succès de nos relations matrimoniales. Comme l'avait dit Abla Aïcha : au lit, entre deux époux, il n'y a pas de honte et pas de péché.

Deux nuits s'écoulèrent sans qu'Abdelberr ne me demande rien. La troisième nuit, comme d'habitude, il me dit de me dénuder. Je le fis. Il m'étreignit et me fit allonger sur le lit, se coucha sur moi et commença à m'embrasser. Je décidai d'agir rapidement avant que nous n'arrivions à la conclusion habituelle. Je commençai à mettre en œuvre le plan. Je m'écartai un peu et le poussai doucement de côté puis tendis la main et commençai à palper son bas-ventre. Je fermai les yeux et me mis à suivre les conseils d'Abla Aïcha en me servant de ma main. Tout à coup, Abdelberr me repoussa si violemment que je faillis tomber par terre. Il s'éloigna vivement de moi et cria d'une voix irritée :

— Qu'es-tu en train de faire ?

Je lui répondis sans réfléchir :

— J'essaie de t'aider.

Il bondit hors du lit et se planta face à moi, le visage comme crispé de douleur. Je ne l'avais jamais vu auparavant en colère comme à cet instant. Il allait en long et en large dans la pièce, complètement nu, puis s'assit devant moi sur le bord du lit et me dit, suffoqué :

— Je n'arrive pas à croire…

Je ne répondis pas. Il me cria au visage :

— Saliha, comment peux-tu faire ce travail de putain ? C'est ça, ton éducation et ta morale ?

J'avais recouvert du drap mon corps nu. Je restai silencieuse. J'avais peur. Je sentais que ma vie devenait de plus en plus compliquée. Je regrettai très fort ce que j'avais fait. Pourquoi avais-je informé Abla Aïcha et pourquoi avais-je suivi ses conseils sans réfléchir ? Abdelberr me demanda d'une voix étouffée :

— Parle ! Comment as-tu appris ces gestes ?

— C'est Abla Aïcha qui me les a expliqués.

— Qu'est-ce qu'Abla Aïcha a à voir avec nous ?

— C'est moi qui lui ai demandé.

— Et pourquoi le lui as-tu demandé ?

— Je sentais qu'il y avait un problème entre nous. Je me suis dit qu'Abla Aïcha avait de l'expérience, je lui en ai parlé et elle m'a conseillé de t'aider.

Abdelberr se leva à nouveau et revêtit rapidement sa galabieh puis s'assit sur le fauteuil face à la fenêtre. Je me rhabillai puis revins m'asseoir sur le lit. Jusqu'à cet instant, j'avais espoir que l'affaire allait s'arranger. J'allais m'excuser, je lui dirais que je reconnaissais ma faute et que je ne recommencerais jamais. Je lui dis d'une petite voix :

— Je suis désolée, Abdelberr. Je ne l'ai pas fait exprès.

Il ne répondit pas. Il me tournait le dos et je ne pouvais pas voir l'expression de son visage. Je le vis se pencher sur la table. Il faisait avec ses mains quelque chose que je ne distinguais pas. Je l'appelai. Il ne se retourna pas. Je me levai et m'avançai lentement jusqu'à me trouver derrière lui. Il fallut du temps pour que mon esprit assimile ce que je voyais. Le spectacle était étonnant. Il y avait sur la table une lame de rasoir coupée en deux et une fine poudre blanche rangée en lignes. Abdelberr était penché avec, dans le nez, une feuille de papier enroulée formant un mince cornet. Effrayée, je criai :

— Que fais-tu ?

Il ne se retourna pas, comme s'il ne m'avait pas entendue. Il inhala en deux fois la poudre puis appuya son dos au fond du fauteuil et resta silencieux, les yeux fermés, respirant bruyamment. Il se leva lentement et se tourna vers moi, les yeux congestionnés et le visage pâle. Je remarquai qu'il haletait et que des gouttes de sueur coulaient sur son visage. Il me saisit par les cheveux et tira brutalement dessus. Je hurlai de douleur.

— Comment as-tu pu dire nos secrets à Aïcha ?

— Je suis désolée.

Il criait et me secouait violemment :

— Tu veux me déshonorer, fille de chien.

— Excuse-moi, Abdou. C'est la dernière fois.

Les racines de mes cheveux me faisaient mal, mais la douleur psychologique était plus forte. J'étais prête à lui baiser la main pour qu'il me pardonne. Je le suppliai :

— C'est fini, Abdou. Par Dieu tout-puissant, c'est la dernière fois.

— Ta gueule !

Il me donna un coup de poing au visage. Je sentis ma tête tourner et j'eus une nausée. Je ne voyais plus clair. Je pensai à m'enfuir. Il me frappa une autre fois et me donna des coups de pied dans le ventre. J'avais très mal, mais je ne criai pas. Il me poussa et je tombai sur le lit. Il se jeta sur moi et mit sa main entre mes cuisses pour tenter de les écarter. Malgré la surprise et la frayeur, je serrai les muscles de mes cuisses et les maintins fermées. Il me dit en haletant :

— Ouvre.

— Tu n'as pas honte ?

Sa main faisait pression en haut de mes cuisses pour les écarter. Je compris qu'il voulait perforer mon hymen avec sa main. Je décidai de résister. Je concentrai dans les muscles de mes cuisses toute la force de mon corps. Abdelberr était extrêmement fort. Mes muscles étaient sur le point de se déchirer de douleur. Mes jambes commencèrent à me trahir. J'étais exténuée. Je sentais qu'il allait me vaincre. Je voyais le monde s'obscurcir et sentis mon corps m'abandonner.

Tout à coup me vint une idée, comme une inspiration. Je le mordis en haut de son bras. Je ne parviens pas encore à réaliser ce que j'ai fait. Je l'avais mordu avec une telle force que je sentis que la chair de son bras allait se déchirer entre mes dents. Il hurla, relâcha sa prise et je sautai au loin. Je reçus un coup violent dans le dos pendant que je courais. Avant de sortir de la pièce, je poussai le fauteuil, qui tomba par terre, et tirai la porte de la pièce, qui se referma derrière moi. Ces obstacles retardèrent quelques instants Abdelberr dans sa poursuite. Cela me suffit pour arriver à la porte de l'appartement. Je me mis à courir de toutes mes forces jusqu'à la rue. Il était deux heures du matin. Les rares passants me regardaient avec curiosité. Je compris qu'Abdelberr avait cessé de me poursuivre. Malgré cela, j'avais tellement peur que je continuai à courir jusqu'à la maison. Je me souvins que j'avais oublié la clef. J'appuyai sur la sonnette d'une façon ininterrompue. Ma mère ouvrit, l'air inquiet. Je me jetai dans ses bras et elle s'écria :

— Mon Dieu ! Que s'est-il passé ? Rien de grave, j'espère.

31

Mahmoud but une pleine bouteille de vin et mangea la moitié d'un poulet rôti. Lorsqu'il eut fini, Mme Dagmar sourit et lui demanda :

— Tu es rassasié, Mahmoud ?

Il se tut puis, un peu gêné, fit signe que non de la tête. Mme Dagmar se leva et revint avec l'autre moitié du poulet, qu'il avala en quelques minutes.

Mme Dagmar restait silencieuse et Mahmoud comprit qu'il était arrivé à la limite de ce qu'il pourrait manger. Il se leva et traversa le couloir pour aller à la salle de bains, élégante et vaste, d'une belle couleur turquoise. Il se lava les mains et le visage et retourna au salon. Mme Dagmar était vêtue d'une chemise de nuit qui laissait voir son corps sec rabougri et sa peau fripée recouverte de taches de vieillesse. Quant à ses seins, il n'y avait plus qu'à faire leur éloge funèbre. Elle remua sur le canapé pour se rapprocher de lui, mais il lui fit un signe de la main pour l'arrêter :

— S'il vous plaît, avez-vous du whisky ?

Elle semblait irritée :

— Veux-tu que je te serve un verre ?

— Apportez plutôt la bouteille.

Cette fois, elle faillit protester, mais une idée qui traversa son esprit la poussa à se lever. Elle revint avec une bouteille de Red Label et un seau à glace. Elle toussota :

— Tu sais, Mahmoud, ce n'est pas bien de boire trop de whisky.

Mahmoud approuva du chef, mais il se versa un grand verre sans glace qu'il avala d'un trait. Il ferma les yeux. Sa gorge le brûlait. Il sourit et dit :

— Je suis désolé, Madame, ne m'en veuillez pas.

Mme Dagmar ne répondit pas. Elle le regardait. Avec son maquillage épais, elle ressemblait à une mauvaise vieille actrice d'un théâtre ambulant. Mahmoud se versa un autre grand verre et le but de la même façon, puis il appuya son dos contre le canapé et respira profondément. Alors Mme Dagmar reprit sa tentative. Elle se colla à lui, mais il tendit le bras pour empêcher sa progression. Mme Dagmar murmura des mots allemands qu'il ne comprit pas et détourna son visage soucieux. Mahmoud étendit les jambes et s'enfonça dans le divan. Quelques minutes de silence s'écoulèrent. Il sentait la chaleur lui monter à la tête. Il soupira fortement. Il savait à cet instant qu'il était capable de remplir sa mission. Il se tourna vers Mme Dagmar, lui ouvrit les bras et elle se jeta dedans. Dans des circonstances ordinaires, il n'était pas possible que Mme Dagmar fasse naître le désir, mais l'alcool l'avait emporté dans le vacarme de ses ailes rouges et le faisait planer au-dessus des nuages. Maintenant il ne voyait plus les détails. Il prit Mme Dagmar dans ses bras puissants puis se mit lentement à l'embrasser comme Rosa le lui avait appris. Tandis que ses lèvres épaisses parcouraient son corps, il ne pensait à rien. Il continua à l'embrasser lentement, allant d'un endroit à l'autre jusqu'à ce qu'il se rende compte que son corps se contractait et se soulevait sous l'effet de la volupté. Mme Dagmar commença à hoqueter bruyamment. Alors Mahmoud la souleva dans ses bras et la porta sur ses épaules. Elle était légère comme une marionnette. Il entra avec elle dans la chambre à coucher et la jeta sur le lit. Elle cria. Mahmoud enleva rapidement ses vêtements et se dénuda complètement puis fondit sur elle. La prestation sexuelle de Mahmoud avec Mme Dagmar était parfaitement professionnelle. C'était une série d'étapes précises qui se succédaient comme dans un ballet, ou un entraînement sportif. Mais ce sentiment de familiarité, cette tendresse qu'il ressentait avec Rosa, étaient totalement absents. Qu'est-ce qui aurait bien pu le lier à cette vieille Allemande arrogante et lugubre ? Ce qui les réunissait maintenant, avait dit Faouzi, c'était une relation de travail, ni plus ni moins. Mahmoud se comportait avec le corps de Mme Dagmar comme avec une machine dont il connaissait le mode d'emploi et dont il faisait tourner correctement et efficacement tous les rouages. Mahmoud pénétra Mme Dagmar violemment et elle se mit à hurler, à crier des mots allemands tandis que sur son visage embrasé passaient des expressions successives de joie, de surprise, d'incrédulité, de désespoir, d'avidité sauvage à éprouver un plaisir dont elle avait depuis des années perdu l'habitude. Mme Dagmar plana plusieurs fois dans les cieux de la jouissance puis elle retomba, ferma les yeux et, tandis qu'elle était plongée dans la léthargie qui succède à l'amour, Mahmoud se leva pour aller à la salle de bains. Il resta longuement sous l'eau chaude et frotta son corps avec soin comme s'il voulait en enlever les traces de ce qui s'était passé. Il s'habilla et retourna au salon, où elle l'attendait, vêtue d'une robe de chambre en soie bleue, le visage serein et vivifié. Elle le serra dans ses bras en murmurant :

— Mahmoud, il faut que tu reviennes souvent.

— Je veux de l'argent.

Il prononça la dernière phrase avec une facilité qui le déconcerta. C'était le conseil de Faouzi et il avait passé la journée à se demander s'il parviendrait à le mettre en pratique, mais tout à coup il prononça la phrase. Aussitôt, il se sentit gêné et mal à l'aise. Mme Dagmar le regarda avec un sourire reconnaissant qui voulait dire : "Après tout ce que tu as fait, tu le mérites." Elle entra dans sa chambre et en revint avec une livre. Elle la mit dans la poche de Mahmoud, qui la remercia d'une voix faible. Elle l'accompagna à la porte et l'embrassa sur la joue, puis lui demanda d'un air pratique :

— Quand peux-tu revenir ?

— Samedi.

C'était le jour où Rosa rencontrait ses amies au club hippique.

Ses visites à Mme Dagmar se répétèrent. Il ne pouvait pas la toucher avant d'être ivre au point que les détails s'effacent à ses yeux et que sa vision devienne brumeuse. Quand il avait fini, il se demandait comment il avait pu faire l'amour avec cette vieille décharnée, mais jour après jour il s'habituait à elle comme les hommes s'habituent à tout. Suivant les conseils de Faouzi, il vendait de l'amour quatre jours seulement par semaine : deux nuits avec Mme Dagmar, deux nuits avec Rosa, et les autres jours il rentrait à la maison après avoir terminé son travail et se plongeait dans un sommeil profond s'il était fatigué, ou bien veillait avec Faouzi sur la terrasse en fumant du haschich. Contrairement à l'amitié qui le liait à Rosa, les relations de Mahmoud avec Mme Dagmar étaient strictement professionnelles. C'était un échange de services : Mme Dagmar le traitait comme elle l'aurait fait avec un masseur professionnel ou un entraîneur de tennis. Elle lui demandait directement ce qu'elle voulait, sans gêne. C'était comme si elle lui disait : "Tu reçois ce qui t'est dû et en échange il faut que tu me fournisses un travail de qualité." Pendant qu'ils faisaient l'amour, elle lui chuchotait, mais sur un ton impératif, des demandes précises qui étaient des ordres. Après qu'il avait fini et qu'il s'était levé pour aller à la salle de bains, elle lui disait d'un ton ordinaire :

— Prends un bain et reviens. Je te veux encore une fois.

Son comportement direct épargnait à Mahmoud de feindre les sentiments, mais cela l'humiliait un peu. En dehors des moments où ils faisaient l'amour, il s'éloignait d'elle. Il embrassait Mme Dagmar, faisait courir ses mains sur sa peau, jouait avec toutes les parties de son corps et la pénétrait sans merci, mais dès que la relation sexuelle était terminée, il prenait un bain, s'habillait, et elle devenait pour lui une femme bizarre avec laquelle il n'était pas à son aise. Il se demandait pourquoi il se sentait proche de Rosa, pourquoi il n'était pas gêné avec elle, tandis que toutes les fois qu'il demandait quelque chose à Mme Dagmar, il se troublait et s'excusait. Lorsqu'il lui demandait à manger, par exemple, il lui disait :

— Madame Dagmar, je suis désolé de vous ennuyer, mais j'ai faim.

Alors elle hochait la tête, compréhensive, avec l'air d'un patron qui a décidé de donner à ses collaborateurs une récompense qu'ils ont méritée. Elle allait dans la cuisine et en revenait avec un plateau de nourriture. Les quantités d'aliments chez Mme Dagmar étaient beaucoup moins importantes que chez Rosa, qui comblait Mahmoud de toutes sortes de victuailles chaudes et appétissantes. Mme Dagmar lui apportait un dîner bien juste : un demi-poulet avec un petit plat de riz ou bien une portion limitée de macaronis au four dont il ne faisait qu'une bouchée. Mme Dagmar était avare. Elle calculait tout avec précision. Elle lui portait peu de nourriture, et si Mahmoud en voulait plus, c'était à lui d'en redemander. Elle ne refusait jamais, mais quand elle se levait pour préparer la portion supplémentaire elle prenait une expression renfrognée comme si cela l'importunait. Mahmoud remarqua avec l'expérience qu'elle était plus gentille après l'acte et plus prête à donner. Il supportait son air renfrogné, ses propos laconiques et les mots qu'elle maugréait en allemand jusqu'à ce qu'il lui fasse l'amour, puis, dans les moments de sérénité qui suivaient la relation sexuelle, il lui demandait ce qu'il voulait. Mahmoud observa avec régularité son agenda galant. Il donnait tout son salaire du club à sa mère et partageait avec Faouzi ses gains chez Rosa et Mme Dagmar. Il était convaincu que s'il avait dépensé l'argent du péché avec sa mère et ses frères, cela leur aurait amené la malédiction. Lorsqu'il exprima ses appréhensions à Faouzi, celui-ci lui avait répondu :

— C'est simple : cet argent du péché, si nous le dépensons pour acheter du haschich et pour aller avec des femmes, le péché ira au péché.

Cette explication soulagea Mahmoud. Lorsqu'il oubliait ses objections religieuses, sa vie paraissait non seulement acceptable, mais même stable et heureuse. Par ailleurs, ses conquêtes amoureuses changèrent sa vision des femmes. Leur beauté ne suscitait plus en lui de frayeur. Depuis qu'il avait déchiré le voile qui entourait les secrets des femmes, elles avaient perdu la séduction de leur mystère, comme si, après avoir disséqué une fleur, on n'en voyait plus la beauté mais les composantes. Il regardait les femmes comme un conducteur sa voiture, pour en découvrir les qualités et les défauts, assuré que, quelles que soient les différences de marque et de modèle, il serait toujours capable de les conduire. Mahmoud avait dépassé le stade des fioritures pour aller à l'essentiel. La femme avait beau être belle ou élégante ou hautaine ou même présomptueuse, dès que Mahmoud la voyait, il imaginait comment elle serait au lit. Il se voyait caressant ses zones érogènes pour faire ouvrir la fleur et faire couler son miel, pour la pénétrer avec force jusqu'à ce qu'elle devienne folle de plaisir. En dépit de sa politesse, Mahmoud considérait toutes les femmes – à l'exception de sa mère, de sa sœur et de Rosa – avec une sorte de dédain caché. Il les traitait de haut et écoutait ce qu'elles disaient avec un regard sceptique proche de la moquerie, comme s'il entendait un enfant prononcer des paroles creuses. Il avait l'air de dire à la femme qui se trouvait devant lui : "Ne faites pas semblant d'être préoccupée par telle ou telle affaire. Trêve de coquetteries et d'allures mystérieuses. Vous ne m'y prendrez pas. Je sais, moi, comment à un certain moment vous allez tout abandonner pour vous précipiter dans la jouissance comme toutes les autres femmes."

La veille au soir, Mahmoud avait congé d'amour. Il termina son travail à deux heures du matin et alla avec son ami Faouzi veiller sur la terrasse. Ils burent du thé à la menthe tandis que Faouzi se consacrait à la confection des cigarettes de haschich. Il en donna une à Mahmoud et alluma la sienne. Mahmoud fuma sa cigarette puis s'appuya au mur de la terrasse et dit doucement, comme pour lui-même :

— Tu sais que les femmes sont à plaindre.

— Qu'est-ce que tu veux dire ?

— J'ai découvert que les femmes sont excitées exactement comme les hommes. Si elles ne pratiquent pas le sexe, ça rend leurs nerfs malades.

Faouzi hocha la tête et dit du ton de celui qui connaît le secret des choses :

— Bien sûr, fils, la femme qui n'est pas satisfaite au lit crée mille problèmes. Quand elle est encore vierge, elle sait se contenir, mais dès qu'elle a goûté au sexe, elle ne peut plus s'en passer.

— Eh bien, il faudrait que Rosa et Dagmar me fassent une statue !

Faouzi éclata de rire et dit en lui tendant une autre cigarette :

— Dieu est grand. Ta cervelle commence à se réveiller, maître Mahmoud. Tu commences à comprendre.

Mahmoud fuma une deuxième cigarette et l'effet du haschich commença à se faire sentir. Il baissait la tête en silence. Faouzi le regarda :

— Tu sais que dans une semaine c'est l'Aïd el-Kébir. Il va falloir que tu nous montres de quoi tu es capable.

— Comment ça ?

— L'Aïd el-Kébir, c'est une fête... Il faut que Rosa et Dagmar, chacune de leur côté, te fassent un cadeau.

— Ce n'est pas possible que je demande un cadeau à quelqu'un.

Faouzi lui dit avec une voix affectueuse, comme pour convaincre un enfant :

— Mahmoud, mon vieux, personne ne te dit de demander un cadeau. Tu leur fais des allusions lointaines pour qu'elles comprennent toutes seules qu'elles doivent t'en apporter un.

— D'accord, mais si elles n'en apportent pas ?

— Tu fais une allusion plus claire. Tu dis par exemple que tu as besoin de t'acheter une veste de cuir avant la fête.

— Ce n'est pas possible que je dise ça.

— Tu as peur de tout.

Faouzi se mit à se moquer de Mahmoud et à échanger avec lui des jurons affectueux. À la fin, ils changèrent de sujet et Mahmoud partit avant la prière de l'aube. Comme d'habitude, il commença le lendemain à mettre en œuvre l'idée de Faouzi avec Rosa puis avec Mme Dagmar. Rosa réagit immédiatement. Elle l'embrassa sur la joue puis alla dans sa chambre pour y prendre deux livres et les lui donner :

— Tiens, Mahmoud, voilà ton cadeau.

Mme Dagmar au contraire le regarda d'un regard froid et méfiant et lui demanda :

— Tu veux quelque chose ?

Son culot se trouvait généralement réduit à néant après la première phrase. Il murmura, honteux :

— Non, merci.

Puis il prit congé et partit. À la visite suivante, Mme Dagmar l'accueillit avec le même regard sérieux et strict, puis lui offrit une chemise blanche neuve. Faouzi examina la chemise et commenta :

— Cette chemise est bon marché. Cette Dagmar est avare, contrairement à Rosa.

L'argent pleuvait sur les deux amis, qui arboraient fièrement les marques de leur prospérité : d'élégants costumes neufs, des paquets de cigarettes Lucky Strike, des briquets Ronson et des lunettes de soleil Persol. Ce n'était plus eux qui assumaient les dépenses de leurs sorties et ils n'étaient plus obligés de traîner devant les écoles de filles pour en draguer deux et aller leur dérober quelques baisers dans les dernières rangées du cinéma. Ils étaient passés de ces distractions d'écoliers aux plaisirs des hommes. Ils se mirent à fréquenter une maison close que Faouzi avait découverte sur la place Ataba. Il avait marchandé âprement avec la tenancière pour parvenir au prix d'un quart de livre par fille. Faouzi bavardait toujours amicalement avec la grosse patronne puis lui donnait une demi-livre. Ensuite ils entraient dans le grand salon pour choisir chacun la fille qui lui plaisait. Faouzi essayait chaque fois une fille nouvelle, au contraire de Mahmoud qui était toujours attiré par la même, originaire d'Alexandrie, qui s'appelait Nawal. Elle était mince et belle. Ses cheveux souples tombaient sur ses épaules et elle avait les yeux noirs et tristes. Lorsque Mahmoud entrait avec elle dans la chambre, elle enlevait son peignoir rouge et s'allongeait nue. Il la contemplait un peu puis se rapprochait d'elle et lui chuchotait :

— Comment vas-tu, Nawal ? Tu m'as manqué.

Chaque fois qu'il couchait avec elle, déployant tout le feu de son expérience et ses capacités exceptionnelles, il ressentait à son égard des sentiments différents de ceux qu'il éprouvait à l'égard de ses deux maîtresses. Après avoir terminé, il l'étreignait et sentait son souffle chaud sur son visage pendant qu'elle lui caressait le dos et ses larges épaules. Il l'embrassait dans le cou avec douceur. Une fois, il lui dit :

— Tu es une fille bien, Nawal. Qui t'a jetée ici ?

— C'est mon destin, répondait-elle laconiquement.

Il sentait qu'elle n'avait pas envie de parler de ce sujet. Après plusieurs visites de Mahmoud auprès de Nawal, Faouzi pensa qu'il était de son devoir d'intervenir et il dit à son ami, un soir qu'ils étaient en train de bavarder sur la terrasse :

— Je remarque que tu t'attaches à cette fille, Nawal.

— Elle est gentille.

— Gentille ou criminelle ? Tu paies pour t'amuser. Il faut que tu essaies une deuxième fille, et quand nous les aurons toutes faites, nous irons dans une autre maison.

Mahmoud baissa la tête comme s'il était coupable et Faouzi l'avertit d'un ton paternel :

— Prends garde à ne pas tomber amoureux d'elle. Ça serait une catastrophe. C'est une putain qui couche avec tout ce qui bouge, la lie de la terre…

Le visage de Mahmoud se contracta, comme si cette description le faisait souffrir. La semaine suivante, Faouzi l'amena dans une maison close d'Abbassia. Mahmoud sembla hésiter, mais Faouzi lui dit d'un ton définitif :

— Mahmoud, il faut soigner le mal par le mal. Tu ne pourras oublier Nawal que si tu en trouves une autre mieux qu'elle.

Quoi qu'il arrive et quelle que soit la succession des événements, Mahmoud resterait reconnaissant à son ami Faouzi, qui l'aimait beaucoup, s'inquiétait pour lui et le protégeait contre les problèmes avant même qu'ils n'arrivent. Comme l'argent continuait à pleuvoir, Faouzi conseilla à Mahmoud de commencer à économiser une somme mensuelle pour parvenir à réunir le prix d'une Lambretta (une mobylette italienne). Mahmoud lui demanda innocemment :

— Qu'est-ce que nous ferons d'une Lambretta ?
— Nous nous promènerons avec, bien sûr.
— Lequel de nous deux la conduira ?
— Toi, tu feras tes courses avec et après tu me la laisseras. Quand nous sortirons ensemble, l'un des deux la conduira et l'autre se mettra derrière.
— C'est possible d'y monter à deux ?
Faouzi soupira :
— Mais, Mahmoud, avec une Lambretta, c'est comme si tu volais ! C'est un autre monde !
Les deux amis commencèrent à économiser et, deux mois plus tard, ils eurent assez d'argent pour payer les arrhes. Ils allèrent dans un magasin de mobylettes de la rue Fouad, et Faouzi convainquit Mahmoud de signer des traites pour un crédit d'une durée d'un an. Une demi-livre chaque mois. Ensuite la Lambretta fut enregistrée au nom de Faouzi. Les deux amis sortirent de la direction de la Circulation avec un numéro inscrit sur une plaque blanche accrochée à l'arrière de leur véhicule. Mahmoud était heureux, assis derrière Faouzi sur la Lambretta, mais son plus grand bonheur était de conduire lui-même l'engin avec le vent qui lui soufflait violemment sur le visage et sur le torse. Il avait alors l'impression qu'il s'était élevé à un niveau supérieur, qu'il était entré dans un monde de bien-être et d'élégance dont il n'avait pas jusqu'ici imaginé l'existence. Ce fut une époque dorée de la vie de Mahmoud, mais les événements se précipitèrent soudain dans un sens contraire.
Cette nuit-là, Mahmoud se rendit à son rendez-vous chez Rosa. Dès le premier instant, il sentit quelque chose d'anormal. Elle ne l'accueillit pas avec chaleur, ne le serra pas dans ses bras et ne l'embrassa pas comme d'habitude. Elle s'assit loin de lui, avec un drôle de sourire sur son visage. Puis elle dit d'un ton agressif :
— Assieds-toi, je voudrais te parler.

Mahmoud, troublé, s'assit sur le canapé. Rosa lui demanda :

— Tu m'aimes, Mahmoud ?

D'habitude, cette question le gênait et il tergiversait avant d'y répondre, mais cette fois-ci, il hocha la tête et murmura :

— Bien sûr.

Tout à coup, le visage de Rosa se contracta et elle cria :

— Tu es un menteur, Mahmoud !

Il resta bouche bée et elle poursuivit :

— Comment peux-tu m'aimer puisque tu me trompes ?

— Ce n'est pas vrai, cria Mahmoud.

Puis il serra ses lèvres épaisses et plissa le front. Il ressemblait à un enfant accusé qui essaie de prouver son innocence. Rosa se leva et fit quelques pas. Une fois en face de lui, elle lui dit :

— Tu as une liaison avec Mme Dagmar. Je sais tout.

Lorsqu'elle prononça le nom de Dagmar, elle ne put maîtriser ses sentiments, le saisit par la chemise et se mit à le secouer en criant :

— Si tu l'aimes, pourquoi viens-tu me voir ? Parle !

Il fallut quelque temps pour que Mahmoud prenne la mesure de ce qui se passait, puis il se mit en colère et la repoussa si violemment qu'elle tituba. Il regarda l'endroit où elle avait saisi sa chemise pour voir l'étendue des dégâts. À cet instant, il avait une seule idée en tête : il était le grand Mahmoud Hamam, champion de musculation, connu dans le quartier de Sayyida Zeineb pour son courage et pour sa virilité. Comment cette femme pouvait-elle glapir de cette façon et lever la main sur lui ? Rosa allait dire quelque chose, mais Mahmoud cria d'une voix rauque :

— Ça suffit, Rosa. Arrête de me crier dessus et de tirer sur ma chemise. C'est compris ?

— Tu m'as trompée, Mahmoud, dit-elle d'une voix mourante, à nouveau affectueuse.

Mais il lui répondit avec un ton de défi :

— Je suis libre de faire ce que bon me semble.

Elle le regarda et commença à pleurer silencieusement. Mahmoud se leva et se dirigea vers la porte de l'appartement. Lorsqu'il posa la main sur la poignée, sa voix ardente lui parvint :

— Mahmoud, attends, s'il te plaît.

Il ne se retourna pas et claqua la porte derrière lui.

32

Les serviteurs se communiquaient la nouvelle avec émotion. Leurs murmures étaient pleins de perplexité, de doute et de joie contenue qu'ils ne voulaient pas exprimer avant d'en avoir la certitude. Ils se précipitèrent vers les membres de la délégation : Abdoune, Samahi et Bahr.

— El-Kwo a vraiment interdit les coups ?

— El-Kwo nous a promis qu'il ne frapperait plus personne à partir d'aujourd'hui. Si quelqu'un fait une faute, il aura une amende.

Les serviteurs étaient médusés. Puis ce fut un torrent de questions : "Comment El-Kwo a-t-il pu accepter aussi facilement ? Que lui avez-vous dit exactement et que vous a-t-il dit ?"

Abdoune et ses camarades n'avaient pas de réponses apaisantes à ces questions. Leur étonnement devant la réaction immédiatement positive d'El-Kwo n'avait pas été moindre que celui de leurs collègues. Leur discussion avec lui n'avait duré que quelques minutes. Ils étaient troublés, avaient balbutié avant de surmonter leur peur et de lui demander d'interdire les coups et, à leur grande surprise, il avait accepté. Ils n'avaient pas grand-chose à dire à leurs camarades qui, l'un après l'autre, les interrogeaient en vain pour avoir des détails supplémentaires. Ce qui s'était passé tenait en peu de mots. Alors certains serviteurs commencèrent à ajouter des détails purement imaginaires qu'ils répétaient avec enthousiasme :

— El-Kwo a dit à Abdoune : "Vous êtes tous mes enfants et puisque les coups vous déplaisent, c'est fini, je les interdis."

L'image d'un El-Kwo sympathique qu'avaient créée certains serviteurs pour expliquer ce qui s'était passé leur donnait confiance, leur rendait l'estime d'eux-mêmes. Ils sentaient pour la première fois qu'ils n'étaient pas des instruments entre les mains d'un maître qui pouvait les utiliser ou les rejeter à sa convenance, mais des employés respectables du club qui avaient des devoirs et des droits. Plus personne n'avait la possibilité de les frapper ou de les humilier. S'ils faisaient une faute, il y aurait une enquête et des sanctions administratives.

Mais la plupart des serviteurs n'acceptaient pas cette explication et ne croyaient pas au conte d'un bon El-Kwo. Ceux-ci, en dépit de leur sentiment de soulagement provoqué par l'interdiction des châtiments corporels, continuaient à avoir des pressentiments qui gâchaient leur joie. Cinq ou six des serviteurs avaient dès le début éprouvé de la sympathie pour Abdoune et ses collègues, et le retour victorieux de la délégation les encouragea à annoncer leur soutien. Au café, la controverse se poursuivait entre les partisans et les incrédules. L'un d'entre eux disait :

— Je ne peux pas croire qu'El-Kwo soit soudainement devenu bon.

Un autre répondait :

— Est-ce que nous ne sommes pas des hommes ? Est-ce que nous n'avons pas de dignité ?

— C'est-à-dire qu'El-Kwo a découvert notre dignité hier seulement ?

— C'est notre faute. C'est nous qui nous sommes tus et avons accepté l'humiliation. Si nous avions demandé nos droits, il aurait été obligé de répondre positivement.

— Ça veut dire qu'El-Kwo a peur de nous ?

— El-Kwo a besoin de nous comme nous avons besoin de lui et, si nous nous unissons, il ne peut rien nous faire.

— Ce sont des rêves, Abdoune. El-Kwo peut nous nuire, à nous et à nos familles.

— Tu es lâche et tu t'es habitué à la faiblesse.

— Nom de Dieu, vous voilà tous devenus des héros ? Abdoune vous a fait un lavage de cerveau.

— C'est Abdoune qui nous a fait regagner nos droits.

— Il a fait un miracle ? N'importe lequel d'entre nous peut se plaindre à El-Kwo.

— Et pourquoi ne vous êtes-vous pas plaints avant ? Pourquoi avez-vous supporté les coups pendant des années sans ouvrir la bouche ?

— Cet Abdoune est un impertinent et un oiseau de mauvais augure qui ne nous apportera que des problèmes.

Tels étaient les propos âpres et les accusations qui s'échangeaient, et ils en seraient presque venus aux mains si les plus sages d'entre eux n'étaient pas intervenus. Ces escarmouches, malgré leur acharnement, prirent jour après jour un aspect en quelque sorte folklorique. Elles étaient devenues des joutes verbales dont tous ceux qui y participaient savaient qu'elles ne menaient à rien. Quant aux chefs d'équipe, cela les irritait beaucoup. Rekabi, le chef cuisinier, lorsqu'il fut informé par Samahi, poussa une longue vocifération :

— El-Kwo arrête de frapper ? Mais c'est magnifique, ça ! Tu as trop fumé, mon pauvre Samahi.

Celui-ci lui répondit d'une voix ferme :

— Je n'ai pas fumé, oncle Rekabi. Si tu ne veux pas le croire, ne le crois pas.

Cette simple façon de parler au chef aurait mérité une punition, mais Rekabi contint sa colère et alla se laver les mains et le visage à l'eau chaude, puis, après avoir donné ses instructions à ses assistants, alla vite au restaurant, qui était encore vide de clients. Il y trouva Chaker, le maître d'hôtel, en train de boire du thé. Après l'avoir rapidement salué, il s'assit à ses côtés pour lui parler de ce qui était survenu. Chaker, au début, ne voulut pas le croire, et quand il fut convaincu, ils allèrent tous les deux voir Youssef Tarbouche, qui, dès qu'il fut informé, invoqua Dieu et secoua la tête pour exprimer sa contrariété puis s'interrogea avec réprobation :

— Comment El-Kwo peut-il écouter les paroles d'un enfant comme Abdoune ? C'est vraiment une farce.

Les trois chefs d'équipe attendirent minuit puis se rendirent au bureau d'El-Kwo. Hamid les accueillit le visage renfrogné et les traita avec courtoisie et compréhension comme s'il connaissait le motif de leur visite et les approuvait en silence. Ils entrèrent chez El-Kwo et le trouvèrent en train de fumer calmement un cigare. Chaker prit l'initiative :

— Excellence, vous connaissez notre amour pour vous et notre sincérité.

El-Kwo leur répondit avec nervosité :

— Entrez dans le vif du sujet. Je n'ai pas le temps.

Ils restèrent un moment confus puis Youssef Tarbouche se lança :

— Nous avons entendu des choses étranges et nous sommes venus vérifier auprès de Votre Seigneurie.

— Ce que vous avez entendu est vrai. J'ai supprimé les châtiments corporels, répliqua El-Kwo en les regardant d'un air provocateur.

Il y eut un murmure de protestation. Rekabi intervint de sa grosse voix :

— Si Votre Excellence interdit les coups, cela va avoir des conséquences sur le travail.

Chaker approuva :

— Les serviteurs ne peuvent travailler qu'avec des coups.

Quant au hadj Youssef Tarbouche, qui avait les yeux légèrement baissés, il dit tout en égrenant son chapelet :

— Excellence, avec tout mon respect, les travailleurs ne comprennent pas les sanctions administratives, et si on ne les frappe pas ils vont se comporter comme des voyous et se révolter, et nous ne saurons plus comment les maîtriser.

Rekabi se mit soudain en colère :

— Excellence, de cette façon, les travailleurs vont négliger leur travail et c'est à nous que vous allez vous en prendre.

Puis ils se turent tout à coup, comme s'ils comprenaient qu'ils avaient dépassé les limites. El-Kwo souffla un nuage de fumée et dit :

— C'est fini. La rencontre est terminée. Retournez à votre travail.

Ils s'agitèrent un peu, mais le regard dur et provocateur d'El-Kwo les poussa vers la sortie. Ils revinrent à l'Automobile Club dans un état dépressif qui se transforma en franche colère contre El-Kwo, qui les avait trahis et amoindris en les privant de leur force. Comment allaient-ils pouvoir maintenant maîtriser leurs subordonnés ? Ils n'avaient plus de moyen de dissuasion. Il n'y avait plus d'ordre et plus de principes. En tant que chefs, ils cessaient d'être des personnages redoutables. Les travailleurs allaient s'enhardir et négliger leur travail. Ils allaient relever la tête si on leur faisait des réprimandes.

Les jours suivants, lorsque se confirma la résolution d'El-Kwo d'interdire les châtiments corporels, il leur fallut changer leur façon de procéder. Chaker cessa de réprimander les sofragis et Rekabi diminua le nombre des insultes habituelles à ses assistants. Quant à Youssef Tarbouche, il ne parla plus à aucun des employés de la salle de jeu. Les trois chefs d'équipe donnaient laconiquement leurs instructions de façon à ne pas laisser la porte ouverte à la discussion ou aux commentaires. Ils évitaient dans la mesure du possible les frictions avec leurs subordonnés. Ils savaient qu'une confrontation avec eux ne se terminerait pas à leur avantage. Si un employé se montrait insolent, ils ne pourraient plus le sanctionner d'une façon efficace. Si El-Kwo n'ordonnait pas de les frapper, plus rien ne pourrait les dissuader. Les chefs veillèrent à ne pas affronter les serviteurs, mais en même temps renforcèrent leur surveillance. Ils se tenaient en embuscade. Ils s'attendaient – et souhaitaient dans leur for intérieur – qu'ils fassent des fautes graves et que la négligence et le laisser-aller l'emportent au point d'entraver la bonne marche du club. Alors, ils pourraient aller voir El-Kwo et lui mettre sous les yeux la détérioration de la situation puis lui dire : "Ne vous avions-nous pas dit, Excellence, que les travailleurs allaient se gâter s'ils n'étaient plus sanctionnés par des coups ? Vous pouvez constater par vous-même."

Mais ce qui se passa alla dans le sens contraire de leurs attentes. Les serviteurs s'évertuèrent à bien travailler de telle façon que leurs chefs ne pouvaient rien trouver à redire. Tous arrivaient à l'heure, exécutaient impeccablement la moindre des consignes. Leur travail s'améliora tellement qu'El-Kwo, au bout de trois tournées d'inspection, n'avait pu trouver nulle part le plus petit manquement. Le club était d'une propreté parfaite et l'allure des serviteurs excellente. Les caftans étaient pliés, les barbes rasées avec soin et les ongles taillés. Tout allait pour le mieux, au point que la plupart des adhérents remarquèrent une amélioration du service et en firent des éloges. Par exemple, Hassan Pacha Kamel donna un pourboire élevé à Chaker en lui disant :

— Merci, Chaker. Le service au club est excellent.

Chaker reçut le pourboire et le compliment avec un visage maussade et bredouilla quelques paroles de remerciement. Les trois chefs d'équipe étaient contrariés par l'amélioration des prestations parce que cela battait en brèche leur théorie selon laquelle les serviteurs ne travaillaient que par peur des coups. La réalité était que quelque chose de fondamental avait changé dans le comportement des serviteurs. Ils étaient plus que jamais actifs, diligents, obéissants. Ils s'inclinaient avec politesse et exécutaient les ordres avec compétence, mais en même temps ils s'étaient débarrassés de leur soumission. Le sourire implorant et servile avait disparu de leurs visages pour faire place à un sourire aimable et poli, mais qui témoignait de la confiance, de la responsabilité et de la fierté. Même au moment où ils recevaient un pourboire, à la place du remerciement humble dont ils avaient l'habitude, ils se mirent à remercier les clients d'une voix claire et sur un ton déterminé, comme s'ils disaient : "Vous ne nous faites pas une grâce et vous ne répandez pas vos bienfaits sur nous. Vous appréciez notre travail et nous vous en remercions."

Cette situation nouvelle, que les serviteurs considéraient comme une expérience unique dans leur vie, se maintint pendant un mois, mais prit fin aussi soudainement qu'elle s'était instaurée. Cela était-il trop beau pour durer ?

Un beau matin, les serviteurs avaient terminé de nettoyer le club. Ils avaient fait leur toilette et revêtu leurs caftans et chacun d'entre eux se dirigeait vers son lieu de travail. Tout à coup arriva Chaker, haletant. Il n'avait pas pris l'ascenseur, mais était monté en courant par l'escalier, l'air anxieux. Il passa par le restaurant, puis par le bar, ensuite par la salle de jeu, en criant aux serviteurs d'un ton menaçant :

— Descendez tout de suite au premier étage.

Troublés, inquiets, ils s'enquirent :

— Rien de grave, maître Chaker ?

— Dieu éloigne le mal ! Que s'est-il passé ?

Chaker les rabroua d'une voix irritée :

— Ce que j'ai dit est clair : descendez tous au premier étage, immédiatement.

SALIHA

Ma mère me prit dans ses bras, referma doucement la porte et murmura en traversant le couloir :

— Calme-toi, Saliha, pour me faire plaisir.

Dès que je fus dans le giron de ma mère, je me sentis en sécurité. Comme ce bien-être m'avait manqué ! Ce parfum qui remplissait la pièce ! Je m'arrêtai de pleurer et ma mère s'assit à mes côtés. Elle m'embrassait tout en inspectant les blessures sur mon corps. J'en avais sur les jambes et la peau de mes cuisses était déchirée à plusieurs endroits. Mon visage était couvert d'ecchymoses autour de la bouche et des sourcils. Ma mère s'absenta quelques minutes puis revint avec un plateau sur lequel elle avait réuni une bouteille de Mercurochrome, du coton et une assiette pleine de glaçons. Elle nettoya mes plaies et me mit des compresses de glace sur le visage puis elle me prépara un verre de thé. En évitant de la regarder dans les yeux, je lui racontai ce qui s'était passé : mon problème avec Abdelberr dans tous ses détails, les conseils d'Abla Aïcha, la façon dont je les avais suivis, comment Abdelberr m'avait frappée, la poudre blanche qu'il respirait et ses tentatives violentes pour déchirer mon hymen avec sa main. Je racontai tout cela en détail. Ma mère m'écouta, le visage chagriné, puis posa les mains sur ma tête et s'écria :

— Mon Dieu, ça ne suffisait pas ? On n'avait pas assez de problèmes comme ça ? Que Dieu nous vienne en aide !

Elle sortit et me laissa seule. J'étais complètement épuisée. J'appuyai mon dos contre le canapé. Les événements se succédaient à la surface de mon esprit et j'avais l'impression de les contempler de l'extérieur, comme s'ils étaient arrivés à quelqu'un d'autre. Au bout d'un moment que je ne vis pas passer, ma mère revint avec Kamel derrière elle, le visage ensommeillé. Il me salua d'une voix faible puis s'assit en face de moi en silence, semblant chercher les mots appropriés. Je compris qu'elle l'avait mis au courant. Il alluma une cigarette et me dit :

— Dès le début, j'ai senti que cet Abdelberr avait un problème.

Le silence s'installa à nouveau, puis ma mère dit dans un soupir :

— Regarde, ma fille, une femme de bonne souche doit se tenir aux côtés de son mari dans les moments de crise. Mais il faudrait qu'il y ait une solution à la maladie de ton mari. Les drogues, c'est une calamité. Ces gens qui prennent de la cocaïne, on ne peut pas avoir confiance en eux. Asma, la cousine de ton père, était mariée à un cocaïnomane, et c'est ton père qui a fait tout son possible pour qu'il la répudie.

Kamel hocha la tête et dit :

— Celui qui prend de la cocaïne est capable de faire n'importe quoi, et les conséquences sont connues : ou bien il devient fou, ou bien il finit en prison.

Ma mère murmura :

— Quel malheur ! Mon Dieu, protège-nous !

Au bout de quelques phrases de ce genre, la conversation s'interrompit, comme si ma mère et Kamel n'avaient plus rien à dire. Ou comme s'ils pensaient à la prochaine étape.

Kamel se leva avec un sourire désemparé. Il se pencha et m'embrassa sur la joue.

— Dors, Saliha, le matin porte conseil. Tout problème a une solution.

Il sortit et ferma la porte. Ma mère me serra dans ses bras et me dit :

— Va prendre un bain pendant que je vais te préparer à dîner.

Je pris un bain chaud et mangeai sur l'insistance de ma mère. Je sentis la chaleur, la paix, la quiétude m'envahir. Après toute cette tension, cette peur, ces batailles douloureuses que j'avais livrées, je me trouvais enfin à la maison. J'allais dormir dans mon lit en toute sécurité, avec ma mère dans la chambre voisine et Kamel et Mahmoud pour me protéger. Je dormis profondément. Le lendemain, j'avais tout le temps devant moi. Je parlai longuement à ma mère en buvant des verres de thé. Je me plongeai dans la cuisine, comme pour oublier tout ce qui était arrivé. J'interrogeai ma mère sur des petits détails domestiques. C'était comme un jour normal dans la maison familiale avant mon mariage, comme si ce qui était arrivé était un cauchemar qui s'était évanoui à mon réveil. Je savourais cette sensation, mais au plus profond de moi-même, je savais qu'il était inutile de fuir. Ce qui m'était arrivé avec Abdelberr continuerait à me poursuivre. Je serais toujours une femme revenue vivre dans sa famille après avoir raté son mariage. Kamel demanda un jour de congé et déjeuna avec nous. Il essaya de se montrer jovial, de parler de choses légères pour me faire rire de bon cœur. Je serai toute ma vie reconnaissante à ce frère merveilleux. Après le dîner, je ressentis une fatigue soudaine. Je pensai qu'il me faudrait des jours et des jours pour me débarrasser des traces de mon expérience malheureuse. Je revins dans ma chambre et dormis profondément. Lorsque je me réveillai, j'entendis à l'extérieur la voix de Saïd. Ma mère lui avait téléphoné et il était venu de Tanta. Peu de temps après, j'allai au salon et le trouvai assis, l'air mécontent, avec ma mère et Kamel. Il me serra rapidement la main et me dit :

— Saliha, je ne suis pas d'accord avec ce que tu as fait.

Ma mère répliqua :

— Tu voulais qu'elle fasse quoi ?

Saïd ignora son intervention et m'assura, du ton d'un sage conseiller :

— Il faut que tu protèges ta maison.

— Est-ce que tu sais ce qu'a fait Abdelberr ? lui demandai-je d'une voix faible.

Il ne répondit pas. Ma mère reprit :

— Saïd, on te dit qu'Abdelberr prend de la cocaïne.

Saïd répondit avec aigreur :

— Comment savez-vous qu'il en prend ?

— Saliha l'a vu de ses yeux.

— Et ta fille sait ce que c'est que de la cocaïne ?

— Il n'y a de Dieu que Dieu ! Tu crois qu'on va l'accuser à tort ? On te dit qu'Abdelberr est impuissant, drogué et qu'il bat ta sœur. Qu'est-ce que tu veux de plus ?

— Et même s'il a tous les défauts du monde, une femme n'est rien sans son mari.

Ma mère ne put se retenir davantage. Elle lui cria, furieuse, en agitant les bras :

— Alors, en fin de compte, tu veux que ce soit la faute de ta sœur.

— La faute, c'est que nous l'encouragions.

Saïd me regarda, sourit nerveusement et dit :

— Saliha, lève-toi, habille-toi et je te ramène chez toi.

Je lui lançai comme si j'appelais au secours :

— Ce n'est pas possible que je revienne.

Il me regarda avec colère et cria :

— Tu reviendras chez toi, même si tu ne le veux pas.

Kamel intervint :

— Tu n'as pas le droit de la contraindre à habiter avec Abdelberr.

— Abdelberr est un homme respectable.

— Ton homme respectable en fin de compte est drogué et il la bat.

— La charia autorise un homme à corriger sa femme.

— Je ne permettrai à aucune créature de battre ma sœur et je ne peux pas la laisser à un drogué.

— Tu es juste bon pour des slogans creux.

— Et toi, tu ne penses qu'à ton intérêt, répondit Kamel en regardant d'un air de défi son frère, qui baissa un moment les yeux puis reprit sur un autre ton :

— Kamel, Saliha est ma sœur et je l'aime autant que toi. Je ne peux pas lui vouloir de mal. Je te prie de considérer ma situation. Abdelberr est mon associé pour l'usine et il est prévu que nous signions le contrat au début de l'année, c'est-à-dire dans six mois. Si je perds Abdelberr, j'aurai du mal à trouver quelqu'un d'autre qui accepte de s'associer à moi. Je n'ai que mon salaire. L'usine est l'occasion de ma vie et nous en profiterons tous.

Kamel lui demanda :

— Quel est ton objectif ?

— Que nous nous conduisions habilement avec Abdelberr jusqu'à la signature du contrat et ensuite, nous faisons ce que bon nous semble.

— Tu es un profiteur, comme toujours.

— Reste poli.

— Tu veux jeter Saliha dans les bras d'un homme drogué pour ton intérêt. Tu es vraiment méprisable.

— Ta gueule, hurla Saïd en repoussant Kamel de la main, ce qui le fit chanceler.

Puis il l'attaqua et le saisit par la manche de sa veste. Je me jetai entre eux deux et ma mère se mit à crier :

— Ça suffit, vous n'avez pas honte ?

KAMEL

Nous sommes tous responsables de ce qui est arrivé à Saliha. Saïd lui a amené Abdelberr et a insisté auprès d'elle pour qu'elle l'épouse. Ma mère et moi, nous avons négligé de la protéger. Saliha était influencée par notre opinion, et si nous nous en étions tenus à notre refus du mariage, celui-ci n'aurait pas eu lieu. Pourquoi s'est-elle soumise tout à coup et a-t-elle accepté ? Peut-être son acceptation m'a-t-elle fâché, ce qui m'a amené à me désintéresser de l'affaire. Peut-être que j'étais trop pris par mon travail, mes études et mes missions militantes, qui dévoraient toute mon énergie. Mon devoir maintenant est de lui obtenir le divorce. Je ne parviens pas à croire à ce qu'a fait Saïd. Comment a-t-il pu accepter de laisser sa sœur avec un mari drogué, impuissant, criminel, tout cela pour signer le contrat de l'usine ? L'égoïsme de Saïd n'a pas de limites.

J'avais décidé de rencontrer Abdelberr le mercredi, mon jour de congé hebdomadaire, mais je n'ai pas eu la patience d'attendre. Le lendemain, après avoir terminé mon travail au dépôt, je me suis dirigé vers le bureau d'Abdelberr, place Tewfiqiyeh. Ma vue le plongea dans la confusion. Il me salua chaleureusement puis me regarda comme pour découvrir le but de ma visite. Il s'enquit d'un ton aimable :

— Voulez-vous boire quelque chose ?

— Merci.

Il fit un signe au planton et lui demanda de préparer du thé. Je ne m'y opposai pas. Je ne voulais pas gaspiller la force de ma colère dans des formules de politesse et de bienvenue. Abdelberr sourit et ouvrit la conversation :

— Êtes-vous facilement arrivé à mon bureau ?

— Ce n'est pas une adresse compliquée.

— Je loue ce bureau depuis dix ans. Il a beaucoup d'avantages : le local est vaste et agréable, les voisins sont polis, corrects, et comme il se trouve au centre-ville, il est d'accès facile.

Je ne fis pas de commentaire. Il poursuivit sur le même ton banal :

— Je ne pourrais pas trouver un endroit comme celui-là maintenant avec le même loyer modéré. Savez-vous combien je paie par mois ?

— Abdelberr, ne détournez pas le sujet.

— Quel sujet ?

— Vous le savez bien.

Il sourit et dit nerveusement :

— Vous voulez parler du problème de Saliha. Ce n'est pas convenable d'en parler ici. Attendez-moi une demi-heure, que je termine mon travail, et je vous invite à déjeuner pour que nous puissions parler tranquillement.

Je me rendais compte qu'il avait peur du scandale et je lui dis à voix haute :

— Il faut que nous parlions maintenant.

Le planton posa devant moi un verre de thé et sortit. Abdelberr se leva de derrière le bureau, s'assit dans le fauteuil qui me faisait face et répliqua d'une manière agressive :

— Que voulez-vous, Kamel ?

— Je veux que vous divorciez d'avec Saliha.

— Vous savez qu'elle a fui de la maison.

— Elle a fui parce que vous l'avez frappée.

— Je l'ai frappée parce qu'elle a fait un scandale.

— Qui que ce soit qui batte ma sœur, je lui couperai les bras.

Ses pupilles s'élargirent comme s'il était surpris. Il eut l'air de vouloir dire quelque chose, mais resta silencieux. Il baissa un peu la tête puis alluma un cigare, et je remarquai que sa main tremblait. Je lui dis calmement :

— Écoutez, Abdelberr, comportons-nous à la fin de la même façon correcte que nous nous sommes comportés au début.

— C'est par l'intermédiaire de son frère aîné que je me suis fiancé à elle, pas par le vôtre.

— Saliha elle-même demande le divorce.

— Chez vous, ce sont les femmes qui ont la parole, pas les hommes ?

— La parole est à ceux que cela concerne.

— Moi, je ne veux pas divorcer, qu'en pensez-vous ?

— C'est-à-dire que vous voulez vivre avec une femme contre sa volonté ?

— Si nous écoutions la parole de toutes les femmes en colère, toutes les maisons d'Égypte seraient détruites. Les femmes ont une petite cervelle et changent tous les jours d'avis.

— Ma sœur Saliha est plus éduquée que vous.

Je faisais exprès de le provoquer. Il se mit à respirer très fort, comme s'il essayait de se contrôler. Il dit à voix basse :

— Cela suffit, Kamel. Partez maintenant en paix. Nous parlerons ensuite quand vos nerfs seront plus calmes.

Je me levai, m'approchai de lui et criai :

— Il faut que vous divorciez de Saliha maintenant.

— Baissez la voix.

— Je parle comme j'en ai envie.

— On voit que, comme votre sœur, vous n'êtes pas bien élevé.

— S'il y en a un qui n'est pas bien élevé, c'est vous.

Il bondit, poussa un cri rauque et lança la main pour me gifler, mais j'éloignai ma tête et la gifle rata son but. Puis j'attrapai son bras et le tordis violemment en répétant :

— Je couperai le bras qui a battu ma sœur.

Les employés du bureau se précipitèrent vers nous et me tirèrent vivement pour nous séparer. Je continuai à crier le plus fort possible :

— Je ferai savoir partout que vous êtes un drogué.

Il me répondit par des insultes infamantes, mais je vis qu'il était désemparé. Mes accusations avaient fait mouche. Je criai à nouveau :

— Il fallait vous faire soigner de votre addiction avant d'épouser une fille de famille.

Les employés se mirent à pousser des cris de protestation, mais je sentais que leur opposition n'était pas véritable et que mon attaque contre Abdelberr ne leur déplaisait pas. Ils me poussèrent lentement vers l'extérieur comme pour me donner l'occasion d'aller jusqu'au bout de mes insultes. Il était clair qu'ils ne l'aimaient pas. Je lui dis :

— Vous avez une semaine. Si vous ne divorcez pas d'avec Saliha, j'informerai la police au sujet de la drogue.

Je sortis de la rue en trépignant. J'étais extrêmement excité, mais me sentais apaisé parce que j'avais démasqué

Abdelberr devant ses employés. Je lui avais rendu un peu de l'humiliation qu'il avait fait subir à ma sœur. Je parvins à la rue Soliman Pacha puis traversai le passage de l'Estoril pour arriver à l'Automobile Club. Je commençai mon travail à la réserve, l'esprit absent. M. Comanos le remarqua et je lui dis que c'étaient les études qui me fatiguaient. Le soir, mon travail terminé, je rentrai à la maison. Dès que j'en passai la porte, je vis Saliha. Les marques des coups sur son visage étaient devenues bleues. Elle me serra dans ses bras en se cramponnant très fort, comme elle avait l'habitude de faire quand elle était petite. La chaleur de ses sentiments m'émut. Je lui dis :

— Viens dans ma chambre. Je veux te parler.

Ma mère se leva.

— Reste avec elle ici. Je vais à la cuisine.

Je m'assis à côté d'elle et lui dis :

— Je veux que tu considères que ce qui t'est arrivé n'est rien de plus qu'une mauvaise expérience et que tu l'oublies.

— J'ai peur qu'Abdelberr refuse le divorce.

— Il divorcera, qu'il le veuille ou non.

— Tu l'as rencontré.

Je hochai de la tête et elle me demanda, inquiète :

— Que t'a-t-il dit ?

— Ne t'inquiète pas. C'est nous qui t'avons fait tomber dans ce malheur et c'est nous qui t'en délivrerons. Le plus important pour moi, c'est que tu retournes à l'école.

Elle sourit tristement.

— Ce n'est pas possible que j'affronte mes amies après avoir raté mon mariage.

— Tu n'es pas une criminelle. Ton histoire est ordinaire, et cela arrive à beaucoup de filles.

Saliha regarda devant elle comme si elle estimait la situation puis éclata tout à coup en sanglots. J'embrassai sa tête et essayai de la calmer. Peu de temps après, nous nous assîmes pour dîner, ma mère, Saliha et moi. J'essayai de la distraire en parlant de divers sujets et en lui racontant des histoires drôles. Cette nuit, lorsque je revins dans ma chambre, j'essayai en vain d'étudier. Je me jetai tout habillé sur le lit et me mis à fumer. Les idées se bousculaient dans mon cerveau. Je croulais sous les préoccupations. Je me souvins de mon père. Combien il me manquait ! Combien il avait souffert pour nous ! Maintenant, c'était sur moi que pesaient les responsabilités et sur moi que pleuvaient les problèmes. Que Dieu t'ait en sa sainte garde, mon père. Comme tu as su nous cacher tes peines ! Tu ne t'es jamais plaint et pas une seule fois tu n'as gémi.

Je me levai, fis mes ablutions puis lus la Fatiha pour mon père et fis deux prosternations. Je demandai à Dieu d'être généreux à son égard et de le faire entrer au paradis. Lorsque je revins à mon lit, je me sentis apaisé. La prière me procurait une véritable quiétude. Je souhaitais souvent me mettre à prier d'une façon régulière, mais j'étais soit occupé, soit paresseux. Je me sentais coupable de mon inconstance, puis pensais que Dieu – qu'il soit exalté et glorifié – n'avait pas besoin de nos prières. C'est nous qui avons besoin de la prière pour être de meilleurs êtres humains. J'avais confiance en la justice et en la générosité de Dieu. Je croyais qu'il me pardonnerait ma mauvaise observance du culte. Je m'efforçai de faire des choses utiles : je travaillais pour nourrir ma famille. J'étudiais et j'essayais de faire mon devoir à l'égard de la nation. Lorsque je parvins à cette idée, je fus rasséréné et retrouvai mon goût au travail. Je m'assis à mon bureau. Il fallait que je traduise un article du *Times* sur l'Égypte et que je le remette le lendemain matin à Hassan Mo'men. Je terminai la traduction à deux heures du matin. Le rédacteur parlait des dérèglements du roi et racontait avec abondance ses "nuits rouges". Je me fis un verre de thé à la menthe puis commençai à réviser mes cours. J'allai au lit à trois heures.

La tragédie de Saliha occupait mon esprit au point que je faillis oublier la mission que le prince m'avait confiée. Le matin, j'arrivai au club avant dix heures avec la boule de verre dans mon cartable de cuir noir. La vue de mon cartable était habituelle au club car j'apportais chaque jour mes livres dedans. Je passai en revue toutes les instructions du prince et me concentrai pour les exécuter avec précision. Les serviteurs nettoyaient le bâtiment du bas jusqu'en haut. Je regardai derrière moi pour vérifier que personne ne me voyait et, au lieu de me diriger vers la réserve, je montai l'escalier jusqu'à la salle de jeu. J'entrai et fermai la porte derrière moi. Je savais que je ne disposais que de quelques minutes pour accomplir ma mission. L'endroit était sombre, chargé de l'odeur de la fumée de la veille. Je vis l'échelle appuyée au mur exactement comme le prince me l'avait décrite. Je la soulevai et fus surpris de la trouver très lourde. Je ne pouvais pas la traîner sur le sol parce que cela aurait fait un grincement qui aurait pu être entendu de l'extérieur. Je portai l'échelle avec difficulté jusqu'au centre de la salle, puis la plaçai doucement juste au-dessous du lustre. J'y montai avec précaution jusqu'à ce que le lustre soit à la hauteur de mon épaule. Je me souvenais de ce que m'avait expliqué le prince. Il y avait là un bout de métal qui dépassait, dans lequel j'introduisis la boule de verre, qui sembla ainsi faire partie du lustre. Je la secouai pour être certain qu'elle était stable puis descendis de l'échelle et remis celle-ci à sa place. Tout à coup, j'entendis des cris à l'extérieur. Le plan prévoyait qu'Abdoune simule une bagarre avec un de ses collègues au-dessus de la terrasse afin de les occuper et d'éviter qu'ils descendent au deuxième étage avant que j'aie fini ma mission. J'ouvris avec précaution la porte et sortis. Je descendis l'escalier calmement. Arrivé à l'entrée, j'étais certain de m'en être bien sorti, quand je me retrouvai face à Labib, le téléphoniste. Embarrassé, j'affirmai d'une façon que j'essayai de rendre spontanée :

— J'ai entendu des cris et du vacarme sur la terrasse. Je voudrais monter voir, mais j'ai peur que M. Comanos vienne et qu'il trouve la réserve fermée.

Labib sourit et me dit :

— Ne t'en fais pas. Va ouvrir le magasin, moi je vais voir ce qui se passe.

— Je t'en prie, va voir et rassure-moi, oncle Labib.

J'ouvris la porte de la réserve et allumai les lumières puis me fis un verre de thé. À la première gorgée, je me dis : "Le crime est parfait." J'avais remarqué qu'affronter le danger me procurait une jouissance. Je me souvenais toujours avec engouement de la distribution des tracts à Sayyida Zeineb et de la façon dont j'avais réussi à passer le barrage en trompant les soldats anglais. Cette fois-ci, j'avais accompli la mission, l'esprit en miettes. Je n'avais pas suffisamment dormi et j'étais triste à cause de Saliha. C'est grâce à la protection de Dieu que je n'avais pas commis de faute qui me dévoile. Je me fis une tasse de café que j'accompagnai d'une cigarette, puis M. Comanos arriva. Je le saluai et lui demandai quelles allaient être mes tâches. Je m'efforçais de rester naturel devant lui, car ils lui demanderaient à coup sûr de témoigner lorsqu'ils découvriraient l'affaire. Je portais plusieurs provisions au restaurant puis demandai la permission de me mettre à étudier. Peu de temps après, M. Comanos s'assit à mes côtés et me demanda en souriant :

— Comment vont tes études, Kamel ?

— Très bien. Et vous, comment allez-vous ? Quelles sont les nouvelles ?

M. Comanos enleva ses lunettes pour les nettoyer avec son mouchoir comme il avait l'habitude de le faire lorsqu'il voulait réfléchir. Puis il les chaussa à nouveau.

— Eh bien, Kamel, la situation au club, ces jours-ci, est bizarre.

— Pourquoi ?

— Les employés ont une attitude inquiétante. Ils sont allés rencontrer El-Kwo pour lui demander d'interdire les châtiments corporels.

— Ils ont raison.

— Je sais que tu es sensible à la question à cause de ce qui est arrivé à ton père…

— En dehors même du cas de mon père, battre les gens est un procédé inhumain.

— Ce qui m'étonne, c'est que les travailleurs aient supporté cela pendant vingt ans. Que s'est-il passé tout à coup pour qu'ils s'y opposent ?

— Chaque homme possède une force…

— Le plus étonnant, c'est qu'El-Kwo a donné son accord et a effectivement interdit les coups.

— C'est une chose naturelle.

M. Comanos se tut puis me regarda avec inquiétude :

— Tu ne connais pas El-Kwo. Il est mauvais et ne recule devant rien. Ce n'est pas possible qu'il devienne bon et correct tout à coup. Que Dieu nous protège. J'ai le sentiment que l'Automobile Club va entrer dans des jours sombres.

33

Chaque fois que Mahmoud revoyait la dernière scène avec Rosa, il était pris de sentiments contradictoires. Au fond de lui-même, il savait qu'il l'aimait et il avait pitié d'elle parce que sa liaison avec Mme Dagmar l'avait fait souffrir, mais en même temps il était en colère parce qu'elle l'avait offensé et qu'elle l'avait tiré par la chemise. Mahmoud raconta ce qui s'était passé à Faouzi, qui écouta son ami en fumant une cigarette de haschich. Il avait l'air de soupeser l'affaire avec précision. Il écrasa ensuite le mégot de sa cigarette dans le cendrier sur le mur puis toussa.

— Rosa n'a pas le droit de te reprocher de connaître une autre femme qu'elle. Si tu n'avais rien dit, elle aurait continué à te harceler par la suite.

Mahmoud hocha la tête.

— J'ai définitivement coupé mes relations avec elle.

Faouzi sourit.

— Ne te précipite pas.

— Tu veux que je revienne après ce qu'elle m'a fait ?

— Sois patient, Mahmoud. D'un mal peut venir un bien. Il est possible que ton problème avec Rosa soit dans ton intérêt.

— Comment ça ?

— Je vais t'expliquer.

Faouzi traça le plan et Mahmoud l'exécuta dans ses moindres détails : il s'abstint de voir Rosa pendant deux semaines et demanda à Labib, le téléphoniste, de lui dire qu'il avait quitté son travail et qu'on n'en connaissait pas la cause. Mahmoud disparut totalement. Chaque fois que Rosa commandait de la nourriture au club, Mahmoud demandait à Mustapha, le chauffeur, d'effectuer la livraison à sa place :

— S'il te plaît, monte la commande. Je t'attends dans la voiture. Si Mme Khachab t'interroge à mon sujet, dis-lui que j'ai abandonné mon travail.

Mustapha souriait doucement et lui portait sa commande. La dernière fois, Mahmoud attendit dans la voiture comme d'habitude tandis que Mustapha montait une tarte aux fruits à Rosa. Il revint s'asseoir derrière le volant et tout à coup se frappa une main contre l'autre et dit, en mettant le moteur en marche :

— Mahmoud, qu'est-ce que tu as fait à Mme Khachab ? Elle s'inquiète pour toi. Lorsque je lui ai dit que tu étais toujours absent du travail, elle est devenue folle.

Mahmoud ne dit rien et Mustapha eut un petit rire puis démarra. Cela faisait longtemps qu'il avait deviné les relations de Mahmoud avec Rosa, mais il ne voulait pas lui en parler. Mustapha était un homme bon et délicat. Il ne voulait gêner personne, même pas une proche connaissance, ni être indiscret. Ce jour-là, lorsqu'ils s'assirent à l'extérieur du garage pour siroter leur thé, il apparut sur le visage du vieil homme qu'il voulait dire quelque chose mais qu'il hésitait. Ils parlèrent un peu de sujets sans importance puis Mustapha posa sa main sur l'épaule de Mahmoud et lui dit :

— Mahmoud, tu sais que je t'aime. Je considérais ton père – que Dieu l'ait en sa sainte garde – comme mon frère. Je sais, bien sûr, que tu es un jeune homme et que la jeunesse a ses exigences.

Mahmoud le regarda, interrogateur. Mustapha baissa les yeux et commença en choisissant ses mots :

— Je ne t'ai jamais donné un seul conseil et c'est la dernière fois que je le fais. Qu'est-ce que tu penserais,

Mahmoud, si une voiture roulait sans freins ? Que lui arriverait-il ?

— Elle aurait un accident.

— C'est ça. Tu vois, les hommes sont comme les voitures. Ils ont besoin de freins. Si un homme se laisse aller à coucher avec une femme puis avec une autre, cela se termine par une catastrophe. Franchement, ton histoire avec Rosa ne me plaît pas. Dieu te pardonne et te mette sur le droit chemin.

Mahmoud se réfugia dans le silence. Il ne répondit pas à Mustapha, qu'il respectait. Il ne s'attendait pas à ces paroles de sa part. Mustapha poursuivit :

— Écoute-moi. Si tu veux te marier, marie-toi, mais ne vis pas dans le péché. Le péché, même s'il est agréable, ça se termine toujours mal. Dieu a dit : "Tenez-vous éloignés de la fornication, c'est une abomination et le pire des chemins."

Mahmoud secoua la tête et murmura avec un sourire gêné en signe d'approbation. Mustapha se contenta de ce qu'il avait dit et se mit à parler d'autre chose. Ce soir-là, sur la terrasse, Mahmoud rapporta les paroles de Mustapha à son ami Faouzi, qui ferma la cigarette qu'il roulait avec le bout de sa langue et lui dit avec dédain :

— Oncle Mustapha est un vieil homme, de l'âge d'être notre père. Il est normal qu'il pense de cette façon. S'il avait notre âge et s'il avait l'occasion d'aller avec une femme comme Rosa, il serait d'accord, bien sûr.

— Mais, moi, c'est vrai que je vis dans le péché.

— Qu'est-ce qui t'arrive, Mahmoud ? Il suffit d'un mot pour te faire changer d'opinion, lui cria Faouzi.

Comme un enfant pris en faute, Mahmoud se réfugia dans le silence.

Faouzi avait confiance en son pouvoir. Il sourit et reprit :

— Tu as confiance en moi, Mahmoud ?

— Bien sûr.

— Alors, fais ce que je t'ai dit jusqu'au bout.

Le plan était que Mahmoud reste absent une troisième semaine. Passé ce délai, il demanda au téléphoniste de lui transmettre la communication de Rosa, si elle l'appelait. Peu de temps après, sa voix lui parvint, anxieuse :

— Mahmoud, vas-tu bien ?

— Oui, grâce à Dieu.

— J'ai absolument besoin de te voir.

— J'ai du travail.

— D'accord, termine ton travail et viens me voir.

— À votre service, Madame.

Mahmoud prononça ces mots d'une voix qui lui semblait provenir d'une autre personne. À la fin de son service, Mustapha le reconduisit chez lui, rue Sedd el-Gaouani. Mahmoud passa la porte de la maison et attendit d'entendre la voiture s'éloigner avant d'aller à la rue du tram prendre un taxi pour se rendre chez Rosa. Il ne lui était pas possible d'afficher ses relations féminines devant Mustapha après la conversation qu'ils avaient eue. Il était plus de trois heures du matin. Mahmoud monta jusqu'au quatrième étage et s'arrêta devant la porte. Dès qu'elle le vit, elle murmura :

— Mahmoud, où étais-tu passé ?

Elle l'entraîna à l'intérieur et le serra chaleureusement dans ses bras. Il s'éloigna d'elle et resta au milieu de la pièce. Elle se rapprocha et lui dit d'une voix tremblante :

— Tu n'as pas honte de m'avoir abandonnée pendant tout ce temps ?

Mahmoud lui dit d'un ton irrité :

— Tu m'as insulté et tu m'as tiré par la chemise.

— Je suis désolée, Mahmoud, désolée.

Elle le serra à nouveau dans ses bras et le couvrit de baisers. Mahmoud s'abandonna à son accueil chaleureux, puis, peu à peu, son désir se réveilla. Il la prit dans ses bras puissants et entra avec elle dans la chambre à coucher. Cette nuit-là, il pénétra son corps violemment, comme s'il voulait la faire souffrir, comme s'il la punissait, comme s'il lui disait : "As-tu appris la leçon ? As-tu compris ta faute ?" Et elle criait de plaisir comme un enfant coupable qui reçoit des coups de bâton sur la plante des pieds, qui crie, qui supplie, qui appelle au secours et qui promet de ne jamais recommencer.

Ce bruyant dialogue des corps se déroula sans une seule parole et elle brûla de plaisir plusieurs fois de suite, le corps parcouru de violents soubresauts comme cela ne lui était jamais arrivé auparavant. Mahmoud avait pris ses dispositions pour passer la nuit. Il avait appelé sa mère du club pour lui dire qu'il resterait chez un ami. Il dormit dans les bras de Rosa et, le matin, prit un bain et s'habilla. Il remarqua en prenant avec elle le petit déjeuner que son visage était épanoui et rayonnait de bonheur. Ils bavardèrent gaiement et lorsque vint l'heure du départ au travail, elle le serra dans ses bras en enfouissant son visage dans sa poitrine. Il l'éloigna doucement, et vit des larmes sur son visage. Il lui prit la main et dit :

— Rosa, qu'as-tu ?

Elle murmura :

— J'ai peur que tu m'abandonnes.

Il resta silencieux et elle poursuivit :

— Mahmoud, je ne peux plus vivre seule à nouveau. Avant de te connaître, j'étais misérable. Je buvais et j'attendais la mort. Tu n'as pas idée de ce que tu m'as fait. Tu as donné un sens à ma vie. Je t'en prie, Mahmoud, ne m'abandonne pas.

Leurs rencontres reprirent et Rosa ne fit plus la moindre allusion à ses relations avec Mme Dagmar. Le plan de Faouzi avait réussi. Rosa avait compris que, si elle voulait le garder, elle devait accepter qu'il aille avec d'autres femmes s'il en avait envie.

La vie de Mahmoud retrouva son rythme : deux nuits avec Rosa et deux nuits avec Mme Dagmar et la cinquième nuit sans femme. Avec son ami Faouzi, c'était la belle vie : les filles, les promenades, le sexe dans la maison close, le meilleur haschich possible et des vêtements élégants et coûteux. L'argent pleuvait sur eux. Ils allaient partout sur leur Lambretta rouge…

Une nuit, alors qu'ils étaient comme d'habitude sur la terrasse, Mahmoud dit tout à coup :

— Il y a une autre femme qui veut que je fasse l'amour avec elle.

Faouzi applaudit et cria :

— Bravo, tu es un chef ! Tu l'as connue comment ?

— Jeudi, je suis allé lui porter une commande et elle m'a sauté dessus.

— C'est peut-être Rosa ou Dagmar qui lui a parlé de toi.

— Je ne sais pas quoi faire.

— Tu as de la chance. Ça te tombe tout rôti dans le bec.

— Je ne peux pas.

— Elle est égyptienne ou étrangère ?

— Égyptienne.

— Riche ?

— Très riche. De la famille Sersaoui.

— Les Sersaoui qui sont dans l'or ?

Mahmoud hocha la tête, et Faouzi lui dit avec enthousiasme :

— C'est la poule aux œufs d'or, maître Mahmoud, ne la laisse surtout pas filer !

Mahmoud fit un geste de la main :

— Quelle poule ? Elle est très vieille !

— D'accord, mais est-ce que tu ne travailles pas déjà avec deux vieilles femmes ?

— Elle est encore plus vieille. Elle a au moins soixante-dix ans. Ça m'étonne qu'une femme de cet âge-là ait encore du désir.

— Mon fils, c'est une bonne affaire. Plus elle est vieille, plus elle te paiera.

— Elle est avare.

Faouzi regarda Mahmoud dans les yeux puis lui demanda :

— Alors, tu es décidé à repousser cette chance ?

— Je te dis que je ne peux pas faire l'amour avec elle.

— C'est bon, Mahmoud. Avec ta permission, je te la prends.

34

Généralement, lorsque Mr Wright voulait voir El-Kwo, il le convoquait par l'intermédiaire de Khalil, le planton. Cette fois il l'appela lui-même et lui dit :

— Venez immédiatement !

Il prononça ces mots laconiquement et raccrocha sans attendre la réponse.

El-Kwo savait qu'il s'agissait d'une affaire importante et quitta immédiatement son bureau pour aller à l'Automobile Club. En arrivant, il vit à l'entrée un groupe d'hommes habillés en civil. Solimane, le portier, l'informa à voix basse que c'étaient des inspecteurs de police. El-Kwo franchit le portail d'un pas rapide, Hamid courant derrière lui. Les serviteurs se précipitèrent, mais il ne leur prêta pas attention. Ils le regardaient avec un mélange de terreur et d'expectative, comme s'ils attendaient qu'il leur explique ce qui se passait.

El-Kwo frappa à la porte du bureau de Mr Wright puis entra. Il y trouva Mohamed Alaoui Pacha, directeur de cabinet du roi, et Anouar Bey Mekky, chef de la police politique. El-Kwo connaissait très bien les deux hommes. Le directeur de cabinet et le chef de la police politique étaient les deux plus hauts dignitaires de l'État, pas seulement du fait de l'importance de leurs fonctions, mais par leur proximité avec le roi. Anouar Bey Mekky avait la haute main sur tous les déplacements du roi. C'était lui en effet qui établissait les plans de sécurité qu'exécutait la garde royale. Anouar Bey pouvait annuler ou modifier le programme des déplacements royaux en fonction de ce qu'il estimait être des considérations de sécurité. Il suffisait qu'il dise de sa voix rauque : "Cette visite ne peut pas être sécurisée, Majesté", la visite était alors supprimée, quelle que soit son importance.

El-Kwo se pencha pour saluer en français les personnes présentes. Elles lui répondirent d'un air absent. Il comprit que quelque chose de considérable était arrivé. Il resta debout à les regarder, un sourire figé aux lèvres. Mr Wright prit une photographie sur le bureau et la tendit à El-Kwo en disant :

— Prenez, regardez et dites-moi ce que vous en pensez.

El-Kwo examina la photographie et fut frappé de stupeur. On y voyait le roi portant sur la tête un bonnet pointu rouge d'où pendaient des pompons multicolores, assis devant le tapis vert en train de jouer au poker avec à ses côtés la danseuse française Charlotte. Au-dessous de la photographie était écrit : "À bas le roi décadent et corrompu."

El-Kwo continua à regarder la photographie en la tournant dans tous les sens. Il avait besoin de temps pour encaisser la surprise. Mr Wright lui dit :

— Cette photographie de Sa Majesté a été prise le Jour de l'An, ici à l'Automobile Club pendant qu'il nous faisait l'honneur de sa visite. Des milliers d'exemplaires ont maintenant été distribués aux passants dans les rues du Caire.

Les dents d'El-Kwo se mirent à crisser et les muscles de son visage à se crisper, puis il regarda Mr Wright et dit en s'étranglant :

— Savez-vous qui distribue cette photographie ?

Mr Wright fit un geste de la main en direction d'El-Kwo et cria d'un ton irrité :

— Cela n'est pas votre affaire, qui la distribue. L'important, c'est comment elle a été prise. Vous êtes responsable de ce crime. Il n'est pas possible qu'on ait photographié Sa Majesté le roi de cette façon sans la complicité de quelqu'un à l'intérieur de l'Automobile Club.

El-Kwo répondit en français :

— Mister Wright, peut-être vous souvenez-vous de ce que je vous ai dit. Quelque chose a changé dans le comportement des employés et je vous ai demandé de prendre des mesures pour faire revenir l'ordre, mais vous avez refusé.

Mr Wright ne s'attendait pas à cette réponse gênante devant de hauts responsables. Il frappa le bureau de sa main et cria :

— Lorsque quelqu'un a été négligent dans son travail, il lui est facile d'en rejeter la responsabilité sur les autres.

El-Kwo se tut et regarda à nouveau la photographie. Tout montrait qu'elle avait été prise au club, mais le photographe avait choisi son angle avec précision pour qu'apparaissent tous les détails. El-Kwo dit d'une voix faible :

— Je ne fuis pas mes responsabilités. Je vais enquêter sur la question et si l'un des serviteurs est impliqué dans ce crime, je n'aurai pas de pitié pour lui. Tout ce que je vous demande, c'est d'accepter tout châtiment que je déciderai.

Mr Wright ne répondit pas à El-Kwo. Il faisait des efforts pour conserver son calme et pour ne pas éclater en jurons devant ses importants invités. Mr Wright plaça sa pipe dans sa bouche et souffla un épais nuage de fumée. Il regarda un instant le plafond puis fit un signe à El-Kwo et lui dit :

— Vous pouvez partir.

El-Kwo murmura quelques mots pour prendre congé, puis sortit. Anouar Bey Mekky dit alors :

— Le sujet est vraiment grave. Ce qui est arrivé est un crime. C'est une atteinte à la vie privée de Sa Majesté et une vile tentative de diffamation. N'oubliez pas, monsieur le pacha, que nous sommes dans un pays musulman : le fait que le roi joue et qu'il ait une maîtresse est une chose qui nuit beaucoup à Sa Majesté et qui ternit son image dans l'opinion publique.

Alaoui Pacha sentit qu'en tant que chef du cabinet royal il devait ajouter quelque chose :

— Ces infâmes saboteurs, que veulent-ils pour l'Égypte ? Sa Majesté le roi travaille jour et nuit pour tirer les Égyptiens de l'ignorance et de la pauvreté. Est-ce beaucoup leur demander, qu'il puisse se distraire un peu ? Sa Majesté n'est-elle pas un homme qui a besoin de se détendre ?

Anouar Bey Mekky lui répondit :

— Rassurez-vous, monsieur le pacha. Ils vont payer très cher le prix de leur crime.

Alaoui Pacha agita les mains et dit en français :

— Ce sont vraiment des salauds.

Anouar Bey Mekky tendit la tête en avant et enchaîna :

— Mister Wright, il y a de nombreuses questions auxquelles nous devons répondre : qui a pris les photographies ? Comment l'appareil photo est-il entré au club et pourquoi aucun des adhérents ou des serviteurs qui travaillent dans la salle n'a-t-il rien remarqué ? Ensuite : ce photographe a-t-il des complices parmi les employés du club ?

Mr Wright répondit :

— Comment puis-je vous aider ?

— Donnez-nous une liste de tous les employés et de tous les adhérents de l'Automobile Club.

Le ton d'Anouar Bey Mekky était impérieux, même s'il était enrobé de politesse. Mr Wright hocha la tête.

— Je vais vous préparer ces listes et vous les envoyer aujourd'hui.

Anouar Bey Mekky regarda Alaoui Pacha avec un air entendu et tous les deux se levèrent pour partir. Avant de passer la porte, Mr Wright leur serra la main. Les traits tendus, il prononça :

— Alaoui Pacha, je vous prie de transmettre à Sa Majesté mes profondes excuses.

Alaoui Pacha lui répondit vivement :

— Sa Majesté le roi considérait l'Automobile Club comme un endroit sûr où il pouvait se sentir à l'aise. Malheureusement il apparaît que votre club est infiltré par des saboteurs et des communistes.

— Je vous promets sur mon honneur que cela ne se reproduira plus jamais.

Alaoui Pacha sourit ironiquement :

— Je crains que vous n'ayez pas l'occasion de tenir votre promesse. Je ne crois pas que vous voyiez le roi à l'Automobile Club à partir d'aujourd'hui. Sa Majesté a de nombreux palais et pavillons royaux qui garantissent un respect total de la vie privée.

— J'espère que Sa Majesté le roi nous accordera une autre chance.

Le ton de Mr Wright était implorant, mais Alaoui Pacha souffla un nuage de fumée de son cigare et dit calmement :

— Je serai franc avec vous. Celui qui perd la confiance de Sa Majesté ne la retrouve pas facilement.

Alaoui Pacha retourna au palais Abdine tandis qu'Anouar Bey Mekky, le chef de la police politique, s'isolait avec ses officiers pendant quelques minutes. Il leur donna des instructions puis monta dans sa voiture pour aller à son bureau. Les officiers commencèrent immédiatement à exécuter les instructions : ils convoquèrent les employés de l'équipe de nuit, qui se trouvaient chez eux et vinrent rejoindre leurs collègues. Les travailleurs étaient tous réunis au premier étage dans la salle qui conduisait aux bureaux de l'administration.

Le spectacle était effrayant : des dizaines de serviteurs attendant prostrés et chuchotant entre eux tandis qu'à la porte deux inspecteurs de police revêches faisaient entrer les personnes présentes une par une dans le bureau de l'administration, où les interrogeaient deux officiers en charge de l'enquête. Quant au troisième officier (le plus jeune), il commandait un autre groupe d'inspecteurs qui commencèrent à fouiller le bâtiment de fond en comble. Il entrait dans toutes les pièces, lâchant devant lui les policiers comme des chiens de chasse qui mettaient tout sens dessus dessous puis revenaient vers lui, attendant de passer à un autre endroit. Sur la terrasse, au restaurant et au bar, la perquisition ne donna rien. Lorsqu'ils arrivèrent à la salle de jeu, les inspecteurs fouillèrent avec encore plus de soin tandis que l'officier parcourait la salle de ses yeux de lynx. Les policiers ne trouvèrent rien et se mirent à attendre les ordres de l'officier plongé dans son observation. Tout à coup, celui-ci fit un signe vers le haut et dit à l'inspecteur placé à côté de lui :

— Regarde, là-haut.

L'intéressé leva la tête. L'officier poursuivit :

— Va chercher une échelle.

L'inspecteur sortit de la salle et revint quelques minutes plus tard suivi de deux employés portant une longue échelle de bois qu'ils installèrent sous le lustre. L'officier y grimpa rapidement et se mit à inspecter du regard les pièces du lustre puis il descendit et quitta les lieux avec les inspecteurs. Une heure plus tard arrivèrent deux officiers anglais du génie munis d'une machine qui ressemblait à un aspirateur. Ils fouillèrent tous les recoins du club en surveillant les indications du compteur, jusqu'à ce qu'ils tombent finalement sur l'appareil photographique dans la salle de jeu et qu'ils l'arrachent du lustre. Cette nuit, Anouar Bey Mekky tint une réunion avec ses principaux officiers. La boule de verre était posée devant lui sur le bureau.

— Ce qui est arrivé est clair et ne peut être interprété que d'une seule façon. D'abord, cet appareil photographique est très récent et pas encore à la disposition des photographes ordinaires. Ensuite, sa présence dans le lustre signifie que quelqu'un l'y a installé puis que quelqu'un a récupéré le film et l'a développé. Tout cela prouve l'existence d'un sabotage organisé.

Il se tut quelques instants puis poursuivit :

— Le plus important, maintenant, c'est de vérifier qu'ils n'ont pas installé d'appareils dans d'autres endroits. Il faut que nous cherchions avec soin dans tous les palais et tous les pavillons royaux.

La réunion dura une heure, au cours de laquelle ils étudièrent la situation sous tous ses angles puis mirent en place un plan détaillé pour découvrir les saboteurs et faire avorter leurs projets. Chaque officier fut chargé d'une mission.

Ce jour-là, Mr Wright plaça à la porte du club un écriteau rédigé en anglais dans lequel il s'excusait de ne pas pouvoir accueillir les adhérents du fait d'une coupure d'électricité, et Labib, le téléphoniste, présenta les mêmes excuses à tous ceux qui appelaient pour réserver une table. L'Automobile Club fut fermé toute la journée. L'enquête auprès des employés se termina à une heure du matin. Alors les officiers partirent tandis que les inspecteurs en civil restaient dispersés autour du club. El-Kwo interdit aux employés de partir et leur ordonna de monter à la terrasse tous ensemble. Commença alors un spectacle unique : les employés des deux équipes, de jour et de nuit, étaient rangés d'un côté de la terrasse, et El-Kwo se tenait seul face à eux de l'autre côté. Les serviteurs, la moitié en caftans de travail et l'autre moitié en vêtements ordinaires, avaient une drôle d'allure. L'air anxieux, ils s'étaient regroupés comme pour se protéger les uns les autres. Ils avaient l'impression que ce qui survenait n'était pas tout à fait réel. Une photographie du roi en train de jouer au poker aux côtés de sa maîtresse, avec un chapeau pointu sur la tête, avait été prise parmi eux sans qu'ils s'en rendent compte puis imprimée et distribuée dans les rues. C'était une catastrophe qui s'abattait sur leurs têtes, venue de là où ils ne l'attendaient pas. Ils étaient maintenant face à El-Kwo, qui allait tous les punir. En dépit de leur épouvante, ils étaient résignés. Ils n'osaient ni s'opposer, ni supplier, ni même faire de commentaires. Ils auraient beau supplier, cela ne changerait rien au destin qu'ils devaient inexorablement affronter. Bien qu'ils n'aient commis aucun crime, ils acceptaient dans leur for intérieur l'idée du châtiment. Ils étaient innocents, c'était vrai, mais le crime était si inqualifiable, si ignoble que, quelle que soit la dureté du châtiment qu'ils allaient subir, il serait juste d'une certaine façon. El-Kwo était debout, silencieux. Le visage sombre, il parcourait leurs rangs du regard, en grinçant des dents. Les mains derrière le dos, il traversa deux fois la terrasse dans toute sa largeur, puis finalement s'arrêta. Ses yeux lançaient des flammes. Il rugit :

— Lequel d'entre vous a installé l'appareil photographique, fils de pute ?

Des bredouillements incompréhensibles et indistincts se firent entendre. Nul doute qu'ils affirmaient ainsi qu'ils n'étaient pas coupables et qu'ils ne savaient rien de cette photographie. El-Kwo leva la main et cria :

— Tout ça pour en arriver là, espèces de chiens ! On vous a fait venir de Haute-Égypte, on vous a décrassés, on vous a donné des maisons et des familles, on a fait de vous des êtres humains, et à la fin vous trahissez Sa Majesté le roi ?

Leurs voix s'élevèrent avec clarté cette fois :

— Nous sommes victimes d'une injustice, Excellence.

— Par la vie du Bon Dieu, nous n'avons rien fait.

El-Kwo suffoquait de colère. Il se tut un instant pour reprendre son souffle puis se remit à rugir :

— Vous pouvez toujours glapir comme des femmes ! Par Dieu tout-puissant, je n'aurai pas pitié de vous. Je ne peux pas croire que l'installation d'un appareil photo se soit faite à votre insu. Vous êtes des traîtres. Le fouet est le moindre des châtiments que vous méritez, mais j'ai décidé de supprimer les châtiments corporels et je ne reviendrai pas sur ma décision.

Il se tut tout à coup et un rictus apparut sur son visage nerveux et plein de haine. Il dit en prononçant lentement chaque syllabe comme pour les en transpercer :

— À partir d'aujourd'hui, vous n'aurez plus une piastre de pourboire. Je vous conseille de réduire vos dépenses parce que vous allez vivre seulement de vos salaires.

Il leur fallut quelques instants pour encaisser le coup, puis leurs voix s'élevèrent pour apitoyer El-Kwo, mais celui-ci tourna les talons et franchit la porte de la terrasse comme s'il n'avait pas entendu. Il descendit rapidement l'escalier et rejoignit sa voiture, Hamid sautillant derrière lui.

SALIHA

Saïd s'était disputé avec nous puis s'était querellé avec Kamel, qu'il aurait frappé si ma mère n'était pas intervenue, mais à la fin de la journée il était retourné à Tanta et notre maison avait retrouvé son calme. Le lendemain matin, Abla Aïcha vint nous rendre visite. Lorsque ma mère commença à lui raconter ce qui s'était passé, elle la coupa :

— Faïqa m'a tout raconté.

Ma mère soupira et lui dit :

— Et toi, qu'est-ce que tu en penses ?

Abla Aïcha se passa les mains sur le visage avant de répondre :

— Écoute, Saliha. Je sais que Saïd et Faïqa veulent que tu continues avec Abdelberr jusqu'à ce qu'ils aient signé le contrat de l'usine.

Il y eut un silence. Abla Aïcha se passa à nouveau les mains sur le visage.

— Dieu sait, Saliha, que je t'aime autant que Faïqa. Ce que je trouverais bon pour ma fille, je le trouve bon pour toi. Bien sûr, il faut que tu divorces !

Ma mère parut soulagée et dit d'une voix faible :

— Dieu te protège, Aïcha. Tu as dit vrai.

Aïcha poursuivit :

— Ce que j'ai dit n'a pas plu à ma fille, Faïqa, qui m'a fait toute une histoire au téléphone. Bien sûr, elle ne pense qu'à l'intérêt de son mari, mais moi j'aime la vérité. Saliha ne peut pas rester un seul jour avec cet homme.

Ma mère lui dit alors :

— Son frère Kamel s'efforce de lui obtenir le divorce. Espérons qu'elle refera sa vie avec quelqu'un de mieux.

Aïcha retrouva sa jovialité naturelle. Elle se mordilla les lèvres et remua ses sourcils :

— Bien sûr. C'est une vraie princesse. Elle est saine et sauve. Sa virginité est toujours intacte. Il y en a mille qui voudraient se marier avec elle.

Malgré mes préoccupations, je n'ai pas pu me retenir de rire. Il m'était venu à l'esprit qu'Abla Aïcha ne pouvait aborder aucun sujet sans faire des allusions sexuelles. Ma mère serra chaleureusement Abla Aïcha dans ses bras lorsqu'elle nous quitta. Sa position en notre faveur était vraiment émouvante. Si Saïd était devenu l'associé d'Abdelberr à l'usine cela aurait été dans l'intérêt de sa fille, et malgré cela elle a soutenu mon droit au divorce. Je me dis qu'Abla Aïcha, en dépit de son obscénité incessante, était une femme bien dans tous les sens du terme. Combien d'hommes sont capables de soutenir la justice quand elle est contraire à leurs intérêts ? Après les propos d'Abla Aïcha, je me sentis apaisée. Je me dis : pourquoi ne me remettrais-je pas aux mathématiques que j'aime tant ? Cela me rendit heureuse de réviser des règles, de résoudre des problèmes tout en écoutant de la musique à la radio. J'hésitai un peu au début, puis cela redémarra. Les nombres me faisaient planer dans un merveilleux monde virtuel. Je les imaginais dispersés dans un espace hypothétique, comme des étoiles suspendues dans un ciel chimérique, et je jouissais de les rassembler et de les décompter dans mon esprit. Je m'absorbai si totalement dans la résolution des problèmes que je ne vis pas la porte de ma chambre s'ouvrir. Tout à coup, prenant conscience d'un mouvement, je me retournai et trouvai Kamel à mes côtés. Il souriait :

— Je suis heureux que tu aies recommencé à étudier.

Je lui répondis :

— Ce n'est pas exactement de l'étude. J'aime les mathématiques et lorsque je résous un problème, mon esprit s'apaise.

Il rit.

— Toute la famille Hamam est très douée. Dis-moi, je me suis renseigné sur l'option du baccalauréat indépendant.

— Comment ça ?

— Le ministère de l'Éducation a créé une option qui te permet de présenter le baccalauréat en étudiant à la maison. Puisque c'est le cas, nous ferons venir des professeurs à la maison, tu étudieras et tu te présenteras à l'examen.

Je répondis sans réfléchir :

— J'ai peur d'échouer.

Kamel s'assit à côté de moi et m'entoura de ses bras.

— Tu seras reçue si Dieu le veut. Samedi, je t'apporterai le formulaire à remplir.

Un sentiment de reconnaissance m'envahit. Kamel se pencha et m'embrassa sur le front puis partit en fermant doucement la porte. Je pensai à ce qu'il venait de dire. Il était impossible que je revienne à l'école Al-Seniya. Je n'aurais pas supporté les regards de pitié des unes ni la joie maligne des autres. En même temps je n'aurais pas supporté l'épreuve d'être une nouvelle élève dans une autre école. Il était probable que les écoles publiques ne m'accepteraient pas. J'avais entendu dire que le règlement du ministère interdisait l'inscription d'élèves mariées ou divorcées. Je n'avais effectivement d'autre option que celle que proposait Kamel. Il faudrait que j'étudie tout le programme à la maison. Je fus soudain saisie d'enthousiasme. Je me plongeai dans les problèmes de mathématique jusqu'à l'appel à la prière de l'aube puis priai et dormis jusqu'à midi. Je pris un bain et allai à la cuisine aider ma mère, mais elle insista pour que je prenne d'abord mon petit déjeuner. Elle me prépara de la purée de fèves à l'huile et au citron et je m'assis avec appétit dans la salle à manger. J'entendis alors la sonnette de la porte, et au bout de quelque temps ma mère apparut, l'air troublé. Elle s'approcha de moi et chuchota avec émotion :

— Saliha, Abdelberr est ici.

Je la regardai sans faire de commentaire. Elle répéta :

— Abdelberr est ici. Il veut te voir.

— Je ne veux pas le voir, même en peinture.

— Saliha, il est venu lui-même pour te voir.

— Tu as changé d'opinion, maman ?

— Je n'en ai pas changé, mais il est chez nous. La politesse, c'est que tu le rencontres. Il faut le prendre habilement, pour en finir. Si tu refuses de le voir, il peut s'entêter. J'ai pensé pour la première fois que, légalement, tu es toujours sa femme. C'est ton intérêt de ne pas le provoquer jusqu'à ce qu'il accepte le divorce.

Je demandai à ma mère de préparer du thé et de s'asseoir avec lui jusqu'à ce que je sois habillée. Je choisis un tailleur blanc, me peignai avec soin en laissant une mèche pendre sur ma joue et mis du rouge à mes lèvres et une couche légère de poudre. Je m'étonnais moi-même de ce que j'étais en train de faire. Puisque je ne supportais pas Abdelberr, pourquoi avais-je soin de lui apparaître en beauté ? C'était peut-être pour qu'il sache l'étendue de sa perte ou pour lui montrer que ma vie n'avait pas souffert de son absence. J'entrai dans le salon. Ma mère était assise en face d'Abdelberr, qui se leva, sourit et me serra la main en disant :

— Bonjour, Saliha.

Je lui répondis quelques mots d'une voix faible en détournant les yeux.

Ma mère se leva et dit :

— Si vous le permettez, je vais à la cuisine.

Je m'assis dans le fauteuil en face de la porte, comme si je voulais être certaine de pouvoir partir à n'importe quel instant.

Abdelberr se racla la gorge.

— Saliha, je voudrais te dire que je ne suis pas drogué.

— C'est une affaire qui vous concerne.

— La première fois de ma vie que j'ai pris de la cocaïne, c'est le jour où tu m'as vu le faire. Un ami m'en avait donné et m'avait dit d'en prendre lorsque j'étais mal à l'aise ou nerveux. C'était la première fois et c'est la dernière.

Il se mit à parler rapidement, comme s'il avait préparé ses paroles à l'avance :

— Excuse-moi si je me suis mis en colère contre toi, Saliha.

Le mot "colère" me parut faible pour décrire les coups violents que j'avais reçus. Je ne répondis pas. Je contenais difficilement ma rage. Il poursuivit d'une voix faible :

— Ton frère Kamel est venu dans mon bureau m'insulter, mais je lui ai pardonné à cause de toi.

— Il est normal que Kamel soit en colère.

Abdelberr sourit.

— Je suis venu chez toi pour m'excuser.

Je lui répondis d'une voix ferme :

— Même si j'accepte tes excuses, il n'est plus possible que nous vivions ensemble.

— Ce sont des choses qui arrivent dans les familles.

— Notre vie ensemble est terminée.

Il se leva tout à coup et s'approcha de moi. Je me levai et reculai de deux pas. Il me dit :

— Saliha, ce n'est pas bien de détruire notre maison de nos propres mains.

— C'est le destin.

— Bon, prends le temps de réfléchir.

Il prononça la dernière phrase d'une voix tremblante. J'avais presque pitié de lui, mais je lui répondis rapidement pour trancher la question :

— Je suis décidée à divorcer.

Il changea tout à coup de visage et cria :

— Tu te prends pour qui ?

Je criai à mon tour :

— S'il te plaît, ne m'insulte pas.

Il poursuivit un ton plus haut :

— Mon tort, c'est d'être venu te voir. Il semble que tu ne mérites pas qu'on te traite d'une façon respectueuse.

— Faites attention à ce que vous dites, lui dit ma mère, qui était derrière la porte et avait entendu notre conversation.

Elle était entrée et se tenait, furieuse, entre nous deux. Abdelberr lui répondit d'un ton provocant :

— Puisque votre fille le prend sur ce ton-là, il n'y aura pas de divorce.

— Vous divorcerez, que vous le vouliez ou non.

— Je ferai un procès et la ramènerai à l'obéissance.

Ma mère lui montra la porte et lui dit posément :

— Je ne vous répondrai pas parce que vous êtes dans ma maison. Adieu.

Son ton était si énergique qu'il sortit en marmottant des propos rageurs. J'entendis son pas s'éloigner, puis la porte de l'appartement s'ouvrir et se fermer. Lorsque ma mère revint, j'étais hors de moi. Je criais, au désespoir :

— Abdelberr veut m'humilier !

Elle me serra dans ses bras et me dit :

— Il n'est pas encore né celui qui t'humiliera. Dieu est grand et il viendra à ton secours.

KAMEL

Lorsque l'on me convoqua pour l'enquête, cela me plongea dans l'anxiété. J'étais obsédé par des images cinématographiques d'enquêteurs capables de vous faire tomber immédiatement du fait de la contradiction entre vos déclarations et le trouble que vous laissiez voir, ou à cause d'une feuille de papier que vous aviez laissée tomber ou d'un fil de vos vêtements arraché alors que vous accomplissiez le crime. J'avais peur parce que je ne savais pas très bien mentir. Si je mentais, chaque personne qui me verrait comprendrait immédiatement que je ne disais pas la vérité. J'entrai dans la salle de l'enquête, épouvanté. L'officier qui m'attendait avait à peu près quarante ans et était vêtu d'un très élégant costume civil. Dès le premier instant, il ne m'inspira pas confiance. Il y avait quelque chose de visqueux et de faux dans ses mouvements et dans son sourire. Il se comportait avec hauteur, le dos appuyé contre son fauteuil. Il m'examina lentement.

— Votre nom et votre emploi au sein de l'Automobile Club ?

Je lui répondis rapidement :

— Je m'appelle Kamel Hamam, étudiant à la faculté de droit de l'université Fouad-Ier. Je travaille comme assistant magasinier avec M. Georges Comanos.

Je voulais lui faire savoir que je n'étais pas un serviteur mais un employé et un étudiant. Je crois qu'il perçut le message, car il se redressa et sourit.

— Désolé de vous ennuyer, Kamel. Comme étudiant en droit, vous me comprendrez. Mes instructions sont d'enquêter auprès de tous les employés du club, y compris auprès de votre directeur, M. Comanos.

Il me demanda quels étaient mes horaires et la nature de mon travail. Je lui répondis. Il me demanda si j'avais vu dernièrement quelque chose d'anormal. En dépit de son sourire professionnel et du ton poli dont il avait soin d'envelopper sa voix, il me jetait de temps en temps à l'improviste un regard inquisiteur et dubitatif, le regard d'un policier faisant son enquête. Il me posa plusieurs autres questions, alluma un cigare puis sourit amicalement.

— Vous savez que j'ai étudié à l'école de police le même programme que vous étudiez en droit. En quelle année êtes-vous ?

— En deuxième année.

— Quelles matières étudiez-vous ?

Je lui citai les matières. Il m'écouta puis me dit tout à coup :

— Comment une personne peut-elle prendre une photographie de Sa Majesté le roi sans que personne ne s'en rende compte ?

— Je ne sais pas.

— Je voudrais mettre à profit votre imagination. Nous avons trouvé l'appareil photo. La question maintenant est : qui l'a fait entrer dans le club et comment ?

— Je ne sais pas.

— Essayez d'imaginer la méthode probable utilisée pour introduire l'appareil.

— Les adhérents et les travailleurs du club ne sont pas soumis à la fouille lorsqu'ils entrent. N'importe qui peut introduire un appareil photo au club.

— C'est vrai, mais comment est-on parvenu à l'installer dans la salle de jeu ?

— Peut-être a-t-on attendu le départ des employés avant de le fixer au lustre.

— Comment savez-vous qu'il était fixé au lustre ? me demanda-t-il tout à coup en me lançant un regard perçant, presque hostile.

J'étais désarçonné, mais me contrôlai et lui dis avec dédain :

— Tous les employés savent que vous avez trouvé l'appareil photo accroché au lustre.

Il hocha la tête en souriant. Je le regardai d'un air de défi. Croyait-il qu'il allait me faire tomber avec ces astuces ? Il reprit d'un ton aimable :

— Encore une fois, veuillez m'excuser, mais j'exécute mes instructions. Puis-je vous demander un service ?

— Je vous en prie.

Il écrivit quelque chose sur une petite feuille puis me dit en me la tendant :

— S'il vous plaît, voici mon numéro de téléphone. Si vous avez une information utile à l'enquête, informez-m'en immédiatement.

Je pris la feuille et lui précisai :

— Je passe toute la journée au dépôt et ne sais pas grand-chose de ce qui se passe au club. De toute façon, si je peux vous aider, je le ferai immédiatement.

— Je vous remercie, Kamel, vous pouvez partir.

Je lui dis en me levant :

— Je remarque que vous ne faites pas de procès-verbal. J'aurais aimé signer ma déposition.

Il sourit et me tendit sa main à serrer :

— Il ne s'agit pas d'une enquête officielle mais d'une conversation entre amis. Ne vous inquiétez pas.

Lorsque je récapitulai ce qui s'était passé, la mauvaise impression qu'il m'avait faite d'emblée se confirma. Pourquoi avait-il essayé de me faire tomber ? Me soupçonnait-il d'avoir installé l'appareil ? Nul doute que cela était présent à son esprit. Pour un enquêteur, toutes les options sont ouvertes. J'essayai de me rassurer en pensant que ma position était solide. Il était impossible que l'enquêteur me découvre. L'ascension à la salle de jeu et la fixation de l'appareil ne m'avaient pris qu'un quart d'heure, peut-être moins. Personne ne m'avait vu monter à la salle de jeu ni en sortir. Labib, le téléphoniste, m'avait aperçu à l'entrée, mais il avait cru que je venais d'arriver au club et que je voulais savoir la cause du bruit sur la terrasse. Après la prise de la photographie, c'est Abdoune qui avait retiré le film de l'appareil et il m'avait assuré que personne ne l'avait vu. Il n'y avait pas une seule preuve contre moi. Tout était clair et pourtant la crainte me poursuivait. Ce que je craignais le plus, c'était que l'accusation retombe sur un des employés. Si cela arrivait, nous serions dans une mauvaise passe. Ma conscience ne me permettait pas de laisser souffrir un innocent à cause de moi, mais d'un autre côté, si j'avouais, j'entraînais dans ma chute tous les membres de l'organisation. Il fallait que je me reprenne en main et que je surmonte mes appréhensions. Ce qui était arrivé était arrivé et on ne pouvait rien y changer. Je sortis dans la rue, plongé dans mes pensées. Je regardai ma montre : quatre heures. Il me restait une heure avant mon rendez-vous avec les camarades. Hassan Mo'men m'avait convoqué à une réunion exceptionnelle et m'avait enjoint d'être prudent parce que je serais peut-être suivi. Je décidai de marcher jusqu'au palais du prince. La marche calme les nerfs et donne l'occasion de réfléchir. Je pris un chemin sinueux passant par des rues étroites. Je m'arrêtais de temps en temps pour allumer une cigarette et regardais autour de moi pour vérifier que personne ne me suivait. J'arrivai un quart d'heure avant le rendez-vous. Je ne souhaitais pas rencontrer le prince seul. J'étais épuisé et n'avais ni l'envie ni la force de bavarder. Je m'éloignai du palais et allai jusqu'au bord du Nil, où je m'assis sur un banc de marbre. Les images affluèrent l'une après l'autre dans mon esprit. Je me vis en train d'installer l'appareil, je me vis assis avec Mitsy, puis me disputant avec Abdelberr. J'essayai de trouver une explication à une aussi rapide succession d'événements. C'était comme si je vivais un film qui approchait de sa fin. Ce qui m'arrivait était-il normal et le problème était-il en moi ? Ces passants qui marchaient à mes côtés avaient-ils des vies pleines d'événements semblables ? Pourquoi n'étais-je tombé dans ce tourbillon qu'après la mort de mon père ? Quelques minutes avant cinq heures, je fis le tour du palais pour passer par la porte du jardin, qui était ouverte, puis descendis à l'appartement où nous nous réunissions. Je frappai à la porte et le prince m'ouvrit. Il inclina la tête pour me saluer :

— Entre, Kamel.

Je trouvai tous les camarades présents. Je les saluai et m'assis dans le fauteuil le plus éloigné, près de la fenêtre. Le prince chaussa ses lunettes dorées et parcourut les papiers posés devant lui sur la table. Il sourit et commença :

— Tout d'abord, je vous félicite pour la réussite de l'opération. Des milliers de photographies ont été distribuées au Caire. La semaine prochaine nous terminerons l'impression d'une grande quantité de clichés que nous distribuerons dans les provinces. Ils ont utilisé des appareils modernes et ont découvert l'appareil photo, mais cela ne change rien à l'affaire. Les gens font maintenant circuler partout la photographie scandaleuse du roi.

Un mouvement d'excitation parcourut les participants. Atia dit avec enthousiasme :

— Nous avons asséné un grand coup à ce roi corrompu.

Odette poursuivit d'un ton sérieux :

— L'affaire dépasse la corruption du roi en tant que personne. C'est de la corruption du régime capitaliste réactionnaire collaborant avec l'occupation qu'il s'agit.

Les participants murmurèrent avec conviction leur approbation. Le prince demanda :

— Avez-vous suivi les réactions de la presse ?

Hassan Mo'men hocha la tête et dit calmement :

— Il y a un black-out total dans les journaux.

Le prince sourit.

— Je les croyais plus courageux que cela.

Hassan répliqua :

— Les journaux proches du palais reçoivent tous les mois des fonds secrets. Quant aux journaux indépendants, la publication dans leurs pages de la photographie aurait été considérée comme un crime de lèse-majesté.

Atia ajouta :

— Nous n'avons pas besoin de la presse. Cela suffit, de la distribuer nous-mêmes aux gens.

Le prince me regarda et dit avec gentillesse :

— Nous devons remercier Abdoune et Kamel. Ils ont exécuté la mission avec exactitude.

Abdoune bredouilla quelques mots de gratitude et je dis d'une voix faible :

— Je n'ai fait que mon devoir.

Le prince ajouta :

— La réaction du régime va être violente. Pour le chef de la police politique, c'est une question de vie ou de mort. S'il ne met pas la main sur le coupable, il perdra son poste.

Odette remarqua :

— Ils vont renforcer la surveillance jusqu'à ce qu'ils trouvent un fil qui les conduise à nous. Nous devons prendre nos précautions. Il nous faut revoir nos mesures de sécurité avant de nous séparer.

Le prince approuva :

— Il faut que nous évitions les communications téléphoniques inutiles, car les services de sécurité peuvent les surveiller. Notre rendez-vous est maintenu le vendredi à sept heures du matin et nous vous préviendrons en cas de changement.

Le prince se tourna vers Abdoune et lui demanda :

— Quelle est la situation à l'Automobile Club ?

Abdoune attendit un peu avant de répondre, comme s'il rassemblait ses idées :

— El-Kwo applique une punition collective à l'ensemble des employés. Il les prive de pourboire, ce qui a pour résultat de les affamer au sens littéral du terme. Le salaire des employés de l'Automobile Club ne suffit pas à assumer les besoins d'une famille pendant deux jours.

Atia intervint alors :

— Allez-vous vous taire ?

Abdoune sourit :

— Nous étudions ce que nous pouvons faire, mais la situation est difficile. El-Kwo est maintenant au summum de sa puissance. Il a obtenu du directeur anglais les pleins pouvoirs pour infliger aux employés toutes les sanctions qu'il voudra.

Atia dit avec fougue :

— Mais, mon fils, ce n'est pas une punition, c'est un crime. Comment peut-on obliger les gens à travailler sans contrepartie ?

Abdoune expliqua :

— Les pourboires ne sont pas un salaire officiel et, de toute façon, nous travaillons tous sans contrat.

Le prince sirota sa tasse de café et dit :

— Réfléchissons ensemble : lorsque nous allons diffuser la photographie dans les provinces, est-ce que la situation empirera pour les employés du club ?

Le silence s'établit pendant quelques instants, puis Odette intervint :

Au contraire, je crois que la diffusion de la photographie montrera que les employés du club ne sont pas responsables de ce qui s'est passé.

Abdoune opina :

— Ils resteront toujours responsables, parce que la photographie a été prise au club.

Odette reprit :

— Oui, mais la diffusion de la photographie dans les provinces montrera que l'affaire dépasse les employés du club.

Le prince dit d'un ton sérieux :

— Tout ce dont j'ai peur, c'est que les employés du club faiblissent sous la pression.

Abdoune lui répondit :

— Même s'ils faiblissent, ils n'ont pas d'indices. Personne n'a vu Kamel installer l'appareil et personne ne m'a vu retirer le film.

Le prince hocha la tête puis sortit des feuilles du tas qu'il avait reposé devant lui sur la table :

— Il faut maintenant que nous revoyions toutes les missions avec minutie. Le moindre hiatus dans l'exécution peut conduire à notre chute à tous.

Cette phrase fit passer un souffle de frayeur sur les assistants, qui se mirent à écouter avec attention. La voix du prince s'éleva à nouveau :

— Il faut commencer la diffusion de la photographie à la même heure dans toutes les provinces. Le moindre retard des camarades d'une des provinces peut les mettre en danger d'arrestation.

Hassan Mo'men intervint :

— J'en ai informé tous les camarades.

— Par mesure de sécurité, il faudrait revoir à nouveau les instructions avec eux.

Je demandai au prince :

— Quand aura lieu la diffusion ?

— Sur le plan pratique, nous avons beaucoup à faire : imprimer ce grand nombre de photographies, assurer la sécurité de l'imprimerie, définir les lieux de diffusion dans toutes les provinces, tout cela demande du temps. La diffusion ne pourra pas avoir lieu avant deux semaines.

La réunion dura deux heures, et à la fin Odette revit avec nous les mesures de sécurité. Je saluai le prince et les camarades puis partis et rentrai rapidement à la maison. La rue Sedd el-Gaouani était pleine de passants comme d'habitude. Je montai l'escalier jusqu'à notre appartement et préférai sonner à la porte plutôt qu'ouvrir avec ma clef. Je savais que ma mère était éveillée et j'avais envie de la voir. Lorsque je la serrai dans mes bras et l'embrassai, je me sentis rassuré : j'éprouvai le même sentiment que lorsque je revenais de l'école et la trouvais debout derrière la porte, comme si elle n'en avait pas bougé depuis mon départ le matin. Ma mère insista pour que je dîne, mais je refusai et elle me prépara un sandwich, qu'elle déposa sur le bureau. Je pris un bain, fis mes ablutions puis la prière du soir et m'assis pour étudier tout en mangeant. J'étais complètement absorbé et ne sentais pas le temps passer. Tout à coup, mon attention fut attirée par le son d'une voix venant de la rue. Il était plus de deux heures du matin. J'ignorai cette voix et concentrai à nouveau mon attention sur la lecture. Quelques instants plus tard, cela se reproduisit d'une façon plus claire : c'était quelqu'un qui m'appelait par mon nom. Je me levai et allai à la fenêtre ouverte. Je regardai vers l'endroit d'où provenait la voix et vis Mitsy, debout sous ma fenêtre. Elle portait un manteau bleu et les mèches de ses cheveux étaient éparpillées sur son visage. Je lui criai :

— Mitsy, que se passe-t-il ?

Elle me fit un signe et cria d'une voix qui résonna d'une étrange façon dans le silence de la nuit :

— Kamel, peux-tu descendre ? Il faut absolument que je te voie.

35

Faouzi se prépara pour la soirée. Il se peigna les cheveux avec soin et y passa de la vaseline, vida ensuite une demi-bouteille de parfum sur son corps, puis revêtit un maillot de sport qui faisait ressortir les muscles de sa poitrine et de ses bras. On aurait dit un géant blanc, à côté du géant noir qu'était Mahmoud Hamam. Les deux amis prirent leur Lambretta, Faouzi à la conduite et Mahmoud derrière, jusqu'à la rue de l'usine à sucre à Garden City. Il était sept heures du soir et la rue était calme, presque vide de passants. Faouzi était tout à fait calme, comme s'il allait rendre une visite ordinaire, au contraire de Mahmoud qui, troublé, perturbé, hésitait beaucoup à faire cette visite et ne serait pas venu sans l'insistance de Faouzi. Il avait peur. Cette fois, c'était différent de ses expériences avec Rosa et Dagmar. Tafida Hanem al-Sersaoui avait demandé franchement à Mahmoud de coucher avec elle et lui avait dit qu'elle lui donnerait autant que Mme Dagmar. Il ne savait pas comment ces femmes avaient entendu parler de lui. Sans doute se rencontraient-elles pour bavarder et échanger leurs secrets. Lorsqu'il avait appelé Tafida pour lui dire qu'il viendrait ce soir, elle l'avait chaleureusement accueilli. Avant de terminer la conversation, il lui avait dit qu'il serait accompagné de Faouzi. Elle s'était tue un instant puis avait dit :

— Qu'il soit le bienvenu, mais il vient avec toi et ensuite il dit adieu et il nous laisse.

Mahmoud, gêné, avait répondu :

— Faouzi est mon ami et il a envie de passer la soirée avec vous.

Elle avait immédiatement rétorqué :

— D'accord, mais l'important c'est que nous fassions notre affaire, toi et moi.

Sa franchise le rendait confus. Quelle femme détestable, qui ne connaissait pas la honte ! Il avait de plus en plus peur à mesure qu'ils approchaient de la maison. Il ne savait pas quelle allait être sa réaction quand il lui présenterait Faouzi. Chaque fois qu'il essayait d'imaginer la situation, il se troublait encore plus et il lui devenait impossible de réfléchir. Avant d'entrer dans l'immeuble, Mahmoud s'arrêta tout à coup et dit d'un ton suppliant :

— Faouzi, fais-moi plaisir, on s'arrête là. J'ai le cœur serré.

Faouzi grogna et dit :

— Ne te conduis pas comme un petit garçon. Allez, mon vieux !

Mahmoud fronça les sourcils et fit un signe de la main :

— Je ne sais pas comment je vais lui dire que c'est toi qui vas coucher avec elle au lieu de moi.

Faouzi prit Mahmoud par son énorme bras et le tira en avant :

— N'aie pas peur, je me débrouillerai.

— Faouzi, cette femme est vieille. Un vrai épouvantail.

— Du moment que ça me va, qu'est-ce que ça peut te faire ?

Mahmoud céda et ils s'avancèrent ensemble. Dès qu'ils eurent franchi le porche, le portier les arrêta, ce qui fit tressaillir Mahmoud, mais Faouzi prit l'affaire en main :

— Nous allons chez Mme Tafida Sersaoui.

Faouzi vit un doute dans les yeux de l'homme et lui dit d'un ton dédaigneux :

— Qu'avez-vous à rester debout comme ça ? Je vous ai dit que nous avons rendez-vous chez Mme Tafida.

Le portier les regarda un instant puis recula pour leur laisser le passage et leur dit :

— Quatrième étage, appartement 17.

Mahmoud faillit dire qu'il connaissait l'adresse, mais préféra rester silencieux. Ils prirent l'ascenseur et, une fois devant l'appartement, Mahmoud hésita, mais Faouzi tendit la main et appuya sur la sonnette. Quelques instants plus tard, la porte s'ouvrit, et Tafida Sersaoui apparut. Il est difficile de la décrire d'une façon fiable. Elle était extrêmement maigre. Son corps était rabougri, sa peau pendait et était couverte de rides et de taches de vieillesse. Elle avait de grands yeux maquillés de khôl et de hauts sourcils dessinés avec soin. Ses traits étaient durs et ses deux lèvres fines peintes en rouge étaient contractées. Tout cela révélait un caractère inconstant et enflammé. Son visage laissait de temps en temps apparaître un sourire goguenard mêlé d'amertume. Tafida avait toujours l'air de se méfier de ce qu'elle avait sous les yeux. Elle observait tout avec appréhension, comme si elle allait découvrir un mensonge ou une machination. C'était une personne désagréable pour tous ceux qui la connaissaient. Elle était méfiante, querelleuse et n'arrêtait pas de créer des problèmes. En plus de tout cela, elle avait une allure vétuste. On aurait dit qu'elle n'était pas véritable, que c'était une copie, ou bien quelqu'un qui avait emprunté une machine à remonter le temps et qui arrivait tout droit du passé, un personnage sorti d'un film en noir et blanc ou d'un vieil album photo.

Mahmoud lui dit :

— Bonsoir, Madame.

— Bonsoir, Mahmoud, lui répondit Tafida en montrant du doigt Faouzi avant d'ajouter avec animosité :

— Et lui, qui c'est ?

Mahmoud répondit aussitôt :

— Madame, vous avez oublié. C'est mon ami Faouzi, dont je vous ai parlé.

Elle secoua la tête et regarda Faouzi d'un air méfiant. Quelques instants s'écoulèrent sans qu'elle les invite à entrer. Mahmoud restait debout à sa place tandis que Faouzi s'avança dans sa direction avec hardiesse :

— Bonsoir, Madame Tafida. J'ai demandé à Mahmoud de m'emmener avec lui pour faire votre connaissance lorsque j'ai appris que vous étiez une personne sympathique et belle. Vraiment, vous êtes plus belle que dans mon imagination.

Sa voix résonna bizarrement. Faouzi regardait la femme avec une totale effronterie. Le visage de Tafida se colora comme un arc-en-ciel. L'expression de son visage changea. Elle eut l'air contrariée, mais elle eut un battement de cils comme si une idée venait de jaillir dans son esprit puis recula de deux pas et leur dit :

— Je vous en prie.

Les deux amis pénétrèrent dans une vaste pièce au plafond élevé. Mme Tafida vivait seule dans un appartement des années vingt composé de six grandes chambres, d'un salon et de deux salles de bains. Elle s'assit sur un sofa et les regarda longuement, installés dans deux fauteuils voisins. La situation était étrange et Mahmoud se demanda comment elle pouvait les recevoir chez elle sans leur dire un seul mot de bienvenue. Il fallait que quelqu'un commence à parler. Mahmoud dit d'une voix faible et balbutiante :

— Comment allez-vous, Madame Tafida ? J'espère que vous allez bien.

Elle ne répondit rien. Elle regarda Mahmoud droit dans les yeux comme si elle essayait de deviner ses intentions, puis tourna le regard vers Faouzi et vit pour la première fois à la lumière de la lampe son corps puissant et élancé et ses muscles bien dessinés. Faouzi sauta sur l'occasion et lui sourit :

— Je m'appelle Faouzi et je suis à vos ordres, Madame. Tout ce que vous pourriez demander à Mahmoud, je peux également le faire.

Mme Tafida sembla déconcertée. Elle se mit à les regarder fixement comme si ce qui arrivait dépassait son entendement, puis son regard s'adoucit et elle demanda :

— Vous voulez boire quelque chose ?

Faouzi s'écria :

— Donnez-nous du vin rouge.

Elle se leva et alla à la cuisine, mais Faouzi la suivit en ajoutant :

— Bien sûr, nous ne pouvons pas boire du vin le ventre vide.

Tafida se retourna vers lui. Il rit et ajouta :

— Donnez-nous à manger quelque chose de bon. Il faut que nous mangions pour avoir de l'énergie.

L'excessive impudence de Faouzi embarrassa Mahmoud, qui baissa les yeux en silence et posa ses mains sur ses jambes, avec l'air d'assister à une cérémonie de condoléances. Tafida s'arrêta, comme si elle ne savait plus quoi faire, puis elle alla vers le couloir et disparut à l'intérieur. Mahmoud regarda le couloir et, quand il fut certain qu'elle était arrivée dans la cuisine, il lança à son ami, avec un regard de reproche :

— Nom de Dieu, Faouzi. Tu vas nous faire avoir des histoires.

Faouzi éclata de rire avec dédain :

— Ça ne te regarde pas. Ces femmes dévergondées ont besoin qu'on les traite durement dès le début.

— Mais toi, tu as vraiment exagéré.

— Mais enfin, est-ce qu'elle ne t'a pas demandé de coucher avec elle ?

Mahmoud se fâcha et lui dit avec aigreur :

— Elle a demandé à coucher avec moi, pas avec toi. Et même si elle a demandé du sexe, il faut nous comporter avec respect. C'est une vieille femme et d'une famille connue, et toi, tu la traites comme une putain.

— Mais c'est ce qu'elle est.

— Fais attention. Si Mme Tafida se met en colère contre nous, elle peut nous causer des problèmes.

Faouzi prit un air las.

— Tais-toi, Mahmoud. Arrête de voir les choses en noir. Je sais ce que je fais.

Ils furent obligés d'interrompre leur conversation, car Tafida apparut dans le couloir. Elle marchait lentement en poussant devant elle une desserte sur laquelle étaient disposés une bouteille de vin rouge ouverte, trois longs verres et plusieurs petits plats dans lesquels il y avait plusieurs sortes de mezze : du fromage blanc, des olives, du concombre, un poulet rôti coupé en quatre ainsi que trois fourchettes en argent et une corbeille en osier dans laquelle elle avait mis plusieurs morceaux de pain recouverts d'une serviette d'un blanc éclatant. La tension avait fait perdre à Mahmoud son appétit et il se contenta d'un verre et d'un quart de poulet, tandis que Faouzi mangea avec voracité et but plusieurs verres de vin tout en parlant avec Tafida comme s'il la connaissait depuis longtemps. Ils parlèrent de choses et d'autres, puis Faouzi lui demanda soudain :

— Le commerce d'or du quartier des bijoutiers est à vous ?

— Il était à mon défunt père et j'en ai hérité avec mes frères.

— Combien avez-vous de frères ?

Tafida sembla sur le point de protester, hésita, puis elle céda et dit :

— J'ai un frère et une sœur.

Elle faillit dire "plus jeunes que moi" mais se tut. Faouzi termina de manger et se leva lourdement pour aller à la salle de bains. Lorsqu'il en revint, il s'assit sur le canapé à côté de Tafida et, en posant la main sur son épaule, murmura aimablement :

— Vous savez que vous êtes très belle ?

Le mot semblait étrange, appliqué au visage de Tafida, avachi, ridé et recouvert de maquillage. Elle répondit sur un ton officiel qu'elle employait pour la première fois :

— Je vous remercie pour la flatterie.

Faouzi se sentit soudain provoqué. Il se dit en lui-même : "Ne joue pas avec moi les saintes nitouches." Le vin avait dopé son impudence. Il approcha son visage, plongea son nez dans le cou de Tafida et passa ses mains au bas de son dos puis dit d'un ton altéré :

— Je ne flatte pas, je dis la vérité. Vous êtes vraiment belle. Tout en vous est féminité.

Tafida s'agita un peu et Faouzi se colla à elle. Elle protesta d'un murmure :

— Non, s'il te plaît.

Il était alors certain de se trouver sur la bonne voie. Elle le repoussait d'une façon visiblement factice et faible qui trahissait son désir. Elle ne se leva pas et ne s'éloigna pas de lui, mais, en dépit de sa contrariété apparente, son visage semblait reprendre vie. Faouzi poursuivit et se colla encore plus à elle. Il plaça sa main sous ses aisselles et se mit à lui embrasser le cou tout en murmurant :

— Ma chérie.

Tafida le réprimanda avec coquetterie :

— Sois raisonnable, Faouzi. Tu es devenu fou.

— Je ne peux pas, tu es très jolie, Tafida, belle comme la lune le quatorzième jour.

Mahmoud, abasourdi, observait le spectacle. Pourquoi Faouzi se comportait-il de cette manière avec la dame et pourquoi la dame s'y prêtait-elle aussi favorablement ? Il n'en savait pas la cause. Les deux fois où il avait été avec des femmes âgées, il n'avait pas commencé par leur faire la cour. C'est le contraire qui s'était passé. C'était la femme qui avait commencé à lui faire des avances. Les avances grossières auxquelles se livrait Faouzi seraient toujours au-dessus de ses forces. Il lui fallait reconnaître que son ami était beaucoup plus audacieux que lui. Tandis que Mahmoud était plongé dans ses pensées, le spectacle évoluait rapidement. La vieille femme s'était abandonnée. Elle soupira, eut un petit rire, écarta les jambes devant elle. Elle ressemblait alors à un animal de cirque qui se prête aux caresses de son dompteur. Faouzi embrassa avec ardeur ses lèvres, ce qui la fit geindre longuement, puis il lui mordilla les oreilles tout en explorant des mains l'endroit où se trouvait sa poitrine atrophiée. Mahmoud, n'en pouvant plus de ce spectacle, se leva :

— Je te laisse, Faouzi. Au revoir, Madame.

La formule de politesse sonnait bizarrement, face à ce spectacle obscène. Faouzi s'écarta de Tafida et mit quelque temps à retrouver ses esprits, puis se leva et, prenant Mahmoud à part, lui dit avec acrimonie :

— Gare à toi si tu t'en vas !

— Je fais quoi, là ?

— Nous sommes venus ensemble, il faut que nous partions ensemble.

— Mon vieux, tu es occupé avec elle et ça ne sert à rien que je reste ici. Ce n'est pas beau à voir.

— Je te dis de rester.

Le ton de Faouzi était tranchant, et Mahmoud baissa les yeux et battit en retraite. Faouzi revint alors vers Tafida et la prit par la main. Elle se leva rapidement et avec légèreté, comme si elle attendait son signal. Il la prit dans ses bras et ils avancèrent dans le couloir jusqu'à la chambre à coucher.

36

Mr Wright convoqua El-Kwo dans son bureau et lui dit d'emblée :

— Nous avons perdu la confiance de Sa Majesté. C'est la plus grande perte de l'Automobile Club depuis sa fondation. Si la vie privée du roi a été atteinte, les adhérents du club vont s'abstenir de venir, de crainte d'apparaître sur d'autres photographies qui les discréditeraient eux aussi.

Mr Wright avait le visage congestionné, sans doute à cause des efforts qu'il déployait pour maîtriser ses sentiments. El-Kwo lui répondit :

— Je vous assure que je vais réussir à trouver le traître qui a placé l'appareil.

— Laissez cette affaire à la police politique. J'attends autre chose de vous.

El-Kwo regarda Mr Wright, qui remplit le foyer de sa pipe, l'alluma puis souffla un nuage de fumée odorante.

— Je voudrais que vous convainquiez Sa Majesté le roi de revenir passer ses soirées au club.

El-Kwo secoua tristement la tête et dit :

— C'est une mission difficile.

— Mais cela est possible. Je connais vos liens avec le roi.

— Notre maître le roi est toujours sous le coup de ce qui est arrivé.

— Tout ce que nous voulons, c'est qu'il nous donne une autre chance.

— J'essaierai.

Mr Wright lui assura d'un ton tranchant :

— Écoutez, si vous convainquez le roi de revenir au club, je vous verserai une prime importante.

Ce soir-là, El-Kwo réfléchit longuement puis décida de déployer toutes ses forces pour exécuter cette mission. Bien sûr, il était attiré par la gratification, mais il avait également besoin d'une sorte de réhabilitation. Le scandale avait créé une faille dans la fierté qu'il éprouvait vis-à-vis de lui-même et de son travail. Après vingt ans de contrôle absolu sur les employés des palais royaux, les rênes s'étaient relâchées et un individu s'était infiltré avec l'aide d'un serviteur à l'intérieur du club pour prendre une photographie du roi revêtu d'un chapeau pointu et jouant aux cartes en compagnie de sa maîtresse, puis la photographie avait été diffusée dans toute l'Égypte. Ce scandale retentissant était une grande tache noire indélébile dans sa biographie. Chaque fois qu'il y pensait, il entrait en rage contre Mr Wright. C'était lui, le responsable. Il l'avait prévenu dès qu'Abdoune avait commencé à exciter les serviteurs contre l'administration, mais Mr Wright avait ignoré la mise en garde pour faire plaisir à sa maîtresse, Odette. S'il avait écouté ses paroles et renvoyé Abdoune, rien de tout cela n'aurait eu lieu. Ensuite, qu'allait faire exactement la police politique ? Après toutes ces enquêtes et ces fouilles, quels résultats avaient-ils obtenus ? Jusqu'à maintenant, ils n'étaient pas parvenus à trouver le coupable. El-Kwo alla voir Anouar Bey Mekky, le responsable de la police politique, et l'informa que c'était Abdoune qui avait incité les serviteurs à la révolte. Mekky l'écouta avec un sourire plein de sympathie, comme s'il se trouvait face à un enfant naïf, puis lui dit :

— Je vous remercie de votre coopération. Rassurez-vous. Tout ce que vous venez de me dire, nous le savons et nous l'étudions avec soin.

El-Kwo dressa un plan pour mettre en application son accord avec Mr Wright. Il parvenait toujours à déchiffrer l'humeur du roi. D'un seul regard, il savait si Sa Majesté était déprimée ou en colère ou de bonne humeur. El-Kwo l'observa donc jusqu'à ce que l'occasion favorable se présente.

Le roi venait de sortir de son bain et prenait son petit déjeuner avec appétit et délectation. El-Kwo s'approcha de lui et posa les journaux français sur la table. Il soupira et fronça les sourcils :

— Majesté, je suis triste pour Mr Wright.

— Que me veut-il ? demanda le roi d'un air de désapprobation.

El-Kwo lui répondit :

— Depuis que la déplorable affaire est arrivée à l'Automobile Club, il m'appelle chaque jour pour m'exprimer ses regrets.

— Et à quoi nous servent ses regrets ?

El-Kwo baissa les yeux et secoua la tête :

— Votre Majesté a le droit d'être en colère après ce qui s'est passé, mais moi, comme serviteur de Sa Majesté, je n'ai jamais vu un Anglais aussi fidèle au trône que Mr Wright.

Tournée de cette façon, la phrase plut extrêmement au roi. Le visage de Sa Majesté semblait en proie à des émotions contradictoires. Puis il avala un morceau de saucisse chaude et dit en s'essuyant le bord de la bouche avec une serviette :

— Quoi que dise Wright, ce qui s'est passé est une trahison. On m'a photographié et on a attenté à ma vie privée.

Le visage d'El-Kwo se contracta et il murmura avec colère :

— Si je savais qui a fait ça, je le tuerais de mes mains.

— Ne t'inquiète pas. La police politique va bientôt l'arrêter, répondit le roi avec un apparent dédain, puis il se pencha et but une grande rasade du jus de fruits sucré qu'il affectionnait. El-Kwo profita de ce moment où la délectation apparaissait sur son visage pour lui glisser :

— Mr Wright est, bien sûr, fautif. Lui-même ne le nie pas, mais est-ce que les officiers de la police politique et de la garde royale ne sont pas fautifs également ? N'était-ce pas leur mission de protéger le roi à chaque instant ?

— Tous ont été négligents.

— Mr Wright reconnaît sa négligence, mais il dit que les officiers de la police politique et les hommes de la sécurité sont des professionnels tandis que lui, en fin de compte, n'est qu'un directeur civil qui n'a pas compétence pour les mesures de sécurité et de surveillance.

Le roi se mit à réfléchir en sirotant une nouvelle gorgée de jus de fruits. El-Kwo poursuivit en murmurant :

— Majesté, la large diffusion de cette détestable photographie est la preuve qu'il y a là un vaste plan qui vise le trône. Il faut nous assurer que les saboteurs n'installent pas des caméras dans les palais royaux. J'espère que la police politique fera son devoir avant d'accuser le directeur de l'Automobile Club.

Le roi hocha la tête en signe d'approbation, dont El-Kwo dut se contenter, et il passa à un autre sujet. Il oublia totalement l'affaire jusqu'à ce que se présente, quelques jours plus tard, une autre occasion. Le roi était assis tout seul dans sa chambre à coucher lorsque El-Kwo se pencha vers lui et lui dit en baissant la voix comme s'il lui confiait un secret :

— Mon devoir envers le trône m'oblige à faire part à Votre Majesté d'un incident qui est survenu hier.

Le roi le regarda avec un mélange de curiosité et de surprise. El-Kwo se tut un instant puis reprit :

— Je suis gêné, Majesté, parce que je vais parler d'un des princes de la famille de Mohamed Ali et je ne suis que leur simple serviteur à eux tous.

Le visage du roi laissa voir sa contrariété. Il demanda :

— Que s'est-il passé ?

El-Kwo tarda à répondre, comme s'il hésitait :

— Son Altesse le prince Chamel…

— Qu'a-t-il fait ? Parle.

— Je présente à l'avance mes excuses, mais j'ai promis la franchise à mon maître. Le prince Chamel n'arrête pas de répandre des mensonges qui nuisent au trône.

— Qu'a-t-il dit ?

— Je n'aurais pas voulu avoir à répéter ces propos répugnants, mais Dieu seul ordonne. Le prince Chamel a dîné hier à l'Automobile Club et il a dit à ses amis qu'il estimait que le parti Wafd était le seul représentant légitime de la nation égyptienne.

El-Kwo se tut sous le coup de l'émotion, puis continua d'une voix blanche :

— Le prince Chamel est même allé jusqu'à dire à ses invités que la popularité de Nahas était plus grande que celle de notre maître, le roi d'Égypte et du Soudan.

Le roi le regarda d'un air désapprobateur et lui demanda :

— En es-tu certain ?

— Mr Wright m'a appelé lui-même ce matin et m'a raconté avec indignation ce qui s'était passé.

— Comment Wright l'a-t-il su ?

— Son Altesse le prince Chamel avait trop bu et a prononcé à voix haute ces paroles odieuses, et les serviteurs ont rapporté ses propos à Mr Wright.

Le visage du roi se rembrunit et il resta silencieux. El-Kwo poursuivit :

— Comment le prince Chamel peut-il parler de Sa Majesté de cette façon à l'Automobile Club, qui est placé sous l'égide de Sa Majesté ?

Le roi se renfrogna puis fit un geste de la main :

— Les radotages du prince Chamel ne m'intéressent pas. Tout le monde sait qu'il est communiste et fou.

— Bien sûr, Majesté. L'éminente place du trône est bien au-dessus de ces inepties. Mr Wright, en tant que directeur du club, était très en colère et il demande à Votre Majesté de prendre les mesures nécessaires contre le prince Chamel.

— Que veut-il faire ?

— Comme le crime de lèse-majesté est condamné par la loi égyptienne, Mr Wright ne permettra plus au prince Chamel de recommencer ce qu'il a fait. Si le prince dit un seul mot contre le trône, Mr Wright lui donnera un avertissement, puis mettra fin à son adhésion au club.

La préoccupation se retira du visage du roi. Il semblait satisfait :

— Dis à Mr Wright qu'il a le droit de prendre les mesures qui lui semblent nécessaires pour faire respecter le bon fonctionnement du club.

Il y eut un instant de silence, puis El-Kwo toussota et murmura :

— Votre Majesté permet-elle à votre obéissant serviteur de donner son opinion ?

— Parle.

— L'hostilité du prince Chamel contre le trône est une question connue, mais ce qui lui a donné le courage de prononcer ces mots à l'Automobile Club, c'est que Votre Majesté ne revient plus y passer ses soirées. Le prince Chamel n'aurait pas osé paraître au club si Votre Majesté y avait été.

El-Kwo se contenta de cette appréciation et laissa l'idée germer lentement dans la tête du roi. Une semaine plus tard, en milieu d'après-midi, le roi était assis sur son balcon en train de manger une glace lorsque El-Kwo se pencha et lui chuchota :

— Majesté, j'ai une prière à vous adresser.

Le roi le regarda, interrogatif.

— Mr Wright souhaite que Votre Majesté l'honore d'une courte audience. Dix minutes, pas plus.

Le roi donna son accord. El-Kwo courut annoncer la nouvelle au directeur, qui parut comblé et murmura :

— Je vous remercie.

C'était là un événement exceptionnel que Mr Wright remercie d'une façon claire le chef des serviteurs. El-Kwo s'inclina :

— Je suis à vos ordres.

Le lendemain, à quatre heures de l'après-midi, Mr Wright se présenta devant le roi, qui lui sourit et lui dit en anglais :

— Soyez le bienvenu, Mr Wright. Comment allez-vous ?

Il lui fit signe de s'asseoir et la conversation commença aussitôt :

— J'espère que Votre Majesté accueillera favorablement ma requête.

Le roi hocha la tête en le fixant du regard.

— Majesté, j'espère que vous nous pardonnerez et que vous nous ferez de nouveau l'honneur de votre présence à l'Automobile Club.

— Je ne m'assoirai pas dans un endroit infesté de communistes.

— Je m'engage sur l'honneur à ce que ce qui s'est passé ne se reproduise pas.

Le roi se tut et eut l'air de réfléchir, ce qui encouragea Mr Wright :

— Majesté, je ne voudrais pas que les saboteurs aient le sentiment que, par leur crime, ils sont arrivés au résultat qu'ils souhaitaient. Votre Majesté est trop haute et trop considérable pour ne pas changer son mode de vie et exaucer ainsi le vœu de cette racaille.

Mr Wright prononça le mot de "racaille" avec un extrême dédain qui eut de l'impact sur le roi. Il poursuivit son plaidoyer :

— C'est le défunt roi votre père qui a fondé le club et c'est Votre Majesté qui en est le président d'honneur.

L'Automobile Club ne représenterait plus rien s'il perdait votre affection suprême. Je prie Votre Majesté de nous accorder une chance de réparer notre faute.

Le roi sourit et dit :

— Bien, je penserai à cette question. Mr Wright, j'ai été heureux de vous rencontrer.

C'était le signal que la visite était terminée. Mr Wright se leva, hocha la tête en souriant avec reconnaissance puis partit. Le roi, au fond de lui-même, désirait-il revenir à l'Automobile Club ?

La réponse est assurément oui. Pour lui, le club était un excellent lieu de distraction, lié dans son esprit à de beaux souvenirs. Aller au club constituait un changement dans l'ordonnancement de sa vie et le libérait de la sévérité du protocole. Il se réjouissait comme un enfant lorsqu'il s'asseyait au club, délivré du cérémonial de la cour, au milieu de ses amis. Il y rencontrait de belles femmes, y jouait au poker et y mangeait ce qu'il voulait. Le roi ne dînait pas au restaurant, mais les plats se succédaient sur la table de jeu à laquelle il s'asseyait : des sandwichs de toutes sortes que Rekabi s'évertuait à lui préparer ; du rosbif et de l'escalope panée ou des rouleaux de viande hachée, de poulet ou de fromage. Lorsque son jeu était bon et qu'il gagnait, le roi était de bonne humeur et croquait un sandwich tout en tenant ses cartes de l'autre main. Il plaisantait alors avec l'assistance :

— Il faut que nous nous arrêtions une minute en mémoire de Lord Sandwich. Cet homme a offert à l'humanité une grandiose invention. Savez-vous qui était Lord Sandwich ?

Pour donner au roi l'occasion d'étaler sa culture, l'assistance assurait alors qu'elle ignorait même son nom. Il poursuivait, avec une fierté enfantine :

— Le comte Sandwich est un Anglais né en 1718 qui, le premier, a inventé le sandwich.

Aussitôt s'élevait un concert d'éloges et de louanges de la haute culture et des dons innombrables du roi.

Ensuite venaient les desserts. Une succession des plats préférés de Sa Majesté : de la basbousa à la crème, de la crème caramel, de la compote de fruits. Il les avalait l'un après l'autre tout en jouant aux cartes.

C'étaient toutes ces réjouissances que le roi avait perdues. Il avait une grande envie de passer ses soirées au club, mais son retour sur place nécessitait une justification morale et c'est exactement cela qu'El-Kwo lui avait fourni. Le roi pouvait maintenant défendre son revirement devant ceux qui l'interrogeraient. Il dirait par exemple :

— La diffusion massive de la photographie prouve qu'il s'agit d'un vaste complot contre le trône, planifié avec soin. Le problème n'est pas précisément à l'Automobile Club.

Ou bien :

— Le directeur du club, Mr Wright, est venu me voir et m'a supplié de revenir au club. En vérité, j'ai été touché par cet Anglais plus fidèle au trône que beaucoup d'Égyptiens.

Puis il pourrait ajouter :

— L'Automobile Club est propriété de la couronne. Je ne le laisserai jamais tomber entre les mains des saboteurs et des communistes.

Telles étaient les raisons de la décision.

Le retour à l'Automobile Club de Sa Majesté le roi fut un spectacle impressionnant. Tous les serviteurs descendirent l'accueillir à l'entrée, conduits par El-Kwo et Mr James Wright, très élégant dans son costume bleu foncé qui s'accordait avec une chemise d'un blanc éclatant et une cravate rouge. Ils l'attendirent pendant une demi-heure devant le porche jusqu'à ce qu'apparût la Buick royale rouge, qui ralentit puis s'arrêta devant la porte. Sa Majesté en descendit, tandis que les gardes et les chambellans se hâtaient dans tous les sens. Mr Wright se précipita à sa rencontre et s'inclina profondément en disant d'une voix claire :

— Du plus profond de nos cœurs, nous vous remercions, Majesté.

Le roi hocha la tête sans faire de commentaire, se contentant d'un sourire hautain, et se dirigea vers l'ascenseur. Les serviteurs étaient décontenancés parce qu'ils s'attendaient à ce que la cérémonie de l'accueil soit plus longue, mais Sa Majesté avait envie de s'asseoir à la table de jeu qui lui avait tant manqué. Par ailleurs, les paroles de remerciement, en même temps qu'elles lui faisaient plaisir, lui rappelaient la douloureuse affaire de la photographie et il voulait passer outre à ce qui était survenu et complètement l'oublier, faire comme si cela n'avait pas eu lieu. Il reprit sa place habituelle à la tête du tapis vert, au milieu de ses proches plongés dans leurs conversations, leurs boissons et le jeu. Quant aux serviteurs, l'enthousiasme et l'optimisme se répandirent parmi eux. Ils sentaient que le retour du roi allait mettre fin à leurs peines. El-Kwo ne pourrait pas continuer à les sanctionner alors que Sa Majesté elle-même leur avait pardonné. Le retour du roi était comme une lumière au bout d'un tunnel obscur. Les serviteurs déployèrent ce soir-là tous leurs efforts et exécutèrent du mieux qu'ils purent les arts du service. Ils s'attendaient d'un instant à l'autre qu'El-Kwo leur annonce le retour des pourboires. Ils attendaient avec une telle impatience ce moment que certains d'entre eux avaient déjà préparé les paroles de remerciement qu'ils comptaient lui adresser. Une semaine s'écoula sans que la situation change. Ils se demandaient ce que voulait El-Kwo et pourquoi il ne levait pas la sanction. Pendant combien de temps allaient-ils travailler sans contrepartie ? Leur crise devenait chaque jour plus profonde. Ils étaient déprimés et faisaient leur travail sans y mettre de zèle. Ils allaient, venaient, servaient les clients, l'esprit ailleurs, plongés dans leurs soucis. Maintenant ils comprenaient clairement que la question allait au-delà d'un simple mouvement de colère devant lequel il leur suffirait de plier en attendant qu'il se termine. El-Kwo était décidé à détruire leurs foyers, comme s'il éprouvait une jouissance diabolique à leur faire du mal. Ils étaient incapables de subvenir aux besoins de leurs familles. Où allaient-ils prendre l'argent nécessaire pour couvrir les dépenses de leurs enfants et payer les loyers des appartements où ils habitaient ? Qu'était-il arrivé à l'Automobile Club ? Étaient-ils victimes d'une malédiction ? Pourquoi les catastrophes se succédaient-elles ainsi ? Ils allaient chaque jour à leur travail en s'attendant à de nouvelles avanies. Ils avaient perdu leur sentiment de sécurité. Comme leur étaient détestables ces jours sombres et comme ils regrettaient la vie qu'ils menaient avant ces événements. Certes, El-Kwo ordonnait de les frapper s'ils commettaient une faute, mais ils bénéficiaient d'une protection, d'une sécurité. Il y avait des choses stables, des règles. Des règles injustes assurément, mais meilleures que cette anarchie. Leur vie s'écoulait suivant un ordonnancement connu et stable puis, tout à coup… Que s'était-il passé ? Abdoune et ses amis s'étaient révoltés, ils avaient relevé la tête et, pour eux, c'étaient les portes de l'enfer qui s'étaient ouvertes. Qu'avaient-ils gagné à défier El-Kwo ? Il avait interdit les châtiments corporels, mais également supprimé les pourboires. Il leur était possible dans le passé d'éviter les châtiments corporels s'ils travaillaient à la perfection, mais maintenant, ils travaillaient durement tout au long de leur service, sans contrepartie.

Autrefois, ils mettaient les pourboires qu'ils recevaient dans la fente d'une caisse recouverte de velours vert placée dans la salle de jeu. La caisse était fermée par un cadenas, et chaque vendredi soir, Chaker, le maître d'hôtel, l'ouvrait, mettait de côté les billets de banque et rangeait sur la table les pièces de monnaie. Il comptait les pourboires devant eux, en gardait la moitié pour El-Kwo et leur distribuait l'autre moitié en fonction de leur ancienneté. Ils se tenaient devant Chaker qui comptait les pourboires comme des enfants excités attendant une récompense. Comme ils aimaient les vendredis soir, qu'ils attendaient semaine après semaine ! C'était le moment de la reconnaissance. Après une semaine d'un dur travail, la gratitude des clients leur parvenait sous la forme de leur part de pourboire. Tout cela était maintenant terminé. Ils mettaient les pourboires dans la caisse tout en sachant qu'ils n'allaient rien en toucher. Ils regardaient les billets pliés avant de les introduire dans la fente comme s'ils leur jetaient un dernier regard. Chacun d'eux travaillait toute la durée de son service en s'efforçant de satisfaire les clients et ceux-ci récompensaient leurs efforts en leur donnant des pourboires qui, croyaient-ils, leur revenaient, mais en fin de compte ils les remettaient au maître d'hôtel et n'en recevaient pas une piastre. Chaker ne leur donnait plus rien. Il vidait la caisse et portait tout l'argent à El-Kwo tous les vendredis soir. Les visages des serviteurs exprimaient la consternation et la colère contenue lorsqu'ils voyaient Chaker compter les billets pliés avec soin et les pièces de monnaie puis placer le tout dans une grande enveloppe, la fermer et partir. Certains ne supportaient pas ce spectacle et déploraient avec accablement :

— C'est un péché, ce n'est pas licite, Chaker, de nous prendre le pain de nos familles.

Un autre renchérissait :

— Est-ce que cela fait plaisir au Bon Dieu que nous travaillions gratuitement ?

Chaker ignorait leurs commentaires et continuait à rassembler l'argent, et s'ils continuaient à maugréer, il leur criait :

— Assez de ronchonnements comme ça ! Ce n'est pas moi qui donne les ordres. Si vous voulez quelque chose, parlez à El-Kwo.

La mention d'El-Kwo suffisait à les faire taire immédiatement. En dépit de leur exaspération à son égard, ils évitaient de l'affronter. Ils avaient toujours l'espoir de son pardon. Il fallait qu'ils s'efforcent de le satisfaire et de ne pas le mécontenter. Tout mouvement étourdi, tout propos inconsidéré était susceptible de rendre impossible la solution du problème. La sagesse les conduisait à en prendre leur parti et à subir. Lorsque El-Kwo verrait leurs souffrances, à coup sûr son cœur allait s'attendrir.

Ils supportèrent cette épreuve deux mois complets. Ils patientèrent, empruntèrent de l'argent, repoussèrent le paiement des factures venues à échéance, et malgré cela continuaient à espérer que la générosité gagne le cœur d'El-Kwo, qu'il leur pardonne et que les choses reprennent leur ancien cours. Il ne leur restait plus que cet espoir. La plupart étaient mariés et avaient des enfants scolarisés et même les célibataires envoyaient des mandats le premier de chaque mois à leurs familles en Haute-Égypte. Lorsque commença la neuvième semaine de leur calvaire, il leur fut véritablement impossible de poursuivre de cette façon. En milieu d'après-midi, ils se réunirent au café. Les travailleurs de l'équipe de nuit arrivèrent avant de prendre leur service et ceux de l'équipe de jour vinrent avant d'avoir terminé le leur. Il y avait foule. La plupart des serviteurs étaient présents. Chaker fumait une chicha lorsqu'il les vit arriver en masse ; il devina l'objet de leur réunion, paya le garçon et partit. Bahr était le seul des chefs d'équipe présent. Il fumait tranquillement la chicha dans un coin. Ils s'assirent tous à l'exception de Karara, le sofragi, et de quelques autres avec lui qui restèrent debout, peut-être parce qu'ils n'avaient pas trouvé de place ou bien parce qu'ils voulaient être au centre de la scène pour que tous puissent les entendre et les voir. Karara cria, comme pour commencer le concert :

— Alors, les amis, qu'allons-nous faire, face à cette calamité ?

Ils renchérirent :

— Nous avons tous des femmes et des enfants qui comptent sur nous.

— Où allons-nous trouver l'argent pour nos maisons ? Nous allons voler ? Nous allons mendier ?

L'un d'eux dit en s'adressant au vieux Solimane :

— Oncle Solimane, j'ai envie d'abandonner le travail.

— Tu ne peux pas.

Ils se turent, pris d'une frayeur soudaine. Solimane secoua la tête et s'expliqua :

— Celui qui abandonnerait le travail sans l'accord d'El-Kwo le paierait cher. Vous croyez que c'est facile. Il y a vingt ans, lorsque le club a été ouvert, un sofragi qui s'appelait Anbar, de Louxor, avait fait quelque chose de mal et El-Kwo l'avait frappé. À cette époque-là, El-Kwo nous battait de ses propres mains. Anbar n'avait pas pu le supporter. Il était resté toute la nuit sans dormir, et le matin il avait quitté le club. Il avait disparu. Vous savez ce qu'a fait El-Kwo ? Il a informé la police qu'Anbar avait volé de l'argent. Il a été arrêté et a passé trois ans en prison.

Quelle fin ! Cela les épouvanta d'imaginer qu'El-Kwo pourrait agir de même à leur égard. "Une fois le travail fini, tu reçois une raclée", comme ils disaient.

Karara le sofragi déclara :

— Mes amis, il faut trouver une solution.

Samahi lui répondit, accablé :

— Que veux-tu que nous fassions ?

— Il faut que nous découvrions qui a placé l'appareil photo.

— Si la police, avec tous ses moyens, ne le sait pas, comment est-ce que nous allons le trouver ?

Abdoune était assis dans un coin. Il se leva et alla au centre du café pour leur faire face :

— Mes amis, essayez de comprendre. La suppression du pourboire n'a rien à voir avec l'appareil photo.

Karara s'écria, avec un regard haineux :

— Ne te mêle pas de ça, Abdoune.

Ce dernier l'ignora et dit calmement :

— El-Kwo aurait de toute façon supprimé le pourboire. S'il n'y avait pas eu le scandale du roi, il aurait trouvé une autre raison.

— C'est-à-dire ?

— C'est-à-dire qu'il a accepté d'interdire les châtiments corporels et en même temps il a décidé de se venger de nous tous.

Karara cria en se rapprochant d'Abdoune, les muscles bandés :

— Assez de propos empoisonnés. Un scandale est arrivé à notre maître le roi et il est normal qu'El-Kwo nous punisse. Plutôt que de défier El-Kwo, il faut que nous lui exprimions nos regrets.

Abdoune réagit :

— Nos regrets pour quoi ? Nous, en quoi est-ce que cela nous concerne ? C'est la police politique qui est responsable de la sécurité du roi. D'ailleurs, le roi lui-même est revenu passer ses soirées au club et il s'est comporté normalement à notre égard. Est-ce à dire qu'El-Kwo est plus concerné par la réputation du roi que le roi lui-même ?

Les participants s'agitèrent et murmurèrent, perplexes. Abdoune poursuivit :

— Mes amis, entre nous et El-Kwo, il y a une bataille et c'est notre position qui est juste. El-Kwo veut que nous restions à sa merci. Nous, nous demandons à être traités avec considération, à faire notre travail et à voir nos droits respectés, et si nous commettons des fautes, à être sanctionnés d'une façon qui ne soit pas humiliante.

Ils étaient totalement désemparés, et la désolation se lisait sur leurs visages. Le vieux Solimane intervint :

— Que veux-tu que nous fassions, Abdoune ?

— Que nous gardions notre dignité.

Comme s'ils n'attendaient que ce mot, ils explosèrent :

— Quelle dignité ? Quelle foutaise !

Ils se mirent à argumenter tous en même temps et il apparut alors qu'ils n'avaient pas tous le même point de vue. La majorité était en colère contre Abdoune mais certains – Samahi, Bahr et d'autres – défendaient avec ardeur Abdoune, qui continuait à rester silencieux pendant que la controverse autour de lui s'envenimait :

— Abdoune a raison.

— Abdoune est la cause de nos malheurs.

— Son tort est-il d'avoir défendu nos droits ?

— De quel droit a-t-il parlé en notre nom ?

— Maintenant vous dites ça ? Est-ce que vous ne l'avez pas remercié quand El-Kwo a interdit les châtiments corporels ?

— Nous l'avons remercié par politesse, ni plus ni moins. Et maintenant voici que les malheurs nous tombent sur la tête.

Karara ajouta :

— Écoute, Abdoune. Pourquoi n'irais-tu pas t'excuser auprès d'El-Kwo ?

Des paroles d'approbation s'élevèrent :

— C'est une excellente idée.

— Vraiment, si Abdoune s'excuse auprès d'El-Kwo, c'est sûr qu'il nous pardonnera.

Abdoune répliqua avec détermination :

— Je n'ai pas commis de faute pour m'en excuser.

— Il faut que tu t'excuses, cria Karara tandis que s'élevait un concert de voix qui appuyaient cette proposition.

Abdoune les regarda et répliqua :

— Je ne m'excuserai pas et je ne laisserai personne me frapper, ni El-Kwo, ni Hamid, ni personne d'autre. Plutôt que de vous rabaisser encore plus et d'accepter qu'El-Kwo vous frappe comme des animaux, soyez des hommes et réclamez vos droits, la tête haute.

Tout à coup Karara se jeta sur lui en criant :

— Mais d'où est-ce que tu sors ? Tu as détruit nos maisons, que Dieu détruise la tienne !

Les participants intervinrent pour les séparer. Ils étaient d'humeur lugubre parce qu'ils se rendaient tout à coup compte que la situation était inextricable et que le fléau qui les frappait était complexe. Solimane avança à pas lents vers le milieu du café et leur fit un signe :

— Écoutez, mes amis. Parlons sérieusement.

La plupart répondirent :

— Oui, parlons sérieusement.

Il essaya de hausser la voix pour qu'on l'entende :

— Abdoune est trop fier pour s'excuser auprès d'El-Kwo. Nous, nous irons tous lui demander pardon.

Un concert d'approbations accueillit ces paroles, mais Abdoune dit d'une voix forte :

— Vos excuses ne donneront aucun résultat. Plus vous vous humilierez, plus il vous humiliera.

Solimane s'écria avec colère :

— Tu es bizarre, Abdoune. Tu te prends pour notre tuteur. Nous sommes libres de faire ce que bon nous semble. Si ce qu'on dit ne te plaît pas, je t'en prie, va-t'en.

Abdoune sourit tristement et Solimane répéta sa demande :

— Je t'en prie Abdoune, adieu. Je veux leur parler d'un sujet qui ne te plaira pas.

C'était une façon franche de le chasser. Abdoune regarda Solimane d'une manière incrédule puis se retourna et gagna la sortie.

— Attends, Abdoune, je pars avec toi, dit Bahr, le barman, en repoussant l'embout de la chicha et en sortant à sa suite.

Samahi ainsi qu'un certain nombre de serviteurs les suivirent. Les partisans d'Abdoune étaient moins de dix sur les quarante-quatre personnes du service.

Lorsque Abdoune et ses amis furent sortis, le reste des serviteurs, soulagés, firent cercle autour de Solimane, qui se mit à leur expliquer son idée : il irait lui-même présenter à nouveau ses excuses à El-Kwo. L'assistance approuva l'idée avec enthousiasme et Karara cria :

— Prends-moi avec toi, oncle Solimane.

Il se forma ainsi une délégation de deux personnes. Solimane était le plus vieux des employés et Karara, le plus fidèle à El-Kwo et celui qui détestait le plus le groupe d'Abdoune.

Un peu avant minuit, Karara demanda à Chaker la permission de sortir, tandis que Solimane s'était entendu avec un des sofragis pour qu'il le remplace à la porte et, comme ils l'avaient préalablement décidé, Mustapha les conduisit au palais Abdine, avant de revenir rapidement au club. Dans le bureau d'El-Kwo, Hamid les regarda avec méfiance. Solimane lui dit d'un ton courtois :

— Monsieur Hamid, je suis venu avec Karara pour rencontrer Son Excellence El-Kwo.

— À quel sujet ?

— Nous sommes venus prier notre seigneur El-Kwo de mettre fin à l'anarchie qui s'est répandue au club.

Hamid se leva lentement et entra chez El-Kwo et, au bout d'une demi-heure, leur permit d'entrer. Comme d'habitude, El-Kwo était majestueux et redoutable, vêtu de son costume de chambellan constellé d'or. Il avait chaussé ses lunettes cerclées d'or et fumait un luxueux cigare. Il les regarda et Solimane prit la parole :

— Excellence, nous sommes vos serviteurs. Nous vous devons tout. Abdoune et les autres jeunes qui sont avec lui ont des idées complètement fausses. Nous sommes venus pour dire directement à Votre Excellence que nous n'avons rien à voir avec eux.

El-Kwo regarda Solimane d'un regard froid et neutre, comme s'il ne comprenait pas ce qu'il disait. Karara avança d'un pas avec un sourire suppliant et ajouta d'une voix tremblante :

— Pour l'amour du Prophète, ne nous renvoyez pas désespérés. Réconciliez-vous avec nous. Pardonnez-nous et rendez-nous le pourboire. Nos familles ont faim. Il n'est pas possible que Votre Excellence soit satisfaite de cette situation.

El-Kwo haussa les épaules et souffla un nuage de fumée qui recouvrit son visage puis dit calmement :

— Si vous n'avez rien à voir avec Abdoune, comment se fait-il que vous soyez restés silencieux ?

Solimane répondit :

— Excellence, nous le boycottons complètement.

Et Karara poursuivit :

— Abdoune ne peut pas prononcer une seule parole infâme contre Votre Excellence devant nous. Nous le tuerions plutôt.

Solimane hocha la tête :

— Bien sûr, Abdoune et les autres qui sont avec lui ont été rejetés de notre sein. Plus personne ne leur parle.

El-Kwo resta silencieux. Il prit son cigare entre ses doigts tout en contemplant les ongles de sa main gauche, coupés avec soin. Il avait le même air de satisfaction que s'il avait siroté un verre de thé à la menthe. Karara et Solimane se dirent que son silence était un signe encourageant. Karara s'enhardit et avança d'un pas :

— Excellence. Nous sommes à vos ordres. Si vous voulez nous battre, battez-nous, mais, par la vie du Prophète, ne nous privez pas de notre pain.

KAMEL

Je crus que c'était un rêve. Je regardai encore une fois. C'était bien Mitsy, debout sous ma fenêtre. Elle me fit un signe et me dit :

— S'il te plaît, descends.

Je repris difficilement mes esprits et, d'un geste, lui demandai de m'attendre. Je m'habillai rapidement et sautai dans l'escalier. Lorsque j'arrivai en bas, je lui dis, essoufflé :

— Mitsy, que se passe-t-il ?

— Connais-tu un endroit où nous pouvons nous asseoir ?

Heureusement nous étions au début du mois et j'avais dans la poche suffisamment d'argent. Je la pris par la main et nous allâmes jusqu'à la place Sayyida Zeineb. Au bout de quelques instants, un taxi apparut de l'autre côté. Je lui fis signe et nous y montâmes.

— Hôtel Sémiramis, s'il vous plaît.

Je savais que la cafétéria y était ouverte toute la nuit. Nous n'échangeâmes pas un seul mot de toute la route. Aucune parole n'aurait eu de sens avant de savoir ce qui s'était passé.

Nous entrâmes dans le hall et choisîmes une table avec vue sur le Nil. Le garçon arriva, souriant. Je lui demandai un café et pour Mitsy un jus de citron. Je voyais son visage dans la lumière. Elle semblait complètement épuisée. Elle était pâle et avait des cernes sous les yeux comme si elle n'avait pas dormi depuis des jours. Elle alluma une cigarette, me regarda et dit :

— J'ai quitté la maison…

— N'aurais-tu pas pu attendre jusqu'au matin ?

— Je ne pouvais plus supporter…

— Tout cela parce que tu n'as pas voulu aller avec le roi ?

— L'affaire du roi est une des causes. Mon problème avec mon père est profond et ancien. S'il y a une personne au monde dont je diffère en tout, c'est lui.

Elle secoua la tête et sirota son verre de jus de citron.

— C'est triste à dire, mais je ne le respecte pas.

Elle baissa un instant les yeux puis releva la tête pour dire quelque chose, mais tout à coup éclata en sanglots. Je tendis ma main à travers la table pour caresser la sienne :

— Mitsy, calme-toi, je t'en prie.

— Je n'en peux plus de tout ça ! Mon père me commande parce que c'est lui qui m'entretient. J'ai toujours l'impression qu'il cherche à me mortifier. Je me sens humiliée.

Je restai silencieux. Je détestais son père et ressentais chaque mot qu'elle disait. Mitsy poursuivit avec émotion :

— Je ne sais pas quoi faire. J'ai quitté la maison et je n'ai ni argent ni aucun endroit où me réfugier.

Je lui dis aussitôt avec fougue :

— Ne t'inquiète pas. Nous allons attendre jusqu'au matin puis tu viendras chez moi.

— Tu n'as pas assez de problèmes comme ça ? Tu as assez de soucis avec ton travail, tes études et les problèmes de ta sœur avec son mari. Je ne me permettrai pas d'être une charge supplémentaire pour toi.

J'avais envie à cet instant de la prendre dans mes bras. Je murmurai :

— Tu ne seras jamais une charge pour moi.

Elle dit, émue :

— Je te remercie.

— Je te montrerai plus tard une meilleure façon de me remercier.

Mitsy sourit pour la première fois. Comme elle était belle à cet instant avec son visage pâle et épuisé, son regard triste et son sourire ! Tout cela lui donnait un éclat ensorcelant. Elle ressemblait à un magnifique tableau, plus beau que la réalité. Nous demandâmes deux tasses de café. J'essayai de la distraire en lui parlant de choses et d'autres. J'attendis qu'il soit cinq heures du matin et payai l'addition puis nous sortîmes dans la rue. En dépit de tout, elle marchait à mes côtés et je sentais le bonheur m'envahir. Nous prîmes un taxi pour nous rendre à la maison. Je tenais Mitsy par la main en montant l'escalier. Elle m'accompagnait pour venir vivre chez nous ! Tout cela me sembla tout à coup étrange, comme un rêve. J'ouvris la porte avec ma clef et lui demandai de s'asseoir sur le canapé près de l'entrée en attendant que je revienne. Je traversai le couloir jusqu'à la chambre de ma mère. Comme je le supposais, je la trouvai assise sur le tapis où elle venait de terminer sa prière de l'aube, et elle s'apprêtait à lire le Coran. Je la saluai et embrassai sa tête. Elle me regarda avec inquiétude et me demanda :

— Où étais-tu ?

Je m'assis à ses côtés et lui expliquai la situation. J'insistai sur le fait que Mitsy était dans une situation difficile parce qu'elle avait quitté sa maison, qu'elle était étrangère et ne connaissait pas le pays et qu'elle n'avait pas d'argent pour aller dans un hôtel. Je resterai toujours émerveillé par la capacité de ma mère à affronter les situations d'exception. Je n'oublierai jamais les expressions qui se sont succédé sur son visage. D'abord surprise puis perplexe, elle réfléchit un peu puis finalement me regarda d'un air résolu :

— Puisqu'elle s'est réfugiée chez nous, elle vivra avec nous en sécurité et dans le respect aussi longtemps qu'elle ne se sera pas réconciliée avec sa famille.

— Je ne pense pas qu'elle se réconcilie avec Mr Wright.

— Une fille ne peut pas se passer de son père.

— Maman, je connais des détails que je n'ai pas le droit de te raconter. Son père n'est pas sûr pour elle.

— Mon Dieu !

— Mon souhait est que nous accueillions Mitsy deux ou trois jours, jusqu'à ce qu'elle trouve un travail et un appartement où habiter.

— Qu'elle soit la bienvenue. Mais il y a une chose qu'il faut que je te dise.

Ma mère se tut un instant comme si elle cherchait ses mots, puis :

— Je remarque, Kamel, que tu es attaché à elle. Tu es libre, mais il faut que tu comprennes que la maison Hamamia a toujours été aussi propre qu'une mosquée. Mitsy dormira avec Saliha dans sa chambre, et toi, tiens-toi à l'écart aussi longtemps qu'elle sera à la maison.

— D'accord.

— Promets-moi.

— Je te le promets.

Ma mère soupira comme si ma promesse avait mis fin à ses appréhensions puis sortit avec moi pour aller au salon. Mitsy était toujours assise sur le canapé. Ma mère l'accueillit avec des formules de bienvenue sincères. Elle la serra dans ses bras et la conduisit par la main et, comme je les suivais, s'arrêta et me dit :

— Laisse-moi m'occuper de Mitsy, je t'en prie. Va dormir.

Je les laissai et retournai dans ma chambre. Je n'essayai pas de dormir car je savais que je n'allais pas pouvoir. Je restai allongé sur le lit, à regarder le plafond et à fumer. J'étais épuisé au point que cela attisa mes passions. Je ressentis tout à coup une haine violente contre James Wright. C'était littéralement un salaud. Pouvais-je imaginer qu'il se conduirait d'une manière aussi ignoble ? M'était-il possible de deviner ses actes à partir de son aspect ? Cette question me conduisit à penser aux liens entre l'apparence de l'homme et sa personnalité. Quelle était la première impression que laissait un personnage comme Wright ou Abdelberr ? Je me remémorai ma première rencontre avec chacun des deux. Dès le premier instant, je ne m'étais senti à l'aise ni avec l'un ni avec l'autre. Lorsque nous voyons une personne pour la première fois, nous éprouvons une sensation furtive comme l'éclair qui se perd ensuite lorsque nous sommes en rapport avec elle. Si nous parvenons à interpréter avec soin cette sensation, cela nous donne un indice précis sur la personnalité des autres. Ce fut la dernière idée qui me passa par la tête avant que le sommeil ne s'empare de moi. Je me réveillai tard et courus à la salle de bains. Je m'habillai rapidement et pris un taxi dans la rue Sedd el-Gaouani pour aller au club. Je trouvai M. Comanos assis à son bureau. Il s'enquit d'un ton de reproche :

— Quelle heure est-il chez vous ?

— Je suis désolé du retard.

— Tu ne dois pas être en retard, Kamel. Le travail est le travail. Va chercher les bouteilles de bière vides au bar.

Je portai les bouteilles à la réserve. Ensuite je fis quelques courses puis passai en revue tout ce qui était sorti du magasin le jour précédent. J'étais épuisé au point qu'il me fallut plusieurs fois reprendre les comptes les plus simples. Je m'aperçus qu'une main se posait sur mon épaule et trouvai M. Comanos qui souriait. Je lui dis d'une petite voix :

— Monsieur Comanos, je vous demande encore une fois d'excuser mon retard. J'ai veillé pour réviser et je me suis profondément endormi.

M. Comanos me regarda avec indulgence :

— C'est la dernière fois que tu arrives en retard ?

— D'accord.

Je me remis rapidement à la lecture, comme pour me couper toute alternative. Je ne voulais pas parler à M. Comanos du problème de Mitsy, même si je l'aimais bien et si j'avais confiance en lui. Je pense qu'à ce moment il fallait considérer M. Comanos comme un étranger et je me disais que la présence chez moi de Mitsy le mettrait en colère, parce que c'était une étrangère comme lui. J'avais honte de cette stupide pensée raciste. M. Comanos était un ami sincère de mon père, qui nous avait aidés en nous donnant à Mahmoud et à moi l'occasion de travailler au club. Lorsque vint l'heure du départ, je lui dis en lui serrant la main :

— Je voulais vous remercier pour tout ce que vous avez fait pour moi et pour ma famille.

Il sourit, gêné.

— Ce n'est rien. Ton père était un frère pour moi.

Après l'avoir remercié, je me sentis soulagé. Il ne méritait pas – après tout ce qu'il avait fait pour nous – d'être traité comme un étranger. Je pensai à revenir vers lui pour l'informer de l'affaire de Mitsy, puis trouvai l'idée ridicule. J'étais épuisé, j'avais l'esprit perturbé. Je marchai dans la rue Soliman Pacha et tout à coup me vint une idée. J'appelai le prince d'un bureau de tabac. Dès que j'entendis sa voix, je lui dis précipitamment :

— Altesse, j'ai besoin de vous voir maintenant.

Contrarié, il demanda :

— Rien de grave, Kamel ?

— Je ne peux pas en parler au téléphone.

Il hésita un peu puis me dit :

— Bon, venez.

Une demi-heure plus tard, le maître d'hôtel me conduisit au studio. Le prince était assis en tenue de travail à une table sur laquelle il découpait les photographies, exactement comme je l'avais vu la première fois. Il me reçut chaleureusement :

— Vous m'avez fait peur. Que s'est-il passé ?

Je n'attendais que ce signal pour commencer. Je racontai au prince l'affaire de Saliha avec Abdelberr et l'informai également que Mitsy était à la maison. Je ne lui cachai rien. Le prince m'écouta calmement, en posant de temps en temps une question sur certains détails. Mon exposé de la situation terminé, je me sentis soulagé, comme si je m'étais libéré d'une lourde charge. Le prince se leva et se servit un verre de whisky dans lequel il mit quelques glaçons puis commença à le siroter. Sur son visage apparut un air badin.

— Vous aimez Mitsy ?

Je restai silencieux, et le prince éclata d'un rire bruyant :

— Apparemment, vous l'aimez beaucoup.

Je murmurai :

— Mitsy est une personne bonne et pleine de charme.

Les yeux du prince brillèrent et il me dit avec ardeur :

— Avez-vous aimé auparavant ?

Je fis signe que non de la tête. Le prince dit en français :

— Ah, le premier amour, cher poète. Préservez vos sentiments envers Mitsy pour écrire un beau poème.

Il y eut un nouveau silence puis le prince redevint sérieux.

— Pour ce qui est de l'autre affaire, si vous voulez mon avis, il faut bien sûr que votre sœur divorce. Elle ne peut pas vivre avec un homme de cette sorte.

— Il refuse le divorce.

Le prince se mit à réfléchir puis prit une feuille et un stylo et me dit :

— Écrivez-moi le nom du mari de votre sœur et son adresse complète.

Je fis ce qu'il me demandait et lui tendis la feuille, sur laquelle il jeta un regard avant de la poser devant lui sur le bureau. Lorsque je pris congé, il me serra la main et me dit :

— Je ne peux rien vous promettre, Kamel, mais je ferai mon possible pour vous aider.

37

Les deux amis descendirent de chez Tafida Sersaoui après minuit. Comme d'habitude, Mahmoud monta derrière. Faouzi, qui conduisait la Lambretta, démarra à grande vitesse. Ils étaient silencieux, impressionnés par ce qui venait de se passer. Au bout de quelques instants, Faouzi se mit à fredonner des chansons d'Abdel Wahab et Mahmoud remarqua qu'il ne se dirigeait pas vers leur maison, à Sayyida Zeineb. Il lui cria :

— Où vas-tu ?

— Je vais dans un endroit super, lui répondit en riant Faouzi, qui semblait au mieux de sa forme.

Faouzi se dirigea vers le quartier de la citadelle puis tourna à gauche dans une petite ruelle et gara la Lambretta le long du trottoir. Les deux amis entrèrent dans une maison ancienne et grimpèrent un étroit escalier en colimaçon jusqu'à la terrasse. Mahmoud voyait cette fumerie pour la première fois. Les deux aventuriers s'assirent sur un banc de bois qui suivait le mur sur toute sa longueur. Au milieu de la terrasse, il y avait un grand récipient de métal plein de morceaux de charbon de bois embrasés, et des jeunes gens allaient et venaient en portant des gouzas et des charbons ardents. Faouzi était connu des clients ainsi que du patron de la fumerie, qui se leva pour venir le saluer et le serra chaleureusement dans ses bras. Faouzi dit d'une grosse voix qu'il utilisait parfois pour se donner plus de prestance :

— Comment allez-vous, patron ? Vous m'avez manqué.

Les deux amis s'assirent dans un coin et un garçon accourut avec la gouza et le foyer incandescent. Faouzi sortit de sa poche un morceau de haschich dont il arracha avec les dents un bout qu'il éparpilla sur le fond de tabac miellé. Il alluma le foyer et tira une profonde bouffée qui fit gargouiller l'eau de la gouza. Il tendit ensuite le tuyau au jeune homme qui fit sortir un nuage de fumée de sa bouche et de ses narines, puis il se tourna vers Mahmoud :

— Il faut qu'on s'amuse et qu'on se vide la tête après cette histoire avec Tafida.

Mahmoud préférait l'effet de l'alcool, plus exaltant, plus joyeux que celui du haschich, qui rendait la tête lourde et souvent le plongeait dans la mélancolie. Il tira plusieurs petites bouffées puis rendit la gouza au garçon, qui termina de fumer ce qu'il y avait dans le réceptacle puis l'enleva de la gouza avant d'en préparer un autre. Mahmoud appuya son dos contre le siège et dit :

— Qu'as-tu fait avec Mme Tafida ? Moi, j'avais honte, mon vieux.

Faouzi éclata de rire et lui dit :

— Crois-moi, ces femmes, il faut les traiter durement.

Mahmoud secoua la tête comme s'il n'était pas convaincu et Faouzi tendit la main vers la poche de sa chemise. Il en sortit deux livres qu'il froissa entre ses doigts en disant :

— Regarde, avec mon bluff j'ai pris le double de ce que tu as eu avec ta politesse.

Mahmoud se tut, un sourire figé, sans signification, sur le visage. Encore une fois, Faouzi était capable de l'éblouir. Encore une fois, il lui prouvait qu'il connaissait mieux que lui la vie et les gens. Mahmoud s'attendait à ce que Tafida, à un moment ou à un autre, explose de colère et les chasse de sa maison, mais, à sa grande surprise, chaque fois que Faouzi lui disait un mot vulgaire, elle semblait d'abord s'émouvoir puis réagissait favorablement. Après que Faouzi lui eut fait l'amour, elle était sortie avec lui et sur son visage ridé apparaissaient la détente et le réconfort. Faouzi la prit une dernière fois dans ses bras et lui mordit gentiment l'oreille, ce qui lui fit pousser un cri lascif qui n'était pas de son âge. Faouzi lui avait dit :

— Tafida, je reviens mercredi.

Elle avait hoché la tête en lui jetant un regard rêveur. Il lui avait posé la main sur le cou, l'avait attirée vers lui comme s'il allait la frapper avec sa tête et avait dit :

— Je ferai toujours ton bonheur, comme aujourd'hui.

C'est ainsi que Faouzi instaura un nouveau genre de relations féminines. Mahmoud faisait l'amour à ses deux maîtresses avec voracité, mais se comportait respectueusement avec elles. Il considérait que Rosa était une amie sincère et, même avec Mme Dagmar la sérieuse, la sévère, il se comportait poliment et avait des égards pour ses sentiments. Lorsqu'il sut que sa fille avait eu un enfant en Allemagne, il l'avait chaleureusement félicitée et lui avait demandé d'écrire le nom du nouveau-né sur une feuille de papier pour qu'il apprenne à le prononcer. Mahmoud vendait du sexe, c'était vrai, mais dans un cadre courtois, tandis que Faouzi se comportait en mufle avec ses maîtresses pour leur montrer sa virilité et peut-être aussi un peu pour s'exciter. Il parlait à Tafida Sersaoui avec une totale grossièreté, comme s'il voulait constamment lui rappeler qu'elle demandait du sexe et qu'elle payait pour ça. Faouzi, au contraire de Mahmoud, offrait du sexe enveloppé de mépris. Il plaçait Tafida face à elle-même. Il ne lui laissait aucune illusion et la forçait à affronter la réalité. Même lorsqu'il la caressait, il lui donnait des claques comme s'il la violait, comme s'il lui disait : "Tu es une vieille aux cheveux blancs et tu fais la petite fille. Une vieille lubrique, une traînée. Tu loues n'importe qui capable de te faire l'amour. C'est ça, ta vérité. Ça ne sert à rien de faire semblant et de mentir."

Faouzi méprisait Tafida au plus profond de lui-même. Il lui accordait peu d'importance et faisait tout pour l'humilier. Son visage se crispait quand il faisait l'amour et il prenait un air agressif. On aurait dit qu'il la frappait. Il portait son mépris au plus profond d'elle-même. Le plus étrange, c'est que cette dureté de Faouzi ne répugnait pas à Tafida, mais au contraire l'attirait vers lui, comme si c'était ce comportement hostile qui l'excitait et l'amenait à l'orgasme. La manière dont Tafida répondait aux humiliations de Faouzi reste une énigme. Ce n'était pas une femme débonnaire, ni abattue. Au contraire, son visage sur le qui-vive, à l'affût, avec ses traits aigus et son expression agressive, la faisait ressembler à un oiseau de proie. Malgré tout, Faouzi était parvenu à la dompter. À chaque parole dure, à chaque mouvement obscène, Tafida se soumettait encore plus. La question était : puisque Tafida, dans sa vie quotidienne, était fière de sa dignité et n'acceptait pas qu'on y attente, pourquoi ne refusait-elle pas le comportement avilissant que lui faisait subir Faouzi ? Pourquoi lui était-elle de plus en plus attachée à mesure qu'il lui manifestait plus de mépris ? Elle avait plus de soixante-dix ans. Était-ce son âge avancé qui la poussait à rechercher la jouissance par n'importe quel moyen, même si le prix en était son abaissement ? Ou bien les humiliations de Faouzi la libéraient-elles d'une certaine façon du sentiment du péché ? Elle était égyptienne et non pas étrangère comme les deux maîtresses de Mahmoud. Elle était en fin de compte fille de la culture orientale qui condamne les relations sexuelles en dehors du mariage. Même si elle était incapable de contrôler ses désirs, même si elle s'envolait loin dans l'horizon de la jouissance, au fond d'elle-même elle détestait ce qu'elle faisait et en avait honte. Peut-être les affronts de Faouzi lui fournissaient-ils une sorte de purification, une vengeance contre elle-même. Peut-être acceptait-elle son humiliation comme un châtiment juste qui la faisait souffrir et la débarrassait du péché.

Quelle qu'en soit la cause, les relations de Faouzi et de Tafida s'étaient établies sur la base d'une rudesse que Mahmoud ne comprenait pas et qu'il n'approuvait pas. Faouzi avait insisté pour que Mahmoud l'accompagne chez Tafida. Sa présence donnait à Faouzi un sentiment de fierté et il avait fait de son dialogue et de ses mouvements avec Tafida une sorte de représentation théâtrale pour un seul spectateur. Tafida leur avait ouvert la porte, vêtue d'une robe de chambre en soie qui couvrait sa chemise de nuit. Elle avait d'abord serré la main de Mahmoud puis avait pressé Faouzi dans ses bras et lui avait dit d'un ton qu'elle s'efforçait de rendre doux et séduisant :

— Comment vas-tu, mon chéri ?

Faouzi lui avait alors répondu froidement :

— Tu ne dors pas encore ? C'est mauvais de veiller, pour ta santé.

Elle avait ignoré son ironie et s'était assise à ses côtés. Elle se collait à lui et lui murmurait :

— Tu m'as manqué.

Le spectacle de Tafida qui s'était mise en beauté et qui jouait aux petites filles, avec ses cheveux teints clairsemés qui laissaient par endroits son crâne découvert, son maquillage épais sur son visage avachi, sa coquetterie artificielle et ses efforts infructueux pour paraître aimable, tout cela poussait Faouzi à la traiter avec encore plus de grossièreté. Il faisait semblant de la caresser, par exemple, puis la prenait par la nuque ou lui tirait les cheveux jusqu'à ce qu'elle crie. Alors Faouzi éclatait de rire et lui disait :

— Allez, au boulot. Mahmoud et moi, on a faim.

— Je vous ai apporté du kebab et de la kefta, répondait Tafida en courant à la cuisine.

— N'oublie pas le vin, lui criait Faouzi.

Elle revenait avec un paquet de kebab et une bouteille de vin français. Mahmoud s'empressait de l'aider à préparer la table tandis que Faouzi restait assis à sa place en train de fumer. Il ne la remerciait pas et ne faisait jamais de compliments sur ce qu'elle préparait. Il ne faisait aucun commentaire sauf pour la critiquer. Il jetait à la table dressée un coup d'œil scrutateur puis, d'un air courroucé, lui disait :

— Tu as oublié la tahina.

Ou bien il appuyait sur la tranche de pain français puis le jetait sur la table en disant :

— Le pain est rassis.

Tafida courait pour réparer la faute. Il mangeait alors avec appétit, buvait plusieurs verres de vin puis allait à la salle de bains, où Tafida avait mis des serviettes et du savon parfumé en plus d'une brosse et d'un peigne pour que Faouzi puisse peigner ses cheveux bouclés. Il prenait un bain et revenait nu sous une robe de chambre. Tafida l'attendait assise, le visage enflammé, haletante de désir. Faouzi s'asseyait à côté d'elle, se collait à elle sans parler puis se penchait sur la table et se roulait une cigarette de haschich, qu'il fumait en buvant du vin. Pendant ce silence plein de désir, Mahmoud se sentait incapable de parler. Il les regardait avec sur son visage noir un sourire figé de honte, comme s'il s'excusait d'être là. Faouzi se comportait comme s'il était seul. Il ne regardait pas Mahmoud, et en même temps il veillait à ce que le rituel de la rencontre se déroule sous ses yeux. Il aspirait la fumée saturée de haschich, la retenait dans ses poumons pour en redoubler l'effet, toussait, buvait une gorgée de vin, caressait son large torse poilu puis rotait ostensiblement – ce qui pour lui était un signe de virilité – et, le moment venu, il se tournait vers Tafida qui était sur des charbons ardents. Il ne se montrait pas amical, ne souriait pas, ne lui murmurait pas de mots d'amour. Il se levait et la tirait par la main vers la chambre à coucher.

Ce spectacle qu'offrait Faouzi avec Tafida gênait extrêmement Mahmoud, au point que cela lui coupait et la parole et l'appétit. Il attendait une heure au moins que Faouzi sorte de la chambre à coucher. Il se sentait embarrassé parce qu'il n'avait rien à faire et qu'en même temps il ne pouvait pas partir. Parfois parvenait à son oreille l'écho des cris de Tafida. Il se sentait alors en colère sans pouvoir s'en expliquer la cause. Il allait à la fenêtre regarder les voitures et les passants. L'heure s'écoulait lentement et enfin Faouzi réapparaissait, prenait un bain, s'habillait et disait fièrement :

— Allons-nous-en, Mahmoud.

Faouzi prenait chaque fois deux livres. Ensuite, il commença à choisir dans la maison des choses à prendre. Quand un objet lui plaisait, il ne le volait pas, mais il le prenait et le mettait de côté sur la table du salon et, après avoir reçu les deux livres et les avoir rangées, pliées avec soin, dans son portefeuille (exactement comme faisait son père avec les revenus de l'épicerie), Faouzi tendait la chose qu'il avait choisie et disait :

— Tafida, je t'ai pris ça.

Il l'en informait sans y accorder d'importance et elle n'osait pas s'opposer ni même faire de commentaire. Elle hochait la tête et souriait, puis jetait un regard à ce qu'il avait pris comme pour lui dire adieu. Faouzi razzia de nombreuses choses : des bouteilles de parfum, un rasoir électrique, une petite lampe de poche, une bouteille de whisky. Avec Tafida, Faouzi gagnait huit livres par mois en plus de ses prises de guerre. Il gardait tout l'argent pour lui et ne le partageait pas avec Mahmoud, qui se fâcha et demanda :

— Faouzi, où est l'argent que tu prends à Tafida ?

— Il est en lieu sûr.

— Moi, dès que je prends de l'argent à Rosa et à Dagmar, je t'en donne, et toi tu gardes tout pour toi. Tu es égoïste, Faouzi.

Celui-ci regarda longuement son ami et lui dit :

— Mon vieux Mahmoud, c'est une honte de dire ça. Je suis ton frère et tout ce qui est dans ma poche est dans ta poche. Je mets mon argent à la poste. Personne ne sait ce qui peut se passer. Si nous avons besoin de quelque chose, nous aurons de l'argent en réserve.

Mahmoud ne fut pas convaincu par cette logique et se sentit blessé. Le comportement de Faouzi ne lui paraissait pas convenable, mais il ne dit rien et parla d'autre chose. Il ne lui était pas possible d'affronter Faouzi jusqu'au bout. Faouzi était son professeur, qui le conduisait et le protégeait. Le soldat peut-il se plaindre de son officier ? Le plus qu'il pouvait se permettre était de faire une réflexion, et si l'officier la réfutait, l'affaire était classée. Mahmoud avait besoin de Faouzi et était heureux en sa compagnie. Ils passaient ensemble des journées agréables, avec des sorties, de l'argent, des filles, et tout ce qu'il y avait de réjouissant au monde. La seule chose qui gâchait le plaisir de Mahmoud, c'était d'être présent avec Faouzi dans la maison de Tafida. Chaque fois, Faouzi insistait pour qu'il obtempère et aille avec lui. La dernière fois, Mahmoud avait refusé, têtu comme une mule. Il avait dit :

— Faouzi, je n'irai plus chez Tafida.

— Pourquoi ?

— Mon vieux, tu vas coucher avec elle. Moi, à quoi je sers ?

— Je veux que tu sois avec moi. Et puis qu'est-ce qui te manque ? Tu manges et tu te saoules à l'œil. Estime-toi heureux.

— Je peux me passer de tout ça.

— C'est-à-dire que, lorsque ton ami a besoin de toi, tu l'abandonnes. C'est ça, être un homme ?

— Je n'ai jamais laissé tomber un ami, mais je n'irai pas chez Tafida.

Faouzi essaya de le faire changer d'avis, mais chaque fois que Mahmoud se souvenait de la honte qu'il ressentait, assis tout seul dans un fauteuil du salon tandis que Faouzi faisait l'amour avec Tafida, cela augmentait sa colère et il refusait avec encore plus d'insistance. Après de longs échanges et une controverse sans fin, Faouzi échoua à convaincre Mahmoud et jeta sa dernière carte sur la table :

— D'accord, Mahmoud. Tu ne viendras plus chez Tafida. Mais je t'en prie, viens ce soir pour la dernière fois. Tafida va nous faire une surprise.

— Quelle surprise ?

— Si je te le dis, ce ne sera plus une surprise.

Mahmoud parut hésiter, mais Faouzi lui assura que c'était une question de politesse, ni plus ni moins. Tafida s'était fatiguée à leur préparer une surprise pour leur faire plaisir. Il n'était pas convenable que Mahmoud annule sa visite. Qu'il vienne cette fois-ci seulement et ensuite il n'irait plus jamais ! Mahmoud accepta avec répugnance. Le soir, les deux amis se rendirent chez Tafida et la visite se déroula suivant le programme habituel. Elle leur apporta une bouteille de vin, des légumes et des feuilles de vigne farcies, deux poulets rôtis dont Faouzi avala un entier avant d'entrer dans la salle de bains. Lorsqu'il en revint nu sous sa robe de chambre, il interrogea Tafida d'un ton jovial :

— Alors ?

— Je suis prête.

— Vas-y.

Tafida sauta de son siège et disparut à l'intérieur de l'appartement. Faouzi regarda Mahmoud en souriant d'une manière mystérieuse. Peu de temps après, Tafida réapparut au milieu du couloir et cria d'un ton espiègle :

— Vous êtes prêts ?

Faouzi répondit d'une voix théâtrale :

— Entre, ne crains rien.

Mahmoud se sentit angoissé. Il s'imagina que quelque chose de terrible allait arriver. Il se tourna, interrogatif, vers Faouzi, mais les lumières s'éteignirent tout à coup et ils se trouvèrent plongés dans l'obscurité la plus complète.

SALIHA

Je ris chaque fois que je me souviens de ce qui s'est passé ce matin-là. Je m'étais levée tard et j'avais pris un bain chaud dont j'étais sortie revigorée. Je m'étais peignée et avais revêtu une tenue d'intérieur puis j'avais rejoint ma mère à la cuisine, mais je ne l'y avais pas trouvée. Je la cherchai et remarquai que la porte du salon était ouverte, contrairement à l'habitude. Je m'approchai et vis un spectacle étonnant : ma mère était assise avec une jeune fille étrangère. Dès qu'elle m'aperçut, elle vint vers moi et m'entraîna dans le couloir par la main. Elle me dit à voix basse :

— Nous avons à la maison la fille du khawaga Wright, le directeur du club.

— Que veut-elle ?

— Elle s'est fâchée avec son père et a quitté sa maison.

— Et nous, en quoi cela nous concerne ?

— C'est ton frère Kamel qui l'a amenée. Il veut qu'elle vive provisoirement avec nous jusqu'à ce qu'elle trouve un endroit.

Ma mère me dit cela en souriant d'un air entendu. La mention de mon frère Kamel était suffisante pour que j'accepte n'importe quoi.

— Si cela est le souhait de Kamel, je suis d'accord.

— Elle va dormir avec toi. Je vais lui installer un lit à côté du tien.

Mon sentiment de surprise se changea en gaieté, comme si c'était le début d'une aventure excitante. Je demandai à ma mère :

— Comment s'appelle-t-elle ?

— Mitsy. Viens faire sa connaissance.

Mitsy se leva en souriant. Elle me dit en me serrant la main :

— Vous êtes Saliha. Bonjour. Kamel m'a beaucoup parlé de vous.

— Vous parlez arabe ?

— C'est votre frère qui me l'a enseigné.

Sa façon de prononcer l'arabe était délicieusement enfantine. Nous bûmes du thé et prîmes le petit déjeuner. Mitsy me parut gentille et polie. Elle insista pour nous aider, ma mère et moi, à faire la cuisine. Je lui prêtai une de mes galabiehs. Son aspect était amusant, ainsi vêtue, avec un pilon à la main, en train d'écouter mes explications pendant que je cuisinais des cornes grecques. Kamel vint et nous prîmes le repas tous les quatre. Nous parlâmes de sujets variés mais je sentais qu'il y avait une sorte d'entente silencieuse entre Kamel et Mitsy. Après la fin du déjeuner, ma mère s'assit avec eux dans le salon. Je tentai de l'appeler pour qu'elle les laisse seuls, mais elle insista pour rester avec eux jusqu'à ce que Kamel soit allé étudier dans sa chambre. À la fin de la journée, la situation me parut encore plus originale. Je me dis que Dieu nous avait envoyé cette jeune fille pour me faire sortir de la dépression dont je souffrais. Je m'assis avec ma mère et Mitsy et nous bavardâmes longuement. Ma mère parla de notre situation et Mitsy, de son amour du théâtre et du profit qu'elle avait tiré des leçons de Kamel. Elle parlait de Kamel avec transport et admiration. À la fin, ma mère l'embrassa et lui dit :

— Considérez cette maison comme la vôtre. Vous êtes dans votre famille.

Elle nous regarda et nous dit avec émotion :

— Je vous remercie. Je n'oublierai jamais ce que vous avez fait.

Ma mère lui dit immédiatement :

— Nous n'avons rien fait. Nous sommes vraiment heureux de votre présence à nos côtés.

Peu avant minuit, ma mère appela Kamel dans sa chambre et monta avec lui sur la terrasse. Kamel descendit peu de temps après en portant sur les épaules un lit métallique en pièces détachées dont le remontage lui demanda deux heures d'efforts. Puis il alla une deuxième fois sur la terrasse et en revint avec un matelas et des oreillers. Ma mère les recouvrit avec un drap et deux taies propres. Pour finir, Kamel s'allongea sur le lit pour voir s'il était solide puis sourit, satisfait. Cela fit rire Mitsy, qui le mit en garde :

— Si je tombe pendant mon sommeil, tu seras le responsable.

Il lui répondit :

— Je serai toujours responsable de toi.

Il y eut un silence et je sentis qu'elle était émue et que, si je n'avais pas été là, elle l'aurait probablement serré dans ses bras. J'éprouvais de la sympathie pour leurs sentiments, que je pouvais clairement deviner. Les histoires d'amour me charmaient et j'aimais mon frère et tous ceux qu'il chérissait. Jour après jour, j'étais de plus en plus proche de Mitsy. Nous veillions tous les soirs ensemble dans ma chambre et parlions jusqu'à ce que nous entendions l'appel à la prière de l'aube. Au bout de quelques jours, elle me parla de son problème avec son père. J'avais de la sympathie pour elle, mais je pris soin de ne pas donner mon opinion sur ce qu'avait fait son père. Quelle que soit sa colère, cela aurait pu la mettre mal à l'aise que je le critique. Mitsy me dit :

— Maintenant, je cherche un travail.

— Je suis sûre que tu vas en trouver. Tu parles arabe et anglais et tu es intelligente et belle.

Elle me remercia, gênée. Je lui parlai de ma vie. Cela me surprit de voir que je lui mentionnais sans honte tous les détails. Je sentais qu'elle me comprenait complètement. Après que j'eus terminé, elle s'appuya contre la tête du lit et regarda le plafond comme si elle cherchait les mots justes :

— Saliha, toi aussi tu as pris une décision courageuse et c'était la bonne décision. Il ne faut pas que tu reviennes en arrière.

— Abdelberr refuse de divorcer.

— Laisse l'affaire du divorce à Kamel. L'important, maintenant, c'est que tu reprennes tes études.

— J'ai l'impression d'avoir raté ma vie.

— Comment pourrais-tu avoir raté ta vie alors que tu ne l'as pas commencée ? Tu n'as pas commis d'erreur, c'est ta famille qui en a commis une.

— Ma famille ne m'a pas forcée à me marier.

— Comment as-tu pu te marier à un homme que tu ne connaissais pas ?

— Je me suis dit que je le connaîtrais après le mariage.

— Le mariage n'est pas un moyen de connaître les gens. Il faut que tu connaisses un homme et que tu l'aimes puis qu'à un certain moment tu décides de vivre le reste de ta vie avec lui. Ainsi le mariage est une chose rationnelle.

— Beaucoup de filles se marient avant de connaître leur mari.

— Le mariage sans amour est un contrat de vente du corps de la femme, quelle que soit la couverture religieuse ou légale qu'on lui donne. Si tu te maries sans amour, tu n'es qu'une marchandise offerte à un client à qui elle a plu et qui a décidé de l'acquérir.

Pour moi, c'était une idée nouvelle que ce soit là l'essence du mariage : toutes ces festivités, ces célébrations cachaient la vente d'une marchandise. Cela me mit mal à l'aise, et je répondis :

— Je ne suis pas d'accord avec toi. C'est vrai que je me suis précipitée lorsque j'ai donné mon accord à Abdelberr, mais je n'ai jamais été une marchandise.

Elle se leva et se rapprocha de moi :

— Je suis désolée, Saliha. Je suis toujours trop passionnée dans mes idées et je les exprime avec sincérité. Je mets souvent en colère mes amis sans m'en rendre compte.

Je l'embrassai sur les joues. Ses cheveux sentaient bon. Je me levai, fis mes ablutions et la prière tandis que Mitsy m'observait. Lorsque j'eus fini la prière et enlevé mon voile, elle me dit :

— Tu es belle quand tu pries.

Cette nuit-là, nous allâmes au lit après la prière de l'aube. Lorsque je me réveillai à midi, je regardai son lit, que je trouvai vide. Peu de temps après, j'entendis frapper des coups légers à la porte. Mitsy apparut, souriante.

— J'attendais que tu te réveilles.

Elle portait une valise en tissu qui semblait lourde. Elle la posa sur le lit, l'ouvrit et en sortit un ensemble de livres. Elle dit avec excitation :

— Ce sont les livres du baccalauréat. C'est Kamel qui les a portés alors que tu étais endormie. Il faut que tu commences à réviser comme prévu.

38

Lorsque Solimane et Karara revinrent de leur rencontre avec El-Kwo, les serviteurs les attendaient avec anxiété. Chacun trouva une occasion pour descendre au porche ou monter au restaurant afin de demander quel avait été le résultat de la rencontre.

La même question revenait toujours :

— Qu'avez-vous fait avec El-Kwo ?

La réponse de Solimane, le portier, et de Karara, le sofragi, était la même. Ils semblaient s'être mis d'accord sur sa formulation. Chacun des deux disait à ceux qui l'interrogeaient :

— Demain à quatre heures, venez au café et nous parlerons.

Les serviteurs laissèrent libre cours à leurs appréhensions. Certains pensaient que la mission avait échoué tandis que les autres croyaient que les deux messagers voulaient annoncer le résultat de leur visite devant l'ensemble du personnel pour éviter d'avoir à rabâcher les mêmes explications. Le lendemain, la plupart des serviteurs allèrent au café, dont ils occupèrent toute la partie droite. Abdoune et ses amis étaient assis à des tables voisines. Solimane attendit que tout le monde soit installé, puis il se leva et alla, suivi de Karara, au milieu de la salle. Il y eut un silence tendu puis Solimane dit calmement :

— El-Kwo a refusé de nous rendre le pourboire.

Des cris de protestation s'élevèrent, et il attendit que le calme soit revenu pour poursuivre :

— El-Kwo veut d'abord s'assurer que nous avons compris notre erreur avant de nous rendre le pourboire.

— El-Kwo est obligé de nous rendre le pourboire. C'est notre droit, dit Abdoune.

Solimane le regarda avec exaspération et cria :

— Écoute, mon fils, quel est ton travail ?

— Adjoint du barman.

— C'est-à-dire serviteur.

— Non, Solimane, je ne suis pas serviteur. Je fais un travail contre un salaire.

Solimane répliqua d'une voix irritée :

— Nous, Abdoune, toute notre vie nous avons été des serviteurs et nous avons accepté cette situation, et nous étions heureux avant que le destin t'envoie à nous.

— Que Dieu te pardonne !

— Abdoune, toi et Bahr et Samahi et tout votre groupe, vous avez des idées qui ne sont pas les nôtres. Vous voulez affronter El-Kwo. C'est vous qui êtes la cause de nos malheurs.

Abdoune sourit.

— Oncle Solimane, nous nous sommes opposés à El-Kwo quand il t'a battu.

Solimane répondit en évitant son regard :

— Que Dieu te comble, mais nous avons assez de problèmes comme ça. Nous étions heureux et satisfaits jusqu'à ce que tu apparaisses, toi et ton groupe. Vous avez fait de l'agitation, et le résultat c'est que l'anarchie règne dans le club. Il y a chaque jour des disputes et des prises de bec. Et pour finir, on nous prive de nos ressources.

Des voix s'élevèrent pour appuyer Solimane, comme s'ils avaient enfin trouvé l'explication véritable de ce qui s'était passé. Solimane s'écria avec humeur :

— Abdoune, tu connaissais le régime du club dès le début. On a dû te dire avant que tu ne travailles ici qu'El-Kwo était dur et qu'il avait un caractère difficile. Pourquoi es-tu venu ?

— Nous avons le droit de travailler et nous avons le droit d'être traités avec respect.

Solimane sortit de ses gonds. Il cria au visage d'Abdoune :

— Tu peux parler en ton nom, mais tu n'as pas le droit de te mêler de nos affaires.

Les voix des participants s'élevèrent pour appuyer le portier. Abdoune les regarda et dit :

— Ce n'est pas avec des supplications et en lui baisant la main qu'El-Kwo nous rendra les pourboires. Il faut que nous nous unissions et que nous réclamions nos droits.

Solimane répondit :

— Prenez la position commune que vous voulez. Nous, nous avons une autre méthode. Nous, nous allons supplier, demander pardon à El-Kwo jusqu'à ce qu'il nous rende les pourboires.

Abdoune promena son regard sur eux avec un mélange de tristesse et d'indignation :

— Nous n'allons ni supplier, ni baiser les mains, nous allons défendre notre droit et nous allons l'obliger à nous rendre les pourboires. Vous verrez vous-mêmes.

Abdoune se retourna pour prendre la porte, tandis que s'élevaient des voix sarcastiques :

— Montre-nous ce que tu vas faire, imbécile heureux, petit con !

— Il n'y a que toi qui sois intelligent ?

— Mon fils, tu vis dans les rêves.

Abdoune sortit sans détourner le regard, suivi de Samahi, de Bahr et des autres. Après qu'ils furent sortis et que les voix moqueuses se furent calmées, Solimane dit à l'assemblée d'un ton sérieux :

— Mes frères, nous n'avons rien à voir avec eux. Karara et moi, nous irons voir El-Kwo ce soir pour le supplier encore une fois, et si Dieu le veut, tout ira bien.

KAMEL

Nous eûmes deux réunions la même semaine. Les camarades luttèrent de vitesse et la mission fut accomplie avec succès. Nous distribuâmes des milliers de photographies dans la plupart des provinces.

Je décidai de partir de bonne heure pour discuter avec le prince avant la réunion. Je m'attendais à ce qu'il me parle du sujet pour lequel je lui avais demandé son aide, mais il ignora la question, comme si je ne m'étais pas plaint auprès de lui et comme s'il ne m'avait rien promis. Je me sentis déçu qu'il m'ait abandonné. Je me dis en moi-même : le prince Chamel est quelqu'un de bien, c'est un militant et un artiste, mais il ne se détournera pas de ses occupations pour résoudre mes problèmes.

Je regrettai d'avoir eu recours à lui et cela me déprima. La seule chose qui me consolait, c'était la présence de Mitsy chez nous. Elle y suscitait une atmosphère de gaieté. Elle n'arrêtait pas de découvrir des choses nouvelles. Elle était amusante dans la cuisine, avec ma mère. Elle éprouvait une véritable joie à vivre à l'égyptienne. Elle me demanda une fois d'aller avec elle sur la terrasse pour voir Saliha étendre le linge. Je lui dis :

— Le spectacle du linge que l'on étend, je le connais depuis mon enfance et je n'y vois rien d'extraordinaire.

Mitsy insista en souriant :

— Viens avec moi. Je vais te montrer la beauté de ce spectacle.

Puis s'adressant à Saliha, elle dit :

— Kamel et moi, nous allons monter avec toi sur la terrasse.

— Je ne crois pas que ce que je vais faire mérite d'être regardé.

Ignorant sa réponse, Mitsy se pencha sur la cuvette de linge humide et la prit par un bord tandis que Saliha tenait l'autre. Je leur ouvris la porte de l'appartement et notre cortège se mit à gravir les marches de l'escalier. J'étais absorbé par la contemplation du spectacle d'une Égyptienne et une Anglaise portant ensemble une cuvette de linge. Mitsy Wright, qui était née et avait grandi à Londres, portait maintenant une cuvette de linge rue Sedd el-Gaouani. Elles posèrent la cuvette sous le fil à linge tendu à travers la terrasse. Mitsy prit ma main et m'entraîna quelques pas en arrière puis me dit :

— Reste là pour bien voir. S'il te plaît, Saliha, commence à étendre le linge sans penser que nous te regardons. Considère que tu es toute seule.

Saliha semblait gênée. Lorsqu'elle se pencha et prit un vêtement pour l'étendre, Mitsy dit, comme une maîtresse d'école qui explique quelque chose à des enfants :

— Le spectacle du linge qu'on étend est un des plus beaux spectacles par lesquels la femme égyptienne exprime sa féminité. Lorsque la femme tend les bras pour mettre une pièce de tissu sur le fil, son corps arrive à cet instant au plus haut degré d'humanité. Il est certain que la femme sent qu'elle est séduisante, source de désirs.

Saliha s'arrêta d'étendre le linge et se mit à nous regarder avec un sourire gêné. Mitsy lui dit :

— Saliha, s'il te plaît, n'aie pas honte. La question ne te concerne pas, toi, personnellement. Je suis une actrice et j'ai étudié l'expression corporelle. Je veux montrer à Kamel la beauté du spectacle.

Saliha se pencha et prit une autre pièce de linge, qu'elle posa sur le fil. Mitsy poursuivit avec enthousiasme :

— Regarde comme ce spectacle déborde de féminité. La séduction de la femme égyptienne quand elle étend le linge n'est pas moins grande que lorsqu'elle danse à la manière orientale. La force de séduction est la même dans les deux cas, mais d'une sorte différente. La séduction de la danse orientale est franche et directe. C'est un appel au sexe. Quant à l'étendage du linge, sa séduction est réservée, décente, voilée. La femme fait ses mouvements sans se rendre compte de leur impact sur ceux qui la contemplent. Regarde : lorsque la femme met la pince à linge dans sa bouche puis la prend pour accrocher une pièce de linge au fil, cette façon de faire est porteuse de significations fortes.

C'était plus que Saliha n'en pouvait supporter. Elle prit une autre pièce de linge dans la cuvette et dit avec irritation :

— Mitsy, je ne peux pas me concentrer sur ce que je fais. Ou bien tu me laisses seule, ou bien je descends et je reviendrai dans l'après-midi.

Mitsy lui dit en riant :

— Ok, je suis désolée.

Je descendis avec elle et nous laissâmes Saliha terminer son travail. Chaque fois que je me souviens de cette journée, je ne peux pas m'empêcher de rire.

La gaieté qu'apportait Mitsy dans notre famille ressemblait à celle causée par un petit enfant qui découvre les choses pour la première fois, qui bafouille, qui fait des commentaires naïfs entraînant le rire de ses proches qui prennent plaisir à l'entendre.

Un soir que j'étais en train d'étudier dans ma chambre – il était plus de deux heures du matin –, je me levai pour aller à la salle de bains. J'étais en chemise et pantalon. Depuis que Mitsy était à la maison, je n'apparaissais plus en pyjama en dehors de ma chambre. Je marchais dans le couloir et, avant d'avoir posé la main sur la poignée de la porte de la salle de bains, j'entendis une voix derrière moi :

— Kamel.

Je me retournai. C'était Mitsy, debout dans la faible lumière de la veilleuse. Je lui demandai ce qui se passait.

— Je veux te parler.

Confus, je lui dis :

— Mitsy, si ma mère se réveille et qu'elle nous trouve ensemble, elle va se fâcher.

— Pourquoi se fâcherait-elle ?

— Parce que je lui ai promis de ne pas me trouver seul avec toi dans notre maison.

Elle ignora ce que je lui disais et murmura :

— Kamel, je t'aime.

Je restai silencieux. L'émotion me coupa le souffle. Mitsy se rapprocha si près que je sentis son léger parfum, et elle me donna un baiser léger, rapide, sur les lèvres. Puis elle sourit et repartit vers la chambre de Saliha, dont elle ferma la porte. Je restai cloué sur place. J'avais l'impression de rêver. Peu à peu, l'effet de la surprise s'atténua et une merveilleuse sensation s'empara de moi. Mitsy m'avait libéré de mes appréhensions et de mes calculs stériles. Elle me mettait face à une vérité que j'avais toujours fuie : j'aimais Mitsy, j'aimais sa voix, son rire, son sourire, son visage, ses mains. Même les fautes qu'elle faisait en parlant l'arabe me semblaient séduisantes. Je revins dans ma chambre en pleine ivresse. Je dormis profondément et me réveillai en pleine forme. Je pris un bain, m'habillai et trouvai Mitsy qui prenait le petit déjeuner avec ma mère et Saliha. Elle me regarda en souriant comme pour me rappeler la veille. Ma mère m'invita à m'asseoir avec elles mais je répondis :

— Je suis en retard pour le travail.

Mitsy s'écria avec ardeur :

— Attends un instant !

Elle me fit rapidement un sandwich et me le tendit en disant :

— Tu aimes le fromage blanc. Emporte-le et mange-le en route.

Saliha sourit et ma mère dit, d'un ton qu'elle essaya de garder sérieux :

— Ne lui fais pas de peine, Kamel.

Je pris le sandwich, la remerciai et partis rapidement. J'appelai un taxi pour gagner du temps. En route, je pensai à Mitsy. Sa tendresse ce matin avait un sens nouveau. Je me souvins de ses doigts fins me tendant le sandwich. D'où lui venait toute cette beauté ?

Je terminai le travail que j'avais à faire et, avec la permission de M. Comanos, me plongeai dans les études.

Lorsque cinq heures sonnèrent, M. Comanos était déjà parti et j'étais seul au dépôt. Khalil, le planton, apparut tout à coup et me dit, tout ému :

— Kamel, viens tout de suite. La voiture du prince Chamel t'attend devant la porte du club.

J'éteignis la lumière et fermai à clef la porte du dépôt. Je sortis et montai dans la voiture. En chemin, j'essayai de deviner la cause de cette convocation. Pourquoi le prince voulait-il me voir ? Était-il arrivé quelque chose concernant l'organisation ? Allait-il me charger d'une mission nouvelle ? Le sofragi me conduisit à son bureau. Je passai la porte et reçus un choc : Abdelberr était assis devant le prince. Je fis des efforts pour me maîtriser. Le prince sourit et me dit :

— Bienvenue, Kamel. Asseyez-vous.

Je serrai la main du prince et m'assis sur le canapé. Abdelberr évitait de me regarder. Le prince me dit :

— Vous m'avez chargé de trouver une solution au problème de votre sœur, Saliha. J'ai parlé de la question du divorce avec le frère Abdelberr, qui a manifesté sa bonne disposition à parvenir à un accord.

Abdelberr le coupa :

— D'abord, moi, je ne la voulais pas. J'ai été embarqué dans ce mariage par cette famille.

Je criai :

— Un peu de respect !

Abdelberr me regarda avec colère :

— Je suis respectable, que tu le veuilles ou non.

Je me levai en le toisant. Le prince cria :

— Kamel, asseyez-vous, s'il vous plaît. Nous ne sommes pas ici pour nous bagarrer.

Le silence dura quelques instants, puis Abdelberr toussota :

— Altesse, j'ai dépensé beaucoup d'argent dans ce mariage raté. Je veux récupérer l'argent auquel j'ai droit.

Je m'écriai :

— De quel droit parles-tu ? Espèce d'escroc !

— Taisez-vous, Kamel, cria le prince.

Puis il se tourna vers Abdelberr et lui dit d'une voix calme :

— Monsieur Abdelberr, demain mon secrétaire entrera en contact avec vous pour les formalités du divorce. Pour ce qui est des frais, nous les prenons à notre charge.

Je voulus protester mais je me tus par respect pour le prince, qui poursuivit :

— Nous sommes d'accord, frère Abdelberr. Mon secrétaire vous remettra le montant compensatoire. Vous être un homme raisonnable et vous ne chercherez pas les problèmes. Je m'attends donc à ce que vous respectiez notre accord. N'oubliez pas que si j'ai préféré une solution amicale, en cas de nécessité je peux me comporter d'une manière différente.

Abdelberr hocha la tête et ne fit pas de commentaire. Le prince se mit à lire certaines feuilles posées sur son bureau, signifiant ainsi à Abdelberr qu'il devait partir. Il se leva et serra la main du prince. En sortant, il passa à côté de moi et murmura :

— Que la paix soit sur toi.

Je ne répondis pas. Dès qu'Abdelberr fut sorti, je me précipitai pour dire :

— Altesse, cet homme se moque de nous.

Le prince sourit et s'adossa à sa chaise :

— Kamel, j'ai l'âge d'être votre père et plus d'expérience que vous. La dignité d'Abdelberr est blessée parce que vous savez tous qu'il est drogué et impuissant. Il est normal qu'il essaie de se venger. Vous n'avez pas assisté à notre rencontre depuis le début. Si je n'avais pas fait pression sur lui et si je ne l'avais pas menacé, il n'aurait pas donné son accord au divorce. Mon secrétaire va lui apporter un montant raisonnable et, s'il refuse, je sais comment l'obliger à divorcer.

— Je peux connaître le montant ?

— Ce n'est pas votre affaire, me dit-il d'un ton badin.

Je lui dis avec émotion :

— Je vous remercie, Altesse.

Le prince se leva et s'approcha de moi. Je me levai également. Il me posa la main sur l'épaule et me dit :

— Pour l'autre question également, je me suis débrouillé. J'ai loué un petit appartement meublé à Garden City pour votre amie Mitsy. Le loyer est payé pour un an et cette semaine je vais lui trouver un travail.

— Altesse, je suis vraiment incapable de trouver les mots pour vous remercier.

Il m'interrompit :

— Il n'est pas besoin de remerciements entre les amis. J'ai choisi un appartement à Garden City pour que vous jouissiez d'un total respect de votre vie privée. Ce sera un très agréable nid d'amour.

Il fit un clin d'œil et lança un de ces éclats de rire tonitruants dont il était coutumier. J'étais émerveillé par la noblesse du prince et me sentais coupable de l'avoir mal jugé. Pour me libérer de cet état de gratitude, il me dit d'un ton sérieux :

— Dans la période à venir, nous vous confierons de nouvelles missions au sein de l'organisation. Venez avec moi. Je veux vous donner quelque chose.

Je sortis avec lui du bureau. Nous traversâmes le grand salon pour aller au studio. Il alluma la lumière puis ouvrit l'armoire et en sortit quelque chose qui ressemblait à un roule-cigarettes, mais de la taille de la radio qui se trouvait dans le salon de notre maison. Il posa l'objet devant moi sur la table.

— C'est une machine à déchiqueter le papier. Emportez-la chez vous. Tous vos camarades ont la même. Elle est facile à utiliser. Vous introduisez une liasse de feuilles de ce côté puis vous tournez la manette comme cela. Le soir, avant de dormir, il faut se débarrasser de tous les papiers de l'organisation que vous avez chez vous.

39

Ceci arriva au plus fort de la soirée, en présence du roi et au moment où le club était bondé et le bar, plein de clients. Bahr, le barman, jeta un regard à son adjoint, Abdoune, et tous les deux sortirent, abandonnant leur travail. Il y avait dans leur démarche quelque chose de résolu, sans appel. À la cuisine, malgré les commandements de Rekabi, Samahi se leva soudainement et sortit sans en demander la permission. Il partit rapidement sans se retourner. Alors Rekabi gronda :

— Par la vie de ta mère, Samahi, je te le ferai payer.

Au restaurant, il se passa la même chose. À la stupéfaction des clients, les sofragis Nouri, Banan et Fadali déposèrent les assiettes qu'ils portaient sur la table la plus proche et quittèrent la pièce, comme le firent Gaber et Bachir dans la salle de jeu. Tous, comme ils en étaient convenus, s'arrêtèrent de travailler et se mirent en mouvement au même instant. Ils descendirent l'escalier et se réunirent à l'entrée du club.

L'explication n'eut lieu qu'après que Bahr fut allé informer Chaker que lui et ses camarades l'attendaient devant la cabine téléphonique. Bahr n'avait pas laissé à Chaker la possibilité de répondre ou de poser des questions. Après avoir terminé sa phrase il était retourné là d'où il était venu. Ce qui se passa ce soir-là resterait un événement unique dans l'histoire de l'Automobile Club : huit travailleurs abandonnaient le travail sans préavis et se réunissaient pour protester à la porte du club. Chaker, le maître d'hôtel, accourut vers eux et leur dit fébrilement, à voix basse :

— Qu'est-ce qui vous arrive, les enfants ? Vous êtes devenus fous ?

Abdoune répondit immédiatement :

— Nous interrompons le travail et nous voulons avoir une entrevue avec El-Kwo.

Chaker les regarda d'un air de désapprobation :

— Si vous voulez rencontrer El-Kwo, allez à son bureau.

Bahr répondit :

— Nous resterons debout ici jusqu'à ce qu'El-Kwo vienne nous parler.

Chaker comprit que cela ne servait à rien de discuter. Il leur jeta un coup d'œil circulaire et leur dit :

— D'accord, si vous ne voulez pas travailler, ne travaillez pas, mais ne restez pas devant la porte. Le roi est en haut et les adhérents qui montent et qui descendent vont vous voir.

Personne ne répondit. Ils restèrent debout à leur place. Chaker, de plus en plus déconcerté, réfléchit un instant et dit :

— Entrez dans n'importe quel bureau jusqu'à ce que Son Excellence El-Kwo arrive.

L'offre était inattendue. Ils se regardèrent les uns les autres et semblèrent hésiter, mais Bahr trancha la question et dit :

— Nous ne bougerons pas d'ici jusqu'à ce que nous rencontrions El-Kwo.

Il y eut un murmure d'approbation et Chaker cessa de discuter. Il se précipita vers le téléphone et y resta quelques minutes puis, sans un regard vers les travailleurs rassemblés devant la porte, il remonta rapidement l'escalier pour retourner au restaurant. Les adhérents qui passaient sous le porche pour gagner l'ascenseur regardaient avec perplexité les serviteurs en grève plongés dans le silence. Ils étaient figés comme s'ils ne croyaient pas tout à fait à ce qu'ils étaient en train de faire. Qui aurait pu imaginer qu'ils allaient refuser le travail et affronter El-Kwo ? Leur comportement était aussi étrange qu'un rêve. Ils savaient qu'El-Kwo allait venir d'un instant à l'autre et, malgré cela, ils n'avaient pas peur. Ils restaient inébranlables à un point qui les étonnait eux-mêmes. D'où leur venait tout ce courage ? On aurait dit que pour eux la peur était un barrage qui disparaissait pour toujours une fois qu'on l'avait franchi. À cet instant, ils sentaient qu'ils étaient différents. Ils n'étaient pas des serviteurs et El-Kwo n'était pas leur seigneur. Ils étaient des travailleurs du club qui réclamaient leurs droits et qui détenaient, s'ils le voulaient, celui de s'arrêter de travailler. Cette confiance qui les possédait se manifestait dans leur attitude et dans le timbre de leur voix. Samahi dit d'une voix forte :

— Les amis, lorsque arrivera El-Kwo, laissez-moi lui parler.

Ils le regardèrent en souriant. Il y avait un contraste entre son corps maigrichon et le cran dont il faisait preuve. Bahr déclara :

— C'est moi qui vais lui parler. Je connais El-Kwo mieux que vous.

Samahi eut l'air dépité. Bahr rit et lui dit :

— Ne te fâche pas, Samahi. Je te laisserai parler, mais à la fin.

Samahi hocha la tête en signe d'approbation et, peu de temps après, apparut El-Kwo. Il passa rapidement l'entrée, suivi par Hamid et Solimane, le portier. Les serviteurs ne bougèrent pas de l'endroit où ils étaient. Ils ne se précipitèrent pas vers lui pour lui souhaiter la bienvenue, comme c'était la coutume. Son visage se crispa. Il les aborda, le souffle court :

— Vous avez laissé votre travail ?

Bahr répondit fermement :

— Excellence, cela fait trois mois que nous travaillons gratuitement.

— Ce qui vous arrive arrive aussi à vos collègues.

Bahr répondit :

— Ce que font nos collègues ne nous regarde pas. Nous qui sommes debout devant vous, nous ne travaillerons pas au club avant que vous nous donniez nos droits.

El-Kwo les considéra tous comme s'il n'en croyait pas ses yeux, puis leur dit d'une voix tonitruante :

— Retournez à votre travail.

Bahr lui répondit :

— Nous ne pouvons pas reprendre le travail, à moins que vous nous rendiez le pourboire qui est notre droit.

Samahi, encouragé par ces mots, se lança :

— Bien sûr. Si vous voulez que nous travaillions, payez-nous ce qui nous revient.

C'était le comble. Samahi, le chétif, le fragile, qu'El-Kwo ne daignait pas appeler par son nom, à qui il n'adressait même pas la parole, affrontait maintenant son seigneur. El-Kwo se rembrunit. Il fit crisser ses dents et dit d'un ton tranchant :

— Pour la dernière fois, je vous somme d'être raisonnables et de retourner au travail.

L'impact de sa voix était terrible. Il y eut un profond silence. Il les fixa du regard, mais ils ne bougèrent pas. Ils ne cédaient pas et ne manifestaient aucune hésitation.

Abdoune reprit :

— Ce que nous disons est clair. Il n'est pas possible que nous travaillions sans salaire.

Hamid, le corps tremblant de rage, se mit à hurler :

— Qu'est-ce qui se passe, fils de chiens ? C'est comme ça que vous parlez à votre maître El-Kwo ?

Celui-ci se retourna vers lui :

— Laisse-les, Hamid, grand bien leur fasse.

Il prononça cette phrase d'un ton pénétré, comme si elle avait un sens caché, puis pivota lentement et franchit le porche. Il fit quelques pas puis s'arrêta sur le trottoir en leur tournant le dos. Il avait l'air de parler à quelqu'un qu'ils ne voyaient pas.

Tout à coup, il y eut du vacarme et des hommes en armes se ruèrent vers l'entrée du club. Les serviteurs en grève n'eurent pas la possibilité de résister. La troupe se précipita, les arrêta et les traîna violemment vers l'extérieur. Ils protestèrent, mais les soldats firent pleuvoir sur eux des coups de poing et de pied jusqu'à ce qu'ils arrivent à la fourgonnette de la police, qui les attendait.

SALIHA

Pourquoi aimais-je tant Mitsy ? Parce qu'elle était gentille et polie et parce que Kamel l'aimait et que moi j'aimais tous ceux qu'aimait Kamel ? Peut-être aussi cette expérience m'a-t-elle plu, d'avoir comme amie une jeune Anglaise qui parlait l'arabe et qui voulait tout apprendre de la vie des Égyptiens. Avec Mitsy, je ne sentais pas le temps passer. Nous parlions, nous discutions et nous riions beaucoup. Elle insistait pour nous aider, ma mère et moi, dans les travaux de la maison, et me posait des questions sur tout ce que je faisais. Elle apprit des choses que je n'imaginais pas pouvoir intéresser une jeune Anglaise. Son grand plaisir était de prendre un café avec nous. Nous nous asseyions sur le balcon autour d'un grand plateau de cuivre sur lequel nous posions le réchaud, les tasses et l'eau froide mélangée à de l'eau de rose. Un mercredi, après la prière du coucher du soleil, alors que nous nous préparions à boire le café, Mitsy dit en me prenant des mains la boîte de café :

— Je vais le faire moi-même.

Elle portait une robe bleue et avait attaché ses cheveux en queue de cheval, ce qui laissait paraître ses belles petites oreilles. Quelques minutes plus tard, alors que je sirotais mon café, elle me regarda puis me dit en riant :

— J'ai parfois l'impression que nous sommes deux femmes vivant dans le palais d'un sultan ottoman.

— Et que faisons-nous au palais ?

Mitsy fit un geste de la main.

— Ah, généralement, les femmes du sultan ne font rien. Nous passons la journée au bain et à nous faire belles. Il faut que nous prenions soin de nos corps et que nous soyons toujours prêtes parce que le sultan peut nous faire appeler pour l'amour à n'importe quel instant.

— Est-ce que tu aimerais jouer ce rôle au théâtre ?

— Bien sûr, je le souhaiterais. Car je trouve du plaisir dans l'imagination. Le comédien doit être capable d'imaginer une seconde vie, différente de la sienne.

Mitsy se tut un instant puis me demanda :

— Crois-tu à la métempsycose ?

Elle avait cette façon de passer soudainement d'un sujet à l'autre.

Je lui répondis :

— J'ai lu à ce sujet.

— N'est-il pas possible que nos âmes aient vécu auparavant dans des endroits et dans des conditions différentes et qu'après notre mort nous ayons été renvoyés dans cette vie ?

— Peut-être. Mais je suis musulmane et, dans ma religion, Dieu dit que l'âme est entre ses mains et que c'est lui qui la juge.

— Souvent, j'ai l'impression que dans une vie précédente j'ai été égyptienne. Je ressens avec l'Égypte une familiarité qui n'aurait pas pu se produire ainsi du premier coup. Même lorsque je parle avec toi, Saliha, je sens que je t'ai vue et entendue auparavant.

Mitsy se tut un instant puis dit :

— J'espère que tu ne penses pas que je suis folle !

Nous rîmes puis, changeant de sujet, elle me demanda :

— Comment vont tes études ?

— Je fais tout mon possible, mais c'est difficile.

— Tu seras reçue à ton examen avec une mention d'excellence.

Soudain, nous entendîmes deux coups légers frappés à la porte. C'était la façon de Kamel de s'annoncer.

— Entre.

De toute ma vie, je ne l'avais jamais vu aussi heureux qu'à ce moment. Son visage était illuminé. Il serra la main de Mitsy et m'embrassa sur les joues puis resta quelques instants silencieux comme s'il essayait de maîtriser son émotion. Il glissa la main dans la poche de sa veste et en sortit une feuille pliée :

— Félicitations, Saliha. Voici la feuille du divorce !

Il me fallut quelques instants pour réaliser, puis je lui sautai au cou en répétant : "Dieu merci, Dieu merci !" J'étais si émue que je me mis à pleurer. Quelques minutes après, ma mère vint me féliciter. Je me dis que la dernière chose à laquelle j'aurais pu penser au moment où j'épousais Abdelberr, c'est que mon mariage serait un cauchemar tel que nous nous réjouirions tous ensemble lorsque j'obtiendrais le divorce. Ma mère demanda à Mitsy si elle avait déjà mangé de la fetta. Elle répondit :

— J'en ai entendu parler.

— Je vais vous préparer une fetta à la viande.

Cela fit rire Kamel :

— Maman, je voudrais t'informer que Mitsy est anglaise et que son estomac ne supportera peut-être pas la fetta égyptienne.

Mitsy fit un geste de protestation et ma mère la serra contre elle :

— Au contraire, je suis certaine qu'elle aimera ça.

Ce fut une soirée merveilleuse. Je ris comme je n'avais jamais ri de ma vie. Mitsy était charmante dans sa galabieh en tissu épais avec ses cheveux tirés en arrière, en train d'aider ma mère à faire la fetta. Nous mangeâmes, bûmes plusieurs fois du thé. Nous fîmes la fête jusqu'à l'appel à la prière de l'aube. Kamel alla dormir et Mitsy me précéda dans notre chambre. Je fis mes ablutions et ma mère et moi nous prosternâmes deux fois pour remercier Dieu avant de faire la prière du matin. Je dormis d'un sommeil profond que je n'avais pas connu depuis longtemps. Le lendemain, je me réveillai à midi, et une autre surprise m'attendait. Mitsy était dans le salon avec sa valise devant elle et Kamel assis à ses côtés. Ma mère m'informa qu'elle avait trouvé un appartement et qu'elle allait nous quitter. Cela me fit un coup, et je dis spontanément :

— Même si Mitsy a trouvé un appartement, il faut qu'elle reste avec nous.

Ma mère embrassa Mitsy sur les joues :

— Nous aimerions que tu restes toujours avec nous.

Mitsy nous regarda avec reconnaissance :

— Moi aussi, je ne voudrais pas vous quitter, mais je suis obligée. Je vous rendrai souvent visite. Mon appartement est à Garden City, ce n'est pas loin. Saliha, tu pourras apporter tes livres et réviser chez moi, calmement.

Je la serrai à nouveau dans mes bras, puis Kamel dit :

— Il faut que nous partions, maintenant. J'ai demandé une permission d'une heure pour pouvoir accompagner Mitsy chez elle.

Les adieux furent émouvants. Mitsy luttait contre ses larmes :

— Je vous remercie. Je n'oublierai jamais ce que vous avez fait.

Kamel prit la valise d'une main et Mitsy de l'autre et dit en plaisantant :

— Qu'est-ce que c'est que ce drame ? La distance entre notre maison et l'appartement de Mitsy est de dix minutes en taxi. Allez la voir tous les jours !

Avec mon divorce commença une nouvelle étape de ma vie. Je voyais la fin du tunnel. Je décidai d'aller à l'université et de réaliser le souhait de mon père. Je me mis à étudier sérieusement. Ma mère s'épuisait pour moi. Elle me dispensait des travaux ménagers. Mon frère Kamel recruta des professeurs particuliers. Cela me faisait de la peine de le voir dépenser tant d'argent. Il me rassura un peu :

— Grâce à Dieu, notre situation financière s'est améliorée. L'important, c'est que tu réussisses.

Je me levais en début de matinée et, après un bain chaud et le petit déjeuner, je me mettais à mon bureau. J'étudiais jusqu'au milieu de la nuit. Je n'interrompais mes études que pour faire la prière. Ma mère n'arrêtait pas de m'apporter du thé et des sandwichs. Je rendais visite à Mitsy dans son appartement une fois par semaine au moins, et elle aussi venait souvent nous voir. J'avais beau être épuisée par les études, je me sentais confiante et optimiste. Même les coups que j'avais reçus, les humiliations, les moments de tension que j'avais vécus avec Abdelberr, je n'y pensais plus. Abla Aïcha me disait :

— Ne regarde pas en arrière. Oublie ce malade d'Abdelberr. Demain, je te trouverai un mari. Le meilleur du Caire, tu verras !

Je lui répondais aussitôt :

— L'important, c'est que je réussisse mes examens et que j'entre à l'université.

Abla Aïcha éclatait d'un rire sonore :

— Les études, c'est bien, d'accord, mais une femme, chez nous, ne pourra jamais être heureuse sans un homme.

Mon frère Saïd interrompit ses visites. Il prétextait devoir rester auprès de Faïqa, qui était enceinte. Nous savions qu'il nous punissait pour mon divorce. Nous avions appris par Abla Aïcha qu'Abdelberr avait annulé son projet d'association avec Saïd. L'interruption des visites de Saïd attristait ma mère. Je m'efforçai de la rassurer. Je lui dis que Saïd ne pouvait pas se passer de sa mère et de ses frères et qu'il nous reviendrait à coup sûr. Au plus profond de mon cœur – hélas –, son absence me comblait. Nous vécûmes une période sereine, sans problèmes, dont je ne me souviens pas exactement combien de temps elle dura : trois semaines, peut-être, ou bien un mois ?

Ensuite arriva cette nuit-là.

Il était plus de trois heures du matin. J'étais dans ma chambre, plongée dans la résolution d'un problème de mathématiques, lorsque j'entendis du mouvement dans le couloir. Je crus que c'était Kamel qui venait de rentrer. Peu à peu le vacarme augmenta, et j'entendis des bruits de pas. Je compris qu'il se passait quelque chose de bizarre. Je me levai et écoutai à travers la porte fermée. Le bruit se rapprochait, et tout à coup j'entendis ma mère crier :

— Personne n'approche de ma fille !

40

Les lumières s'éteignirent. Mahmoud ne voyait plus rien. La frayeur s'empara de lui.

— Qu'est-ce qui se passe ? se mit-il à crier.

La voix de Faouzi lui parvint dans les ténèbres :

— Tu as peur ou quoi ? Courage, mon vieux Mahmoud !

— La lumière s'est éteinte.

— Je ne t'ai pas dit que Tafida nous avait fait une surprise ?

La voix exaspérée de Mahmoud s'éleva :

— C'est ça, la surprise : éteindre la lumière ?

Faouzi lui dit en riant :

— Patiente un peu, mec.

Plusieurs minutes s'écoulèrent dans une totale obscurité. Mahmoud alluma son briquet, qui produisit une faible lumière, puis il se leva et se dirigea avec précaution vers la porte de l'appartement en disant :

— Écoute, Faouzi, tu es libre, avec Tafida, de jouer à ce que tu veux. Moi, je m'en vais.

— Une seconde, Mahmoud ! lui cria Faouzi.

Mahmoud hésita et, avant qu'il n'ait décidé ce qu'il allait faire, la lumière revint tout à coup. Mahmoud ferma les yeux, les rouvrit et vit alors un spectacle étonnant : Tafida Sersaoui au milieu de la pièce vêtue d'un costume de danseuse orientale. Deux petits morceaux de toile ornés de perles et de paillettes recouvraient sa poitrine et une ceinture de tissu était nouée à ses hanches. Entre les deux il y avait un voile transparent qui laissait voir son corps rabougri. Son aspect, nue en costume de danseuse, inspirait la pitié. Son visage avachi couvert de maquillage, son corps maigre, sa peau flasque, et sa poitrine si plate qu'elle en devenait symbolique, tout cela donnait l'impression d'une imitation, une réplique sans consistance de l'idée de la féminité. Sans doute, n'ayant rien trouvé à sa mesure, avait-elle dû acheter une tenue de danse trop large dans laquelle elle flottait misérablement.

Frappé de stupeur par ce spectacle, Mahmoud éclata tout à coup de rire, ce qui réjouit leur hôtesse qui, pensant que c'était d'admiration, continua de plus belle et fit un tour complet sur elle-même, en levant les bras en l'air. Faouzi hurla de rire :

— Quelle beauté ! C'en est trop ! Arrête de nous tenter, mes nerfs vont craquer !

Comme Mahmoud riait très fort, Tafida regarda dans sa direction et lui demanda :

— Mon costume te plaît ?

Mahmoud lui dit en refoulant son hilarité :

— Il est très beau.

Faouzi se leva pour servir deux verres de whisky, l'un pour lui, l'autre pour Mahmoud, puis il s'approcha de Tafida et lui tapa sur les fesses :

— Je veux te voir danser.

Tafida se dirigea vers l'électrophone et le mit en route. La musique s'éleva. Faouzi applaudissait avec enthousiasme. C'était un morceau de musique orientale sur lequel dansait Samia Gamal, mais il n'y avait rien de commun entre Samia et Tafida qui se mit à tressauter nerveusement, à se pencher en avant et en arrière comme si elle faisait de la gymnastique. Faouzi frappait en rythme dans ses mains et regardait Mahmoud en souriant comme s'il lui demandait d'en faire autant.

Mahmoud l'imita un peu, mais, incapable de se retenir, il se jeta dans son fauteuil, pris de fou rire. Possédée par sa lubie exhibitionniste, Tafida continua à danser jusqu'à ce que le disque se termine. La sueur coulait sur son visage et elle était hors d'haleine. Faouzi et Mahmoud applaudirent et Tafida s'inclina comme si elle répondait au salut de Mahmoud, puis elle retourna le disque et la danse reprit. Mahmoud ne riait plus. Peu à peu, il trouva que ce qui se passait était stupide. La musique prit fin, et Faouzi sauta de son fauteuil et dit à Tafida d'un ton ironique :

— Cruelle, aie un peu pitié de nous ! Ton sex-appeal ce soir est terrible.

Il la prit dans ses bras, mais elle se détacha de lui et déclara avec toute la féminité possible :

— Chéri, je suis épuisée. Attends que je prenne un bain.

Elle courut vers le couloir qui conduisait à la salle de bains pendant que Faouzi se servait un nouveau verre, qu'il avala d'un trait. Il soupira. Son visage s'empourpra puis il prit son paquet de cigarettes et son briquet et sourit fièrement à Mahmoud :

— Avec ta permission, maître Mahmoud.

Puis il se dirigea vers la chambre à coucher, où l'attendait Tafida. Le sentiment de la stupidité de ce qui s'était passé s'était transformé chez Mahmoud en une forte sensation d'oppression. Il était en colère contre Faouzi, qui l'avait obligé à assister à cette mascarade. Qu'en avait-il à faire, lui, de Tafida ? Elle était la maîtresse de Faouzi. Pourquoi le poussait-il à venir ? Que celui qui porte une outre percée se mouille ! Quel sens avait cette surprise préparée par Tafida ? Éteindre les lumières et les laisser dans l'obscurité puis apparaître en danseuse orientale avec son corps qui ressemblait à un squelette ! Plus Mahmoud revoyait ce croquemitaine jouer à la petite fille et faire sa mijaurée, plus sa colère enflait ! Il avait l'impression d'avoir été humilié. En secret, il maudissait Faouzi, mais il se contint et se dit : "Malgré tout, je vais me conduire raisonnablement. Je ne vais pas l'abandonner ce soir, mais je jure par Dieu tout-puissant que je ne reviendrai plus jamais." Mahmoud parcourait la pièce en regardant les tableaux et les souvenirs accrochés aux murs. Comme Tafida était jolie quand elle était jeune fille ! Comme son apparence avait changé ! Sur les vieilles photos, elle ressemblait vraiment à une étoile du cinéma. Il y avait une photographie d'elle à la mer et une autre, dans un jardin, une autre encore, en tenue de soirée, assise à une table pendant un dîner avec un groupe d'hommes et de femmes. S'il avait rencontré Tafida jeune fille, il aurait pu l'aimer, mais maintenant elle inspirait le dégoût. Mahmoud sortit sur le balcon, alluma une cigarette puis s'appuya à la balustrade et se mit à suivre du regard les voitures dans la rue.

Tout à coup un bruit le surprit. Il se retourna et trouva Faouzi derrière lui qui criait, complètement nu :

— Mahmoud, au secours, viens vite !

— Que se passe-t-il ?

Il ne répondit pas mais courut d'où il était venu. Mahmoud jeta sa cigarette par-dessus le balcon et le suivit. Il traversa vite le couloir. La porte de la chambre était ouverte, la lumière allumée. Dès qu'il entra, il vit un spectacle effrayant. Tafida était complètement nue, les yeux ouverts, elle gisait dans un coin du lit, avec la tête qui pendait à côté de l'oreiller.

Mahmoud cria d'une voix blanche :

— Qu'a-t-elle ?

Faouzi répondit en haletant d'émotion :

— Je faisais l'amour avec elle et elle était en pleine forme et, tout à coup, elle s'est mise à crier et elle est devenue comme ça.

Mahmoud lui demanda d'une voix tremblante :

— Elle est peut-être évanouie ?

Faouzi bredouilla quelques mots incompréhensibles puis s'approcha de Tafida, remit sa tête sur l'oreiller et lui tapota les joues en disant à voix haute :

— Tafida, réveille-toi, chérie. Ne fais pas la capricieuse.

Mais Tafida ne répondit pas, et son état ne laissait voir aucun changement. Elle gisait toujours, nue, sur le lit, les yeux ouverts. Mahmoud remarqua pour la première fois la chemise de nuit rouge posée par terre. Quelques instants s'écoulèrent puis Faouzi l'appela à nouveau, mais elle resta comme elle était, complètement silencieuse et inerte. Faouzi se pencha sur sa tête et mit ses doigts devant son nez quelques instants, puis il se retourna vers Mahmoud, l'air sombre :

— Elle a l'air morte.

Mahmoud s'écria :

— Quelle catastrophe, mon Dieu !

Faouzi baissa les yeux et ne répondit pas. Alors Mahmoud se mit à se lamenter :

— Tafida est morte ! Nous sommes dans de beaux draps. C'est fini pour nous !

Faouzi resta silencieux et eut l'air de réfléchir, puis il prit Mahmoud par la main et lui dit d'un ton décidé :

— Reprends-toi et comporte-toi en homme. Tafida a plus de soixante-dix ans. Son temps est terminé. Que peut-on y faire ? "Et si leur temps est venu, ils ne pourront pas le retarder d'une heure…"

Faouzi ne connaissait pas la suite du verset. Et puis, il était étrange, en un tel moment, de prendre appui sur le Coran. Toujours nu, il poursuivit à voix basse, comme pour lui-même :

— Sa santé ne devait pas être très bonne. Je pense qu'elle s'est fatiguée en dansant. Ensuite je lui ai fait l'amour énergiquement. Elle n'a pas dû supporter l'effort et le secret de Dieu s'est manifesté…

Mahmoud le regardait, et la sueur coulait sur son visage. Faouzi s'écria tout à coup en ramassant la chemise de nuit par terre :

— Aide-moi. Il faut que nous lui mettions sa chemise de nuit, comme si elle dormait normalement.

Mahmoud tira le cadavre avec Faouzi pour l'asseoir puis le retint par les épaules. Faouzi lui passa la chemise de nuit, le replaça dans sa position allongée et le recouvrit d'une couverture. Ensuite, il s'habilla rapidement et entraîna Mahmoud à travers le couloir. Une fois arrivés dans le salon, il dit :

— Il faut que nous enlevions tout ce qui prouve que nous étions avec Tafida.

Faouzi sortit un mouchoir blanc et le passa sur tout ce qui pouvait avoir reçu leurs empreintes : les verres, les ouvre-bouteilles, les rebords de la table. Ce geste que Mahmoud n'avait jusqu'ici vu faire qu'au cinéma redoubla son trouble. Il pensa qu'il était devenu un criminel comme ceux que l'on voit dans les films. Une fois que Faouzi eut terminé d'effacer les traces avec son mouchoir, il le mit dans sa poche, puis donna à Mahmoud des instructions précises : qu'il jette les mégots par la fenêtre et lave les cendriers puis les essuie soigneusement et les remette en place. La nourriture devait retourner dans le réfrigérateur et les assiettes, être lavées et retrouver leur place sur les étagères de la cuisine. Les deux amis s'absorbèrent dans leur travail pendant à peu près une demi-heure, puis Faouzi jeta sur les lieux un regard scrutateur et dit :

— La dernière chose, maintenant, c'est le portier. Je suis convaincu qu'il ne nous a pas vus monter.

Mais Mahmoud ajouta d'un ton désespéré :

— Même s'il ne nous a pas vus monter, il va nous voir descendre.

— Tu peux m'écouter ?

Mahmoud fut de nouveau saisi d'épouvante. Il cria :

— “Dieu est le seul recours”. Je suis perdu, c’est fini et c’est toi qui m’as perdu.

Faouzi le mit en garde :

— Si tu préfères te lamenter comme les femmes, les voisins vont t’entendre et aller chercher la police.

Le mot “police” avait suffi pour faire taire immédiatement Mahmoud. Faouzi continua d’une voix calme :

— La porte de la loge du portier est parfois ouverte et parfois entrebâillée. Il ne faut pas descendre par l’ascenseur parce que, dès que le portier l’entend, il ouvre la porte. Nous descendrons par l’escalier, et si nous trouvons sa porte ouverte, nous attendrons qu’il la referme. Si elle est entrebâillée, nous sortirons tranquillement jusqu’à la rue.

Tous ces détails se déversaient si vite dans l’esprit de Mahmoud qu’il était incapable de les assimiler. Il resta silencieux, et son sentiment d’anxiété augmenta tant qu’il se mit à respirer avec difficulté et crut qu’il allait perdre conscience. Faouzi lui dit pour l’encourager :

— Si tu veux te sortir de cette affaire, écoute ce que je dis.

Arrivé à la porte de l’appartement, Faouzi sortit son mouchoir et l’enroula autour de la poignée avant d’ouvrir puis il fit la même chose en refermant derrière eux. L’escalier était obscur mais Faouzi eut soin de ne pas appuyer sur l’interrupteur. Ils descendirent dans l’obscurité, lentement et avec précaution pour ne pas être entendus et pour ne pas glisser sur les marches. L’appartement de Tafida était au quatrième étage et il était plus d’une heure du matin. Ils eurent la chance de ne croiser personne dans l’escalier, puis eurent à nouveau la chance de trouver la porte du concierge entrebâillée. Faouzi murmura à Mahmoud :

— Grâce à Dieu, elle n’est pas ouverte.

Mahmoud lui répondit, plein d’effroi :

— Dieu nous protège !

Faouzi lui intima :

— Marche derrière moi sans faire aucun bruit jusqu'à ce qu'on soit dans la rue.

Mahmoud se mit à suivre Faouzi vers la sortie de l'immeuble. Faouzi passa calmement devant la porte entrebâillée et Mahmoud faillit tomber tant il était effrayé. Les deux amis traversèrent le vaste hall et, lorsqu'ils arrivèrent devant le portail, furent persuadés qu'ils avaient réussi. Faouzi respira très fort puis dit à Mahmoud :

— Dieu merci ! Marche d'une façon normale.

Mahmoud hocha la tête et marcha lentement en regardant devant lui comme s'il faisait une promenade ordinaire. Mais au bout de quelques pas, ils entendirent des cris derrière eux. Mahmoud se troubla encore plus. Faouzi regarda autour de lui puis cria :

— Cours, Mahmoud !

En un clin d'œil et d'un même mouvement, les deux amis se mirent à courir le plus vite possible, pendant que les voix derrière eux se faisaient de plus en plus perçantes.

KAMEL

Il était près de trois heures du matin et j'étais rentré à la maison après une longue journée. À la sortie de mon travail au club, je m'étais rendu à la réunion chez le prince. Ensuite j'avais fait halte chez Mitsy pour voir si tout se passait bien et enfin j'étais allé réviser avec un ami rue El-Raouda. J'étais épuisé, j'avais mal à la tête et je traînais des pieds. J'avais envie d'un bon bain chaud avant de m'endormir profondément. Comme le lendemain était mon jour de repos hebdomadaire au club, je comptais dormir tout mon saoul afin de pouvoir continuer.

La rue Sedd el-Gaouani était presque vide de passants. Un peu avant la station du tram, un inconnu me barra la route. Il s'était arrêté devant moi de façon à m'empêcher de passer. Il me regarda d'un air étrange puis sortit une cigarette, la plaça entre ses lèvres et me demanda du feu. Je mis la main dans ma poche pour prendre mon briquet. Pendant qu'il approchait son visage pour allumer sa cigarette, j'eus le sentiment qu'il se passait quelque chose d'inquiétant. L'homme me remercia et s'éloigna. J'arrivai à la maison, passai le porche et montai l'escalier. Ne voulant pas réveiller ma mère, j'ouvris avec ma clef. Je pris un bain, mis mon pyjama puis m'allongeai sur mon lit. J'avais à peine posé ma tête sur l'oreiller que j'entendis frapper à la porte. Les coups étaient forts et continus. Je me précipitai vers l'entrée et dès que j'eus tourné la poignée, je faillis tomber par terre. Il y avait quatre hommes : trois qui portaient des vêtements civils et derrière eux un officier de police en tenue. Son visage était rébarbatif et son regard froid et scrutateur. Il me demanda d'une voix forte :

— Vous êtes Kamel Abdelaziz Hamam ?

— Oui.

— Nous avons l'ordre de vous arrêter et de fouiller la maison.

— Vous avez un mandat du procureur ?

Il eut un sourire sarcastique et me dit :

— Moi, je ne prends pas mes autorisations du procureur.

Je remarquai pour la première fois que l'homme qui se tenait à côté de l'officier était celui-là même qui m'avait barré la route pour allumer sa cigarette. Je pensai qu'il n'était pas sage de provoquer l'officier. Je lui dis calmement :

— Qu'attend-on de moi ?

— Rentrez et réveillez vous-même les gens de la maison pour qu'ils ne s'effraient pas, puis nous commencerons la fouille.

Le policier avança de quelques pas, puis s'assit sur le canapé du salon et alluma une cigarette. Je me dirigeai vers l'intérieur, suivi par les inspecteurs. Lorsque j'arrivai à la chambre de ma mère, je m'arrêtai devant la porte et me tournai vers les inspecteurs, qui reculèrent de quelques pas. Jusqu'à maintenant, je ne comprends pas comment ma mère ne s'était pas réveillée malgré les coups violents frappés à la porte. J'allumai la lumière, m'assis au bord du lit puis caressai doucement son visage. Elle ouvrit les yeux puis me regarda avec angoisse :

— Que se passe-t-il ?

Je lui dis à voix basse que la police était dans le salon. Ils voulaient fouiller la maison et m'arrêter.

Ma mère baissa la tête et se mit à respirer très fort comme si elle tentait de garder le contrôle d'elle-même. Elle dit ensuite d'une voix enrouée :

— Tu as fait quelque chose de mal, Kamel ?

— Non.

— Alors, pourquoi veulent-ils t'arrêter ?

— Pour des raisons politiques.

Elle ne semblait pas avoir tout à fait compris, ou bien avait-elle compris que l'on n'avait pas le temps d'analyser la situation ? Elle se leva et revêtit sa galabieh noire par-dessus ses vêtements de nuit. Elle se couvrit sa tête et se regarda rapidement dans le miroir puis demanda :

— Ils veulent fouiller où ?

— Chez toi, ensuite chez Saliha et chez Mahmoud.

Toute ma vie, je resterai émerveillé par la solidité de ma mère cette nuit-là, par la façon dont elle encaissa le choc et par la manière dont elle retrouva sa fermeté et se comporta avec détermination. Les inspecteurs mirent sa chambre sens dessus dessous puis sortirent sans y avoir rien trouvé. Cette nuit, Mahmoud dormait chez un ami. J'allai dans le couloir, où je trouvai Saliha qui pleurait à chaudes larmes. Ma mère l'avait réveillée. Les inspecteurs visitèrent sa chambre et celle de Mahmoud puis passèrent beaucoup de temps à fouiller la mienne. Ils revinrent porter à l'officier le résultat de leurs investigations. Celui-ci le passa en revue avec soin puis me regarda et dit :

— Vous lisez des livres sur le marxisme.

— Nous étudions le marxisme à la faculté de droit.

— Et des livres sur le militantisme ?

— Je les ai achetés aux bouquinistes d'Ezbekieh. J'aime lire sur tous les sujets.

L'officier sourit et me montra la déchiqueteuse, que portait un des informateurs. Il me dit :

— Très bien, chef. Pouvez-vous m'expliquer le rôle de cette machine ?

— C'est une déchiqueteuse.

— Sans doute est-ce pour déchiqueter vos cours ?

Il éclata d'un rire moqueur puis se leva et ordonna :

— Suivez-nous.

L'inspecteur qui m'avait demandé du feu me saisit les mains et leur passa des menottes. Saliha cria, mais ma mère la calma. Je ne résistai pas. J'avais l'impression de voir ce qui se passait par les yeux d'une autre personne. L'inspecteur me poussa devant lui, suivi de ses collègues et de l'officier. Ma mère courut derrière nous en criant :

— Où l'emmenez-vous ?

— Nous l'invitons à prendre une tasse de café.

Je dis à l'officier :

— Je pense que le droit le plus élémentaire, c'est que ma famille soit informée du lieu de ma détention.

L'officier réfléchit un instant et déclara :

— Kamel sera avec nous, au commissariat de Sayyida Zeineb.

Je regardai ma mère et Saliha en essayant de sourire pour les rassurer. Lorsque j'arrivai en bas de l'escalier, les sanglots de Saliha s'élevèrent et ma mère me cria tout à coup :

— Kamel !

Elle avait essayé de contrôler ses sentiments jusqu'à ce que ce cri lui échappe. Ils me firent monter dans une grande voiture noire. L'officier était assis devant à côté du chauffeur et moi j'étais derrière, entre deux inspecteurs.

Le troisième resta au-dehors. Dès que la voiture démarra, l'un d'eux me tint la tête de sa grosse main tandis que l'autre me mettait un bandeau sur les yeux. J'essayai de résister et reçus une volée de gifles et de coups de poing. L'officier me dit :

— Ça y est, fils à maman. Tu es entre nos mains. Écoute ce qu'on te dit. Ça vaut mieux pour toi.

J'étais entré dans un nouvel état mental. J'entendais les voix autour de moi, mais ne voyais rien. À peu près un quart d'heure plus tard, la voiture s'arrêta et l'on me fit descendre. J'entrai avec eux dans un bâtiment. Nous montâmes une dizaine de marches, puis nous traversâmes un couloir et prîmes l'ascenseur. J'eus l'impression que nous sortions au deuxième ou au troisième étage. Il y eut encore un autre couloir froid et nous entrâmes dans un bureau. L'inspecteur m'enleva les menottes puis souleva mon bandeau. Pendant quelques instants j'eus le vertige, puis je retrouvai la vue. Devant moi se tenait un homme chauve et ventripotent d'une cinquantaine d'années, tiré à quatre épingles. Son visage me fit une impression détestable. Il me dit d'un ton calme :

— Enchanté, Kamel.

Je m'empressai de lui répondre :

— Il n'est pas légalement permis de m'arrêter et de fouiller ma maison sans un mandat du procureur. Par ailleurs, je refuse que les interrogatoires aient lieu sans la présence d'un avocat.

L'homme rit très fort, comme si je venais de raconter une blague. Il fit un signe de la main et les deux inspecteurs qui m'encadraient m'assénèrent une volée de coups de poing. Ils me frappèrent au ventre et sur la tête, jusqu'à ce que l'homme leur fasse signe d'arrêter, puis ils me poussèrent et je tombai au milieu d'un canapé où ils s'assirent également, chacun d'un côté. L'enquêteur sourit et me dit :

— Tu veux téléphoner à quelqu'un de particulier ?

Je ne répondis pas. Il sourit et poursuivit :

— Tu veux par exemple téléphoner au prince Chamel, le chef de l'organisation. Malheureusement, il ne va pas pouvoir t'aider. Le prince lui-même est en prison, par ordre du roi. Tous tes amis sont emprisonnés : Abdoune, la juive Odette, le communiste Atia…

Il voulait me montrer qu'il savait tout de moi pour que je m'effondre. Je restai silencieux. Je savais que n'importe quelle parole qui ne lui plairait pas me vaudrait encore plus de coups de poing. L'enquêteur s'accouda au bureau et tendit la tête en avant. Il ajouta en baissant la voix :

— Rassure-moi au sujet de ta petite amie Mitsy.

— Je refuse de parler de cette façon.

Je fus à nouveau frappé. L'informateur qui était à ma droite concentrait ses coups sur ma tête. J'avais le vertige. L'enquêteur poursuivit :

— Quand t'es-tu affilié à l'organisation ?

— Quelle organisation ?

— Kamel, sois raisonnable. Ne gâche pas ton avenir. Nous avons les pleins pouvoirs. Nous pouvons te faire n'importe quoi. Si tu avoues, tu auras une remise de peine et je te ferai sortir de cette affaire.

SALIHA

Ce qui aurait été normal, c'est que ma mère s'effondre et que je la console, mais c'est le contraire qui se passa. Mes nerfs me lâchèrent et ma mère s'efforça de rendre plus supportable la calamité qui nous frappait. Le spectacle de mon frère menotté entouré de l'officier et des inspecteurs ne quittait pas mon esprit. Pendant les jours qui suivirent, je ne révisai pas une ligne. Je restai assise devant mes livres, les yeux envahis par les larmes, incapable de me concentrer. Ma mère se montra ferme à un point qui m'étonnait. Cette femme avait tout vu et elle restait solide comme un rocher.

J'allai avec elle au commissariat de Sayyida Zeineb. Nous rencontrâmes le commissaire, un homme poli, qui sourit, gêné, et nous dit :

— Le commissariat n'est pas informé de l'arrestation de Kamel.

— Mais l'officier qui l'a arrêté nous a dit qu'il l'emmenait ici.

Le commissaire lui répondit :

— Écoutez, madame. Kamel a été arrêté par la police politique. Les officiers, là-bas, trompent en général les familles des inculpés pour qu'ils ne sachent pas où ils sont.

Il se tut un instant, puis lui dit tout en écrivant sur une feuille :

— Je vous conseille de vous adresser à la direction. Je vous envoie à un collègue là-bas.

Je me souviens encore du nom de l'officier de la direction : Fathi el-Wakil. Nous allâmes le voir avec la feuille que nous avait écrite le commissaire. Il passa quelques coups de fil puis nous confirma que Kamel était dans la prison des étrangers. Ce fut un long déplacement, mais ils ne nous laissèrent pas voir Kamel. Après avoir longuement parlementé, ils nous promirent que nous pourrions le voir le vendredi, jour des visites hebdomadaires. Nous revînmes à la maison et y trouvâmes Mitsy, qui nous attendait chez Abla Aïcha. Je fus très émue en la voyant. Elle nous serra dans ses bras, ma mère et moi. Nous allâmes chez nous accompagnées de notre voisine. Nous nous assîmes au salon et je leur préparai du thé. Mitsy était pâle et nerveuse. Ma mère raconta ce que nous avions fait toute la journée. Abla Aïcha ajouta :

— J'irai avec vous vendredi.

Mitsy décida de passer la nuit chez nous. Puis elle resta toute la journée sans nous quitter sauf pour aller dormir. Quant à Abla Aïcha, elle fit encore une fois preuve de dévouement. Elle ne nous abandonna pas un seul instant. Pour Kamel, elle envoya Gamil Barsoum, un avocat dont elle connaissait le nom, un gros homme sur les traits duquel se lisait la bonté. Il vint chez nous le soir même et nous le reçûmes au salon. Ma mère lui demanda avec impatience s'il avait vu son fils. Il sembla gêné. Il enleva ses lunettes et prit un mouchoir pour les essuyer.

— Je lui ai rendu visite et j'ai assisté à l'interrogatoire.

— Comment va-t-il ?

— Bien, grâce à Dieu.

Ma mère lui dit d'une voix ardente :

— J'ai entendu dire qu'on les torturait.

L'avocat baissa la tête puis avoua d'une voix faible :

— Malheureusement il porte des traces de coups, ce que j'ai fait consigner sur le procès-verbal.

Ma mère murmura des mots que je n'entendis pas et Abla Aïcha cria :

— Ils auront des comptes à rendre là-haut, ces criminels !

Maître Gamil répondit :

— Malheureusement la torture est une méthode courante dans la police politique, mais nous l'avons inscrit sur le procès-verbal, et, généralement, après cela les officiers améliorent leur comportement.

Mitsy lui demanda avec vivacité :

— Pouvez-vous me dire quel est le chef d'inculpation de Kamel ?

L'avocat sourit tristement.

— Kamel est accusé d'appartenance à une organisation secrète qui a pour but de renverser le régime monarchique.

— Quelle catastrophe !

Le visage de ma mère se contracta et on voyait qu'elle faisait de grands efforts pour garder son sang-froid. Elle dit d'une voix saccadée :

— Mon fils est un homme noble. Il n'a ni tué, ni volé.

Elle avait fait cette remarque comme pour elle-même, en dehors du dialogue en cours. Mitsy lança à l'avocat un regard aigu. À cet instant, elle avait l'air tout à fait anglaise :

— Kamel a-t-il reconnu son appartenance à l'organisation ?

— Non.

— Pensez-vous que sa position, juridiquement, soit mauvaise ?

— Bien sûr, l'accusation est grave et la condamnation peut aller jusqu'à la perpétuité. Celui qui est accusé d'être président de l'organisation est le cousin germain du roi, le prince Chamel, et le roi a donné l'ordre de l'arrêter. Cela montre la gravité de l'affaire.

— Mais vous dites que Kamel n'a pas avoué…

— Pas jusqu'à maintenant.

— Même s'il reconnaissait, l'aveu n'aurait pas de valeur car obtenu sous la torture.

— Bien sûr, mais, malheureusement, il y a des présomptions contre lui. Ils ont trouvé dans sa chambre une déchiqueteuse, des papiers et des livres sur le militantisme, et je ne sais pas encore si ses camarades de l'organisation ont avoué ou nié.

Nous nous tûmes tous, tout à coup, comme si nous avions épuisé nos forces. L'avocat voulut nous rassurer. Il sourit et dit à ma mère :

— Si Dieu le veut, vous lui rendrez visite vendredi et vous pourrez vous rassurer.

Malgré tout mon amour pour Kamel, j'avais peur de le rencontrer. Je ne supportais pas de le voir en tenue de prisonnier avec des traces de coups sur le visage. La veille du vendredi, je ne pus dormir. À l'aube, je priai avec ma mère et nous commençâmes à préparer pour la visite des vêtements de rechange, des pyjamas neufs, des fruits et beaucoup de nourriture. Abla Aïcha participa. Elle cuisina de la mouloukhia au lapin comme l'aimait Kamel. Maître Gamil et Mitsy se joignirent à nous. Nous prîmes un taxi. Nous nous assîmes dans la salle d'attente. Maître Gamil alla au bureau du directeur de la prison, puis revint et annonça :

— Nous pouvons y aller.

Pendant que je marchais dans le couloir, je crus que j'allais perdre conscience. Le moment effrayant approchait. Mon frère Kamel, l'être que j'aimais le plus au monde, celui qui était le pilier de mon existence, j'allais le voir derrière des barreaux, comme un criminel. Je me mis à pleurer si fort que je ne voyais plus. Avant d'entrer, l'avocat m'arrêta et murmura :

— Il faut maîtriser vos sentiments. Si vous êtes en larmes devant Kamel, cela va avoir un très mauvais effet sur son moral. Vous êtes les personnes les plus proches de lui et son moral dépend de vous. Je vous prie de l'aider.

Je demandai la permission d'aller aux toilettes, où je me lavai le visage pour faire disparaître toute trace de larmes. Je revins vers eux et nous entrâmes tous ensemble. La pièce était vaste et au fond était assis un officier devant un bureau. Je me tournai vers la gauche et vis Kamel. Il était pâle, les yeux hagards, le visage marqué d'ecchymoses bleues. Mahmoud lui serra la main et resta à côté de lui en silence. Ma mère le prit dans ses bras et éclata en sanglots. Nous lui serrâmes la main, Mitsy, Abla Aïcha et moi, puis nous assîmes : Kamel dans le fauteuil, avec Mahmoud à côté de lui et maître Gamil dans le fauteuil opposé, tandis que ma mère, Aïcha et moi nous installâmes sur le canapé. L'officier toussota et dit gentiment :

— J'aurais voulu vous laisser tranquillement avec Kamel, mais le règlement de la prison l'interdit.

Nous essayâmes tous de suivre les conseils de l'avocat. Ma mère sourit avec difficulté et dit :

— Tout ça va passer, Kamel. Maître Gamil nous a rassurées. Inchallah, tu vas bientôt sortir.

Aïcha ajouta :

— Ton oncle Ali Hamama t'envoie ses salutations. Il te dit de tenir bon.

Je regardai mon frère en luttant contre les larmes.

Mitsy dit :

— Kamel, rappelle-toi toujours que tu luttes pour la liberté de ton pays. Nous sommes fiers de toi.

Kamel nous regardait et souriait. Il y avait quelque chose dans son sourire qui me poussait à pleurer. Quelque chose d'interloqué, de saisi, de brisé. La visite dura une demi-heure. Le plus étrange, c'est que nous parlâmes de choses et d'autres. Nous ne dîmes rien d'important. Nos paroles étaient éloignées de nos sentiments, comme si les mots vides que nous disions étaient une simple couverture qui cachait un autre dialogue, silencieux et véritable. Le temps écoulé, l'officier déclara :

— Je suis désolé, la visite est terminée.

Nous nous séparâmes de Kamel de la même façon que nous l'avions retrouvé : avec des embrassades, des invocations. Abla Aïcha éclata en sanglots tandis que ma mère le regardait, le serrait dans ses bras puis lui dit d'une voix forte :

— Au revoir, mon héros. Tiens bon.

Mitsy prit la main de Kamel dans la sienne et ils échangèrent un long regard. Lorsque vint mon tour, il me serra la main et m'embrassa sur la joue et me dit :

— Pense à tes études, Saliha.

41

Malgré les excès de leur soirée, Mahmoud et Faouzi couraient à toute allure, aiguillonnés par la peur et aidés par leur bonne condition physique, tandis que les portiers criaient derrière eux :

— Arrêtez-les !

Puis apparut un policier en patrouille, qui déclencha une sirène longue comme une lamentation pour avertir tous les policiers des environs qu'une poursuite avait lieu dans leur secteur. Manquant plusieurs fois de tomber, les deux amis continuèrent. Faouzi aperçut l'immeuble Seif Eddine, qu'il avait fréquenté autrefois lors d'aventures amoureuses, et il se dirigea vers lui, suivi de Mahmoud. Ils passèrent rapidement la porte et entrèrent dans le hall. Par chance, le portier était absent ou en train de dormir. Faouzi s'arrêta, prit la main de Mahmoud et lui dit en haletant :

— Cet immeuble a deux portes. Nous allons sortir par l'autre.

Ils traversèrent un grand couloir sombre et sortirent de l'autre côté, rue Kasr el-Aïni. Ils coururent alors en direction de la place Ismaïlia puis Faouzi s'arrêta et dit avec assurance :

— Marche normalement, Mahmoud.

Comme d'habitude, c'était Faouzi qui fixait le rythme. Ils traversèrent la rue Kasr el-Aïni et arrivèrent rue Darih Saad, d'où ils se dirigèrent vers la rue Sedd el-Gaouani par un chemin inhabituel, en empruntant des rues secondaires. De temps en temps, Faouzi s'arrêtait et regardait derrière lui pour vérifier que personne ne les suivait. Au bout d'une demi-heure, la porte de leur maison apparut. Ils entrèrent précipitamment, comme pour bien s'assurer de leur réussite, et grimpèrent quatre à quatre les marches de l'escalier. Lorsqu'ils arrivèrent devant l'appartement de Mahmoud, Faouzi murmura :

— Viens avec moi sur la terrasse. Il faut que nous parlions.

L'état dans lequel se trouvait Mahmoud ne lui permettait pas de s'opposer ou d'entrer dans une controverse. Tout ce qui s'était passé, jusqu'à l'image de Tafida morte, nue sur le lit, retrouvait lentement sa place dans son esprit, comme les morceaux d'un puzzle. Faouzi ouvrit la porte donnant sur la terrasse, prit deux chaises et une petite table et s'assit, comme d'habitude, à côté du mur qui donnait sur la rue du barrage. Il sortit un morceau de haschich de sa poche et se mit à rouler une cigarette, puis il eut un petit rire :

— On a besoin d'une bonne dose pour se remettre la tête d'aplomb. L'effet des deux ou trois verres qu'on a bus est parti.

Il affectait la bonne humeur, comme si les circonstances étaient tout à fait normales. C'était sa manière d'affronter la situation, mais cela sonnait creux. C'était artificiel et vain. Mahmoud restait silencieux. Il regardait devant lui, l'air absent, comme s'il apercevait quelque chose. De temps en temps, il gémissait et se frappait les cuisses avec force, ou se nouait les mains au-dessus de la tête puis s'écriait tout à coup d'une voix rauque qui résonnait étrangement :

— La police va nous arrêter et nous jeter en prison !

— Ce n'est pas possible que la police arrive jusqu'à nous. Le portier ne connaît ni mon nom ni le tien.

— Il peut nous décrire.

— Même si la police nous interrogeait... Nous n'avons rien fait. La vie et la mort dépendent de Dieu – qu'il soit glorifié et exalté. La défunte Tafida, son heure était venue. Elle allait mourir de toute façon, qu'on soit avec elle ou qu'elle soit seule.

— Tafida est morte avec toi, au lit.

— C'est vrai que nous avons eu une relation avec la défunte, mais elle est morte de sa bonne mort.

Mahmoud le regarda avec colère :

— Ne dis pas “nous avons eu”. C'est toi qui couchais avec Tafida. Moi, ce n'est pas mon affaire.

— Nous étions tous les deux ensemble, quand elle est morte.

À ce moment, Mahmoud perdit le contrôle de lui-même et sa voix retentit dans le silence de la nuit :

— Faouzi, ne me jette pas tes explications tordues à la tête. C'est toi qui couchais avec elle. Je t'ai dit depuis le début que je ne voulais pas de cette affaire et c'est toi qui n'as pas cessé de me dire que c'était comme si on avait fait un mariage traditionnel chaféite, ou comme si elles étaient des concubines de l'armée des Francs. Que Dieu te maudisse. Tu m'as embrouillé avec tes histoires.

Faouzi se rapprocha de Mahmoud et posa sa main sur son épaule, mais Mahmoud le repoussa :

— Écarte-toi de moi ! Je descends.

Il se dirigea vers l'escalier, mais tout à coup s'arrêta, comme s'il avait oublié quelque chose, et se retourna vers Faouzi en criant :

— Je ne veux plus voir ta gueule. Tu as compris ?

Une fois dans sa chambre, Mahmoud s'allongea et se mit à réfléchir en regardant le plafond. Peu de temps après parvint à son oreille l'appel à la prière de l'aube de la mosquée de Sayyida Zeineb. Il se leva, se lava bien la bouche pour en effacer la trace du vin, revêtit sa galabieh blanche et pria. Assis sur son tapis de prière, il commença par lire le Coran et tout à coup son corps puissant se mit à trembler et il éclata en violents sanglots. Il éprouvait du regret, de la frayeur. Il se sentait perdu. Le sens de ce qui était arrivé était aussi clair dans son esprit qu'un morceau de cristal. Il avait pratiqué la fornication avec Rosa puis avec Mme Dagmar, et Dieu – qu'il soit glorifié et exalté – avait été généreux avec lui et lui avait donné plus d'une fois la chance de revenir dans le droit chemin, mais ce diable de Faouzi n'avait cessé de le tenter, et il avait continué à se livrer à des turpitudes jusqu'à ce qu'arrive le châtiment divin. Il était maintenant impliqué dans la mort d'une dame importante. Ce serait à lui de prouver qu'il ne l'avait pas tuée. La famille de Tafida Sersaoui avait assez d'influence pour détruire son avenir, sans compter le scandale retentissant qui serait pour toujours une tache pour sa famille. Il resta à ruminer son malheur, allongé sur son lit et, peu à peu, entra dans un sommeil anxieux où il vit en rêve Tafida toute nue courir derrière lui qui essayait de fuir en criant de frayeur. Il reprit conscience en sentant la main de sa mère qui le caressait. Il ouvrit les yeux et se redressa sur le lit. Sa mère sourit et lui dit à voix basse :

— Bonjour, Mahmoud. Ton ami Faouzi est ici.

Il se rembrunit et faillit lui dire qu'il ne voulait pas le voir, mais il se tut et hocha la tête. Sa mère sortit de la chambre et, peu de temps après, Faouzi entra et ferma la porte. Mahmoud protesta :

— Qu'est-ce que tu viens faire ?

Faouzi se mit à parler rapidement :

— Je sais que tu es en colère contre moi. Je t'assure, Mahmoud, ce n'est pas ma faute. Comment est-ce que je pouvais savoir qu'elle allait mourir ? Écoute, Mahmoud, je te mets en garde. Ne va raconter à personne ce qui s'est passé. Si tu parles avec qui que ce soit, tu nous perds.

Mahmoud lui répondit d'une voix qui ressemblait à une lamentation :

— Fais-moi sortir de cette catastrophe comme tu m'y as entraîné.

— Ne t'inquiète pas. Je m'occupe de tout.

— Sache que si la police nous prend, je te dénoncerai.

Faouzi eut l'air effrayé. Il murmura :

— Parle moins fort. Ta mère va nous entendre. On est d'accord ?

— D'accord sur quoi ?

— Ne dis rien à personne. Le moindre mot de notre part sur la question peut nous perdre.

Mahmoud ne répondit pas. Il resta renfrogné, le regard dans le vide, comme s'il ne trouvait pas de mots pour dire ce qu'il ressentait. Faouzi sortit de la chambre et Oum Saïd tenta de le retenir pour le petit déjeuner, mais il insista pour partir. Mahmoud prit un bain et un petit déjeuner appétissant et alla au travail. Il livra les commandes, l'esprit complètement absent. On voyait sur son visage qu'il était préoccupé, au point que Mustapha, le chauffeur, l'invita à la fin du service à prendre un thé au café Firdaous. Il choisit une table isolée et demanda deux thés et une chicha, dont il tira une profonde bouffée. Il lui demanda :

— Qu'as-tu, Mahmoud ? On voit que tu es perturbé. Il faut que tu me parles.

Mahmoud se souvint de la mise en garde de Faouzi, mais le regard plein de sympathie et de tendresse de Mustapha eut raison de sa résistance. Il céda à l'envie de tout lui raconter parce qu'il l'aimait et qu'il avait confiance en lui. Celui-ci l'écouta avec attention.

— Dieu est notre recours. Dieu nous protège.

Mahmoud baissa les yeux en silence. Il attendait l'opinion de Mustapha, qui prit une longue bouffée de sa chicha puis fronça les sourcils et soupira :

— Je t'avais dit de t'éloigner de ces femmes et tu ne m'as pas écouté.

— Le diable est habile, oncle Mustapha.

— Tu t'es fait du mal à toi-même. Tu as brisé ton avenir, mon pauvre enfant.

Mahmoud hocha la tête et son visage fut secoué de spasmes. Mustapha, ému, lui tapota l'épaule et dit :

— On n'y peut rien. Il faut que tu trouves un avocat.

— Pourquoi un avocat ?

— On ne peut rien cacher à la police. Ils vont te chercher sans cesse. N'oublie pas que Mme Tafida appartient à une grande famille qui a des relations. Il faut que l'on te trouve un avocat habile.

— Je ne connais pas d'avocat.

Mustapha sourit :

— Laisse-moi m'occuper de l'affaire. Je vais me débrouiller.

Mahmoud le remercia puis le quitta pour rentrer à la maison. Il se sentait soulagé de n'avoir plus à porter ce poids tout seul. Mustapha était à ses côtés. Il s'attendait à des moments difficiles, qui l'angoissaient dès qu'il y pensait : il voyait la police venir l'arrêter, il se voyait entrer en prison avec les assassins, il imaginait sa mère apprendre qu'il forniquait avec de vieilles femmes, il imaginait Saliha, Kamel et Saïd apprendre que leur petit frère était un dévoyé, il s'imaginait recevant leur visite, revêtu de la tenue des prisonniers. Toutes ces images tombaient comme autant de coups sur sa tête. Mais maintenant, au moins, il pouvait se reposer sur Mustapha et l'avocat.

Le lendemain, quand Mahmoud alla au garage pour commencer son service, Mustapha le regarda, le visage renfrogné :

— Viens avec moi, Mahmoud, sortons dans la rue. Je veux te dire deux mots.

Mahmoud le suivit. Mustapha s'éloigna de la porte du garage. Lorsqu'ils arrivèrent au coin de la rue, il se retourna vers Mahmoud :

— Tu comprends dans quelle situation catastrophique tu t'es fourré ?

Mahmoud répondit d'une petite voix :

— Je comprends, Mustapha.

Il y eut un silence, puis Mustapha dit avec colère :

— Je n'arrive pas à croire que toi, Mahmoud, le fils de gens comme il faut, tu aies pu faire ça.

— Que Dieu châtie celui qui en est la cause.

— Un autre, à ta place, aurait fait des efforts, il aurait travaillé honnêtement et ne serait pas allé forniquer avec des femmes. Il faut que tu aies honte de ce que tu as fait.

Mahmoud baissa la tête, comme un enfant qui reconnaît sa faute. Mustapha poursuivit :

— Dieu t'a gratifié d'un grand corps, de muscles puissants et d'une santé solide. Tu aurais dû le remercier de ses bienfaits et utiliser ta santé pour obéir à Dieu, pas le contraire. Dieu te protège. Il t'a donné plus d'une occasion de te repentir, mais toi tu as persévéré dans le péché.

Mahmoud soupira :

— Mon Dieu, pardonne-moi, mon Dieu.

Mustapha regarda dans le lointain comme pour réfléchir. Puis il se tourna à nouveau vers lui :

— Écoute, Mahmoud. Quoi qu'il arrive, même si on t'arrête et si tu vas en prison, fais attention à ne plus retomber dans le péché.

— Je me repens, oncle Mustapha.

— Tu me promets ?

— Je te promets.

— Récitons la Fatiha.

Mahmoud avait l'air drôle, avec son corps puissant en train de murmurer la Fatiha puis de se passer les mains sur le visage. Tout à coup, Mustapha se mit à sourire et dit avec émotion :

— Pour ton père qui était bon, Dieu a eu pitié de toi. Il s'est contenté cette fois-ci de t'envoyer un avertissement.

— Je ne comprends pas.

— La femme est en bonne santé.

Mahmoud s'étrangla :

— Comment ?

Le sourire de Mustapha s'élargit et il dit :

— Grâce à Dieu, Tafida Sersaoui n'est pas morte.

Mahmoud continua à le regarder comme s'il ne comprenait pas, puis il murmura d'une voix enrouée :

— Tafida est morte, oncle Mustapha. Je l'ai vue morte, de mes yeux, vue.

— Elle était évanouie.

— C'est impossible.

— Je suis allé chez elle ce matin et j'ai vérifié par moi-même.

— Je ne peux pas le croire.

— Est-ce que je vais te mentir ? J'ai vu Tafida elle-même descendre de l'immeuble. Tu veux une meilleure preuve ?

Mahmoud poussa un grand cri et se mit à répéter :

— Merci, mon Dieu ! Merci, mon Dieu !

Puis il serra Mustapha fortement dans ses bras et, ne pouvant plus se contrôler, éclata en sanglots.

KAMEL

Je restai silencieux. Je niai connaître l'organisation. Je subis des passages à tabac à répétition et finis par perdre la conscience de ce qui se passait autour de moi. Je n'avais plus la force de me lever et ils furent obligés de me prêter assistance pour que je puisse bouger. C'était étrange : ceux qui m'avaient atrocement roué de coups me soutenaient maintenant et m'aidaient à marcher. Leurs visages avaient une expression ordinaire, comme s'ils faisaient un travail routinier, répétitif, qui ne demandait pas une grande concentration.

Ils me jetèrent sur le sol de la cellule. Je ne peux pas décrire ce que j'éprouvais, ainsi vautré par terre. Chaque endroit de mon corps me faisait mal. La cellule était extrêmement étroite, avec seulement une petite fenêtre de moins de cinquante centimètres. C'était l'hiver et le sol était couvert d'un carrelage. La couverture déchirée ne parvenait pas à me réchauffer. Des armées d'insectes circulaient en permanence autour de moi. La nourriture consistait en deux galettes de pain et un brouet dont on avait du mal à reconnaître les ingrédients. Je faisais mes besoins dans un seau qu'ils laissaient délibérément pendant de longues heures pour que je baigne dans l'odeur des excréments.

Ils firent exprès de m'emprisonner près de la salle où ils torturaient les détenus. Toute la nuit, j'étais assailli par les échos du carnage. Mon cœur se déchirait lorsque j'entendais les hurlements des victimes. Parfois je perdais le contrôle de mes nerfs et je criais, insultais, frappais les murs jusqu'à ce que, harassé, je m'effondre par terre. Je savais que mes protestations étaient inutiles. Bientôt une obsession s'empara de moi : s'ils décidaient de me torturer avec une telle sauvagerie, est-ce que je le supporterais ? Un homme, quelle que soit sa solidité, ne pouvait pas résister longtemps à ces tourments. Sans doute allais-je craquer et tout avouer, à moins que je ne perde la raison.

L'enquêteur me convoqua à nouveau. Cette fois-ci, les inspecteurs ne me frappèrent pas d'emblée. L'enquêteur sourit et me demanda avec ironie :

— Es-tu devenu raisonnable, Kamel ?

— Qu'attendez-vous de moi ?

— Nous voulons que tu nous dises tout ce que tu sais sur l'organisation.

— Quelle organisation ?

— Tu fais l'idiot, mon garçon, cria-t-il d'une voix rauque.

Les inspecteurs me tombèrent dessus à coups de pied et de poing. Je me mis à hurler. Les coups s'arrêtèrent soudain et l'enquêteur se mit à rire.

— À propos, nous avons un petit spectacle auquel il faut que tu assistes. Je suis sûr que ça te plaira.

Il fit un signe à l'indicateur qui se tenait près de la porte, et celui-ci se précipita à l'extérieur. Après quelques minutes, j'entendis des cris et du vacarme. La porte s'ouvrit et plusieurs indicateurs entrèrent avec un homme de petite taille qui avait été violemment battu. En de nombreux endroits, le sang s'était coagulé sur son visage tuméfié. Je me rappelais l'avoir vu auparavant travailler au club. Une femme de Haute-Égypte entra avec lui. Elle commença à hurler et les inspecteurs s'en saisirent et se mirent à la gifler. L'enquêteur dit alors :

— Samahi est sofragi à l'Automobile Club. Il a causé des problèmes et nous l'avons invité chez nous avec Zahra, sa femme, pour qu'il se montre raisonnable.

Samahi poussa un rugissement qui lui valut de nouveaux coups. La voix de l'enquêteur s'éleva à nouveau :

— Samahi, mon fils. Ta femme, Zahra, se plaint de ce que tu ne remplis pas correctement ton devoir conjugal. Qu'en dis-tu ? Nous avons ici des soldats de Haute-Égypte qui sont des bêtes sauvages. Ils vont lui plaire.

La femme poussa un cri aigu qui me déchira les nerfs. Samahi continuait à résister aux indicateurs, ce qui fit redoubler les coups de poing et de pied qui s'abattaient sur lui. L'enquêteur dit avec un calme sadique :

— N'aie pas honte, Zahra. Je t'ai trouvé un inspecteur de Haute-Égypte, un dur. Il va te faire ta fête. Emmenez-la et déshabillez-la et jetez-la à Abdel Samad pour qu'il s'occupe d'elle. Et toi, Samahi, regarde, comme ça tu apprendras.

Les cris de la femme devinrent de plus en plus forts et Samahi hurla :

— Vous n'avez pas honte, renégats !

L'enquêteur fit signe aux enquêteurs de faire sortir Samahi et sa femme. Je ne me contrôlai plus :

— Vous aurez des comptes à rendre pour ces crimes.

L'officier sourit :

— Nous ne sommes pas des criminels. Nous protégeons le trône et nous défendons le pays.

— La torture est un crime qui est puni par la loi.

Il rit en se moquant de moi :

— Cette loi-là, petit malin, ça s'apprend à la faculté de droit, mais il faut l'oublier dès qu'on a obtenu son diplôme. Tu sais, Kamel, si tu étais à ma place, tu ferais la même chose que moi.

Ses manières aimables m'inspiraient un certain mépris. Je répondis avec vivacité :

— Je ne pourrai jamais devenir un criminel comme vous.

Les inspecteurs m'assénèrent une nouvelle volée de coups, puis l'enquêteur dit calmement :

— Pour la dernière fois, vas-tu parler ? Quand es-tu entré dans l'organisation ?

— Je ne suis entré dans aucune organisation.

Il hocha la tête :

— Tant pis, Kamel. Je voulais t'aider, mais toi, tu n'as pas voulu t'aider toi-même.

Ce fut le signal pour les indicateurs, qui recommencèrent à me battre avant de me ramener dans ma cellule. Je me sentais complètement désespéré, déprimé. Entre leurs mains, j'étais comme une souris dans un laboratoire. Tout ce qu'ils faisaient était calculé pour obtenir de moi le résultat qu'ils voulaient. Le spectacle de Samahi et de sa femme en train de hurler s'était gravé dans mon esprit. Je revis plusieurs fois la scène, puis commençai à imaginer ma sœur, Saliha, à la place de la femme de Samahi. Que se passerait-il s'ils faisaient avec Saliha ce qu'ils avaient fait avec la femme de Samahi ? Je déployais des efforts épuisants pour me maîtriser. Cette nuit-là, les cris des torturés s'interrompirent pour la première fois. Je ne devais plus les réentendre. Pourquoi avaient-ils mis fin à la torture ? Un des détenus était-il mort ? Il régnait une paix que je n'avais jamais connue auparavant. Je dormis profondément.

Le lendemain, il y eut une amélioration relative de mes conditions d'incarcération. On changea deux fois par jour le seau hygiénique et on augmenta la quantité de brouet, même si le goût en resta détestable. L'enquêteur me convoqua et me reçut avec le sourire (j'étais stupéfait par la capacité de ces bourreaux à passer d'un état psychologique à un autre, diamétralement opposé). Il me dit d'un ton amical :

— Ton avocat, Me Gamil, veut te parler.

Il me montra un homme ventru qui se présenta en me disant :

— Gamil Barsoum, avocat. Mme Aïcha, la femme du hadj Hamama, s'est entendue avec moi pour que je prenne votre défense. Avec votre accord, bien sûr.

— Vous êtes le bienvenu.

Me Gamil regarda l'officier et dit :

— Puis-je parler avec lui en dehors du bureau ?

L'enquêteur fit un signe de la main et dit :

— Je vous en prie, maître. Vous avez une demi-heure.

Nous sortîmes. Je suivis Me Gamil jusqu'au milieu de la cour. Il soupira, soulagé :

— Ici, c'est plus sûr. Dans le bureau, bien sûr, ils enregistrent. Écoutez, Kamel, le temps est court. Parlez-moi. Je suis votre avocat et il faut que je sache la vérité.

Je lui racontai tout ce qui s'était passé en détail depuis mon entrée dans la cellule du Wafd. Je lui parlai de l'organisation et même de la façon dont la photographie avait été prise. Il me dit d'un ton grave :

— Avez-vous reconnu votre appartenance à l'organisation ?

— Non.

— Surtout ne reconnaissez pas.

— J'ai été battu d'une façon insupportable.

— Je sais, et nous ferons inscrire cela demain dans le procès-verbal. Anouar Mekky, le chef de la police politique, est intéressé par votre affaire et la suit en personne.

— Que croyez-vous qu'ils vont faire de nous ?

— En vérité, il y a deux affaires à l'Automobile Club : d'abord celle des employés grévistes qui ont été arrêtés et sauvagement torturés. Ensuite celle de l'organisation secrète, dans laquelle vous êtes inculpé. Je dois vous déclarer que votre affaire est difficile. Elle a des implications dangereuses.

— C'est vrai que le prince Chamel a été arrêté ?

— Il a été relâché, mais son arrestation pendant trois jours pour les besoins de l'enquête est un mauvais signe. Le prince Chamel est le fils de l'oncle paternel du roi et il ne peut être jugé qu'avec la permission de ce dernier. Le fait que le roi fasse emprisonner son cousin germain va faire pencher les enquêteurs et les juges dans le sens de la fermeté.

Je le regardai silencieusement. Je pensais à mes épreuves. Je me demandais quand ce cauchemar allait prendre fin, quand j'allais revenir à la maison, dans mon lit, avec mes livres. Comme si Me Gamil comprenait ce à quoi j'étais en train de songer, il sourit affectueusement et me dit :

— Quoi que nous fassions, je m'attends à ce que le parquet vous envoie devant le tribunal. Malgré tout, je vais faire des efforts pour obtenir votre mise en liberté provisoire.

Le lendemain, Me Gamil assista à mes côtés à l'enquête et fit inscrire dans le procès-verbal les traces de coups sur mon corps. Il demanda ma mise en liberté, mais le parquet prolongea de deux semaines ma détention. Le vendredi, je reçus la première visite de ma famille. J'essayai de paraître ferme. Je leur dis que j'étais optimiste et que j'allais bientôt sortir, mais je vis dans leurs yeux qu'ils savaient que je mentais. Ma mère avait d'abord tenu bon, puis s'était effondrée en larmes. Malgré les yeux humides de Mahmoud et les regards d'amour et de pitié de Saliha, malgré les larmes d'Abla Aïcha et le sourire triste de Mitsy, malgré mon émotion de les voir, je retournai à la cellule dans un meilleur état d'esprit. J'étais heureux à l'idée de n'être plus seul dans ce qui m'arrivait. Comment tout se terminerait-il ? Arrivais-je au bout du tunnel ou bien étais-je encore à son début ? Allais-je bientôt revoir le monde extérieur ou bien devrais-je passer des années en prison ?

42

Les instructions données aux policiers étaient claires : ils devaient arrêter les serviteurs en grève avec le moins possible de vacarme car le roi était présent, à l'intérieur du club. Les soldats avaient bien exécuté leur mission : les serviteurs avaient été traînés dans la rue puis, une fois dans les voitures de police, les coups de poing et de pied s'étaient immédiatement abattus sur eux. Les collègues des grévistes étaient plongés dans leur travail, mais certains avaient pu voir le triste spectacle. Ceux-là se souviendraient éternellement de leurs amis essayant en vain d'échapper aux coups des soldats. Leurs cris, les appels au secours qui montaient de la voiture de police résonneraient toujours à leurs oreilles. El-Kwo avait donné aux serviteurs instruction de ne pas sortir après la fin de leur service. À quatre heures du matin, en attendant sa venue, ceux qui avaient assisté à l'arrestation en parlaient à voix basse et fébrile à leurs collègues. Ils étaient tous troublés et effrayés. Tout ce qui était arrivé jusqu'à ce jour leur semblait secondaire et dérisoire : l'opposition d'Abdoune aux châtiments corporels et l'acceptation d'El-Kwo, la suppression de leurs pourboires comme sanction… Tout cela s'apparentait à de la théorie à côté des derniers événements, bien réels, eux : ceux qui s'étaient opposés à El-Kwo avaient été arrêtés, et personne ne savait quel serait leur sort.

Peu de temps après, El-Kwo apparut, avec Hamid derrière lui. Faisant tout leur possible pour montrer leur obéissance, les serviteurs s'inclinèrent et s'agitèrent sur place en bredouillant des formules à voix basse. El-Kwo se plaça face à eux. Il apparaissait à cet instant hautain, redoutable, dans toute la splendeur de sa victoire. Il les parcourut du regard avant de dire d'une voix forte :

— Abdoune et les autres écervelés qui le suivent sont allés vers leur destin.

Les voix des serviteurs s'élevèrent :

— Ils méritent la potence !

— Qu'ils aillent au diable !

— Qu'on leur coupe le cou !

— Nous ne voulons plus les voir !

El-Kwo les laissa un peu se démarquer des grévistes et affirmer leur soumission. Il regardait dans le vide comme s'il rassemblait ses idées puis leur dit d'un ton provocant :

— Y en a-t-il un qui s'oppose à quoi que ce soit que j'aie fait ?

Ils restèrent silencieux. Lui éleva à nouveau la voix :

— Parlez. Y a-t-il quelque chose qui ne vous plaît pas ?

Ils murmurèrent docilement :

— Vous êtes notre père, Excellence.

— Nous sommes vos serviteurs, nous sommes à vos ordres.

— Vous nous comblez de vos bienfaits.

— Que Dieu vous bénisse.

El-Kwo leur lança un long regard scrutateur, comme s'il voulait éprouver leur sincérité et s'assurer de son emprise. Alors il s'avança vers eux de deux pas et cria d'un ton festif :

— À partir de ce soir, je lève la punition. Le pourboire vous reviendra comme avant.

Des cris de joie s'élevèrent. Ils remercièrent chaleureusement El-Kwo et invoquèrent Dieu à son intention.

Lorsqu'il se retourna pour descendre de la terrasse, ils l'entourèrent dans un tumulte de remerciements. El-Kwo monta dans sa voiture, suivi par Hamid, et ils partirent.

La journée suivante ouvrit une page nouvelle. Les serviteurs accouraient au travail avec enthousiasme. Ils se tuaient à la tâche. Lorsqu'ils servaient les clients, on avait l'impression qu'ils bougeaient devant une caméra. À chaque instant, ils voulaient monter leur loyauté et leur obéissance. C'était une façon de dire : "Nous sommes les fils d'El-Kwo et ses serviteurs. Nous lui obéirons toujours. Nous n'avons aucun lien avec ceux qui se sont révoltés. Ceux-ci ont eu le châtiment qu'ils méritaient et nous les avons complètement oubliés. Nous ne leur permettrons pas de troubler la pureté de notre allégeance à notre seigneur El-Kwo."

La joie des serviteurs était débordante. C'était le retour à la situation antérieure. Après trois mois de souffrances, enfin ils récupéraient leurs pourboires et il leur redevenait possible d'assumer les dépenses de leurs maisons. Mais autant c'était une joie sans partage qu'ils éprouvaient d'avoir été pardonnés, autant leurs sentiments à l'égard des détenus étaient ambigus. Ils étaient hantés par ce sentiment qui s'empare de nous lorsque quelque chose de désagréable arrive à l'un de nos proches. Nous sommes tristes pour lui, mais, au fond de nous-mêmes, nous ressentons en secret un soulagement coupable d'avoir échappé à la catastrophe qui l'a frappé. En même temps, ils jubilaient. Pourquoi ne se seraient-ils pas réjouis des malheurs d'Abdoune et de ses amis ? N'avaient-ils pas joué devant eux aux héros qui affrontaient El-Kwo et luttaient pour leurs droits ? Ne les avaient-ils pas accusés d'être soumis et lâches ? Et voilà que les lâches soumis retrouvaient leurs droits, non pas par la révolte contre El-Kwo, non pas en l'affrontant, lui, mais simplement par l'obéissance, par la totale soumission et en acceptant ses punitions, aussi dures soient-elles. Ils avaient supporté leurs malheurs, plié devant la tempête et à la fin ils avaient gagné et retrouvé leurs pourboires, tandis que les révoltés, eux, avaient détruit leur avenir et ruiné leurs familles. Les serviteurs, au fond d'eux-mêmes, souhaitaient ardemment revoir Abdoune pour pouvoir se réjouir de ses malheurs. Ils feraient semblant d'éprouver de la sympathie pour lui, puis lui diraient :

— Tu as vu, Abdoune. Es-tu content de ce que tu t'es causé à toi-même et de ce que tu as causé à tes camarades ? Si tu nous avais écoutés, ça ne te serait pas arrivé.

Quelques jours plus tard, alors qu'ils étaient assis au café, Abdelrasoul, l'assistant à la cuisine de Rekabi, leur rapporta qu'un de ses parents qui travaillait au ministère de l'Intérieur lui avait dit que les détenus étaient soumis à des tortures barbares et que le gouvernement avait arrêté leurs épouses. Les serviteurs invoquèrent leur Créateur, avec sur leurs visages un mélange de frayeur et de soulagement. Ils prononcèrent quelques formules de sympathie artificielles tout en sirotant leur thé à la menthe ou en savourant leur chicha, comme si, en se rendant compte du sombre destin de leurs collègues, ils ressentaient plus que jamais la grande bénédiction qui étendait son ombre sur eux et savouraient lentement leur bonheur. Eux, ils étaient maintenant au travail, en sécurité, ils gagnaient leur vie, passaient du bon temps, tandis que les révoltés et leurs femmes affrontaient les coups et pire que les coups, comme l'avait bien dit Abdelrasoul, qui avait aussi assuré que leur procès serait truqué et qu'ils allaient passer des années en prison.

Jour après jour, le travail reprit son cours habituel à l'Automobile Club et la situation se stabilisa, puis toute cette affaire passa à l'arrière-plan. C'était devenu de l'histoire. On en parlait parfois lorsqu'une occasion se présentait. Abdoune était un jeune homme enthousiaste et stupide qui vivait dans les rêves et qui avait influencé quelques collègues. Ils s'étaient révoltés contre leur seigneur El-Kwo et avaient reçu un juste châtiment qui servirait de leçon à ceux qui veulent bien en recevoir.

Puis un matin Hamid vint seul au club et se dirigea vers la cabine téléphonique. Labib, le téléphoniste, se leva à toute vitesse et dit :

— À votre service, Hamid Bey.

— Abdoune et les autres reviennent demain matin à neuf heures, lui répondit-il laconiquement avant de se retourner et de partir.

Pendant un long moment Labib resta immobile, frappé de stupeur, puis il courut annoncer à ses collègues la nouvelle, qui se répandit comme le feu dans un tas de paille sèche. Les prisonniers revenaient demain. Cela suscita une grande émotion parmi les serviteurs et alimenta leur perplexité. Hamid n'avait rien expliqué. Il avait prononcé une seule phrase laconique et déconcertante : "Abdoune et ses amis reviennent demain matin." Reviennent où ? Reviennent au travail ou reviennent chez eux ? La voiture de police allait-elle les amener et les remmener une autre fois ? El-Kwo leur avait-il pardonné ou avait-il voulu les envoyer au club pour que leurs collègues les voient avant qu'ils n'aillent en prison ? Peu à peu, les commentaires des serviteurs commencèrent à prendre une tournure nouvelle :

— C'est sans doute qu'El-Kwo leur a pardonné.

— Que Dieu veuille qu'ils sortent de prison, par respect pour leurs familles.

— C'est vrai qu'ils avaient tort, mais, quoi qu'il en soit, c'étaient nos frères et ils ne nous ont jamais fait de mal.

Se répéter ces mots les uns aux autres était une façon d'adopter une nouvelle position collective, de se mettre d'accord pour oublier leurs insultes aux détenus, pour oublier qu'ils avaient bien pris garde de s'en montrer solidaires. Ils s'entraînaient maintenant au nouveau rôle qu'ils allaient avoir à jouer le lendemain, celui de collègues fidèles qui n'avaient pas pu fermer l'œil tant ils étaient angoissés pour les détenus et qui se réjouissaient de tout leur cœur de la fin de la crise.

Le lendemain, les employés de la brigade de jour arrivèrent de bonne heure et ceux de la brigade de nuit se joignirent à eux après avoir terminé leur soirée au café, pour pouvoir se précipiter le matin au club afin de célébrer le retour de leurs camarades. Ils se tinrent tous à l'entrée du club et attendirent silencieusement. Il n'y avait là rien à redire. Ils s'étaient préparés à la cérémonie d'accueil. Chacun d'eux imaginait ce qu'il allait faire lorsqu'il verrait les relaxés, comment il crierait de joie, comment il les embrasserait l'un après l'autre en répétant les mots qu'il avait préparés pour exprimer sa joie de les revoir. Ils attendirent presque une heure sans que rien ne se passe, puis certains se mirent à s'agiter, à murmurer en s'interrogeant sur les causes du retard. Karara, le sofragi, s'approcha de Labib, le téléphoniste, assis derrière une paroi de verre et lui demanda d'une voix forte comme s'il s'exprimait au nom de tous :

— As-tu des informations, Labib ?

Il leur répondit en souriant nerveusement :

— Ils vont arriver. Tout va bien se passer, si Dieu le veut.

Karara se tourna vers ses collègues et revint s'asseoir parmi eux, mais dès qu'il eut avancé de quelques pas on entendit un vacarme, et nombre d'entre eux s'écrièrent :

— Les voilà, ils sont arrivés !

Le cortège comprenait la Cadillac noire dans laquelle se trouvaient El-Kwo et Hamid et, derrière, une grande voiture bleue de la police, sans fenêtres hormis deux petites ouvertures recouvertes d'un grillage. Solimane se précipita vers la voiture et ouvrit la portière. El-Kwo descendit et Hamid sautilla derrière lui depuis l'autre portière. El-Kwo avait l'air sombre et résolu comme quelqu'un qui est sur le point d'exécuter une mission urgente et délicate. Il ne se dirigea pas vers l'entrée du club, mais alla lentement dans la direction du fourgon de police. Il fit un signe de la main. La porte du fourgon émit un grincement sinistre et s'ouvrit lentement. Le premier à prendre appui sur le marchepied de fer fut un policier tout maigre. Il sauta sur le sol puis presque une minute s'écoula avant que les prisonniers ne commencent à descendre.

Le spectacle était si stupéfiant que les serviteurs debout à l'entrée ne purent en croire leurs yeux. Ceux qui descendaient de la voiture étaient des femmes dont le corps et la tête étaient voilés de noir. Ces femmes avançaient lentement, tête baissée. Elles se dirigeaient vers la porte du club, et peu à peu leurs visages apparurent à la lumière du jour. La vérité éclata alors comme la foudre tombant sur la tête des serviteurs. Ils virent, sous les voiles noirs, leurs collègues : Abdoune, Samahi et Bahr, puis Nouri et Banan, enfin Fadali, Gaber et Bachir. La surprise était si forte que personne ne dit un mot. S'il y a plusieurs strates au silence, à cet instant elles se superposaient toutes. Les serviteurs, abasourdis, contemplaient intensément leurs camarades comme s'ils conservaient le faible espoir que finalement le spectacle pourrait changer tout à coup et n'avoir été qu'une hallucination. Mais la vérité se confirmait avec de plus en plus de force. El-Kwo avança de quelques pas et cria aux prisonniers libérés :

— Vous avez voulu faire les hommes ? Je vous ai ramenés au club habillés en femmes.

Ils restèrent silencieux, tête baissée. El-Kwo se mit à rire puis fit un signe de la main :

— Montez à la terrasse.

Alors le cortège se forma spontanément : les hommes voilés devant, suivis de leurs camarades, les serviteurs, avec derrière eux El-Kwo puis Hamid. Ils montèrent les escaliers dans un silence à peine éraflé par le bruit de leurs pas sur le marbre. Lorsqu'ils arrivèrent sur la terrasse, ils se rangèrent : les fautifs couverts de leurs voiles, devant le mur de la terrasse, et autour d'eux les autres. El-Kwo s'arrêta entre les deux et dit aux prisonniers libérés :

— Aujourd'hui il n'y a pas de travail. Vous resterez toute la journée ici jusqu'à la fin de la journée. Je veux que tout le monde vous contemple avec vos beaux voiles.

El-Kwo prononça la dernière phrase lentement, comme s'il la dégustait. Il leur tourna le dos puis parcourut du regard les serviteurs ahuris avant de redescendre l'escalier, Hamid sautillant derrière lui.

Avec le départ d'El-Kwo, les serviteurs se retrouvèrent seuls entre eux. Ils étaient confrontés à un événement étonnant, exceptionnel. Leurs amis détenus puis libérés qui attendaient qu'ils leur souhaitent la bienvenue se tenaient maintenant devant eux, la tête basse, le visage émacié, pâles comme des spectres, voilés comme des femmes. Face à une réalité qui dépassait leur imagination et à laquelle ils n'arrivaient pas à croire, le silence apportait la solution d'une trêve provisoire. Qui allait maintenant le premier prendre la parole et de quelle façon ? Que pouvaient-ils dire ? Que pouvaient dire ceux qui étaient voilés comme des femmes et que pouvaient dire ceux qui les accueillaient ? Et d'abord, de quoi pouvaient-ils se réjouir ? Quelle valeur avaient les mots ? Personne ne parlait. Tous, les prisonniers libérés et ceux qui les accueillaient, restaient debout, figés sur place.

Puis tout à coup la voix de Samahi s'éleva comme une lamentation :

— Vous avez vu ? El-Kwo nous a fait porter un voile, comme des femmes.

Cette phrase était le coup d'envoi, le signal pour donner libre cours aux sentiments violents que l'effroi de la surprise avait retenus. Les serviteurs se précipitèrent vers les prisonniers libérés, les étreignirent, les consolèrent avec des mots troublés qui s'entremêlaient à tel point que plus personne ne distinguait leur signification. En même temps, cette sollicitude augmenta la douleur des prisonniers libérés, qui s'abandonnèrent aux étreintes de leurs collègues en luttant pour maîtriser leurs sentiments. Les larmes coulèrent sur le visage de Bahr. Celui d'Abdoune se contracta et il dut se mordre fortement les lèvres, comme s'il retenait une vive douleur. Des autres provenaient des cris de souffrance rauques qui rapidement se transformaient en clameurs et en lamentations.

43

Juste après l'appel à la prière de midi, deux taxis s'arrêtèrent à l'heure prévue rue Sedd el-Gaouani. Ils descendirent tous ensemble. Oum Saïd monta dans l'un avec Saliha, Mitsy et Aïcha ; Me Gamil, Faouzi et Mahmoud ainsi qu'un homme revêtu d'un costume bleu, dans l'autre. Oum Saïd était assise, silencieuse, aux côtés du chauffeur. Elle jeta un coup d'œil dans le miroir sur le visage de Mitsy. "Merci, mon Dieu, ceci aussi est un de tes miracles." Une jeune Anglaise était venue du bout de la terre pour entrer dans leur existence et vivre avec eux. Elle regarda par la vitre. Le murmure de la conversation entre Mitsy et Saliha parvenait à ses oreilles. Elle se dit que chaque fois que ces deux-là se rencontraient, il n'y avait pas un instant de silence, elles trouvaient toujours des histoires intéressantes à se raconter. Des images de sa vie défilèrent dans l'esprit d'Oum Saïd. Elle revit Kamel enfant et se dit que, depuis cette époque-là, il était agréable et tendre et qu'il avait le sens des responsabilités, au contraire de Saïd, son égoïste de frère. Oum Saïd se souvint de la mort soudaine de son mari, du mariage malheureux de Saliha, de son divorce et de la nuit de l'arrestation de Kamel. Le coup que lui avait porté l'arrestation de Kamel était devenu une blessure profonde qui pesait en permanence sur ses nerfs.

"Kamel a été arrêté parce qu'il était patriote et courageux. Bien sûr, je suis fière de lui." C'était ce qu'elle assurait à tous ceux qui venaient la consoler, mais au fond d'elle-même elle aurait souhaité qu'il ne se soit pas mêlé de cette affaire. Au fond d'elle-même elle lui faisait des reproches avec la plus grande tendresse possible. Elle se disait en souriant, comme si elle lui parlait : "Je ne suis pas en colère contre toi, Kamel. Je ne peux pas me mettre en colère contre toi, quoi que tu fasses, mais n'aurait-il pas été possible que tu repousses le combat politique jusqu'à ta licence ? Ne penses-tu pas à nous, mon fils ? Il y a des milliers de jeunes gens qui sont capables de lutter contre l'occupation, mais combien d'entre eux ont leur famille à charge, comme toi ? Combien d'entre eux sont indispensables à leur famille comme tu nous es indispensable ?"

À peu près une heure plus tard, la voiture arriva dans la cour de la prison des étrangers. Mahmoud, Faouzi et l'homme au costume bleu sortirent les premiers puis Mahmoud se précipita pour aider sa mère et les autres femmes à descendre. Ils s'arrêtèrent devant le bâtiment et Me Gamil remplit rapidement les formalités d'entrée. Ils passèrent la haute porte puis traversèrent un long couloir sombre, et lorsqu'ils arrivèrent devant la porte du directeur de la prison, Me Gamil ouvrit son porte-documents et en sortit une feuille, la balaya des yeux, puis dit d'une voix aimable :

— Attendez-moi dans la salle d'attente.

Ils entrèrent par une porte latérale et s'assirent tous en silence. Seule Oum Saïd murmurait :

— Mon Dieu, pardonne-nous et bénis-nous, ô toi le plus miséricordieux et le plus généreux !

Après quelques minutes, l'avocat reparut à la porte et leur dit :

— C'est fini, venez avec moi.

Ils se levèrent tous et sortirent de la pièce, et lorsque Oum Saïd se dirigea vers l'endroit habituel de la visite, l'avocat la reprit :

— Non, s'il vous plaît, c'est de l'autre côté.

Elle se tourna vers lui, interrogative. Il lui expliqua en riant :

— Le directeur de la prison, que Dieu le bénisse, nous laisse son bureau.

Ils y entrèrent tous et s'assirent, et rapidement Kamel apparut, tout pimpant, rasé, les cheveux peignés avec soin. Même sa tenue bleue de détenu semblait cette fois-ci propre et repassée. Sa mère se précipita vers lui pour l'étreindre en pleurant et lui se pencha pour lui baiser la main. Puis ce fut au tour de Saliha de le serrer dans ses bras. Quant à Mitsy, elle lui serra la main en souriant gaiement :

— Tu as l'air en pleine forme. Maintenant, je suis convaincue que tu es beau.

L'homme en costume bleu s'avança et se présenta en disant :

— Mohamed Orfane, notaire.

Kamel lui serra chaleureusement la main. Peu de temps après, ils s'assirent tous autour de Me Orfane, qui avait pris le fauteuil du directeur et posé devant lui sur le bureau un grand cahier qu'il avait ouvert. Il avait invoqué Dieu puis parlé du mariage selon l'islam. Ensuite il avait pris la main de Kamel et l'avait placée dans celle de Mitsy, puis avait recouvert les deux mains d'un mouchoir blanc et avait procédé aux formalités du contrat de mariage. Kamel semblait heureux et Mitsy, que l'on félicitait, était émue. Quant à Abla Aïcha, incapable de se retenir, elle releva la tête, plaça sa main devant sa bouche puis poussa de grands youyous dont le son joyeux parut étrange dans l'atmosphère sinistre de la prison.

44

Comme il en avait l'habitude chaque nuit, El-Kwo alla s'assurer que le roi était bien endormi puis il passa en revue avec les serviteurs les tâches de la journée suivante et, un peu avant l'aube, il entra dans son appartement du palais Abdine. L'appartement d'El-Kwo se composait de deux chambres à coucher, d'une antichambre pour recevoir les visiteurs et d'un bureau élégant et simple si on le comparait à la luxueuse salle de bains. El-Kwo était épuisé. Il prit un bain chaud, se versa un verre de whisky qu'il but rapidement, avala ensuite un verre d'eau fraîche et se glissa dans son lit. Il ferma les yeux, s'allongea sur le côté et peu à peu s'enfonça dans le sommeil. Tout à coup il entendit un bruit dans la pièce. Il scruta l'obscurité et eut l'impression que plusieurs corps bougeaient près de la fenêtre. Il cria d'une voix rauque :

— Qui est-ce ?

Personne ne répondit. Il sauta du lit et tendit le bras pour atteindre l'interrupteur, mais une main lui enserra avec force la nuque et il entendit une voix caverneuse :

— Ne bouge pas.

Il tonna :

— Qui êtes-vous et comment êtes-vous entrés ?

C'est alors qu'il reçut la première gifle. Il poussa un rugissement comme pour protester, mais les coups se succédèrent sans interruption. On le frappait à la tête, on le giflait, on lui donnait des coups de pied. Il pouvait distinguer leurs ombres dans l'obscurité. Deux d'entre eux lui tenaient les bras comme un crucifié tandis qu'un autre derrière lui retenait la tête pour la présenter aux gifles. Quant à celui qui était devant avec une lampe de poche à la main qui faisait un petit rond de lumière, ce devait être le chef du groupe. Les coups violents se poursuivirent sans interruption et El-Kwo poussa un gémissement puis cria d'un ton brisé :

— Vous n'avez pas honte !

Il reçut de nouvelles gifles et celui qui était devant lui lança des coups de pied dans les genoux. El-Kwo se mit à supplier :

— Je suis un vieil homme et vous êtes comme mes enfants.

Le chef du groupe éclata de rire :

— Maintenant tu es un tendre père. Immonde crapule.

Terrifié, il balbutia, le souffle court :

— Que voulez-vous ?

— Nous sommes venus régler des comptes.

— Pourquoi ?

— Pour tes crimes.

— Si j'ai fait quelque chose de mal, je m'en excuse.

— Les excuses ne sont plus utiles.

— Laissez-moi et je vous obéirai.

— Nous voulons obtenir justice. Tu nous as volés et humiliés.

— J'accepterai toutes vos demandes.

— Ton problème, c'est que tu nous prends pour des imbéciles.

— Je vous jure que je ferai tout ce que vous me demanderez. Croyez-moi !

— Tu ne nous tromperas pas une nouvelle fois.

— Nous ne pouvons pas exister ensemble. C'est toi ou c'est nous !

El-Kwo cria pour appeler à l'aide. La lumière de la lampe s'éteignit et l'obscurité revint. Puis des coups de feu retentirent, suivis de bruits de pas rapides. Des cris s'élevèrent dans les couloirs du palais. Peu de temps après, les gardes accoururent dans l'appartement, allumèrent la lumière et trouvèrent El-Kwo, Kassem Mohammed Kassem, grand chambellan du roi, revêtu d'un pyjama de soie bleue, étendu avec une balle dans le front, la bouche ouverte et fixant le vide, une dernière fois, stupéfait pour l'éternité.

BABEL

Extrait du catalogue

1337. DAVID GILBERT
Les Normaux

1338. JAVIER CERCAS
Les Lois de la frontière

1339. JAN GUILLOU
Les Dandys de Manningham

1340. YÔKO OGAWA
Le Petit Joueur d'échecs

1341. JEAN CLAUDE AMEISEN
Sur les épaules de Darwin. Je t'offrirai des spectacles admirables

1342. THOMAS PIKETTY
Chroniques 2004-2012

1343. PIERRE RABHI
Éloge du génie créateur de la société civile

Achevé d'imprimer en septembre 2015 par Normandie Roto Impression s.a.s. 61250 Lonrai sur papier fabriqué à partir de bois provenant de forêts gérées durablement pour le compte d'ACTES SUD, Le Méjan, Place Nina-Berberova, 13200 Arles.
Dépôt légal 1re édition : octobre 2015.
N° impr. : 1504237
(Imprimé en France)